Don DeLillo

SIEBEN SEKUNDEN

ROMAN

Deutsch von Hans Hermann

Rowohlt

Veröffentlicht im Rowohlt Taschenbuch Verlag GmbH,
Reinbek bei Hamburg, Februar 1993
Titel der Originalausgabe »Libra«

Umschlaggestaltung Büro Hamburg-Philipp Starke
(Foto: Keystone)
Druck und Bindung Clausen & Bosse, Leck
Printed in Germany
1490-ISBN 3 499 13170 6

Den Jungs von 607:
Tony, Dick und Ron

TEIL EINS

Das Glück ruht nicht in dir selbst,
es besteht nicht aus einem
Häuschen, aus Geben und Nehmen.
Das Glück findest du, wenn du an
dem Kampf teilnimmst, bei dem es
zwischen deiner eigenen privaten
Welt und der Welt im allgemeinen
keine Grenze gibt.

Lee H. Oswald
Brief an seinen Bruder

IN DER BRONX

In diesem Jahr fuhr er viel mit der U-Bahn, auf dreihundert Kilometer Schienen zu den Grenzen der Stadt. Er stand gern vorne im ersten Wagen, die Hände platt gegen das Glas gedrückt. Der Zug preschte durch das Dunkel. Menschen standen auf Bahnsteigen und starrten nirgendwohin, mit einem Blick, den sie seit Jahren übten. Er fragte sich beim Vorbeifahren manchmal, wer sie wirklich waren. Auf den schnellsten Streckenabschnitten vibrierte sein Körper. Sie fuhren manchmal so schnell, daß er das Gefühl hatte, im nächsten Moment könnte alles außer Kontrolle geraten. Der Lärm überstieg dabei die Schmerzgrenze, und er nahm das als eine persönliche Prüfung hin. Wieder eine dieser irrsinnigen Kurven. Im Lärm dieser Kurven war so viel Eisen, daß er es beinahe schmecken konnte, wie ein Spielzeug, das man als kleines Kind gern in den Mund nahm.

Arbeiter mit Laternen gingen an Parallelgleisen entlang. Er hielt Ausschau nach Kanalratten. Eine Zehntelsekunde genügte, und schon hatte man eine Sache komplett gesehen. Dann die großen Bahnhöfe, die quietschenden Bremsen, Menschen zusammengedrängt wie Flüchtlinge. Sie zwängten sich durch die Türen, stießen gegen die Gummikanten, drängten weiter ins Wageninnere, waren rasch eingekeilt und sahen mit geübtem Blick an den nächsten Köpfen vorbei ins Leere.

Mit ihm hatte das alles nichts zu tun. Er wollte nur U-Bahn fahren, sonst nichts.

149th Street, die Puertorikaner, 125th Street, die Neger. Bei der 42nd Street, nach einer Kurve, in der das Kreischen überhaupt nicht mehr aufhören wollte, war der Andrang so groß wie sonst nirgends, Aktenkoffer, Einkaufsbeutel, Schultaschen, Blinde, Taschendiebe, Betrunkene. Er fand es nicht seltsam, daß die U-Bahn mehr an unwiderstehlichen Dingen zu bieten hatte als die berühmte Stadt oben. Es gab dort draußen am hellichten Nachmittag nichts Wichtiges, das er nicht in diesen Tunnels unter den Straßen in reinerer Form hätte finden können.

Sie saßen vor dem Fernseher im Kellerraum, Mutter und Sohn. Sie hatte für den Motorola einen getönten Filter gekauft. Das obere Drittel des Bildschirms war ständig blau, das mittlere Drittel war rosa und der Streifen ganz unten von einem wogenden Grün. Er erzählte ihr, daß er wieder die Schule geschwänzt hatte und mit der U-Bahn nach Brooklyn rausgefahren war, wo ein Mann einen Mantel trug, an dem ein Ärmel fehlte. »Blaumachen« hieß das hier. Marguerite fand es nicht so schlimm, wenn er hin und wieder einen Tag fehlte. Die anderen Kinder piesackten ihn die ganze Zeit, und er hatte Schwierigkeiten, mitzukommen, eine Unruhe trieb ihn um, das Übliche bei einem Jungen, der vaterlos aufwuchs. Wie damals, als er John Edwards Braut mit einem Taschenmesser bedroht hatte. Nicht daß Marguerite geglaubt hätte, ihre Schwiegertochter sei es wert, Mittelpunkt einer denkwürdigen Auseinandersetzung zu werden. Sie war keine Person von Format, und sie stritten sich nur, weil er an einem Stück Holz herumgeschnitzt und die Schnitzel auf den Fußboden ihrer Wohnung hatte fallenlassen, wo sie versuchten, wieder als Familie zuammenzuleben. Das war nun vorbei. Sie wurden dort nicht mehr geduldet und zogen in den Kellerraum in der Bronx – Küche und Schlafzimmer und alles in einem –, wo blaue Köpfe aus dem Fernseher auf sie einredeten.

Wenn es kalt wurde, schlugen sie gegen die Leitungsrohre, um dem Hausverwalter Bescheid zu sagen. Sie hatten einen Anspruch darauf, daß ordentlich geheizt wurde.

Sie saß da und hörte sich die Klagen des Jungen an. Sie konnte ihm zwar nicht immer, wenn er wollte, eine Platte Koteletts hinstellen, aber sie war beim Lunchgeld nicht kleinlich und legte sogar noch was für ein Comic-Heft oder eine U-Bahnfahrt drauf. Zeit ihres Lebens hatte sie mit der Ungerechtigkeit dieser Klagen fertigwerden müssen. Edward ließ sie sitzen, als sie mit John Edward schwanger war, weil er nicht für ein Kind aufkommen wollte. Robert fiel ihr an einem dampfenden Sommertag auf der Alvar Street in New Orleans tot um, als Lee bereits unterwegs war, und das hieß, daß sie Arbeit finden mußte. Dann kam der grinsende Mr. Ekdahl, die größte, die einzige Hoffnung, ein älterer Mann, der fast tausend Dollar im Monat verdiente, ein Ingenieur. Doch er beging gerissen so manchen Ehebruch, ehe sie ihn schließlich ertappte, als dem Jungen, den sie angeheuert hatte, ein fingiertes Telegramm zu überbringen, von einer Frau im Negligé die Tür geöffnet wurde. Das hielt Dr. Ekdahl aber nicht davon ab, eine Scheidung auszuhecken, bei der sie um eine anständige Abfindung betrogen wurde. Ihr Leben wurde zu einer Geschichte immer neuer Umzüge in immer billigere Wohnungen.

Lee sah in der Tageszeitung ein Foto von Griechen, die im Hafen von einer Landungsbrücke sprangen und nach irgendeinem heiligen Kreuz tauchten. Ihre Priester hatten Bärte.

»Glaubst wohl, ich weiß nicht, was mir hier zusteht.«

»Ich bin den ganzen Tag auf den Beinen gewesen«, sagte sie.

»Ich bin für dich nur ein Klotz am Bein.«

»So was hab ich nie.«

»Glaubst wohl, es macht mir Spaß, mein eigenes Essen zu kochen.«

»Ich arbeite. Ich arbeite. Oder etwa nicht?«

»Wenn hier kaum was Eßbares zu finden ist.«

»Ich gehör nicht zu denen, die bloß rumsitzen und jammern.«

Donnerstagabend sah er sich immer die Krimiserien an. *Sonderdezernat, Stahlnetz* und so weiter. Vor dem vergitterten Fenster Schneetreiben, schräge Striche im Licht der Straßenlaterne. Kälte und Nässe des Nordens. Sie kam nach Hause und sagte ihm, daß sie wieder umzögen. Sie hatte drei Zimmer in der Bronx gefunden, nicht weit vom Zoo, vielleicht ganz reizvoll für einen Jungen, der Tiere mochte.

»Reines Naturprodukt«, kam es aus dem Fernseher.

Es war eine Eisenbahnerwohnung in einem roten Backsteinhaus, fünf Stockwerke, in einer Straße voll grausamer Anblicke. Ein geistig zurückgebliebener Junge in Lees Alter hinkte und hoppelte umher, in den Händen einen lebenden Krebs, den er im Laden des Italieners gestohlen hatte und den er nun kleineren Kindern unter die Nase hielt. Das war hier nichts Besonderes. Gezielte Steinwürfe waren nichts Besonderes. Jungen mit selbstgebastelten Pistolen aus dem Werkunterricht waren nichts Besonderes mehr. Von seinem Fenster aus sah er nachts einmal, wie zwei Jungen die Katze aus dem Lebensmittelgeschäft in einen Rupfensack steckten und den Sack gegen einen Laternenpfahl schlugen. Er versuchte, seine eigenen Unternehmungen auf den Rhythmus der Straße abzustimmen. Meide die Straße mittags zwischen zwölf und eins, zwischen drei und fünf. Mach die schmalen Durchgänge zwischen den Häusern ausfindig, nutz das Dunkel. Er fuhr mit der U-Bahn. Er verbrachte viele Stunden im Zoo.

Es gab ältere Männer, die sich erst auf die kleine Vortreppe setzten, nachdem sie ihr Taschentuch sorgfältig auf dem grauen Stein ausgebreitet hatten.

Seine Mutter war klein und schmächtig und wurde nun allmählich grau. Sie nannte sich gern zierlich, im Spaß zwar, meinte es aber ernst. Sie beobachteten einander beim Essen. Er brachte sich das Schachspielen bei und hatte dazu ein Buch auf dem Küchentisch liegen. Niemand wußte, wieviel Mühe ihm das Lesen machte. Sie kaufte allerlei Figürchen und Schnickschnack und redete über das Thema ihres Lebens. Er hörte ihre Schritte, hörte ihren Schlüssel im Schloß.

»Da ist wieder eine dieser Mitteilungen«, sagte Marguerite, »in der sie mit einer Untersuchung drohen. Hast du die anderen versteckt? Die wollen eine Untersuchung wegen deiner Schulschwänzerei. Das ist die letzte Warnung, steht hier, und sie sagen, du bist noch nie in der Schule gewesen, seit wir umgezogen sind. Nicht einen Tag. Ich möchte bloß wissen, warum ich diese Dinge durch die Post erfahren muß. So was ist ein Schlag, ein richtiger Schock für mich.«

»Was soll ich denn in der Schule? Die wollen mich dort nicht haben, und ich will nicht dort sein. Das geht doch prima auf.«

»Die werden durchgreifen. Es ist nicht wie daheim. Die bringen uns vor Gericht.«

»Ich brauch keine Hilfe vor Gericht. Geh du nur arbeiten, so wie immer.«

»Ich hätte alles dafür gegeben, daheim bleiben und meine Kinder großziehen zu können, und das weißt du auch. Das ist ein wunder Punkt bei mir. Und vergiß nicht, ich bin auch nur mit einem Elternteil aufgewachsen. Ich weiß, was für eine böse Sache das ist. Ich hab bei uns zu Hause in Läden gearbeitet, wo ich für alles zuständig war.«

Jetzt war sie nicht mehr zu halten. Sie würde vergessen, daß er neben ihr saß. Die nächsten zwei Stunden würde sie mit ihrem hohen Singsang füllen, wie jemand, der einem Kind vorliest. Er sah auf das DuMont-Testbild.

»Ich liebe meine Vereinigten Staaten, aber ich lege keinen Wert auf einen Auftritt im Gerichtssaal, wie damals, als mir Mr. Ekdahl unberechenbare Wutausbrüche anhängte. Die werden darauf hinweisen, daß sie uns von Amts wegen gewarnt haben. Ich werde ihnen sagen, daß ich zwar eine Frau ohne Schulbildung bin, daß ich mich aber in guter Gesellschaft benehmen kann und daß ich einen ordentlichen Haushalt führe. Wir sind eine alte Soldatenfamilie. Damit werde ich mich verteidigen.«

Der Zoo war drei Straßen weiter. Spuren von Eis säumten den Wildententeich. Er ging hinunter zum Löwenhaus, die Hände tief in den Jackentaschen. Niemand da. Der Geruch traf ihn mit voller Wucht, eine Wärme und eine Kraft, der großartige Raubtiergeruch nach rohem Fleisch und Fell und dampfender Pisse.

Als die schweren Tore aufgingen und laute Stimmen zu hören waren, wußte er, was ihn erwartete. Zwei Jungs aus der Schule 44. Ein stämmiger Junge namens Scalzo in einer hüftlangen Matrosenjacke und klappernden Schuhen mit einem kleineren rotznasigen Witzbold, von dem Lee nur den Spitznamen kannte, nämlich Nicky Black. Sie waren hier, um die Tiere zu ärgern und den üblichen Wirbel zu machen, der ihre Tage ausfüllte. Fast spürte er ihre hämische Freude, als sie ihn entdeckten, ein kleines Muskelzucken im Hals.

Scalzos Stimme polterte durch den hohen Raum.

»Jeden Tag rufen sie in der Schule deinen Namen auf. Was ist das eigentlich für ein Name, Lee? Ein Mädchenname oder was?«

»Sein Name ist Tex«, sagte Nicky Black.

»Er ist ein Viehtreiber«, sagte Scalzo.

»Du weißt doch, was Viehtreiber tun, oder? Sag's ihm, Tex.«

»Sie treiben's mit den Kühen«, sagte Scalzo.

Lee ging mit einem kaum wahrnehmbaren Lächeln durch den Nordausgang, dann die Stufen hinunter und um die Ecke zu den reich verzierten Käufigen der Raubvögel. Er hatte nichts gegen eine Prügelei. Er war bereit, sich zu prügeln. Er hatte sich mit dem Jungen geprügelt, der mit Steinen nach seinem Hund geworfen hatte, hatte gekämpft und gewonnen, ihn gründlich vermöbelt, ihn fertiggemacht, ihm die Nase blutig geschlagen. Das war in der Vermont Street in Covington, als er einen Hund hatte. Aber diese Sticheleien waren eine Qual. Die beiden würden ihn weiterhin ärgern, das Interesse verlieren, einen großen Bogen machen und immer wieder zurückkommen, auf ihm herumhacken, in der Wunde stochern, immer tiefer bohren.

Scalzo schlenderte auf eine Gruppe älterer Jungen und Mädchen zu, die sich rauchend um eine Bank drängten. Lee hörte jemanden sagen: »Ein zweifarbiger Olds, V-8-Maschine und Sportfelgen.«

Der Königsgeier saß auf seiner Stange, Kopf und Hals nackt. Es gibt Geier, die zerbrechen Straußeneier, indem sie mit dem Schnabel Steine dagegen schleudern. Nicky Black stand neben ihm. Es wurde immer der ganze Name benutzt, nie einfach Nicky oder Black.

»Hin und wieder blaumachen, ist eine Sache. Sehr gut, sag ich. Aber du bleibst gleich vier Wochen lang weg.«

Es hörte sich an wie ein Kompliment.

»Spielst du Billard, Tex? Irgendwas mußt du schließlich tun, bist doch den ganzen Tag zu Hause. Taschenbillard, stimmt's? Denk fix.«

Er täuschte einen Schlag in Lees Unterleib an, wich zurück.

»Und überhaupt, wieso lebst du eigentlich im Norden? Mein Bruder war in Fort Benning in Georgia stationiert. Der sagt, unten im Süden müssen sie einen Kieselstein in die Hand nehmen, damit sie wissen, wo links und rechts ist. Das stimmt doch, oder?«

Er nahm die Fäuste hoch wie beim Sparring, wackelte mit dem Kopf und atmete rasch durch die Nase.

»Mein Bruder ist bei der Küstenwache«, sagte Lee zu ihm. »Deshalb sind wir hier. Er ist auf Ellis Island stationiert. Zur Sicherung des Hafens, wie das heißt.«

»Mein Bruder ist jetzt in Korea.«

»Mein anderer Bruder ist im Marinekorps. Vielleicht schikken sie ihn bald nach Korea. Davor hab ich Angst.«

»Vor den Koreanern brauchst du keine Angst zu haben«, sagte Nicky Black. »Aber vor den Scheiß-Chinesen.«

In seiner Stimme schwang Ehrfurcht mit, ein leises Wehklagen. Er hatte zerschlissene Stiefel und eine Armeejacke an, die ebenso dürftig war wie Lees Windjacke. Er war klein wie ein Zwerg und schniefte dauernd, und seine linke Gesichtshälfte war zu einem Dauergrinsen erstarrt.

»Ich weiß, wo man Süßkartoffeln von einem Lastwagen klauen kann. Wir rösten sie immer auf dem Grundstück bei Belmont. Gibt's bei euch da unten im Süden auch Süßkartoffeln? Ich weiß, wo man diese Heftchen kriegt, die man schnell durchblättern muß, und dann sieht man Leute beim Vögeln. Der Kleine kennt sich da aus. Der Kleine geht von der Schule ab, sowie er sechzehn ist. Ich kann euch sagen.«

Er blies einen Tabakkrümel von der Zungenspitze.

»Der Kleine geht auf dem Bau arbeiten. Als erstes kauft er sich zehn Hemden mit Mr. B-Kragen. Er spart Geld und hat ruckzuck einen Wagen. Er poliert den Wagen alle vier Wochen. Der Wagen bringt ihm die Puppen ins Bett. Dem Kleinen macht keiner was vor.«

Der Typ, der mit lässig pendelnden Schultern näherkam, war Scalzo. Die Flicken auf seinen Schuhsohlen kratzten leicht über den rauhen Asphalt.

»Wieso redest du eigentlich nie mit mir, Tex?«

»Laß mal hören, wie'n lahmarschiger Texaner redet«, sagte Nicky Black.

»Einwandfrei.«

»Sag was zu Richie. Wo er so nett drum bittet.«

»Aber richtig texanisch. Einfach so. Ich will das schon lang mal hören.«

Lee lächelte und ging dann an der Gruppe vorbei, die sich um die Parkbank drängte und im Wind Zigaretten anzündete, die fünfzehnjährigen Mädchen mit knallroten Lippen, die Jungen in Niethosen mit aufgesteppten Sattelnähten und Pistolentaschen. Vom Hauptplatz nahm er den Weg zu dem Ausgang, der seiner Straße am nächsten lag.

Scalzo und Nicky Black waren zehn Schritte hinter ihm.

»He, Bubi.«
»Er lutscht Pinkelsteine.«
»Schlechter Atem kußfrisch in Sekunden.«
»Eins zwo, eins zwo.«
»Einwandfrei.«
»Eins zwei, Cha-Cha-Cha.«
»Der hat vom Wichsen keine Ahnung.«
»Ich kann euch sagen.«
»Aber wieso redet er nicht mit mir?«
»Was müssen wir eigentlich tun?«
»Rauch ne Schwuchtel in der Pfeife.«
»Jeder Zug ein Genuß.«
»Einwandfrei.«
»So red schon mit uns.«
»Wir reden dir wohl nicht fein genug, oder was.«
»Nun sag schon was.«
»Denk fix, Tex.«
»Einwandfrei.«

Am Ausgang fragte ihn ein Mann mit Krawatte und Lumberjack nach seinem Namen. Lee sagte, mit Yankees rede er nicht. Der Mann deutete auf eine Stelle am Boden, um ihm klarzumachen: Hier bleibst du stehen, bis wir diese Sache geregelt haben. Dann ging er zu den beiden anderen Jungen hinüber und unterhielt sich kurz mit ihnen, wobei er in Lees Richtung zeigte. Nicky Black sagte nichts. Scalzo zuckte mit den Achseln. Der Mann wies sich als Beamter zur Überwachung der Schulpflicht aus. Scalzo kratzte sich zwischen den Beinen und sah ihm in die Augen: Na und, Mister. Nicky Black hüpfte, wie um sich warm zu halten, von einem Bein aufs andere, die Hände in den Taschen, und grinste breit mit seinen vorstehenden Zähnen.

Draußen auf der Straße ging der Mann mit Lee zu einem grünweißen Streifenwagen. Lee war beeindruckt. Am Lenkrad saß ein Polizist. Er steuerte mit einer Hand und hatte die andere, die sich um eine Zigarette wölbte, zwischen den Knien liegen.

Marguerite blieb lange auf und sah das Testbild an.

Lee liebte die Tiere, und so war der Zoo ein Segen, aber sie haben ihn in die Stadt geschickt, in ein Haus, wo die Irrenärzte vierundzwanzig Stunden am Tag auf ihm herumhacken. Jugendarbeit. Jede Menge Puertorikaner. In dem Geplapper muß er duschen. John Edward wollte ihn dazu bringen, sich mit dem Irrenarzt zu unterhalten, aber Lee redet kein Wort mehr mit John Edward, seit er John Edwards Braut mit dem Taschenmesser bedroht hat. Sie haben ihn in einen Schlafraum für Neuankömmlinge gelegt. Sie wollen von ihm wissen, ob er Fingernägel kaut. Sie fragen ihn nach der Religionszugehörigkeit und was nicht alles. Stört er oft im Unterricht? Er kennt den Slang nicht, Euer Ehren. Und überall sind hier diese typischen New Yorker Jungs. Die sehen meinen Sohn in Bluejeans, seinen Levis. Was ist schon Besonderes daran? Aber sie hänseln ihn und fragen ihn, ob er glaubt, er wäre Billy the Kid. Hier geht's um einen Jungen, der mit seinen Brüdern Monopoly gespielt und ein normales Zeugnis nach Hause gebracht hat, solange wir noch zusammen mit Mr. Ekdahl in der Eighth Avenue in Fort Worth gewohnt haben. Es ist nur eine Frage der Anpassung, Herr Richter. Es war nur ein Schnitzmesser, und er hat sie ja gar nicht verletzt, und jetzt reden sie nicht mehr miteinander, Brüder. Dieser Junge studiert das Leben von Tieren, Tieren in ihren Erdlöchern und Höhlen. In ihren Lagern, kann man das sagen? Er ist weit für sein Alter, Euer Ehren. Schon als er ganz klein war, hab ich gesagt, er interessiert sich für Geschichte und Landkarten. Er weiß unglaubliche Dinge, auch ohne den normalen Schulunterricht. Dieser Junge hat in meinem Bett geschlafen, bis er fast elf war, weil wir keinen anderen Platz hatten, und wir beide haben in einem besonders schäbigen, winzigen Zimmer gewohnt, als seine Brüder im Waisenhaus oder auf der Militärakademie oder im Marinekorps und bei der Küstenwache waren. Die meisten Söhne glauben, ihr Daddy kann ihnen den Mond vom Himmel holen, aber der arme Mann fiel einfach um und lag tot im Gras, und das war das Ende vom einzigen glücklichen Abschnitt in meinem Erwachsenenleben. Seither heißt es nur noch Marguerite und Lee. Mutter und Sohn. Von wegen vernachlässigen – das hat es nie gegeben. Die sagen, er schwänzt die Schule, sagen die, und daß er den ganzen Tag zu Hause vorm Fernseher sitzt. Sie reden von einer gerichtspsychiatrischen Untersuchung. Sie reden von Betreuung durch die Protestantischen Brüder. Er hat aber schon Brüder. Wozu noch mehr Brüder? Und von der Heilsarmee ist die Rede. Sie wickeln die Bonbons aus, die ich meinem Sohn mitbringe. Sie wühlen in meiner Handtasche raum. Diese Behandlung ist herabsetzend. Es ist nicht meine Schuld, wenn er sich nicht ordentlich anzieht. Warum denn dieser Wirbel? In Texas ist ein Junge, der die Schule schwänzt, nicht gleich ein Verbrecher, der eingesperrt und untersucht wird. Sie haben meinen Jungen zu einer Eintragung im Kalender gemacht. Sie erwarten, daß ich sie um Erlaubnis bitte, wenn ich nach Hause zurückwill. Wir sind nicht die gewöhnlichen Zugvögel, als die sie uns hinstellen. Wie kann denn um Himmels willen – und ich bin eine Christin – eine nachlässige Mutter ein so sauberes Zuhause bieten, das ich gern zum Beweis vorführe, mit ein paar heiteren Akzenten und alles an seinem Platz. Ich scheue mich nicht davor, unser Essen gut einzuteilen. Es ist schließlich keine Schande, Bohnen zu kochen und Maisbrot zu backen und es sich dann gut einzuteilen. Der Geizkragen war Mr. Ekdahl, damals in der Granbury Road in Benbrook, als er anfing, die Ehe zu brechen. Aber mir hat man Ausschreitungen und Wutausbrüche vorgeworfen. Ich habe meinen alten Namen wieder angenommen, Euer Ehren. Marguerite Claverie Oswald. Wir sind dann in die Willing Street gezogen, an die Bahnlinie.

Er zeichnete Männchen, und seinen Zeichnungen wurde eine gewisse Verarmung zugeschrieben.

Der Psychologe bescheinigte ihm eine »gehobene Normal-Intelligenz«.

Die Sozialarbeiterin schrieb: »Bei der Befragung stellte sich heraus, daß es ihm fast so vorkommt, als gebe es zwischen ihm und anderen Menschen einen Schleier, durch den hindurch sie ihn nicht erreichen können, aber er legt Wert darauf, daß dieser Schleier intakt bleibt.«

Die Lehrerin in der Schule berichtete, daß er Papierflieger durchs Klassenzimmer segeln ließ.

Er kehrte für den Rest des Schuljahrs in die siebte Klasse zurück. Im Dämmerlicht der Sommerabende fanden sich die Mädchen bei den Bänken am Bronx Park South ein. Jüdische Mädchen, italienische Mädchen in engen Röcken, Mädchen mit Kettchen um die Knöchel, im Gemurmel ihrer Stimmen tauchen immer wieder Jungennamen auf, Liedtexte, kleine Bemerkungen, die er nicht alle verstand. Sie sprachen ihn an, wenn er vorüberging, und er reagierte mit seinem unerforschlichen Lächeln.

Ah, eine nach Bier riechende Frau, im Bus auf dem Weg vom Strand nach Hause. Nach einem Tag in Sonne und Wasser spürt er das müde salzige Brennen in den Augen.

»Als ich dich damals bei meiner Schwester untergebracht habe«, sagte Marguerite, »war das Problem, daß sie einfach selbst zu viele Kinder hatte. Dazu die normalen Familienstreitigkeiten. Das bedeutete, daß ich Mrs. Roach in der Pauline Street einstellen mußte, als du zwei warst. Aber einmal kam ich heim und sah, daß sie dich schlug, du hattest Striemen an den Beinen, und da sind wir in den Sherwood Forest Drive umgezogen.«

Hitze drang durch die Mauern und Fenster in die Wohnung, sickerte durch das geteerte Dach. Männer trugen sonntags Gebäck in weißen Schachteln durch die Straßen. In einem Süßwarenladen wurde ein Italiener ermordet, von fünf Schüssen so getroffen, daß sein Gehirn neben dem Ständer mit den Comic-Heften gegen die Wand klatschte. Aus der ganzen Umgebung strömten Kinder in den Laden, um sich die Spuren der gräulichen Spritzer anzusehen. Seine Mutter verkaufte in Manhattan Strümpfe.

Eine Frau auf der Straße, völlig normal aussehend, vielleicht fünfzig Jahre alt, mit Brille und in einem dunklen Kleid, drückte ihm am Fuß der Hochbahntreppe ein Flugblatt in die Hand. *Rettet die Rosenbergs,* stand darauf. Er wollte es zurückgeben, denn er glaubte, er müsse dafür bezahlen, aber sie hatte sich bereits abgewandt. Er ging nach Hause, wo er im Radio die träge Stimme eines Baseballreporters hörte. Hier ist noch viel Platz, Leute. Kommt raus und genießt dieses Spiel und danach gleich noch eins. Es war Sonntag. Muttertag, und er faltete das Flugblatt säuberlich zusammen und steckte es in die Tasche, um es später zu lesen.

Es gibt eine Welt innerhalb der Welt.

Er fuhr mit der U-Bahn nach Inwood rauf, hinaus zur Sheepshead Bay. Es gab ernste Männer dort unten, die sich im kupferroten Licht wiegten. Er sah Chinesen, Bettler, Männer, die mit Gott redeten, Männer, die in den Zügen lebten, Tag und Nacht, angeschlagen, mit verfilztem Haar, als geduldige Bündel auf den Korbsitzen schlafend. Er hatte sich einmal an den Drehkreuzen vorbeigeschmuggelt. Er fuhr zwischen den Waggons und hielt sich dabei an der schweren Kette fest. Er spürte die Reibung zwischen Rädern und Geleisen in den Zähnen. Die Züge fuhren manchmal so schnell. Er genoß das Gefühl, daß sie im Grenzbereich waren. Woher wollen wir wissen, daß der Wagenführer nicht verrückt ist? Eine merkwürdige Erregung packte ihn. Die Räder entfesselten blauweißen Funkenregen, wo alles außer Kontrolle geraten mußte. Menschen drängten herein, jedes nur denkbare Gesicht aus dem Buch der Gesichter. Sie schoben sich durch die Türen, sie hingen an den Porzellanhaltern. Er wollte nur U-Bahn fahren, sonst nichts. Der Lärm war eine Macht, eine menschliche Kraft. Die Dunkelheit war eine Macht. Er stand vorne im ersten Wagen, die Hände platt gegen das Glas gedrückt. Der Blick auf die Schienen war eine Art von Macht, ein Geheimnis und eine Macht. Die Lichtkegel suchten sich geheimnisvolle Dinge. Der Lärm war von einer Wildheit, die er in seinem Kopf wiederfand, eine wohltuende Welle der Wut und des Schmerzes.

Nie wieder in seinem kurzen Leben, nirgends auf der Welt, würde er je noch einmal diese innere Macht spüren, die zu einem schrillen Schrei anschwoll, diese geheimnisvolle Kraft der Seele in den Tunnels unter New York.

17. APRIL

Nicholas Branch sitzt in dem mit Büchern gefüllten Raum, dem Raum der Dokumente, dem Raum der Theorien und Träume. Im fünfzehnten Jahr müht er sich jetzt damit ab und fragt sich manchmal, ob er nicht wesenlos wird. Daß er alt wird, weiß er. Zeitweise kann er sich nicht auf die vorliegenden Fakten konzentrieren und muß immer und immer wieder auf die Seite, die Zeile, das feinkörnige Detail eines bestimmten Nachmittags zurückkommen. Er gleitet in diese Nachmittage hinein und wieder heraus, die hellen heißen Himmel, die dürftigen Daten Farbe und Tiefe geben. Er schläft manchmal ein, auf dem Stuhl zusammengesackt, die gekrümmten Finger einer Hand am Teppichboden. Dies ist der Raum des Alterns, der feuersichere Raum, überall Papier.

Doch er weiß, wo alles ist. Aus einem Aktenstapel, der sich an einer Wand bis zu halber Zimmerhöhe auftürmt, zieht er geschickt genau die Akte heraus, die er haben will. Die Stapel sind überall. Die Schreibblöcke und Bandkassetten sind überall. Die Bücher füllen hohe Regale an drei Wänden und bedecken den Schreibtisch, einen weiteren Tisch und einen großen Teil des Fußbodens. Ein wuchtiger Aktenschrank ist vollgestopft mit Dokumenten, so alt und dicht gepackt, daß sie möglicherweise drauf und dran sind, sich selbst zu entzünden. Hitze und Licht. Keine Systematik hilft ihm, das Material in dem Raum aufzuspüren. Er nutzt Hand und Auge, Farbe und Form und Erinnerung, die äußere Gestalt aufschlußreicher Dinge, die einen Gegenstand mit seinem Inhalt verknüpfen. Er wacht plötzlich auf und weiß nicht recht, wo er ist.

Manchmal blickt er um sich, entsetzt über das Gewicht des Ganzen, über die Karriere von Papier. Er sitzt inmitten der Datenjauche aus Hunderten von Menschenleben. Ein Ende ist nicht in Sicht. Wenn er etwas braucht, einen Bericht oder eine Abschrift, irgend etwas, gleich wie schwierig, braucht er es nur zu sagen. Der Kurator reagiert schnell, besteht nachdrücklich darauf, genau das richtige Dokument in einem Bereich der Untersuchung zu liefern, der durch Doppeldeutigkeiten und Irrtümer gekennzeichnet ist, durch politische Vorurteile und systematisches Phantasieren und nicht nur das richtige Dokument, nicht nur eine unbedeutende Fußnote aus einer frei zugänglichen Quelle. Der Kurator schickt ihm Material, das noch kein Mensch außerhalb des Hauptquartiers in Langley gesehen hat, Material, das die Ergebnisse interner Untersuchungen umfaßt, vertrauliche Akten direkt aus dem CIA-eigenen Sicherheitsbüro. Branch ist dem derzeitigen Kurator noch nie begegnet und bezweifelt, daß er ihn je kennenlernen wird. Sie verkehren telefonisch miteinander, kurz und knapp, aber nie unhöflich, denn irgendwie sind sie ja Kollegen.

Nicholas Branch in seinem mit feinem Leder bezogenen Lehnsessel ist ein pensionierter Leitender Analytiker der CIA, der sich vertraglich dazu verpflichtet hat, die geheime Geschichte der Ermordung von Präsident Kennedy zu schreiben. Sechskommaneun Sekunden Hitze und Licht. Laßt uns eine Sitzung einberufen und das verschwommene Foto analysieren. Laßt uns alles dem Bemühen unterordnen, diesen Augenblick zu verstehen, die einzelnen Bruchteile jeder ereignisreichen Sekunde voneinander zu trennen. Wir werden Theorien aufstellen, die funkelnden Jadegötzen gleichen, faszinierende, auf Mutmaßungen aufgebaute Denkmodelle, viergesichtig, elegant. Wir werden die Flugbahnen der Kugeln zurückverfolgen, bis hin zu Lebensgeschichten, die sich im Schatten abspielen, zu leibhaftigen Männern, die in ihren Träumen stöhnen. Elm

Street. Eine Frau wundert sich, daß sie im Gras sitzt, ringsum von Blutspritzern umgeben. Tenth Street. Eine Zeugin läßt ihre Schuhe auf der Motorhaube eines Wagens liegen, der einem blutenden Polizisten gehört. So merkwürdig, findet Branch, daß es fast etwas Heiliges hat. Vieles hier ist heilig, eine Abweichung im Herzland der Realität. Wir sollten die Dinge wieder in den Griff bekommen.

Er gibt ein Datum in den Home-Computer ein, den der CIA ihm der bequemen Nachforschungen wegen zur Verfügung gestellt hat. 17. April 1963. Sofort erscheinen die Namen, zusammen mit den Hintergrundinformationen, Verbindungen, Örtlichkeiten. Der helle heiße Himmel. Die schattige Straße voll hübscher alter Häuser mit Fachwerk aus heimischer Eiche.

Amerikanische Küche. Diese hier hat eine Frühstücksnische, in der ein Mann namens Walter Everett jun. am Tisch saß und nachdachte, Win, wie sie ihn nannten, versunken in die ringsum sich mehrenden Morgengeräusche, das Erwachen altvertrauter Laute, Mosaik und Herzschlag in jedem glücklichen Zuhause, das Klicken der herausspringenden Toastbrote, Radiostimmen mit ihrem vertrauten und geschäftigen Timbre, ein optimistisches Summen in den Ohren. Der *Record-Chronicle* lag noch so, wie ihn der Zeitungsjunge zusammengefaltet hatte, neben seinem Ellbogen. Bilder flackerten im sonnenbeschienenen Glanz der Küchengeräte, etwas war immer in Bewegung, eine wandernde Helligkeit, so viel Wissenswertes in der Welt. Er rührte in seinem Kaffee, dachte nach, rührte, saß da in dem alles überflutenden Licht, ließ den Löffel nun pendeln – allem Anschein nach ein sanfter und zurückhaltender Mann.

Er dachte über Geheimnisse nach. Warum brauchen wir sie, und was bedeuten sie? Seine Frau griff nach dem Zucker.

Wichtige Gedanken beschäftigten ihn beim Frühstück. Gedanken beschäftigten ihn mittags in seinem Büro im altehrwürdigen *Old-Main*-Gebäude. Abends saß er auf der Veranda und dachte nach. Er hielt es für ein Naturgesetz, daß sich Männer mit Geheimnissen oft zueinander hingezogen fühlen, nicht weil sie ihr Wissen mit jemandem teilen wollen, sondern weil sie die Gesellschaft der Gleichgesinnten, der Leidensgenossen, brauchen – kurze Ferien von jenem anderen Leben, von der unheimlichen Wirklichkeit des Zusammenlebens mit Menschen, die nicht von Berufs wegen oder im Dienst Geheimnisse haben oder deren Arbeit nicht untrennbar mit der eigenen Existenz verknüpft ist.

Mary Frances sah zu, wie er den Toast mit Butter bestrich. Er hielt das Brot zwischen den Fingern der linken Hand und führte das Messer in gleichmäßigen Bewegungen hin und her, hin und her. Wollte er nur die Butter gleichmäßig verteilen? Oder gab es andere, tieferliegende Bedürfnisse? Es war traurig mit anzusehen, wie er sich in einer nichtigen Tätigkeit verlor, ewig Butter verteilte, aus einer alltäglichen Sache eine leere Zwangshandlung machte, ohne Sinn oder Notwendigkeit.

Sie verstand es, sich nur in vernünftigem Maße Sorgen zu machen. Sie verstand es, den Klang ihrer eigenen Stimme so einzusetzen, daß er auf den sicheren und festen Boden zurückkehrte, an den gedeckten Frühstückstisch, am zehnten sonnigen Tag hintereinander.

»Einer der schönsten Augenblicke? Und ich hab das nie wahrgenommen, bevor wir hierher gezogen sind? Leute, die aus der Kirche strömen. Einfach an der Treppe stehen bleiben und miteinander reden. Ist das nicht ein wunderschöner Anblick?«

»Du hast geglaubt, hier unten gibt's nur Banditen.«

»Mir gefällt es hier. Du hast doch die Probleme.«

»Männer, die stolz und aufrecht in die Kneipe gehen. Durstig vom Viehauftrieb.«

»Ich rede von Kirchen auch anderswo. Ich hab das einfach nie beachtet.«

»Ich sehe gern Leute, die aus Motels kommen.«

»Nein, ganz im Ernst. Es ist doch ein reizvoller Anblick,

wenn die Leute nach dem Gottesdienst langsam aus der Kirche kommen und sich auf dem Rasen oder der Treppe zu kleinen Gruppen zusammenfinden. Sie sind so schön angezogen.«

»Genau deshalb mochte ich als Junge die Sonntage nicht. All die altmodischen Leute in ihrer steifen Kleidung. Das hat mich immer fürchterlich deprimiert.«

»Was ist daran so schlimm? Also, ich bin gern eine altmodische Frau.«

»Dich hab ich auch nicht gemeint.«

Er streckte die Hand aus und strich ihr kurz über den Arm, wie immer, wenn er das Gefühl hatte, er könnte etwas Falsches gesagt oder ihr das Wort abgeschnitten haben. Hör nicht auf meine Worte. Trau meinen Händen, meiner Berührung.

»Es hat so was Behagliches«, sagte sie.

Wir gehen gern aufeinander zu, um beim anderen Trost für unsere Krankheit zu suchen. Der Gedanke beschäftigte ihn am Frühstückstisch in dem freundlichen alten, um die Jahrhundertwende erbauten Haus, mit der geschwungenen Veranda, den Eichenpfeilern, die von einer Klettertrompete umrankt waren. Er hatte Zeit zum Nachdenken, Zeit, alt zu werden, ein alter Mann in Aspik, aus Seife geschnitzt, wunderlich und weiß. Es war nicht ungewöhnlich, daß Männer im Geheimdienst mit einundfünfzig in den Ruhestand gingen. Von irgendeinem Ausschuß war einem Versorgungsplan zugestimmt worden, und in einer amtlichen Erklärung war vom beschwerlichen Leben dieser Leute die Rede, von ihren familiären Problemen, von der Vergänglichkeit von Aufträgen. Doch Win Everetts Rückzug war nicht ganz freiwillig. Es gab da die Geschichte in Coral Gables. Es gab Tests mit dem Lügendetektor. Und von Spezialisten auf drei Ebenen bekam er den Begriff »Motivationsverlust« zu hören. Zwei davon waren CIA-Psychiater, der dritte ein freigegebener Kontaktmann in der Außenwelt, die ihm so unheimlich und real vorkam.

Sie bezeichneten es als »aktiven Ruhestand«. Eine semantische Liebenswürdigkeit. Sie besorgten ihm hier eine Dozentenstelle und zahlten ihm ein Honorar dafür, daß er vielversprechende Nachwuchskräfte anwarb. An einem reinen Mädchen-College hatte das einen reichlich komischen Anstrich, den sogar Win auf eine bittere und selbstzerstörerische Art zu schätzen wußte, als sei er immer noch auf ihrer Seite und betrachte sich selbst aus einer gewissen Distanz.

So weit kommt es schließlich mit uns, dachte er. Daß wir uns selbst bespitzeln. Wir sind unserer eigenen inneren Distanz ausgeliefert. Ein Frühstücksgedanke.

Er klappte die leicht getoastete Brotscheibe zusammen, endlich bereit, mit dem Essen zu beginnen. In seinem Körper sah Mary Frances die Kraft der Überzeugung. Schmal und leicht gebaut. Ein sanftes Gesicht, klare Augen, eine hohe und traurige und gefleckte Stirn. Dieser Mann war von glühenden Überzeugungen erfüllt, von einem Gefühl für gerechte Anliegen. Mary Frances sah das nun klarer als je zuvor, nachdem sie ihn aus den Kommissionen und Planungsgruppen, den Projektgruppen und geheimen Ausbildungslagern verbannt hatten. Ohne echte Pflichten, ohne Kontakt zu den Männern und Ereignissen, die seine Hingabe mit Leben erfüllten, gab es für ihn nur noch das Grundsätzliche, nur noch die Hingabe. Sie fürchtete, er könnte zu einem jener Männer werden, die aus ihrem Groll eine heilige Sache machen, die über die Jahre in einem reinen und gequälten Licht erstrahlt. Im Radio sprachen sie von fünfundzwanzig Grad. Gott ist in Texas gesund und munter.

Suzanne, ihre Sechsjährige, kam herein, offenbar schon wieder hungrig. Den Kopf auf seinen Arm gestützt, stand sie neben ihrem Daddy, einen Fuß etwas über den anderen geschoben, fast mürrisch, das alltägliche Betteln um Aufmerksamkeit. Ihr Haar war vom gleichen nüchternen Blond wie das ihrer Mutter, dicht und drahtig, doch ihr Gesicht war blasser als das von Mary Frances, ohne die Spuren von Wind und Wetter. Weil sie sich ein Kind gewünscht, die Hoffnung aber schon aufgegeben hatten, verkörperte sie etwas Selbstloses in der Welt, eine hochherzige Kraft, die den Kleinmut der Eltern in bewundernde

Ehrfurcht verwandeln konnte. Win zog sie auf seinen Schoß und ließ zu, daß sie theatralisch zusammensackte. Er fütterte sie mit dem Rest seines Toastes und machte, ein Blitzen in den grauen Augen, schmatzende Geräusche, während sie kaute. Mary Frances hörte im Sender KDNT *Lebenslinien*, wo Eltern ermahnt wurden, noch wachsamer zu kontrollieren, was ihre Kinder lesen und sehen und hören.

»Überall lauern Gefahren«, sagte die grimmige Stimme.

Win tastete in seiner Brusttasche nach einer Zigarette. Suzanne hörte den Schulbus und lief hinaus. Stille breitete sich aus, die erste Pause des Tages, die erste kleine Erschöpfung. Dann machte sich Mary Frances in ihrem Viyella-Morgenrock daran, den Tisch abzuräumen, und eine Reihe heller klarer Töne hingen in der Luft, zart wie Handglocken.

Die zwei Männer saßen in Win Everetts provisorischem Büro im Untergeschoß des *Old Main* im schwachen und zuckenden Licht einer Leuchtstofflampe. Win war in Hemdsärmeln; er rauchte, konnte das Gespräch kaum erwarten, stellte überrascht und ein wenig bestürzt fest, daß er sich sehr darauf freute, bei einem Treffen mit einem früheren Kollegen Neuigkeiten austauschen zu können.

Im Flur arbeiteten Zimmerleute, Männer mit kurzgeschorenem Haar, die unter den Heizungsrohren standen und sich in träge schleppendem Tonfall etwas zuriefen.

Lawrence Parmenter beugte sich tief auf seinem Stuhl nach vorn, ein großer breitschultriger Mann im dunklen Anzug und einem blau gestreiften Hemd. Mit seinem blonden Haar, das an den Koteletten leicht grau war, strahlte er selbst im Sitzen Vitalität aus, und er machte den Eindruck eines Mannes, der seine Geschäfte gerne in einer lockeren, freundschaftlichen Atmosphäre bei ein paar Drinks erledigte. Für Win war er irgendwie ein eindrucksvoller Bursche, selbstsicher, mit guten Beziehungen, einer der Männer hinter dem flotten und glänzenden Coup

1954 in Guatemala, ein Sammler edler Weine, ein Freund und Kampfgefährte seit den Schweinebucht-Tagen.

»Du lieber Gott, sie haben dich begraben.«

»Texas Woman's University. Laß dir das mal auf der Zunge zergehen.«

»Was unterrichtest du?«

»Geschichte und Volkswirtschaft. Vom DDP bin ich aufgefordert worden, nach vielversprechenden Studentinnen Ausschau zu halten. Ausländerinnen vor allem. Die stellen sich vor, daß wir eine zukünftige Premierministerin, die zufällig hier studiert, schon jetzt anwerben, sozusagen im Zustand der Unschuld.«

»Du lieber Himmel.«

»Erst überlassen sie mich den Psychiatern«, sagte Win, »und dann schicken sie mich ins Exil. Wo leben wir eigentlich?«

Sie lachten beide.

»Ich sage mir den Namen dieser Institution immer wieder vor. Ich bade darin, überlasse mich seiner Aura.«

»Texas Woman's University«, flüsterte Parmenter fast andächtig.

Win nickte nur. Er und Larry Parmenter hatten einer Gruppe angehört, die sich »SE Detailed« nannte und aus sechs Militär-Analytikern und Nachrichtendienstlern bestand. Die Gruppe war ein Element in einem vierstufigen Ausschuß, der die Aufgabe hatte, sich mit Castros Kuba und den damit zusammenhängenden Problemen zu beschäftigen. Die erste Stufe, genannt »Senior Study Effort«, setzte sich aus vierzehn hohen Beamten zusammen, zu denen Präsidentenberater, ranghohe Militärs, Sonderbeauftragte, Staatssekretäre, Chefs von Nachrichtendiensten gehörten. Sie tagten eineinhalb Stunden lang. Dann gingen elf Männer aus dem Raum, sechs kamen herein. Die so entstandene Gruppe, »SE Augmented« genannt, tagte zwei Stunden lang. Dann gingen sieben Männer, vier kamen hinzu, darunter Everett und Parmenter. Das war nun »SE Detailed«, eine Gruppe, die besondere verdeckte Operationen ausarbeitete und dann entschied, welche Mitglieder von »SE Augmented« über diese Pläne informiert werden sollten. Diejenigen, die informiert wurden, fragten sich, ob »Senior Study Effort« wissen wollte, was in Stufe Drei ablief. Die Wahrscheinlichkeit war gering. Wenn die Sitzung in Stufe Drei beendet war, gingen fünf Männer aus dem Raum, und drei paramilitärische Offiziere kamen herein, um »Leader 4« zu bilden. Win Everett war der einzige, der sowohl der dritten als auch der vierten Stufe angehörte.

»Könnte schlimmer sein«, sagte Parmenter. »Immerhin bist du noch drin.«

»Ich wäre liebend gern draußen, restlos, ein für allemal.«

»Und dann? Was würdest du tun?«

»Meine eigene Firma aufmachen. Als Berater.«

»Auf welchem Gebiet? Geheime Invasionen?«

»Das ist das eine Problem, das ich habe. Ich bin so was wie eine verdorbene Handelsware. Die zweite Schwierigkeit ist, daß ich herzlich wenig Talent zum Geschäftsmann habe. Ich versteh was vom Unterrichten. In den Akten der CIA gibt's wohl ein Bild meiner Seele aus der Zeit vor dem Sündenfall. Das haben sie sich angeschaut und mich dann hierher geschickt.«

»Sie haben dich behalten. Das ist das Entscheidende. Die sind schlauer als du denkst.«

»Ich wäre wirklich am liebsten draußen, für immer. Solange ich hier bin, arbeite ich noch für sie, auch wenn das Ganze ein schlechter Witz ist.«

»Sie werden dich zurückholen, Win.«

»Will ich denn zurückgeholt werden? Ich mag das Gefühl der Unaufrichtigkeit nicht, das ich dabei habe. Einerseits verachte ich sie, andererseits sehne ich mich nach ihrer Liebe und ihrem Verständnis.«

Wissen bedeutete Gefahr, Nichtwissen war ein geschätzter Aktivposten. In vielen Fällen waren dem DCI, dem Direktor der CIA, wichtige Informationen vorzuenthalten. Je weniger er wußte, desto entschiedener konnte er agieren. Er könnte vor einem Untersuchungsausschuß oder bei einer Anhörung oder bei einem *Oval-Office*-Plausch mit dem Präsidenten nicht so leicht die Wahrheit sagen, wenn er wüßte, was sie in »Leader 4« trieben, oder auch nur, worüber sie redeten oder im Schlaf murmelten. Die Vereinigten Stabchefs brauchten nicht alles zu wissen. Die schauerlichen Details von Operationen waren nicht für ihre Ohren bestimmt. Details waren eine Art von Verseuchung. Die Minister waren gegen Wissen abzuschirmen. Sie waren besser dran, wenn sie nichts wußten oder erst zu spät informiert wurden. Ihre Stellvertreter interessierten sich für Strömungen und Tendenzen. Sie wollten getäuscht werden. Sie verließen sich darauf. Dem Justizminister waren die bedenklichen Details vorzuenthalten, nur Ergebnisse mitzuteilen. Jede Ebene des Ausschusses sollte eine höhere Ebene abschirmen. Ihre Sprache war voller Doppeldeutigkeiten. Es gehörte schon eine besondere Erfahrung und viel Hintergrundwissen dazu, den wahren Sinn gewisser dunkler Bemerkungen zu entschlüsseln. Da gab es Pausen und leere Blicke. Geistvolle Rätsel gingen zwischen verschiedenen Befehlsebenen hin und her, wurden zerlegt, gelöst, ignoriert. Es mußte wohl so sein, gab Win im stillen zu. Die Männer auf seiner Ebene brachten immer neue Geheimnisse hervor, die zitterten wie die Eier von Reptilien. Die Männer machten Pläne, wie sich Castros Zigarren vergiften ließen. Sie entwarfen Zigarren mit eingebauten Sprengstoffkapseln. Sie arbeiteten an einem vergifteten Füllfederhalter. Sie konspirierten mit Typen aus dem organisierten Verbrechen, wollten Attentäter nach Havanna schicken, Giftmörder, Heckenschützen, Saboteure. Sie probierten ein Botulinus-Toxin an Affen aus. Fidel würde genau wie die langschwänzigen Primaten von Krämpfen geschüttelt werden, sich erbrechen, sich in Hustenanfällen winden und einen fürchterlichen Tod sterben. Man muß mal einen hilflos hustenden Affen gesehen haben. Grauenhaft. Sie wollten ihm Pilzsporen in den Taucheranzug schmuggeln. Sie entwarfen eine Unterwassergranate, die explodieren würde, wenn er schwimmen ging.

Die Ausschußmitglieder ließen nur Allgemeines nach oben durchdringen. Aber das eigentliche Ziel ihres Beschützerinstinkts war natürlich der Präsident. Sie wußten alle, daß JFK Castro am liebsten im Grab gesehen hätte, aber sie durften ihm nicht verraten, daß sie sich vorgenommen hatten, sein schuldhaftes Verlangen in die Tat umzusetzen. Das Weiße Haus sollte der Gipfel des Nichtwissens sein. Es war, als stehe ein makelloser Führer zu einer uralten Wahrheit, die von den anderen auf Grund ihres Auftrags in der komplexen Welt gezwungenermaßen nur rein theoretisch bewundert werden konnte.

Aber es gab noch tiefere Schatten, ein seltsames und schweres Schweigen um Pläne von einer Invasion der Insel. Der Präsident wußte natürlich davon – wußte in groben Umrissen, was geplant war, hatte eine Ahnung vom versprochenen Ausgang. Aber das System betätigte sich noch immer als schützende Muse. Er sollte die weicheren Konturen sehen, vor Verantwortung bewahrt werden. Geheimnisse schaffen sich ihre eigenen Netzwerke, glaubte Win. In all seinen merkwürdigen und zwanghaften Verstrickungen, seinen vieldeutigen Verdrehungen und beharrlichen Rätseln und fein abgestuften Wahnvorstellungen würde sich das System wenigstens so lange aufrecht erhalten, bis die Männer am Strand waren.

Nach der Schweinebucht war nichts mehr wie vorher. Win war im Frühjahr '61 ständig zwischen Miami, Washington und Guatemala City unterwegs, um verschiedene Teile der Operation stillzulegen, sich mit Stationschefs und Beratern zu betrinken, führenden Exilpolitikern irgendwie zu erklären, was schiefgelaufen war. Es war die Entwirrung des Knäuels, die ersten Wochen eines Scheiterns, das er offenbar mit aller Entschlossenheit und ohne Rücksicht auf sein eigenes Wohlergehen hinausziehen wollte, wie zum Ausgleich für die halbherzigen Maßnahmen, die zu der Niederlage geführt hatten. Ein neuer Ausschuß ersetzte den alten, weniger raffiniert aufgebaut, obwohl es vielfach dieselben Männer waren, die – ohne daß jemand überrascht oder empört gewesen wäre – in dem getäfelten Raum ihre Plätze einnahmen. Wieder plauderte man über den Tod Fidel Castros. Aber »SE Detailed« und »Leader 4« waren nicht mehr dabei. Die Gruppen wurden aufgelöst, ihre Mitglieder nicht als gescheiterte Verschwörer und Operatoren gebrandmarkt, sondern als diejenigen unter den amerikanischen Invasoren, die vom Anliegen der Exilkubaner persönlich am tiefsten berührt waren. Und gerade die wahrhaft Überzeugten mußten entfernt werden. Durch ihren Kontakt mit den führenden Exilpolitikern und ihre Arbeit bei der Zusammenstellung und Ausbildung der Landungsbrigade waren diese Männer zu empfänglich für politische Veränderungen geworden, lichtempfindlich, unberechenbar. All das wurde natürlich nicht ausgesprochen. Die Gruppen verschwanden einfach, und ihren Mitgliedern wurden ganz unterschiedliche Aufgaben übertragen, die nichts mit Castros Kuba zu tun hatten, der mondbeschienenen Zwangsvorstellung in der smaragdenen See.

Interessanterweise kamen einige der Männer auch weiterhin zusammen.

»Wird er uns finden?«

»Ich hab das Gefühl, er ist schon hier«, sagte Win.

»Mein Flug geht um fünf Uhr fünfundzwanzig.«

»Er findet uns.«

Sie saßen an der Imbißtheke in Shraders Drugstore am Gerichtsplatz. Win rührte seinen Kaffee um, dachte nach, saß da, rührte um. Larry duckte sich immer wieder, um Denton Countys Gerichtsgebäude besser sehen zu können, einen Kalksteinbau von abwechslungsreichem, ausgeprägtem Charakter, mit Türmchen, Ziergiebeln, Marmorsäulen, spitzen Kuppeln, Dachbalustraden, Pavillons im Stil des Second Empire.

»Wenn ich mir diese reich verzierten alten Gebäude an geschäftigen Plätzen der Städte anschaue, finde ich sie von einem Optimismus beseelt, der mir, glaube ich, sehr liegt. Sieh dir dieses Ding an. Einfach imposant. Stell dir mal einen Mann vor, der um die Jahrhundertwende in ein Städtchen im Südwesten kommt und so ein Gebäude antrifft. Welche Stabilität, welcher

Bürgerstolz. Es ist eine optimistische Architektur. Sie setzt darauf, daß die Zukunft so viel Sinn hat wie die Vergangenheit.«

Win sagte nichts.

»Ich rede von der amerikanischen Vergangenheit«, sagte Larry, »so wie wir sie voller Naivität sehen, und das ist die einzige Art von Unschuld, die ich billige.«

Das Thema war an sich Kuba. Sie hatten sich ein paarmal in Coral Gables getroffen, in einer Wohnung, die Parmenter dazu genutzt hatte, kubanischen Piloten auf dem Weg nach Nicaragua genaue Anweisungen zu geben. Sie redeten darüber, daß es gelte, unter den Exilkubanern Kontaktpersonen zu behalten, im Castro-Regime ein Netzwerk aufzubauen. Sie waren fünf Männer, die Kuba nicht aufgeben konnten. Aber sie waren auch eine geächtete Gruppe. Das gab ihren Treffen den Charakter einer Selbstbespiegelung. Ihr Interesse richtete sich nach innen. Es gab nur noch ein Geheimnis, das jetzt zählte, und das war die Gruppe selbst.

»Es ist gleich so weit«, sagte Win.

Sie gingen auf einen überdachten Eingang zu und betraten den langen dunklen Eisenwarenladen, einen Ort von verlorener und vorwurfsvoller Schönheit, wo Werkzeuge aus der Pionierzeit und uralte Waagen zu sehen waren und wo Win oft durch die zwei Gänge ging – wie ein Tourist zwischen mannshohen Ruinen, ausgedehnt und traurig. Er mußte sich daran erinnern, daß es nur Gebrauchsgegenstände waren. Er kaufte einen Malerspachtel, und als sie zu Larrys etwas abseits vom Platz geparktem Mietwagen zurückkamen, sahen sie eine Gestalt auf dem Beifahrersitz, einen breitschultrigen Mann in einem auffallenden bunten Freizeithemd. Es war T. J. Mackey, für Win ein Cowboytyp, aber von den Männern in »Leader 4« wahrscheinlich der erfahrenste, ein altgedienter Stabsoffizier, der Exilkubaner an Angriffswaffen ausgebildet und frühe Phasen der Landungen überwacht hatte.

Parmenter setzte sich ans Steuer und summte dabei eine Melodie, die ihn amüsierte. Win saß in der Mitte des Rücksitzes und gab Anweisungen. Mit Mackeys Ankunft bekam der Tag Sinn und Zweck. T-Jay hielt nichts von Klatsch und Tratsch. Er gehörte zu den Männern, denen die Kubaner folgten, ohne Fragen zu stellen. Er war auch der einzige, der sich weigerte, die Abmahnung zu unterschreiben, als die heimlichen Zusammenkünfte in Coral Gables vom Sicherheitsbüro abgehört worden waren. Wenn ein Monumentalgemälde von den fünf Verschwörern existierte und zeigte, wie sie mit gerunzelter Stirn und krummem Rücken finstere Pläne ausheckten und dabei von Agenten des Sicherheitsbüros überrascht wurden – Männern mit militärisch kurzem Haarschnitt und in Khakihemden mit natürlich abfallenden Schultern –, dann könnte ein solches Bild »Licht kommt in die Höhle der Gottlosen« heißen. Parmenter und zwei andere unterschrieben Abmahnungen, die zu ihren Personalakten genommen wurden. Win unterschrieb und stellte sich einem »technischen Interview«, einem Test mit dem Lügendetektor. Er unterschrieb eine Verzichtserklärung, die besagte, daß er sich dem Test freiwillig unterzog. Er unterschrieb ein Geheimhaltungsabkommen, das besagte, daß er mit niemandem darüber reden würde. Als er bei dem Test durchfiel, versiegelten Sicherheitsleute sein Büro, einen kleinen Raum mit einer blauen Tür, der im dritten Stock des neuen CIA-Hauptquartiers in Langley lag. In seinem Büro fanden sie Papiere und Notizen von Telefongesprächen, die neben den üblichen Mehrdeutigkeiten darauf hinzudeuten schienen, daß Win Everett eigene Leute bei »Zenith Technical Enterprises« unterbrachte, jener aufstrebenden Firma in Miami, die der CIA für ihre neue Welle von Operationen gegen Kuba als Deckadresse diente. Es war ein wenig zuviel. Erst führt er eine Gruppe an, die sich der befohlenen Auflösung widersetzt. Dann startet er innerhalb des ausgedehnten und vielschichtigen Anti-Castro-Programms der CIA eine eigene Operation. Als sich Win einem zweiten Test mit dem Lügendetektor stellte, saß er – die Elektroden in der Handfläche, die Manschette um den Bizeps, den Gummischlauch quer über der Brust – schon nach drei Fragen schluchzend an dem Tischgerät. Es kostete so viel Mühe, nicht zu lügen.

Sie verließen Denton und fuhren nach Süden in eine tiefgrüne Landschaft. Weideland war Büffelgras und Wacholderbüschen überlassen worden; sie kamen an Orte von einer plötzlichen Kahlheit, glühend und grell, zu einem einsamen verkrüppelten Baum, voll grimmiger Knoten. Der Himmel wölbte sich hier unerträglich hoch.

Mackey ließ den rechten Arm aus dem Fenster baumeln. Er hatte offenbar kein Auge für die landschaftlichen Reize. Sie fuhren an einer Baptistenkirche vorbei, die auf Schlackensteinen errichtet war. Wenn die anderen etwas sagten, neigte er den Kopf zur Seite oder schob den Unterkiefer vor, um so seine Zustimmung oder Belustigung zu zeigen.

Parmenter sagte: »Auf diesen alten Friedhöfen müssen Leute liegen, die mit Planwagen hier rausgekommen sind, um Indianer zu jagen oder als Wanderprediger umherzuziehen. Die Gegend hier ist hübsch, Win. Das wär's doch, verdammt noch mal: hier könntest du neu anfangen, deiner Tochter was bieten, dir ein Konzert- und Theaterabo nehmen. Die Schule bietet das bestimmt an. Nein, im Ernst.«

Augen im Rückspiegel.

Die Psychiater waren nicht unfreundlich. Aber sie hatten ihn an Krankheit erinnert. Sie verkörperten Krankheit, sie waren selber krank. Ihr Gesicht war stellenweise nicht sorgfältig rasiert. Er brachte es nicht übers Herz, sie darauf hinzuweisen. Diese Männer waren nett, aber unvollkommen oder zu vollkommen, überdeutlich sah er die winzig kleinen Haare. Motivationsverlust. Die Agency war in solchen Dingen tolerant. Die Agency hatte Verständnis. In Wahrheit hatte er keine Agenten bei Zenith Technical Enterprises untergebracht. Sein altes Team war schon an Ort und Stelle und arbeitete lediglich mit neuen Falloffizieren, die bereit waren, von geheimen Stützpunkten in den Keys zu Kaperfahrten aufzubrechen. Doch das belastende Material – fadenscheinig, vage, zufällig – war grundsätzlich schon zu schwerwiegend, als daß es von einem Mann in seiner Verfassung hätte zurückgewiesen werden können. Es war leichter, alles zu glauben, als es abzustreiten. Sie hatten seine Notizen entziffert, die Farbbänder aus seiner Schreibmaschine gelesen. Konnte er ihnen klarmachen, daß er Kuba liebte, die kubanische Sprache und Literatur kannte? Sie hatten den Inhalt seiner Verbrennungstaschen. Wie konnte er ihnen klarmachen, daß seine Machenschaften nicht mehr waren als die Randbemerkungen eines dickköpfigen Narren?

Er zog die Jacke aus und legte sie, nachdem er sie zuerst der Länge nach zusammengefaltet und dann quer übereinandergeschlagen hatte, neben sich auf den Sitz. Mit den Fingerspitzen klopfte er an die Hemdtasche, fingerte nach einer Zigarette.

Sie befanden sich auf einem sonst nur von Farmern benutzten Sträßchen und fuhren auf der Old Alton Bridge über den Hikkory Creek. Auf ein Zeichen von Win bogen sie nach rechts in einen Feldweg ein; auf rotem Lehm fuhren sie vier-, fünfhundert Meter unter einem dichten Dach aus Pfahleichen und Hikkorybäumen. Wald auf der einen, Weideland auf der anderen Seite. An dem schlichten Holzzaun ließ Larry den Wagen ausrollen. Win zündete eine Zigarette an und lehnte sich zwischen den Sitzen nach vorn. Die Köpfe der beiden vorne sitzenden Männer kamen ihm ein wenig entgegen, drehten sich aber nie nach ihm um.

»Wenn mir meine Tochter ein Geheimnis verrät«, sagte Win, »macht sie eine ganze Menge mit den Händen. Sie greift nach meinem Arm, packt mich am Hemdkragen, zieht mich zu sich heran, zieht mich in ihr Leben. Sie weiß, wie vertraulich Geheimnisse sind. Sie vertraut mir gern Dinge an, bevor sie einschläft. Geheimnisse haben etwas Übersteigertes, fast Traumhaftes. Mit ihnen läßt sich eine Bewegung unterbrechen, läßt sich die Welt anhalten, so daß wir uns in ihr sehen können. Aus dem Grund seid ihr hier. Ich brauchte nur Ort und Zeit festzulegen. Ihr seid gekommen, ohne zu fragen, warum. Ihr habt nicht überlegt, daß es eurer Karriere schaden kann, wenn ihr euch, nach allem was geschehen ist, mit Walter Everett jun. einläßt. Ihr seid hier, weil von einem Geheimnis etwas Belebendes ausgeht. Mein Töchterchen ist freigiebig mit ihren Geheimnissen. Besser fänd ich, ehrlich gesagt, wenn sie das nicht wäre. Geheimnisse geben ihr doch Kraft und Selbstbewußtsein und lassen sie etwas Besonderes sein. Woher soll sie wissen, wer sie ist, wenn sie ihre Geheimnisse preisgibt?«

Die zwei Männer warteten.

»Die Invasion ist gescheitert, weil hohe Beamte versäumt haben, die Grundvoraussetzungen zu überprüfen. Sie ließen sich von einer Stimmung mitreißen, die zu raschem Handeln zwang. Sie waren erpicht darauf, die Erkenntnisse anderer zu übernehmen. Das diente ihrem Schutz. Es gab nie einen klaren Plan. Niemand war je verantwortlich. Einige von ihnen wußten, daß es zur Katastrophe kommen würde. Sie ließen den Dingen ihren Lauf. Sie brachten sich aus der Schußlinie. Sie wollten es erledigt haben. Der Druck war groß, all die bewaffneten Exilkubaner aus Florida heraus- und nach Kuba hineinzubekommen. Vermutlich hat kein Mensch überlegt, was aus ihnen werden soll, wenn wir sie erst mal am Strand abgesetzt hatten. Damit waren wir an der Reihe. Wir waren auf den Flugplätzen oder an Bord der Schiffe, oder wir waren mit den Exilführern in Kasernen eingesperrt. Sie hatten Brüder und Söhne unter den Toten, und bewaffnete amerikanische Soldaten hinderten sie daran, die Kasernen in Opa-Locka zu verlassen. Was sollte ich diesen Männern sagen? Ich kam mir wie ein Bote vor, der Pest und Tod mit sich bringt. Dann der lange langsame Niedergang. Ich wollte das Scheitern rechtfertigen, wollte es dauerhaft machen. Wenn wir schon keinen Erfolg haben konnten, wollten wir wenigstens aus dem Mißerfolg das Beste herausholen. Genau darum ging es am Ende, als wir versuchten, die Dinge in Gang zu halten. Es war nur eine vergebliche Übung.«

Sie warteten. Sie waren geduldig und aufmerksam.

»Die Bewegung muß wieder zum Leben erweckt werden. Diese Operationen, die die Agency von den Keys aus unternimmt, sind nichts als Nadelstiche. Wir brauchen einen elektrisierenden Zwischenfall. JFK stellt sich darauf ein, die Differenzen mit Castro beizulegen. Auf der einen Seite sieht er in der Revolution eine Krankheit, die sich über ganz Lateinamerika ausbreiten könnte. Auf der anderen Seite verurteilt er Überfälle auf die Guerilla und will unsere Brigadekämpfer in die U. S. Army holen, wo man sie besser im Auge behalten kann. Wenn wir eine zweite Invasion wollen, eine Invasion, die aufs Ganze geht, ohne Einschränkungen oder irgendwelche Bedingungen, dann müssen wir bald etwas unternehmen. Was Kuba angeht, muß das bequeme Lavieren ein Ende haben. Wir brauchen einen Zwischenfall, der die Exilgemeinde und das ganze Land erregt und schockiert. Wir wissen, daß der kubanische Geheimdienst Leute in Miami hat. Wir wollen einen Zwischenfall inszenieren, der so aussieht, als hätten sie ins Herz unserer Regierung gezielt. Jetzt ist es an der Zeit, hohe Risiken einzugehen. Schluß mit den halbherzigen Maßnahmen, sage ich, Schluß mit dem Zögern und Zaudern.«

Ein Kleinlaster kam auf sie zugefahren, und sie kurbelten die Seitenfenster hoch, um den Staub draußen zu halten. Der Fahrer grüßte lässig, ohne die Hand vom Lenkrad zu nehmen. Sie warteten, bis der Staub sich gelegt hatte, und drehten dann die Fenster wieder herunter. Win machte eine kleine Pause, ehe er fortfuhr.

»Es gibt Dinge, auf die warten wir ein Leben lang, ohne es zu wissen. Plötzlich sind sie da, und uns ist sofort klar, wer wir sind und wie wir vorzugehen haben. Genau so einen Plan habe ich mir immer gewünscht. Ich glaube, ihr werdet spüren, daß er richtig ist. Und wir brauchen das hohe Risiko. Wir brauchen einen elektrisierenden Zwischenfall. Ihr habt darauf genau so sehnsüchtig gewartet wie ich. Davon bin ich fest überzeugt, sonst hätte ich euch nicht gebeten, herzukommen. Wir wollen ein Attentat auf den Präsidenten inszenieren. Wir planen jeden Schritt, gestalten jedes Detail, das zu diesem Zwischenfall führt. Wir stellen ein Team zusammen, hinterlassen vage Spuren. Die

Indizien sind nicht eindeutig. Aber sie weisen in Richtung des kubanischen Geheimdienstes, und zwar nach ganz oben. Der Plan enthält zudem eine zweite Kette von Spuren, noch unklarer, noch rätselhafter. Sie verweisen auf die Versuche der Agency, Castro zu ermorden. Ich arbeite an einem Plan, der sowohl Elemente der amerikanischen Provokation als auch der kubanischen Antwort enthält. Wir ziehen die ganze Geschichte mit Papieren durch: Pässe, Führerscheine, Notizbücher mit bestimmten Adressen. Unsere Schützen verschwinden, aber die Polizei findet eine Spur. Bestellscheine von Versandhäusern, Nachsendungsanträge, Fotos. Aus dem üblichen Alltagskram schneidern wir uns einen oder mehrere Täter. Schüsse fallen, die Nation ist schockiert, aufgewühlt. Die Spur der Papiere führt zu bezahlten Agenten, die inzwischen in Venezuela oder Mexiko verschwunden sind. Ich bin überzeugt, daß wir diesen Schritt tun müssen, um Kuba zurückzugewinnen. Dieser Plan hat Abstufungen und Varianten, denen ich erst ansatzweise nachgegangen bin, aber im wesentlichen steht er schon. Das spüre ich. Ich weiß, was Wissenschaftler meinen, wenn sie von eleganten Lösungen sprechen. Dieser Plan spricht irgend etwas in meinem Innersten an. Er ist von einer zwingenden Logik. Seit Wochen wächst er in mir heran, wie ein Traum, dessen Bedeutung langsam erkennbar wird. Genau diesen Zustand wollten wir immer erreichen. Es ist das wahre Verständnis für das Leben, das Geheimnis des Lebens, und wir müssen es sorgfältig hüten und aufrechterhalten, bis wir Schützen auf einem Dach oder einer Eisenbahnbrücke stationiert haben.«

Es herrschte Stille. Dann sagte Parmenter trocken: »An Castro sind wir nicht rangekommen. Also laßt uns Kennedy treffen. Könnte das nicht das Motiv sein, das dahintersteckt?«

»Aber wir treffen Kennedy ja gar nicht. Wir schießen daneben«, sagte Win.

Mackey war in der Esso-Tankstelle, etwa hundertfünfzig Kilometer vor der Grenze zu Louisiana, und steckte Vierteldollarmünzen in das öffentliche Telefon. Er versuchte einen Mann namens Guy Banister zu erreichen, einen ehemaligen FBI-Agenten, der ein Detektivbüro in New Orleans unterhielt. Banister war eine Anlaufstelle für CIA-Gelder, mit denen der Kampf gegen Castro in dieser Region finanziert wurde. Mackey kannte ihn aus der Zeit vor der Invasion, als Banister den Exilkämpfern Waffen und Munition geliefert hatte. Es war Zeit, wieder Kontakt aufzunehmen.

Die Stimme am anderen Ende der Leitung gehörte weder Banister noch seiner Sekretärin. Es dauerte einen Moment, bis Mackey die Stimme richtig zugeordnet hatte. David Ferrie. Der Ermittler, Schmiergeldverteiler und geistige Berater. Mackey legte den Hörer auf und ging über die windige Plaza zu seinem Wagen.

David Ferrie zog ein Gesicht, als er das Klicken im linken Ohr hörte. Er neigte zum Zucken. Er zuckte immer vor Spiegeln zusammen, wenn er seine selbstgemachten Augenbrauen und sein Mohairtoupet anklebte. Ferrie hatte ein seltenes und schreckliches Leiden, das nicht zu heilen war. Er war völlig unbehaart. Sein kahler Körper sah aus, als sei er aus der Erde gezogen worden, eine knollige Wurzel oder ein Pilz für Feinschmecker. Aber Ferrie dachte gar nicht daran, sich geschlagen zu geben, den Mut zu verlieren und sich in ein verdunkeltes Zimmer zurückzuziehen, um zu saufen und sich einen herunterzuholen. Er hatte ein lebhaftes Interesse an verschiedenen Dingen. So beschäftigte er sich fast schon sein ganzes Leben lang mit der Heilbarkeit von Krebs. Er hatte dazu eigene Nachforschungen angestellt und Aufsätze darüber geschrieben. Er interessierte sich für Hypnose und konnte Menschen in Trance versetzen. Ein starkes und bleibendes Interesse hatte er an der Fliegerei. Ferrie war Chefpilot bei Eastern Airlines gewesen, bevor seine Krankheit ihn aller Haare beraubte und bevor seine Sexspiele mit Jungen zu einem weit bekannten Faktum wurden, das die Verantwortlichen bei der Eastern als störend empfanden. Er interessierte sich für die kommunistische Gefahr. Und hatte an Kuba Interesse.

Kurz nachdem er den Hörer aufgelegt hatte, stand Ferrie in dem kleinen Raum hinter Guy Banisters Büro und rückte vor dem Spiegel mit allerlei Grimassen die halbkreisförmigen Augenbrauen zurecht. Er wollte in den Nachbarkreis rüberfahren, wo in einem Einkaufszentrum das Modell eines Atombunkers ausgestellt war. Er wollte sich die Ausmaße ansehen, wollte wissen, was für Vorräte sie hatten und wie sie die aufbewahrten. Er selbst besaß bereits Bettlaken aus Gummi und ein batteriebetriebenes Radio, an dem die CONELRAD-Frequenzen deutlich markiert waren. Er wußte von einem weiter im Südwesten liegenden unterirdischen Munitionslager, das sich möglicherweise in einen richtigen Bunker umbauen ließ, tief im Boden, weit weg von allem, mit Lebensmitteln und Wasser für viele Monate. Der Gedanke an die Bombe baute ihn irgendwie auf. Er stellte sich vor, wie befriedigend es wäre, allein in einem Loch zu leben. Nicht weil er einer mutierenden Lebensform glich, sondern nur um zusätzliche Zeit herauszuschinden, solange über der Erde die Hölle los war. Für sein unglückliches Leben hatte er eine Belohnung verdient.

Laurence Parmenter fuhr in seinem gemieteten Dodge Dart zurück zum Love Field Airport. Vorläufig wollte er lieber nicht über Everetts Plan nachdenken. Im Autoradio redete ein Evangelist über das Beten en detail und das Beten en gros. Bete für dich, bete für die Welt. Win war ein gescheiter Mann, engagiert und stets loyal, gescheit, sehr gescheit, aber er hatte eine Art Nervenzusammenbruch gehabt. So was kommt die ganze Zeit vor. Offenbar ging es ihm wieder gut, er wirkte hellwach, hatte alles wieder im Griff, aber es braucht seine Zeit, bis eine Idee ihren Schliff und das Wechselspiel ihres Feuers und Glanzes enthüllen kann. Nicht daß Larry vorhatte, diese Sache zu verschleppen. Er wollte Kuba zurück haben, je eher, je besser. Er hatte dort geschäftliche Interessen. Er hatte Rechte, Ansprüche, versteckte finanzielle Beteiligung an einer Leasingfirma, die dort auf ein Riesengeschäft mit Grundstücken hingearbeitet hatte, um die Voraussetzungen für Ölbohrungen zu schaffen – damals, bevor die forschen Rebellen von den Bergen heruntergekommen waren.

Er würde sich erst auf dem Rückflug nach Washington über Everetts Plan Gedanken machen. Einen Beefeater Martini schlürfen, gesalzene Nüsse knabbern, für sich beten, für die Welt beten. Eine Zeile aus einem alten Sauflied ging ihm plötzlich durch den Kopf. Aber wo hatte er das her? Kairo, 1944, Operationen zur Zersetzung der Kampfmoral, OSS, das »Büro für Geheime Dienste«. Für das OSS arbeiteten nur Absolventen von Eliteschulen wie Groton oder Yale, und Larry war Teil dieses Netzwerks aus sogenannten Gentlemen-Spionen, die heute oft wichtige Stellen in der CIA besetzt hielten. Er konnte sich weder zum alten Geldadel noch zu den eigentlich Auserwählten zählen, aber er gehörte dennoch dazu und war bereit, sich dem Willen der Leitung zu fügen. Sie waren gleichsam von reinem Geblüt, eine natürliche Fortsetzung von verschworenen Schülergemeinschaften mit geheimen Schwüren und Aufnahmeritualen; sie brachten all die Voraussetzungen mit, die jungen Männern mit einem ganz bestimmten, forschen Auftreten gemeinsam sind. Laut sang er: »Spione sind wir, fröhlich und frei, wir täuschen und lügen, was ist schon dabei.« Während er noch überlegte, wie der Liedtext weiterging, tauchte bereits der erste Hinweis zum Flughafen auf.

Im Radio sagte ein Nachrichtensprecher, eine Woche nach dem Mordanschlag auf Generalmajor Edwin A. Walker bewache die Polizei immer noch das Haus des umstrittenen Mannes aus dem rechten Lager. Es gebe keine neuen Hinweise in dem Fall.

Nach Einbruch der Dunkelheit breitet sich Stille aus, die Zeit des Rückzugs, Häuser im Schatten, die Straße einsam, ein Ort voller Geheimnisse. Was auch immer wir über unsere Nachbarn wissen, verliert sich und verstummt in dieser friedlichen Ruhe. Im Jasminduft entsteht eine anheimelnde Stimmung und verleitet uns zu vertrauensvoller Offenheit.

Win saß im Wohnzimmer und blätterte ein Buch durch. Zumindest tat er das nach Meinung seiner Frau, statt zu lesen. Blätterte Seite um Seite um, bis keine mehr da war. Er fragte sich, ob den beiden Männern klar war, daß er sie genau auf den 17. April hergebeten hatte, den zweiten Jahrestag der Schweinebucht. Ein Gedanke für die Zeit vor dem Einschlafen. Er blätterte eine weitere Seite um.

Oben lag Mary Frances im Bett. Sie machte sich Sorgen wegen des abgewetzten Teppichs, dachte ans Frühstück, dachte ans Mittagessen, gab sich Mühe, ihren albernen Stolz auf die renovierte Küche in Grenzen zu halten, aber die Küche war jetzt schön groß, schmuck und zugleich praktisch, mit einem stets eisfreien Gefrierschrank und all den farblich aufeinander abgestimmten Geräten, in der ruhigen, von Eichen und Pecanobäumen gesäumten Straße, sechzig Kilometer nördlich von Dallas.

IN NEW ORLEANS

Ein Klassenkamerad, Robert Sproul, sah ihn die Straße überqueren. Er trug seine Bücher über der Schulter. Zusammengehalten wurden sie von einem grünen Stoffgurt mit einem Koppelschloß aus Messing. U. S. Marines. Sein Hemd war an einer Naht aufgerissen. Der Mundwinkel war blutverschmiert, und an der Backe hatte er eine Schramme mit Grasspuren. Er kam durch den Verkehr und ging geradewegs an Robert vorbei, der nun neben ihm her hastete und Lee ständig ansah, um ihm eine Erklärung zu entlocken.

Sie waren auf der North Rampart Street, am Rand des Quarter, wo zwischen all den Blechfabriken und Parkplätzen immer noch ein paar Häuser mit schmiedeeisernen Balkonen standen.

»Willst du mir nicht sagen, was passiert ist?«

»Keine Ahnung. Was ist passiert?«

»Du blutest wohl ganz zufällig aus dem Mund.«

»Die haben mir nicht wehgetan.«

»So was von Trotz. Du bist mein Held, Lee.«

»Geh weiter.«

»Die haben dich blutig geschlagen. Sieht aus, als hätten sie dich gründlich durch den Dreck gezogen.«

»Für die red ich komisch.«

»Sie haben dich so zugerichtet, weil du komisch redest? Was ist daran komisch, wie du redest?«

»Für die rede ich wie ein Yankee.«

Er schien zu grinsen. Es war typisch Lee, grundlos zu grinsen

– wenn es überhaupt ein Grinsen war und nicht irgendein Schielen oder ein Tick oder so was. Man konnte bei ihm nie sicher sein.

»Wir gehn am besten zu mir«, sagte Robert. »Wir haben elf verschiedene Antiseptika zu Hause.«

Mit seinen fünfzehn Jahren sah Robert Sproul wie die Miniaturausgabe eines College-Studenten aus. Weiße Wildlederschuhe, Khakihosen, ein Hemd mit Button-down-Kragen, den er offen trug. Zum zweiten Mal traf er Lee nun schon auf der Straße, nachdem dieser von anderen verprügelt worden war. Einige Jungen hatten ihn an der Anlegestelle der Fähre zusammengeschlagen, nachdem er in einem Bus hinten bei den Negern gesessen hatte. Ob aus Unkenntnis oder in voller Absicht, darüber gab Lee keine Auskunft. Auch das war typisch für ihn: wenn sie ihn zum Märtyrer machten, tat er so, als sei er nur ein Trottel, oder es war genau umgekehrt – Hauptsache, er wußte Bescheid und die anderen nicht.

Robert fand, wenn man bei Lee genau hinhörte, war da tatsächlich etwas von dem Gequake aus dem Norden, aber wer von dem Hin und Her in seinem bisherigen Leben wußte, konnte ihm das nicht vorwerfen.

Er verbrachte einen großen Teil seiner Zeit in der Bücherei. Anfangs ging er in die Zweigstelle gegenüber der Warren Easton High School. Es war ein zweigeschossiger Bau mit einer Blindenbücherei im Parterre und dem normalen Leseraum im Obergeschoß. Im Schneidersitz saß Lee stundenlang auf dem Boden und überflog die Buchtitel. Er wollte Bücher, die über das hinausgingen, was in den Schulbüchern stand, Bücher, die ihn von seinen Klassenkameraden abhoben und eine geschlossene Welt für ihn schufen. Die hatten ihre Staatsbürgerkunde und Hauswirtschaftslehre. Er wollte Themen und Ideen von historischem Ausmaß, Ideen, die sein Leben berührten, sein wahres Leben, den Wirbel der Zeit in seinem Innern. Er hatte

Pamphlete gelesen, er hatte Fotos in *Life* gesehen. Männer mit Mützen und verschlissenen Jacken. Dickleibige Frauen mit Kopftüchern. Menschen in Rußland, der anderen Welt, dem Geheimnis, das ein Sechstel der Landfläche der Erde bedeckt.

Die Zweigstelle war klein, und er wechselte zur Hauptbücherei am Lee Circle. Korinthische Säulen, hohe Bogenfenster, ein Team von vier Bibliothekarinnen an dem Schalter rechts neben dem Eingang. Er saß in dem halbkreisförmigen Leseraum. Alle möglichen Menschen hier, verschiedene Schichten und Manieren und Lesegewohnheiten. Alte Männer, das Gesicht tief in einem Buch, halb schlafend, nur hier, um der Welt da draußen zu entkommen. Alte Männer, die quer durch den Raum gingen, Männer mit Brotkrümeln in den Taschen, Ausländer, humpelnd.

Im Katalog stieß er auf Namen, die ihn mit einer seltsamen gezügelten Erregung innehalten ließen. Namen, die er seit Jahren wie Flüsterlaute gehört hatte, Männer der Geschichte und der Revolution. Er fand ihre Bücher und die Bücher über sie. Bücher mit abgewetzten Ecken. Bücher, von deren Rücken der Titel verschwunden war, von der Zeit geschluckt. Hier war *Das Kapital,* drei Bände mit wulstigen Lederrücken und verfärbten Seiten, mit unterstrichenen Passagen und merkwürdigen Notizen in einer zwanghaften Handschrift. Er fand mathematische Formeln, umfassende Theorien über Kapital und Arbeit. Er fand *Das Kommunistische Manifest.* Es war auf deutsch und auf englisch da. Marx und Engels. Die Arbeiter, der Klassenkampf, die Ausbeutung der Lohnarbeit. Hier standen Biographien und dicke Geschichtsbücher. Er fand heraus, daß Trotzki während seines Exils einmal in einem Arbeiterviertel in der Bronx gewohnt hatte, nicht weit von der Gegend, wo Lee mit seiner Mutter gewohnt hatte.

Trotzki in der Bronx. Aber Trotzki war nicht sein richtiger Name. Lenins richtiger Name war nicht Lenin. Stalin hieß eigentlich Dschugaschwili. Historische Namen, Decknamen, Kampfnamen, Parteinamen, revolutionäre Namen. Dies waren

Männer, die oft lange Zeit abgeschieden gelebt, die, dem Tod nahe, lange Winter im Exil oder im Gefängnis verbracht hatten, wo sie die Geschichte im Raum spürten und nur auf den Augenblick warteten, da diese die Mauern niederwalzen und sie mit sich reißen würde. Die Geschichte war für diese Männer eine Macht, die im Raum anwesend war. Sie spürten sie und warteten.

Das Lesen der Bücher war ein einziger Kampf. Es kostete ihn große Anstrengung, sie wenigstens in den Grundzügen zu begreifen. Aber die Bücher waren aus Kämpfen hervorgegangen. Es war ein Kampf gewesen, sie zu schreiben, ein Kampf, sie zu leben. Lee fand es angemessen, daß die Texte oft eine Zusammenballung dichter, widerspenstiger Theorie waren. Je schwieriger die Bücher, desto fester beharrte er auf einer Distanz zwischen sich und anderen.

Es gab genügend Dinge, die er verstand. Er konnte die Kapitalisten sehen, er konnte die Massen sehen. Es gab sie hier überall, um ihn herum, jeden Tag.

Marguerite bräunte Mehl in einer Pfanne mit schwerem Boden. Sie schauten einander beim Essen zu. Sie war immer da, die Hände geschäftig, die Augen hinter den dunkel eingefaßten Brillengläsern hellwach. Er sah die Strapazen und das zunehmende Alter in ihrem Gesicht, sah, daß die Haut am Haaransatz immer straffer wurde, und seine Gefühle schwankten zwischen Mitleid und Verachtung. Im Zimmer daneben saßen sie vor dem Fernseher. Kleine Weidenkörbchen hingen an der Wand. Zwischen Marguerites Haaren war der Schädel zu ahnen.

»Lillian sagt, ich verwöhne dich viel zu sehr. Du glaubst, ich bin dein Eigentum, sagt sie.«

»Ich bin dein Sohn. Du mußt tun, was ich will.«

»Das geb ich ja zu, was ich eigentlich nicht sagen sollte, aber deine Brüder waren mir eine Last. Sie verlangten eine Aufmerksamkeit, die ein Mensch überhaupt nicht geben konnte. Überhaupt das Menschliche. Wenn ich an die ganzen Tragödien denke. Dein Daddy spürt einen Schmerz im Arm, beim Rasenmähen. Und dann, ehe ich's recht begreife.«

»Sie sind beim Militär, um von dir wegzukommen.«

»Wenn ich mir vorstelle, ich bin eine Großmutter, die keiner liebt. Wir haben montags immer rote Bohnen und Reis gegessen. Ich hab dich im Kinderwagen zu Godchaux's mitgenommen.«

So weit er zurückdenken konnte, hatten sie immer in beengten Verhältnissen gelebt. Es war die elementare Erfahrung der Oswalds. Er roch die Luft, in der sie sich bewegte, roch ihre Kleider, die sie hinter eine Tür gehängt hatte, ein tropischer Dunst aus Korsetts und Eau de toilette. Er betrat Badezimmer, die von ihrem billigen Parfüm erfüllt waren. Er hörte sie im Schlaf murmeln und mit den Totenkopfzähnen knirschen. Er wußte, was sie sagen würde, sah ihre Gesten, noch bevor sie sie machte.

»Mir steht was Besseres zu.«

»Mir auch. Hier geht's um mich. Ich habe meine Rechte«, sagte er.

Er half ihr, halbmondförmige Bords an die Wand zu hängen. Er würde eine kommunistische Zelle finden und Mitglied werden. Dies war eine Stadt mit Hunderten von verschiedenen Ausländern und Ideen und Einflüssen. Da gab es Menschen, die in Zeitungsanzeigen ihren Schutzheiligen um einen Gefallen baten. Es gab Menschen, die eine Baskenmütze trugen, die keine zehn Worte Englisch sprachen. Unten an den Docks sah er unterdrückte Arbeiter, die vierzig Kilo schwere Bananenbündel aus Honduras löschten. Er würde eine Zelle finden, Aufgaben übertragen bekommen, um sich zu bewähren.

»Lillian erwartet, daß man sich endlos bedankt. Sie zehrt von dem ewigen Danke und Bitte.«

»Sie meint doch, wir sind den Bettlern auf der Straße nur einen Schritt voraus.«

»Sie meint, wir sind ihr zu Dank verpflichtet«, sagte Marguerite. »Als Kind war ich beliebt. Ich will mich an die Tatsachen halten.«

Sie hatten bei ihrer Schwester Lillian in der French Street gewohnt. Sie mieteten eine Wohnung in der St. Mary Street und zogen nach einiger Zeit in eine billigere Wohnung im selben Gebäude. Danach zogen sie dann ins Quarter.

Er ist ein ruhiger und fleißiger Schüler, der wie jeder andere Junge seine Mahlzeiten haben will.

»Die Claveries waren arm, aber nicht unglücklich. Montags aßen wir rote Bohnen und Reis. Nur weil wir ein paar Wochen bei ihr wohnen durften, aber ich weiß, was sie hinter meinem Rücken sagt. Die reden und erfinden Geschichten, die mich nicht überraschen. Sie haben ihre eigenen Gründe, aber darüber reden sie nicht. Sie sagen, ich vertrag mich mit keinem, ich geh zu schnell hoch, oder was. Sie sagen nie, daß sie selber schuld sein könnten. Daß man mit ihnen nicht vernünftig reden kann. Sie sagt, ich nehme irgendein Wörtchen und mach eine Riesengeschichte daraus, die so lang zwischen uns steht, bis wir uns zufällig auf der Straße treffen, und dann heißt's: ›Tag, wie geht's, du mußt uns bald mal besuchen.‹

Sie meint, nur weil sie mir Geld gibt, damit ich ein Fahrrad mieten kann.«

Sie wohnten in einem dreigeschossigen Haus in einer Gasse, die zur Canal Street führte, wo hin und her hastende Menschen und Schaufenster der prallen Hitze ausgesetzt waren. Das Haus hatte gewölbte Eingänge mit dekorativen Wappen. Das gefiel Marguerite am besten. Doch sonst gab es keinen Grund zur Freude. Lee hatte das Schlafzimmer, ihr blieb die ausklappbare Couch.

Auf dem St. Louis-Friedhof Nummer Eins sieht er einen alten Neger in Strümpfen, der schnarchend an einer der Familiengruften lehnt, während die Sonne auf bernsteinfarbene Glasscherben herunterbrennt.

Sie schauten einander beim Essen zu. Er übte Schachzüge am Küchentisch. Sie beschrieb Häuser und Gärten und Möbel aus dem ersten Viertel des Jahrhunderts in New Orleans, wo sie eine glückliche Kindheit verbracht hatte. Er wußte, daß diese Dinge wichtig waren. Er bestritt nicht den Wert dessen, was sie schilderte, oder die Kraft der Bilder, die sie mit sich herumtrug. Es waren wichtige Dinge, Familie, Geld, Vergangenheit, aber mit seinem wahren Leben, dem nach innen wirbelnden Ich, hatte es nichts zu tun, und er ließ ihre Stimme durch ein Loch in der Luft fallen.

Vor einer Kneipe sieht er, wie ein furchteinflößender Typ, wahrscheinlich Mexikaner, unter dem Gelächter seiner Kumpel plötzlich als Frau posiert.

Er hatte sein einbändiges Universallexikon, das er nach Meinung seiner Tante Lillian las, als wäre es ein Abenteuerroman. Kinetische Energie. Grand Coulee Damm. Er würde in eine kommunistische Zelle eintreten. Bis in die Nacht hinein würden sie über Theorien diskutieren. Sie würden ihm Aufgaben übertragen, Nachteinsätze, die Intelligenz und Heimlichkeit erforderten. Er würde dunkle Kleidung tragen und im Regen über Dächer klettern.

Wie viele Menschen wissen, daß ein Ziegenmelker ein Vogel ist?

Er bekam einen Brief von seinem Bruder Robert, seinem leiblichen Bruder, der immer noch bei den Marines war. Er riß ein Blatt aus seinem Spiralheft und schrieb ihm sofort zurück, wobei er vor allem Fragen beantwortete. Er mochte seinen Bruder, war sich aber sicher, daß Robert nicht wußte, wer er war. Es war seit Urzeiten das Familiengeheimnis. Du weißt nicht, wer ich bin. Robert war nach ihrem Vater, Robert E. Lee Oswald, genannt worden. Da hatte er auch seinen eigenen Namen her, Lee. Sein Vater lag am Ende der Lakeview-Linie und wurde zu Kalk.

»Ich hab dich zu Godchaux's mitgenommen, damit wir uns die Flagge ansehen konnten, wir beide. Es war Krieg, wir wohnten noch in der Pauline Street, und da hing eine sieben Stockwerke lange Flagge an der Fassade von Godchaux's runter, wo ich mir das hellgraue Kostüm gekauft hab, das ich auf dem Foto mit Mr. Ekdahl anhabe, kurz nach unserer Hochzeit. Eine sieben Stockwerke lange amerikanische Flagge. Und dann gab's Ärger mit Mrs. Roach, weil du mit einem Spielzeug aus Eisen nach ihr geworfen hast.«

Er wollte eine Geschichte über einen der Besucher der Blindenbücherei schreiben. Das war die einzige Möglichkeit, sich ihre Welt vorzustellen.

Marguerite hatte blaue Augen und dunkle Wimpern. Sie arbeitete als Verkäuferin und Kassiererin ganz in der Nähe des Strumpfwarengeschäftes an der Canal Street, das sie vor mehr als zehn Jahren geleitet hatte, ehe sie rausgeflogen war. Sie könne nicht addieren und subtrahieren, wurde als Grund angegeben. Marguerite wußte es besser; sie spürte, daß die Stimmung gegen sie war, hörte das Geflüster voller Gehässigkeit und Groll gegen die Welt, und doch war es nicht so schlimm wie seinerzeit in New York, als sie bei Lerner's rausflog, weil sie angeblich kein Deodorant benutzte. Das stimmte nicht, denn sie benutzte täglich einen Deoroller, und wenn der nicht so wirkte, wie die im Fernsehen es immer sagten, war das doch kein Grund, sie als nicht gesellschaftsfähig anzuprangern. Was merkwürdige Gerüche betraf, so war man in New York nicht von gestern.

Er machte seine Hausaufgaben am Küchentisch, beschäftigte sich mit Fragen, auf die nur Schwachsinnige gern antworten würden. Um ihn morgens für die Schule zu wecken, stellte sie sich in die Tür und klatschte nachdrücklich in die Hände, wobei sie mit den Fingern der einen Hand gegen die flache andere Hand schlug. Bei ihrem Anblick kamen ihm manchmal Mordgedanken, etwa wenn er ihr wider Erwarten auf der Straße begegnete. Er hörte ihre Schritte, hörte ihren Schlüssel im Schloß. Die Stimme rief etwas aus der Küche herüber, die Wasserspülung rauschte. Er kannte den Tonfall, die Pausen, wußte, was sie sagen würde, Wort für Wort, noch ehe sie den Mund aufmachte. Sie stand in der Tür und klatschte in die Hände. Raus aus den Federn.

»Es ist von vornherein klar«, las er, »daß die Bestimmung des in Arbeitskraft ausgelegten Kapitals als zirkulierend oder flüssig eine sekundäre Bestimmung ist, worin seine differentia specifica im Produktionsprozeß ausgelöscht ist.«

Er versuchte mit Robert Sprouls Schwester über Politik zu reden, in erster Linie, um überhaupt etwas zu sagen. Sie saßen in der geschlossenen Veranda im Haus der Sprouls und spielten Schach. Robert schrieb an seiner Semesterarbeit über die Geschichte der Luftmacht.

Sie war ein Jahr älter als Lee, weiche Haut, blond, mit einem ernsten Zug um die Lippen. Es kam ihm vor, als gebe sie sich Mühe, nicht zu hübsch zu wirken. Es gab solche Mädchen, die sich hinter einer Fassade der Ordentlichkeit und Zurückhaltung versteckt hielten.

»Eisenhower kommt zu gut weg«, sagte Lee, »und ich kann dir auch ein gutes Beispiel nennen.«

»Das glaub ich zwar nicht, aber schieß los.«

»Eisenhower und Nixon haben die Rosenbergs umgebracht. Garantiert. Sie sind dafür verantwortlich.«

»Ach komm, das sind doch Spinnereien.«

»Ganz und gar nicht.«

»Es hat einen Prozeß gegeben, wenn ich mich nicht sehr irre«, sagte sie.

»Daß Ike eine Flasche ist, weiß jeder. Er hätte die Hinrichtung verhindern können.«

»Wie im Kino, oder was?«

»Weißt du überhaupt, wer die Rosenbergs sind?«

»Ich sagte doch, es hat einen Prozeß gegeben.«

»Aber die Dinge, die geheim gehalten wurden, die nicht an die Öffentlichkeit kamen.«

Sie sah ihn scharf an. Sie hatte genau die richtige Größe. War nicht zu groß. Ihre Zurückhaltung gefiel ihm, die Art, wie sie die Figuren auf dem Schachbrett bewegte, fast verschämt, ohne sich anmerken zu lassen, daß es um Gewinnen oder Verlieren ging. Es regte ihn an und machte ihn unvorsichtig, ein Schachgenie mit schmutzigen Fingernägeln. Eine Mutter oder ein Vater ging irgendwo im Haus umher.

»Ich hab alles über die Rosenbergs gelesen, als ich in New York war«, sagte er. »Das Urteil elektrischer Stuhl stand bei denen von vornherein fest. Alle Kommunisten sollten wie Verräter aussehen, das war die Absicht. Ike hätte was tun können.«

»Er hat was getan. Er hat Golf gespielt«, sagte Robert.

»Jetzt kommt Senator Eastland nach New Orleans. Und es ist ja wohl klar, warum.«

»Er ist hinter dir her«, sagte Robert. »Er kann sich nicht erklären, weshalb ein Junge in der Civil Air Patrol ...«

»Er will die Roten ausbooten«, sagte Lee.

»Er fragt sich, weshalb ein anständiger Junge ...«

»Das Entscheidende am Kommunismus ist, daß Arbeiter dem System keinen Profit erwirtschaften.«

»Wenn du so nett lächelst, wird ihn das glatt umhauen. Ein jugendlicher Kommunist in der CAP.«

Lee ließ sich nicht ungern hänseln. Er warf einen Blick auf Roberts Schwester, um ihre Reaktion zu sehen, aber sie hatte die Augen aufs Schachbrett gerichtet. Gut erzogen. Er traf sie öfter in der Bücherei. Sie gehörte zu dem Team, das bei allerlei Wettkämpfen die Schulmannschaft anfeuerte, das Mädchen ganz hinten, das mehr oder weniger unbeachtet blieb.

»Und wenn sie doch Spione waren? Dann doch nur, weil für sie nun mal der Kommunismus das beste System war, das System, das keinen ausbeutet. Und schon wirst du auf den elektrischen Stuhl geschnallt.«

Lee spürte, daß Roberts Vater – oder war es seine Mutter – jetzt in die Nähe der offenen Tür gekommen war und dort jetzt lauschte.

»Wenn der Name Trotzki auf russisch geschrieben ist, sieht er ganz anders aus«, sagte er zu Robert Sprouls Schwester. »Und noch etwas, was keiner weiß. Stalin hieß mit richtigem Namen Dschugaschwili. Stalin bedeutet Mann aus Eisen.«

»Mann aus Stahl«, sagte Robert.

»Ist doch dasselbe.«

»Blödmann.«

»Wenn es um Rußland geht, lügen sie uns einfach an. Rußland ist nicht so, wie sie sagen. In New York verstecken sich die Kommunisten nicht. Du siehst sie auf der Straße.«

»Schnell, James, die Flitspritze«, sagte Robert.

»Erst machst du für das System, das dich ausbeutet, Profite.«

»Das Ungeziefer muß weg, bevor es sich ausbreitet.«

»Dann wollen sie dir ständig etwas verkaufen. Darauf baut alles auf, daß Leute zum Kaufen gezwungen werden. Wenn du nicht kaufen kannst, was sie anbieten, bist du in dem System eine Null.«

»Also, darum geht's doch nicht«, sagte die Schwester.

»Um was denn sonst?« fragte er sie.

Es war der Vater, der in der Tür erschien, ein großer Mann mit einer zusammengefalteten buntkarierten Decke über dem Arm. Er sah aus, als suche er nach einem Pferd. Er redete von Hausaufgaben und Besorgungen, er murmelte etwas von Familienangelegenheiten. Der Schwester war die Erleichterung deutlich anzusehen, spürbar und meßbar. Sie drückte sich an ihrem Vater vorbei und verschwand im halbdunklen Haus.

Der Vater ging mit Lee zur Haustür und machte sie so weit auf wie nur möglich. Sie sprachen nicht miteinander. Lee machte sich auf den Heimweg. Er ging durchs Quarter, vorbei an Hunderten von Touristen und Kongreßteilnehmern, die sich im leichten Regen in den Straßen drängten, genau wie in der Wochenschau.

Er behielt die marxistischen Bücher in seinem Zimmer, brachte sie zum Verlängern in die Bücherei, schleppte sie wieder nach Hause. Neugierige Klassenkameraden ließ er die Titel lesen, nur um zu sehen, wie sich ihre albernen Gesichter verdüsterten, aber seiner Mutter zeigte er die Bücher nicht. Die Bücher gingen nur ihn etwas an, wie etwas, das du findest und versteckst, wie ein Glückspfand, das das Geheimnis enthält, wer du bist. Die Bücher selbst waren geheim. Verboten und schwer zu lesen. Sie veränderten das Zimmer, gaben dem Raum Bedeutung. Lees freudlose Umgebung, seine schäbigen Kleider wurden durch diese Bücher erklärt und verwandelt. Er sah sich als Teil von etwas viel Größerem, Umfassenderem. Er war das Produkt einer umfassenden Geschichte, er und seine Mutter, eingeschlossen in einem Prozeß, in ein Geld- und Vermögenssystem, das ihren menschlichen Wert tagtäglich minderte, wie durch ein Naturgesetz. Die Bücher machten ihn zum Teil von etwas. Irgend etwas führte dazu, daß er in diesem Zimmer lebte, in dieser Haut steckte, und etwas anderes würde folgen. Männer in kleinen Zimmern. Männer, die lasen und abwarteten, die sich mit geheimen und fieberhaften Ideen abmühten. Trotzki hieß eigentlich Bronstein. Auch er würde einen Decknamen brauchen. Er würde einer Zelle beitreten, die in den alten Häusern an den Docks zusammenkam. Bis in die Nacht hinein würden sie über Theorien diskutieren. Aber sie würden auch handeln. Organisieren und agitieren. Er würde im Regen durch die Stadt gehen und dunkle Kleidung tragen. Er mußte nur noch eine Zelle finden. Keine Frage, sie waren hier. Senator Eastland ließ im Fernsehen keinen Zweifel daran. Rote Untergrundkämpfer in N'jorlenz.

Inzwischen las er die Marinekorps-Dienstvorschriften seines Bruders, um sich auf den Tag vorzubereiten, an dem er sich freiwillig melden würde.

In der Schule waren es – bis zu seinem Weggehen – vor allem zwei Jungen, die ihn die ganze Zeit »Yankee« nannten. Sie riefen es auf den Gängen hinter ihm her, sie riefen es quer durch die Schulkantine. Er lächelte und war bereit, sich zu schlagen, aber sie legten sich nie ernsthaft mit ihm an.

Die Ortsnamen auf den Auftragsformularen waren aufregend. Lissabon, Manila, Hongkong. Doch bald wurde ihm alles zur Routine, und er begriff, daß die Schiffe und Frachten und Bestimmungsorte nichts mit ihm zu tun hatten. Er arbeitete als Laufbursche. Er brachte Papiere zu anderen Speditionen und Schiffahrtsgesellschaften oder über die Straße zum Zollamt, das wie ein Geldtempel aussah, massig und grau, mit hohen Granitsäulen. Er sollte immer eifrig und hellwach wirken. Die anderen schienen sich auf seine gute Laune zu verlassen. Je weniger du in einem Büro zu sagen hast, desto mehr erwarten sie ein strahlendes Lächeln von dir. Er blieb stundenlang weg und ging ins Kino. Oder er setzte sich in ein unbenutztes, abgelegenes Büro im zweiten Stock und beschäftigte sich eingehend mit den Dienstvorschriften des Marinekorps.

Er lernte auswendig, was über den Einsatz tödlicher Gewalt zu finden war. Er befaßte sich mit den Exerzierregeln in geschlossener Ordnung und der Bedeutung von Streifen und Dienstgradabzeichen. Er führte unerlaubte Telefongespräche mit Robert Sproul, um ihm haarsträubende Abschnitte über das Kämpfen mit dem Bajonett vorzulesen. Über den Wirbel, den Hieb, den Schlag mit dem Kolben. Es gab unendlich viele Dinge, die er aus den Dienstvorschriften hätte zitieren können. Das Buch war nur für ihn geschrieben worden. Er vertiefte sich in die Bestimmungen, beeindruckt von der Strenge und Präzision, von der Flut furchteinflößender Details, die unheimlich waren, pedantisch, perfekt.

Robert Sproul wußte von einem Gewehr, das jemand verkaufen wollte, einem 22er-Karabiner, genau richtig für Mäuse und Ratten und so, oder wir schießen damit auf Blechbüchsen, und sie gingen in Lees Mittagspause in der Januarkälte zu einem billigen Hotel, das oberhalb des Geschäftsviertels lag, inmitten kleiner Autowerkstätten und Billigmöbelgeschäfte. Die Lobby glich dem Durchgang zu einer Toilette. Die Zimmer waren im ersten Stock, über einem mit Brettern vernagelten Laden, an dem das Schild eines Immobilienmaklers hing. Robert hatte nur die Zimmernummer des Verkäufers, wußte aber nicht, wie er hieß. Der Mann war vermutlich mit David Ferrie bekannt, einem Flugzeugpiloten und Ausbilder bei der Civil Air Patrol. Ferrie hatte die Einheit geführt, zu der sich Robert und Lee diesen Sommer gemeldet hatten, auch wenn Lee nur dreimal mitgemacht hatte, gerade lang genug, um die Uniform zu bekommen.

Zur Überraschung der Jungen machte ihnen Captain Ferrie selbst die Tür auf. Ein Mann Ende Dreißig, mit einem traurigen Gesicht, freundlich, im Bademantel und in Nylonsocken, die bis ans Knie reichten. Er bat sie mit einer Handbewegung ins Zimmer, wobei er Lee sorgfältig musterte. Die Jalousien waren zu. Überall lagen Kleider herum, chinesisches Essen quoll aus weißen Pappschachteln, auf dem Boden einige Banknoten und Münzen. Das Zimmer war irgendwie erstarrt, schien in einer eigenen Zeitzone zu existieren.

»He Jungs, wie schön. Euer Besuch ist mir angekündigt worden. Alfredo verkauft sein Gewehr, wie ich höre. Er will einen Mann damit erschossen haben. Irgendeinen millionenschweren Gringo. Jeder Latino hat in seinen Tagträumen schon mal einen Gringo getötet. Das hier ist natürlich nur eine vorübergehende Bleibe. Euer Fliegeras wartet auf den nächsten Auftrag.«

Ferrie saß inmitten der verstreuten Kleider in einem Sessel. Robert warf einen kurzen Blick auf Lee. Die Andeutung einer Grimasse.

»Laßt mich überlegen«, sagte Ferrie. »Robert kenne ich aus unseren Unterrichtsstunden im Eastern-Hangar in Lakehurst. Das scheint schon hundert Jahre her zu sein. Aber wer ist der schüchterne junge Mann mit den hübsch gescheitelten Haaren?«

»Ich bin ein paarmal hingegangen«, sagte Lee, »aber dann hab ich's aufgesteckt.«

»Aber du warst da. Ich hab's mir gedacht. Ich war mir sicher. In Uniform. Die Uniform ist das Entscheidende. Ich kenn doch meine Jungs. Ich vergeß keinen Kadetten. Kennt ihr Dennis

Rumsey? Dennis ist Kadett. Er kommt nach der Schule hierher. Kennt ihr Warren Van Zandt, diesen dicken Jungen? Warrens Vater hat's schlimm erwischt. Lungenkrebs.«

»Was ist mit dem Gewehr?« fragte Robert.

»Das liegt hier irgendwo rum. Eine Marlin, 22er-Karabiner mit Ladestreifen. Du bekommst es ganz billig, weil der Schlagbolzen kaputt ist. Eine Kleinigkeit. Du bringst es zum Schweißen, zack zack, und es ist wieder wie neu.«

»Von kaputt war aber nicht die Rede«, sagte Robert.

»Davon ist nie die Rede.«

»Also ich weiß nicht, Sir.«

»Ich auch nicht.«

»Wenn ich nicht mal damit schießen kann.«

»Die schweißen eine Verlängerung dran, zack zack.«

»Aber das macht Umstände.«

»Um so größer ist nachher das Vergnügen. Kennst du dich mit Schußwaffen aus? Ich interessiere mich sehr dafür.«

Robert warf Lee schnell einen Blick zu, als wolle er sagen: Verschwinden wir hier. Auf der anderen Seite des Zimmers regte sich etwas in der Ecke. Lee machte ein paar Schritte in die Richtung. Es war ihm bewußt, daß er eine wohlwollende Miene aufgesetzt hatte, ein Lächeln, das mit realen Dingen nichts zu tun hatte. Auf der Kommode stand ein Käfig, in dem weiße Mäuse herumrannten.

Er wandte sich an Ferrie und sagte: »Mäuse.«

»Ist das Leben nicht phantastisch?«

»Wozu sind die?«

»Forschung. Jetzt liegt der Krieg schon elf Jahre zurück, wir haben eine neue Ära, ein Zeitalter der Hoffnung, doch mit der Geißel Krebs werden wir heut so wenig fertig wie vor tausend Jahren. Ich beschäftige mich seit eh und je mit Krankheiten. Schon als Junge hab ich mir die Zeit entsprechend eingeteilt. Was Krebs ist, wußte ich lange, bevor ich das Wort zum erstenmal hörte. Wie heißt du?«

»Lee.«

»Teil dir die Zeit gut ein, Lee.«

Robert Sproul bewegte sich unauffällig zur Tür hin.

»Captain Ferrie, ich glaube fast, Sir.«

»Was denn?«

»Ich muß gehen. Das mit dem Gewehr wird wohl nichts. Aber vielleicht ein andermal.«

»Ich habe mich mit den Gesetzmäßigkeiten des Zufalls beschäftigt«, sagte Ferrie zu Lee. »Der Zufall ist eine ganze Wissenschaft, die nur darauf wartet, entdeckt zu werden. Wie sich außerhalb der Grenzen von Ursache und Wirkung eigene Gesetzmäßigkeiten entwickeln. Ich habe an der Baldwin-Wallace Geopolitik studiert, bevor das Fach so genannt wurde.«

»Lee, kommst du?«

Lee wollte gehen, aber er stand nur da und grinste Robert einfältig an; der sah nicht weniger einfältig drein und machte sich dann – fast auf Zehenspitzen – davon. Vielleicht dachte Lee, es gehöre sich nicht, so plötzlich zu gehen. Aber in dem Fall wäre es an Robert gewesen, dazubleiben. Er war schließlich der wohlerzogene Musterschüler, der in einem Haus mit einer geschlossenen Veranda wohnte, inmitten von Azaleen, Eichen und Palmen.

»Erzähl mir was über dich«, sagte Ferrie. »Und stör dich vor allem nicht an dem Durcheinander hier. Das meiste gehört Alfonso oder Alfredo oder was weiß ich. Wenn der sich auch nur für eine Minute irgendwo niederläßt, spürt man sofort eine verbrecherische Absicht. Er arbeitet auf einem Schlepper, drüben in Port Sulphur. So ein Job wäre nichts für einen Jungen, der so intelligente Augen hat wie du. Erzähl mir was über deine Augen.«

Ferrie saß tief in dem Sessel. Aus diesem Winkel und in dem trüben Licht glich er einem Achtzigjährigen, der vor Angst die Augen weit aufreißt. Er war völlig abwesend. Lee hatte das Gefühl, daß er, weil er geblieben war, Robert nun einen Schritt voraus war, daß Robert zu früh abgesprungen war, daß man eine so ergiebige Sache nicht verpassen durfte, und während seiner restlichen Zeit hier erlebte er nicht nur, was passierte, sondern faßte es gleichzeitig – wenn auch mit etwas Abstand – für Robert zusammen. Er hatte eine kleine Vision von sich. Er sah sich, wie er Robert Sproul die Geschichte im größeren Zusammenhang erzählte, und er genoß seine eigene Art der Schilderung schon jetzt in der Gegenwart, da sich alles erst entwikkelte, und wie er dabei wild mit den Armen fuchtelte, es war ein Zeichentrickfilm, und er fühlte sich als Erzähler ein wenig überlegen. Er war aufs Ganze gegangen und dageblieben. Wie zimperlich und hasenfüßig, zuerst an die Sicherheit zu denken und zu früh wegzugehen, nach Hause zur lieben Familie und zur wärmenden Decke, und schon ist alles wieder in Ordnung.

»Wenn du dir die Zeit einteilst, kannst du Phantastisches leisten. Ich habe in deinem Alter Latein gelernt. Ich bin im Haus geblieben und habe eine tote Sprache gelernt, aus Angst, dort draußen *bemerkt* zu werden und dafür bezahlen zu müssen, daß ich der war, der ich nun mal war.«

Er vergißt, daß ich hier bin.

»Cleveland«, sagte er, als handle es sich dabei um eine untergegangene Kultur. »Mein Vater war bei der Polizei. Dauernd verfolgt mich der Gedanke an die Polizei, an die Bundespolizei – das FBI. Die setzen dir zu wie die Pest. Wenn du bei denen erst mal in den Akten bist, lassen sie dir keine Ruhe mehr. Sie sind wie Krebs, sie bleiben dir ewig erhalten.«

Dieser Mann muß sich selber sonderbar vorkommen.

»Was ist mit dem Gewehr?« fragte Lee. »Vielleicht kauf ich's ja. Wieviel will er dafür?«

»Er will fünfundzwanzig Dollar. Aber du brauchst mir nur fünfzehn zu geben. Weil du's bist. Du bist einer meiner Kadetten. Ich sorge für meine Jungs. Sobald einer eine Uniform anhat, ist alles ganz anders. Sieh mich an. Wenn ich meine Pilotenjacke anziehe, dann lasse ich diese ganze trübsinnige Scheiße hinter mir. Ich werde Pilot für die Eastern. Ich rede wie ein Pilot. Ich flöße ängstlichen Fluggästen Vertrauen ein. Verdammt noch mal, ich fliege sogar das Flugzeug.«

Er weiß, daß er sonderbar ist, kann es aber nicht ändern.

»Wenn ich es kaufe, wie krieg ich's dann nach Hause?«

»Wie du's nach Hause kriegst? Das ist einfach. Du wickelst es in eine Decke. Hier, diese Decke da kannst du nehmen. Das Hotel hat nichts dagegen.«

Das kam zu allem anderen noch dazu: er würde tatsächlich das Gewehr haben. Er würde sagen können, er habe ein Gewehr in einer gestohlenen Decke durch New Orleans getragen. Ferrie beobachtete die Mäuse in dem Käfig, gab pfeifende Laute von sich. Das alles fügte sich nahtlos in die Geschichte ein, die er Robert Sproul erzählen würde, die Zukunft im Innern der Gegenwart, der kleine Zeichentrickfilm im Kern des Geschehens.

»Die Frage ist nur, ob du die Krankheit heilen kannst, bevor sie dich umbringt. Wenn du bewußt daran gehst, die Krankheit zu heilen – so wie ich damals, bevor ich das Wort Krebs auch nur kannte –, läufst du Gefahr, sie dir selber zuzuziehen. *Comprende?* Immer wenn du dich mit aller Macht und Besessenheit auf etwas konzentrierst, bringt es dich am Ende um. Gedichte bringen dich um, wenn du ein Dichter bist, und so fort. Die Menschen suchen sich ihren Tod selber aus, ob sie's nun wissen oder nicht.«

»Wenn wir jetzt die 22er finden und einwickeln könnten«, sagte Lee. »So langsam wird's Zeit für mich.«

»Bald ist Karneval«, erklärte ihm David Ferrie. »Fleisch, leb wohl.«

Er schreit nach seinem Essen. Er brüllt. Manchmal geh ich auf einen Sprung zu Myrtle Evans runter, und auf einmal hören wir ihn nach seiner Mutter rufen, und ich springe sofort auf und geh nach oben und koche, damit er sein Essen bekommt, wie andere Jungen auch.

Niemand wußte, was er wußte. Der Wirbel der Zeit, das wahre Leben in seinem Innern. Dies war seine Macht, seine einzige Macht. Er sah zu, wie seine Mutter Mehl bräunte, die Hände klebrig-weiß über der schweren Pfanne. Er machte Botengänge für Schiffahrtsgesellschaften. Er war kurz vor dem Einschlafen, kam ins Träumen, die packende Welt Oswalds, des Helden, wo Gewehre im Dunkeln blitzten. Tagträume von der Macht, Raserei in Vollendung, Sehnsucht in Vollendung, die Phantasiebilder der Nacht, regennasse Straßen, die tiefen Schatten von Männern in dunklen Mänteln, Männern wie auf Filmplakaten. Die Dunkelheit besaß Macht. Der Regen fiel auf leere Straßen. Immer tauchten die Männer auf, mit langen gekrümmten Schatten hinter sich, dann das Gewehr in seinen Händen, die 22er Marlin, der Gedanke, auf den Bauch zu zielen, um das Sterben in die Länge zu ziehen.

Es gibt eine Welt innerhalb der Welt. Stalins Deckname in der Partei war Koba. Er würde sich einen Geheimnamen ausdenken und in den Gebäuden bei den Docks eine Zelle finden. Er prägte sich eine Autonummer ein, dazu die Farbe und den genauen Autotyp. Er lieh ein Buch aus, das Polizeifotos von Revolutionären enthielt. Polizeifoto, Trotzki, neunzehn Jahre. Polizeifoto, Lenin, von vorn, von der Seite. Richard Carlson als Herb Philbrick, gewöhnlicher Bürger, Mitglied der Kommunistischen Partei, V-Mann für das FBI. Sie klatschte mit den Fingern in die flache Hand. Raus aus den Federn.

Er sah einen Typ rücklings auf einem Motorrad sitzen, eine Zigarette rauchen und ins Leere starren; der eine Arm war bis zum Handrücken herunter tätowiert.

Tagträume von dem Mädchen im karierten Rock. Sie lehnt sich zurück, liegt quer über dem Bett, die Füße berühren den Boden. Sie trägt Schuhe mit Seitenkappen, braun und weiß, weiße Socken, eine weiße Bluse, der karierte Rock endet eine Handbreit über den Knien. Tagträume von Stille, Sehnsucht in Vollendung, Macht in Vollendung, die weißen Beine ganz leicht geöffnet, die Arme an den Seiten, die Augen geschlossen. Er läßt das Bild auftauchen und verschwinden. Es ist das, was er von ihr weiß, wie er Macht über sie ausübt, allein bei Nacht, über den regennassen Straßen, wenn er sie reglos auf dem Bett liegen sieht. Sie hat genau die richtige Größe, ist schmallippig, schüchtern, dumm. Er beobachtet sie, ist aber nicht da.

Aus zahllosen Filmen weiß er: wer einen Bauchschuß abbekommt, stirbt langsam.

Ihre Hände klebrig-weiß über der Pfanne. In irgendeinem Fett bräunte sie das Mehl, bis es die dunkle und schmutzige Färbung hatte, die sie sich für ihre Soße wünschte. Sie gab Fleischbrühe, Zwiebeln und Gewürze dazu. Sie aßen am Küchentisch. Das Geräusch, das sie beim Kauen machte. Der Lärm auf der Straße. Sie war immer da, beobachtete ihn und versuchte zu ermessen, was die Zukunft ihnen noch bringen mochte. Er hatte zwei Existenzen, seine eigene und die andere, die sie für ihn aufrechterhielt. Er schaffte es nicht, mit der 22er zu schießen. Er zeigte sie einem Automechaniker, der sie fünf Wochen behielt, ohne sie zu reparieren. Es kam zum Streit darüber. Er hatte keine Angst, für seine Rechte einzutreten. Am Ende verkaufte er die Waffe für zehn Dollar an Robert Oswald, der die Marines inzwischen verlassen hatte und der immer bereit war, seinem kleinen Bruder Lee – mit oder ohne Gegenleistung – einen Gefallen zu tun.

Marguerite saß auf dem Sofa vor dem Fernseher.

Es fuchste ihn, daß wir nach New York zogen, eine lange Fahrt in dem 1948er Dodge, aber dort war John Edward mit seiner Frau und dem kleinen Kind stationiert, und wir sind eine Familie, die es nie geschafft hat, zusammenzubleiben. Es gibt Frauen, die in meiner Lage die Vergangenheit auf sich beruhen lassen würden. Aber Lee ist öfter mit mir und Mr. Ekdahl unterwegs gewesen, und als Elfjähriger ist er einmal allein mit der Bahn von Fort Worth nach New Orleans gefahren, um meine Schwester zu besuchen, und das sind über achthundert Kilometer. Nun wollen Sie wissen, ob er ein anständiges amerikanisches Leben führt? Ich möchte mal sagen, Euer Ehren, daß um uns herum viele anständige und wohlhabende Bürger leben, daß das French Quarter aber auch seine Streuner und was nicht alles hat. Da gibt es Bars von einer bestimmten Sorte, wir wohnen ja selber über einem Billardsaal, und auf der Straße kommt's zu dunklen Geschäften und Glücksspielen. Ich leugne auch nicht, daß es jede Menge Prostituierte gibt. Aber zu meiner Verteidigung als Mutter kann ich sagen, damals, als ich bei Kreeger's in der Canal Street achthundert-und-irgendwas arbeitete, hat er in seinem letzten Jahr an der Beauregard-Schule nur neun Tage gefehlt. Er träumt von einer Zukunft bei den United States Marines, über die wir uns schon einmal heftig gezankt haben, weil er seine Aufnahme mit einer falschen eidesstattlichen Erklärung erreichen wollte, aber das klappte damals nicht. Es ist nur eine Frage des Alters, er muß siebzehn sein, obwohl er inzwischen mit der Schule aufgehört hat, für immer, wie er sagt. Er ist ein Junge, der sich grinsend verprügeln läßt und darauf wartet, daß im Fernsehen die Nachrichten kommen. Welchen Platz seine Mutter in seinem Herzen einnimmt? Er hat als Laufbursche und Bürobote gearbeitet und mir von seinem ersten Lohn einen Mantel für fünfunddreißig Dollar gekauft, und er gibt seiner Mutter Geld für Kost und Logis, und er hat mir einen Wellensittich in einem Käufig gekauft, dazu einen Ständer mit Blumentopf als Untergestell. Wilder Wein wuchs in dem Blumentopf, und es war alles für mich, der Käfig, der Wellensittich und ein ganzes Sortiment Vogelfutter. Es ist eine Frage der Anpassung, Euer Ehren, und er gibt sich immer wieder Mühe. Ich kann gar nicht sagen, wie schwer es ist, Jungen ohne einen Vater großzuziehen. Als Geschäftsführerin von Princess Hosiery war ich, wie man so sagt, gut gestellt, als mir Mr. Ekdahl im Wagen einen Heiratsantrag machte. Ich hab ihn ein Jahr warten lassen, und er hat in Harvard studiert. Offenbar hab ich mich immer dort einzurichten versucht, wo ich kaum Chancen hatte. Für mein Äußeres und meine geschickten kleinen Einfälle hier und da hab ich schon manches Kompliment eingeheimst, und jetzt gehen wir wohl wieder nach Texas, zu seinem Bruder Robert nach Fort Worth. Dann sind wir wieder eine Familie, und dieser Junge kann wieder mit seinem Bruder zusammen sein. Und keiner soll mir kommen und sagen, daß ich dauernd den Möbelwagen bestelle. Das Typische an unserem Jahrhundert ist, daß die Leute umziehen. Ich bin eine Mutter von drei Kindern, die in ihrem eigenen Laden im vorderen Zimmer des Hauses in der Bartholomew Street – einem Fachwerkhaus mit einem Hinterhof – Nadeln und Faden und Garn verkauft hat, als Lee noch in der Wiege lag. Als Kind haben mich alle gemocht, Euer Ehren. Ich bin von einem Vater mit fünf anderen Kindern zu einem glücklichen und patriotischen Menschen erzogen worden. Ich habe mir alle Mühe gegeben, meinen Jungen genau so zu erziehen, trotz allem. Die können sagen, was sie wollen, und sie machen dauernd dran rum, aber er weiß, wer ihn immer und überall unterstützt hat, von dem Tag an, als ich ihn vom Old French Hospital in der Orleans Avenue mit nach Hause gebracht habe. Ich bin nicht die furchterregende Mutter aus bösen Jungenträumen.

George Gobel erschien auf dem Bildschirm, klein und dick, Bürstenschnitt, mit einem affektierten Grinsen; seine rechte Hand war zu einer Art von groteskem kleinbürgerlichem Brudergruß zur Mitte der Stirn erhoben.

Lee war auf seinem Zimmer und las über die Umwandlung von Mehrwert in Kapital; mit dem Zeigefinger folgte er dem Text, Wort für Wort für Wort.

26. APRIL

Alltagskram. Win Everett war an der Arbeit, entwarf grobe Konturen, ein Leben. Aus einem gewöhnlichen Papier mit Eselsohren, aus dem Inhalt einer Brieftasche, wollte er einen Heckenschützen konstruieren. Parmenter würde es irgendwie schaffen, Blankoformulare und -vordrucke aus dem Archiv zu besorgen. Mackey würde für die Rolle, die Everett gerade entwickelte, den richtigen Typ finden. Sie wollten einen Namen, ein Gesicht, einen leibhaftigen Menschen, der es ihnen ermöglichte, ihre Fiktion in die wirkliche Welt zu übertragen. Everett hatte beschlossen, daß eine Person nicht ganz so unsichtbar bleiben sollte wie die anderen, ein Mann, auf den sich die Ermittlungen dann vielleicht konzentrieren würden, jemand, den sie verfolgen und möglicherweise festnehmen würden. Drei, vier Schützen würden völlig verschwinden, dabei aber geringfügige Spuren hinterlassen, die auf ihre Herkunft schließen ließen. Spanisch sprechende Männer, aus Mexiko, Panama, speziell für diesen Auftrag in Kuba ausgebildet. Dann noch einer, mit einem etwas deutlicheren Profil, der vielleicht in seinem Versteck im Stich gelassen worden und dadurch gezwungen war, auf eigene Faust zu fliehen, so daß sie ihn verfolgen und aufstöbern und vielleicht auch töten würden – der Geheimdienst, das FBI oder die örtliche Polizei. Streng nach Protokoll. Dieser Typ, ein Scharfschütze, der praktisch ohne Namen ist und dessen Vergangenheit fast ganz im Dunkeln liegt – ein Typ, der an zwielichtigen Orten auftaucht und rasch wieder verschwindet –

wird wegen irgendeiner Gewalttat verhaftet, läßt sich nach der Entlassung erneut treiben, taucht irgendwo auf, verschwindet. Mackey würde diesen Mann für Everett finden. Sie brauchten Fingerabdrücke, eine Schriftprobe, ein Foto. Mackey würde auch die anderen Schützen finden. Wir treffen den Präsidenten nicht. Wir schießen daneben. Wir wollen einen aufsehenerregenden Fehlschuß.

Win saß allein in der Veranda. Auf einem Korbtischchen stand ein Glas Zitronenlimonade. Pflanzen wuchsen in Kübeln und Fensterkästen, in großen Töpfen auf den Stufen. Der mit Ziegelsteinen gepflasterte Weg war mit Ziergras eingefaßt. Win wartete auf Mary Frances.

Von all den Städten, die für einen Anschlag in Frage kamen, war Miami erste Wahl. Dort gab es Hunderte von Exilgruppen, die konspirierten und sich stritten und auf eine neue Chance warteten – *movimientos, juntas, uniones.* Win malte sich aus, wie sich die Nachricht blitzartig unter ihnen verbreiten würde, an all ihren Treffpunkten, die er so gut kannte, im La Moderne Hotel, in den Büros der Frente-Führung. Miami reagierte, hatte Feuer. Miami war eine Stadt der offenen Wunden, der explosiven Politik und Emotionen. Und eben diese Entflammbarkeit, dieses Ungestüm und Feuer der Kubaner, bestärkte ihn in seiner Absicht, den Plan vor den führenden Anti-Castro-Leuten geheimzuhalten.

Kennedy war vor vier Monaten in Miami gewesen, um von Überlebenden der Invasion – zum Teil gerade erst aus kubanischen Gefängnissen freigekauft – die Fahne der Brigade entgegenzunehmen. Es war der notwendige Abbau von Gefühlen. Das Scheitern wurde nun offen eingeräumt und vor vierzigtausend Menschen in einem Footballstadion in Erinnerung gerufen, und all die unterdrückten Fakten wurden vor den Fernsehzuschauern ausgebreitet, unter denen auch Everett gewesen war. Er rechnete es dem Präsidenten hoch an, daß er nach Miami gekommen war. Es überraschte und bewegte ihn, daß sich die Frau des Präsidenten mit Mitgliedern der Brigade auf spanisch unterhielt. Doch die Zeremonie war kein Neubeginn für die alte Sache, den aufopferungsvollen Einsatz für ein freies Havanna. Er sah es jetzt als reine Öffentlichkeitsarbeit, glitzerndes Blendwerk von der Sorte, die jeden Schritt der Regierung begleitete.

Das Auto fuhr vor, und er ging die Stufen hinunter, um Mary Frances beim Ausladen zu helfen. Er griff nach den schweren Tüten. Ein Ostwind kam auf, und plötzlich roch es nach Regen. Er sah sich ins Haus gehen, sah einen Mann, der in einer ruhigen Straße banale Dinge tat und keine Angst hatte, beobachtet zu werden.

Er stand in der Speisekammer, und sie reichte ihm alles herein. Die Glühbirne war kaputtgegangen, so daß er im Halbdunkel Dinge in Regalen verstaute. Durch den leicht modrigen Geruch, die Kühle des kleinen Raumes, die vertrauten Etiketten auf Gläsern und Dosen fühlte er sich wie ein uraltes und müdes Kind, das noch einmal die einfachsten, die dunkelsten Zeiten durchleben darf, Augenblicke, die eine Narbe im Herzen zurückgelassen haben – kein Andenken an einen bestimmten Schmerz, sondern nur an die Zeit selbst, Körperzeit, schwer von Verlusten. Er versuchte sich einzuprägen, daß die Glühbirne kaputt war und ausgetauscht werden mußte. Er hörte ein Donnergrollen und dachte an die Gewitter, die er als Junge auf dem Land erlebt hatte, ein Junge, der sich Mühe gab, nicht schlauer zu erscheinen als seine älteren Brüder, wenn er sah, wie sich das Licht veränderte, wie die Landschaft ernster wurde, düsterer. Alles zitterte vor Angst. Sie kam aus der Luft und sprang auf Dinge und Kinder über. Wenn diese rauchgrauen Unwetter näher kamen, stellte er sich meistens in die Speisekammer und zählte bis fünfzig, weil der Donner dann aufhörte.

»Ich muß Suzanne abholen.«

»Ich mach das hier fertig«, sagte er.

»Hast du keinen Unterricht?«

»Abgesagt.«

»Ich will noch kurz zu Penney's rein, ein paar Dinge besorgen.«

»Wir sollten alle zu Penney's rein.«

»Doch nur ein paar Kleinigkeiten, die ich schon länger kaufen will. Wir bleiben nicht lange.«

»Penney's ist uns allen ein Zuhause.«

»Die Glühbirnen findest du im hinteren Treppenhaus.«

»Sie liest meine Gedanken. Sie ist mein Gedächtnis.«

»Ich bin bald wieder da«, sagte sie.

Parmenter würde ihn rechtzeitig informieren, falls sie für JFK einen weiteren Besuch in Miami planten. Früher oder später würde sich der Präsident mit seinem ganzen Troß aus Begleitern, Beschützern, Handschüttlern und Redenschreibern herauswagen, in eine Stadt, auf eine Straße, wo er verwundbar sein würde. Everett war bereit, ein Jahr lang auf Miami zu warten. Die Botschaft würde dort am deutlichsten verstanden werden, am besten mit einem Anschlag aus der Ferne, von oben, mit Zielfernrohr, ohne die sinnlose Metzelei, die entstehen kann, wenn irgendein Irrer mit der Familienflinte aus der Menge tritt.

Er ging mit Mary Frances zur Tür.

Er würde den Plan nicht für gelungen ansehen, wenn bei der Aufdeckung von dessen verschiedenen Schichten nicht auch die – teilweise von ihm stammenden – Pläne der CIA zur Ermordung Fidel Castros enthüllt werden würden. Das war die kleine Überraschung, die er bis zuletzt aufsparen wollte. Es war sein persönlicher Beitrag zur Unterrichtung der Öffentlichkeit. Jedermann sollte wissen, was in den Sitzungsräumen und entlegenen Amtszimmern vor sich ging. Der Alltagskram, die persönlichen Habseligkeiten des Heckenschützen, die Nebenspuren und Seitengäßchen mußten den Ermittlern vor Augen führen, daß Kennedy den Tod Castros wollte, daß Pläne ausgeheckt, auf hoher Ebene gebilligt und in die Tat umgesetzt wurden, und daß Fidel oder seine engsten Berater beschlossen hatten, Vergeltung zu üben. Das war die entscheidende moralische Lehre, die in Win Everetts Plan steckte.

Die zwei Männer, die im Restaurant Occidental an einem Tisch saßen, hatten gewisse physische Ähnlichkeiten. Beide waren deutlich über einen Meter achtzig groß, teuer gekleidet, kräftig und athletisch gebaut, Männer, die sich hier in der Welt der Kennedys offensichtlich wohl fühlten, in der Hauptstadt, wo das Maß aller Dinge eine bestimmte Art von Männlichkeit war, Selbstbewußtsein und Zuversicht sowie die Bereitschaft, sich jeder Herausforderung zu stellen.

Laurence Parmenter, vielleicht fünf Jahre jünger als sein Gegenüber, sprach mit dem leicht näselnden Ton des gebildeten Mannes von der Ostküste; die Art, wie er einzelne Silben dehnte, drückte Selbstironie aus.

Der andere Mann, George de Mohrenschildt, der jetzt in Dallas lebte, sprach mit einem gepflegten ausländischen Akzent. Er hatte nichts dagegen, als Europäer in Vollendung zu gelten. Tatsächlich war er ein charmanter, welterfahrener Mann, der sich fließend auf russisch, englisch, französisch und spanisch unterhalten konnte, wahrscheinlich auch auf togolesisch oder was immer in Togo gesprochen wurde. (Parmenter wußte, daß er 1958 dort gewesen war und sich als Briefmarkensammler ausgegeben hatte.) Larry mochte den Mann. Er kannte ihn seit mehreren Jahren und wußte, daß George nach einigen Auslandsreisen der Agency Bericht erstattet hatte. Aber obwohl sich ihre geschäftlichen Angelegenheiten ein-, zweimal überschnitten hatten, war er nicht ganz sicher, was für dunkle Geschäfte George eigentlich trieb.

»Im Mai geh ich dann nach Haiti«, sagte de Mohrenschildt.

»Ich trau mich kaum, weiterzufragen.«

»Tun Sie's trotzdem, fragen Sie. Ich geh dorthin, um für die Haitianer Öl zu finden. Sie geben mir die Konzession für eine Sisalplantage.«

»Brauchen die bei der Suche nach Sisalagaven auch Hilfe?«

»Ich glaube, die wachsen überirdisch.«

Sie unterdrückten ihr Lachen.

»Sie tauchen an interessanten Orten auf, George.«

Nun lachten sie, weil ihnen beiden dieselbe Geschichte eingefallen war: Parmenter war einmal in einer abgelegenen Stadt unweit des Luftstützpunktes der CIA im Südwesten Guatemalas, wo kubanische Piloten und amerikanische Berater für die Schweinebucht übten, in eine Zahnklinik gekommen; als er das schäbige Wartezimmer betrat, saß dort im Alligator-Hemd und in Madras-Shorts George de Mohrenschildt, auch unter dem Namen Jerzy Sergius von Mohrenschildt bekannt. Er sei auf einer Wanderung durch Mittelamerika, sagte er.

»Die ganze Geschichte hat ein furchtbares Ende genommen«, sagte George, »falls man überhaupt von einem Ende reden kann.«

»Ich glaube schon, daß man das kann.«

»Die Regierung setzt Castro immer noch unter Druck. Es ist lächerlich und unnötig. Ich geh sogar noch weiter. Diese ganze Regierung dreht sich um die schwimmende Schlacke des kleinen kommunistischen Kuba. Das ist ein Witz, sag ich Ihnen, auch wenn ich weiß, auf welcher Seite Sie in der Kubafrage stehen. Aber das respektiere ich natürlich, Larry, es ist schließlich Ihr Job.«

»Es *war* mein Job. Ich arbeite nur noch am Rande mit.«

»Ich würde gerne glauben, daß die Regierung gegen Kuba nichts mehr im Schilde führt.«

»Glauben Sie's, George. Die Raketenkrise wurde mit der Zusage beigelegt, daß es keine Invasion in Kuba geben wird. Kennedy hätte Castro abservieren können, doch am Ende stärkt er ihm den Rücken. Im Augenblick interessiert sich kaum noch jemand für dieses Thema, keiner engagiert sich mehr dafür. Die Regierung ist von leidenschaftlicher und totaler Hingabe zu völliger Zurückhaltung und Gleichgültigkeit übergegangen, und das von einem Tag auf den anderen.«

»Es ist die amerikanische Krankheit«, sagte George mit einem gewinnenden Lächeln.

De Mohrenschildt war gelernter Erdölingenieur, schien aber für seinen Beruf nicht viel Zeit aufzuwenden. Larry wußte, daß er das viertemal verheiratet war und offenbar Frauen aus wohlhabenden Familien bevorzugte. Doch seine Ehen lieferten keine Erklärung für seine offenkundigen Nazikontakte im Zweiten Weltkrieg, seine offenkundigen Beziehungen zum polnischen und französischen Nachrichtendienst, seine Ausweisung aus Mexiko, seine offenkundigen kommunistischen Neigungen, als er an der Universität von Texas war, seine sowjetischen Kontakte in Venezuela, die Ungereimtheiten in seinem selbstverfaßten Lebenslauf, seine Reisen in Westafrika, Mittelamerika, Jugoslawien und Kuba.

George hatte die Angewohnheit, beim Skizzieren von militärischen Anlagen in strategisch wichtigen Küstengebieten festgenommen oder beschossen zu werden.

Aber er kannte Jackie Kennedy oder ihre Eltern oder irgend jemanden in der Familie, und er hielt sich, wenn er in New York war, im Racquet Club auf, und er hatte formal das Recht, sich Baron zu nennen. Georges Anziehungskraft beruhte zu einem erheblichen Teil darauf, daß er immer wieder aus einer anderen Vergangenheit auftauchte.

»Wann reisen Sie aus Washington ab?«

»Ich gehe morgen nach New York, dann zurück nach Dallas.«

»Ich dachte, Dallas sei fest in der Hand des alten Walker«, sagte Larry. »Wer hat's denn auf den General abgesehen?«

»Ein absolut degenerierter Faschist, dieser Walker. Ein sehr gefährlicher Mann mit seinem Rassismus, seinen Kreuzzügen gegen Castro. Genau das meine ich, wenn ich von Kuba rede. Kuba löst bei Amerikanern die schlimmsten Zwangsvorstellungen aus. Wir haben es mit einem General zu tun, der wegen seiner rechtsradikalen Ansichten seines Postens enthoben wird, der in Mississippi einen rassistischen Feldzug führt, der in die

Klapsmühle kommt, der sich in Dallas niederläßt, wo wir ihn mit seinem John-Birch-Unfug und seinen Tiraden gegen Kuba jeden Tag in der Zeitung finden. Nichts als blinder Haß, Larry. In Mississippi mußten wegen Walkers Provokationen zwei Männer sterben. Er ist schlicht und einfach ein kleiner Hitler.«

»Das hört sich ja an, als würden Sie ihm selber gern ans Leder.«

»Ich hätte nichts dagegen, glauben Sie mir. Unter uns gesagt, ich glaube, ich weiß, wer auf ihn geschossen hat.«

Ein Kellner tauchte nach einem zu Boden gefallenen Löffel.

»Ein Junge, den ich aus Dallas kenne«, sagte George. »Ich nenn ihn jedenfalls einen Jungen. Er ist vielleicht zwei-, dreiundzwanzig. Jetzt wo ich über fünfzig bin, sehen sie alle wie Jungen und Mädchen aus. Na ja, solange die Jungen nicht wie Mädchen aussehen und umgekehrt.«

»Wie kommt der Junge auf Walker?«

»Durch die Politik, ganz einfach. Was macht er 1959, nach seiner Zeit beim Marinekorps? Er läuft zu den Sowjets über. Sie schicken ihn nach Minsk in eine Fabrik. Die Ernüchterung läßt nicht lange auf sich warten, und er kommt zurück. Natürlich interessiert sich die Agency für ihn. Ich werde vom Büro für Inlandskontakte beauftragt, mit dem Jungen zu reden.«

»Ein paar freundliche Fragen.«

»Genau. Ich soll's auf die väterliche Tour versuchen. Herausfinden, was er gesehen, gehört, gerochen und geschmeckt hat. Wir fanden dann recht schnell Gefallen aneinander. Ich glaube sogar, meine eigene Haltung General Walker gegenüber könnte Lee dazu bewegt haben, auf ihn zu schießen.«

»Sie sind sich aber nicht absolut sicher.«

»Nein, das nicht.«

»Er hat nicht gesagt, daß er es gewesen ist.«

»Er hat überhaupt nichts gesagt. Aber es gab Hinweise, bestimmte Anzeichen, eine Stimmung, Sie wissen schon. Und dann das seltsame Foto, das er mir geschickt hat. Ich bedaure, ehrlich gesagt, daß er nicht getroffen hat.«

Sie wandten sich wieder ihrem Mittagessen zu. Die Stimmen und Geräusche um sie herum wurden ihnen erneut bewußt, eine Flut aufgeregter Neuigkeiten, ein kultivierter Lärm. George schwenkte den Wein in dem langstieligen tulpenförmigen Glas und gab den perfekten Kommentar dazu ab. Eine attraktive Frau eilte auf einen Tisch zu und ließ jene glückliche Atemlosigkeit erkennen, die von einer Fahrt erzählt, einer Fahrt durch Verkehrsstaus und persönliche Dramen zu einer Insel wohlhabender Gelassenheit. Zuweilen fand Larry, so ein Mittagessen in einem erlesenen Restaurant sei der absolute Glanzpunkt in einem Menschenleben.

»Sie haben von Politik gesprochen«, sagte er. »Wie weit links steht eigentlich Ihr junger Freund?«

»Es gibt die Politik, es gibt Gefühle, es gibt die Psychologie. Ich kenne ihn zwar recht gut, aber ich kann ihn, ehrlich gesagt, nicht mit letzter Sicherheit einordnen. Vielleicht ist er ein reiner Marxist, ein überzeugter Anhänger der reinen Lehre. Oder er ist vielleicht ein Schauspieler im wirklichen Leben. Mit absoluter Sicherheit weiß ich nur, daß er arm ist, bettelarm. Wie heißt noch mal der Ausdruck, den ich suche?«

»Arm wie eine Kirchenmaus, meinen Sie.«

»Genau. Er hat ein reizendes, reizendes Mädchen zur Frau. Wirklich, Larry, eine dieser spröden russischen Schönheiten. Unschuldig und zerbrechlich. Sie spricht ein reizendes echtes Russisch. Nicht sowjetisiert, verstehen Sie? Ihr Onkel ist MWD-Oberst.«

Larry mußte lachen. Es war alles so irre komisch. Einfach prachtvoll. Jeder war ein komischer Kauz oder ein nützlicher Trottel oder ein Aktivposten, ein Doppelagent oder Verbindungsmann, Aussteiger oder Überläufer – oder mit einem von ihnen verwandt. Wir waren alle in einem riesigen und rhythmischen zufälligen Zusammentreffen miteinander verbunden, einem Reigen aus Gerüchten, Verdächtigungen und geheimen

Wünschen. Auch George lachte. Die herrlich dunklen Töne eines Holzblasinstrumentes. Sie sahen sich an und lachten. Mit ihrem Lachen würdigten sie die prachtvolle Fülle des Lebens, die fabelhafte und erschreckende Eigenart menschlicher Verhältnisse, das gute Essen und Trinken, die ausgezeichnete Bedienung, die gescheiterten Karrieren, das ganze wuchernde Geschwür aus Torheit und Bedauern. Larry fühlte sich wohlig satt und ein wenig angeheitert, ein rundum gutes Gefühl. Der honduranische Botschafter sagte guten Tag. Ein Pemex-Vertreter blieb am Tisch stehen, um einen prachtvoll schweinischen Witz zu erzählen. Es war ein reizendes Mittagessen. Es war großartig, prachtvoll, reizend, einfach perfekt.

Parmenter fuhr mit dem Pendlerbus der Agency zurück nach Langley. Dort schrieb er in einem Aktenvermerk für das Sicherheitsbüro, George de Mohrenschildt solle umgehend überprüft werden.

Irgendwo in seinem Raum der Theorien hat Nicolas Branch in irgendeiner Kladde oder Mappe ein Verzeichnis der Toten, einen Ausdruck der Namen von Zeugen, Informanten, Ermittlern, Personen mit einer Verbindung zu Lee H. Oswald, mit einer Verbindung zu Jack Ruby, und – wie praktisch – pikanterweise alle tot. 1979 stellte ein Sonderausschuß des Parlaments fest, daß die Sterblichkeitsziffer unter denen, die in irgendeiner Weise mit den Ereignissen des 22. November zu tun hatten, statistisch durchaus normal sei. Branch nimmt das als eine versicherungsstatistische Tatsache hin. Er hat schließlich eine Geschichte zu schreiben und keine Untersuchung über die Art und Weise, wie Menschen der Paranoia erliegen. Es gibt vielsagende Merkwürdigkeiten ohne Ende. Branch räumt das ein. Da ist die Sprache der Todesart. In den Hinterkopf geschossen. Kehle durchgeschnitten. Auf der Polizeiwache erschossen. Im Motel erschossen. Nach vier Wochen Ehe vom Ehemann erschossen. An roter Hose erhängt in Gefängniszelle aufgefunden. Durch Karateschlag getötet. Es ist das Neon-Epos der Samstagnacht. Und Branch möchte glauben, daß es nicht mehr ist als das. In den Fakten, so wie wir sie kennen, stecken schon genügend Geheimnisse, Komplotte, sonderbare Zufälle, offene Fragen, Sackgassen, mehrfache Deutungen. Es ist gar nicht nötig, denkt er, die große und meisterhafte Intrige zu erfinden, den Plan, der in jeder Hinsicht wasserdicht ist.

Und doch, diese Fälle lassen etwas anklingen, oder? Größtenteils anonyme Tote. Stripperinnen, Zigarettenverkäuferinnen, abgehalfterte Anwälte mit Schuppen auf dem Revers. Doch mit den Jahren haben die Gewalttaten auch andere erfaßt, und bei jeder neuen Serie von Todesfällen sieht Branch von neuem, wie das Attentat ein mächtiges und nachhaltiges Licht wirft, bestimmte Strukturen und Zusammenhänge erhellt und enthüllt, daß dieser Mann jenen gekannt hat, daß dieser Tod eine merkwürdige Parallele zu jenem bildet.

George de Mohrenschildt, der Mann mehrerer Nationalitäten, ein Musterbeispiel für gespaltene Loyalitäten oder für die Unerheblichkeit jeglicher Loyalität, der Mann, der Oswalds hilfreicher Freund war, stirbt im März 1977 in Palm Beach nach einem Schuß in den Mund mit einer großkalibrigen Schrotflinte. Als Selbstmord eingestuft.

Eine Woche später findet die Polizei in Miami Beach die Leiche von Carlos Prío Socarrás, dem ehemaligen kubanischen Präsidenten, Waffenschmuggler und Millionär, der von einem Informanten mit Jack Ruby in Verbindung gebracht wird. Der Leichnam sitzt auf einem Stuhl, daneben liegt eine Pistole. Als Selbstmord eingestuft.

David William Ferrie, Berufspilot, Amateurforscher in Sachen Krebs, militanter Castro-Gegner, wird im Februar 1967 tot in seiner Wohnung in New Orleans aufgefunden, fünf Tage, nachdem sein Name in der Presse mit dem Attentat auf den Präsidenten in Verbindung gebracht wird. Natürliche Todesursache, sagt der Gerichtsarzt, aber einige Leute fragen sich, wieso Ferrie Zeit hatte, mitten in einer Gehirnblutung einen

Abschiedsbrief an einen Freund zu schreiben. (»So sterbe ich denn allein und ungeliebt.«) In seinem Besitz finden sich drei Blankopässe, eine Fünfundvierzigkilo-Bombe, etliche Gewehre, Bajonette und Leuchtpistolen und eine komplette Sammlung bis dahin erschienener Bücher und anderer Materialien über das Kennedy-Attentat.

Eladio del Valle, ein Freund David Ferries und Vorsitzender des Komitees Freies Kuba, wird am selben Tag in einem Wagen in Miami tot aufgefunden: man hat ihn aus kürzester Entfernung mehrmals in die Brust geschossen und ihm mit einer Axt den Schädel gespalten. Keine Festnahmen in dem Fall.

Die Dokumente stapeln sich überall. Branch hat Mordberichte und Obduktionsbefunde. Er hat die Ergebnisse spektrographischer Untersuchungen von Geschoßfragmenten. Er hat Gutachten von Akustikexperten und Spezialisten im Analysieren unscharfer Fotos. Er befaßt sich auch selber mit unscharfen Fotos, sitzt vornübergebeugt über Aufnahmen, an der Dealey Plaza von Leuten gemacht, die dort hingekommen waren, um das Staatsoberhaupt gut vorbeifahren zu sehen. Er hat eine Lupe. Er hat detaillierte Karten, auf denen die Sehlinien von Fotografen eingetragen sind.

Der Kurator schickt ihm Niederschriften von nichtöffentlichen Anhörungen des Komitees. Er schickt Dokumente, die nach dem Freedom of Information Act zur Veröffentlichung freigegeben worden sind, aber auch andere Dokumente, die ordentlichen Gerichten vorenthalten oder nur stark zensiert ausgehändigt werden. Er schickt laufend neue Bücher, jedes mit einer glänzenden Theorie, die haltbar und gesichert ist. Dies ist der Raum der Theorien, der Raum des Alterns. Branch fragt sich, ob er die Hoffnung aufgeben soll, jemals zu einem Ende zu kommen.

Die FBI-Akten zum Attentat sind hier, einhundertundfünfundzwanzigtausend Seiten, Grauen und Elend ohne Ende. Der Kurator schickt neues Material über Oswalds Rußlandaufenthalt, gestützt auf die Aussagen eines KGB-Überläufers (nicht der erste Überläufer mit einer eigenen Version der Ereignisse). Es gibt neues Material über Everett und Parmenter, über Ramón Benítez, Frank Vásquez. Daten, die durch die Jahre sikkern. Wasser, das ihm in die Hirnschale tropft. Es geht um Camp Street 544 in New Orleans, die am häufigsten genannte Adresse in der Chronik des Attentats. Das Gebäude ist längst verschwunden, und an der Stelle befindet sich nun als Folge der Stadtsanierung eine offene Plaza. Der Kurator schickt neuere Fotos, und Branch versteht, daß er sich mit ihnen beschäftigen muß, auch wenn sie sich nicht auf den Fall beziehen. Es gibt dort Bänke aus massivem Stein, Ziegelsteinpflaster, eine Skulptur mit dem Titel »Von dort«, der man die öffentlichen Mittel ansieht.

Branch muß sich mit allem beschäftigen. Er steckt zu tief drin, als daß er wählerisch sein könnte.

Er hat sich in eine Reisedecke gehüllt und macht sich Sorgen. Tatsächlich hat er noch nicht sehr viel geschrieben. Er hat umfangreiche und sich überschneidende Notizen – überall meterhohe Stöße von Notizen, Notizen aus all diesen Jahren. Aber fertigen Text gibt es noch herzlich wenig. Branch kann unmöglich aufhören, Daten zusammenzutragen. Immer noch taucht neues Material auf. Theorien wollen bewertet, Menschenleben überdacht und betrauert werden. Niemand in der CIA hat je das entstehende Werk sehen wollen. Kein Kapitel, keine Seite, kein Wort davon. Branch ist bei seinem zweiten Kurator, seinem sechsten Direktor angelangt. Seit 1973, als er sich an die Arbeit machte, hat er nacheinander Schlesinger, Colby, Bush, Turner, Casey und Webster im Direktorensessel erlebt. Branch weiß nicht, ob diesen Männern gesagt worden ist, daß da jemand die geheime Geschichte des Attentats schreibt. Vielleicht weiß gar keiner davon, abgesehen vom Kurator und zwei, drei anderen in der Historischen Nachrichtensammlung der CIA. Vielleicht ist es die Geschichte, die nie jemand lesen wird.

T. J. Mackey stand vis-à-vis von dem schäbigen dreigeschossigen Haus, in dem sich Guy Banisters Detektivbüro befand. Sein hellbraunes Haar war kurz geschnitten, und er trug eine Sonnenbrille und ein Sporthemd, das über der Brust spannte. Wie mechanisch ballte und öffnete er die rechte Faust. Auf der Haut zwischen Daumen und Zeigefinger war ein Vogel eintätowiert, und beim Öffnen der Faust breitete der seine blauen Flügel aus.

Mackey beobachtete jemanden auf der Camp Street, eine verwirrte alte Frau, eine Vagabundin in einem langen Mantel und weißen Söckchen, eine von New Orleans' verlorenen Seelen in diesem unruhigen Frühjahr 1963, wo's schon jetzt zu heiß war, zu drückend und feucht. Ihn interessierte die Art und Weise, wie sie beim Gehen ihren Schritt anpaßte, langsamer wurde, um andere überholen zu lassen. Argwöhnisch geduckt bewegte sie sich dicht an der Mauer des Hauses Nummer 544 entlang und forderte andere mit Armbewegungen zum Weitergehen auf. Sie wollte alle vor sich haben, um sie sehen zu können.

Mackey hatte seinen Spaß daran. Er war nun schon über eine Woche in der Stadt und hatte so manchen nervösen Betrunkenen gesehen, aber noch niemanden mit einem derart paranoiden Verhalten.

Es gab hier in der Gegend alte Lagerhäuser, Kaffeeröstereien und Billighotels. Über dem ursprünglichen Eingang von Nummer 544, der jetzt zugemauert war, konnte er eine Inschrift entziffern: Haus der Schauerleute und Hafenarbeiter. Er ging über die Straße und in das Haus. Guy Banister und Co hatten ihr Büro im ersten Stock. Banister saß an seinem Schreibtisch, ein harter und düsterer Mann in den Sechzigern. Zwanzig Jahre im FBI, Stellvertretender Polizeichef in New Orleans, Mitglied der John Birch Society und der Minutemen. Als Mackey hereinkam, zog er eine der unteren Schubladen heraus. Das war die Einladung zu einem Drink. T-Jay lehnte mit einer Handbewegung ab und setzte sich.

»Du trinkst keinen mit. Du sagst mir nicht, wo zum Teufel du wohnst.«

»Ich reise morgen ab.«

»Wohin?«

»Zur Farm.«

»Muß ein tolles Leben sein, jungen Burschen aus Swarthmore beizubringen, wie man einem Chinesen das Genick bricht.«

»Es ist ein Job.«

»Ein Scheißjob, eine Schande, T-Jay, für einen Mann wie dich, der sein Leben riskiert hat. Dieser Kennedy, der muß für einiges gradstehen. Zuerst startet er eine Invasion ohne ausreichende Luftunterstützung, dann schiebt er alles der Bewegung in die Schuhe. Er schickt Leute gegen unsere Guerilla-Stützpunkte los und beschlagnahmt Waffenlieferungen, wo er nur kann.«

»Wozu bin ich hier? Du hattest Zeit genug, Guy.«

»So einfach ist das nicht.«

»Du hast mehr Gewehre als die mexikanische Armee.«

»Es gibt Prioritäten«, sagte Banister. »So wie's aussieht, wird diesen Sommer einiges los sein.«

»Ich werd Geld brauchen. Unterhalt, monatliche Zahlungen, eine ordentliche Abfindung.«

»Wie viele Männer?«

»Sagen wir: einige. Und zusätzlich brauch ich vielleicht einen Piloten.«

»In zehn Minuten spaziert er hier durch die Tür.«

»Himmel Herrgott.«

»Beruhige dich.«

»Der kommt nicht in Frage.«

»Laß dich nicht von Äußerlichkeiten oder seinen dummen Sprüchen täuschen. Ferrie ist verdammt tüchtig. Er kann rückwärts fliegen, wenn's sein muß. Er hat erstklassige Kontakte. Er übernimmt Aufträge für Carmine Lattas Anwalt. Er fährt zu Lattas Haus raus und bringt jede Menge Geld zurück, Seesäcke voller Geld. Alles für unsere gute Sache. Er kann ein kleines Flugzeug mieten, keine lästigen Fragen, nichts Schriftliches. Im Augenblick sucht er eine C-47 für mich, ich will heiße Ware ausfliegen.«

Banister machte wieder die Schreibtischschublade auf, holte eine Flasche Early Times heraus und griff nach hinten, um zwei Kaffeebecher von einem Regalbrett zu nehmen.

»Es handelt sich um ausgewählte Artikel für einen unserer Bereitstellungsräume in den Keys«, sagte er. »Gewehrgranaten, Landminen, Dynamit, Panzerbüchsen, Munition für den Granatwerfer. Stell dir vor: Kanister mit Napalm.«

Mackey sah den Ausdruck in den silberhellen Augen. Banisters Wut auf die Regierung war zum Teil eine Reaktion auf das öffentliche Leben überhaupt, auf Männer, die strahlen, wenn eine Kamera auf sie gerichtet ist. Kennedys magische Anziehungskraft, Kennedys Charisma. Banisters Haß hatte Format, war von einer physischen Kraft, die ihn immer wieder aufrichtete, nach beruflichen Enttäuschungen, nach gesundheitlichen Problemen, der Zwangspensionierung. Mackey sah ihm kurz in die Augen. So viel Bedeutsames drängte sich auf, Erinnerungen, Traurigkeiten, Überzeugungen, das verlorene Kuba, das Kuba der Zukunft – es war ein menschlich so dichter Augenblick, reich an Assoziationen, tiefen Deutungen, und dazu die Kraft des Unausgesprochenen –, daß T-Jay den Blick abwandte. In zu vielen Dingen dachten sie gleich.

»Wo hast du das ganze Zeug her?«

»Aus einem Bunker im Wald. Wir brauchten nur die Tür aufzuschließen.«

»Wer hat das arrangiert?« fragte Mackey.

»Es ist ein Waffenversteck der CIA. Dinge, die in der Schweinebucht nicht gebraucht worden sind. Was du vermutlich weißt.«

»Ich weiß inzwischen nicht mehr viel.«

»Laufend stoßen Rekruten zu uns. Sie wollen sich Fidel noch einmal vorknöpfen. In einem Camp hier in der Nähe bilden wir sie aus. Bisher gab's keine Probleme, toi, toi, toi, da kümmre ich mich persönlich drum, mit den Leuten vom FBI komm ich gut zurecht. Aber dieser Kennedy, der unternimmt alles mögliche gegen uns. Hast du gewußt, daß er führende Exilkubaner in Dade County festhält? Sie können den Bezirk nicht verlassen. Er will normale Beziehungen zu Castro. Er verhandelt mit den Sowjets. Sie hecken ein Abkommen aus. Kuba erhält die Garantie, daß es kommunistisch bleiben kann. Dafür kann Jack mit einer ruhigen zweiten Amtszeit rechnen. Moskau wird ihn nicht belästigen. Ihm liegt an seinem eigenen Schutz und seiner Sicherheit. Und dazu hat er, glaube ich, allen Grund.«

Er nahm den Bourbon und schenkte ein.

»Was weißt du eigentlich von dieser Sache in Dallas«, sagte er, »vor ein paar Wochen?«

»Du meinst den Anschlag auf Walker.«

»Haben sie den Nigger erwischt, der auf ihn geschossen hat?«

Der hinterhältige Ton in der Stimme des älteren Mannes entging Mackey nicht. In einer Atmosphäre der Erregung und Unsicherheit hatte Walker die Schlagzeilen beherrscht wie sonst nur ein Filmstar. Über einen Hinterhofzaun von einem Heckenschützen auf Zehenspitzen ins Visier genommen und nicht getroffen zu werden, war nach Mackeys Vorstellung eigentlich die perfekte Quittung für eine bestimmte Art des Ruhms. Es reduzierte den Status des Mannes zu dem einer zufälligen Zielscheibe für einen kurzsichtigen Waffennarren.

»Mal angenommen, ich kann die Gewehre besorgen.«

»Mit Zielfernrohr.«

»Was tu ich dann damit?«

»Du bewahrst sie auf«, sagte Mackey.

»Um wen geht es hier eigentlich?«

»Du bewahrst sie sicher auf, so daß sie jederzeit bereit sind.«

»Was ist denn der Anlaß für diese Zusammenkunft? Ich muß sicher sein können, daß völliges Vertrauen zwischen uns herrscht.«

»Du kannst sicher sein. Du hast mein Wort. Sonst wär ich nicht hier.«

»Du willst mir doch nicht sagen, ich werde für bestimmte Unternehmungen zu alt. Das hier ist mein Geschäft. Für Leute wie uns gibt's nur ein Thema.«

Abgeblätterte Farbe auf Schreibtischplatte und Fußboden, verstaubte Aktenschränke aus Blech. In den Schränken bewahrte Banister seine geheimen Berichte auf. Er hatte Akten von Leuten, die freiwillig bei den Anti-Castro-Gruppen in der Gegend mitmachten. Auf Mikrofilm hatte er Berichte über linke Umtriebe in Louisiana. Er hatte die Namen bekannter Kommunisten. Er hatte vom FBI stammendes Material über Agenten und Sympathisanten Castros. Mackey hatte Handbücher über Guerilla-Taktiken gesehen, aber auch alte Nummern eines rassistischen Magazins, das Guy herausgab. Es gab Akten über andere Organisationen, die sich in Camp Street 544 eingemietet hatten und zum Teil immer noch da waren, darunter der Kubanische Revolutionsrat, ein Bündnis von Anti-Castro-Gruppen, das von der CIA mit Banisters Hilfe zustande gebracht worden war.

»Leute wie wir«, sagte er zu Mackey, »müssen sich immer mit diesem Dilemma rumschlagen. Ernsthafte Männer, die kein Betätigungsfeld mehr haben. Sollen wir uns vielleicht auf einen Liegestuhl in den Garten legen, nachdem sie uns abgeschoben haben? Mit legitimen Alltagsgeschäften ist unseren speziellen Bedürfnissen nicht gedient.« Er lachte glücklich. »Über zwanzig Jahre hab ich beim FBI in einer besonderen Gemeinschaft verbracht, die meiner Natur in entscheidenden Dingen entsprach. Geheimnisse, die man austauschen und bewahren kann, gewisse Gefahren, die Möglichkeit, sich in brenzligen Situationen zu bewähren, den Leuten eine Knarre unter die Nase zu halten. Es ist eine verschworene Gemeinschaft. Wer kriminelle Neigungen hat – und ich sage nicht, daß das auf dich oder mich zutrifft –, kann irgendwo im Polizeiapparat Karriere machen.« Ein kurzes, glückliches Lachen. »Wieviel von meinem Mannesmut ist eigentlich nur Wasser und Rotz? Das will ich wissen. Ich war mit dem Fall Dillinger befaßt, ganz zu Beginn meiner Laufbahn. Staatsfeind Nummer eins. Berühmtes Ende, wir erwischten ihn, als er aus dem Kino kam, an einem schwülen Abend in Chicago, »The Biograph« hieß das Kino. Im Krieg war ich beim Nachrichtendienst der Marine, genau wie der junge Jack Kennedy.« Er trank einen Schluck. »Spionagearbeit, Geheimdienstarbeit, wir erfinden eine Gesellschaft, in der ständig Krieg herrscht. Gesetze sind wie Gummibänder.«

Er stellte den Bourbonbecher zur Seite und fuhr mit der Hand über die Zeitungen und Akten, um seine Zigaretten zu finden.

»Bei John Birch«, sagte er, »sind wir hunderttausend Mitglieder. Überhaupt nicht mehr zu kontrollieren. Dann gibt es General Ted Walker, der zusammen mit dem Geistlichen Billy James Hargis auf Tour geht; die reisen quer durchs Land und tragen dabei riesige Cowboyhüte. Die Minutemen sind spartanischer, halten sich bedeckt. Aber dahinter steckt eine Leidenschaft, der ich nicht traue. Sie warten auf den großen Tag. Sie haben die Ladestreifen für ihre Waffen in der Garage bereitliegen, und sie wissen, daß der Tag rasch näherkommt. Sie werfen alles in einen Topf, ihre Politik und die Wiederkunft Christi. Ich respektiere deine Methoden, T-Jay. Du willst eine Truppe, die sehr klein ist, straff organisiert und beweglich. Keine Adressenlisten und diesen ganzen Quatsch. Dir liegt nichts an Theorie und Diskussionen. Du willst Ergebnisse. Zwei, drei Männer, die ernsthaft zur Sache gehen.«

David Ferrie kam herein; er trug einen viel zu kleinen Panamahut und ein Hemd mit Rollkragen, der schlaff herabhing. Für Mackey, der ihm erst einmal begegnet war, hatte er etwas traurig Reumütiges an sich, wie ein Mann, der das Vertrauen der Öffentlichkeit enttäuscht hatte. (Banister behauptete, sie hätten ihm das Priesteramt entzogen.) Er hatte einen schleppenden, schlurfenden Gang, und seine Schuhe schlappten.

Er sagte zu Banister: »Du solltest so früh am Tag noch nicht trinken.«

»Was haben wir zur Zeit am Lager?«

Ferrie warf einen flüchtigen Blick auf T-Jay.

»Ein paar ganz alte Springfields. Dreißig-null-sechs. Uralte Dinger. Wir haben ein paar M-1, eine ganze Wagenladung jugoslawische Mauser mit russischen Markierungen, falls Sie das beeindruckt. Draußen bei Lacombe haben wir einige M-4. Ich hab erst gestern ein Magazin leergeschossen.«

»Wo lagern wir unsere Zielfernrohre?« fragte Banister.

»Die Zielfernrohre und Lafetten sind größtenteils draußen im Camp. Ein paar mit besonders langer Brennweite haben wir allerdings hier. Es kommt natürlich immer drauf an, was man erlegen will. Bei gefährlichem Großwild wie Fidel brauch ich ein großes Gesichtsfeld, weil der dauernd in Bewegung ist. Ich war doch tatsächlich mal ein heimlicher Bewunderer von Dr. Castro. Nur ganz kurz. Ich wollte an seiner Seite kämpfen.«

Seine Stimme kam flüsternd, ungläubig; die verschlungenen Pfade seines Lebens ließen ihn immer wieder staunen. Das Gesicht selbst war voller Zweifel, die starren angeklebten Brauen wölbten sich hoch über den blassen Augen. Nichts, was er sagte, ließ sich von den schauerlichen Fakten seiner äußeren Erscheinung trennen, am allerwenigsten, so schien es, von Ferrie selbst.

»Wo würden Sie ein leichtes Flugzeug hinter der Grenze stehen haben?« fragte Mackey. »Für den Fall, daß Sie schleunigst hier verschwinden wollten.«

»Ich würde nach Matamoros runter. Hinter Brownsville. Da gibt's eine Rollbahn. Und wenn man tiefer nach Mexiko rein will, kann man von einem ausgetrockneten See zum nächsten hüpfen. Ohne in bewohnte Gegenden zu kommen.«

»Nichts für ungut, aber wie alt sind Sie?«

»Fünfundvierzig. Bestes Astronautenalter. Ich bin die dunkle, unheimliche Seite von John Glenn. Kerngesund, bis auf den Krebs, der sich in mein Gehirn frißt.«

»Dir blüht ein gewaltsamer Tod.«

»Ich will's gern glauben.«

»Sie werden dir ein *nacho* in den Hals stoßen.«

»Ich kann spanisch«, sagte Ferrie und staunte, als er es hörte. Er ging in den kleinen Raum hinter dem Büro, wo Delphine Roberts eine der Listen zusammenstellte, für die in der Firma dauernd Material gesammelt wurde. Delphine war Banisters Sekretärin und Hilfe bei Recherchen, eine bodenständige Amerikanerin in mittleren Jahren, mit einer von Haarspray starrenden Hochfrisur.

»Und das sollen laufmaschensichere Strümpfe sein«, sagte sie.

»Alles soll irgend was sein, ist es aber nie. Das liegt in der Natur unseres Daseins.«

»Ich weiß. Du hast Philosophie studiert, wo war das doch gleich.«

»Hast du zu Mittag gegessen?«

»Ich bin mal wieder auf Diät.«

»Aber du bist doch gertenschlank, Delphine.«

Er machte den kleinen Fernseher an.

»Ich möchte bloß wissen, wieso ein Neger Kommunist sein will«, sagte sie und ging mit dem Finger die Liste durch. »Reicht es ihnen nicht, daß sie farbig sind? Müssen sie auch noch kommunistisch eingefärbt sein?«

»Du meinst, die wollen zuviel auf einmal?«

»Ich meine, sie haben doch so schon genug Schwierigkeiten. Und überhaupt: wenn du farbig bist, *kannst* du gar nichts anderes mehr sein.«

Ihr Schreibtisch aus Kunststoff stand am Fenster. Ein Hemdenformer aus Pappe war über ein Loch im Fliegengitter geklebt.

»Ich habe mich letzte Woche nach dem Preis für einen Luftschutzbunker erkundigt«, erzählte ihr Ferrie.

»Wegen der Bomben, die vom Himmel fallen, mache ich mir keine Sorgen. Die Raketenkrise kam und ging. Nein, es sind die

Truppen, die eines schönen Tages einfach da sein werden, Armeen, die an den Küsten landen, Fallschirmtruppen, die aus den Wolken fallen. Guy hat erfahren, daß die Rotchinesen in Baja California Truppen zusammenziehen.«

»Mich quälen persönliche Probleme, Delphine. Die erfordern etwas Größeres als eine Armee.«

Im Fernsehen lief *As the World Turns.* Ferrie saß mit übereinandergeschlagenen Beinen auf einem Klappstuhl. Er nahm den Hut ab und stülpte ihn über das rechte Knie.

»Ich frage mich manchmal, wieso kommt eigentlich Delphine jeden Tag in dieses Rattenloch von einem Büro? Eine Frau wie sie, gebildet und alles. Ein wunderschönes Haus in der Coliseum Street. All die Annehmlichkeiten unserer Gesellschaft, möcht ich sagen. Und DAR-Mitglied.«

»Das hier ist die wahre nationale Aufgabe. Was könnte ich schon im Stadtrat oder in irgendeinem Damenkränzchen erreichen? Guy Banister steht in diesem Land in vorderster Front, wenn es darum geht, Ergebnisse zu erzielen. Rekrutierung, Ausbildung, Informationsbeschaffung. Ich habe das Gefühl, daß ich hier einen Beitrag leisten kann, der mir auf normalem Wege – durch Mitarbeit in Ausschüssen und so weiter – nicht möglich wäre.«

Sie warf einen kurzen Blick auf Ferries verblichenes rotes Toupet, das Ähnlichkeit mit einem vom Wind über die Straße gewirbelten Stoffetzen hatte. Sie blickte auf die schräg abfallende Stirn, das leicht römische Profil mit der Adlernase, seltsam eindrucksvoll trotz der übergroßen Ohren des Mannes und der clownesken Seiten seiner äußeren Erscheinung. Tatsächlich hatte sie das Profil schon einmal gesehen, bevor sie Ferrie überhaupt kennenlernte. In Banisters Akten gab es ein Polizeifoto. Es erinnerte an zwei Verhaftungen im Jahr 1961 in Jefferson Parish auf Grund von Verbrechen gegen die Natur, wie es offiziell hieß.

Sie sahen fern.

»Dave, an was glaubst du?«

»An alles. An meinen eigenen Tod vor allem.«

»Wünschst du den vielleicht herbei?«

»Ich spüre ihn. Ich bin so was wie ein Sandwichmann für Krebs.«

»Aber du redest so bereitwillig drüber.«

»Was bleibt mir denn anderes übrig?« sagte er.

Auf dem Bildschirm begannen sich zwei Frauen mit langsamen und gemessenen Sätzen beim Kaffee zu unterhalten; für beleidigte und böse Blicke gab es feierliche Pausen. Delphine machte sich wieder an die Arbeit, bemüht, trotz des laufenden Fernsehers die Stimmen im Nebenraum zu hören, das ferne und vertrauliche Gemurmel, das ihre Nachmittage einrahmte.

»Warum stehen Homosexuelle auf Seifenopern?« fragte Ferrie geistesabwesend. »Weil es in unserem Leben so farbig zugeht.«

Delphine brach in unflätiges Gelächter aus. Ihr Oberkörper kippte nach vorn, und die Hände griffen haltsuchend nach den Schreibtischkanten. Schaukelnd saß sie da, eine gewaltige ausladende Ausgelassenheit. David Ferrie war überrascht. Er wußte nicht, daß er etwas Komisches gesagt hatte. Für ihn war es eine melancholische Bemerkung gewesen, traurig philosophisch, ein beiläufiger Kommentar zu einem ziellosen Nachmittag. Nicht daß es das erstemal gewesen wäre, daß Delphine so maßlos auf etwas reagierte, das er sagte. Auch seine schwächsten komischen Bemerkungen fand sie automatisch ungeheuerlich. Sie hatte zwei Arten zu lachen. Obszön und unflätig und hemmungslos, die erforderliche weltliche Reaktion auf Ferries sexuellen Status, ihre Vorstellung von einer Art von analem Wissen, das seinem Humor zugrundelag. Sanfter war ihr Lachen für Banister, kehlig, verständnisvoll, anlehnungsbedürftig, mit komplizenhaften Untertönen, kleinen Flüsternischen in ihrer Stimme, ein Lachen, das jeden wissen ließ, daß sie ein Liebespaar waren.

»Es ist nicht nur Kennedy selber«, sagte Banister hinter der Tür. »Es ist das Bild, das die Leute von ihm haben, dieses strahlende Bild, das uns ständig präsentiert wird. Er strahlt wirklich auf fast all seinen Fotos. Wir sollen glauben, er sei der Held unserer Zeit. Hast du je einen Mann gesehen, der es so eilig hatte, bedeutend zu werden? Er glaubt, er kann unsere Gesellschaft verändern. Er will alles umkrempeln. Wir sind ihm nicht klug genug. Wir sind keine reifen und tatkräftigen Harvard-Absolventen, keine Glückspilze, welterfahren, reich, gutaussehend, geistreich. Perfekte weiße Zähne. Mir kommt die Galle hoch, wenn ich ihn bloß sehe. Soll ich dir mal sagen, was für mich Charisma bedeutet? Es bedeutet, daß er die Geheimnisse kennt. Früher existierten die gefährlichen Geheimnisse außerhalb der Regierung. Komplotte, Verschwörungen, Geheimnisse vom Umsturz, Geheimnisse vom Ende der Gesellschaftsordnung. Jetzt sitzt die Regierung auf den entscheidenden Geheimnissen. Die ganze Gefahr geht vom Weißen Haus aus, angefangen bei den Atomwaffen. Was heckt er mit Castro zusammen aus? Über welchen geheimen Kanal arbeitet er mit den Sowjets zusammen? Er greift zum Telefon, und Welten wanken. Für mich ist sonnenklar, daß es unter den maßgeblichen Leuten der Regierung eine Bewegung gibt, die voller Hingabe daran arbeitet, die Sache der Kommunisten voranzubringen. Nimm dem Mann seine mächtigen Geheimnisse weg. Nimm ihm seine Geheimnisse, und er ist ein Nichts.«

Banister schwieg, bis Mackey den Kopf hob, so daß ihre Blicke sich trafen.

»Ich bin zutiefst überzeugt, daß es in der Luft Kräfte gibt, die die Menschen zum Handeln zwingen. Nenn es Geschichte oder Notwendigkeit oder sonst was. Was spürst du in der Luft? Das ist alles, was ich sagen wollte, T-Jay. Liegt irgend was in der Luft, das du auf der Haut spürst, das dich kitzelt wie warmer Schweiß? Trink aus, trink aus. Wir genehmigen uns noch einen.«

Was ein flüchtiger Blick doch sagen kann.

An diesem Abend saß Mackey in einem kleinen Zimmer in einer Pension, vis-à-vis von einer Firma für orthopädischen Bedarf und ein paar aufgebockten Wohnanhängern. Die Chancen, daß eine kühle Brise aufkam, standen vielleicht eins zu tausend. Die einzelnen Wohnwagen waren von Schuttwällen umgeben und wurden von übellaunigen Hunden bewacht.

Er saß im Dunkeln am Fenster und verteilte eine farblose Lotion auf Knöchel und Handrücken, die mit Schnakenstichen übersät waren. Es würde verdammt schwer werden, bei dieser Hitze zu schlafen, ohne Ventilator, ohne Schutz gegen die Attacken dieser kleinen summenden Biester.

Die Pension lag in einer Gegend, wo sich Häuser und Schrottplätze gegenseitig hervorzubringen schienen. Jeden Morgen krähte ein Hahn – verblüffend, so dicht bei ein paar wichtigen Hauptverkehrsstraßen.

Jeder Raum hat seine eigene Musik. Er ertappte sich manchmal dabei, wie er in fremden Zimmern, wenn sich der Verkehrslärm gelegt hatte, angespannt horchte, ob es nicht irgendeinen Mißton gab, eine Nuance vielleicht, einen Makel in der Klangstruktur.

Waffen von Banister zu besorgen, war auf lange Sicht weniger riskant und kurzfristig sehr viel leichter, als sie von der »Farm« zu stehlen. Die Farm war das heimliche Ausbildungslager der CIA im südöstlichen Virginia, ein gut zweihundert Hektar großes waldreiches Gelände, das für die Außenwelt ein Militärstützpunkt war und Camp Peary hieß. Mackey bildete dort Rekruten an leichten Waffen aus, junge Leute frisch von der Uni, die unbedingt im Geheimdienst Karriere machen wollten. Auf die Weise ließ ihn die Agency wissen, wie weit ihn seine Weigerung, eine schriftliche Abmahnung zu unterschreiben, gebracht hatte. Er wohnte etwa fünfzehn Kilometer vom Lager entfernt, aber während besonderer Übungsabschnitte teilte er sich mit einem anderen Ausbilder ein Quartier in einer alten Holzkaserne, die in Doppelzimmer unterteilt war. Sie trugen Drillichanzüge und spielten trübsinnig Rommé, während sie auf die dumpfen Rumpler draußen auf dem Übungsgelände horchten.

Er goß sich die Lotion auf die Finger und fuhr dann mit den Fingerspitzen über die Schnakenstiche. Das Jucken ließ nicht nach.

Wohin er auch ging, Stechmücken. Er hatte Rebellen in Sumatra ausgebildet und die Kommandoeinheiten CIA-abhängiger Armeen in einigen Gegenden am Arsch der Welt. Aber er war nicht mit der Agency verheiratet. Er konnte warten, bis sie ihn fallenließen, oder er konnte ihnen zuvorkommen. Er hatte zu oft erlebt, wie sie auf Distanz gingen und Leute verrieten, wie sie Kämpfern erst den Rücken stärkten und sie dann aus politischen Gründen fallenließen. Nicht umsonst war es für viele nur die »Firma«. Sie war dazu da, die tieferen Verantwortlichkeiten zu verschleiern, das blinde Vertrauen, dem man sich überlassen mußte. Das war die einzige Kriegsgeschichte, die er kannte, die einzige, die es gab oder geben konnte, und sie endete immer gleich: mit Männern, die im Nebel abwegiger Betrachtungen scheiterten.

Er spürte die drückende Hitze, mitternächtliches Pulsieren, hörte die Sirenen auf der Canal Street, das Schimpfen eines einsamen Betrunkenen. Eine Stechmücke überträgt Krankheiten. Er ballte die rechte Faust. Der eintätowierte Vogel war ein Adler, etwa 1958, und stammte aus einem dunklen Laden an einer von Havannas *esquinas del pecado,* sündigen Ecken, wo Makkey – drei Jahre vor der Invasion – beim Versuch der Agency, der Bewegung des Rebellen Fidel Castro finanzielle Mittel zukommen zu lassen, für die Sicherheit zu sorgen hatte.

Jeder Raum hat eine Musik, die einem Dinge erzählt, wenn man nur zuzuhören versteht.

Gute Männer mußten sterben, weil die Regierung auf Zeit spielte und sich alle Möglichkeiten offen halten wollte. Für Mackey an Bord des Führungsschiffes der CIA, eines alten Landungsbootträgers, fünfzehn Meilen vor Blue Beach, bekam die Operation langsam etwas Surreales. Als Informationen zur

Verfügung standen – Daten, die über die Radarschirme und Radios kamen, Signale aus den Vierundzwanzig-Zoll-Scheinwerfern eines Zerstörers, die von den Wolken reflektiert wurden –, hatte er das Gefühl, daß etwas außer Kontrolle geriet. Da draußen gab es merkwürdige Pannen, eine dunkle Weite voll von Illusionen, Täuschungen und unheimlichen Aussichten.

Ein Schiff hatte zwei verschiedene Namen.

Radio Swan, auf einer winzigen Guano-Insel stationiert, sendete sinnlose Codes, mit denen Fidels Truppen dazu gebracht werden sollten, in Massen überzulaufen. »Der Knabe ist im gelben Haus.« »Die einäugigen Fische beißen an.« Die ganze Nacht war das einsame Geplapper zu hören.

Die Meerespflanzen auf Aufklärungsfotos entpuppten sich als Korallenriffe, die die Landemanöver behinderten.

Flugzeuge flogen mit übermalten Kennzeichen, und als die Piloten schließlich die Erlaubnis erhielten, Erkundungsflüge ins Landesinnere zu starten, mußten sie sich mit Hilfe von Esso-Straßenkarten orientieren.

Düsenjäger der Navy, die sich mit B-26-Bombern aus Nicaragua zusammentun sollten, kamen entweder zu früh oder zu spät, weil irgend jemand die Zeitzonen durcheinanderbrachte.

Auf dem Radarschirm tauchten zwei Munitionsschiffe auf, die volle Kraft voraus in die falsche Richtung dampften und Funksprüche, mit denen sie zur Umkehr aufgefordert wurden, einfach ignorierten.

Der CIA-Direktor, Allen Dulles, verbrachte das Wochenende in Puerto Rico und hielt vor einer Gruppe interessierter Bürger einen Vortrag über das Thema »Der kommunistische Geschäftsmann im Ausland«.

Auf Mackeys Schiff gab es eine zehnminütige Meuterei.

»Am Himmel ballen sich dunkle Wolken.« »Der Habicht stößt in der Dämmerung herab.«

Der zweite Luftangriff wurde schließlich gestrichen.

Er wußte, daß Everett das Scheitern viel komplexer sah, nicht nur als einen geplatzten militärischen Einsatz. Als einen kläglichen Mangel an Ideen und Mitteln. Mackey dagegen bestand auf einer klaren und einfachen Deutung. Man kann seine Wut und Schmach nicht diesen endlosen Komplikationen preisgeben.

Er hatte irgendwo eine Ehefrau sitzen. Das war eine Komplikation aus der Vergangenheit, an die man zurückdenken konnte. Zwei Jahre Studium, Nachkriegszeit, Bergbau und Hüttenwesen, mit einer Frau, die ihn unterstützte. Er konnte sich kaum noch ihr Gesicht vorstellen. Bleich und aufgedunsen vom Trinken. Sie war inzwischen eine paramilitärische Ehefrau. Sie ging gern ins Kino. Sie saß gern so, daß ihr Hintern in der Lücke zwischen dem Sitz und der Rückenlehne hing, während sie die angezogenen Füße auf der Vorderkante des halb hochgeklappten Sitzes stehen hatte und wie ein ernstes Stehaufmännchen das Gleichgewicht hielt, während die Kugeln über die Leinwand zischten. Sie hatte hübsche Haare, wenn er sich recht erinnerte, und sie trank systematisch, wie um jedem Vorwurf der Haltlosigkeit zuvorzukommen.

Der Spähtrupp ging vor Mitternacht an Land. Mackey war der einzige Amerikaner in dem Schlauchboot, und er hätte nicht dort sein dürfen. Das Boot glitt zum Sandstrand, und ein Mann sprang ins Wasser und lief nebenher, grub die Hände wie Schaufeln in den festen Sand und murmelte ein Gebet. Sie machten sich daran, das Ufer mit Landelichtern für die Truppen zu markieren, die jenseits der Brandung an Bord uralter stampfender Landungsboote und wieder hergerichteter Frachter warteten. Die Gegend war nicht gerade verlassen. Ein paar alte Männer saßen oben am Strand vor einer Bodega und unterhielten sich. Einer der Späher, der schwarze Badehosen und ein schwarzes Sweatshirt trug und sich Ruß aus der Kombüse ins Gesicht geschmiert hatte, ging hin, um mit ihnen zu reden; sein Maschinengewehr nahm er mit. T-Jay war unbewaffnet. Er war sich nicht sicher, ob das nun seine Art war, den Männern klarzumachen, daß er hier nur eine begrenzte Rolle spielte, oder ob er sich heute nacht, vom kräftigen Seetanggeruch belebt, einfach unangreifbar fühlte. Er sah bei der Bodega einen alten Chevy stehen und veranlaßte Raymo, den Anführer seines Spähtrupps, sich von einem der Gäste die Schlüssel geben zu lassen – eine Art Willkommensgeste von den Leuten, die kurz vor ihrer Befreiung standen. Er wollte herausfinden, ob die örtliche Miliz ihr Lager an der Stelle hatte, die ihm von den Nachrichtendienstleuten genannt worden war. Der Wagen war Baujahr '49, und am Armaturenbrett klebte das Bild eines kubanischen Baseballspielers in Hemd und Kappe der Brooklyn Dodgers. Als sie auf der steinigen Straße vielleicht zweihundert Meter zurückgelegt hatten, tauchte im Licht ihrer Scheinwerfer ein Jeep mit den hüpfenden Konturen von zwei Köpfen auf. T-Jay bremste, so daß der Wagen diagonal auf der Straße stand. Raymo war im selben Augenblick draußen, und seine Worte wurden von den Salven aus seiner Maschinenpistole übertönt. Jeder zweite Schuß war ein Leuchtspurgeschoß. Hitze und Licht. Als das Magazin leer war, hingen zwei tote Milizsoldaten mit offenem Mund in den rauchenden Sitzen des Fahrzeugs. Raymo stand nur da und sah hin, eine völlig reglose, untersetzte Gestalt. Er war barfuß und wirkte mit seinen lächerlichen karierten Shorts wie ein Urlauber aus Minnesota; den Patronengurt hatte er unter dem Bauch hängen. Vom Strand her hörten sie Pistolenschüsse und fuhren im Rückwärtsgang zur Bodega. Man erzählte ihnen, ein Späher habe einen der alten Männer wegen einer unbedachten Bemerkung erschossen. Bei der Leiche stand eine Gruppe heftig diskutierender Leute. T-Jay ging zum Strand hinunter. Froschmänner waren eingetroffen und halfen beim Montieren der Markierungslichter. Er ließ seinen Funker an das Führungsschiff durchgeben, sie sollten die Brigadeführer und die Truppen an Land schicken und die verdammte Geschichte endlich ins Rollen bringen. Als er zur Straße zurückging, sah er eine Frau vor einer Strohhütte stehen und um sich schlagen. Sie waren in unmittelbarer Nähe der Zapata-Sümpfe, die für Stechmücken berühmt waren.

Er las das Schild auf der anderen Straßenseite. Preisnachlaß bei Labormänteln. Aus einer Nebengasse drangen Stimmen, das charakteristisch rauhe Gelächter von Leuten, die gerade aus der Kneipe kommen. Bei Tagesanbruch würde er den Hahn krähen und den Hund bellen hören, wie in irgendeinem Wellblechhütten-Dorf in der Karibik.

Die Erinnerung war eine Folge von Standbildern, ein in seine Bestandteile zerlegter Film, den er nicht richtig zum Laufen brachte. Er sah Raymo die Wagentür aufwuchten, eine stotternde Bewegung, Einzelbilder, die verschwammen. Die Salven aus der Thompson waren die ersten Schüsse, die in der Schweinebucht fielen. Das machte Raymo dann zu einer Respektsperson unter seinen Mitgefangenen, als sie zwanzig Monate in der Festung von La Cabaña verbrachten und immer wieder auf die Gewehrschüsse von den Hinrichtungen im Festungsgraben horchten; auf jede knappe Salve folgte ein präzises Echo, ein Nachhall, während sich die Gefangenen vorstellten, wie der Hund, der im Festungsgraben lebte, das Blut aufleckte.

Endlich fuhr draußen das Taxi vor.

Er ging ins Bad und ließ sich kaltes Wasser über die Hände laufen, um so vielleicht das Jucken zu lindern, was die Lotion nicht geschafft hatte. Er hatte sich bei seinem Einsatz in Indonesien Malaria zugezogen und spürte hin und wieder die Folgen; es war ein Gefühl, als sei sein Körper ein Sumpf. Er ging zur Tür und wartete.

Seine Frau war einmal – nach irgendeiner verrückten Nacht – am Küchentisch mit dem Messer auf ihn losgegangen und hatte ihn links am Kinn erwischt. In seiner Erinnerung hatte sie keinen Namen. In seiner Erinnerung war sie irgendwo in einer sehr undeutlichen Umgebung, in einem Zimmer mit Vorhängen, und stand nie von ihrem Stuhl auf. So ergeht es geliebten Menschen, die uns verlassen. Wir lassen sie für immer in einem Raum sitzen.

Die Frau kam herein, brutal gebräunt, ihre Haut geräuchert und rissig. Sie sagte, sie heiße Rhonda. Sie trug ein schweres dunkles Make-up, das ihn an Nächte am Strand und an den Tripper denken ließ.

»Casal sagt, ich soll nett zu dir sein.«

»Was er damit wohl meint?«

Lächelnd öffnete sie den Reißverschluß an ihrem Rock. Casal war der Barkeeper im Habana, einer Hafenbar für Matrosen, verbitterte Kubaner und anderes Treibgut.

Die ganze Nacht tönte es übers Wasser. »Hört, meine Brüder, auf das Brüllen des weißen Taifuns.« Es gab nichts Grausameres, nichts Entsetzlicheres, als sich für sein Land zu schämen.

Win Everett war im Pyjama und blätterte in einer zwei Tage alten Ausgabe des *Daily Lass-O*, der Studentenzeitung an der TWU. Er las von Wettbewerben für Mädchen im rhythmischen Anfeuern mit Showeinlagen. Landesweit wurde die typische Studentin gesucht. Er saß in einem Sessel in der Ecke des Schlafzimmers. Der Zeitung entnahm er auch, wie die Schule ursprünglich geheißen hatte: Gewerbliche Lehranstalt und Höhere Schule für die geistes- und naturwissenschaftliche Bildung weißer Mädchen aus dem Staat Texas. Er übersprang den Artikel über JFK.

Unten läutete das Telefon. Er hörte Mary Frances in die Küche gehen und den Hörer abnehmen. Als sie an den Fuß der Treppe kam, ließ er die Zeitung sinken und wartete, bis sie seinen Namen rief.

Sie beobachtete, wie er die Treppe herunterkam: er wirkte fast schwerelos in seinem Pyjama, denn neuerdings setzte er die Füße immer so sacht und leise auf, als wolle er seiner Umwelt zeigen, daß er sich für den Weg der Zurückhaltung entschieden hatte. Sie berührten sich kurz, als er an ihr vorbeikam, und sie wußte, daß sie sich nachher auf den frischen Laken bei offenem Fenster lieben würden, während in der Luft noch der Duft des Regens und des nassen Laubes hing.

Parmenter rief aus einer Telefonzelle an. Win hörte Verkehrsgeräusche, Nervosität in der Luft. Er sah Mary Frances nach oben gehen; ihre Hand ließ den geschnitzten Endpfosten los und glitt über den Handlauf, fast ohne ihn zu berühren.

»Wie gehen wir vor?«

»Das Telefon ist sauber. Ich bin nicht mehr interessant für die. Außerdem hab ich's selber entschärft.«

Ein kurzes Auflachen. »Du weißt, wie das geht?«

»Ich bastle im Keller rum«, sagte Win.

»Kennst du einen Mann namens George de Mohrenschildt?«

»Nein.«

»Arbeitet gelegentlich für Inlandkontakte. Und beim Heeres-Nachrichtendienst hat er auch die Finger drin. Kuba auf dem Umweg über Haiti. Er ist auf dem Weg nach Haiti. Hat wahrscheinlich mit einer Waffenlieferung zu tun. George gibt sich als Castro-Anhänger. Könnte echt sein. Er findet, wir hätten uns ziemlich schlecht benommen. Tatsache ist allerdings – falls meine Informationen stimmen –, daß er gegen die Interessen Castros arbeitet oder arbeiten wird, sobald er in Haiti ist. Aber es geht uns ohnehin nicht um George selber. Vielmehr hat er einen jungen Freund, den er im Auftrag der Agency ausgequetscht hat, einen Überläufer, der nach gut zwei Jahren in der UdSSR mehr oder weniger reumütig zurückgekehrt ist. Ich hab George dazu gekriegt, mir den Namen des Jungen zu nennen, und ich hab ein paar Ermittlungen angestellt. Es gibt über ihn eine 201er-Akte, angelegt im Dezember 1960.«

»Haben ihn die SR-Leute eingeschleust?«

»Wer kann das schon mit Sicherheit sagen, so wie wir unsere eigenen Akten fälschen? Es gibt keine eindeutigen Hinweise darauf, daß wir ihn nach Rußland geschickt haben. Viel mehr kann ich dir nicht dazu sagen, nur noch eins: Er hat einen Teil seiner Militärzeit in einem geschlossenen Stützpunkt in Japan verbracht. Atsugi. Er hat dort ein Radargerät bedient. Hatte Zugang zu Daten, die mit den U-2-Flügen zu tun hatten. Hübsche Morgengabe für die Sowjets, als er rüberging. Er hat eine

Russin geheiratet. Wollte dann wieder nach Hause. Das junge Paar ließ sich in Dallas nieder, lernte George kennen, saß Abende lang mit den Emigranten am Ort zusammen und tauschte Erinnerungen aus. Dieser junge Mann nun hat, George zufolge, an einem Abend vor etwa zweieinhalb Wochen einen Schuß in die Nacht abgegeben, der dem berüchtigten Kopf des pensionierten Generalmajors der US-Army, Edwin A. Walker, galt.«

Schweigen. Win horchte auf das dichte Brausen der Luft in der Hörmuschel, eine Stadt voller Leben, Hupen, dichter Verkehr auf den Brücken über den Potomac.

»Könnte eine gute Entdeckung sein, Larry.«

»Aus deinem Mund hört sich das an wie eine Dreizimmerwohnung. Wir könnten was aus ihm machen. Einen Linksradikalen. Ihn einarbeiten. Ihn mit dem kubanischen Nachrichtendienst in Verbindung bringen. Vielleicht könnten wir ihm sogar Zugang zur Szene verschaffen. Wenn er sich für einen Mann des linken Spektrums hält, pro Castro, pro Sowjets oder was weiß ich, dann werden wir seiner Phantasie ein wenig nachhelfen. Es gibt immer Gründe, auf den Präsidenten zu schießen.«

»Sag Mackey Bescheid. Gib T-Jay die Einzelheiten. T-Jay wird ihn an Land ziehen.«

Es kam ihm vor, als sei er immer dabei, gerade ins Bett zu gehen. Es war immer Schlafenszeit. Der Tag kam und ging, und es war wieder Zeit, ins Bett zu gehen.

Er ging durchs Haus, machte die Lichter aus und überzeugte sich, daß Haustür und Hintereingang verschlossen waren. Er hatte einmal eine U-2 auf einem Salzsee in Nevada gesehen. Sie sah genau so aus, wie sich ein kleiner Junge einen fortschrittlichen Aufklärer vorstellt. Monströse Spannweite, ein unfertig wirkender Rumpf, abgewinkelte Tragflächenenden. Sie war wie ein Segelflugzeug gebaut, besaß aber ein Strahltriebwerk und konnte in einem Winkel von über fünfundvierzig Grad steigen, bis sie eine Flughöhe von fünfundachtzigtausend Fuß erreicht hatte, wo ihre Kamera einen fast zweihundert Kilometer breiten Streifen überblickte. Dunkle Spionin hieß sie bei den Sowjets. Er sah nach, ob der Backofen ausgeschaltet war. Der letzte Blick, bevor er nach oben ging, galt immer dem Backofen.

Mary Frances wartete schon im Bett auf ihn. Beim Sessel brannte ein gedämpftes Licht. Als er sich auszog, spürte er einen Luftzug auf der Haut. Die Nacht war voll von neuen Dingen, von erdigem Moschus und nasser Rinde und nächtlichem Jasmin, es war eine duftende Frische, ein Aufbrechen der Erde nach dem Regen. Er legte sich schwer auf Mary Frances. Das windgegerbte Gesicht und die weißlichen Brauen. Die duftende Blässe ihrer Brüste. Er würde sie lieben bis zum Tod, bis in den geheimnisvollen Schlaf. Ihr Kopf rollte auf dem Kissen hin und her, die Augen fest geschlossen. Er barg das Gesicht in der Krümmung ihres Halses. Die Nacht war voller Wasser, das sich bewegte, schwache nasse Geräusche, Regenwasser, das durch Bäume tropfte, Wasser, das durch Regenrohre rauschte, nasse Geräusche von Reifen auf Asphalt, Reifen auf einer nassen Straße. Er hob den Oberkörper etwas an, verschränkte seine Hände um ihre, die Finger ausgestreckt. Sie preßten sich aneinander. Ein schwerer Duft. Dumpfes Donnern in der Ferne. Wasser still in Graspfützen, Wasser, das über Blattstiele rinnt, sich im Rippennetz in der Mitte sammelt, Tröpfchen, zitternde Winzigkeiten, Wasser auf den Blättern der Schwarzeiche neben dem Haus, ein leichtes Prasseln auf dem Fliegengitter, wenn der Wind auffrischt. Sie war blond und weiß und rötlich, und ihre Haut fühlte sich rauh an. Sie war breiter gebaut als er und jetzt auch willensstärker, viel stärker als er, und etwas Verläßliches und Normales war alles, was sie sich für ihn wünschte. Es roch leicht nach Schweiß, und er spürte, wie ihm Speichel übers Kinn lief. Ihre Hände stemmten sich gegeneinander, die Finger angespannt und zitternd. Er spürte eine kraftvolle Reaktion in den Laken, ihr Hintern bewegte sich mit, Feuchtigkeit in dem weißen Flaum an ihren Mundwinkeln. Er sagte ihren Namen und sah, wie sich ihre Augen öffneten – zu diesem tiefen Staunen, diesem Vertrauen, mit dem sie sich den gewöhnlichen Geheimnissen auslieferte. Sie lebte in einem Maße in der Welt, wie es ihm nie möglich war. Sie bedeutete die Welt. Er machte eine Hand frei und wischte den Speichel ab. Sie sagte seinen Namen, schnell, ein paarmal nacheinander, als wolle sie Zuschauer auf einer Tribüne zum Beifall animieren, und das war es dann war es dann.

Sie lagen nebeneinander, hörten Radio.

»Ich möchte mal wissen«, sagte sie, »worüber andere Leute reden.«

»Wann?«

»Jetzt. Ich wüßte gern, worüber andere reden. Vielleicht gibt es ja Dinge, an die wir noch gar nicht gedacht haben.« Sie lacht über sich selbst. »Dinge, die wir einander sagen sollten.«

»Während wir uns lieben oder danach?«

»Doch nicht während, das ist uninteressant. Liebesgestöhne und -gestammel. Nein, nein: danach, jetzt.«

»Soll das heißen, wir haben all die Jahre die falschen Dinge gesagt?«

»Würdest du nicht gern mal lauschen? Ich will anderen Leuten nicht zusehen. Ich will ihnen zuhören.«

»Die reden davon, daß sie gern eine rauchen würden.«

»Wer war das am Telefon?«

»›Wo sind meine Zigaretten?‹ Das werden sie sagen.«

»Er wollte mir seinen Namen nicht nennen.«

»Larry Parmenter. Du erinnerst dich vielleicht. Irgendeine Fete in Miami.«

»So gut wie gar nicht.«

»Vor drei Jahren vielleicht.«

»Was wollte er mit dir bereden?«

»Naseweis, die Dame.«

»An manchen Abenden möchte ich einfach festgehalten werden. Heute abend bin ich auf Zuhören eingestellt. So schön, im zerwühlten Bett zu liegen und zuzuhören. Deck mich mit Worten zu. Wir sind zwei Klatschbasen allein in der Nacht. Erzähl mir, worüber ihr geredet habt.«

»Es war alles sehr sexy.«

»Also wirklich.«

»Die U-2. Die Flugzeuge, die die sowjetischen Raketen in Kuba entdeckt haben. Wir haben die Fotos oft als Pornographie bezeichnet. Wenn sich die Spezialisten zur Auswertung trafen, hieß es: ›Mal sehen, was wir diesmal an Pornographie reinbekommen haben.‹ Kennedy hat sich die Bilder tatsächlich in seinem Schlafzimmer angesehen.«

»Red weiter«, sagte sie.

»Spionageflugzeuge, ferngesteuerte Flugkörper, Satelliten mit Kameras, die aus einer Entfernung von fünfhundert Kilometern so viel sehen wie du aus fünfzig Metern. Sie sehen und sie hören. Wie Mönche in alten Zeiten, die Wissen gesammelt und sorgfältig aufgeschrieben haben. Diese Systeme sammeln alles und verarbeiten es weiter. All die geheimen Kenntnisse der Welt.«

»Gehört es nicht zum Schönsten überhaupt, an einem Abend wie heute die frische Luft auf dem Körper zu spüren?«

»Ich will dir sagen, was sie bedeuten, diese Sensoren, die die Erde umkreisen und uns in unseren Betten hören können. Sie bedeuten das Ende jeder Loyalität. Je komplizierter die Systeme, desto schwächer die innere Überzeugung der Menschen. Die innere Überzeugung wird uns genommen. Apparate nehmen uns die Kraft und machen uns gefügig.«

Gemeinsame Jahre, Jahre der Ausflüchte und Täuschungsmanöver, des plausiblen Verneinens und völligen Schweigens hatten Mary Frances keinen Grund zu der Annahme gegeben, sie werde jemals genau wissen, was für Geheimnisse Win gerade mit sich herumtrug, und deshalb waren ihr diese Augenblicke wortreichen Erzählens, waren ihr Art und Umfang seiner verschlungenen Darstellungen durchaus willkommen. Sie ermunterte ihn dazu, ihr von den Themen und Entwicklungen, die mit seiner Arbeit zu tun hatten oder die ihn einfach beschäftigten, das zu erzählen, was er konnte – ermunterte ihn stillschweigend, schuf um ihn her Bereiche der Empfänglichkeit, Stille. Das gehörte für sie zu den Aufgaben einer Ehefrau, so selbstverständlich wie das Auswählen von Gardinen. Mittlerweile verstand sie es geschickt, so etwas wie schüchterne Neugier zu zeigen, und obschon es für ihn keine echte Arbeit mehr zu erledigen gab, wollte sie alles wissen, wollte es unbedingt von ihm hören. Doch heute abend schlief sie darüber ein, glitt sanft hinüber, in ein Bettlaken gewickelt, einen Arm quer über seiner Brust. Er hörte Radio, hörte einem Mann zu, der mit einer hellen klaren Stimme das Evangelium predigte, eine begeisternde Stimme, jung, selbstbewußt. Ja ja ja ja. Jesus lebt, zumindest in Texas.

Er würde jemanden konstruieren, eine Identität aufbauen, ein Gewebe aus Überzeugungen und Gewohnheiten, so raffiniert wie möglich. Er wollte einen Mann mit glaubhaften Makken. Er würde einen Raum voller Schatten schaffen, das Zimmer des Attentäters, das die Ermittler schließlich finden würden, um jede Einzelheit aufs genaueste zu untersuchen und allen Freunden, Verwandten, Zufallsbekanntschaften bis in ihre eigenen Schattenräume nachzuspüren. Unser Leben ist interessanter als wir glauben. Wir sind Romanfiguren, aber ohne die Verdichtung und den höheren Glanz des Romans. Unser Leben, in all seinen Beziehungen und Zusammenhängen sorgfältig erforscht, ist reich an vielsagender Bedeutung, an Themen und komplizierten Verwicklungen, die wir nie ganz haben sehen wollen. Er würde die geheimen Symmetrien in einem nichtssagenden Leben aufzeigen.

Ein Adreßbuch mit vieldeutigen Anhaltspunkten. Raffiniert veränderte (oder stümperhaft veränderte) Fotos. Briefe, Reisedokumente, gefälschte Unterschriften, eine Kette falscher Namen. Das alles würde eine eingehende Dechiffrierung erfordern, eine Umwandlung in Klartext. Er stellte sich die verschiedenen Teams vor, Linguisten, Auswerter von Photographien, Experten für Fingerabdrücke, Experten für Schriftvergleiche,

Experten für Haare und Fasern, Schmierflecke und Kleckse. Ermittler, die Chronologien erstellten. Er würde ihnen die Zutaten zu komplizierten Zeitabläufen liefern, sie zu Kellerräumen in windigen Arbeiterslums führen, zu vergessenen Kleinstädten in den Tropen.

Er machte das Radio aus und glitt unter ihrem Arm hervor. Er wollte eine Zigarette. Er zog seinen Pyjama an und fand in der Brusttasche seines Hemdes auf dem Sessel zwei zerdrückte Winstons. Er setzte sich hin, rauchte und versuchte zu lesen. Das Gewitter zog mit blauweißen Blitzen polternd nach Westen ab. T-Jay wird ihn an Land ziehen. Win wußte, daß MAKKEY ein von der Agency festgelegter Deckname war. Theodore J. MACKEY. Auch Win hatte jahrelang einen falschen Namen benutzt, gängige Praxis bei Beamten, die an verdeckten Operationen beteiligt sind. Mackeys Name bekam einen gewissen Glanz, einen legendären Glanz, als führende Exilkubaner herausfanden, daß er bei Blue Beach mit den Spähern an Land gegangen war. Als feststand, daß die Invasion scheitern würde, kehrte Mackey in einem Rettungsboot zurück und fuhr die schmalen Buchten ab; mit Hilfe eines Megaphons suchte und fand er Überlebende. Seinen richtigen Namen kannte Win nicht.

Er las im *Daily Lass-O.* Er las, daß die Schule 1905 ihren ursprünglichen Namen aufgegeben hatte und sich seither »College of Industrial Arts« oder CIA nannte. Er war zu müde, als daß er an der Ironie oder dem Zufall – oder was es sonst sein mochte – Gefallen hätte finden können. Es gab zu viele Ironien und Zufälle. Irgendein kluger Mensch würde eines Tages eine Religion gründen, die auf Zufällen aufbaute, falls er es nicht schon getan hatte, und Millionen damit scheffeln. Ja ja ja ja. Er sah sich nach einem Aschenbecher um. Er fühlte sich schon lange nicht mehr richtig wohl. Seit damals, wann immer es gewesen sein mochte. Er fühlte sich müde und war vergeßlich. Beim Autofahren mußte er in Gedanken Selbstgespräche führen, einfache Befehle erteilen, schimpfen, um die Konzentration nicht zu verlieren. An der Ladenkasse fiel ihm das Kleingeld auf den Boden, wenn er für sein Töchterchen Kinderseife in einer Spraydose kaufte. Manchmal hielt er es nicht aus, allein zu Hause zu sein. Es war entsetzlich im Haus, wenn seine Frau und sein Kind nicht da waren, wenn sie sich auf der Heimfahrt mit dem Auto verspäteten. Dauernd sah er einen Unfall vor sich. Ein zerbeultes Wrack am Straßenrand. Das Haus verdunkelte sich um ihn her.

Es war alles Teil des langen Herbstes, seiner vagen Todesahnung.

IN ATSUGI

Das dunkle Flugzeug schwebte herab und schnitt einen Bogen aus dem dunstigen Himmel östlich der Rollbahn. Es hatte die Leichtigkeit von Balsaholz, wirkte etwas wackelig mit seinen ungewöhnlich langen Tragflächen, und es näherte sich über den Hochspannungsmasten, die sich durch die Reisfelder bis in die Berge zogen, ehe sie aus dem Blickfeld verschwanden. Ein seltsamer hoher Ton zischte durch die Luft und lockte außerhalb des Stützpunkts die Menschen aus den Häusern; Männer gingen ein wenig in die Knie, um den Landeanflug zu verfolgen – ein Ton wie ein Möwenschrei, endlos in die Länge gezogen, wie ein Querschläger durch die tiefen Höhlen geisternd, die rings um den Stützpunkt angelegt waren, die Kamikaze-Nester des zweiten Krieges. Männer erschienen in Kasernenfenstern, um einen Eindruck von der Landung zu bekommen. Ein Mann stand vor der Radarstation und blickte mit verschränkten Armen nach oben. Zwei Männer in Dienstmützen blieben vor der Kantine stehen, als das Flugzeug endlich über die Felder und Stacheldrahtzäune hereinschwebte und federleicht aufsetzte, wobei die abgewinkelten Tragflächenenden über die Rollbahn schrappten und im kalkweißen Mittagslicht Funken sprühten wie in einem Cartoon.

»Die verdammte Kiste kann unwahrscheinlich steigen.«

»Ich weiß, ich hab davon gehört«, sagte Heindel.

»Und das schnell. Eh du's richtig begriffen hast, ist sie schon verschwunden. Von der Flughöhe gar nicht zu reden.«

»Ich weiß Bescheid.«

»Ich war am Radarschirm«, sagte Reitmeyer.

»Achtzigtausend Fuß.«

»Und in der Höhe fragt die verdammte Kiste noch Windstärke und Windrichtung ab.«

»Was theoretisch gar nicht möglich ist«, sagte Heindel.

»Ich hab Funkmeldungen ausgewertet. Ich hab's gehört. Der große Geheimnisvolle spricht.«

Der eine der beiden Marineinfanteristen, Donald Reitmeyer, war groß und breitschultrig und sah mit seinen trägen Bewegungen immer aus, als bleibe er im Dreck stecken. Er beobachtete, wie die Zugmaschine angefahren kam, um das Flugzeug in seinen abgelegenen Hangar zu schleppen. Männer mit Schnellfeuerwaffen würden das Flugzeug begleiten und den Hangar umstellen. Reitmeyer nahm seine Mütze ab und winkte damit einem Mann zu, der gerade quer über den dampfenden Asphalt auf sie zukam, ein etwas schmächtiger Typ, der beim Gehen den Kopf schräg hielt und eine Schulter hängen ließ, der Marineinfanterist, der beim Landeanflug vor der Radarbaracke gestanden hatte.

»Da kommt Ozzie. Nicht zu verwechseln.«

Heindel brüllte: »Oswald, nicht so lahmarschig.«

»Mehr *skosh*«, rief ihm Reitmeyer mit einem Ausdruck aus dem Pidgin-Englisch zu.

»Ein bißchen Leben gezeigt.«

»Ein bißchen Interesse gezeigt.«

Die drei Männer gingen auf die Kaserne zu.

»Wie hoch sie fliegt, wissen wir«, sagte Reitmeyer, »die nächste Frage ist also, wie weit sie fliegt und was sie macht, wenn sie dort ist.«

»Bis tief nach China hinein«, sagte Oswald.

»Woher willst du das wissen?«

»Das sagt mir die Logik und der gesunde Menschenverstand. Die Sowjetunion nicht zu vergessen.«

»Sie nennen es ein Mehrzweckflugzeug«, sagte Heindel.

»Es ist ein Spionageflugzeug, eine U-2.«

»Woher willst du das wissen?«

»Es hat sich rumgesprochen«, sagte Oswald. »Man hört so dieses und jenes, und was man nicht hört, kann man ziemlich leicht rauskriegen. Ihr kennt doch diese Gebäude weit hinter den Hangars auf der Ostseite. Sie nennen es die ›Vereinte Technische Beratungsgruppe‹. Das ist aber Schwindel, die Spione halten sich dort versteckt.«

»Du bist dir so verdammt sicher«, sagte Reitmeyer.

»Was meinst denn du? Glaubst du, es sind Wohnheime für unsere Ringermannschaft?«

»Vielleicht behältst du's einfach für dich.«

»Ich geh zu den Einsatzbesprechungen. Ich weiß, was ich für mich behalten muß.«

»Siehst du denn nicht die bewaffneten Wachen?«

»Darum geht's mir doch gerade, Reitmeyer. Ohne Kontrolle kommt hier keiner rein.«

»Vielleicht kannst du's ja für dich behalten.«

»Wenn ich mir das vorstelle, ein Flug über China«, sagte Heindel. »Dieses riesige Land.«

»China ist gar nicht so riesig«, sagte Oswald. »Wie wär's statt dessen mit der Sowjetunion?«

»Wie riesig ist die denn?«

»Ich möchte dort irgendwann mal mit der Eisenbahn rumfahren, kreuz und quer. Mit jedem reden, den ich treffe. Die Idee Rußlands beeindruckt mich mehr als seine geographische Größe.«

»Was für eine Idee?«

»Lies es nach.«

»Das sagst du immer. Als sei das die Antwort auf alle Fragen.«

»Vielleicht ist es die Antwort.«

»Vielleicht auch nicht.«

»Wie kommt's dann, daß ich schlauer bin als du.«

»Du bist aber auch dümmer«, sagte Reitmeyer.

»Er ist nicht so dumm wie ein Offizier«, sagte Heindel.

»Niemand ist so dumm«, sagte Oswald.

Sie nannten ihn Ozzie »Rabbit«, das Kaninchen, weil er immer die Lippen schürzte und Grübchen in den Wangen hatte und weil er aus ihrer Sicht so flink war, wenn es in der Kaserne oder in einer der Kneipen draußen eine Rauferei gab. Er war einsfünfundsiebzig groß, hatte blaue Augen, wog einundsechzig Kilo, war knapp achtzehn Jahre alt, hatte Haltungs- und Leistungsbeurteilungen, die eine Zeitlang stiegen, dann fielen, erneut stiegen und wieder fielen, und seine Resultate auf dem Schießstand waren unbeständig.

Heindel wurde ohne besonderen Grund Hidell genannt.

Er ging ins Kino und in die Bücherei. Niemand wußte, wie schwer es ihm fiel, einfache englische Sätze zu lesen. Er bekam nicht von jedem Wort vor seinen Augen ein festes und beständiges Bild. Noch anstrengender war das Schreiben. Wenn er müde war, konnte er allenfalls fünf Wörter hintereinander fehlerlos schreiben, konnte er oft nur ein einziges kleines Wort schreiben, ohne die Buchstaben durcheinanderzubringen.

Es war ein Geheinmis, das er nie preisgeben würde.

Er hatte einen Urlaubsschein, ein grellbuntes Hawaiihemd, mit dem er sich wie ein Eindringling in seiner eigenen Haut fühlte, und einen Fensterplatz im Zug nach Tokio.

Reitmeyer hatte die Verabredung für Lee arrangiert und ihm erklärt, er brauche nur zur richtigen Zeit am richtigen Ort zu erscheinen und sein herzerwärmendes amerikanisches Lächeln zu zeigen. Tausend verbotene Genüsse warteten auf ihn.

Willkommen in JP – im Land der Schiebetüren und schlitzäugigen Huren.

Er ging unsichtbar durch dichtestes Chaos, Tokio im Zwielicht. Er ging eine Stunde, sah Neonlichter gegen die von Abgasen dicke Luft ankämpfen, englische Wörter, die ihn ansprangen, TERRIFIC, TERRIFIC, ging unter den Oberleitungen der Straßenbahn durch, vorbei an den Nudelküchen und Bars. Er sah junge Japanerinnen Hand in Hand mit U.S.-Matrosen; nach ihrem Äußeren zu urteilen, waren es sechs Bäcker und Köche, und alle trugen sie Jacken, die mit Drachen bestickt waren. Es war 1957, aber in Lees Augen traten diese Männer wie stolze Krieger auf, alte Frontkämpfer, die alles mitnahmen, was ihnen über den Weg lief.

Er ging durch ein verwirrendes Labyrinth schmaler Sträßchen, die von Kauflustigen überquollen. Er war bemerkenswert ruhig. Außerhalb des Stützpunkts zu sein – weg von seinen Landsleuten, weg von Amerika –, war etwas Besonderes; es nahm seinem Argwohn und seiner Gereiztheit die Spitze.

Er warf einen Blick auf den Zettel mit ihrem Namen.

Straßenlaternen beleuchteten die Gassen. Er sah einen Mann ohne Beine, der Akkordeon spielte; sein Rumpf ruhte auf merkwürdigen Metallstützen, wie eine Singer-Nähmaschine, und an seiner Brust flatterte ein Schild mit Ideogramm.

Er fand Mitsuko ohne Mühe, ein Mädchen mit einem Kindergesicht, irgendwie formlos, mit einem Rock und einer weißen Bluse und einem Taschentuch auf dem Kopf; sie wartete neben einem Schild mit der Aufschrift ZUTRITT FÜR SOLDATEN, dem von Reitmeyer arrangierten Treffpunkt in einer Straße mit billigen Spielsalons.

Sie ging mit ihm in einen Pachinko-Salon, einen langen schmalen Raum voller Menschen, die sich gegen mannshohe Spielautomaten drückten. Sie versuchten, eine Stahlkugel in ein kleines Loch zu manövrieren. Die Automaten machten Lärm wie eine Fabrik, eine Stanzerei vielleicht. Als sie einen freien Automaten fand, drückte sie einen Hebel nach unten, der daraufhin die Kugel freigab. Das war das Zeichen für Nirwana oder wie sie den absoluten Zustand nennen. Sie starrte in den grauen Kreis und beobachtete, wie die Kugel kreiste und kreiste. Menschen schoben sich durch den Raum, Studenten, alte Frauen in Kimonos, kultiviert aussehende Männer, die bestimmt viel Geld verdienten, alle warteten sie auf freie Automaten. Inmitten des Lärms und der Rauchschwaden standen sie vor manchen Geräten zu dritt hintereinander, als berühre sie nichts außer der herumsausenden grauen Kugel.

Er warf einen Blick auf den Zettel mit ihrem Namen.

Zwei Stunden später waren sie in einem Zimmer mit Schiebewänden und Strohmatten. Irgendwie spürte er, daß das nicht ihre Wohnung war. Es sah alles pseudo-japanisch aus. Eine seidene Schriftrolle hing an der Wand, nur daß sie wahrscheinlich nicht aus Seide war. Sein Blick fiel auf einen Pin-up-Kalender über einer Frisierkommode, ein paar Stück Seife, Marke »Lifebuoy«. Sie zog sich die zehenfreien Schuhe aus. Es war ein bißchen schwer zu glauben, daß der große Augenblick da war, wo er mit einer Frau ins Bett steigen würde. Das Thema, über das unendlich viel geredet und getönt, gelacht und gebrüllt wurde, – auf den Spielplätzen seiner Kindheit oder jetzt in der Kaserne. Zum erstenmal – von Magazinen abgesehen – sah er eine nackte Frau, und Stille erfaßte ihn. Irgendwie ging von einer unbekleideten Frau etwas Ernstes aus. Er fühlte sich anders, ernst, still. Er war Teil von etwas, das die Welt durchströmte. Dann war sie mit der Hand in seiner Hose, nüchtern und sachlich, als drehe sie einen Wasserhahn auf. Er zog sich aus, faltete mit den aufgesprungenen Händen sein Hemd zusammen. Der Augenblick hatte darauf gewartet, Wirklichkeit zu werden. Dieses Zimmer hatte schon am Tag seiner Geburt existiert und darauf gewartet, daß er zur Tür hereinkam, einfach so. Man brauchte nur durch die Tür zu gehen, und schon war man Teil des großen Stroms.

Erwartete sie Geld von ihm? Reitmeyer hatte nichts davon erwähnt. Er sah wie er sie bumste. Er war teilweise außerhalb der Szene. Er bumste sie und beobachtete die Szene, wartete darauf, daß die Lustgefühle ihn packten und überrollten wie Brandungswellen, die Bäume bogen. Er dachte über die Szene mehr nach, als daß er sie sah, aber er sah sie auch.

Am darauffolgenden Wochenende hatte er Dienst, war aber bei der ersten Gelegenheit wieder in Tokio. Es stellte sich heraus, daß sie sein Geld nur dazu benutzte, Pachinko zu spielen.

Sie war Pachinko-verrückt, eine Süchtige, die stundenlang in einem Regenmantel, der nicht ihr gehörte, vor den Automaten stand. Er ging weg, kam zurück, ging wieder weg, sah sich in Strip-Lokalen und Cowboy-Bars um. Er blieb am Eingang stehen und sah ihr zu. Menschen drängten in den Raum. Hin und wieder gewann jemand einen Preis, ein Päckchen mit blattförmigen Süßigkeiten. Er beobachtete, wie sie den rechten Fuß etwas anhob und sich gedankenverloren am anderen Knöchel kratzte.

Seltsame Tage im sagenhaften Osten.

Diesmal nahm sie ihn mit auf ein Zimmer in einem großen Mietshaus in der Nähe von Fabriken und großen Öltanks. Es roch dort nach Schwefel und fauligem Wasser. Vom Fenster aus konnte er einen Fluß sehen, wußte aber nicht, wie er hieß. Sie sagte ihm, sie sei vierunddreißig Jahre alt. Seltsame Tage und Nächte. Als sie wieder angezogen waren, kam irgendwann ein Mann herein, ging im Halbdunkel umher, jung, schlank, mit dem Zimmer vertraut, störte sich offenbar nicht an Lees Anwesenheit und benahm sich, als wisse er alles, was Lee je gesagt und getan hatte. Er suchte seinen Regenmantel.

Lee begriff nie, was dieser Mann für Mitsuko war. Ein Bruder, Cousin, Liebhaber, eine Art Betreuer oder Beschützer, wenn auch kein Zuhälter (falls sie kein Geld nahm). Lee sah ihn noch öfter in den nächsten paar Wochen. Konno hieß er mit Nachnamen, ein interessanter Typ mit welligem Haar und Sonnenbrille. Er rauchte pausenlos Lucky Strikes, kannte sich mit amerikanischem Jazz aus, nannte Namen, mit denen Lee nichts anzufangen wußte. Sie unterhielten sich über Politik. Sie tranken Bier und Gin, den Lee mit aufs Zimmer brachte, an dem er aber nur aus Höflichkeit nippte. Konnos Englisch war nicht schlecht, er war über die Anfänge hinaus. Er trug schäbige Kleider und Schuhe und einen schwarzen Seidenschal, immer, draußen und drinnen.

Die herbstliche Feuchtigkeit legte sich auf alles. Laternenlicht schimmerte in dem Labyrinth der engen Gassen mit ihren

Holzhäusern und Läden. Sie hatten ihm seine amerikanische Weite genommen. Nicht daß es eine Rolle gespielt hätte. Für ihn war die Weite nichts als ein Umherziehen gewesen, eine Lüge, die über die kleinen Zimmer hinwegtäuschte, den Fernseher, die Stimme seiner Mutter, die nie verstummte. Louisiana, Texas, nichts als Lügen. Planlose Gegenden, die um die engen Zimmer kreisten, in denen er immer wieder landete. Hier hatte die Kleinheit Sinn. Die Papierfenster und schachtelgroßen Zimmer, das waren klar umrissene Verhältnisse, Formen des Wohlgefühls.

Mitsuko nahm ihn mit ins Reich des *nūdo.* Reklametafeln, Fotos, Handzettel, Schilder an Laternenpfählen, Nackte in Schaubuden und Kinos, Neonnackte und Nackte auf Papier, Modelle, die sich fotografieren ließen, Nackte unter farbigen Lichtern präsentiert, seltsam blaß im künstlichen rosigen Schein. Regennaß glänzende Straßen wie die Straßen in seinen Tagträumen, Filmschatten und Männer in dunklen Mänteln, Mitsukos kleiner Schmollmund, ihre Art, sich mit Seufzern und Anspielungen auszudrücken, Träume voller Stille, vollendetes Verlangen, ihre Beine leicht gespreizt, die Arme seitlich am Körper.

Sie tat nichts von dem, was Reitmeyer angekündigt hatte, und Ozzie stellte keine Fragen.

In der Radarhütte arbeitete er in glühender Hitze; er markierte die Bahnen abgefangener Funkmeldungen und suchte das Oszilloskop nach Spuren von Elektronenbewegungen ab, die Flugverkehr innerhalb eines gegebenen Abschnitts bedeuteten.

Wenn er die ganze Nacht Wachdienst hatte, verwickelte er Offiziere in Gespräche und stellte ihnen Fragen zur Weltpolitik. Es zeigte sich, daß er mehr wußte als sie. Sie kannten die Grundlagen nicht, die Namen führender Politiker, die verschiedenen politischen Systeme. Die jüngeren Offiziere, blasierte College-Typen, waren am schlechtesten informiert, für ihn die

Bestätigung seines alten Verdachts, daß die Dinge auf eine ganz bestimmte Art und Weise funktionierten.

Eine knatternde Stimme fragte nach den Wetterdaten, achtzigtausend Fuß hoch, eine Stimme außerhalb der nächtlichen Himmelskuppel, jenseits der bekannten Grenzen.

Bars und Bardamen gab es auch in der Umgebung des Stützpunktes, aber er fuhr lieber nach Tokio, allein, um in der riesigen Siedlung unweit der Fabriken Konno zu besuchen. Der kupferfarbene Smog war so dicht, daß er die untergehende Sonne verdunkelte. Konno rauchte Luckies und redete vom Kampf ums Dasein. Er hatte nur einen Teilzeitjob als Fahrstuhlführer, weil es im Land von Hochschulabsolventen wimmelte. Manchmal tauchte Mitsuko auf, und sie und Ozzie liebten sich, während Platten von Thelonious Monk liefen, sonderbar klirrende und hämmernde Bluestöne, irgendwie japanisch, fand er. Bei anderer Gelegenheit nahm Konno ihn mit zum Queen Bee, einem Nachtklub mit groß angelegten Bühnenshows und prachtvollen Frauen, die durch das verrauchte Lokal schwirrten, als hätten sich hundert freundliche Howard-Johnson-Serviermädchen einen geschlitzten Rock zugelegt. Es ging Lee flüchtig durch den Kopf, daß er sich eigentlich fragen sollte, was ein Fahrstuhlführer und ein kleiner Gefreiter in einer solchen Umgebung zu suchen hatten.

Konno schlurfte immer hinein, zog im Gehen den Regenmantel aus und schleifte ihn auf dem Fußboden hinter sich her, während sie zu einem der Tische im höher gelegenen Teil des Lokals geführt wurden, wo sie über den Touristen und japanischen Geschäftsleuten saßen, den amerikanischen Offizieren und Vertragspiloten (zu erkennen an ihren sandfarbenen kurzärmeligen Hemden und teuren Sonnenbrillen, die sie bei jedem Wetter trugen). Konno, der die Rechnungen offenbar unbezahlt in die Tasche steckte, machte Lee eines Abends mit einer Bardame namens Tammy bekannt, einer Frau in einem silbrigen Kleid und mit einem leuchtenden Make-up.

Konno glaubte an Straßenkrawalle.

Konno glaubte, daß die USA in Korea einen bakteriologischen Krieg geführt hatten und hier in Japan mit einem Stoff experimentierten, der sich Lysergsäure nannte.

Das Leben ist feindselig, glaubte er. Ziel deines Kampfes ist es, dein Leben mit dem größeren Strom der Geschichte zu vereinigen.

Um zum wahren Sozialismus zu kommen, sagte er, führen wir zuerst den Kapitalismus ein, total und gnadenlos, und zerstören ihn dann Schritt um Schritt und versenken ihn im Meer.

Er war Mitglied der Japanisch-Sowjetischen Gesellschaft, des Japanischen Friedensrates, der Gesellschaft für japanisch-chinesischen Kulturaustausch.

Fremdes Kapital, fremde Truppen kontrollieren Japan, sagte er.

Alle fremden Truppen sind amerikanische Truppen. Jeder, der aus dem Westen kommt, ist ein Amerikaner. Jeder Amerikaner dient dem Monopolkapitalismus.

Tammy führte Lee zu einem buddhistischen Heiligtum.

Eines Abends verkündete Konno im Queen Bee, MACS-1, Lees Einheit, werde bald auf die Philippinen verlegt. Das war dem jungen Marineinfanteristen neu. Er fand langsam Gefallen an Japan. Er kam gern nach Tokio. Er schätzte diese Diskussionen mit Konno, der Lees eigene Positionen mit historischen und nicht nur rein persönlichen Argumenten vertreten konnte, mit den Trümmern, der wiederaufgebauten Öde eines zerstörten Landes und seiner Wirtschaft.

Warum verfrachteten sie ihn jetzt, ausgerechnet jetzt, wo zur Abwechslung mal alles gut lief, wo es Dinge gab, auf die er sich freuen konnte, eine Frau, von Zeit zu Zeit, mit der er ins Bett steigen konnte, Leute, die ihm zuhörten und ihn nicht gleich ins Abseits stellten?

Sie gingen zu der Wohnung in der Nähe des Flusses. Konno durchmaß das Zimmer mit großen Schritten und zog heftig an seinem Seidenschal. Er deutete an, daß auch andere vom Gefreiten Oswald wußten und seine politische Reife bewunderten. Er sagte, es gebe Ziele, die von Menschen mit ähnlichen weltpolitischen Vorstellungen erreicht werden könnten, wenn sie sich an bestimmten Orten aufhielten und engen Kontakt miteinander hielten. Er gab Lee eine Pistole – eine kleine und versilberte Derringer, ein bescheidenes Geschenk, zwei Schüsse –, und bat ihn, beim nächstenmal wieder Luckies mitzubringen.

Reitmeyer packte ihn von hinten, im Schritt und am Hemdkragen, versuchte, ihn hochzuheben und auf den Kopf zu stellen, einfach so, ein derber Spaß unter Männern, aber er stellte es so ungeschickt an, daß er schließlich eine Hand in Ozzies Hosentasche und die andere in einer Achselhöhle hatte, während das Opfer mehr oder weniger waagerecht in der Luft hing und heftig gegen den Türpfosten trat. In der ersten Überraschung reagierte Ozzie mit einem gutmütigen Aufschrei und ein paar Schwimmbewegungen; als aber Reitmeyer nicht einsehen wollte, daß es schiefgegangen war, und weiter an ihm riß und zerrte und versuchte, ihn zu einem halben Überschlag zu zwingen, beschwerte sich Ozzie mit wütendem Flüstern und stieß Ultimaten und halbe Drohungen aus; dann gab er sich alle Mühe, freizukommen, in seiner Hilflosigkeit den Tränen nahe, rot vor Wut, ein in der Falle zappelndes Rehkitz; schließlich – und das brachte so etwas wie eine schlummernde Befriedigung zutage, vertraut, treulos, schlimm – hing er total durch.

Eines Abends betrat er in Tokio eine Bar, die entweder ein Treffpunkt für Schwule oder eine Art Kabuki-Theater war, vielleicht auch von beidem etwas. Die Gäste waren ausnahmslos Männer, und die Bardamen – auch sie wirkten zunehmend wie Männer auf ihn, als sich seine Augen allmählich an die Dunkelheit gewöhnten – trugen farbenprächtige Kimonos und hoch aufgetürmte Perücken, die Lippen waren exakt geschminkt, die Gesichter unter kalkweißen Schichten. Lehrreich.

Dicht neben ihm raschelte Seide, ein kostümierter Mann wartete darauf, ihn zu einem Tisch zu bringen, aber Ozzie ging ruhig zum Ausgang, fühlte sich beobachtet, irgendwie seltsam und merkwürdig. Als er die Tür aufmachte, sah er auf der Straße einen Bekannten vorbeigehen. Es war Heindel, ein Typ aus seiner Einheit. Ozzie geriet kurz in Panik. Er wollte nicht gesehen werden, wie er aus so einem Lokal kam. Sie würden ihn völlig zur Schnecke machen, wenn sich das herumsprach. Sie würden sich an grausamen Späßen berauschen. Der kauzige Einzelgänger wird dabei ertappt, wie er sich aus einem Tuntenlokal stiehlt. Er ging in das Halbdunkel der Bar zurück, bestellte ein Bier und behielt die Straße im Auge. Hidell in einer dunklen Jacke mit einem springenden Tiger auf dem Rücken. Ozzie trank sein Bier und wurde ruhiger. Die Dunkelheit war unheimlich. Wimmernde Musik kam von den Wänden.

Er fand ein Taxi und fuhr in Konnos Viertel. Chemischer Rauch quoll aus den Werften und Fabriken. Junge Skinheads auf Motorrädern kamen aus Seitengassen geschossen und legten sich auf den mit Schlaglöchern übersäten Straßen wie Rennfahrer in die Kurve.

Hidell bedeutet: nicht weitersagen.

Niemand war zu Hause. Er irrte lange durch die Straßen, ehe er erneut ein Taxi fand. Er fuhr ins Queen Bee, wo ihn eine Empfangsdame begrüßte, deren einzige Aufgabe darin bestand, sich vor ankommenden Gästen zu verneigen. Konno saß ganz hinten allein an einem Tisch. Sie unterhielten sich lange. Mädchen in Badeanzügen paradierten über die Bühne und jede grüßte das aus Geschäftsleuten und amerikanischen Offizieren bestehende Publikum mit einem kecken Hüftschwung. Es war ein riesiges und lautes Lokal. Konno war müde und heiser, brütete irgend etwas aus. Stille am Tisch. Und dann rückte Lee damit heraus: in Atsugi habe er eines Tages etwas Interessantes gesehen, ein Flugzeug mit der Bezeichnung U-2.

Er hielt inne, um festzustellen, wie er sich fühlte. Inmitten der lebhaften Musik und des Beifalls saß er in einer Nische der

Ruhe. Er war mit nichts hier verbunden, war auch mit sich selbst nicht richtig verbunden, und es war nicht so sehr Konno, mit dem er redete, als vielmehr die Person, der Konno berichten würde, irgend jemand da draußen in der bewegten Welt, ein Sammler von ausgeplauderten Geheimnissen, ein Spezialist, der im Dunkeln lebte wie die Männer mit ihren grellbemalten Lippen und Perücken aus Schappseide.

Er wies darauf hin, daß das Flugzeug mit seiner Steigfähigkeit einfach über den Radarschirm hinausfliege. Er sagte, es erreiche eine Flughöhe, die fast achttausend Meter über dem bekannten Rekord liege. Er redete davon, daß es mit erstaunlichen Kameras ausgerüstet sei und feindliches Territorium überfliege.

Er merkte kaum, daß er redete. Das war das Interessante daran. Je mehr er redete, desto mehr hatte er das Gefühl, auf angenehme Weise zweigeteilt zu sein. Es war alles so weit entfernt, daß er glaubte, es spiele keine Rolle, was er sagte. Er sah sein Gegenüber nicht einmal an. Er saß in aller Gelassenheit da und ließ die Sätze treiben. Konno musterte ihn eingehend und hörte ihm furchtbar nervös zu; er war unrasiert und hielt sich die nach Nikotin riechenden Finger unter die Nase, eine Gewohnheit, die zu besagen schien, daß man nie genug bekommen konnte – genug von dem worauf man scharf war. Lee redete leise weiter. Zehntausend Jahre der Glückseligkeit, oder was sonst gemeint sein mag, wenn sie *banzai* sagen.

Er gab zu verstehen, daß er die Steiggeschwindigkeit der U-2 ausgeknobelt habe. Er nannte keine Zahlen, sondern ging auf andere, weniger wichtige Einzelheiten ein, testete dabei Konnos technische Kenntnisse, dozierte ein wenig und wies auf Schwachstellen in der Abschirmung des Stützpunktes hin.

Ein Mann im weißen Smoking stellte die Badeschönheiten mit Namen vor. Aufrichtiger Beifall. Die zwei Männer gingen in die kühle Nacht hinaus. Es war spät und ruhig, und Lee zog die Windjacke fester um die Schultern. Konno stand rauchend neben ihm, kehrte den gekrümmten Rücken in den Wind und schaute, die Knie leicht gebeugt, eine menschenleere Neonstraße hinunter.

Nimm zweimal *e* aus Lee.

Versteck zweimal *l* in Hidell.

Hidell heißt: das *L* unterschlagen.

Nicht weitersagen.

Weiße Ideogramme. Antiquabuchstaben, die im Dunkeln ticken. Konno sagte, sie warteten auf eine der Bardamen, Tammy, und dabei sah er etwas niedergeschlagen aus, vielleicht weil er Schlaf brauchte. In einem Regenschutz aus Plastik – einschließlich Hut und schlotterigen Überschuhen – kam sie aus einem Seitenausgang, offenbar bereit, ihre schwer verdiente Freizeit zu genießen. Sie glaubte zu wissen, wo noch eine Pachinko-Halle offen war. Sie wollte Pachinko spielen.

Ein Radarmann namens Bushnell ging gerade die Außentreppe zu seiner Kaserne hinauf, als er ein deutliches Geräusch hörte, einen kurzen trockenen Schlag, als klopfe jemand mit einem Lineal auf einen Schreibtisch. Oder nein, das war's nicht. Es war eher ein platzendes Geräusch, wie von einem Knallfrosch. Aber nein, das war's auch nicht. Weit gefehlt. Möglicherweise nur eine zuschlagende Tür.

Er ging hinein und traf Ozzie, der allein im Gruppenraum war und mit seinem komischen Lächeln auf einer Feldkiste saß. Er hielt eine winzige Pistole in der Hand, und an seinem linken Arm waren über dem Ellbogen Blutspuren.

»Ich glaube, ich habe mich verletzt«, sagte er.

Bushnell betrachtete die perfekte kleine Szene. Er fand Ozzies Bemerkung bezaubernd und historisch, direkt aus einem Film oder einem Fernsehspiel.

»Wo hast du die Waffe her, fragt sich ein diensthabender Offizier, der hier zufällig vorbeikommt.«

»Vielleicht würdest du in der Zwischenzeit was unternehmen?«

»An was hast du denn gedacht?«

»Es genügt mir schon, wenn du einen Sanitäter holst.«

»Wozu denn, weil du ein bißchen blutest? Sieht eher aus, als hättest du dich beim Rasieren geschnitten.«

»Ich hab ein Loch im Arm.«

»Mußt du dich eigentlich schon rasieren, Ozzie? Ich hab gehört, deine Mutter rasiert sich, aber du noch nicht. Was passiert, wenn sie die Pistole sehen?«

»Es war ein Unfall.«

»Hör auf mich zu verarschen. Du hättest besser deine 45er genommen.«

»Und mir den Arm weggepustet.«

»Die hat man dir aber zugeteilt, du Blödmann. Was willst du ihnen denn sagen – ich hab die Waffe heute mittag auf der Straße gefunden?«

»Ich hab sie tatsächlich gefunden.«

»Herrgott, Ozzie, du kannst einen wahnsinnig machen. Du sitzt allein hier rum, sitzt einfach da und wartest. Wenn ich jetzt nicht zufällig reingekommen wäre? Wenn ich eins nicht leiden kann, dann ist es schlechte Planung.«

»Ich hab eine Schußwunde, Mann.«

»Mach dir bloß nicht ins Hemd.«

»Ich blute, Bushnell.«

»Das hast du auch verdient. Verdammt noch mal, du hättest es verdient, auf der Stelle umzufallen und zu sterben. Das ist doch ein plumper Trick. Der älteste Trick der Welt. Du glaubst doch wohl selber nicht, daß die hier reinspazieren und sagen: Schön, Oswald, du bist verletzt, du kannst hierbleiben, alle anderen ab auf die Schiffe, zack zack.«

»Doch, das glaube ich. Weil ich nämlich eine Schußverletzung habe.«

»Die nur eine Fleischwunde ist, so wie ich das sehe. Das ignorierst du aber einfach. Aber eins garantier ich dir: die stellen dich vors Kriegsgericht, sobald sie eine nicht registrierte Waffe sehen.«

»Ich hab die Pistole aus der Feldkiste geholt, weil ich sie abgeben wollte, und da ist sie losgegangen.«

»Jetzt brauchst du nur noch zu sagen, daß sie klein und harmlos ist.«

»Ich blute.«

»Du bist trotzdem dran. Unrechtmäßiger Waffenbesitz. Wie wenn du ein großkalibriges Gewehr hättest.«

»Das Ding ist mir aus der Hand gefallen und dabei losgegangen. Ich hab's aufgehoben, und da ist mir irgendwie schwindlig geworden, und ich dachte, ich bin im Schock, deshalb hab ich die Feldkiste zugemacht und mich draufgesetzt, und da bist du reingekommen.«

»Wieso erzählst du das mir, erzähl's ihnen, du Arsch.«

»Hol mir jetzt einen Sanitäter, Bushnell. Irgend jemand muß mich behandeln. Ich bin Marineinfanterist, und ich bin verwundet.«

DIAGNOSE: WUNDE, PISTOLENKUGEL, SCHUSSVERLETZUNG AM LINKEN OBERARM, OHNE EINWIRKUNG VON ALKOHOL ODER DROGEN #8255

1. Innerhalb des Stützpunkts/in der Dienstzeit
2. Patient ließ 45er-Selbstladepistole fallen, beim Aufprall löste sich ein Schuß, Kugel traf Patienten am linken Arm und verursachte die Verletzung.

ZUSAMMENFASSENDER BERICHT:

Der Verletzte, 18 Jahre, männlich, schoß sich mit einer Handwaffe vom Kaliber 22 versehentlich in den linken Arm. Die Untersuchung ergab, daß der Einschuß im mittleren Teil des linken Oberarms erfolgte, unmittelbar über dem Ellbogen. Nichts wies auf eine Schädigung des Nervenkreislaufsystems oder auf eine Knochenverletzung hin. Nach Heilung der Einschußwunde wurde 5 cm darüber ein neuer Einschnitt gemacht, so daß die Kugel entfernt werden konnte. Es handelte sich um eine Pistolenkugel, Kaliber 22. Die Wunde verheilte gut, und der Patient wurde als diensttauglich entlassen.

OP: 10/05/57: FREMDKÖRPER ENTFERNT, BEREICH GLIEDMASSEN, LINKER OBERARM #926

Postkarte Nr. 1. An Bord der USS *Terrell County* im Südchinesischen Meer. Ozzie sitzt mit Reitmeyer auf dem Achterdeck und zählt die Tage der Scheinmanöver in der schweißtreibenden Hitze. Er fragt sich, ob er je wieder Land sehen wird.

»Ich könnte dir das Schachspielen beibringen, was meinst du?«

»Scheiß drauf.«

»Es ist zu deinem eigenen Vorteil, Reitmeyer. Außerdem müssen wir ja irgendwie die Zeit rumbringen.«

»Hörst du schlecht, ich scheiß drauf.«

»Die besten Schachspieler der Welt kommen im allgemeinen aus Rußland.«

»Ich scheiß auf alle Russen.«

Männer sitzen benommen im gleißenden Licht.

Postkarte Nr. 2. Corregidor, zwischen den Kriegsruinen. John Wayne, der irgendwo im Pazifik einen Film dreht, besucht die heimwehkranken Ledernacken von MACS-1. Ozzie hat Küchendienst, er hat jetzt ständig Küchendienst, aber er kann den berühmten Mann heimlich beobachten, wie er mit einer Gruppe von Offizieren am Tisch sitzt – bei Rinderbraten und Soße, die Ozzie mit zubereitet hat. Er will vor John Wayne hintreten und etwas Authentisches zu ihm sagen. Er sieht John Wayne reden und lachen. Es ist außergewöhnlich und verblüffend, das Filmlachen im richtigen Leben wiederholt zu sehen. Es ist ein gutes Gefühl. Der Mann ist doppelt wirklich. Er betrügt und enttäuscht nicht. Wenn John Wayne lacht, geht ein

Lächeln über Ozzies Gesicht, seine Augen leuchten auf, er verliert sich praktisch in seinem eigenen Strahlen. Jemand macht ein Bild von John Wayne und den Offizieren, und Ozzie fragt sich, ob er wohl im Hintergrund zu sehen sein wird, ein grinsendes Gesicht im Durchgang. Es ist Zeit, wieder in die Küche zu gehen, aber er beobachtet John Wayne noch einen Moment und denkt an den Viehtreck in *Red River*, den großen spannungsgeladenen Augenblick vor dem Aufbruch. Stille, die Rinder unruhig, Männer auf Pferden im Dämmerlicht, die Silhouette einer Bergkette am Horizont, die tiefe feste Stimme des alternden John Wayne, diese mit all ihren Nuancen so gefühlvolle und beruhigende Stimme, John Wayne in seiner resoluten Art zu seinem Adoptivsohn: *»Schaff sie nach Missouri, Matt.«* Dann sich aufbäumende Pferde, wüste Schreie der Viehtreiber, die Musik, eine mitreißende Melodie, die ehrlichen stoppeligen Gesichter (Männer, die er zu kennen glaubt), der ganze Glanz und Staub des großen Trecks nach Norden.

In Lazarettruinen liest er Walt Whitman.

Eins fiel an Konno auf. Er schlug Lee gegenüber nie einen persönlichen Ton an. Es klang, als trage er etwas vor, als spreche er in ein Diktiergerät. In seinem Auftreten war eine gewisse Starrheit. Er ging nicht auf das Individuum ein.

Und noch etwas. Technisch gesehen, war er der ganzen Geschichte nicht gewachsen. Er hatte von der Terminologie keine Ahnung, von all den Ausdrücken und Bezeichnungen in der Flugzeugelektronik, von Aufklärungsflügen in großer Höhe. Ein Fahrstuhlführer. Zum Lachen.

Lee erwähnte nicht, daß er sich mit der Derringer, die von Konno besorgt worden war, verletzt hatte – einmal, weil er damit sein Ziel, in Japan bleiben zu können, nicht erreicht hatte, und zum anderen, weil Konno nicht zu wissen brauchte, daß er sich von ihm hatte beeinflussen lassen.

Sprechen verboten.

Du stehst still, bis eine andere Anweisung kommt.

Du trittst niemals auf weiße Farbe. Teile des Bodens sind weiß gestrichen. Halte Abstand zu Weiß. Weiße Linien laufen die Gänge entlang. Betreten oder Überschreiten dieser Linien verboten. Jedes Pissoir liegt hinter einer weißen Linie. Ohne Erlaubnis kannst du nicht pissen.

Deine Prügel beziehst du irgendwo zwischen Brust und Leistengegend, damit man die blauen Flecken nicht sieht. Das ist Tradition. Oder einer der Wärter stülpt dir einen Eimer über den Kopf und haut mit dem Knüppel drauf.

Wenn dir eine Zelle zugeteilt ist, wird dein Wärter die Zelle mit dem Schlauch ausspritzen, während du drin bist.

Spezielle Einrichtungen für Strafaktionen sind das Loch, der Kasten und der Käfig – Bezeichnungen mit einer lebendigen Vergangenheit in vielen Filmen.

Du gehst nie im Schrittempo, wenn du Platz zum Laufen hast. Du läufst auf dem Weg zu und von deinem Spind. Du bleibst vor jeder weißen Linie stehen und wartest auf die Erlaubnis zum Überschreiten. Du läufst über den Gefängnishof und präsentierst die Rodehacke wie ein Gewehr.

Nackt wirst du durchgeschleust, hältst deinen Seesack mit gestreckten Armen über den Kopf und rufst beim kleinsten Laut *aye aye sir* und *no sir.* Du darfst den Seesack nur so lange im Genick absetzen, wie du dich vornüber beugst, um ihnen die Möglichkeit zu geben, deinen After nach Drucksachen, Drogen, alkoholischen Getränken, Grabwerkzeugen, Fernsehgeräten und Utensilien zur Selbstzerstörung zu durchsuchen.

So war das im Bunker in Atsugi, einem großen stabilen Gebäude mit betonierten Fußböden, einer Anzahl von Lagerräumen, Büros und Kammern, einem Schließerbereich und einem großen, hinter Maschendraht liegenden Teil, einer Art Käfig mit einundzwanzig Pritschen. Dieser Raum war restlos voll. Neue Häftlinge wurden in sechs Betonzellen untergebracht, die an einem mit weißen Linien markierten Gang lagen. Eigentlich waren das Einzelzellen, aber im Sommer gab es besonders viele Außenseiter, Ausreißer, gewalttätige Säufer, geborene Verlierer, kleine Diebe, Desperados, Männer mit den unterschiedlichsten Empfindlichkeiten, und Oswald teilte die Zelle mit Bobby Dupard, einem schlanken, traurig dreinblickenden Schwarzen, dessen Haut und Haare einen Stich ins Kupferrote hatten.

Oswald, der zuerst da war, bekam die fest eingebaute Koje, Dupard ein durchgelegenes Feldbett und eine Matratze, auf der es von schimmernden kleinen Biestern wimmelte, die ganz platt waren und stechen konnten – wenn man sie mit den Fingernägeln knackte, zerbrachen sie, und aus den zweien wurden vier und dann acht, die alle in ihre baumwollenen Nester zurückschwärmten, um sich weiter zu vermehren; es war also sinnlos, sich zu wehren, meinte Dupard.

Sie flüsterten im Dunkeln miteinander.

»Willst du damit sagen, die vermehren sich, wenn man sie umbringt?«

»Ich sag nur, man kann sie nicht umbringen, die sind zu klein.«

»Schlaf doch auf der Bettdecke«, schlug Oswald vor.

»Die können durch die Bettdecke. Die bohren sich durch.«

»Nein, die mit den Bohrern, das sind Termiten.«

»Heh, Jim, ich lebe seit Jahren mit diesen Biestern.«

»Nimm die Bettdecke und schlaf auf dem Boden.«

»Überall weiße Linien, als hätten sie's geahnt. Aber was soll's, die Läuse würden sowieso auf mich runterspringen.«

Ein fast kahler Raum, schlichte Gegenstände, Grundbedürfnisse. Oswalds Sinne waren ängstlich geschärft. Er schmeckte Eisen auf der Zunge. Er hörte die Stimmen vom Maschendrahtzaun, Wärter, die knurrten wie scharfe Hunde. Wenn sie den Fußboden des Zellenblocks mit dem Schlauch abspritzten, konnte er im Beton die Erde riechen – Kieselsteine, Kies, Schlacken und Schotter, alles entfernt mit Ammoniak vermischt, als sei Verachtung mit hineingemischt worden.

Dupard kam aus Texas.

»Hat die höchste Mordquote im Land.«
»Da kam ich her.«
»Von wo dort?«
»Dallas.«
»Ich bin selber aus Fort Worth, mehr oder weniger.«
»Nachbarn. Wenn das nichts ist. Wie alt ist denn so'n Junge wie du?«
»Achtzehn«, sagte ihm Oswald.
»Ein Kind. Die werfen ein Kind ins Gefängnis. Wieviel Zeit bringst du mit?«
»Achtundzwanzig Tage.«
»Wofür?«
»Zuerst hab ich mich aus Versehen in den Arm geschossen und kam dafür vors Kriegsgericht, aber sie haben die Strafe dann zur Bewährung ausgesetzt.«
»Wenn's aus Versehen war, wieso dann die Strafe?«
»Sie sagten, ich hätte eine nicht registrierte Waffe benutzt. Ich hatte eine private Waffe.«
»Die sie nie ausgegeben haben.«
»Die ich gefunden habe. Aber das interessiert die nicht, da zählt nur, daß die Waffe nicht registriert ist.«
»Du hast also Bewährung bekommen. Und dann?«
»Dann mußte ich zum zweitenmal vors Kriegsgericht.«
»Da hat wohl einer sein Konto überzogen.«
»Es war nur ein kleiner Zwischenfall. Mehr nicht.«
»Ich glaub's ja.«
»Da ist dieser Sergeant, Rodriguez heißt er, der teilt mich die ganze Zeit zum Küchendienst ein. Er kann mich nicht leiden, was allerdings auf Gegenseitigkeit beruht. Wir haben uns schon öfter gestritten. Ich hab ihm gesteckt, was ich von dieser Sonderbehandlung halte. Er hat gesagt, das mit dem Kriegsgericht ist schuld, daß ich nicht mehr in die Radarhütte darf, und weil ich mich nicht an die allgemeinen Richtlinien halte, sagt er, mit meiner Kleidung und meinem Benehmen. Ich hab ihn in einer Bar gesehen und bin direkt zu ihm hin. Ich hab ihm Bescheid

gesagt. Ich bin nicht dein Dienstmädchen, hab ich gesagt, mein Gesicht dicht an seinem. Der hat geglaubt, ich sag meinen Spruch und geh dann wieder. Doch ich bin einfach stehen geblieben. Immer mehr Leute sind dazugekommen, und da hab ich mir gedacht: alles potentielle Zeugen. Aber ich sag immer nur, was ich denke, sonst nichts. Keine Sprüche und so. Ich hab ihm klar und deutlich gesagt, daß ich fair behandelt werden will. Das war alles. Ich hab ihn nicht provoziert, auch wenn er das behauptet hat. Er hat gesagt, er läßt sich von mir nicht zum Zuschlagen verleiten. Das gibt nur Ärger, sagt er, und lohnt sich nicht. Womöglich würden sie ihn degradieren oder so. Ein paar Typen hetzten uns auf. Sie sagten zu Rodriguez, mach ihn fertig. Aber ich war nicht auf eine Prügelei aus. Ich hab nur meinen Standpunkt klargemacht. Er nannte mich *maricón*. Lächelt mich so richtig freundlich an und flüstert *maricón*. Ich sag ihm, ich weiß, was das heißt. Ich hab diese Ausdrücke bei Puertorikanern gehört. Ich kenne diese Ausdrücke. Er behauptet, er ist kein Puertorikaner. Ich sag ihm, dann red nicht wie ein Puertorikaner. Es war jetzt ein hitziges Hin und Her. Das Gedränge wurde immer schlimmer. Plötzlich bekomm ich von hinten einen Stoß und schütte mein ganzes Bier über Rodriguez aus. Rein aus Versehen. Ich sag ihm, du hast gesehen, daß ich gestoßen worden bin, sag ich. Ich hab mich nicht entschuldigt oder so. Es war nicht meine Schuld. Die haben von allen Seiten geschubst und gestoßen. Ich hab mich nur für meine militärischen Rechte eingesetzt.«

»Nicht so laut«, flüsterte Bobby.

»Also wieder vors Kriegsgericht. Aber diesmal hab ich mich verteidigt. Ich hab Rodriguez in den Zeugenstand geholt. Am Ende hieß es dann, ich sei unschuldig, ich hätt ihn nicht absichtlich mit Bier begossen; das wäre nämlich als tätlicher Angriff gewertet worden.«

»Wie kommt's dann, daß du hier bist und mir das alles erzählst?«

»Sie haben mich in einem anderen, kleineren Punkt für schuldig erklärt. Beleidigung eines Unteroffiziers durch provozierende Äußerungen. Artikel eins siebzehn. Zack.«

»Und zu ist die Tür«, sagte Bobby.

Er trug verschossene Arbeitskleidung, an der noch die Umrisse längst abgerissener Unteroffiziersstreifen zu sehen waren, und er arbeitete draußen auf dem Feld, sammelte Steine ein und verbrannte Abfall. Der Aufseher trug seine 45er auf der Körperseite, die den Gefangenen abgewandt war. Es wurde nicht geredet und keine Pause gemacht. Sie arbeiteten im Regen. Mächtige Regengüsse gingen in dieser ersten Woche nieder, breite Regenfronten, mal langsam, mal ungestüm. Rauch trieb über die Männer hinweg, Gestank von feuchtem, halb verbranntem Abfall. Ihre sinnlose Arbeit schleppte sie durch den Tag. Er glaubte, er habe eine gute Chance, auf die Offiziersschule zu kommen. Bevor sie ausliefen, hatte er noch die Eignungsprüfung bestanden. Die Voraussetzungen wären gut gewesen, wenn es nicht den Zwischenfall mit dem Pistolenschuß und den Zwischenfall mit dem verschütteten Bier gegeben hätte. Vielleicht waren die Voraussetzungen immer noch gut. Klug genug war er für eine Offizierskarriere. Das war keine Frage. Die Frage war, ob sie ihn zulassen würden. Er schnitt Gestrüpp und räumte schwere Steine von den Feldern. Die Frage war, ob sie die Geschichte aufbauschen und gegen ihn verwenden würden.

»Daß ich hier gelandet bin, ist wie ein böser Traum«, flüsterte Dupard an diesem Abend. »Manchmal denk ich, ich bin schon tot. Fehlt nur noch, daß sie mir Dreck ins Gesicht schaufeln.«

»Was haben sie dir vorgeworfen?«

»Da war ein Feuer in meiner Falle, das haben sie mir angehängt. Aber für mich, in meinem Kopf, also da kann ich es so und so sehen. Mit anderen Worten, die Indizien waren schwach.«

»Aber du hast's getan.«

»So einfach läßt sich das nicht sagen. Ich kann es so und so sehen, und in meinem Kopf bin ich dann überzeugt.«

»Du bist nicht sicher, daß du's wirklich tun wolltest. Du hast nur mit dem Gedanken gespielt.«

»Es war wie: soll ich diese Zigarette fallenlassen?«

»Du hast nur daran gedacht, und da ist es irgendwie passiert.«

»Genau, wie von selber.«

»Ist das ganze Bett verbrannt?«

»Ein bißchen Stoff versengt, das war alles. Wie wenn du beim Rauchen für eine Sekunde einnickst.«

»Warum wolltest du Feuer legen?«

»Warum genau, das muß ich selber erst begreifen, in meinem eigenen Kopf. Es ist nämlich eindeutig was Psychologisches.«

»Und dann?«

»Vor allem eins. Ich bin desertiert.«

»Warum?«

»Weil ich aus all dem raus will«, sagte Bobby. »Ich gehör nicht ins Marinekorps. Ganz einfach. Die sollten das kapieren und mich endlich ziehen lassen. Je länger das nämlich weitergeht, desto weniger werd ich mich mit dieser Scheiße abfinden.«

In der Gefängnisliteratur, die er gelesen hatte, war Oswald immer auf den raffinierten alten Hochstapler gestoßen, der dem jüngeren Mann Ratschläge und praktische Tips gab und in umfassenden philosophischen Ausführungen über die großen Fragen redete. Das Gefängnis begünstigte große Fragen. Es weckte den Wunsch nach jemandem mit Erfahrung und Durchblick, nach dem Wissen eines grau gewordenen Mannes mit gütigen und müden Augen, nach einem Ratgeber, der alle Schliche kennt. Er war sich nicht sicher, was er an Bobby R. Dupard hatte.

Am nächsten Tag fand er bei der Rückkehr von einem Arbeitseinsatz zwei Wärter vor, die in der Zelle auf Dupard einschlugen. Sie ließen sich Zeit. Es sah zuerst nach etwas anderem aus, einem epileptischen Anfall oder einer Herzattacke, aber dann kapierte er, daß sie Dupard verprügelten. Bobby lag am Boden und versuchte in Deckung zu gehen, während ihm die beiden Männer abwechselnd in die Nieren und die Rippen schlugen. Der eine Wärter saß auf Oswalds Koje und schlug, weit vorgebeugt, kurze Linke, wie jemand, der einen Außenbordmotor starten will. Der andere kniete mit einem Bein auf dem Boden, kniff die Lippen zusammen und ließ sich zwischen den Schlägen Zeit zum Zielen, um Bobby nicht auf die gekreuzten Arme zu treffen. Bobbys Gesichtsausdruck schien zu sagen, eines Tages muß damit Schluß sein. Er gab sich alle Mühe, keine Befriedigung bei ihnen aufkommen zu lassen.

Sie schimpften ihn Brillo Head. Er reagierte mit einem kleinen Lächeln, als könne allenfalls das gesprochene Wort sein Interesse wecken. Sie prügelten weiter.

Oswald blieb an der weißen Linie vor der Zelle stehen. Er dachte, wenn er sich überhaupt nicht rührte, wenn er nur unbeteiligt mal nach rechts, mal nach links schaute, wenn er geduldig wartete, bis sie ihre augenblickliche Tätigkeit beendet hatten, so daß er um die Erlaubnis zum Überschreiten der weißen Linie bitten konnte, dann, so dachte er, wären sie möglicherweise bereit, ihn ohne Prügel eintreten zu lassen.

Er haßte die Wärter, ergriff insgeheim Partei für sie und gegen einige der Häftlinge, denen seiner Meinung nach recht geschah, weil sie dumm und grausam waren. Er merkte, daß sein Haß sich ständig verlagerte, empfand immer wieder heimliche Genugtuung, haßte die gleichbleibende Eintönigkeit des Bunkerlebens, verachtete die Männer, die damit nicht fertig wurden, obschon er wußte, daß sie damit alle klein gekriegt werden sollten.

Wenn ein Mann aus dem Drahtkäfig entlassen und zu seiner Einheit zurückgeschickt wurde, nahm ein Mann aus den Zellen seinen Platz ein.

Wenn ein Mann im Drahtkäfig Mist baute, bekam er eine eigene Zelle und streng rationiertes Essen und mußte mit verschärfter, höchst unangenehmer Bewachung rechnen.

Wenn ein Mann aus den Zellen Mist baute, wurde er ins Loch geworfen, eine winzige Zelle mit Lehmboden und einem kleinen Loch zum Reinscheißen.

Wegen der Überfüllung wurden die Häftlinge immer wieder verlegt, es gab viele Anlässe für das Ritual an den weißen Linien, es wurde inspiziert, durchsucht, gefilzt, Mist gebaut.

Am Abend des Tages, an dem sie ihn zusammengeschlagen hatten, hatte Dupard nichts zu sagen; aber Ozzie wußte, daß er nicht schlief.

Er versuchte in der Zelle Geschichte zu spüren. Dies war Geschichte aus der Feder George Orwells, das Land, in dem du keine Wahl hast. Er sah nun, daß ihm seit dem Tag seiner Geburt der Weg hierher vorgegeben war. Der Bunker war nur für ihn erfunden worden. Es war nur eine andere Bezeichnung für die kümmerlichen Räume, in denen er sein Leben zugebracht hatte.

Er hatte einmal zu Reitmeyer gesagt, der Kommunismus sei die einzig wahre Religion. Es sagte das im Ernst, aber auch, um Eindruck zu machen. Er konnte Reitmeyer wütend machen, wenn er sich einen Atheisten nannte. Nach Reitmeyers Überzeugung mußte man wenigstens vierzig sein, ehe einem dieser Ehrentitel zustand. Es war eine Position, die man sich mit jahrelanger Erfahrung verdienen mußte, wie einen Vertrauensposten in der Gewerkschaft.

Vielleicht war der Bunker auch eine Art Religion. Gefängnis total. Etwas, das man sein ganzes Leben mit sich herumtrug, ein Gegengewicht zu Politik und Lügen. Das ging tiefer als alles, was sie einem von der Kanzel herunter erzählen konnten. Es enthielt eine Wahrheit, der niemand widersprechen konnte. Der Weg hierher war von Anfang an vorgegeben gewesen. Unausweichlich.

Trotzki in der Bronx, nur ein paar Straßen entfernt.

Vielleicht muß sich der einzelne einfach mitreißen lassen, muß sich in dem Strom wiederfinden, der ihm keine Wahl läßt, in der einzigen Richtung. Das ist es, was alles unausweichlich macht. Die Einschränkungen und Strafen, die sie sich ausdenken, nutzt du dazu, daß sie dich stärker machen. Geschichte heißt Verschmelzung. Es ist der Sinn der Geschichte, daß du aus deiner eigenen Haut steigst. Er wußte, was Trotzki geschrieben hatte: daß die Revolution uns aus der dunklen Nacht des isolierten Selbst führt. Wir leben für immer in der Geschichte, außerhalb von Ich und Es, von Ego und Id. Er wußte nicht genau, was Id bedeutete, aber er wußte, daß es in Hidell steckte.

Eine nackte Glühbirne brannte im Gang. Er beobachtete Dupard, der im Schatten auf seiner verwanzten Pritsche saß und ins Leere starrte. Die knochigen Handgelenke hingen aus den Ärmeln seines verschossenen Hemdes. Er hatte eine Schlaksigkeit, die ihn wie sechzehn wirken ließ, verspielt und unbeholfen, aber im Laufschritt bewegte er sich gut – im Laufschritt über den Gefängnishof, im Laufschritt zur Latrine, den Blick immer auf diese weißen Linien gerichtet. Armesündermiene, das lange Gesicht eines Unglücksraben, dazu stumpfes, rotbraunes Haar. Die Augen mißtrauisch und verletzt, immer in Bewegung. Oswald lag still; ein gleichmäßiges Summen erfüllte den Bau, ein schweres Atmen, Unerbittlichkeit, bleierner Schlaf. Dupard zog sich aus, schlüpfte unter die Decke, drehte sich zur Wand und fing an zu masturbieren. Oswald sah, wie seine Schulter zuckte. Dann drehte er sich zu seiner eigenen Wand, machte die Augen zu und versuchte, sich zum Schlafen zu zwingen.

Hidell bedeutet: nicht weitersagen.

Das Id ist die Hölle.

Jerkle und Hide in ihrer kleinen Zelle.

Oswald stand an der weißen Linie vor dem Pissoir. Ein Wärter stellte sich neben ihn und sah ihn prüfend an, nach dem Motto: wie kann man sich hier ein wenig die Zeit vertreiben.

Oswald bat um Erlaubnis, die Linie überschreiten zu dürfen.

»Ich seh mir deinen Haarschnitt an, du Nichtsnutz. Was ist die vorschriftsmäßige Länge im Nacken?«

»Null.«

»Und was seh ich?«

»Weiß ich nicht.«

Der Wärter stieß ihn, so daß er über die Linie stolperte. Als er sich umdrehte und zurückging, sah er dem Mann direkt ins Gesicht. Ein langschädliger Typ, halbwegs intelligent, kleine helle Augen.

Oswald drehte sich zum Pissoir hin und bat um Erlaubnis, die Linie überschreiten zu dürfen.

»Ich seh mir deine Koteletten an. Was seh ich mir an?«

»Meine Koteletten.«

»Die Haare der Koteletten dürfen, straff gezogen, welche Länge nicht überschreiten?«

»Ein achtel Zoll.«

Der Wärter nahm ein paar Haare zwischen Daumen und Zeigefinger, zog sie in die Länge und drehte sie nachdrücklich. Oswald gab mit dem Kopf nach, nicht so sehr, um den ohnehin nur leichten Schmerz zu lindern, sondern um deutlich zu machen, daß er Schmerzen unter den gegebenen Umständen nicht stoisch hinnehmen würde. Der Wärter ließ los und traf ihn dann mit dem Handballen am Kopf.

Oswald bat um Erlaubnis, die Linie überschreiten zu dürfen.

»Die Haare auf dem Kopf sind maximal wie lang?«

»Maximal drei Zoll.«

Er wartete darauf, daß sich der Wärter ein Büschel griff.

»Der Hosenschlitz bildet was für eine Linie und soll in welchem Zustand was nicht tun?«

»Der Hosenschlitz soll eine senkrechte Linie bilden und bei geöffnetem Reißverschluß nicht auseinanderklaffen.«

Der Wärter packte ihn an den Eiern.

»Ich kenne den Typ.«

»Aye aye Sir.«

»Aus hundert Meter Entfernung fällt mir der Typ auf.«

»Aye aye Sir.«

»Der Typ, der keinen Schmerz aushält.«

»Aye aye Sir.«

»Der wehleidige Schwindler, der nicht ins Marinekorps gehört.«

Ein Häftling näherte sich der zweiten weißen Linie und bat um Erlaubnis, die Linie überschreiten zu dürfen. Der Wärter sah betont langsam hinüber. Er ließ Oswald los. Es regnete wieder. Er zog den Schlagstock aus seinem Gurt und ging auf den zweiten Häftling zu.

»Name?«

»Neunzehn.«

»Kennst du die Regeln nicht, Neunzehn?«

»Ich habe um Erlaubnis gebeten, die Linie überqueren zu dürfen.«

»Du hast nicht um Erlaubnis gebeten, zu reden.« Der Wärter gab ihm einen leichten Stoß in die Rippen. »Gefangene schweigen. In dieser Latrine gelten die internationalen Regeln der Kriegsführung. Das hier ist meine Latrine. Keiner redet ohne meine Erlaubnis.«

Er stieß den Häftling mit dem Schlagstock.

»Gefangene laufen schweigend. Sie fallen schweigend zu Boden, wenn sie getroffen werden. Weißt du, wie man richtig fällt, Neunzehn?«

Der Wärter stieß zweimal zu und verpaßte ihm dann drei weitere, härtere Stöße, bis Neunzehn begriff, daß er zu Boden gehen sollte; erst dann sackte er langsam und behutsam zusammen. Mit der rechten Schulter berührte er die weiße Linie. Der Wärter stieß ihn mit einem Fußtritt zurück.

»In dieser Latrine gelten die Grundsätze der nächtlichen

Truppenbewegung. Wie lautet der erste Grundsatz der nächtlichen Truppenbewegung, Neunzehn?«

»Laufe nachts nur in einem Notfall.«

Der Wärter schwang den Knüppel, ohne sich dem Häftling zuzudrehen, und streifte ihn mit einem lässigen Rückhandschlag am Ellbogen. Dabei sah er den Mann nicht einmal an. Das war eine der Besonderheiten des hier üblichen Stils.

Der Wärter sah Oswald an.

»Warum hab ich ihn geschlagen?«

»Er hat Grundsatz Nummer zwei zitiert.«

Der Wärter schwang den Knüppel und traf den Mann an der Schulter.

»In dieser Latrine kennen wir unsere Dienstvorschriften Wort für Wort«, sagte der Wärter zu dem am Boden liegenden Mann, dem er den Rücken zukehrte. »Wir sagen in dieser Latrine nichts, was nicht in den Dienstvorschriften steht. Wir töten schweigend und überraschend.«

Oswald mußte dringend pissen.

»Beim entscheidenden Angriff«, sagte der Wärter, »ist es der einzelne Marineinfanterist, der den Feind stellt und mit seinem Gewehr und seinem was vernichtet.«

»Seinem Bajonett«, sagte der Häftling.

»Ein kraftvoller Bajonettangriff durch Marineinfanteristen, die erpicht darauf sind, den kalten Stahl ins Ziel zu stoßen, kann wo wem was tun.«

Schweigen bei dem Mann am Boden. Er machte sich in seiner embryonalen Haltung noch kleiner, ehe der Wärter einen halben Schritt zurückging und mit dem Schlagstock weit ausholte; diesmal traf er ihn am Knie. Oswald wartete ungeduldig darauf, daß er an die Reihe kam.

Der Wärter sah Oswald an, der sofort loslegte: »Ein kraftvoller Bajonettangriff durch Marineinfanteristen, die erpicht darauf sind, den kalten Stahl ins Ziel zu stoßen, kann in den Reihen des Feindes Angst und Schrecken auslösen.«

Der Wärter schlug mit dem Knüppel noch einmal nach hinten und traf Neunzehn am Arm. Oswald empfand leise Genugtuung. Der Wärter blickte prinzipiell in die Ferne, wenn er seine Schläge austeilte.

Oswald spürte, daß sich das Interesse des Wärters wieder ihm zuwandte. Er war auf die Frage vorbereitet.

»Grundsatz Nummer eins.«

»Stoß die Klinge in den Feind.«

»Grundsatz Nummer zwei.«

»Sei bei deinem Angriff gefährlich, erbarmungslos und schnell.«

Der Wärter machte einen halben Schritt nach vorn, nahm den Knüppel in die linke Hand und traf Oswald mit einem harten Schlag am Schlüsselbein. Der war total überrascht. Er hatte das Gefühl eines stillen Einverständnisses gehabt. Der Schlag ließ ihn ein paar Schritte rückwärts taumeln und in die Knie gehen. Er hatte gedacht, für heute seien keine Schläge mehr zu erwarten.

»Es gibt keine richtigen Antworten«, warnte ihn der Wärter und ließ seinen Blick in die Ferne schweifen.

Oswald rappelte sich auf, näherte sich der weißen Linie, blieb stehen und schaute zum Pissoir hinüber. Er bat um Erlaubnis, die Linie überschreiten zu dürfen.

»Damit der Hieb sitzt, mußt du was.«

»Punkt eins: Abwehrhaltung einnehmen.«

»Dann was.«

»Punkt zwei: mit dem linken Fuß vierzig Zentimeter nach vorn gehen, den rechten Fuß stehen lassen.«

Der Wärter schwang den Knüppel und traf ihn am Arm. Er mußte so dringend pissen, daß ihm der Schweiß ausbrach; sein nasser Oberkörper ließ ihn frösteln.

»Es gibt keine richtigen Antworten in dieser Latrine. Eine Antwort zu geben und zu glauben, sie sei richtig, ist dumm und besonders überheblich.«

Der Wärter stieß ihn mit dem falschen Ende des Schlagstocks in die Rippen. Der andere Mann, Neunzehn, lag immer noch zusammengekrümmt am Boden.

Der Wärter schwang den Knüppel und traf Oswald oben am Rücken. Er hatte wohl keine Lust mehr, sich Fragen auszudenken. Oswald entschied sich dafür, die Pisse laufen zu lassen. Es war eine zornige Reaktion, eine Ersatzhandlung. Er spürte, wie ihm die Pisse am Bein hinunterlief, und empfand tiefe Erleichterung, eine wahre Erlösung, beste Gesundheit allerseits und ein langes Leben.

Der Wärter schwang den Knüppel und traf Oswald seitlich am Hals.

Er griff mit beiden Händen an den Hinterkopf, um sich zu schützen. Der letzte Schlag hatte den Wärter auf seltsame Weise aufgebracht. Er stand zwar immer noch da und starrte in die Ferne, aber anders als vorher, mit hängendem Unterkiefer, die Augen irgendwie leblos, und Oswald wußte, sie waren alle nur noch ein Wort von einem privaten Blutbad entfernt; von solchen Gemetzeln war ja immer wieder zu hören, ohne Namensnennung und ohne Einzelheiten.

Die Arme hinter dem Kopf verschränkt, verfolgte er, wie sich am Boden die Pfütze bildete. Er mußte einen Moment nachdenken.

Mit einem tiefen Seufzer trat er an die weiße Linie. Er blickte geradeaus und ließ die Hände langsam sinken. Sein Gefühl sagte ihm, wenn er sich langsam und offen bewegte und keine panische Angst zeigte, dann würde der Wärter Abstand halten. Die seelische Verfassung des Wärters mußte berücksichtigt werden. Sie hatten sich hier alle darum zu kümmern, daß der Wärter durchkam. Oswald nahm an, der am Boden liegende Mann wußte das so gut wie er. Er spürte, daß dem Mann die Bedeutung des Augenblicks bewußt war. Sie durften den Augenblick nicht antasten, mußten darauf warten, daß er sich zurückbildete und für sie alle wieder zu einem verregneten Mittwoch in Japan wurde.

Er stand an der weißen Linie und wartete.

Dupard flüsterte im Dunkeln.

»Ich hab stark das Gefühl, die wollen mich in einer Kiste nach Hause schicken. In dem grünen Uniformrock hab ich von Anfang an wie tot ausgesehen. Es ist ein Totenhemd für einen Narren. Hab ich sofort gesehen.«

»Mir hat die Uniform immer gefallen«, sagte Ozzie zu ihm. »Es war toll, wie die aussah. Ich war überrascht, wie toll ich mich darin fühlte. Ich hab sie gepflegt, sie war immer sauber und mottensicher. Ich hab nie schwere Gegenstände in die Taschen gesteckt. Ich hab in den Spiegel geschaut und gesagt: das bin ich.«

»Guter Witz. Meiner Mutter haben sie gesagt. Schicken Sie ihn zum Militär, Mrs. Dupard. Auf den Straßen in Amerika geht's mit jedem Tag wilder zu. Bei uns ist Ihr Junge in Sicherheit.«

»Das haben sie meiner Mutter auch gesagt.«

»Die haben mich zu den Japsen geschickt, damit mich die Nigger in West Dallas nicht erwischen. Eingesperrt haben sie mich, damit mir keiner die Brieftasche und die Schuhe klaut.«

»Es ist das ganze riesige System. Wir sind eine Null in dem System.«

»Die haben mich nicht aus den Augen gelassen, sag ich dir.«

»Die beobachten uns die ganze Zeit. Wie der Große Bruder in *1984*. Das ist kein Buch über die Zukunft. Das sind wir, hier und jetzt.«

»Ich hab immer die Bibel gelesen«, sagte Bobby.

»Ich hab immer die Dienstvorschriften gelesen. Meine Schulbücher haben mich nicht interessiert, aber ich hab die Marinekorps-Dienstvorschriften gelesen.«

»Sie machen einen Mann aus dir.«

»Dann hab ich gemerkt, worum's in Wirklichkeit geht. Wie man zum Werkzeug des Systems wird. Ein formbares Teilchen. Es ist das perfekte kapitalistische Handbuch.«

»Einen Mann fürs Marinekorps.«

»Orwell meint das militärische Denken. Nicht Rußland ist

der Polizeistaat. Er ist überall dort, wo Köpfe sind, die sich solche Dienstvorschriften ausdenken, Handbücher voller Regeln fürs Töten.«

»Wo ist dieser Stalin, tot?«

»Tot.«

»Irgendwo hab ich das gehört.«

»Aber Eisenhower lebt. Ike ist unser eigener Großer Bruder. Unser Oberbefehlshaber.«

Sie lagen im Dunkeln und hingen ihren Gedanken nach.

Wegen allem, was sie uns angetan haben. Weil sie gezwungen war, zu arbeiten und aufzuhören und sich um mich zu kümmern und sich rausschmeißen zu lassen und wieder zu arbeiten und aufzuhören und zusammenzupacken und wegzuziehen. Laß uns zusammenpacken und wegziehen. Das Kleingeld zusammenkratzen für den nächsten Umzug. Ihr Leben lang Erniedrigungen, Tag für Tag. Vom System zerrieben, nennt man das. Nur daß sie das System nie in Frage stellt. Es sind nur die Umstände in ihrer näheren Umgebung. Es ist Mr. Ekdahl und sein schäbiges Verhalten bei der Scheidung. Es ist das Flüstern hinter ihrem Rücken. Es sind die Nachbarn mit ihren modernen Waschmaschinen und schnittigen Autos, gegen die sie auf die einzige ihr mögliche Art kämpft.

»Mein Sohn Lee liest für sein Leben gern.«

Seine Mutter und kein Ende.

Drei Tage lang gab es ohne besonderen Grund zu jeder Mahlzeit Hasenfutter – Kopfsalat, Karotten, Wasser.

Oswald lief am Maschendrahtzaun vorbei, bog in den Zellenblock ein, blieb an der weißen Linie stehen. Dupard war in der Zelle; in Unterhemd und Unterhose saß er auf Oswalds Pritsche. Dupards Matratze schwelte. Oswald sah dem blassen Rauch nach, der sich in der Luft sammelte. Sein Zellengenosse saß mit Armesündermiene da und zupfte gedankenverloren an seinen Zehen herum.

»Bobby, wie kommt's?«

»Willst du auf dein Bett?«

»Bleib sitzen.«

»Wir dürfen nicht reden.«

»Du machst alles nur noch schlimmer.«

»Wieso denn, ich vertreib nur Läuse. Sie bohren sich in meine Haut. Zeit, mal gründlich aufzuräumen, Mann.«

»Hast du eine neue Matratze beantragt?«

»Hab ich. Und einen Kinnhaken dafür kassiert.«

Er war ruhig, ein wenig mürrisch vielleicht, vor allem aber gedankenvoll und schicksalsergeben.

»Jetzt werden sie dich noch länger hierbehalten.«

»Meiner Meinung nach haben sie keinen Grund, sich aufzuregen. Ich find nicht, daß es da um eine Schuld geht, für die sie mich bestrafen können. Ich will ja nur diese Läuse hier ausräuchern. Man könnte auch sagen, ich nehm ihnen nur die Arbeit ab.«

»Es ist schon dein zweites Feuer.«

»Nicht so laut.«

»Ich seh einfach nicht, welchen Sinn so ein Matratzenbrand haben soll.«

»Red nicht weiter, Ozzie. Die kriegen dich am Arsch.«

Zwei Wärter kamen den Gang entlang, streiften Oswald im Vorbeigehen und betraten die Zelle. Das Feuer war so geringfügig, daß sie sich mit dem Wasserholen Zeit lassen und erst einmal fünf schlimme Minuten lang auf Dupard einschlagen konnten.

Oswald stand an der weißen Linie und blickte weg.

Sie verlegten ihn in den Bereich hinter dem Maschendraht. Nicht nur Wärter, auch Mitinsassen, all diese Leiber, denen auszuweichen war, diese Augen und inneren Melodien – Angst, Schwermut, psychische Gewalt. Das Entscheidende hinter dem Zaun war, daß man innerhalb der eigenen Zone blieb, daß man

Blickkontakte, zufällige Berührungen, bestimmte Gesten und alles andere mied, was auf eine Persönlichkeit hinter der dumpfen Gleichförmigkeit schließen lassen konnte. Die einzige Sicherheit lag in der Gesichtslosigkeit.

Er legte sich eine Stimme zu, die ihn über die Runden brachte, Tag um Tag. Für immer und ewig, endlos, identisch. Im Bunker war für Denken so wenig Platz, daß schließlich auch die Angst verflog. Er lief durch die Gänge, er lief auf der Stelle. Er scheuerte die blanken Metallflächen in der Latrine, hielt seinen Bereich pedantisch in Ordnung, sorgte für ein tadellos gebautes Bett. Sinn und Zweck des Bunkers war es, den Bunker sauber zu halten. Er holte seinen Eimer aus dem Lagerraum, stellte sich an die weiße Linie. Sie hatten den Bunker nur gebaut, um ihn sauber zu halten, um ihre weißen Linien anbringen zu können. Alles hing von den Linien ab. Der Bunker war der Ort, wo all die Linien, die das militärische Denken bestimmten, für alle Zeiten strahlten und glänzten. Nachdem er das begriffen hatte, wußte er, daß er sie durchschaut hatte.

Er saß im Fernsehraum und sah sich Wiederholungen von Dick Clarks *American Bandstand* an. Reitmeyer kam herein, um ihm die Hand zu schütteln. Fünf, sechs andere schauten vorbei und wollten wissen, wie es im Bunker gewesen war. Er hatte sein Hawaiihemd an, grinste von Zeit zu Zeit und erzählte ihnen, das Ganze habe ihn überhaupt nicht gekratzt. Hervorragendes Training für das Leben in den USA, schärft das Konkurrenzdenken. Typisch Ozzie, sagten seine Kameraden aus der Kaserne, Rabbit wie er leibt und lebt, und dann gingen sie wieder, einer nach dem anderen, und überließen ihn dem Fernseher mit den Teenagern, die verträumt über einen Tanzboden in Philadelphia schlurften.

Zwei Wochen später ging er in Tokio zu einem Haus im Sanya-Distrikt. Der Weg dorthin, der ihm beschrieben worden war, führte durch ein Lumpensammlerdorf, errichtet mit Material, das in anderen Teilen der Stadt ergattert worden war. Alte Frauen trotteten mit leeren Flaschen, abgebrochenen Stuhlbeinen und allerlei undefinierbarem Gerümpel durch die Gassen. Die Häuser waren schulterhoch und aus alten Kisten und Blechstreifen zusammengebaut, die Wände mit Pappdekkeln und Lumpen ausgeschlagen. Menschen standen Schlange, um in Klinikfahrzeugen ihr Blut zu verkaufen, Menschen, die hohlleibig schienen, so klein, so zerfallen. Es gab keinen absoluten Tiefpunkt. Ganz gleich, wie weit es abwärts ging in der Welt, man kam nie ans Ende, es gab immer noch Schlimmeres zu sehen und zu erleben. Er achtete darauf, daß er nicht zu schnell ging. Er wollte sehen, was hier war.

Er betrat eins der Häuser und blickte durch eine offene Tür in eine Wohnung, wo ein junger Mann versuchte, ein Vervielfältigungsgerät zu reparieren. Konno hatte ihm gesagt, er müsse ins dritte Obergeschoß, hatte ihm aber keine Wohnungsnummer genannt. Auf dem Gang war es dunkel, und es roch ranzig. Ein Kind heulte in einem der oberen Stockwerke.

Hidell steigt die uralten knarrenden Treppen hinauf.

Im dritten Stock standen zwei weitere Türen offen. Studenten bevölkerten die Wohnungen, gingen von der einen in die andere. Ein junger Mann bemerkte Ozzie, der in seinem T-Shirt und in seinen sandfarbenen Jeans lächelnd auf dem Gang stand. Der Mann lächelte zurück und deutete auf eine Tür am Ende des Ganges. Oswald klopfte und wurde hereingerufen. Er sah eine Tatami-Matte und einen niedrigen Tisch. Eine Frau kam quer durch den Raum. Sie war vielleicht fünfzig Jahre alt, hatte ein Vollmondgesicht und einen modernen Kurzhaarschnitt und trug einen leichten Baumwollkimono. Sie sagte, sie heiße Dr. Braunfels. Sie gebe Studenten der Universität von Tokio Deutsch- und Russisch-Unterricht auf privater Basis. Sie habe gehört, er wolle gern Russisch lernen. Er bestätigte das und wartete. Sie setzte sich auf der anderen Seite des Tisches im Schneidersitz auf die Matte. Sie forderte ihn auf, die Schuhe auszuziehen. Das waren die hübschen kleinen Gesten, die in diese Umgebung gehörten.

Der Lidschatten paßte genau zu dem blaßblauen Ton ihres Kimonos. Er hatte keine Europäerin erwartet. Es machte ihm Mut, es stand alles zum Besten, er hatte seine Entscheidung wohl im richtigen Augenblick getroffen, denn die Umstände waren vielversprechend. Sie war wahrscheinlich eine bedeutende Person, eine Beraterin radikaler Studenten und zugleich Rekrutierungsoffizier oder Kontaktperson für Agenten. Sie forderte ihn mit einer Geste auf, ihr gegenüber Platz zu nehmen, und sah zu, wie er sich unbeholfen hinsetzte. Sie aßen kleine Reiskuchen, die in Seetang gewickelt waren.

»Und Sie heißen Oswald, Lee«, sagte sie schließlich, als gelte es ein Ungleichgewicht zu berichtigen und einen diplomatischen Austausch mit einer würdigen Schlußformel zu beenden.

Hinter ihr war ein Bambusrollo zu sehen, seitlich neben ihr ein Wandschirm. Die niedrige Decke war aus dunkel getöntem Holz. Hier und da kleine, auf Hochglanz polierte Gegenstände. Es wurde erwartet, daß man diese Fast-Kahlheit schätzte, die exakte Anordnung der Dinge. Zweige in einer Vase auf dem Lacktischchen.

Er erzählte ihr, daß er überlaufen wolle.

»Ich denke schon länger, daß das der richtige Schritt ist, daß ich auf Dauer nicht in den USA leben kann. Ich will ein Leben wie diese Studenten, ich will mich am politischen Kampf beteiligen. Ich bin kein dummer Junge, der glaubt, Rußland ist das Land seiner Träume. Ich überlege mir kühl, was richtig und was falsch ist. Die Sowjetunion hat etwas Einzigartiges, davon bin ich überzeugt, und ich will selber herausfinden, was es ist. Es ist die große Theorie, die dort Wirklichkeit geworden ist. Ich war noch nicht mal fünfzehn, da habe ich schon angefangen, mich in der Bücherei in New Orleans über alles zu informieren. Ich habe die marxistische Ideologie studiert. Ich brauchte nur von einem Buch aufzublicken, und schon hatte ich die Verarmung der Massen direkt vor Augen – einschließlich meiner eigenen

Mutter, die zu kämpfen hatte, drei Kinder gegen alle Widrigkeiten großzuziehen. Diese sozialistischen Schriften lieferten mir den Schlüssel zu meiner Umgebung. Sie hatten recht mit ihrer These, der Kapitalismus liegt im Sterben. Er greift zu verzweifelten Maßnahmen. Hysterie liegt in der Luft, zum Beispiel der Haß auf Neger und Kommunisten. Beim Militär lerne ich die ganze Macht des Systems kennen. In dem System steckt etwas, das Haß schürt. Wie würde mein Leben in Amerika aussehen? Ich hätte die Wahl, Arbeiter in einem System zu sein, das ich verachte, oder aber arbeitslos zu sein. Niemand weiß, wie ich darüber denke. Es ist mein aufrichtiger Wunsch, das zu tun. Das ist nichts Verschwommenes. Ich bin bereit, Mühen und Härten auf mich zu nehmen, um mein Land für immer zu verlassen.«

An diesem Abend saß er allein im Queen Bee und fragte sich, ob er sein Hauptanliegen nicht zu rasch angesteuert hatte. Sie schien nicht glücklich über diese Neuigkeit, und sie konterte ihrerseits mit einer Neuigkeit. Seine Einheit würde in wenigen Wochen zum neuesten Krisenherd Formosa verschifft werden. Sie wollte, daß er den Gedanken ans Überlaufen erst einmal zurückstellte und sich darauf konzentrierte, Zugang zu geheimen Dokumenten und Fotografien zu bekommen. Sie sprach ziemlich lange darüber. Sie sprach von seiner Arbeit, nicht von seinem Leben. Sie wollte taktische Kennungen, Codes, Funkfrequenzen. Sie wollte von den U-2s gemachte Aufklärungsfotos.

Dafür werde es Geld geben, obschon ihr klar sei, daß es ihm nicht um Geld gehe. Sie sprach von einem zweiten Treffen in Yamato, in der Nähe des Stützpunkts, und gab ihm detaillierte Anweisungen. Sie redete routiniert über Vorgehensweisen und Fertigkeiten, über die Bedeutung von Disziplin, womit sie möglicherweise auf seine zerknitterte Straßenkleidung und seine Bartstoppeln anspielte. Sie sagte, sie bewundere die Japaner, weil die oft ihr Leben darauf verwandten, eine einzige Sache richtig zu machen.

Sie hatte volle Lippen und dicke kleine Hände. Sie umgab sich mit einer falschen Mädchenhaftigkeit, mehreren Schichten einer höhnischen Verschlagenheit. Er sagte ihr, es sei ihm ernst mit dem Wunsch, Russisch zu lernen.

Im Queen Bee wartete er, bis Tammy mit der Arbeit fertig war, und er verbrachte die Nacht mit ihr in der Wohnung, die sie mit zwei ihrer Schwestern teilte. Sie gaben sich – mehr oder weniger verstohlen – dem Sex hin, während die Schwestern vor dem Fernseher saßen. Später lag er zusammengerollt in einer Ecke des Zimmers, den Kopf in der Armbeuge seiner Geliebten, und dachte an eine Reihe von Dingen, die Dr. Braunfels nicht wußte. Sie wußte nicht, daß er seit seiner ersten Verhandlung vor dem Kriegsgericht immer nur Küchendienst hatte. Küchendienst, Wachdienst, immer wieder Latrineneinsätze – alles, nur kein Blick ins Radarsichtgerät. Sie wußte nicht, daß ihm nach seiner zweiten Verhandlung vor dem Kriegsgericht die Unbedenklichkeitsbescheinigung abgenommen worden war. Sie wußte nicht, daß es eine zweite Verhandlung gegeben hatte, ja, sie wußte nicht einmal von der ersten, und sie wußte nichts von den Vorfällen, die dazu geführt hatten. Und schließlich wußte sie auch nicht, wie gefährlich es für ihn sein würde, ohne Passierschein Dokumente aus einem Sperrgebiet zu entwenden.

Er sah ihr glattes rundes Gesicht vor sich, hörte ihre Stimme mit dem Akzent, und er fragte sich im Dunkeln: was für einen Schlamassel haben wir uns da nur eingehandelt, Oswald Lee?

Als er wieder in Atsugi war, ging er pausenlos ins Kino. Er sah sich jeden Film zweimal an, blieb für sich, verbrachte lange Stunden in der Bücherei des Stützpunkts und lernte russische Verben.

Ozzie dachte: was ist, wenn sie nur daran interessiert ist, mich auszuquetschen?

Er traf sich mit ihr in einer Wohnung über einem Fahrradgeschäft. Im Gang stand ein zum Trocknen aufgespannter Schirm. Sie trug westliche Kleidung, einen Regenmantel um die Schultern. Sie begrüßten sich wie Zimmergefährten im Krankenhaus. Ihre kurz und ungleichmäßig geschorenen Haare waren viel zu jugendlich und brachten ihn auf die Idee, sie könnte unzuverlässig sein, eine Person, die ohne Doppeldeutigkeiten nicht leben konnte, die immer das eine sagte und das andere meinte.

»Sie sind sehr viel mehr wert«, sagte sie, »wenn Sie weiterhin Ihre Pflicht tun und mir regelmäßig Bericht erstatten. Bleiben Sie dabei, ganz gleich, wo man Sie hinschickt. Warum auch nicht? Wir möchten, daß Sie vorwärts kommen. Das schaffen Sie aber nur hier, nicht in Moskau oder Leningrad.«

»Was ist, wenn ich trotzdem hin will?«

»Das ist nicht der richtige Zeitpunkt für Sie.«

»Könnte ich dort nicht ausgebildet und dann hierher zurückgeschickt werden?«

»Sie sind schon zurück.«

Ein kleiner Scherz. Er sagte ihr, er habe keine Dokumente. Dokumente würden möglicherweise in naher Zukunft kommen. Es komme ganz drauf an. Fürs erste zeigte er seinen guten Willen und nannte ihr die Anzahl und die Typen der Flugzeuge in seinem Geschwader und den Funk-Code, mit dem sie sich zu melden hatten, wenn sie in die kennungspflichtige Zone einflogen oder sie verließen. Er erzählte ihr nicht alles, was er über die U-2 wußte. Er nannte ihr lediglich ein paar technische Dinge, um zu sehen, wie sie auf die Fachbegriffe reagierte. Er erzählte ihr, innerhalb des Stützpunktes werde davon geredet, daß die Flugzeugkameras mit Mehrfachblende arbeiteten.

Weite des Aufnahmewinkels?

Er gab höchst ungern zu, daß er das nicht wußte. Sie fragte nach den Namen von U-2-Piloten. Sie wollte technische Handbücher, Betriebsanweisungen. Er erweckte den Eindruck, daß zusätzliche Informationen verfügbar seien, je nachdem, ob alles normal weiterlief.

Er wollte unbedingt Russischunterricht haben. Er hatte ein englisch-russisches Wörterbuch mitgebracht, bei dessen Anblick Dr. Braunfels tief in ihrem Regenmantel versank. Sie sagte ihm, er solle das nie wieder tun. Sie werde alle erforderlichen Bücher mitbringen.

Sie saßen im trüben Licht am Tisch und gingen die Aussprache von Wörtern durch. Sie schien von seinen Bemühungen beeindruckt. Wenn er bereit sei, weiterhin für sich allein zu lernen, ohne dabei aufzufallen, wolle sie ihm helfen, so gut sie könne. Sie redete, offenbar gegen bessere Einsicht, eine Zeitlang über die Sprache, verleitet von seinem aufrichtigen Eifer zu lernen.

Während er so mit ihr arbeitete, die neuen Laute bildete, ihre Lippen beobachtete, Wörter und Silben wiederholte und dabei feststellte, wie seine eigene dünne Stimme an Struktur und Volumen gewann, konnte er fast glauben, daß er auf der Stelle neu geschaffen wurde, daß eine größere und stärkere Version seiner selbst im Werden war. Die Sprache hatte etwas Großes, eine weitreichende Ehrlichkeit. In seinen Augen war sie eine gute Lehrerin, ruhig und seriös, und er spürte, daß zwischen ihnen ein kleines, echtes Glücksgefühl aufkam.

Er sagte zu ihr: »In tausend Jahren werden die Menschen in den Geschichtsbüchern nachlesen, wo die Linien gezogen worden sind und wer die richtige Wahl getroffen hat und wer nicht. Die Dynamik der Geschichte spricht für die Sowjetunion. Für jemanden, der mit offenen Augen in Amerika aufwächst, ist das ganz offenkundig. Nicht daß ich die Werte und Traditionen dort nicht zur Kenntnis nehmen würde. Tatsache ist, daß diese Werte etwas sehr Verlockendes haben. Jeder will Amerika lieben. Aber wie kann ein ehrlicher Mann vergessen, was er im Alltag sieht, im täglichen Geben und Nehmen, das wie tausend kleine Kriege ist?«

Reitmeyer hörte immer wieder die Grußformeln und anschließend den gestenreichen stockenden Dialog zwischen seinem zeitweiligen Kumpel Oswald und einem Obergefreiten namens Yaroslavsky. Er fand es merkwürdig, daß sich zwei Angehörige des U.S. Marine Corps beim täglichen Appell auf russisch unterhielten. Es ärgerte Reitmeyer. Es ging ihm eindeutig gegen den Strich, daß sie das untereinander für witzig hielten, daß sie über bestimmte Sätze lachten und »Genosse« zueinander sagten. Sie glaubten offenbar, das alles sei komisch. Sieben, acht, neun Tage hintereinander. Dieses idiotische ausländische Geschnatter. Nur in Amerika, wie's immer heißt. Aber das hier ist Japan, sagte er sich, und im sagenhaften Osten ist jeder Tag ein seltsamer Tag.

Er sah zu, wie sich Tammy mit dem Augenbrauenstift die Lippen bemalte, in dem Jahr eine Marotte unter japanischen Teenagern. Sie war jünger als Mitsuko, aber so jung auch wieder nicht. Mitsuko war im Treiben der Welt verschwunden, und es war gut möglich, daß Tammy ihr irgendwann folgen würde. Sie zeigte sich ihm jetzt in einer weiten Bluse und knallengen Hosen. Ozzie fühlte sich nicht mehr unbehaglich, wenn er von anderen Marineinfanteristen mit einer so gut gebauten Frau gesehen wurde. Die Männer in MACS-1 begriffen es nicht so recht.

Sie nahm ihn mit in die Loneliness Bar, wo die Hostessen Badeanzüge trugen, die mit einer chemischen Substanz behandelt waren. Es ging darum, am Hinterteil des Mädchens, das gerade am Tisch vorbeikam, ein Streichholz anzuzünden. Vier schwarze GIs flippten fast aus vor Begeisterung und entzündeten immer neue Streichhölzer an prachtvollen Mädchenhintern. An jeder Hand ragten Streichhölzer zwischen den Fingerknöcheln hervor. Die Männer johlten und lachten, konnten sich vor Staunen nicht fassen. Es waren junge Südstaatenneger, linkisch und spindeldürr, mit sympathischen Slapstickmanieren, und sie ließen Ozzie plötzlich an Bobby Dupard denken; er fragte sich, was aus ihm wohl geworden war. Plötzlich legte sich eine Art Düsterkeit über den Abend. Im Gestank all dieser blasigen Zündholzköpfchen trank er sein Bier und erklärte Tammy in einfachen Worten, was hinter ihm lag. Ein Abend im Leben der Loneliness Bar.

Drei Tage danach spürte er beim Pinkeln einen stechenden Schmerz. Es war ein Brennen im Innern. Zwei Tage später konnte er nicht umhin, an eben diesem Organ einen dicken Ausfluß zu bemerken. Er suchte mitten in der Nacht die Latrine auf, um die Flüssigkeit zu untersuchen, ein ekelhaftes gelbliches Zeug. Im Labor machten sie eine Reihe von Abstrichen, verpaßten ihm – intramuskulär und über drei Tage verteilt – neunhunderttausend Einheiten Penicillin und schrieben ihn bedingt diensttauglich.

Ozzie hatte den Tripper.

Der Pilot kommt in einer Ambulanz an, begleitet von bewaffneten Wachen. Er trägt einen weißen Helm, der fest mit seinem luftdichten Overall verbunden ist, und schreitet unverzüglich zu dem nicht gekennzeichneten Flugzeug. Die Männer vom Bodenpersonal und die Wachen weichen zurück, sobald vom Triebwerk das schrille Signal kommt, das immer ein paar Männer in der Radarhütte veranlaßt, ins Freie zu schlendern, um den »schwarzen Banditen« über die Rollbahn rasen zu sehen. Es ist fast augenblicklich vorbei, der schrille Ton wird höher, die Verstrebungen am Fahrwerk halten die langen Tragflächen in der Horizontalen, bis die Fluggeschwindigkeit erreicht ist. Dann ist das Flugzeug in der Luft, die Stützen fallen ab, die Männer haben Mühe, den schnellen Steilflug zu verfolgen, den leuchtenden Sprung in eine andere Haut. Sie kneifen die Augen zusammen und spähen in den Dunst. Doch das Ziel ihres Interesses ist schon verschwunden, ist Teil der hohen Stille, des stumpfen nahtlosen Himmels da draußen, und zurück bleibt eine Kette leiser, gedehnter Flüche, ein ungläubiges Gemurmel.

Der Pilot – gleich, wer er ist, wo sein Stützpunkt liegt oder in welcher Mission er unterwegs ist – denkt früher oder später an die Dinge in seinem Schleudersitz. Wasser, Tagesrationen, Leuchtkugeln, Verbandszeug; ein Jagdmesser und eine Pistole; eine Nadel, deren Spitze tödliches Muschelgift enthält und die in einem falschen Silberdollar versteckt ist. (»Es ist uns lieber, wenn die euch erst gar nicht verhören können, obwohl wir natürlich wissen, daß ihr den Mund halten würdet.«) Außerdem hat er die heikle T-4-Ladung an Bord, Sprengstoff, der die Kamera und die elektronische Ausrüstung pulverisiert; die Explosion erfolgt innerhalb weniger, vorher nicht festgelegter Sekunden, wenn der Pilot den Zeitschalter betätigt und die Füße in die Bügel des Schleudersitzes schiebt – für den ganz unwahrscheinlichen Fall, daß ein solches Manöver erforderlich wird. (»Nur, denkt dran, Männer, so ein Schleudersitz kann euch glatt amputieren, wenn er nicht perfekt funktioniert. Vielleicht nehmt ihr euch lieber vor, in aller Stille abzutreten, wie einer, der seine Kinder nicht aufwecken will.«) Früher oder später wird er sich zwangsläufig die schlimmsten Dinge ausmalen, die passieren können. Ein Versagen der Triebwerke in extremer Höhe. Oder eine SA-2-Rakete detoniert zufällig in der Nähe und beschädigt eine Stabilisierungsflosse. (»So hoch kommen die Schweine doch gar nicht, dazu fehlt ihnen das Knowhow.«) Ehe er sich's versieht, ist er draußen in der Stratosphäre, ein Himmelswanderer mit Rucksack, und er versucht, eine etwas verträumte Hand dazu zu bringen, an der Reißleine zu zerren. In fünfzehntausend Fuß Höhe geschieht es automatisch, *klatsch*, das orangefarbene Gebilde wächst ihm aus den Schulterblättern. Es geht darum, würdig herunterzukommen. Er kommt aus dem unendlichen Blaß herabgeschwebt, erfüllt von der Schönheit der Erde und von dem Bedürfnis, um Verzeihung zu bitten. Er ist ein Fremdling, der eine Maske trägt und vom Himmel fällt. Menschen kommen in Sicht, Landarbeiter, Kinder, die zu der Stelle laufen, wo der Wind ihn absetzen wird. Ihre derben Mützen sind nach hinten geschoben. Er ist jetzt so nahe, daß er sie rufen hört, die Worte, die von den Konturen der Landschaft zurückgeworfen und gelenkt und in die Länge gezogen werden. Die Erde riecht frisch. Es ist Frühling im Ural, und er stellt fest, daß diese privilegierte Sicht der Erde der Wahrheit förderlich ist. Er will die Wahrheit sagen. Er will ein anderes Leben führen, jenseits von Geheimhaltung und Schuld und Verstrickung in schwerwiegende Ereignisse. Das geht dem Piloten durch den Kopf, während er sanft einer gelbbraunen Landschaft entgegenschaukelt, die ihn so freundlich willkommen heißt, fast als käme er nach Hause.

20. MAI

Laurence Parmenter besorgte sich ein Ticket für den Flug zur Farm, dem geheimen Ausbildungslager der CIA in Virginia. Dieser tägliche Flug war militärisch abgeschirmt und wurde hauptsächlich von Angehörigen der Agency benutzt, die nur kurze Zeit im Lager zu tun hatten.

Die Farm hatte den offiziellen Decknamen ISOLATION. Für die Bezeichnungen von Einrichtungen und Operationen gab es in der Agency eine Spezialsprache. Parmenter fand es interessant, wie diese Sprache ständig eine tiefere, geheimere Ebene fand, die Leuten außerhalb des Kaders unzugänglich war. Man konnte mit Recht sagen, daß der brüderliche Zusammenhalt innerhalb der Agency unter denen am engsten war, die die Listen mit den Decknamen verwahrten, die sich die Codes und Chiffrierverfahren ausdachten und die die wahren Bezeichnungen der Operationen kannten. Camp Peary nannten sie die Farm, und die Farm nannten sie ISOLATION, und ISOLATION hatte wahrscheinlich noch einen geheimeren Namen, irgendwo in einem verschlossenen Safe oder einem Computer tief unter der Erde.

Am Eingang zeigte er dem Militärpolizisten seine Dienstmarke. Diese war so codiert, daß sie dem geübten Auge verriet, in welchen Bereichen ihr Besitzer Zugang hatte. Nach der Abmachung war Parmenter dem – wie sie's im Scherz oft nannten – »Sklavendirektorium« zugeteilt worden, einer Abteilung, die die geheimen Dienste unterstützte, und auf seiner neuen

Dienstmarke fanden sich am Rand weniger kleine rote Buchstaben. Seine Frau sagte: »Wie viele Buchstaben mußt du verlieren, bevor du verschwindest?«

T. J. Mackey wartete am Pförtnerhaus. Er trug sauber gebügelte Drillichhosen und wirkte so distanziert wie ein Portier in goldener Livree vor einem neuen Hotel. Im Grunde möchte er nicht, daß seine Freunde ihn überhaupt sehen.

Er ging mit Parmenter zum JOT-Bereich, wo angehende Offiziere eine umfassende Ausbildung erhielten, die von paramilitärischen Techniken bis hin zur Spionageabwehr reichte. Sie saßen allein auf einer der vier Tribünen, die eine Art Amphitheater um eine große Grube bildeten. Zwei junge Männer kämpften am Boden. Ein Ausbilder tänzelte geschäftig um sie herum und redete in einer Sprache auf sie ein, die Larry nicht erkannte.

»Die Dinge haben sich früh in unserem Sinn entwickelt«, sagte er zu Mackey, »aber im Moment tut sich nicht viel.«

»Ich hab mich an Guy Banister gewandt.«

»Camp Street.«

»Genau. Er hat sich bei der FBI-Außenstelle in Dallas nach diesem Oswald erkundigt. Sie haben ihm jetzt endlich eine Auskunft gegeben. Am 24. oder 25. April hat er Dallas verlassen.«

»Es gibt da eine russische Ehefrau.«

»Hat Dallas am 10. Mai verlassen, mitsamt ihrem Baby.«

»Niemand weiß, wohin.«

»Das stimmt.«

»Und wir tappen weiter im dunkeln.«

»Du hattest doch auch einen Draht.«

»George de Mohrenschildt. Aber der ist in Haiti. Außerdem möchte ich nicht, daß er weiß, wie sehr wir an Oswald interessiert sind.«

»Wie sehr sind wir denn an ihm interessiert?«

»Er scheint der richtige Mann zu sein, politisch und auch sonst. Win will einen Schützen mit Referenzen. Er war im Marinekorps. Ich hab mir Zugang zu verschiedenen Unterlagen verschafft, auch zu Aufzeichnungen über seine Leistungen mit dem M-1 am Schießstand.«

»Kann er schießen?«

»Es ist ziemlich verwirrend. Je mehr ich mich mit den Aufzeichnungen befasse, desto stärker wird mein Eindruck, daß sie ohne Dolmetscher nicht zu verstehen sind. Er wurde im allgemeinen schlecht beurteilt. Aber an dem Tag als es um die Einstufung ging, schoß er offenbar besser denn je. An dem Tag schaffte er 212 Punkte, was ihn zum Scharfschützen macht. Nur daß sie ihn dann niedriger einstuften. Also ist entweder die Zahl falsch, oder die Einstufung ist falsch.«

»Oder der Bursche hat geschummelt.«

»Es gibt da noch was zu bereden, auch wenn ich Win gleich gesagt habe, daß ich das reichlich verfrüht finde. Zufallstreffer.«

»Das Ding muß realistisch aussehen. Das heißt, eine Reihe von Schüssen, aus verschiedenen Richtungen.«

»Win sagt, schießt auf den Wagen des Präsidenten, schießt in den Asphalt, schießt auf einen Geheimdienstmann. Nur auf keinen, der im Wagen sitzt.«

»Wir schießen auf einen Geheimdienstmann.«

»Ohne ihn zu töten.«

»Wir reden hier nicht von einem exakten Laborversuch«, sagte Mackey.

»Man sollte nach Möglichkeit versuchen, einen der Männer im Begleitfahrzeug anzuschießen. In der Regel fahren dort auf jedem Trittbrett zwei Agenten mit. Macht zusammen vier. Und der Wagen fährt vielleicht zwanzig Stundenkilometer. Und das keine zwei Meter hinter dem Wagen des Präsidenten. Es erscheint also völlig plausibel, daß ein Agent eine für den Präsidenten bestimmte Kugel abbekommt.«

»Wo machen wir's?«

»Miami.«

»Soll mir recht sein.«

»Wenn's irgend geht, sagt Win, dann da.«

»Es sollte Miami sein.«

»Absolut.«

»Dann sind wir uns einig.«

»Früher oder später macht der Präsident Wahlkampf in Florida. Alle politischen Anzeichen deuten darauf hin.«

Zwei weitere junge Männer kamen in die Grube. Mackey sagte, es seien Südvietnamesen, die hier für die Geheimpolizei ausgebildet würden. Ausländer, die zur Ausbildung auf der Farm waren, wurden als schwarze Rekruten bezeichnet. Einige von ihnen, die mit heiklen Aufträgen zu tun hatten, waren – laut Mackey – unter so strengen Sicherheitsvorkehrungen in die USA gebracht worden, daß die Männer nicht in jedem Fall wußten, in welchem Land sie sich befanden. Larry fand das reichlich übertrieben. Ein Blick auf die verdammten Bäume, und du weißt, daß du in Virginia bist. Aber er hütete sich davor, T-Jay seine Meinung zu sagen. In Dingen, die für T-Jay von großer Bedeutung waren, widersprach man ihm nicht.

Er sagte Parmenter, er werde in enger Verbindung mit Guy Banister bleiben. Banisters Detektivbüro war der große Verschiebebahnhof des kubanischen Abenteuers. Alle Arten von Überläufern kamen hier durch. Guy würde ihnen helfen, für diesen Jungen, der verschwunden war, einen Ersatz zu finden. Einen Experten im Umgang mit Gewehr und Zielfernrohr. Einen Schützen, der einem Agenten auf dem Trittbrett einen Finger abschießen konnte.

Als Parmenter gegangen war, saß T-Jay allein auf der Tribüne und sah zu, wie sich die Vietnamesen durch die Grube schleuderten. Der heiße Standort war neuerdings Saigon. Um ihn herum wurde von nichts anderem geredet. Sie legten Kuba auf Eis, und das störte ihn nicht. Sollten sie doch Kuba vergessen und neue Aufregungen suchen. Es würde den Augenblick in Miami um so wirkungsvoller machen.

Ein paar Stunden später war Mackey in seinem Wohnwagen im Wald bei Williamsburg. Scheinwerferlicht geisterte durch die

Bäume, und dann hörte er das Geklapper, das zu Raymos heruntergekommenem Bel Air, Baujahr '57, gehörte. Er öffnete die Wohnwagentür und sah sie aussteigen, zwei Männer mit den steifen schwerfälligen Bewegungen von Leuten, die lange gefahren sind.

Mackey sagte: »Gerade rechtzeitig zum Abendessen, nur daß es nichts gibt.«

Die Worte klangen schroff und klar in der leeren Nacht.

»Vielleicht hast du einen Schluck zu trinken. *Un buchito*«, sagte Raymo. »Gegessen haben wir unterwegs.«

Der andere, Frank Vásquez, war noch dabei, Decken und Kleider vom Rücksitz zu holen, und dann richtete er sich auf, stand mit vollen Händen da, halb abgewandt, und gab der Autotür einen derben Stoß mit der Hüfte, um sie anschließend mit einem kräftigen Fußtritt zuzuschlagen. Raymo, der schon am Wohnwagen war, fragte sich kopfschüttelnd, wie man mit dem einst prachtvollen Wagen nur so umgehen konnte.

»Jede Menge Kaffee«, sagte Mackey. »Daß man dich mal wieder sieht. Wie geht's denn?«

»Grüß dich. Lange her. Und wie geht's dir?«

»Tag, T-Jay.«

»Tag, Frank. Ich dachte, du läßt dir mal die Zähne richten.«

»Das tut der doch nie«, sagte Raymo.

Umarmungen, ungestümes Schulterklopfen, *abrazos*, zerstreutes Anrempeln.

»Wie geht's immer?«

»Lange her.«

»Zu lange, mein Freund.«

Sie standen an der Wohnwagentür, nickten einander zu, tauschten Blicke aus, Halbsätze, alles war so klar umrissen, und was sie sagten, klang in der feinen, lichten Luft genau richtig.

Mackey machte im Wohnwagen Platz für ihre Sachen. Dann tranken sie Kaffee. Raymo saß an dem Klapptisch, ein untersetzter Mann mit einem breiten Schnurrbart. Er trug einen schwarzen Cowboyhut, ein schwarzes T-Shirt, Drillichhosen,

Kampfstiefel. Seine Freizeitkleidung. Mackey wollte Raymo bei dieser Sache unbedingt dabeihaben. Ob Raymo ein Streichholz anzündete, seinen Hund ausführte oder sich am Kopf kratzte – stets war er von der zielstrebigen Energie seiner Wut erfüllt. Es war ein Bewußtseinszustand, den sie teilten, ohne es aussprechen zu müssen, Bahía de Cochinos, Schweinebucht, der Kampf um Girón – wie immer man es nennen wollte. Selbst seine stämmige Figur, dieser massige Leib, schien eine Form von Energie und Zielstrebigkeit zu sein. Ein Flamingo prangte auf seinem T-Shirt. Er war der einzige Mann, dem T-Jay uneingeschränkt vertraute.

»Im April waren wir ein paar Wochen bei der Ernte.«

»Beim Orangenpflücken in Zentral-Florida«, sagte Frank.

»Immer zehn Kisten pro Karre. Was meinst du, was das wiegt.«

»Er ist von der Leiter gefallen«, sagte Frank.

»Es ist eine üble Schufterei, sag ich dir.«

»Und dann ging's weiter nach Live Oak an der Grenze zu Georgia.«

»Da haben wir Tabak gestapelt«, sagte Raymo. »Riesige Ballen. Platten, wie die sagen. Die haben uns ganz schön rangenommen, T-Jay.«

Mackey wußte, daß sie jeden Job annahmen, Nachtarbeit, Überstunden, Gelegenheitsjobs, so lange, bis das Geld für ein eigenes Unternehmen reichte, eine Tankstelle vielleicht oder eine kleine Baufirma.

»Und dann ruft meine Frau aus Miami an«, sagte Frank. »Wir sind sofort hergekommen.«

Eine lange Fahrt durch Georgia und die Carolinas, nur um zu hören, was ihnen T-Jay zu sagen hat. Es konnte nur um Kuba gehen. Nichts anderes würde ihn bewegen, Kontakt mit ihnen aufzunehmen, und nichts anderes hätte sie hergebracht.

Vásquez saß auf dem Feldbett. Mit seinem schmalen traurigen Gesicht sah er so aus, als hätte er sich im Arbeitskittel eines Schusters in einer dunklen engen Werkstatt in den Außenbezirken von Little Havana wohlgefühlt. Er hatte zwei Reihen Zähne im Unterkiefer, oder es war nur eine Reihe, die im wilden Zickzack verlief, mit Zähnen, die in alle Richtungen wiesen. Er sah dadurch aus wie ein Schutzpatron der Armen. Einen Bruder und einen Cousin hatte er in Red Beach verloren, einen weiteren Bruder hatten sie bei einem Hungerstreik im Gefängnis La Cabaña sterben lassen. Frank war in Kuba Lehrer gewesen. Jetzt, zwischen zwei Jobs, fuhren er und Raymo zu einem Ausbildungslager in den Everglades, mit der einzigen Waffe, die sie zusammen besaßen, einer sogenannten kubanischen Winchester, die aus drei anderen Gewehren und einigen handgefertigten Teilen zusammengebaut war. Sie machten den Drill in einer der Gruppen da draußen mit und lebten in offenen Hütten aus Eukalyptusholz und verschiedenen Kletterpflanzen. Raymo schoß mit dem Gewehr, schaukelte an Seilen, pißte ins hohe Gras. Frank machte hin und wieder Schießübungen, war ansonsten nur dabei, der langjährige stumme Kumpel, wie immer in übergroßen Hosen und einem ärmellosen erdbraunen Hemd, das er über der Hose trug.

Beide Männer waren ursprünglich auf Castros Seite in den Bergen gewesen.

»Und sonst, Frank? Der Frau und den Kindern geht's gut?«

»Alles in Ordnung.«

»Drei Kinder hast du, stimmt's? Und Raymo? Die richtige Frau ist wohl immer noch nicht aufgetaucht?«

Sie waren die einzigen Männer, mit denen Mackey so reden konnte, in ausgedehnten Begrüßungsritualen und einem Schwätzchen über familiäre Neuigkeiten und andere Nebensachen des Daseins. Es war der notwendige Vordergrund. Er wußte, daß es erwartet wurde, und er hatte gelernt, sich darauf zu freuen. Sie hatten einander etwas zu sagen. Es gab nur ein Thema unter ihnen, und mit lockerem Geplauder war dem nicht beizukommen.

Also dann. Mackey skizzierte ihnen den Hintergrund der Operation. Äußerst engagierte Männer stünden dahinter. Es gehe darum, der Nation schlagartig bewußt zu machen, welche Gefahren von einem kommunistischen Kuba drohten. Die *Dirección General de Inteligencia* würde als eine kriminelle Organisation entlarvt werden, die bereit war, mit äußersten Maßnahmen gegen wichtige Personen vorzugehen, die sich gegen Castro stellten.

Er erzählte ihnen von den Plänen für ein Attentat, das so angelegt sei, daß die Spuren bei der DGI zusammenliefen. Er wollte Frank und Raymo dabeihaben und lieferte ihnen einige Details. Hochleistungsgewehre, Schützen in oberen Stockwerken, eine Spur aus untergeschobenen Beweisen, jemand, der den Kopf würde hinhalten müssen. Fünfhundert Dollar würde es für jeden von ihnen geben, ab sofort, dazu ein hübsches Sümmchen, wenn alles vorbei war. Die Männer, die hinter dem Plan stünden, seien angesehene CIA-Veteranen, sagte er, die fest an ein freies Havanna glaubten.

Er nannte Everett und Parmenter nicht mit Namen. Er sagte ihnen nicht, auf wen sie schießen würden und wo das Ganze über die Bühne gehen sollte. Er hatte vor, ihnen von Zeit zu Zeit weitere Einzelheiten zu nennen, je nach Bedarf. Und er sagte ihnen auch nicht, daß sie danebenschießen sollten.

Die Parmenters wohnten in einem gedrungenen Fachwerkhaus an einem mit Ziegeln gepflasterten Gehweg in Georgetown. Der Gehweg war bucklig und wellig, und das einst malerische Haus wirkte inzwischen etwas schäbig, ein unscheinbares und von niemandem beachtetes Relikt.

Es war Beryls Wunsch gewesen, dort zu wohnen. Die Trabantenstädte draußen seien für sie beide nicht das Richtige, sagte sie. Verschlüsselte Insidergespräche auf Dinnerparties mit Kollegen und ihren besorgten Ehefrauen. Sie wollte mitten in der Stadt leben. Oberlichter, Schmiedeeisen, Bleiglasfenster. Die Geborgenheit eines kleinen und dämmerigen Hauses, in dem alte vertraute Dinge herumliegen, Bücher, Teppiche,

Staub, ein Weinkeller für Larry, eine Winzigkeit, eine Unbemerkbarkeit (falls es dieses Wort gibt). Langgestreckte, niedere, großräumige Häuser mit Zierrasen und überdachten Stellplätzen hatten dagegen irgend etwas, was ihr in der Seele Angst machte.

Larry hatte einen riesigen gestreiften Bademantel an und ging nun, einen Drink in der Hand, mit langen Schritten durch die kleinen Zimmer. Beryl war an ihrem Schreibpult und schnitt Zeitungsmeldungen aus, um sie Freunden zu schicken. Sie hatte diese Leidenschaft erst vor kurzem entdeckt – wie eine Frau mittleren Alters, die plötzlich feststellt, daß sie dazu geboren ist, Rassehunde auszustellen. Im Vergleich dazu ist alles, was bis dahin geschehen ist, ohne Bedeutung. Die Zeitungen der letzten Woche stapelten sich auf dem Schreibtisch. Sie schickte die Ausschnitte überall hin. Es gab plötzlich so viel auszuschneiden.

»Hör sich das einer an. Find ich das nun ärgerlich oder amüsant?«

Sie drehte sich nach ihrem Mann um.

»Hör dir das an, Larry. Ein Folksänger mit Namen Bob Dylan bekommt von CBS gesagt, daß er in der *Ed Sullivan Show* einen seiner Songs nicht singen darf. Zu kontrovers.«

»Was ist daran kontrovers?«

»Der Song nennt sich ›Talkin' John Birch Society Blues‹.«

»Ist das ein weißer Sänger oder ein Neger? Weiße Jungs sollten nämlich vom Blues die Finger lassen.«

»Aber denk doch mal, die lassen ihn nicht auftreten.«

»Ich versuch ja schon, mich aufzuregen. Gib mir zehn Minuten Zeit.«

»Ich kenn doch die Zeichen, alter Junge.«

»Was für Zeichen?«

»Wenn du durchs Haus stürmst und Gin säufst. Ich weiß genau, was das heißt. Heimweh nach Guatemala.«

Manche Leute glaubten, Beryl habe Geld. Es war einer der falschen Eindrücke, die um sie her entstanden. In Wirklichkeit hatte sie ein kleines Bilderrahmengeschäft in der Wisconsin Avenue, ein ausgesprochen bescheidenes Einkommen – Lithographien, Photographien, Bilderrahmen. Andere Leute glaubten, sie sei kreativ. Eine der sanfteren Formen künstlerischer Betätigung, Patchwork-Decken, das Malen mit Wasserfarben. In ihrem Aussehen und Verhalten war etwas, was den Leuten irgendwie unkonventionell vorkam, eine Art Zurückgezogenheit inmitten einer Menge. Sie trug weichfallende Kleidungsstücke salopp übereinander, eine ziemlich kleine Frau, die hinter Pastellfarben fast verschwand. Es sah immer so aus, als sei sie auf dem stillen Rückzug vor irgendeiner Angst oder einem Schmerz. Sie kaufte Mokassins direkt von der Fabrik, trug nie Schmuck, hatte Schnappschüsse von ihrer Mutter in Lieblingsbüchern stecken. Manche Leute glaubten, sie sei die Erbin eines Dosensuppenimperiums und male Meeresbilder mit Vögeln. Sie aß gerne mild, redete leise, und ihre etwas rauhe Stimme klang sexy. Mit ihren siebenundvierzig Jahren war sie sehr sexy. Sie hatte immer noch das gewisse Etwas. Den erotischen wiegenden Gang, die dunkle Stimme. Sie hatte eine trockene Art, den Leuten freundliche Beleidigungen direkt vor den Latz zu knallen. Wenn sie mit ihrem weichen wiegenden Gang in einen Raum kam, spürte man sofort, wie die Erwartungen stiegen. Die Leute richteten sich aufs Lachen ein, noch ehe sie ein Wort sagte.

In gemischter Gesellschaft galt es als Zeichen für die Weltoffenheit der Parmenters, daß Beryl über die Agency herzog, während Larry grinsend dabeistand.

Nicht daß es ihr, mit dem was sie sagte, nicht ernst gewesen wäre.

»Nein. Ich mache keinen Spaß. Ich bewundere, was ihr in Guatemala getan habt. Wenn nicht politisch, dann in anderer Hinsicht. Es lief praktisch ohne Blutvergießen ab. Das bewundere ich wirklich.«

»Es war ein Unternehmen wie aus dem Lehrbuch.«

»Natürlich wäre ein Eingreifen gar nicht erforderlich gewesen, wenn sich die Guatemalteken nicht das ganze Land zurückgeholt hätten, das der United Fruit gehörte.«

»Ach, darum ist es gegangen?«

»Mir gefällt die Art und Weise, wie du sagst: ein Unternehmen wie aus dem Lehrbuch.«

Ja. Es war auch der Höhepunkt von Larrys Karriere gewesen. Er konzentrierte sich damals auf einen Rundfunksender, der vorgeblich von einem Rebellenposten im Dschungel Guatemalas geleitet wurde. Tatsächlich hatten sie anfangs aus einer Scheune in Honduras gesendet, und mit den Nachrichten sollte bewußt Druck auf die linkgsgerichtete Regierung ausgeübt und die Bevölkerung in Unruhe versetzt werden. Gerüchte, falsche Meldungen über Kampfhandlungen, sinnlose Codes, Hetzreden, Befehle an nicht existierende Rebellen. Es war wie ein Halbjahresprojekt in der Schule zum Thema »Struktur der Wirklichkeit«. Parmenter verfaßte die Meldungen zum Teil selbst und malte mit kräftigen Farben, redete von Feldern voll verwesender Leichen, von Jagdfliegern, die mitsamt ihrem Flugzeug desertierten. Ein echter Pilot warf Dynamitstangen aus dem Fenster seiner Cessna. Eine echte Bombe schlug auf einem Exerzierplatz ein und ließ eine bedrohliche Rauchwolke aufsteigen. Die Regierung stürzte neun Tage nach der Meldung, Invasionstruppen seien mit fünftausend Mann im Anmarsch auf die Hauptstadt. Erst dann kam die Truppe wirklich, mehrere Lastwagen und ein überfüllter Kombi, etwa einhundertundfünfzig abgerissene Rekruten.

Das war vor neun Jahren gewesen. Larry hatte dann eine Zeitlang mit »Besitzgesellschaften« zu tun, mit handelsgerichtlich eingetragenen Unternehmen, die in Wirklichkeit von der CIA finanziert und kontrolliert wurden. Wenn die Agency in Kurdistan oder Jemen etwas Interessantes vorhatte, ließ sie eine Gesellschaft in Delaware eintragen. In dieser Zeit kam Larry mit etlichen Vertretern von CIA-Tochtergesellschaften in Kontakt, die bedeutende Beteiligungen in politisch brisanten Teilen der Welt besaßen: mit einem Mann von United Fruit, einem

Mann vom Cuban-Venezuelan Oil Trust (es war übrigens George de Mohrenschildt), mit Handelsbanken, Zuckerfabriken, Waffenhändlern. Es war ein merkwürdiges Zusammenspiel von Motiven und Beteiligungen. Hotelanteile hier, Spielbankanteile dort. Männer mit einer bewegten Vergangenheit, die sie teilweise auch im Gefängnis verbracht hatten. Er entdeckte eine natürliche Verwandtschaft zwischen geschäftlichen und nachrichtendienstlichen Interessen. Und er erkannte auch, daß sich mit den Unternehmen, die er als Tarnung für Aktionen der Agency aufbauen half, rechtmäßige Profite erzielen ließen – und darüber hinaus ein enormer persönlicher Gewinn.

Der Umgang mit den Wohlhabenden und Einflußreichen war eine erfrischende Erfahrung für einen Mann, der in dem Glauben erzogen worden war, es sei eine amerikanische Begabung, sich immer neue Ebenen eines privilegierten Lebens im Sturm zu erobern. Reich zu sein, das wurde ihm klar, war etwas, in das man hineinwuchs. Die Agency hatte gewaltige Sammlungen an nachrichtendienstlichen Erkenntnissen über Bananenrepubliken und ihre Führer. Larry tauschte geheimes Material gegen die Beteiligung an vielversprechenden Unternehmen. Er verbrachte einige Zeit in Kuba, um Geschäfte zwischen der Batista-Regierung und Interessenten in den USA in die Wege zu leiten. Er arrangierte Grubenvermessungen und Abkommen zur Erschließung von Bauland, mischte bei der Vergabe von Bohrrechten und Glückspiellizenzen mit. Er fuhr in die Provinz Oriente, um das Ausmaß der Gefahr zu erkunden, die den von US-Firmen kontrollierten Zuckerrohrfeldern von Seiten der Rebellen drohte. Die Gefahr war beträchtlich. Als die amerikanischen Führungskräfte ihre schattigen, von Palmen gesäumten Straßen und großen weißen Häuser verließen, als die Köche und Gärtner nach neuen Stellungen suchten, als die Wachen der Unternehmen davonliefen, als der örtliche Militärposten überrannt wurde, da schlummerte Laurence Parmenters Vermögen immer noch in den unerschlossenen Ölfeldern Kubas.

»Einen prächtigen Bademantel hast du da, Larry. Du siehst aus wie Orson Welles, mit langer Brennweite aufgenommen.«

Er stand in der Tür, und obwohl er kaum hörte, was sie sagte, lächelte er zerstreut über die vertraute Ausdruckslosigkeit in ihrer Stimme.

»Wenn ich es mir recht überlege, erinnerst du mich eher an einen dieser korrupten Barone in *Iwan der Schreckliche*, die in ihren Pelzen so herrlich herausgeputzt waren. Mach mir einen Drink, damit ich dir Gesellschaft leisten kann. Wir sollten einander Gesellschaft leisten.«

Auf die Revolution folgten die Invasionspläne. Er half die »Double Chek Corporation« gründen, ein Tarnunternehmen für die Anwerbung von Pilotenausbildern. Dann folgte die »Gibraltar Steamship Corporation«, deren nomineller Präsident einmal einen hohen Posten im Außenministerium bekleidet hatte und Präsident der »United Fruit« gewesen war. Parmenter wußte selbst nicht immer, wo die CIA endete und die Gesellschaften anfingen. Es gab dort Männer, die verwandt oder verschwägert waren, es gab Firmenchefs, die einmal hohe Nachrichtenoffiziere gewesen waren, und es gab Regierungsberater, die früher Firmenchefs gewesen waren. Er sah in dieser Gesellschaft eine besser funktionierende Version der größeren Welt, wo das Gefühl, mit den anderen in Verbindung zu stehen, verschwommen ist. Hier war alles straffer geplant. Diese Männer glaubten fest daran, daß der Gang der Geschichte ihrer Obhut anvertraut war.

»Gibraltar Steamship« lieferte die Tarnung für Propaganda-Aktionen gegen Kuba. Mittel zum Zweck war Radio Swan, ein Sender in einem überdimensionalen Wohnwagen auf einer abgelegenen Insel in der westlichen Karibik. Great Swan Island bestand aus Vogelmist, der sich über Hunderte von Jahren angesammelt hatte. Es gab dort drei Kokospalmen und achtundzwanzig Menschen. Wunderschöne Zahlen, da waren sich alle einig, Zahlen, die von Öde und Isolation sprachen, den aufreibenden Prüfsteinen des Gewerbes. Für die Invasion bediente sich Parmenter derselben Sendetechniken, die schon in Guatemala Erfolg gebracht hatten. Rätselhafte Botschaften aus Spionagefilmen der vierziger Jahre. »Achtung, Eduardo, der Mond ist rot.« Romantische Bilder aus der einheimischen Tierwelt. »Der Barrakuda schläft bei Sonnenuntergang.« »Der Hai zieht eine goldene Spur.« Mackey erzählte Parmenter später, in seinem Landungsboot vor Blue Beach habe sich dieses Gefasel angehört, als sei jemand übergeschnappt. Es habe das ganze Unternehmen herabgesetzt, aus Kampftruppen lächerliche Witzfiguren gemacht.

Als die Botschaften gesendet wurden, war Larry in Washington im Invasionshauptquartier der Agency, einem Provisorium in der Nähe des Lincoln Memorial. Er aß gerade eine zerkochte Mahlzeit von einem Pappteller, als die Nachricht in der Befehlszentrale einschlug, daß JFK keine Luftunterstützung für die Landungen genehmigen würde. Die Männer konnten das anfangs nicht akzeptieren. Soviel Dummheit und Grausamkeit war nicht zu fassen. Ein Colonel im Golfdreß ging durch den Raum. Die Männer brüllten Vorgesetzte an, waren verdammt nah dran, gewalttätig zu werden. Einer stand vornübergebeugt da, die Hände auf den Knien, und erbrach sich träge in einen Papierkorb. Win Everett kam aus Miami an, schrieb ein Rücktrittsgesuch, zerriß es und flog nach Miami zurück, um bei den Wortführern der Exilkubaner zu sein, die in einer Kaserne in Opa-Locka festgehalten wurden, damit sie nichts über die Invasionspläne ausplaudern konnten. Es war in dieser Woche die erste größere Totenwache in Südflorida.

Niemand redete von einem Unternehmen wie aus dem Lehrbuch. Drei Tage danach sendete Radio Swan immer noch und versicherte den im Stich gelassenen Truppen in den Zapata-Sümpfen, daß Hilfe zu ihnen unterwegs sei. Larry schlief in schmutzigen Kleidern auf einem Feldbett, bestand aber darauf, sich jeden Tag zu rasieren. Das Rasieren stärkte seine Moral, und er war auf jede Stärkung angewiesen. Einige Wochen vorher hatte er viel Geld aufgenommen, um bei niedrigem Kurs

Aktien von Francisco-Zucker zu kaufen. Zucker war der heiße Tip. Insider meinten, es seien phantastische Gewinne zu erzielen, sobald die Plantagen wieder von US-Firmen kontrolliert würden.

»Die Leute finden, daß wir ein höchst seltsames Paar sind«, sagte Beryl.

»Warum denn? Was für Leute? Was ist an uns seltsam?«

»Schlicht alles.«

»Die Leute finden uns interessant. Das ist jedenfalls mein Eindruck.«

»Die Leute finden uns seltsam. Wir haben nichts gemeinsam. Wir haben keinen praktischen Grund, zu leben. Wir reden nicht einmal über praktische Dinge, nie.«

»Wir haben keine Kinder. Wir sind keine Eltern. Eltern reden über praktische Dinge. Sie haben allen Grund, praktisch zu denken.«

»Mit oder ohne Kinder. Glaub mir. Man hält uns für seltsam.«

»Ich finde nicht, daß wir seltsam sind. Ich finde, wir sind interessant.«

»Irgendwie sind wir interessant. Aber wir sind auch seltsam. Die Leute konzentrieren sich auf mich. Ich bin die Seltsamere von uns beiden.«

»Ich mag solche Gespräche nicht. Ich weiß nicht, wie man sie führt.«

»Sie sind wahrscheinlich keine gute Idee.«

»Dann laß uns das Thema wechseln«, sagte er.

»Obwohl es eine Tatsache ist, daß du, mein Lieber, viel seltsamer bist, als ich je sein könnte.«

»Seltsam in welcher Weise? Ich bin nicht seltsam. Mir paßt das alles gar nicht.«

»Seltsam wie ein Mann. Seltsam wie jemand, dessen wahren Kern ich nie kennenlernen könnte.«

»Das ist mir, Gott sei Dank, zu hoch.«

»Ich glaube, ich könnte mir auch nach vielen Jahren des intimen Zusammenseins mit einem Mann nie und nimmer vorstellen, was es bedeuten würde, wie er zu sein.«

»Komisch. Ich dachte immer, Frauen seien das Geheimnis.«

»Nein nein nein nein nein«, sagte sie sanft, als korrigiere sie ein empfindliches Kind. »Das ist die Weisheit, die von den Vätern an die Söhne weitergegeben wird, Generation um Generation, hundert Generationen an Wissen und Erfahrung. Aber es ist nur eine weitere Lüge der Agency.«

Vom 1. Januar 1959 an, als die CIA einen Funkspruch der Rebellen abgehört und so erfahren hatte, daß der Tyrann Batista um 2 Uhr morgens aus dem Land geflohen und Dr. Fidel Castro Ruz nun der Oberbefehlshaber der kubanischen Revolution war, von da an bis zu diesem Moment, viereinhalb Jahre später, als er in seinem gestreiften Bademantel dastand und seiner Frau einen Drink mixte, war Larry Parmenter immer wieder an Plänen zur Rückgewinnung Kubas beteiligt gewesen. Hatte stets die Fahne hochgehalten, wie Beryl sagte. Sie erinnerte ihn gern daran, daß er kein nachtragender Mensch war, daß er keine starken politischen Überzeugungen hatte, daß er Castro nicht haßte oder irgendwie verletzt sehen wollte. Larry hatte sogar eine gewisse Berühmtheit dafür erlangt, daß er etwa vier Wochen vor der Invasion *als* Fidel Castro auf einen Kostümball gegangen war, mit Bart, Zigarre, Khakihosen. Schien damals ein guter Spaß.

Eines mochte Larry gar nicht, und das waren die Burschen, mit denen er sich bei gemeinsamen Bemühungen, Investitionen in Kuba zu retten, gelegentlich hatte auseinandersetzen müssen. Die Kreise, die am Glücksspiel verdienten, die Kasinos und Hotels, die Männer, die nach Belieben jeden Beamten einkauften und dafür sorgten, daß ständig Kuriere mit prallen Beuteln durch die Bahamas zogen, auf dem Weg zur Internationalen Kreditbank in Genf – Männer, die sehnsüchtig an die Millionen dachten, die sie einst an den Spieltischen in Havanna abkassiert hatten. Mit diesen vollgefressenen Itakern wollte er nichts zu tun haben.

Ein paar Stunden vorher hatte ein junger Mann das Vorzimmer von Guy Banisters Detektivbüro in New Orleans betreten. Delphine Roberts war an ihrem Schreibtisch damit beschäftigt, für Banisters Archiv eine überarbeitete Liste von Bürgerrechtsorganisationen abzutippen. Der junge Mann, in umgeschlagenen Jeans, die Stoppeln von zwei Tagen im Gesicht, wartete geduldig. Delphine hörte kurz auf zu tippen, um sich die toupierten Haare anzudrücken, eine nervöse Gewohnheit, die sie unbedingt ablegen wollte. Sie nahm die Arbeit gleich wieder auf, wohl wissend, daß der junge Mann einen Wandkalender studierte, um sich nicht eingestehen zu müssen, daß man ihn warten ließ. Sie kannte sämtliche Verhaltensweisen. Sie konnte gleichzeitig einen komplizierten Text tippen und einen Besucher unter die Lupe nehmen. Dieser Besucher schien mit seinem feinen Lächeln sagen zu wollen: Hier bin ich – genau der Typ, auf den Sie schon lange warten.

»Ich würde gern ein Bewerbungsformular für eine Stellung in dieser Firma ausfüllen.«

Delphine tippte weiter.

»Hier arbeiten doch Leute, die sich incognito unter Studenten mischen oder politische Versammlungen besuchen, um an Informationen zu kommen. Ich möchte mich bewerben und als Undercover-Agent arbeiten. Ich habe einen beurkundeten Decknamen. Ich war beim Militär. Und ich habe im Ausland unter Umständen gelebt, die mir einen besonderen Einblick in die kommunistische Denkweise verschafft haben.«

Delphine war nicht überrascht. Es gab immer wieder wunderliche Typen, die unangemeldet in der Camp Street 544 erschienen. Diese Adresse schien ein bunt schillerndes Spektrum von Menschen anzuziehen.

Sie hörte kurz auf zu tippen, um dem jungen Mann einen Bewerbungsbogen zu geben. Er sagte, er müsse zurück zur Arbeit in der Kaffeerösterei um die Ecke, werde aber das Formular ausfüllen und am nächsten Morgen vorbeibringen. Dann war er weg.

David Ferrie kam aus dem kleinen Hinterzimmer und sagte in seinem üblichen ungläubigen Flüsterton: »Wer in aller Welt war denn das?«

»Er hat einen beurkundeten Decknamen.«

»Haben wir Formulare für Undercover-Agenten?«

»Nein. Es ist ein ganz normales Formular.«

»Größe und Körpergewicht und all das.«

»Das übliche eben. Was weiß ich.«

»Gibt es Fälle von Geisteskrankheit in Ihrer Familie. Schildern Sie uns Ihre Krankengeschichte.«

»Es steht alles drauf, was du drauf haben willst, Dave. Ich hab furchtbar viel zu tun.«

»Wie soll denn einer seine Krankheit auf einem Formular erklären?«

David Ferrie ging in Guy Banisters Büro, das gerade leer war, und sah auf die Straße hinunter, um vielleicht noch einen Blick von dem jungen Mann zu erhaschen, dessen Stimme er eben gehört hatte. Hatte er etwas aufgeschnappt, das ihm bekannt vorkam? Würde er diese Stimme einem Körper zuordnen können? Er blickte auf das Gewimmel von Menschen hinunter. Jede Menge Farbige, dachte er. Aber keine Spur von dem Jungen mit der sanften Stimme, der Spion werden möchte.

IN FORT WORTH

Sogar als er heimkam, war er noch Soldat. Sein Vater hatte am Krieg teilgenommen. Seine Brüder waren beim Militär. Mein eigener Bruder war in der Navy. Wir waren eine Soldatenfamilie. Er überwies mir regelmäßig jeden Monat einen Teil seines Soldes, und als er von meiner Verletzung hörte, über die ich in einem Brief schrieb, bat er wegen dieser besonderen Härte um seine Entlassung, weil ich nicht mehr arbeitsfähig war und ein halbes Jahr lang versuchte, das Geld zu bekommen, das mir zustand. Er war damals in California stationiert, und sie ließen ihn vorzeitig gehen, damit er seiner Mutter helfen konnte. Die Verletzung kommt daher, daß ein schweres Bonbonglas von einem Regal runtergefallen ist, und vier Ärzte haben von meiner Nase und meinem Gesicht Röntgenbilder gemacht, und das Herumfahren hat mich viel Zeit gekostet und Fahrgeld, und die Firma sitzt auf dem Geld und rückt nichts raus. Ich bin Invalidin und bekomme nicht, was mir zusteht. Es ist wie damals mit Mr. Ekdahl. Zehntausend machte der im Jahr und hatte ein Spesenkonto, aber er drehte alles so hin, daß ich völlig leer ausging.

Ich will nicht groß davon reden, daß Lee eine schöne Stimme hatte und als Sechsjähriger in Covington in Louisiana wunderschön gesungen hat, ein Solo in der Lutherischen Kirche, »Stille Nacht«, und dafür gibt's Zeugen.

Nun kommt also dieser Junge vom Militär nach Hause und sagt, er will auf einem Frachtschiff arbeiten und mir Geld nach Hause schicken. Das war alles, was wir in den drei Tagen redeten, wo er auf einem Feldbett in der Küche schlief, einen andern Platz hatte ich nicht für ihn, und dann hat er mir noch erzählt, daß er die Prüfung für die High-school-Reife bestanden hat, und kannst du mir sagen, Mutter, wozu ich das brauche, wenn ich schwere Kisten auf einen Frachter lade. Er war drei Tage hier, aber nur teilweise zu Hause, und dann packte er eine Tasche und ging. Danach kam ein Brief aus New Orleans, und er hat eine Passage nach Europa gebucht. So was tut weh, Euer Ehren. Er schreibt in dem Brief nichts von einem Frachtschiff. Er schreibt nicht, daß er die Überfahrt abarbeiten und erst mal Geld verdienen will, bis ich eine größere Wohnung für uns gefunden habe. Er schreibt: »Ich habe eine Passage nach Europa gebucht.« Er schreibt: »Ich habe ganz andere Werte als Robert oder Du.« Er schreibt: »Ich habe Dir nichts von meinen Plänen erzählt, denn Du hättest ja doch nicht verstanden.«

Der ewige Kampf, der mein Leben bestimmt, hat ihn vertrieben.

Postkarte Nr. 3. An Bord des Frachtschiffes *SS Marion Lykes* mit Kurs auf Le Havre. Der kauzige Einzelgänger hat den drei anderen Passagieren während der sechzehntägigen Überfahrt wenig zu sagen. Graue See, hoher Wellengang, versäumte Mahlzeiten. Er erzählt ihnen, er sei auf dem Weg zu einer Schule in der Schweiz, erwähnt aber weder den Namen dieser Schule noch die Studienrichtung, die er einschlagen will. Er entzieht sich den freundlichen Versuchen einer Mitreisenden, ihn zu fotografieren. Es handelt sich um eine durchaus nette Dame, deren Mann pensionierter Oberstleutnant der US Army ist. Man sollte eigentlich meinen, mitten auf dem Ozean könne er an Deck sitzen, ohne einem scharfblickenden Militär Fragen zu beantworten. Am allerwenigsten unterhält er sich mit dem vierten Passagier, mit dem er die Kabine teilt und der nach Frankreich will, um Französisch zu lernen. Der Junge ist Texaner, frisch von der High-school, und hat eine gewisse Ähnlichkeit mit Lee, nur daß er die von der Welt bevorzugte Spielart des Typs verkörpert.

Es ist, als falle immer wieder der Schatten seines eigenen Lebens auf seinen Weg.

Er beobachtet sie beim Essen in der Offiziersmesse, und er glaubt zu wissen, weshalb sie so selbstzufrieden aussehen. Sie spüren immer stärker, was sie verbindet: daß sie Amerikaner sind. Sie glühen fast vor Selbstbewußtsein, auf dem Weg zu fremden Ufern, umgeben und bedient von einer zum Teil aus Ausländern und überwiegend dunkelhäutigen Männern zusammengesetzten Mannschaft; sie schwelgen in ihren eigenen unkomplizierten und feststehenden Umgangsformen, in ihren demokratischen Werten und moralischen Grundsätzen, in ihrer Art, Messer und Gabel zu halten und zu allem zu lächeln – Grund für ihn, nicht mit ihnen zu essen und nicht an ihren Gesprächen teilzunehmen.

Vor ihm auf einer weißen Untertasse liegt die spiralförmige Schale einer Mandarine. Er denkt an die neun Monate, die er nach Japan auf dem Flughafen des Marinekorps in El Toro in California verbrachte. Er beschäftigte sich weiterhin mit Russisch, lernte ein wenig Spanisch (es war die Zeit Fidel Castros) und dachte sich für das Unternehmen, das er mittlerweile in Angriff genommen hatte, ein blitzsauberes Täuschungsmanöver aus.

In der Bücherei des Stützpunktes fand er einen Katalog, in dem die Colleges in Übersee verzeichnet waren. Sorgfältig suchte er die Liste nach obskuren Schulen in bestimmten Gegenden ab und schickte eine Bewerbung los. Albert Schweitzer College. Churwalden in der Schweiz. Er mußte einen Grund für eine Auslandsreise erfinden, da ein Marineinfanterist nach dem aktiven Dienst noch zwei Jahre der Reserve angehört.

Auf dem Bewerbungsformular nannte er als besondere Interessen: *Philosophie, Psychologie, Ideologie, Football, Baseball, Tennis, Briefmarkensammeln.*

Berufsziel (sofern es feststeht): *Das Schreiben von Kurzgeschichten über das amerikanische Leben von heute.*

Bei bestimmten Lichtverhältnissen wird das Meer grün, ein gemächliches langweiliges Wogen, das er von Deck aus betrachtet. Wenn er unten auf seiner Koje liegt, wird ihm das mächtige träge Knarren des Schiffes bewußt; es ist, als sei er von einem unruhigen Geist umgeben. Trossen sind Taue zum Festmachen.

In seinem Schreiben an das Albert Schweitzer College wies er ausdrücklich darauf hin, daß er vorhabe, nach Abschluß des Semesters Ferienkurse an der Universität von Turku zu besuchen – Turku in Finnland.

Hidell schiebt sich näher an den Osten heran.

19. JUNI

Mary Frances parkte unter einer Eiche an der Ringstraße vor dem Seminargebäude für Pädagogik, dem »Old Main«. Es gefiel ihr, daß Win hier im ältesten Gebäude auf dem Campus sein Büro hatte. Ihr gefiel dieses Bauwerk mit seinen Bogenportalen und den zwei Stockwerke hohen Säulen. Denton hatte seine versteckten Straßen, seine Atmosphäre melancholischer Geschichte, eine alte amerikanische Stille, versonnen und unverändert, und dazu die älteren Spuren, ältere Ideen und Werte in Kalkstein und Marmor, in Voluten am Kapitell einer Säule oder in den Banknotendetails eines Frieses. Das Old Main, das Gerichtsgebäude, die Häuser mit den breiten Fassaden, Häuser mit großen schattigen Veranden, die Bäume, die nach Bäumen benannten Straßen – all das gefiel ihr und ließ sie glauben, in den Dingen, die sie sah und hörte, lebe Minute um Minute das Glück. Glücklich zu sein, war eine kleine Erkenntnis, die Summe kleiner Erkenntnisse, Tag um Tag, Minute um Minute, und nun wußtest du es wirklich, in den Haaren und in der Haut ebensosehr wie im Herzen.

Suzanne saß neben ihrer Mutter, die Arme links und rechts am Körper, die schlanken weißen Beine von sich gestreckt – so spielte sie die Gehorsame. Sie redeten nicht miteinander.

Du konntest jetzt glücklich sein. Du mußtest nicht erst zurückblicken, um es zu erleben, wie Win glaubte und ihr gern in seiner sanften Art erklärte, während er das Gesicht – er nannte es das Gesicht eines gescheiterten Professors – leicht nach rechts neigte. Es war keine schwelende Glut oder lange Meditation. Du konntest es jetzt spüren, in den Namen der Dinge um dich her, in Chinabaum, Eiche und Ulme. Es gefiel ihr hier, nach Miami, Havanna, Mexico City, Guatemala City, nach Behelfsunterkünften im Südosten Virginias (ISOLATION) und staubigen Reihen gleicher Häuser in der Nähe der Küste Carolinas (ISOLATION TROPIC).

Sie wollten zum Essen ins Steak House an der South Locust Avenue, Riesengarnelen mit Salat, Pommes frites und warmen Biskuits, und danach würde Win vorschlagen, bei »Lane's« noch ein Eis zu essen.

Strahlender heißer Himmel.

Stille im Auto, auf dem versengten Rasen.

Suzanne hielt den Atem an.

In seinem Büro im Untergeschoß des Old Main telefonierte Win Everett mit Parmenter.

»Woher weiß Mackey das alles, wenn er noch keinen Kontakt aufgenommen hat?«

»Alles was T-Jay weiß, stammt aus Banisters Büro. Einer von Banisters Leuten hat Oswalds Vertrauen.«

»Erzähl weiter.«

»Im Januar läßt er sich von einer Firma in Los Angeles eine kurzläufige 38er kommen. Im März bestellt er in Chicago einen italienischen Karabiner mit Infrarotvisier.«

»Bewaffnet und gefährlich«, sagte Win leise.

»Mehr noch. Halt dich fest. Er verteilt Pro-Castro-Flugblätter auf der Straße. Vor zwei, drei Tagen war er unten am Hafen, um Matrosen, die von Bord eines Flugzeugträgers gingen, Flugblätter in die Hand zu drücken.«

Everett starrte ins Leere.

»Wie paßt das zu der Tatsache, daß er im selben Gebäude wie

Banister ein Büro benutzen kann, direkt über Banisters Detektivbüro, das in Louisiana Dreh- und Angelpunkt des verdammten Kreuzzugs gegen Castro ist?«

»Es paßt nicht dazu«, sagte Parmenter.

»Ich bin froh, daß du das sagst. Ich dachte schon, ich hätte da irgendwas übersehen.«

»Ich weiß nur, was T-Jay mir erzählt. Also: Das Objekt kommt in Banisters Büro spaziert und fragt nach einem Undercover-Job. Banister bringt ihn in einer Besenkammer im oberen Stockwerk unter. Dieses winzige Zimmerchen wird zum Hauptquartier des ›Fair Play for Cuba Committee‹ in New Orleans. Und das Obiekt stellt sich mit Krawatte und weißem Hemd auf die Straße und verteilt Flugblätter.«

Sie redeten von Oswald als dem Objekt, so wie sie den Präsidenten mit dem Codenamen des Geheimdienstes nur *Lancer* nannten, Lanzenträger. Gewohnheit. Man will möglichst wenig Konkretes, an das sich Schmerz und Reue klammern könnten – irgend jemandes Schmerz, jedermanns Schmerz. Ein Gedanke für den späten Nachmittag.

Laß mich mal zusammenfassen«, sagte Win. »Das Objekt verläßt Dallas. Ist verschwunden, raus aus unserem Leben, ein vielversprechender Teil unserer Operation ist für immer verloren.«

»Und dann taucht er ausgerechnet an dem Ort auf, wo wir ihn nie erwarten würden.«

»Er taucht aus dem Nichts auf und betritt Guy Banisters Büro in New Orleans, um sich als Undercover-Agent zu bewerben. Derselbe Mann, der in die verfluchte Sowjetunion übergelaufen ist, der mit seinem Versandhausgewehr auf General Walker geschossen hat. Kommt mitten ins feindliche Lager spaziert.«

»Mackey sollte ja Banister auffordern, einen Ersatz für unseren Jungen zu finden. Was geschieht? Das Original selbst kommt hereingeschneit.«

Everett suchte in seinen Taschen nach einer Zigarette.

»Du mußt sehen, daß du an das Objekt rankommst«, sagte er.

»O nein.«

»Doch, Larry.«

»Mir liegt an einem persönlichen Kontakt so wenig wie dir, mein Freund. Laß das Mackey machen.«

»Wo ist er?«

»Immer noch auf der Farm, soviel ich weiß.«

»Also gut. Und du besorgst mir was Handschriftliches von dem Jungen.«

»Ich red gleich mit T-Jay.«

Auf dem Gang war niemand zu sehen. Win ging die Treppe zum Erdgeschoß hinauf. Niemand an der Pforte. Er ging ins Freie. Das Schuljahr war zu Ende, in der Ferne Menschen, die sich langsam bewegten, Besucher der Ferienkurse, Hausmeister und Gärtner, aus einem Rasensprenger Sprühregen in sich überschneidenden Bogen, Gras in all seinem trägen Glanz, von Spinnweben überzogen.

Vor dem Mordversuch kommt die Provokation.

Sein Plan war ein streng geheimes Memo, vom Stellvertretenden Direktor der Planungsabteilung an ausgewählte Mitglieder des Senior Study Effort, datiert vom Mai 1961. Es betraf die Ermordung fremder Staatsoberhäupter aus philosophischer Sicht. Enthalten darin war auch ein Fragment aus dem »Psalmenbuch«, das der Außenwelt unbekannt war. *Schluß mit extremen Vorurteilen.* Parmenter kümmerte sich um die eigentliche Erstellung des Memos und besorgte die passende Schreibmaschine und das richtige Papier.

Zweitens. Durch seine Kontakte in Little Havana hatte Everett eine mysteriöse Meldung in eine Exilzeitschrift geschmuggelt, die in New Jersey herauskam. Die Geschichte, aus einer ungenannten Quelle, handelte von einer Operation des Marine-Nachrichtendienstes, die im Juli 1961 in Guantánamo, dem US-Stützpunkt am östlichen Zipfel Kubas, gestartet worden war. Die Geschichte war frei erfunden, aber der Plan existierte tatsächlich und betraf die Ermordung Fidel Castros und seines Bruders Raúl. Diese Zeitungsnotiz würde nach dem gescheiterten Anschlag auf das Leben des Präsidenten unter den persönlichen Habseligkeiten des Objektes gefunden werden.

Drittens. Er arbeitete an einem Plan, der mit Telefonnotizen auf Briefpapier zu tun hatte, wie es von der Abteilung für Technische Dienste benutzt wurde. Gekritzel, Telefonnummern, Kurzbezeichnungen raffinierter Gifte, entwickelt von einer Spezialeinheit innerhalb der Abteilung, die sich amüsanterweise Komitee zur Gesundheitsverbesserung nannte. Wer der Spur der Telefonnummern folgte, würde überraschende Entdeckungen machen, denn einige gewöhnliche Adressen (Blumengeschäft, Supermarkt) würden ebenso darunter sein wie das Haus eines führenden Exilpolitikers in Miami, ein bekanntermaßen von Gangstern kontrolliertes Motel in Key Biscayne, eine Jacht, die in einem Bootshafen in Miami vor Anker lag – und auf der der Chef des örtlichen CIA-Büros wohnte.

Everett ging auf den Wagen zu.

Lokalkolorit, Hintergrund, Querverbindungen, die die Ermittler ins Grübeln bringen würden. Er hatte noch andere Pläne und andere Dokumente, die echt waren und mit Anschlägen auf Castros Leben zu tun hatten – Anschlägen, bei denen er im Planungsstadium selbst mitgewirkt hatte. Es würde Parmenters Aufgabe sein, diesen Lesestoff auf Umwegen Journalisten, Mitgliedern des Unterausschusses und jedem anderen zuzuspielen, bei dem mit einer Veröffentlichung zu rechnen war. Sahen die Leute erst einmal, daß der Anschlag auf den Präsidenten nichts anderes war als eine kubanische Antwort auf wiederholte Versuche des US-Geheimdienstes, Castro zu ermorden, dann waren wir alle auf dem besten Weg, die Insel wiederzubekommen.

Er sah sie im Auto sitzen. Er lächelte und hielt sich die Hand zum Schutz gegen die Sonne vor die Augen. Er ging auf die Tür an der Beifahrerseite zu. Das nasse Gras glitzerte in der grellen Hitze. Auf Zehenspitzen näherte er sich und wartete breit grinsend darauf, daß Suzanne ihn entdeckte.

Guy Banister saß allein in der »Katz & Jammer«-Bar. Vorne, wo die Theke in einem Bogen auf die Wand zulief, hatte er seinen Stammplatz. Er saß gerne mit dem Rücken zur Wand und schaute auf die Straße hinaus, wo neben der Falstaff-Reklame im hohen Fenster die Neonbuchstaben tanzten.

Gib das Trinken auf, mahnte sein Arzt. Er trank weiter. Gib das Rauchen auf. Er rauchte weiter. Gib das Detetktivbüro auf. Er arbeitete noch länger am Abend, stellte noch längere Listen zusammen, verschickte Waffen, lagerte Munition, beschäftigte eine Reihe solider junger Leute, die die örtlichen Universitäten für ihn ausspionierten.

David Ferrie quatschte dauernd von einem Tumor an seinem Gehirn. Dabei war es Banister, der öfter mal einen Blackout oder einen Schwindelanfall hatte, der am Schreibtisch saß und beobachtete, wie seine Hand zu zittern begann, irgendwo da draußen, als gehöre sie jemand anderem.

Er war dreiundsechzig Jahre alt, hatte zwanzig Jahre FBI hinter sich, ein für seine Verdienste ausgezeichneter Agent, der allein in einer Bar trank.

Unter dem Jackett trug er einen stahlblauen Colt, in dessen Kammer die 357er Magnum-Patronen paßten. Die gute alte 38er Spezial mit der üblichen Polizeimunition war nach Guys fester Überzeugung für bestimmte Situationen, mit denen ein Mann seines Schlags Tag und Nacht zu rechnen hatte, schlicht eine Nummer zu klein. Amen. Wunderschönes kastanienbraunes Funkeln am Boden seines Glases. Er kippte den Rest des Bourbons hinunter und sah den Mann auf sich zukommen.

»Wir haben ihn erwischt, als er aus dem Biograph in Chicago kam, im Juli '34, wir haben ihn in einem Hintergäßchen erschossen, nur drei Häuser vom Kino entfernt.

»Und von wem reden wir im Augenblick?« fragt der henkelohrige Barkeeper.

»Mr. John Dillinger. Von wem denn sonst. Noch ein Glas von dem verdammten Zeug.«

»Mit Eis?«

»Berühmtes Finale. Alte Dillingerfans könnten Ihnen sagen, was gerade im Kino lief, als wir ihn niederschossen.«

»Also gut, lassen Sie hören.«

»*Manhattan Melodrama* mit Clark Gable.«

Der Barkeeper sagte nichts, schenkte ein.

»Wenn ein berühmtes Finale in Kinonähe abläuft, müssen Sie einfach wissen, welcher Film gerade gespielt wird.«

»Zweifellos richtig, Mr. Banister.«

»Das ist Geschichte mit Goldrand, verdammt noch mal.«

Für die Bombardierung von Raffinerien, für die Schweinebucht hatte er schwere Munition zu den Keys rausgeschickt. In seinem Büro lagerte so viel Feldzeugmaterial, daß er Ferrie bitten mußte, einiges davon mit nach Hause zu nehmen. Ferrie hatte stapelweise Landminen in seiner Küche. Dutzende von Splittergruppen waren auf eine zweite Invasion aus, und deshalb mußte bald etwas geschehen. Das wußte auch die Regierung. Razzien und Beschlagnahmungen waren inzwischen an der Tagesordnung. Es ging drunter und drüber.

Er sah den jungen Oswald am Fenster vorbeigehen; er kam von der Arbeit in der Kaffeerösterei William Reily und war auf dem Weg nach Hause. Ein Kopf unter vielen im großen Strom durch New Orleans.

Die Hand dort draußen beginnt zu zittern. Sie hat nichts mit ihm zu tun.

Er arbeitete noch länger am Abend, stellte noch längere Listen zusammen. Die Leute, die für ihn Nachforschungen anstellten, lieferten ihm ständig neue Namen. Er wollte Listen von subversiven Kräften, linken Professoren, Kongeßabgeordneten mit fragwürdigem Abstimmungsverhalten. Er wollte Listen von Niggern, Niggerfreunden, bewaffneten Niggern, schwangeren Niggern, hellhäutigen Niggern, Niggern, die mit Weißen verheiratet waren. Nigger ließen sich nicht fotografieren. Er hatte noch nie ein Bild von einem Nigger gesehen, auf dem die Gesichtszüge zu erkennen waren. Es ist nun mal eine naturbedingte Tatsache, daß sie kein Licht abstrahlen.

In der Times-Picayune war jeden Tag etwas über JFK's Bürgerrechtsprogramm zu lesen. Ein Kennedy ließ sich fotografieren, kein Problem. Dafür war ein Kennedy da. Der Mann mit den Geheimnissen leuchtet von innen heraus.

Wir haben Osteuropa verschenkt. Wir haben China verschenkt. Wir haben Kuba verschenkt, nur hundertfünfzig Kilometer vor unserer Küste. Wir sind dabei, Südostasien zu verschenken. Als nächstes verschenken wir das weiße Amerika. An die Neheger. Eins konnte Guy an diesen ganzen Sit-ins und Demos nicht ausstehen. Wenn diese weißen Trottel auch noch anfangen zu singen. Da fällt die ganze Geschichte auseinander. Da fühlen sich alle nur noch mies.

Er rief den Barkeeper.

»Dieser Kennedy hat dauernd zehn oder fünfzehn Leute um sich, die genau so aussehen wie er. Haben Sie das gewußt?«

»Nein.«

»Haben Sie noch nie davon gehört?«

»Ich hab nie gehört, daß er Leute um sich hat.«

»Hat er aber«, sagte Banister.

»Sieht ihm gleich.«

»Etwa fünfzehn sind es. Egal wo er hingeht, sie gehen mit. Scheiße Mann, die stehen pausenlos in Bereitschaft. Und wissen Sie auch, warum? Ablenkungsmanöver. Der weiß nämlich genau, daß er eine Menge Leute wütend gemacht hat.«

Er war so alt wie das Jahrhundert, zwanzig Jahre beim FBI, bei der örtlichen Polizei ein angesehener Mann, bis er in irgendeinem Touristenlokal die Waffe zog und in die Decke feuerte.

Er trank aus und stand auf.

Volksfeind Nummer eins. Schwüler Juliabend. In einem Gäßchen beim Biograph haben wir ihn erwischt.

Sein Büro war gleich neben der Bar, aber er benutzte nicht den Eingang von der Camp Street, denn dort würden sie ihm auflauern und ihn abknallen, falls und wenn der Zeitpunkt kam, früher oder später, bei Tag oder bei Nacht. Er benutzte den Seiteneingang an der Lafayette Street und stapfte die Treppe zum ersten Stock hinauf.

Delphine saß im vorderen Büro am Schreibtisch. Sie warf ihm einen vorwurfsvollen Blick zu, der ihm klarmachen sollte, daß sie von seinem Kneipenbesuch wußte. Wer so eine Geliebte hatte, brauchte keine Ehefrau.

»Es gibt da was, das du unbedingt wissen solltest«, sagte sie.

»Wahrscheinlich weiß ich's schon.«

»Das kannst du gar nicht wissen.«

Er setzte sich auf das mit Vinyl bezogene Sofa, in dem laut Ferrie krebserregende Stoffe steckten, und ließ sich viel Zeit damit, eine Zigarette aus der Packung zu schütteln und anzuzünden. Er hatte ein Zippo-Feuerzeug, das ihn durch den Krieg begleitet hatte und das immer noch perfekt funktionierte, erst ein Zischen und dann die Flamme.

»Es geht um diesen Leon oder wie er heißt, der in dem leerstehenden Raum oben arbeitet.«

»Oswald.«

»Ich bin nach der Mittagspause raufgegangen, auf der Suche nach Akten, die offenbar Beine bekommen haben und einfach weggelaufen sind. Es war niemand oben. Nur kleine Stapel von Handzetteln auf einem Tisch. Und was steht da drauf? Hände weg von Kuba. Kuba eine faire Chance. Es ist Pro-Castro-Material, und das auf einem Tisch direkt über unseren Köpfen.«

Guy Banister zwirbelte kurz die Zigarette zwischen den Fingern.

»Nur zu, was noch«, sagte er, ein amüsiertes Funkeln in den Augen.

»Das ist kein Spaß, Guy. Wir haben aufrührerische Flugblätter in diesem kleinen Büro liegen.«

»Sorg du nur dafür, daß diese Zettel keine Beine bekommen und in diese Richtung laufen. Ich will sie nicht hier unten. Er hat seine Arbeit, wir haben unsere. Es läuft auf dasselbe hinaus.«

»Dann hast du also davon gewußt.«

»Warten wir einfach ab, wie sich das alles entwickelt.

»Was weißt du eigentlich über *ihn*?«

»Nicht gerade viel. Er arbeitet hauptsächlich für Ferrie. Ferrie hat ihn empfohlen. Er ist ein David-Ferrie-Projekt.«

»Ich frag mich, was das bedeutet«, sagte Delphine.

Banister lächelte und stand auf. Er legte seine Zigarette in den Aschenbecher auf dem Schreibtisch. Dann trat er hinter Delphines Stuhl und massierte ihr Schultern und Nacken. Auf dem Schreibtisch lag eine neuere Ausgabe des *On Target*, des Mitteilungsblattes der Minutemen. Eine kursiv gedruckte Überschrift sprang ihm ins Auge. *Gerade jetzt ist das Fadenkreuz auf dein Genick gerichtet.* Es lag etwas in der Luft, Kräfte, die Männer im selben Augenblick der Geschichte spüren. Du kannst es auf der Haut spüren, in den Fingerspitzen.

»Wer war denn dieser Anrufer gleich heute morgen?« fragte Delphine. »Der war wohl nicht nur räumlich weit weg.«

»Hast du ihm per Kabel die fünfzig Dollar geschickt?«

»Wie du's mir gesagt hast.«

»Einer von Mackeys Leuten. Für mich neu. Ich hab ihm gesagt, wie er T-Jay erreichen kann.«

Sie drückte sich mit der Hand die Haare zurecht und blickte dabei auf die Rauchglasscheibe an der Bürotür.

»Was macht mein G-man heute abend? Sehen wir uns?«

»Ich möchte, daß du noch vor Feierabend eine Akte anlegst«, sagte er. *»Fair Play for Cuba.* Nimm eine hübsche rosa Mappe.«

»Und was tu ich in die Mappe?«

»Wenn du eine Akte anlegst, Delphine, füllt sie sich schon bald wie von selbst. Mit Notizen, Listen, Fotos, Gerüchten. Mit all dem Getuschel und Gemunkel, das kein eigenes Leben hat, bis jemand daherkommt und es einsammelt. Es ist alles da und wartet nur auf dich.«

Wayne Elko, ein arbeitsloser Schwimmbeckenreiniger, saß auf einer langen Bank im Wartesaal des Union-Bahnhofs in Denver. Es war eine kalte Nacht.

Wayne ging durch den Kopf, daß er in letzter Zeit immer irgendwo ankam oder irgendwohin aufbrach. Er war eigentlich nie richtig an einem Ort. Er war nicht hier und er war nicht dort. Es war wie ein philosophisches Problem.

Neben ihm auf der Bank lagen sein khakibrauner Rucksack und eine alte Einkaufstüte von irgendeinem A&P an der Küste. In diesen zwei abgewetzten Säcken trug er sein ganzes Leben mit sich herum, soweit es sich in materiellen Dingen ausdrückte.

Er war ein Mann, der immer an seine Chance glaubte, so wie die richtigen Pioniere vor hundert Jahren. Für zwanzig Dollar stellte er dir den Kilometerzähler zurück, dreißigtausend Kilometer schaffte er in fünfzehn Minuten. Für hundert Dollar schickte er dein Auto mit Hilfe einer Plastikbombe in den Autohimmel, wenn du das aus Versicherungsgründen wolltest. Wahrscheinlich machte er es sogar umsonst. Einfach weil ihn die wissenschaftliche Herausforderung reizte.

Das erste Licht sammelte sich in den Bogenfenstern. Die Bänke waren vielleicht zehn Meter lang, hatten hohe Rückenlehnen, geschweifte Rückenlehnen, und waren blank poliert. Gewaltige Kronleuchter hingen über ihm. Der Wartesaal war leer, sah man von zwei, drei Bahnhofsgestalten ab, den zwei, drei gesichtslosen Männern, die er auf jeder Station traf und die wie Eidechsen in den Mauern lebten. Die Stille, die Bogenfenster, die Holzbänke und Kronleuchter ließen ihn an eine Kirche denken, eine Kirche, zu der man mit der Eisenbahn fuhr, und aus dem Lärm und Dampf heraus betrat man diesen hohen leeren Raum, wo man seinen stillsten Gedanken nachhängen konnte.

Er schlief auf der Bank ein, doch schon zehn Minuten später ließ ein Bulle seinen Gummiknüppel auf Waynes angezogenem Knie tanzen. Es klang, als sei er aus hohlem Holz gebaut. Willkommen in den Rockies.

Er stand auf, nahm seine Sachen, ging über die Straße und

schlief auf der betonierten Laderampe eines Lagerhauses augenblicklich wieder ein. Diesmal weckten ihn Lastwagen. Er wanderte durch eine Gegend mit Kühlhäusern und alten Bahngeleisen, die sich im Kopfsteinpflaster der Straßen kreuzten. An der Ecke Twentieth und Blake Street sah er einen Mann, der einen Müllwagen putzte. Hundert Autowracks hinter Stacheldraht und Tausende von Glasscherben auf jedem Quadratmeter. Es war der Glasscherbenbezirk von Denver. An der Ecke Twentieth und Larimer Street sah er ein paar Männer mit schwankendem Gang. Früh wach gewordene Wermutbrüder auf einem Morgenbummel. Baptistenmission. Geldverleih. Ein Bursche mit einer irren Melone auf dem Kopf kam taumelnd über die Straße; ein Indianer oder Mexikaner vielleicht, oder irgendein Mischling, der in einer erfundenen Sprache vor sich hinfluchte. Erinnerte Wayne an die Gesichter in den Everglades und auf der Insel Noname Key während seiner Ausbildung mit der Interpen-Brigade. All die Männer, die für Castro gekämpft und dann die Fronten gewechselt hatten. Finstere Wut in jedem Gesicht. Fidel verrät die Revolution.

Er hatte mit einer wechselnden Zahl von verwegenen Mitstreitern in einer Pension in der Southwest Fourth Street in Miami gewohnt. Sie übten oft wochenlang in den Mangrovensümpfen, ehe sie mit ihrer Zehnmeter-Barkasse die kubanische Küste anliefen, hauptsächlich um Agenten an Land zu bringen und auf Silhouetten zu schießen. Die übrige Zeit verbrachten sie in dem geschindelten Haus oder reinigten im Hinterhof ihre Maschinenpistolen. Judolehrer, Schlepperkapitäne, heimatlose Kubaner, ehemalige Fallschirmjäger so wie er, Söldner aus Kriegen, von denen keiner je gehört hatte, in Westafrika oder auf dem Malaiischen Archipel. Es waren Typen wie aus Waynes Lieblingsfilm *Die sieben Samurai*, Krieger ohne Anführer, bereit, sich zusammenzutun, um ein Dorf vor Plünderern zu retten, ein Land zurückzuerobern, nur um sich am Ende verraten zu sehen. Zuerst kamen Aufklärer der Navy, die Noname Key überflogen, um von den schlammverschmierten Jungs Schnappschüsse zu machen. Als nächstes ließ der Sheriff von Dade County fünf Angehörige des Interpen-Kommandotrupps wegen Landstreicherei festnehmen. Dann schlug der US-Zoll zu und verhaftete ein Dutzend Männer, darunter Wayne Elko, im Kampfanzug und mit rußgeschwärztem Gesicht, gerade als sie mit der zweimotorigen Barkasse nach Kuba aufbrachen.

JFK hatte sich mit den Sowjets verständigt, Castro in Ruhe zu lassen. Unglaublich. Derselbe Mann, den Wayne gewählt hätte, wenn er dazu gekommen wäre, sich in die Wählerliste einzutragen. Er glaubte an das Land, an Loyalität, an Berge und Flüsse. Das gehörte für ihn alles zusammen.

Er fand ein Telefon, meldete ein R-Gespräch an und nannte die Nummer in New Orleans, die ihm T.J. Mackey ein Jahr vorher gegeben hatte. Er sagte der Frau, die sich meldete, er wolle mit einem Mr. Guy Banister sprechen.

»Hier spricht Wayne Elko. Sagen sie T-Jay, ich sitze in Denver fest. Ich bin pleite und könnte einen Auftrag gebrauchen.«

Zu Hause in seinem Kellergeschoß saß Win Everett über den Arbeitstisch gebeugt. Vor sich hatte er sein Werkzeug und sein Material ausgebreitet, hauptsächlich Haushaltsartikel, klein und billig – Schneidegeräte, Azetatauflagen, Klebstoff und Kleister, einen weichen Radiergummi, ein Reisebügeleisen.

Er fühlte sich putzmunter und selbstsicher, während er mit Schere und Klebstoff einen Mann konstruierte.

Sein Heckenschütze würde in einem Labyrinth aus falschen Namen auftauchen und wieder verschwinden. Die Ermittler würden allerlei finden, einen Antrag auf ein Postfach, eine Bescheinigung über den Dienst im US Marine Corps, einen Ausweis der Sozialversicherung, einen Paßantrag, einen Führerschein, eine gestohlene Kreditkarte und ein halbes Dutzend weiterer Dokumente – auf zwei oder drei verschiedene Namen ausgestellt, die jeweils eine Spur zum Direktorium des kubanischen Nachrichtendienstes legten.

Er arbeitete an einer Karte des Diners Club; mit einem Wattestäbchen, das er in Polyesterharz tauchte, entfernte er gerade die Druckfarbe auf den erhabenen Buchstaben. Im Radio auf einem Regalbrett lief sanfte Musik. Er drückte die Karte gegen das warme Bügeleisen, um sie langsam zu erhitzen und so die Buchstaben einzuebnen. Mit einer Rasierklinge beseitigte er anschließend die verbliebenen Unebenheiten und Vorsprünge. Am Ende würde er die Karte noch einmal erhitzen und ihr mit Hilfe eines Adrema-Plättchens einen neuen Namen und eine neue Nummer aufstempeln.

In seinen frühen Jahren als Einsatzoffizier hatte er sich einiges von dem schäbigen Handwerk angeeignet. Davor hatte er an einer Reihe kleinerer Colleges im Mittleren Westen unterrichtet, so etwa in Franklin in Indiana, wo ihn ein aufmerksamer Kollege, der irgendwie mit der CIA zu tun hatte, für eine Ausbildung in »verdeckten Aktionen« anwarb. Es war genau das Richtige für ihn, eine mögliche Antwort auf die wachsende Unruhe in ihm, auf das Gefühl, daß er etwas Bedeutsames riskieren und seine Selbstzufriedenheit auf die Probe stellen müsse, bevor er seinen Werdegang als abgeschlossen betrachten könne. Bald bekam er praktischen Unterricht in »Brief & Siegel« – oder: Wie lese ich anderer Leute Post, ohne daß sie's merken? –, und erinnerte sich immer mal wieder an diese schläfrigen Nachmittage am kleinen Franklin-College. Nach einigen Jahren in Havanna und Mittelamerika, unter anderem als Stationschef in Guatemala City, bekam er zusammen mit mehreren anderen Männern den Auftrag, die Ausbildung einer kubanischen Exilbrigade zu koordinieren. Danach war er ständig auf Achse. Unterwassersprengungen in Puerto Rico und North Carolina, Luftlandemanöver in der Nähe von Phoenix, Bildung neuer Teams in Nicaragua, Miami, Key West.

Er fühlte sich so gut wie lange nicht mehr, voll auf dem Posten und Herr der Lage.

Das Adreßbuch des jungen Mannes würde als Nächstes drankommen. Ein größeres Projekt. Sobald er eine handschriftliche

Probe hatte, würde Win genügend Spuren auf diese winzigen Seiten kritzeln, falsche Spuren, buntes Leben, schwebende Geheimnisse, so viele reale und erfundene Personen, daß Ermittler auf Monate hinaus beschäftigt sein würden.

Er schraubte den Deckel von dem Elmer-Alleskleber. Mit seinem X-Acto-Messer schnitt er aus einem lichtundurchlässigen Blatt Papier einen Streifen für die Unterschrift. Er verglich Länge und Breite des Streifens mit dem leeren Kästchen auf der Rückseite der Kreditkarte. Dann ließ er Klebstoff gleichmäßig auf das Papier tröpfeln und drückte es behutsam auf die Karte. Er hörte Radio, während der Klebstoff trocknete.

Er war damals ständig auf Achse. Fort Gulick in der Kanalzone. Trax Base in Guatemala. Inzwischen ging es ruhiger zu. Er hatte Zeit, in all den Büchern zu blättern, die er schon immer hatte lesen wollen.

Nach dem Adreßbuch kamen die falschen Namen dran. Es würde ihm Spaß machen, Namen zu erfinden. Mit einem von Suzannes Radiergummis entfernte er überschüssigen Klebstoff von der Rückseite der Kreditkarte. Dann machte er das Radio aus, löschte das Licht und ging auf der alten Holztreppe nach oben.

Sein Heckenschütze würde hinter einem dramatischen Nebelschleier erscheinen. Man mußte ihnen Zufälliges hinterlassen, schwebende Geheimnisse. Erst das macht alles real.

Er kontrollierte die Haustür. Die Tage kamen und gingen.

Wieder mal Zeit zum Schlafengehen. Immer nur schlafengehen. Er ging durchs Haus und machte die Lichter aus, kontrollierte die Hintertür und sah nach, ob der Backofen ausgeschaltet war. Das bedeutete, daß alles in Ordnung war.

Eines Tages würde diese Operation auf den höchsten Geheimdienstebenen in Langley und im Pentagon studiert werden.

Er machte das Küchenlicht aus. Auf der Treppe verspürte er den Zwang, noch einmal nach dem Backofen zu sehen, obwohl er genau wußte, daß er ausgeschaltet war. Man muß sie in Erstaunen versetzen. Zufälle schaffen, die so bizarr sind, daß sie sie glauben müssen. Eine Einsamkeit erzeugen, die vor heftigem Verlangen vibriert. Ein solcher Mann muß es sein. Eine Festnahme, ein falscher Name, eine gestohlene Kreditkarte. Sich an ein Opfer heranzumachen, kann eine Möglichkeit sein, die eigene Einsamkeit zu organisieren, ein Netzwerk aus ihr zu machen, ein Gewebe aus Beziehungen. Verzweifelte Männer geben ihrer Einsamkeit einen Zweck und ein Ziel.

Der Backofen war aus. Er gab sich Mühe, diese Tatsache zu registrieren. Dann ging er nach oben, hörte leise Musik aus dem Radio im Schlafzimmer.

Ein solcher Mann muß es sein. Einer, der sich selbst beobachtet, ein Mann, der sich von Zufällen lenken läßt. Wenn die Welt der Ort ist, wo wir vor uns selbst Zuflucht suchen, was tun wir dann, wenn die Welt nicht mehr zugänglich ist? Wir erfinden einen falschen Namen, erfinden ein Ziel, kaufen uns eine Schußwaffe in einem Versandhaus.

Lancer geht nach Honolulu.

Auf einer Ebene arbeitete er gut. Er fühlte sich hellwach, voll auf der Höhe, der Sache bestens gewachsen. Das Adreßbuch kam als Nächstes dran. Wir wollen einen aufsehenerregenden Fehlschuß.

Ein Sprecher des Senders KDNT sagte im Radio, eine Acht-Länder-Kommission der Organisation Amerikanischer Staaten habe Kuba vorgeworfen, es unterstütze den marxistischen Umsturz in dieser Hemisphäre. Die Insel sei ein Ausbildungszentrum für Agenten. Die Regierung tue alles, um Gewalttaten und Unruhen in Lateinamerika zu fördern.

Er brauchte diese Hinweise nicht. Er brauchte sich nicht von Nachrichtensprechern sagen zu lassen, was aus Kuba geworden war. Dies war ein stiller Kampf. Er trug eine stille Wut und Entschlossenheit mit sich herum. Er legte keinen Wert auf Verbündete. Je mehr Gleichgesinnte, desto weniger rein sein Zorn. Es gab schon Krakeeler genug im Land, die seinen Zorn herabwürdigten.

Er zog seinen Pyjama an. Er schien neuerdings die ganze Zeit im Pyjama zu sein. Kaum daß der Tag begonnen hatte, war es schon wieder Schlafenszeit. Mary Frances schlief. Er machte das Radio aus, löschte das Licht. Im stillen wandte er sich an die unbekannte Macht dort draußen, die Macht, die den Himmel beherrschte, die endlosen Wasserstoffspiralen, das Reich der Nacht und aller Seelen. Er sagte schlicht: Laß mich bitte schlafen, aber nicht träumen.

Mit den Träumen kamen Schreckgespenste, die nicht zu erklären waren.

IN MOSKAU

Er machte die Augen auf und sah den großen Raum: hohe Wände, alte Plüschsessel, ein schwerer Teppich, von dem ein muffiger Geruch ausging. Er stieg aus dem Bett und ging ans Fenster. Menschen in Eile, lange Schlangen an Bushaltestellen. Er wusch und rasierte sich. Er zog ein weißes Hemd und graue Flanellhosen an, die dunkle schmale Krawatte, den gelbbraunen Kaschmirpullover, und stand dann barfuß noch einmal am Fenster. Moskowiter, dachte er. Nach einer Weile zog er seine Sokken und guten Schuhe an und schlüpfte in die Jacke des Flanellanzugs. Er blickte in den vergoldeten Spiegel. Dann setzte er sich in dem Raum mit Spitzengardinen in einen der alten Sessel und schlug sorgfältig ein Bein über das andere. Er war nun ein Mann der Geschichte.

Später schrieb er eine Zusammenfassung dieser Tage und der folgenden Wochen und Monate in sein Historisches Tagebuch. Die Zeilen, vorwiegend in Blockschrift, irren richtungslos über die Seite. Die Seite ist randvoll, von oben bis unten und von links bis rechts, ausgestrichene Worte, verschmierte Worte, Worte, die zusammenlaufen, versuchte Verbesserungen und Hinzufügungen, dazwischen immer wieder Schreibschrift, ein Gefühl der Atemlosigkeit, mit seltsamen, ganz ruhig wirkenden Fragmenten.

Er erzählte seiner Führerin von Intourist, einer jungen Frau namens Rimma, daß er die sowjetische Staatsbürgerschaft beantragen wollte.

Sie ist blatt, will mir aber helfen. Fragt nach meiner Herkunft und nach meinen Gründen. Ich erkläre ihr, daß ich Kommunist bin usw. Sie ist höfl. und symp., wird aber nerwös. Sie möchte mein Freund sein. Sie hat mitleid mit mir, ich bin etw. neues.

Zu seinem zwanzigsten Geburtstag, zwei Tage nach seiner Ankunft, schenkte ihm Rimma einen Roman von Dostojewski, auf russisch, und sie schrieb auf eine leere Seite: »Herzlichen Glückwunsch! Mögen alle Ihre Träume in Erfüllung gehen!«

Danach ging alles Schlag auf Schlag. Es blieb ihm keine Zeit, sich über alles klar zu werden, sich auf alte Standpunkte und Positionen zurückzuziehen. Das Geheimnis, das er im Marine Corps über ein Jahr lang mit sich herumgetragen hatte – sein Plan, überzulaufen –, war die bedeutendste Erkenntnis seines bisherigen Lebens. Und nun saß er im Büro irgendeines glatzköpfigen Beamten und versuchte zu erklären, was es ihm bedeutete, in der Sowjetunion zu leben, im Zentrum des weltweiten Ringens.

Der Mann sah an Oswald vorbei auf die geschlossene Tür seines Büros.

»Die UdSSR ist nur in der Literatur groß«, sagte er. »Fahren Sie nach Hause, mein Freund, und nehmen Sie unsere guten Wünsche mit auf den Weg.«

Und das war ernst gemeint.

Ich bin wie gelähmt ich wiederhole alles. Er sagt, er will den Fall prühfen und mir bescheid geben.

Er bekam noch am selben Tag Bescheid: das Visum für Lee H. Oswald werde um 20 Uhr ablaufen; er habe zwei Stunden Zeit, das Land zu verlassen. Der Polizeibeamte, der ihm diese Nachricht brachte, wußte offenbar nicht, daß Oswald nur Stunden vorher mit einem Paßbeamten gesprochen hatte. Lee versuchte zu erklären, daß ihm der erste Beamte keine Frist gesetzt, ihm vielmehr Hoffnung gemacht hatte, daß sein Visum verlängert werden könnte. Er konnte sich nicht an den Namen des Mannes erinnern und wußte auch nicht mehr, welcher Abteilung im Innenministerium er angehörte. Er beschrieb das Büro des Mannes, seine Kleidung. Plötzlich packte ihn Verzweiflung. Der zweite Beamte wußte nicht, wovon er redete.

Es war diese Verständnislosigkeit, die ihm solche Angst einjagte. Niemand konnte ihn von irgend jemand anderem unterscheiden. Es gab irgendeinen Trick, der das ändern konnte. Andere kannten und beherrschten diesen Trick, er nicht. Er war ohne fremde Hilfe so weit gekommen. Le Havre, Southampton, London, Helsinki – dann mit der Bahn über die sowjetische Grenze. Er hatte Pläne gemacht, er hatte ein neues Leben in Angriff genommen, und jetzt fand niemand auch nur zehn Minuten Zeit, um zu verstehen, wer er war. Eine Null im System. Er saß mit dem Rücken zum Fenster und blickte auf den offenen Koffer an der gegenüberliegenden Wand; er hatte noch nicht einmal alles ausgepackt.

Ich bin bestürzt! Meine Träume!

Er war hier ein Ausländer. Es nutzte nichts, unzufrieden zu sein. Er konnte seine Bitterkeit auf nichts beziehen. Sie war amerikanischer Herkunft und zählte hier nichts. Zum erstenmal wurde ihm klar, wie gefährlich es gewesen war, sein Land zu verlassen. Er kämpfte gegen diese Erkenntnis an. Es war ihm zuwider, etwas zu wissen, was er nicht wissen wollte. Er machte die Tür auf und warf einen Blick auf den Gang. Die Frau, die die Zimmerschlüssel aushändigte, saß an einem kleinen Schreibtisch beim Fahrstuhl. Sie drehte sich nach ihm um. Er ging ins Zimmer zurück.

19 Uhr. Ich mache Schluß. Lege Handgelenk in kaltes Wasser, das betäubt den Schmerz.

Er stand am Waschbecken, den linken Hemdsärmel aufgekrempelt. Er unterbrach die Kühlung seines Handgelenks, um eine frische Klinge in den Rasierapparat zu spannen. Warmes Wasser lief in die Wanne.

Hidell schickt sich an, seinen Schöpfer zu schaffen, ha ha.

War daran irgend etwas komisch? Er war nicht der Meinung. Dauernd wollten sie ihn dazu bringen, Orte zu verlassen, die er gar nicht verlassen wollte. Das kalte Wasser würde den Schmerz dämpfen. Das war der erste Schritt. Das warme Wasser würde dafür sorgen, daß das Blut leichter floß. Der zweite Schritt. Er würde die Haut nur leicht anritzen müssen. Gilette ist Sponsor der Fernsehübertragungen von den Baseball-Endspielen – mit einem sprechenden Papagei. Mit der freien Hand lockerte er die Krawatte.

Meine kühnsten Träume sind zerschlagen

Er stellte sich vor, wie Rimma um acht Uhr kam und ihn tot vorfand. Hastige Anrufe bei Beamten zu Hause. Er sah zu, wie sich die Wanne füllte. Wozu denn eine volle Wanne? Er wollte doch nicht baden, oder? Nur das aufgeritzte Handgelenk eintauchen. Sowjetische Beamte rufen amerikanische Beamte an. Immer war er der Außenseiter, immer hatte er sich anzupassen. Er drehte das kalte Wasser ab, nahm die Rasierklinge und setzte sich neben der Wanne auf den Boden.

Dann der Schnitt ins linke Handgelenk.

Aber weshalb war es komisch? Weshalb sah er sich dabei zu, ohne zu stöhnen oder zu schreien? In einer dünnen Linie erschien nun das Blut, Tröpfchen um Tröpfchen sickerte aus der vorsichtig angeritzten Haut. Er war nicht vor privaten Problemen davongelaufen. Er hatte keine Eheprobleme. Er hatte feste Überzeugungen, hatte in der Welt seine praktischen Erfahrungen gesammelt. Er ließ den linken Arm über den Rand der Badewanne fallen.

irgendwo hör ich eine Wioline, während ich meinem davoneilenden Leben nachsehe.

Wie werden hier Schnittwunden gemessen, in Zentimetern? Hastige Anrufe nach Texas. Ich bin's, Mutter, ich liege in einer Blutlache im Hotel Berlin. Er sah zu, wie das Wasser eine trübe blaßrote Farbe annahm. Ich habe mir Russisch mit Berlitz beigebracht. Es ist immer noch schlecht, aber ich werde hart daran arbeiten. Ich werde keine Fragen zu meiner Familie beantworten, aber ich werde folgendes öffentlich sagen. Es ist nicht leicht, zu emigrieren. Ich würde es nicht jedermann empfehlen. Es bedeutet, daß man in ein neues Land kommt, immer der Außenseiter ist, sich immer anpassen muß. Ich bin kein totaler Idealist. Ich hatte Gelegenheit, das amerikanische Militär in Aktion zu sehen. Wer je den Marinestützpunkt in Subic Bay gesehen hat, weiß, wovon ich rede. Überall am Horizont Kriegsmaschinen, soweit das Auge reicht. Fremde Völker ausgenutzt und ausgebeutet. Irgendwann schloß er die Augen, lehnte sich mit dem Kopf an die Badewanne. Keine Kraft mehr. Sollen sie doch tun, was sie wollen.

Ich denke bei mir: »Wie leicht ist doch das Sterben.«

Ich würde die Geschichte gerne aus meiner Sicht erzählen. Ich würde den Menschen in den USA gerne etwas zum Nachdenken geben. Er wußte, wo er war, konnte sich vorstellen, wie er auf dem Fliesenboden saß, hatte aber das Gefühl eines gewissen Abstands von der Szene.

und Ein süßer Tod, (dazu Wiolinen)

Schläfrigkeit. Eine falsche Stille. Irgendwie verräterisch. Fühlte mich wie ein Kind in der weißen Fliesenwelt aus kleinen Verletzungen und Heftpflaster und Badewasser, ein wenig benommen von schweren Düften und beißenden Gerüchen, die Jodtinktur mit ihrem brennenden Schmerz, Mr. Ekdahls Pimentöl. Es gibt eine Welt innerhalb der Welt. Ich habe getan, was ich konnte. Jetzt sollen andere die Entscheidungen treffen. Spürte, wie die Zeit ablief. Spürte etwas Spöttisches in der Luft, als er – blutend, im warmen Wasser – über den Rand der einzigen Fläche glitt, die uns als gewöhnlichen Menschen vertraut ist.

Gesundheitsministerium der UdSSR

EPIKRISE
21. Oktober. Der Patient wurde von der Ambulanz zur Notaufnahme des Botkin-Krankenhauses gebracht und dann in das Gebäude Nr. 26 verlegt. Fügte sich in der Absicht, Selbstmord zu begehen, im ersten Drittel des linken Unterarms eine Schnittwunde bei. Die Wunde ist geradlinig und hat scharfe Ränder. Sie wurde mit vier Stichen genäht, und es wurde ein keimfreier Verband angelegt. Der Patient ist am 16. Okt. als Tourist aus den USA eingereist. Er hat eine Technische Oberschule für Funktechnologie und Funkelektronik absolviert. Er ist elternlos. Er beharrt darauf, daß er nicht in die USA zurückkehren will.

Sie brachten ihn auf der Irrenstation unter. Entsetzliches Essen, sanfte Augen, die ihn verfolgten. Rimma leistete ihm Gesellschaft und setzte sich dann dafür ein, daß er ins Reich der normalen Kranken verlegt wurde. Sie holte ein nicht etikettiertes Glas mit einer Flüssigkeit aus der Manteltasche und forderte ihn auf, in kleinen Schlucken davon zu trinken. Wodka mit Gurkenstückchen. Auf Ihre Gesundheit, sagte sie.

Nach seiner Entlassung ging sie mit ihm zur Visa- und Meldestelle. Er redete mit vier Beamten über seinen Wunsch, sowjetischer Staatsbürger zu werden. Sie hatten von seinem Fall noch nie gehört. Sie wußten nichts von seinen Gesprächen mit anderen Beamten. Sie sagten ihm, es werde eine Weile dauern, bevor sie ihm eine Antwort geben könnten.

In seinem neuen Hotel, dem Metropol, war er drei Tage allein. Es war die erste von mehreren Phasen der Stille, die Lee H. Oswald während seiner zweieinhalb Jahre in der Sowjetunion durchlebte.

Er ging durch die Gänge, vorbei an riesigen Gemälden von Helden der Sowjetunion. Von der Etagenfrau, die das Haar in Zöpfen trug, ließ er sich den Schlüssel geben. Sie roch nach Lack und Tabak.

In seinem Zimmer setzte er sich in einen vornehmen Sessel, der unter einem Kronleuchter stand. Er stellte seine Uhr nach der Uhr auf dem Kaminsims. Seine Uhr, sein Ring, sein Geld und sein tadellos gepackter Koffer waren ihm von dem ersten Hotel nachgeschickt worden. Alles komplett und unversehrt. Nicht eine Kopeke fehlte.

Er zeichnete eine grobe Skizze des Moskauer Stadtplans in sein Notizbuch, mit dem Kreml in der Mitte.

An seinem dritten Tag allein nahm er nur eine Mahlzeit zu sich. Er blieb in der Nähe des Telefons und wartete auf den Anruf eines Beamten. Er versuchte seinen Dostojewski zu lesen. Er hörte Touristen an seiner Tür vorbeigehen und über die Sehenswürdigkeiten reden, die schönen U-Bahn-Stationen, die erstaunlichen Bronze- und Marmorstatuen. Eine solche Figur stand auch am Ende des Ganges. Ein Akt, in Lebensgröße. Die Sprache war schwer. Er hatte gedacht, er würde besser mit seinem Dostojewski zurechtkommen.

31. Okt. Ich erwische ein Taxi. »Amerikanische Botschaft«, sage ich.

Die Empfangsdame forderte ihn auf, sich ins Touristenverzeichnis einzutragen. Er sagte ihr, er sei hier, um seine amerikanische Staatsbürgerschaft zu annullieren. Ach. Sie brachte ihn zum Büro des Konsuls. Lee entschied sich für einen Sessel links vom Schreibtisch. Lässig schlug er die Beine übereinander.

»Ich bin Marxist«, begann er.

Der Konsul rückte die Brille zurecht.

»Ich weiß, was Sie mir gleich sagen werden. ›Überlegen Sie es sich in Ruhe.‹ ›Kommen Sie wieder, dann reden wir noch mal darüber.‹ Ich möchte Ihnen aber jetzt gleich versichern, daß ich bereit bin, meine Staatsbürgerschaft aufzugeben und die erforderlichen Unterschriften zu leisten.«

Der Konsul sagte, es werde einige Zeit dauern, die Papiere vorzubereiten. Er machte ein Gesicht, als wolle er sagen: Wer sind Sie eigentlich?

»Als Radarmann beim Militär bin ich in den Besitz geheimer Informationen gelangt, die ich, das sollten Sie wissen, als sowjetischer Bürger weitergeben würde.«

Er glaubte, daß ihn der Mann nun ernst nahm. Er sah die ganze Szene in einer zukünftigen Darstellung. Drei Tage allein. Das überzeugte ihn, daß er den Punkt erreichen mußte, an dem es keine Umkehr gab. Stalins Name war Dschugaschwili. Kreml heißt Zitadelle.

Ich verlasse die Botschaft, stolz darauf, die Karten aufgedeckt zu haben. Bin sicher, daß mich die Russen akseptieren, nachdem ich gezeigt habe, daß ich an sie glaube.

Er blieb auf seinem Zimmer, aß kaum etwas, lebte eine Zeitlang – von der Ruhr gequält – nur von Suppen, war fast zwei Wochen allein, fast pleite, und saß die meiste Zeit in dem Plüschsessel, unrasiert, aber in Hemd und Krawatte.

Sie gaben ihm ein anderes Zimmer, kleiner, sehr schlicht und ohne Bad, und verlangten dafür nur drei Dollar pro Tag, als wüßten sie, daß er sich die regulären Intourist-Preise nicht mehr leisten konnte.

Er schrieb seinen Namen in russischen Buchstaben in sein kleines Notizbuch.

Tage größter Einsamkeit

Die ersten Schneefälle setzten ein. Er verbrachte täglich acht lange Stunden damit, sich mit Hilfe zweier Lehrbücher Russisch beizubringen. Er nahm alle Mahlzeiten auf seinem Zimmer ein, hatte Schulden bei der Hotelleitung und rechnete damit, daß der Geschäftsführer jemanden zu ihm schickte.

Niemand kam.

Er ging zur Visa- und Meldestelle. Er erzählte dort von seinem Besuch bei der amerikanischen Botschaft, von seinem Wunsch, sowjetischer Bürger zu werden. Sie schienen nicht zu wissen, was sie mit ihm anfangen sollten.

Auf der Straße erkannte ihn ein kleiner Junge als Amerikaner und bat ihn um Kaugummi. Es war bitterkalt. Breitschultrige Frauen schaufelten Schnee. Zum erstenmal wurde ihm die riesige Dimension des Geheimnisses bewußt, das ihn umschwirrte. Er steckte mitten in einem unermeßlichen Geheimnis. In einer anderen Seele, einem Raum aus Schnee und Kälte.

Lenin und Stalin lagen zusammen in orangefarbener Glut am Fuß einer Steintreppe. Es war eine der wenigen Sehenswürdigkeiten, die er sich angeschaut hatte.

Noch ganze achtundzwanzig Dollar blieben ihm.

Auf russisch schrieb er in sein Notizbuch: *Ich habe, er hat, sie hat, wir haben, ihr habt, sie haben.*

Am nächsten Morgen kamen noch vor sieben zwei Männer in sein Zimmer. Barfuß stand er in seinen Flanellhosen und dem Pyjama-Oberteil da und beobachtete ihre Bewegungen. Wie Väterchen Frost und sein Gehilfe sahen sie nicht aus. Das Zimmer gehörte nun ihnen. Es war ihm nicht ganz klar, wie sie das so schnell geschafft hatten, aber er wußte, daß er sich wie ein Eindringling vorkam, wie ein ahnungsloser Tourist. Seinetwegen hatten sie so früh aufstehen müssen.

Sie waren anders gekleidet als die Beamten, mit denen er zu tun gehabt hatte. Sie kamen weder von Intourist, noch trieben sie überfällige Rechnungen ein. Der eine trug einen kurzen schwarzen Mantel und eine Sonnenbrille wie ein Gangster aus einem alten Hollywoodfilm. Der andere, der dicke Stiefel anhatte, war älter und zeigte bereits Ansätze einer Glatze.

Dieser zweite Mann forderte Oswald mit einer Geste auf, sich aufs Bett zu setzen. Er sagte, er heiße Kirilenko.

»Lee H. Oswald«, stellte sich Oswald vor.

Der Mann nickte mit einem feinen Lächeln. Dann setzte er sich, ohne den Mantel auszuziehen, Oswald gegenüber in den Sessel; die rechte Hand hing baumelnd zwischen den Knien.

Lee gab ungefragt Auskunft.

»Mein Paß liegt bei der amerikanischen Botschaft. Ich hab ihn ausgehändigt, um denen klarzumachen, daß ich kein amerikanischer Bürger mehr sein will. Das hab ich ihnen klipp und klar gesagt.«

Wieder nickte der Mann, die Augenlider schlossen sich.

»Wissen Sie, welche Organisation ich vertrete?«

Oswald versuchte zu lächeln.

»Komitee für Staatssicherheit. Wir glauben, daß Sie auf Ihre Weise versucht haben, Kontakt mit uns aufzunehmen. Vielleicht wußten Sie nicht recht, wie Sie's anstellen sollten. Sie verstehen sicher, daß wir solche Annäherungsversuche argwöhnisch verfolgen. Eine nervöse Angewohnheit. Mit etwas Glück werden wir das eines Tages überwinden.«

Kirilenko hatte hellblaue Augen, silbergraue Bartstoppeln und Ansätze eines Doppelkinns. Er war stämmig gebaut und klang ein wenig asthmatisch. Er hatte etwas Durchtriebenes an sich, das Oswald für eine Form von Freundlichkeit hielt. Er schien die halbe Zeit mit sich selber zu reden, wie ein Erwachsener, der sich im Gespräch mit einem Kind ein wenig treiben läßt, um dabei selbst ebensoviel Spaß zu haben wie der Junge oder das Mädchen.

»Erzählen Sie. Wie fühlen Sie sich?«

»Eine Zeitlang hatte ich Durchfall.«

Kopfnicken. »Sind Sie glücklich hier? Oder das Ganze war ein Fehler. Sie wollen nach Hause.«

»Inzwischen geht es mir gut. Ich bin sehr glücklich. Jetzt ist alles in Ordnung.«

»Und Sie wollen bleiben, wenn ich Sie richtig verstehe.«

»Als Bürger Ihres Landes.«

»Sie haben Freunde hier.«

»Niemanden.«

»Ihre Familie ist in Amerika.«

»Nur eine Mutter.«

»Lieben Sie Ihre Mutter?«

»Ich will nie wieder was mit ihr zu tun haben.«

»Schwestern und Brüder.«

»Die verstehen nicht, warum ich bestimmte Dinge tue. Zwei Brüder.«

»Eine Ehefrau. Sie sind verheiratet.«

»Keine Ehen, keine Kinder.«

Der Mann beugte sich noch weiter zu ihm vor.

»Freundinnen. Eine junge Frau, Sie liegen im Bett und denken an sie.«

»Ich habe nichts zurückgelassen. Ich habe mit niemandem Streit gehabt.«

»Erzählen Sie. Warum haben Sie sich ins Handgelenk geschnitten?«

»Aus Enttäuschung. Sie wollten mich nicht hierbleiben lassen.«

Kopfnicken. »Hatten Sie – ganz im Ernst – das Gefühl, zu sterben? Das würde mich sehr interessieren, rein persönlich.«

»Ich wollte jemand anders entscheiden lassen. Es lag nicht mehr in meiner Hand.«

Kopfnicken, die Augenlider schlossen sich. »Sie haben Geld, oder Sie bekommen Geld von zu Hause geschickt?«

»Ich habe fast nichts mehr.«

»Gute warme Kleidung. Sie haben Stiefel?«

»Es hängt alles davon ab, ob man mich hierbleiben läßt. Ich bin bereit, zu arbeiten. Ich habe besondere Kenntnisse.«

Kirilenko schien darauf nicht eingehen zu wollen.

»Wo würden Sie arbeiten? Wer würde Sie beschäftigen?«

»Ich hatte gehofft, der Staat. Ich will gerne tun, was notwendig ist. Arbeiten und studieren. Ich würde gerne studieren.«

»Glauben Sie eigentlich an Gott?«

»Nein.«

Lächeln. »Nicht mal ein bißchen? Zu meiner persönlichen Information.«

»Ich halte es für puren Aberglauben. Die Leute bauen um diese Lüge herum ihr Leben auf.«

»In Ihrem Paß sieht es so aus, als hätten Sie den Namen Ihrer Heimatstadt ausgestrichen. Warum?«

»Weil ich endgültig damit abgeschlossen habe, deshalb. Außerdem wollte ich nicht, daß sie Verwandte benachrichtigen. Was die Presse dann trotzdem getan hat. Aber ich habe weder am Telefon mit ihnen gesprochen noch auf ihre Telegramme reagiert.«

»Warum haben Sie Ihrer Botschaft gesagt, Sie würden militärische Geheimnisse verraten?«

»Ich wollte sichergehen, daß sie meinen Verzicht auf die amerikanische Staatsbürgerschaft akzeptieren.«

»Haben sie's akzeptiert?«

»Sie sagten, es sei Samstag, da machten sie früh zu.«

»Ihr Unglückstag.«

»Sie sagten: ›Kommen Sie noch einmal, wir werden tun, was wir können.‹«

»Ich glaube, dieses Gespräch macht mir Spaß.«

»Ich bin nicht wieder hingegangen, die Genugtuung habe ich

ihnen nicht gegönnt. Ich habe ihnen meinen Standpunkt schriftlich mitgeteilt.«

»Und diese Geheimnisse, die Sie schon so lange mit sich herumtragen.«

»Ich war in Atsugi.«

Kopfnicken.

»Das ist ein geheimer Stützpunkt in Japan.«

»Wir reden noch darüber. Ich frage mich allerdings, ob diese Geheimnisse nicht völlig wertlos werden, wenn jemand seine Absicht verkündet, sie verraten zu wollen.«

Die letzte Bemerkung war für den anderen KGB-Mann bestimmt, der rauchend am Fensterrahmen lehnte. Sie klang wie eine wissenschaftliche Anmerkung. Kirilenko beugte sich wieder zu Oswald vor.

»Erzählen Sie. Die Narbe verheilt gut?«

»Ja.«

»Sie halten die Kälte aus? Die Kälte ist nicht zu lächerlich?«

»Ich gewöhne mich daran.«

»Das Essen. Mögen Sie das Essen, das Sie hier bekommen? Nicht so schlecht, oder?«

»Nur im Krankenhaus, da war das Essen nicht gut. Wie in jedem Krankenhaus.«

Er blickte nach unten, um festzustellen, ob seine Pyjamahose zu sehen war. Er hatte, als es an der Tür klopfte, hastig die Anzughose über den Pyjama gezogen.

»Was ist mit den Leuten hier? Es interessiert mich persönlich, was Sie von uns Russen halten.«

Lee räusperte sich, bevor er antwortete. Die Frage machte ihn glücklich. Er war mehr oder weniger darauf vorbereitet, denn er hatte damit gerechnet, daß sie ihn das fragen würden, früher oder später. Kirilenko wartete geduldig; ihm schien das alles Spaß zu machen, als wisse er genau, was Oswald dachte.

Oswald dachte: Das ist ein Mann, dem ich restlos vertrauen kann.

Rauch hing regungslos über Fabriken in der Ferne, absolut regungslose Rauchfahnen, die hoch in den eisblauen Himmel ragten. Er saß mit Kirilenko auf dem Rücksitz eines schwarzen Wolga. Die Stadt war wie gelähmt, traumweiß. Er hielt nach bekannten Wahrzeichen Ausschau, um so herauszufinden, in welche Richtung sie fuhren, aber nachdem er den mächtigen Turm der Moskauer Universität entdeckt hatte, lag an ihrem Weg nichts mehr, was ihm bekannt vorgekommen wäre. Er stellte sich vor, daß er die Geschichte dieser Autofahrt jemandem wie Robert Sproul erzählte, dem Kumpel aus seiner Schulzeit in New Orleans.

Eisenhower und Nixon haben die Rosenbergs umgebracht.

In dem dreieinhalb mal fünf Meter großen Zimmer standen ein eisernes Bettgestell, ein unlackierter Tisch und eine Kommode in einer durch einen Vorhang abgetrennten Nische. Am Ende eines dunklen Ganges gab es ein Waschbecken und dahinter eine Toilette und eine kleine Küche. Kirilenko sagte etwas zu dem anderen Mann, der daraufhin kurz wegging und mit einem klobigen Stuhl wiederkam, den er an den Tisch stellte. Sie gaben Oswald einen Fragebogen, in den er seine Lebensdaten eintragen sollte, einen weiteren für die Gründe, warum er desertiert war, dann noch einen für seine Militärzeit. Er schrieb den ganzen Tag, voller Eifer, weit mehr, als bei den einzelnen Fragen erforderlich gewesen wäre, kritzelte die Ränder und Rückseiten aller Formulare voll. Der Stuhl war für den Tisch zu niedrig, und er schrieb immer mal wieder im Stehen.

Am Abend hatte er eine kurze Unterhaltung mit Kirilenko. Sie unterhielten sich über Hemingway. Diesmal setzte sich der ältere Mann aufs Bett; ohne seinen dicken Mantel auszuziehen, zitierte er Sätze aus Hemingway-Stories.

»Eines Tages, wenn ich hier zu Hause bin und studiere«, sagte Oswald, »möchte ich Kurzgeschichten über das amerikanische Leben von heute schreiben. Ich habe eine Menge gesehen. Ich habe geschwiegen und weiter beobachtet. Daß ich hier bin, hat – neben meiner marxistischen Lektüre – mit dem zu tun, was ich in den USA gesehen habe. Ich habe dieses Land immer als mein eigenes angesehen.«

»Ich muß ehrlich sagen, ich würde gern mal Michigan sehen. Nur wegen Hemingway.«

»Die Wälder von Michigan.«

»Wenn ich Hemingway lese, bekomme ich Hunger«, sagte Kirilenko. »Er braucht nicht übers Essen zu schreiben, um mich hungrig zu machen. Es ist einfach sein Stil. Ich bekomme gewaltigen Appetit, wenn ich diesen Autor lese.«

Oswald brachte der Gedanke zum Lächeln.

»Wenn er irgend etwas genial beherrscht, dann das. Er schreibt über Dreck und über den Tod, und ich bekomme dabei Hunger. Sie waren noch nie in Michigan?«

»Ich war immer da, wo man mich hingeschickt hat«, sagte Oswald.

Kirilenko sah in dem Halbdunkel müde aus. An den Stiefeln hatte er Salzflecken. Er stand auf, zog seine Bisammütze aus der Manteltasche und ließ sie klatschend auf die andere Hand niedersausen.

»Wir haben große Dinge zu bereden«, sagte er. »Ich schlage daher vor, daß Sie mich Alek nennen.«

Am nächsten Morgen redeten sie über Atsugi. Oswald schilderte ihm eine Vierstunden-Schicht in der Radarhütte. Alek wollte Einzelheiten, Namen von Offizieren, von Unteroffizieren und Mannschaften, die genaue Anordnung im Raum. Er wollte Verfahrensweisen, Terminologie. Oswald erklärte, wie alles funktionierte. Er redete über Sicherheitsmaßnahmen, über Höhensuchgeräte. Alek machte sich Notizen und blickte jedesmal aus dem Fenster, wenn sich sein Gegenüber nicht genau erinnern konnte oder sich einer Sache nicht ganz sicher war.

Zwei Männer gesellten sich zu ihnen, um über die U-2 zu sprechen, das »Wetterflugzeug«, wie es einer von ihnen trocken nannte. Sie brachten einen Stenographen mit. Sie wollten Namen von U-2-Piloten, eine Beschreibung von Start und Landung. Keine freundlichen Typen. Der Stenograph war ein alter Mann mit einer Rosette am Revers.

Wenn Oswald die richtige Antwort nicht wußte, erfand er eine oder versuchte, sich in wilden Satzkonstruktionen zu verlieren. Alek schien das zu verstehen. Sie verständigten sich stumm, ohne Gesten oder Blicke, auf einer Ebene, die den anderen Männern nicht zugänglich war.

Der Name eines einzigen Piloten. Der Name eines Maschinisten oder einer Wache.

Typen, die keine Miene verzogen, wenn sie sich zu ihm vorbeugten. Er schilderte, wie die Radarmannschaft manchmal aus achtzig-, neunzigtausend Fuß Höhe nach den Wetterdaten gefragt wurde. Er beschrieb die Stimme, die von *dort draußen* zu ihnen herunterkam, dumpf, zersplittert, zerfetzt, wie ein in seine Grundelemente zerlegter Ton, ein Lehrbeispiel aus der Physik oder Geisterkunde. Sie bedrängten ihn, wollten Fakten, Namen. Immer neue Fragen. Fluggeschwindigkeit, Reichweite, Geräte zur Radarstörung. Er gab ungern zu, etwas nicht zu wissen.

Alek sagte, sie würden am nächsten Morgen weitermachen. Lee wollte ein Zeichen von ihm. Wie läuft's? Werden sie mich im Land bleiben lassen, mir handfeste Aufträge geben, mich Volkswirtschaft und politische Wissenschaften studieren lassen?

»Wenn ich mich bücke, knackt es im Knie«, sagte Kirilenko. »Ob das schon mit dem Alter zu tun hat?«

Du hast alle Zeit der Welt, schien das zu heißen. Zeit, dir die kleinsten Momente in Erinnerung zu rufen, Zeit, deine Geschichte zu überarbeiten, Zeit, deine Meinung noch einmal zu ändern. Wir sind hier, um dir die Themen deines Lebens klären zu helfen.

Sie beschäftigten sich viele Tage mit Oswalds erster Zeit beim Militär und noch einmal viele Tage mit der U-2 und Atsugi. Sie zerlegten jedes in sich geschlossene Thema in einzelne Bereiche und teilten dann die Bereiche noch einmal auf. So kamen sie dann schließlich zu MACS-9, seiner Radareinheit in California.

Castro war plötzlich das große Thema. Oswald hatte nach Kuba gehen wollen, um junge Rekruten auszubilden. Er war ein sachkundiger Techniker und Kämpfer, und er sympathisierte mit Fidel.

Oswald abonnierte eine russischsprachige Zeitung und ein sozialistisches Journal. Den Männern in seiner Nissenhütte antwortete er mit *da* und *nyet*. Darüber regten sie sich immer wieder auf. Sie nannten ihn Oswaldowitsch.

Er erzählte Alek, er habe von Gerüchten gehört, daß der Marine-Nachrichtendienst mit falschen Überläufern operierte. Sie schleusten Agenten in den Ostblock ein, sorgfältig ausgesuchte Männer, die sich als Opfer des amerikanischen Systems präsentierten, einsam und leicht zu beeinflussen, erpicht auf ein neues Leben.

Das war genau zu der Zeit, als er sich darauf vorbereitete, überzulaufen. Als sie ihre Pläne ausheckten, dachten sie an ihn. Er rechnete fast damit, vom Nachrichtendienst der Marine angesprochen zu werden. Es war ohne weiteres zu glauben, daß sie über seine pro-sowjetischen Bemerkungen und seine russische Zeitung Bescheid wußten. Er wollte ihnen gegebenenfalls sagen, er versuche auf seine Art, Kontakte herzustellen. Sie würden ihn gründlich ausbilden. Er wäre dann ein echter Überläufer in der Rolle eines falschen Überläufers, der sich als echter Überläufer ausgibt. Ha ha.

Alek saß ihm am Tisch gegenüber und schüttete sich gesalzene Nüsse in die offene Hand. Er sagte, er werde einen Fernsehapparat bringen lassen. Oswald staunte, als er hörte, daß sie um sechs Uhr abends mit dem Programm begannen. Es gehörte zu den seltsamsten Dingen, die er gehört hatte, seit er über den Atlantik gekommen war.

Der Wachposten erschien. Er erschien jeden Abend, bevor Alek ging. Alek stellte ihn nie vor, schien ihn überhaupt nicht zur Kenntnis zu nehmen. Der Wachposten saß gewöhnlich neben dem Waschbecken im Gang; die Mütze hatte er auf dem Knie liegen.

Es gab auch Dinge, die Oswald nicht an Alek weitergab, so etwa Einzelheiten über das gerade erst ins Netzwerk einbezogene Radarsystem MPS-16. Er wollte abwarten, wie sich ihre Freundschaft entwickelte. Ihm ging durch den Kopf, daß die amerikanischen Militärs wohl ohnehin Unsummen ausgeben und das System ändern mußten, nachdem er zur anderen Seite übergelaufen war. Wie merkwürdig leicht war es doch, auf Menschen und Ereignisse Einfluß zu nehmen.

Außerdem erzählte er Alek nicht alles von den falschen Überläufern. Als seinerzeit niemand Kontakt mit ihm aufnahm, beschloß Ozzie, sich zu einer fremdsprachlichen Eignungsprüfung anzumelden. Russisch. Einfach um festzustellen, ob sie ihn zur Kenntnis nehmen würden.

Er fiel überall durch.

Ein Arzt und eine Krankenschwester kamen, um ihn zu untersuchen. Sie horchten sein Herz ab, blickten ihm mit einem hellen Licht in die Ohren. Sie stellten Gewicht und Körpergröße fest und nahmen Proben seines Urins und seines Blutes mit. Später erschienen drei Männer und brachten ihn zu einem Betonbau, vielleicht eine halbe Stunde entfernt. Er betrat eine moderne Wohnung. Sie forderten ihn auf, seine Taschen zu leeren und dann auf einem Stuhl Platz zu nehmen, der mit einem Gestell verbunden war. Auf diesem Gestell befanden sich Millimeterpapier, Kurvenschreiber, Skalen, Schalter usw. Sie wiesen ihn an, die Füße flach auf den Boden zu stellen. Dann befestigten sie irgendwelche Schläuche und Vorrichtungen an Oswaldowitschs Brust, seinen Armen und Händen. Einer der Männer setzte sich ihm gegenüber. Heißen Sie Soundso? Haben Sie jemals einen anderen Namen oder eine andere Identität benutzt? Ist Blau Ihre Lieblingsfarbe? Sind Sie Agent eines amerikanischen Nachrichtendienstes? Stehen Sie mit irgend jemandem in diesem Land in geheimer Verbindung? Sind Ihre Haare braun? Sind Sie mit dem Auftrag hergekommen, eine bestimmte Person oder Personen zu ermorden? Sind Sie verheiratet? Sind Sie homosexuell? Sind Sie Raucher oder Trinker?

Knallhart.

Keine Spur von Alek. Oswald wartete im Stehen darauf, daß sie ihn von dem Gestell losmachten. Ohne seinen Freund kam er sich einsam vor, und er hatte den leisen Verdacht, daß er den Test ganz fürchterlich vermasselt hatte.

Er sagte ihnen, Alek habe ihm einen Fernseher versprochen.

Jemand kam und brachte seine Siebensachen. Drei Tage lang blieb er in der neuen Wohnung. Sie machten Intelligenztests mit ihm, Eignungstests, Persönlichkeitsdiagramme, prüften seine Englisch- und Mathematikkenntnisse, testeten seine Fähigkeit, Muster und Figuren zu erkennen.

Er träumte, daß er das Haus in der Ewing Street in Fort Worth betrat; er kam aus dem Hallenbad des YMCA und hatte klatschnasse Haare.

Lenin und Stalin in orangefarbener Glut. Das Kaspische Meer, größter Binnensee der Erde, an der Grenze zwischen Europa und Asien. Kreml heißt Zitadelle.

Er erzählt einem Mann in Anzug und Krawatte von seinem Aufenthalt in einer bewachten Wohnung irgendwo in Moskau. Vielleicht ist das Richard Carlson als Herb Philbrick im Fernsehen. *Ich habe dreimal gelebt.* Vielleicht ist es der Mann in der Botschaft der USA, Zweiter Botschaftsrat oder Konsul oder wie er sich nennt: er rückt seine Brille zurecht und hört sich interessiert die Geschichte eines ehemaligen Marineinfanteristen an, der im Auftrag der US-Marine als sogenannter falscher Überläufer in den Geheimdienstapparat der Sowjets eingedrungen ist.

Kirilenko stand auf dem Parkettboden seines durch eine Trennwand geteilten Büros im Ersten Referat der Siebten Abteilung des Zweiten Direktoriums im KGB-Hauptquartier in der »Zentrale« am Dserschinski-Platz 2, einer Ansammlung kunstvoller Steinbauten, bestehend aus einem alten Hauptgebäude, einem Erweiterungsbau aus der Nachkriegszeit, einem Gefängnis, dem berüchtigten Lubjanka, anderen, kleineren Gebäuden und einem Hof, in den man durch Gitterstäbe und Absperrungen aus schwerem Maschendraht sehen konnte. Kirilenko dachte gern im Stehen nach.

Das Angenehme an der Zentrale war, daß es im Gebäude 12 auf der anderen Seite des Platzes preiswerten Kaviar und Lachs gab und daß die Flasche J&B oder Johnny Walker dort nur einen Dollar kostete. Nicht so angenehm war dagegen das deutliche Gefühl, stalinistischem Terror ausgesetzt zu sein. Außerdem haßte er den Sessel, den sie ihm gegeben hatten, ein modernes körpergerechtes Möbelstück, das hinter seinem alten Holzschreibtisch lächerlich aussah.

Um so mehr Anlaß für ihn zu stehen. Er hatte die Arme auf dem Rücken, die linke Hand umklammerte den rechten Unterarm. Er dachte über den amerikanischen Jungen, Lee H. Oswald, nach. Der Fall Lee H. Oswald lehrte wieder einmal, daß leichte Fälle nie leicht sind. Kirilenko mußte an die klassischen Axiome denken, die er als Schüler in Geometrie und Arithmetik gelernt hatte. Es war eine traurige Erkenntnis, daß jene selbstverständlichen Wahrheiten, *notwendige Wahrheiten*, so erbärmlich versagten, wenn sie einer strengen Prüfung unterzogen wurden. Da gab es keine ebenen Flächen. Wir leben im gekrümmten Raum.

Alek mochte den Jungen. Soviel nackter Ehrgeiz in seinen Augen. Der Junge bemühte sich, die Welt in den Griff zu bekommen. Tatsachen, Worte, historische Ideen. Er kämpfte gegen sein Schicksal, ja, genau, wie jemand in Marx' sozialem Universum. Er glaubte aufrichtig an hohe Prinzipien und Ziele, auch wenn er noch kein sicheres Gefühl für Perspektiven hatte.

Mit zwanzig Jahren weißt du nur, daß du zwanzig bist. Alles andere ist ein Nebel, der um diese Tatsache kreist.

Er hat sich das Handgelenk aufgeschnitten, um in Rußland bleiben zu können.

Aber bei Idealisten weiß man natürlich nie, wie sie sich entwickeln. Sie sind oft von einem Tag auf den anderen verbittert, lassen sich täuschen von Lügen, die sie selbst erzählt haben. Männer, die aus praktischen Gründen überlaufen, sind leichter zu führen und bei der Stange zu halten. Geld, Sex, Enttäuschung, Unmut, Stolz. Wir verstehen und fühlen mit. Wir stehen selbst manchmal kurz davor.

Sie beobachteten ihn schon seit Helsinki, wo er sich im Hotel Torni einschrieb, ins billigere Klaus Kurki zog, im sowjetischen Konsulat ein Visum beantragte und einem Angestellten beiläufig erzählte, daß er im Marinekorps gedient habe und Radar- und Elektronikexperte sei.

Laufkundschaft gewissermaßen. Aber ohne Selbstsicherheit. Nicht sicher, wie es weitergehen soll.

Sie machten es ihm leicht, ins Land zu kommen: in achtundvierzig Stunden hatte er sein Visum.

In Moskau meldete seine Führerin von Intourist, Rimma Schirokowa, seine bemerkenswertesten Äußerungen an das Vierte Referat der Siebten Abteilung, von wo sie an Kirilenko gingen.

Alek wartete, ließ die niederen Chargen alles durcheinanderbringen, ließ den Jungen in seinem Zimmer auf und ab gehen, ließ ihn in ein billigeres Zimmer verlegen, wartete, wartete.

In der Botschaft der USA gab es einhundertdreißig Abhöreinrichtungen. Alek hatte in seinem durch eine Zahlenkombination gesicherten Safe eine Abschrift des Gesprächs, in dem sich Oswald über den Verrat militärischer Geheimnisse geäußert hatte. Den Bemühungen eines Angestellten im Konsulat verdankte er ein Foto von Oswalds Paß und die Kopie eines vertraulichen Telegramms, in dem die Moskauer US-Botschaft das Außenministerium von der Aussage des jungen Mannes informierte.

Hauptgrund »Ich bin Marxist«. Haltung Arrogant Aggressiv.

Ein leichter Fall, der für Alek im Zusammenhang mit Oswalds prokommunistischer Laufbahn beim Militär einige Fragen offenließ. Mußte da nicht der US-Nachrichtendienst hellhörig werden? Würden die nicht Oswalds politische Sympathien dazu nutzen wollen, möglichst viel über seine Kontaktpersonen, über die Anwerbungsmethoden des KGB, über Agentenausbildung herauszubekommen? Sie würden ihn umdrehen, wenn es ihren Zwecken diente. Dann würde er ihnen alles erzählen, was er erfahren hatte, so wie er jetzt uns alles erzählte.

Will Mütterchen Rußland diesen Jungen? Als Radarspezialist in einem US-Stützpunkt war er nützlich. Aber was fangen wir hier mit ihm an? Ist es denkbar, daß wir ihn in das Haus am Kutuschowski-Prospekt schicken, um ihm Marx und Lenin, Mikrofotografie und Geheimschriften, Russisch und Englisch beizubringen, ihn sozusagen umzubauen und ihn mit dieser gründlichen Ausbildung und mit einer neuen Identität als einen »Illegalen« in den Westen zurückzuschicken?

Das wollen sie doch alle, nicht wahr, diese Leute, die sich in irgendwelche Winkel in ihrem Innern zurückgezogen haben, in Schlupflöcher und Verstecke? Eine andere und sicherere Identität. Bringt mir bei, sagen sie, wie ich als jemand anderes leben kann.

Die Untersuchungsergebnisse waren da, und nur Lees Urin bekam eine befriedigende Note. Er neigte zu einer gewissen Labilität. Neigte zu sprunghaftem Verhalten. Hatte eine Art Dyslexie oder Wortblindheit. In den Naturwissenschaften schnitt er ganz gut ab, in den meisten anderen Fächern schlecht. Das Material vom Lügendetektor war mehr oder weniger chaotisch, aber das war fast immer so. *Auf Grund verschiedener Faktoren ohne Beweiskraft.* Vielleicht hatte der Junge Angst.

Ein leichter Fall, man könnte ihn heimschicken – wenn da nicht Aleks Quote gewesen wäre. Er spürte den Druck, eine bestimmte Zahl von Anwerbungen abzuwickeln, schöne Informationen zu beschaffen (oder selbst zu erfinden). Der entscheidende Fang waren die Daten von der U-2, denen Alek nicht ganz traute. Achtzigtausend Fuß? Neunzigtausend Fuß? Nichts fliegt so hoch. In einer Höhe von neunzigtausend Fuß siehst du die Seelen der Toten in Ringen aus weißem Licht. Die Männer, die Oswald über das Wetterflugzeug ausgefragt hatten, waren Offiziere des GRU, des militärischen Nachrichtendienstes, gewesen, und sie hatten sich zu den Daten, die sie erfahren hatten, nicht offiziell geäußert. Was konnten sie sagen? Wenn der Junge wortblind war, konnte er dann nicht auch zahlenblind sein?

Alek saß in dem geschwungenen Sessel.

Eine Reihe von Gefahren kleben an der schlanken Gestalt dieses Lee H. Oswald, eines Ahnungslosen, der sich in die äußeren Regionen der Zentrale verirrt und nachdenkliche Männer ins Grübeln bringt. Überwachen die Amerikaner seine Fortschritte? Würden sie ihn uns in die Arme laufen lassen, wenn sie glaubten, er besäße wichtige Informationen? Der Stützpunkt Atsugi spielt eine Schlüsselrolle. Es gibt dazu Berichte von Hanna Braunfels, aus den Archiven der Siebten Abteilung (Japan, Indien usw.) des Ersten Direktoriums herausgefischt. Streng genommen sind wir mit dem Jungen bereits zu weit gegangen, haben zu viele unserer Methoden preisgegeben. Trotz aller Tests und Interviews wissen wir von ihm möglicherweise weniger, als er von uns weiß. In irgendeinem Büro im Pentagon warten sie schon darauf, ihn auszufragen.

Alek wurde dafür bezahlt, daß er sich verrückt machte.

Eines bestätigten die Tests. Lee hatte nicht das Zeug zum Agenten. Da zählten Selbstbeherrschung und Mut, Standfestigkeit und ein starker Wille. Dieser Junge spielte im Kopf Pingpong. Aber Alek mochte ihn und würde etwas Anständiges für ihn finden. Am besten weit weg von Moskau. An einem Ort, wo es keine ausländischen Journalisten gibt, keine Chance, ihn zu Propagandazwecken auszunützen. Er soll eine schöne Wohnung bekommen, einen gut bezahlten Job, einen hübschen Zuschuß im Namen des Roten Kreuzes – Anreize, in diesem Land zu bleiben. Alek hatte allen Grund anzunehmen, Lee H. Oswald würde eines Tages die sowjetische Staatsbürgerschaft erhalten, ein echter Marxist und zufriedener Arbeiter werden, Vorträge besuchen und an der Massengymnastik teilnehmen, sich einfügen, seinen Platz in der Geschichte oder Geographie – oder was er sonst suchte – finden. Ein waschechter Oswaldowitsch.

Trotzdem würde er empfehlen, die Überwachung auf unbestimmte Zeit fortzusetzen, ganz gleich, wohin der Junge geschickt wurde.

Lee war sich nicht sicher, ob dieser Beamte zu den Männern gehörte, die er bereits gesehen hatte. Es waren so viele gewesen und immer im gleichen dunklen Anzug.

Der Beamte teilte ihm mit, daß er für die sowjetische Staatsbürgerschaft noch nicht in Betracht gezogen werde. Statt dessen bekam er den Ausweis Nummer 311479 für Staatenlose. Es war immerhin ein hübsches Blatt Papier.

Der Beamte teilte ihm mit, er werde in die Stadt Minsk geschickt. Der Beamte sprach den Namen mit einer ungeheuren Klarheit aus, als werde er von einem schmerzhaften Klopfen in den Zähnen dazu gezwungen.

Oswald riskierte einen kleinen Scherz. »Liegt das in Sibirien?«

Der Beamte lachte, gab dem Amerikaner die Hand, versetzte ihm einen kräftigen Schlag zwischen die Schulterblätter und schickte ihn dann hinaus in den Schnee.

Als ihm das Rote Kreuz tags darauf fünftausend Rubel überreichte, verschlug es ihm die Sprache.

Am folgenden Tag setzte sich ein aufgekratzt wirkender Lee

H. Oswald in die Bahn, um in dieses Minsk zu fahren. Sieben Stunden nach der Abfahrt von Moskau schaffte er es, auf einer hölzernen Koje mit einer gemieteten Matratze zwanzig Minuten zu schlafen. Dann aß er eine Art Fleischpastete und trank Tee und konnte sich nicht erinnern, daß ihm je eine Mahlzeit besser geschmeckt hätte. Es gab hier viele Wälder, schweigend und weiß in der russischen Dämmerung.

2. JULI

David Ferrie fuhr mit dem Rambler nach Süden, vorbei an chemischen Fabriken, über denen gelb und rot die Abgase loderten. Etwas später sah er in windiger Ferne die auf Pfählen im Sumpfgras stehenden Hütten von Austernfischern. Er kam in einen Ort namens Wading Point, den abgeschiedenen Landsitz von Carmine Latta. SACKGASSE stand auf einem Schild, KEINE DURCHFAHRT auf einem anderen, doch er fuhr weiter, winkte drei Männern zu, die sich auf einem Rasen berieten, und bog dann auf eine unbefestigte Straße ein. In Wading Point gab es immer Männer, die sich berieten. Er sah sie vor einem der Nebengebäude zusammenstehen oder in einem auf einem ausgefahrenen Feldweg geparkten Auto sitzen, vier stämmige Männer in den VW irgendeines Neffen gezwängt und in ein ernsthaftes Gespräch vertieft.

Die gebeugte Haltung, die sich wiederholenden Gesten, die unbewegten Gesichter, die starren Blicke, die Ökonomie der Gruppe, die ganze abweisende Art, die Körper, die auf eine Mitte hin ausgerichtet waren.

Ferrie verstand etwas von der »Gestalt« ernsthafter Gespräche. Er hatte im Fernstudium bei italienischen Lehrern Psychologie studiert. Das war lange bevor er wegen sittlicher Verfehlungen und wegen der falschen Behauptung, eine medizinische Ausbildung zu haben, von Eastern Airlines rausgeworfen wurde. Als ob ein akademischer Grad die Rätsel des Genossen Krebs lösen könnte. Sie nahmen ihm endgültig die Uniform weg.

Er fuhr zu einem alten Wochenendhaus im sumpfigen Schwemmland, wo Carmine gerne mit den Jungs ausspannte. Vier von ihnen brieten gerade vor dem Haus eine Ziege am Spieß; das Haus, an dessen Giebeln Schwalbennester klebten, war über allen ländlichen Charme hinaus verwittert. Ferrie parkte im Schatten und ging hinein. Der weißhaarige Mann, helläugig, hochbetagt, mit dicken Venen, saß, einen Drink in der Hand, auf einem Sofa. Er war gebrechlich und fleckig und sah so abgespannt und verschlagen aus wie eine Gestalt auf einem herzöglichen Porträt. Manchmal empfand Ferrie in Carmines Nähe eine ehrfürchtige Scheu, die so vollkommen war, daß er spürte, wie er zu einem Teil des Bewußtseins dieses Mannes wurde und die Welt, das Zimmer, die Dynamik der Macht genau so sah wie Carmine Latta.

Carmine kontrollierte das Geschäft mit den Spielautomaten. Er hatte Prostituierte von hier bis nach Bossier City, einem Ort, wo man sich eine Geschlechtskrankheit holen konnte, wenn man sich nur an einen Laternenpfahl lehnte. Dazu kamen Spielkasinos, Wettbüros, der Drogenhandel. Carmine hatte in der Zeit vor Castro ein Drittel des kubanischen Rauschgiftgeschäfts kontrolliert. Jetzt hatte er eine Garnelenflotte, die Lieferungen aus Mittelamerika übernahm. Der Gesamtumsatz betrug eine Milliarde Dollar im Jahr. Carmine hatte Motels, Banken, Musik- und Warenautomaten, verdiente am Schiffsbau, an Bohrlizenzen und Busrundfahrten. Hohe Beamte tranken beim Pferderennen ihren Bourbon in seiner Loge. Man erzählte sich, im September 1960 habe er zu Nixons Wahlkampf eine halbe Million in bar beigesteuert – ein Riesenkuvert, wie die Jungs das nennen.

»Mein Freund David W. Ferrie. Was steckt eigentlich hinter dem ›W‹?«

»Whisky oder Wodka«, sagte Ferrie.

Carmine lachte und deutete auf die Hausbar. Der dritte Mann im Zimmer war Tony Astorina, Fahrer und Leibwächter, gelegentlich auch Kurier, aus unerfindlichen Gründen Tony

Push genannt. Er und Carmine ergingen sich in grimmigen Erinnerungen an den Justizminister. Robert Kennedy war überall, wo sich Carmine auch nur zehn Minuten aufhielt, ein zwanghaftes Gesprächsthema. Für Carmine standen noch alte Rechnungen offen. Ferrie sah, wie der Bobby-Kennedy-Zorn in seinen Augen auflebte, eine entschlossene Wut, aber zugleich fein und präzise, sorgfältig entwickelt, als berge das hagere alte Gesicht ein feingesponnenes Geheimnis, eine letzte und düstere Rechnung.

»Ich meine einfach«, sagte Astorina, »die ganze Geschichte geht auf Kuba zurück. So ziemlich alles heute, das Justizministerium, der Druck, den die ausüben. Hätten die Jungs damals getan, was sie tun sollten, und Castro erledigt, dann würde das heute ganz anders aussehen.«

»Das stimmt nur halb«, sagte Carmine. »Wir hätten mehr Luft, wenn Kuba wieder in der Firma wäre. Das Nützliche an Kuba ist, daß der Druck aufs Festland nachläßt, wenn du dort aktiv bist. Tatsache ist aber, daß niemand der Castro-Geschichte die volle Aufmerksamkeit geschenkt hat. Wir waren nicht sehr aufrichtig.«

Das brachte sie alle zum Lachen.

»Castro aus dem Weg zu räumen, davon hat ausschließlich die CIA geträumt. Die Jungs in Florida haben das clever ausgenützt. Denen ging's nur darum, sich den Staatsanwalt vom Leib zu halten. Sie konnten immer behaupten, sie dienten ihrem Land. Und das hat geklappt. Die CIA hat sie laufend gedeckt.«

»Ich sage trotzdem, alles geht auf Kuba zurück.«

»Meinetwegen. Aber wir sind Realisten. Wir leisten uns keine Tricks mit Spiegeln und doppeltem Boden. Das ist nicht unser Stil.«

Es überraschte Ferrie nicht, daß sie in seiner Gegenwart über heikle Themen redeten. Er recherchierte für Carmine manchmal in Rechtsangelegenheiten und wußte eine ganze Menge über seine Beteiligungen und Geschäfte. Außerdem kannte er die Antworten auf ein paar delikate Fragen.

Woher kam dieser persönliche Haß Carmines auf alles, was mit Bobby Kennedy zu tun hatte, bis hin zum knatternden Klang seiner Bostoner Stimme?

Anfang 1961 bemerkt Carmine eines Tages, daß ihm beim Verlassen seines bescheidenen Hauses am Rande von New Orleans FBI-Beamte folgen. Sie hängen sich an seinen Wagen, sitzen beim Mittagessen am Nachbartisch, fotografieren ihn auf dem Weg zu und von seinem Büro über einem Kino in Gretna. Es ist der Beginn einer vom Justizminister angeordneten totalen und schonungslosen Überwachung. Im März folgen sie ihm nach Las Vegas, fotografieren ihn in Hotels und Kasinos, kehren mit ihm zurück, kampieren vor seinem Haus, machen Bilder von seiner Familie, den Nachbarn, dem Postboten, dem Jungen, der die Lebensmittel ins Haus bringt. Im April gehen sie mit seiner Frau und seiner Nichte in die Kirche, spielen mit seiner Urenkelin in einem Supermarkt und filmen die Beerdigung seiner Schwester. Es ist Carmines private Schweinebucht, die mit der anderen – breiter publizierten – zeitlich zusammenfällt. Aber auch um ihn gibt es in der Öffentlichkeit viel Wirbel. Touristen kommen in seine Straße, um dem FBI bei der Überwachung Carmines zuzuschauen. Es kommt zu Verkehrsstauungen und zu kleineren Auseinandersetzungen mit den Jungs. Fast ein Jahr lang geht das so. Er hat diese Männer Tag und Nacht vor der Nase. Es ist die systematische Demütigung eines älteren Mitbürgers im Angesicht seiner Familie, seiner Nachbarn und seiner Geschäftsfreunde. Und dieses Miststück von Bobby zieht dabei die Fäden.

Carmine sagte: »Die CIA kommt mit immer neuen exotischen Giften daher. Sie landen alle in den Toiletten Südfloridas.«

»Wenn wir diesen Castro aber kippen wollen«, sagte Tony.

»Durchführbar oder nicht, nur darum geht es. Wir machen keine halben Sachen.« Er starrte auf das Glas in seiner Hand. »Die andere Theorie besagt, daß Castro immer noch lebt, weil einer unserer Leute in Florida ein Abkommen mit ihm getroffen hat.«

Tony Astorina stand an der gegenüberliegenden Wand. Ferrie sah in ihm die traurigen Reste einer bestimmten Art von Anmut. Er war einer jener modisch gekleideten jungen Draufgänger, die mit vierzig Jahren aufwachen und feststellen, daß sie eine Frau und drei Kinder und einen Leberschaden haben, daß von ihrem guten Aussehen nur noch kümmerliche Reste geblieben sind und daß der glückbringende jugendliche Charme unter wachsenden Fettpolstern verschwunden ist. Er hatte im Spielsalon des Riviera in Havanna angefangen und sich hochgearbeitet. Ferrie vermutete, daß er über einige Leichen gegangen war, um dorthin zu kommen, wo er jetzt war.

Tony sagte: »Weil wir gerade von Kuba reden. Träum ich doch neulich, ich schwimme auf der Dachterrasse des Capri mit Jack Ruby. Und wen seh ich am nächsten Tag mitten auf der Bourbon Street? Wenn das kein verdammter Zufall ist.«

»Wir wissen nicht, wie wir's nennen sollen, also sagen wir Zufall. Es ist aber mehr«, sagte Ferrie. »Als Spieler bekommst du ein Gefühl für ein Pferd, für das Pokerblatt in deiner Hand. Es gibt da ein verstecktes Prinzip. In jedem Prozeß steckt sein eigenes Ergebnis. Manchmal schalten wir uns ein. Wir sehen den Ablauf und wissen, was herauskommt. Früher bin ich auch manchmal Jack Ruby begegnet. Was wollte er denn in New Orleans?«

»Tänzerinnen einkaufen. Er ist unheimlich scharf auf ein Mädchen, das in der Sho-Bar arbeitet.«

»Ich bin immer mit einem kleinen Flugzeug von den Keys losgeflogen, um Flugblätter abzuwerfen. Als Castro erst kurze Zeit am Ruder war. Da hab ich Ruby ein paarmal in Miami getroffen.«

»Zwischenstation.«

»Er hat Bargeld oder Waffen oder sonst was geschmuggelt.«

»Er hat Leute aus kubanischen Gefängnissen freigekauft.«

Ferrie trank Scotch und Soda, genau wie Carmine. Er beobachtete Carmine. Sie schüttelten beide gleichzeitig ihr Glas, so daß die Eiswürfel klirrten. Die Hände des alten Mannes waren lang und schmal. An den Ohren hatte er kleine schneeweiße Haarbüschel. Ferrie roch jetzt die Ziege am Spieß.

Tony Push sagte: »Ich kann mich an ein Bild in einer Zeitschrift erinnern, sechs, sieben Monate ist das vielleicht her. Flakgeschütze direkt vor dem Riviera. Fest in der Straße verankert. Seit damals hat sich verdammt viel getan. Eine ganze Stadt hätten wir pflücken können wir reifes Obst.«

»Ein ganzes Land«, sagte Carmine.

»Ein wahres Paradies war Havanna damals. Das Kasino, Blattgold an den Wänden. Einfach herrlich. Wir hatten herrliche Kronleuchter, Frauen mit Diamanten und Nerzstolen. Die Croupiers trugen Smoking. Wir hatten Türsteher, ebenfalls im Smoking. Fünfundzwanzigtausend für eine Kasinolizenz, das beste Geschäft aller Zeiten, dazu zwanzig Prozent vom Gewinn. Batista bekam sein Kuvert, alle waren zufrieden. Die Roulettschüssel haben wir den Kubanern überlassen, wir kümmerten uns um Siebzehnundvier und die Würfel. Und die verdammten Vorhänge aus, wie heißt das doch gleich, Brokat. Mir gefällt ein Spielsaal, in dem die Croupiers einen Smoking tragen. Und was da sonst noch alles los war in der Stadt. Hahnenkämpfe, Jai alai. Und auf der Rennbahn konnte man zwischen den Rennen Roulette spielen. Ich möchte bloß wissen, wo das alles hin ist.«

»Kennedy hätte alles in die Luft jagen sollen, als er die Chance dazu hatte«, sagte Ferrie.

»Wenn du Kuba in die Luft jagst, hast du die Russen am Hals.«

»Meine Gummilaken liegen bereit, ebenso Konservendosen für eine halbe Ewigkeit. Ich mag die Vorstellung, in Bunkern zu leben. Man geht in den Wald und gräbt sich seine private Latrine. Die Kanalisation ist eine Form des Wohlfahrtsstaates. Ein Sammelschacht der Regierung, der ins Meer führt. Ich stelle mir die Leute lieber unabhängig vor, jeder gräbt sich seine eigene

Latrine, in den Wäldern, in Millionen von Hinterhöfen. Jeder kümmert sich um seine eigene Scheiße.«

Carmine schüttelte sich auf dem Sofa, daß die Eiswürfel klirrten. Ferrie wußte, daß er Carmine fast immer zum Lachen bringen konnte. Er kannte immer den richtigen Zeitpunkt, wußte immer, wie er es anstellen mußte. Es lag daran, daß er die Vorstellungen des Mannes teilte.

»Eins muß ich betonen«, sagte Tony. »Ich hab eigentlich nicht viel gegen den Präsidenten, der läßt mich kalt. Aber Bobby, diese Ratte, der treibt es zu weit. Ich meine, okay, die haben ihren Job, wir haben unseren. Aber er macht irgendwie sein persönliches Anliegen daraus. Er geht zu weit.«

»Sie gehen beide zu weit«, sagte Carmine. »Der Präsident hätte nicht rauslassen dürfen, daß er Castros Tod wollte. Da ist er zu weit gegangen. Ich will euch mal was sagen.«

»Was denn?«

»Nur eine Kleinigkeit, aber ihr solltet sie euch gut merken. Wenn euch jemand Ärger macht, immer und immer und immer wieder, jemand, der ehrgeizig ist, der seinen Machtbereich ausdehnen will, dann solltet ihr sofort dran denken, ganz nach oben zu gehen.«

»Mit anderen Worten, du wirst auf der höchsten Ebene aktiv.«

»Dort lassen sie die Dinge außer Kontrolle geraten.«

»Mit anderen Worten, du nimmst die Abkürzung.«

»Du räumst mit der Nummer eins auf.«

»Mit anderen Worten, du sorgst dafür, daß ein neuer Mann an die Spitze kommt, der schnell kapiert und eine andere Richtung einschlägt.«

»Wenn der Kopf ab ist, hört der Schwanz auf zu wedeln.«

David Ferrie war immer für ein Sprichwort zu haben. Er genoß das Gefühl, von der Aura eines anderen Mannes mitgerissen zu werden. Eine Aura der Macht, wie Carmine sie besaß, war ein besonderer Zustand der Erweckung. Der Mann war wie ein Märchenpapst, imstande, mit einem Blick oder mit einem

Wort dein Leben zu verändern. Ferrie hatte eine Theologie entwickelt, die auf militantem Antikommunismus beruhte. Er war ein ehemaliger Meister der Hypnose. Er hatte Sprachen studiert, er hatte politische Wissenschaften studiert, war ein Intimkenner bestimmter Krankheiten, hatte amtliche Beglaubigungen seines Könnens als Pilot. All das verblaßte im Angesicht eines Mannes wie Carmine Latta.

Carmine hatte ein Heer von Anwälten und einen Millionenetat zur Abwehr der immer neuen Regierungsattacken. Er hatte Spezialisten für alles, Verabredung zum Betrug, Verdunklung, Meineid, tausend lästige Kleinigkeiten. Carmine hatte Ferrie auf das Steuerpfandrecht angesetzt. Er hatte Regierungsbeamte und Bankpräsidenten auf seiner Seite, die sich persönlich für ihn einsetzten. Carmine und die Jungs waren die größte Industrie des Staates. Carmine besaß Finanzierungsgesellschaften, Tankstellen, Generalvertretungen für Lastwagen, Taxiunternehmen, Bars, Restaurants, Parzellen in Wohnsiedlungen. Carmine hatte einen Angestellten, der ihm das Klimpergeld mit Flüssigseife abwusch, um alle Keime abzutöten.

Ferrie ging nun hinter Tony Astorina einen Gang entlang, an dem links und rechts einfache Schlafzimmer lagen. Auf dem Fußboden des letzten Zimmers stand eine Segeltuchtasche, die oben zugeschnürt war. Ferrie sah die eckigen Ausbuchtungen, die die Geldbündel in das Segeltuch drückten. Eine Spende Carmines für die gute Sache. Guy Banister achtete darauf, daß die Exilkubaner wußten, von wem das Geld für Waffen und Munition kam. Es war Lattas Anzahlung auf Kasinolizenzen für die Zeit nach Castro.

Ins Wohnzimmer zurückgekehrt, sagte Ferrie: »Ich bring's sofort in die Camp Street, Carmine. Sie werden sehr glücklich und sehr dankbar sein. Jeder in der Bewegung.«

»Wir sehnen alle den Tag herbei«, sagte Carmine sanft. »Wir wollen nur, was uns zusteht.«

Für Ferrie hatte der Mann etwas von einem Genie. Carmine war um 1885 im Zeichen des Stiers als Sohn eines italienischen

Vaters und einer persischen Mutter auf hoher See geboren worden – Elemente, die eine starke Mischung ergaben. Ferrie bewunderte Stiere. Es waren großzügige Menschen, standhaft und tolerant, mit einer Begabung zum Herrschen.

Er trug den Matchbeutel zum Wagen. Er winkte den Jungs zu und fuhr Richtung Hauptstraße. Die Astrologie ist die Sprache des Nachthimmels, der Position und Aspekte seiner Gestirne – die Wahrheit am Rande der menschlichen Angelegenheiten.

Raymo rollte das blaue Halstuch zusammen und band es seinem Deutschen Schäferhund um den Hals. Widerlich heiß heute. Er hatte ein Zimmer in einem kleinen verputzten Haus, das mit Fernsehantennen gespickt war. Es war nicht weit von dem gemauerten Haus an der Northwest Seventh Street, in dem Castro gewohnt hatte, wenn er in Miami war, um Geld und Männer für die Revolution aufzutreiben. Raymo strich dem Tier über den Kopf, murmelte etwas in das seidenweiche Ohr. Dann machte er die Leine fest und folgte dem Hund die Treppe hinunter.

Er ging in südlicher Richtung auf Calle Ocho zu, die Hauptstraße von Little Havana. Hunde kamen an Zäune gerannt, um Capitán anzukläffen. Viele Killerhunde, viele Autos, an denen die Kühlerfiguren das einzig Erhaltenswerte waren. Alte Autos, die in die Teerdecke einsanken. Bellende Hunde, die in der gleißenden Hitze hinter den Zäunen mitliefen. Capitán schleppte sich dahin, alt und unnahbar.

Raymo erreichte die Calle Ocho und bog nach links ab. Er ging an den Juwelierläden vorbei, jede Bäckerei hatte eine Hochzeitstorte im Schaufenster, weiß und rosarot. In einem kleinen Park direkt an der Straße drängten sich hundert Männer beim Domino und Kartenspiel. Immer noch viel Zeit. Er kaufte sich Obst, blieb hin und wieder stehen, um mit jemandem zu reden. In der Straße herrschte ein reges Treiben. Männer standen in Gruppen zusammen, Frauen gingen von einem Laden zum anderen. Wie zum Teufel sollte man in einem rein kubanischen Viertel erkennen, wer Fidels Spione waren?

In der Flagler Street schlurfte Wayne Elko an den Palmenstümpfen vorbei; an seinen Springerstiefeln hatte er weiße Salzwasserflecken. Er dachte daran, sich ein *cerveza*, ein Schlitz, zu genehmigen. Unklug, Wayne. Fast zwei Wochen war er auf der Suche nach T-Jay durch Florida gezogen. Hatte drei Tage als Handlanger und Anreißer bei Jerry Lepkes Jahrmarkttruppe gearbeitet. Sie hatten eine Schwertkiste, eine Schwertleiter, einen Feuerschlucker, ein Baby mit zwei Köpfen und ein Schlangenmädchen mit Zahnklammern. Er hatte ein Dutzend Leute angerufen, die er aus der Bewegung kannte. In Miami hatte er dann schließlich beim Chevrolet-Händler Elliot Bernstein eine Nachricht erhalten; der stellvertretende Verkaufsleiter dort war ein Anti-Castro-Guerilla, der ihn in einem gebrauchten Impala übernachten ließ.

Du mußt pünktlich sein, Wayne. Er ging zur Calle Ocho hinunter und sah den Mann, den er suchte, Ramón Benítez, mit einem tatterigen alten Hund an der vereinbarten Ecke stehen. Er kannte Raymo flüchtig aus längst vergangenen Tagen, als Exilkämpfer oft auf den Rasenflächen vor den Häusern und unter den Augen schläfriger Kinder das Marschieren in geschlossener Ordnung exerzierten.

Sie gaben sich die Hand usw.

Wayne sagte sich: ein harter Brocken, dieser hombre. Raymo ging mit ihm ein paar Straßen weiter nach Süden. Die kubanischen Fassaden wichen einer Art von Vorort-Amerika. Sonnige, sauber verputzte Einfamilienhäuser mit Bilderbuchrasen. Sie betraten ein eingeschossiges Haus. In einem hinteren Zimmer lief das Radio. Sie gingen durch einen Seitenausgang in einen ummauerten kleinen Hof, in dem eine Statue der Heiligen Barbara stand, und setzten sich an einen Holztisch.

»Das hier ist Franks Haus«, sagte Raymo.

Behaarte Arme. Einer dieser massigen Typen, bei denen mit

der üblichen Überredungskunst nichts zu erreichen ist. Es gibt nur zwei, drei Dinge in der Welt, über die er sich je Gedanken macht, und zu jedem dieser Punkte hat er seine unumstößliche Meinung. Wayne wußte nicht, wer Frank war.

»Es läuft also immer noch was«, sagte er. »Ein Kumpel von mir arbeitet bei einem Chevyhändler. In seinem Keller stellt er aus Benzin und Babyseife Napalm her. Ich schlafe in einem Wagen auf dem Gelände, als Nachtwächter gewissermaßen.«

»T-Jay will nichts weiter, als daß du ein paar Tage in der Nähe bleibst.«

»Ich such ihn schon eine ganze Zeit.«

»Er ist ein vielbeschäftigter Mann«, sagte Raymo. Es klang nicht überzeugend.

Der Hund lag hechelnd im Schatten.

Frank Vásquez kam mit einer Frau, zwei Kindern und etwas zu essen. Die Frau und die Kinder warfen einen flüchtigen Blick auf den Besucher. Wayne wartete nur darauf, daß jemand sagte: *»Mi casa es suya.«* Er genoß die altmodischen Umgangsformen. Aber sie verschwanden gleich wieder im Haus und ließen sein Lächeln in der Luft hängen.

Die drei Männer aßen in der summenden Mittagshitze. Wayne konnte den zwei Kubanern nichts Wesentliches entlokken. Mit der Belanglosigkeit des Gesprächs wuchs bei ihm die Gewißheit, daß Schwerwiegendes geplant wurde. Die Mahlzeit war so sehr von der gewichtigen und feierlichen Art der Lateinamerikaner geprägt, daß für Wayne absolut feststand: bei diesem Auftrag ging es nicht darum, für ein bißchen Aufregung an der kubanischen Küste zu sorgen, wie er das mit den Kommandotrupps aus der Pension so oft getan hatte.

Er erzählte Raymo und Frank von den Operationen, an denen er beteiligt gewesen war. Manche grandiose Pleite war darunter. Sturmböen, kubanische Kanonenboote, Verfolgung durch Polizeibarkassen. Er schilderte, wie T-Jay aus dem Nichts aufgetaucht war – sie wußten nicht einmal, ob er zur Agency gehörte oder nicht –, um sie in einer Spezialausbildung auf bestimmte Waffen und auf Nachtangriffe vorzubereiten. Sie brauchten jede zusätzliche Hilfe, die sie bekommen konnten.

Bei der Interpen-Brigade hatte Wayne immer noch im schrillen Tempo seiner Fallschirmjägertage gelebt. Damit hatte er seine Jugend abgerundet. Die Geschichte, die ihm jetzt bevorstand, war offenbar etwas völlig anderes. Ein geheimnisvoller, düsterer Plan. Da brauchte er nur Frank Vásquez anzusehen. Mit seinen traurigen Augen und dem länglichen, ernsten Gesicht trug er außer der Leidensgeschichte seiner Familie kaum etwas bei, doch die erzählte er mit eindringlichen Worten, als dokumentiere er einen Krieg aus dem letzten Jahrhundert.

Wie Blitz und Donner traf Wayne Elko die Erkenntnis, daß das eine Situation war wie in *Sieben Samurai.* Wo freie Krieger einer nach dem anderen für einen gefährlichen Auftrag ausgewählt werden. Wo Männer, die außerhalb der Gesellschaft stehen, aufgefordert sind, ein hilfloses Volk vor der Vernichtung zu bewahren. Und diese mächtigen Schwerter schwingen. Zweihänder.

Win Everett saß in seinem Büro auf dem verlassenen Campus der Texas Woman's University. Bei all dieser Hitze und Helligkeit war er froh über das Dunkel seiner Kellernische. Hier arbeitete er geduldig an seiner Verbitterung, verfeinerte und veredelte sie. In gleichbleibenden Abständen kehrte er zu ihr zurück, als sei sie eine Legende seiner Jugend, ein goldener Augenblick auf einem Footballplatz oder ein zugefrorener Teich, irgendein Unternehmen von so makellosen Proportionen, daß er es nicht vergessen konnte, ohne Gefahr zu laufen, einen einschneidenden Verlust zu erleiden.

Das Büro war der richtige Ort für ihn, wenn Mary Frances und Suzanne nicht zu Hause waren. Hier machte es ihm nichts aus, allein zu sein. Hier konnte er sitzen und nachdenken und gerade in der Erinnerung an das, was man ihm angetan hatte, nach einer unerbittlichen Gerechtigkeit suchen – hier konnte er seine Einstellung zur Vergangenheit verfeinern und läutern. Die Leuchtstofflampe summte und flackerte. Als es in dem Raum warm wurde, zog er das Jackett aus, faltete es säuberlich der Länge nach, dann noch einmal in der anderen Richtung, und legte es behutsam auf einen Aktenschrank.

Er konnte sich nicht länger der Tatsache verschließen, daß Lee H. Oswald auch außerhalb des Komplotts existierte.

T-Jay hatte in der Magazine Street 4907 in New Orleans das Schloß aufgebrochen. Das wurde erforderlich, als er erfuhr, daß Guy Banister keine Schriftprobe von dem Objekt hatte. Die Akte dort enthielt nur ein einziges Dokument, Oswalds Bewerbung, in Blockschrift ausgefüllt und nicht unterschrieben.

Lee H. Oswald existierte wirklich, keine Frage. Was Mackey bei einer kurzen Besichtigung seiner Wohnung herausfand, gab Everett das Gefühl, verdrängt worden zu sein. Es gab ihm ein Gefühl unheimlicher Panik, einen Einblick in die Fiktion, die er entworfen hatte, eine Fiktion, die vorzeitig in der Welt existierte.

Über die Waffen wußte Everett bereits Bescheid. Von Mackey kam die Bestätigung. Ein Revolver mit dem Kaliber 38. Ein Karabiner mit Zielfernrohr.

Er wußte von den Flugblättern. Oswald verteilte Flugblätter auf der Straße. Die Schlagzeile lautete: »Hände weg von Kuba.«

Dann war da Oswalds Briefwechsel mit dem Vorsitzenden des »Fair Play for Cuba Committee«.

Sozialistische Literatur lag herum. Reden von Fidel Castro. Eine Broschüre mit einem Castro-Zitat auf dem Umschlag: »Die Revolution muß eine Schule ungehinderten Denkens sein.« Ausgaben des *Militant* und des *Worker*. Eine Broschüre mit dem Titel *Die bevorstehende amerikanische Revolution*. Eine weitere von Jean Paul Sartre: *Ideologie und Revolution*. Bücher und Broschüren in russischer Sprache. Ein Stapel Kärtchen mit kyrillischen Buchstaben darauf. Ein Briefmarkenalbum. Ein zwölfseitiges handgeschriebenes Notizbuch mit dem Titel »Historisches Tagebuch«.

Da war ein Briefwechsel mit der Sozialistischen Arbeiterpartei.

Ein Roman in russischer Sprache, *Der Idiot.*

Da war eine Druckschrift mit dem Titel *Das Verbrechen gegen Kuba.* Hinten in dem Heft fand Mackey einen Stempel: Camp Street 544.

Da war ein Wehrpaß, ausgestellt auf den Namen Lee H. Oswald. Da war noch ein Wehrpaß, ausgestellt auf den Namen Alek James Hidell.

Da war ein Reisepaß für Lee H. Oswald. Eine Impfbescheinigung mit dem Stempel »Dr. A. J. Hideel«. Eine Wehrdienstbescheinigung des Marine Corps für Alek James Hidell.

Da waren Formulare, ausgefüllt mit den Namen Osborne, Leslie Oswald, Aleksei Oswald.

Da war eine Mitgliedskarte des »Fair Play for Cuba Committee«, Ortsgruppe New Orleans. Lee H. Oswald ist das Mitglied, A. J. Hidell der Ortsgruppenvorsitzende. Die Unterschriften stammten laut Mackey nicht von derselben Hand.

Ein aus einer Zeitschrift ausgeschnittenes Bild von Castro war mit Klebestreifen an der Wand befestigt.

Da war der Raum selbst. Mackey hatte fast das ganze Material in einer Art Vorratskammer hinter dem Wohnzimmer gefunden. Klein, dunkel, schäbig, ein deprimierender Ort, der perfekte Schlupfwinkel für den Heckenschützen, bis hin zu den Küchenschaben an den Fußleisten.

Everett hatte nur etwas Handgeschriebenes haben wollen, ein Foto vielleicht, damit er anfangen konnte, eine illustrierte Geschichte seines Objektes zu konstruieren. Mit dem falschen Namen hatte er anfangen wollen. Er hatte sich darauf gefreut, einen Namen zu erfinden – er mußte genau stimmen, in seinem Klang mußte sich die ganze Existenz eines getriebenen Menschen wiederfinden.

Oswald hatte bereits Namen. Er hatte seine eigenen Namen. Er hatte Namensvarianten. Er hatte Dokumente gefälscht. Wozu spielte Everett in seinem Keller mit Schere und Klebstoff? Oswald hatte seine eigenen Kopiermethoden, sein eigenes Fälscherwerkzeug. Mackey sprach von einer Kamera, Abdecklack, retuschierten Negativen, einer Schreibmaschine, selbergemachten Gummistempeln.

Er nannte die Arbeit schlampig. Aber Everett war nicht geneigt, den Jungen wegen technischer Einzelheiten zu kritisieren (Hidell, Hideel). Es ging offensichtlich um eine andere, viel wichtigere Frage. Was machte er mit all den gefälschten Papieren, mit einer Minox, die er hinter anderen Dingen in einem Schrank verbarg?

Everett machte eine heftige Armbewegung, um das Hemd von der feuchten Haut zu lösen. Er sah sich in dem Raum nach Zigaretten um. Seit ein paar Tagen schien es mehr Fragen als Taten zu geben, und mehr Verbitterung als Fragen. Ein Aspekt der Verbitterung ist, daß man an ihr arbeiten kann, daß man die Qual und den Groll verfeinern kann. Es ist eine Erfahrung, die Aussicht auf Vervollkommnung hat.

Lancer ist aus Berlin zurück.

Es lief jetzt wieder alles auf pure Erbitterung hinaus, auf diese Art des Verfeinerns und Veredelns. Es ging darum, wie sehr sie sein Selbstwertgefühl herabgesetzt hatten. Es war eine Frage des Maßes. Es ging darum, was sie ihm angetan hatten. Es ging darum, daß er in seinem Büro im Old Main saß und an seiner Wut feilte.

Das letzte, was Mackey beim Verlassen der Wohnung gesehen hatte, war ein James-Bond-Roman auf einem Tisch an der Tür.

Nicholas Branch hat unveröffentlichte Regierungsdokumente, Testergebnisse vom Lügendetektor, Dictabelt-Aufzeichnungen des Polizeifunks vom 22. November. Er hat Vergrößerungen von Fotos, Grundrisse, Amateurfilme, Biographien, Bibliographien, Briefe, Gerüchte, Wahnvorstellungen, Träume. Dies ist der Raum der Träume, der Raum, in dem er all diese Jahre verbringen mußte, um zu begreifen, daß sein Thema nicht Politik ist oder Gewaltverbrechen, sondern Männer in kleinen Räumen.

Gehört er jetzt auch dazu? Entmutigt, auf der Stelle tretend, selbstkritisch, auf der Suche nach einer Verbindung, nach einer Möglichkeit auszubrechen. Nach Oswald ist es nicht mehr nötig, daß man als Mann in Amerika ein Leben stummer Verzweiflung führt. Man beantragt eine Kreditkarte, kauft sich eine Faustfeuerwaffe, reist durch die großen Städte, Villengegenden und Einkaufszentren, anonym, anonym, sucht nach der erstbesten Gelegenheit, auf ein aufgedunsenes leeres berühmtes Gesicht zu schießen, nur um den Leuten klarzumachen, daß da draußen jemand ist, der die Zeitungen liest.

Branch tritt wirklich auf der Stelle. Er hat sein Leben drangegeben, um diesen Augenblick in Dallas zu verstehen, die sieben Sekunden, die dem amerikanischen Jahrhundert das Kreuz gebrochen haben. Er hat seine von der forensischen Pathologie gelieferten Daten, seine Neutronenaktivierungsanalyse. Und es gibt natürlich auch den Warren Report mit seinen sechsundzwanzig Begleitbänden von Zeugenaussagen und Beweisstükken, seinen Millionen Worten. Für Branch ist das der Megatonnenroman, den James Joyce geschrieben hätte, wenn er nach Iowa City gezogen und hundert Jahre alt geworden wäre.

Es ist alles da. Taufregister, Schulzeugnisse, Postkarten, Scheidungsklagen, entwertete Schecks, Arbeitsblätter für jeden Tag, Steuererklärungen, Vermögenslisten, postoperative Röntgenbilder, Fotos von geknoteter Schnur, Tausende von Seiten mit Zeugenaussagen, heruntergeleiert von eintönigen Stimmen in Verhandlungssälen in alten Gerichtsgebäuden, ein unglaublicher Fundus menschlicher Äußerungen. Das alles liegt so platt auf der Seite, hängt so still in der trägen Luft, ist so bar jeder Syntax oder anderer Gliederung, daß es einem Gedankenschauer gleicht, einem Gedicht aus Menschenleben in einer alles verwischenden, tropfenden Sprache.

Dokumente. Da ist das Zahnschema der Mutter Jack Rubys,

datiert vom 15. Januar 1938. Da ist eine Mikrofotografie von drei Strähnen aus Lee H. Oswalds Schamhaar. An anderer Stelle (alles im Warren Report ist an anderer Stelle) wird das Schamhaar ausführlich beschrieben. Es ist glatt, ohne Verdikkungen. Die Schuppen sind von mittlerer Größe. Der Wurzelbereich ist fast pigmentfrei.

Branch weiß nicht, wie er mit derlei Informationen umgehen soll. Er möchte glauben, daß das Haar in den Bericht gehört. Es ist für sein Gefühl einer verantwortungsvollen Besessenheit entscheidend, daß alles in seinem Raum eine sorgfältige Untersuchung rechtfertigt. Alles gehört hierher, alles hängt zusammen, das Murmeln obskurer Zeugen, die Fotos unleserlicher Dokumente und merkwürdige traurige persönliche Überbleibsel, Dinge, die beim Tod zusammengerafft wurden – alte Schuhe, Pyjamajacken, Briefe aus Rußland. Es ist alles eins, eine zerfallene Stadt aus Kleinigkeiten, wo Menschen echten Schmerz empfinden. Dies ist das Joycesche Amerikabuch, wohlgemerkt – der Roman, in dem nichts ausgelassen wird.

Branch hat dem Warren Report längst seine Schwächen verziehen. Als ein Dokument menschlicher Verzweiflung und Verwirrung ist er zu wertvoll, als daß man ihn geringschätzen oder einfach abtun dürfte. Die sechsundzwanzig Bände machen Branch das Leben schwer. Männer und Frauen tauchen in Aktennotizen des FBI auf, werden über einige Seiten hinweg verfolgt, verschwinden dann – Kellnerinnen, Prostituierte, Gedankenleser, Geschäftsführer von Motels, Besitzer von Schießständen. Ihre Geschichten bleiben in der Zeit hängen, entbehrlich, auf ihre Art vollkommen, unerledigt.

> RICHARD RHOADS und JAMES WOODARD betranken sich eines Abends, und WOODARD sagte, er und JACK wollten ein paar Schußwaffen nach Kuba schmuggeln. JAMES WOODARD hatte eine Schrotflinte, ein Gewehr und möglicherweise eine Faustfeuerwaffe. Er sagte, JACK habe sehr viel mehr Waffen als er. DOLORES sagte aus, sie habe nicht gesehen, daß es in JACKS Besitz irgendwelche Waffen gebe. Sie sagte ferner aus, er habe mehrere

Kisten und Koffer in seiner Garage, und ISABEL behauptete, in ihnen würden ihre Pelze aufbewahrt, die wegen der hohen Luftfeuchtigkeit in der Gegend dem Schimmel zum Opfer gefallen seien.

Fotos. Viele sind überbelichtet, vom Licht verschossen, so verblichen, daß sie älter wirken, als sie sind; sie lassen Dinge erahnen, die trotz der Einfachheit der dargestellten Objekte und der knappen Bildunterschriften kaum zu erkennen sind. *Gardinenstangen, auf einem Wandbrett in Ruth Paines Garage gefunden.* Da sind sie. Das Bild zeigt nicht mehr und nicht weniger. Doch Branch hat das Gefühl, daß hier Einsamkeit eingefangen ist, eine seltsame Trostlosigkeit. Warum haben diese Fotos die Macht, ihn zu beunruhigen, ihn traurig zu machen? Kontrastlos, blaß, von der Zeit ausgewaschen, losgelöst von den besonderen Merkmalen dieser oder jener Ära, nichtssagend, nichts verdeutlichend, einsam. Kann eine Fotografie einsam sein?

Diese Traurigkeit läßt ihn mit starrem Blick auf seinem Stuhl verharren. Er spürt die Seelen verlassener Orte, kehrt immer und immer wieder zu den Bildern der Kantine im ersten Stock des Texas School Book Depository zurück. Säle, Garagen, Straßen wurden geräumt, damit offizielle Bilder gemacht werden konnten. Jetzt sind die Straßen für immer menschenleer, für immer in den Bildern eingesperrt. Er spürt die Seelen derer, die dort waren und nun fort sind. Er spürt die Traurigkeit in Gegenständen, in Lagerhauskartons und blutdurchtränkten Kleidern. Er atmet Einsamkeit ein. Er spürt die Toten in seinem Raum.

W. Guy Banister, ehemaliger FBI-Agent, Sammler antikommunistischer Informationen, wird im Juni 1964 in seinem Haus in New Orleans tot aufgefunden; die mit seinem Monogramm versehene Magnum 0,357 liegt in einem Schubkasten neben dem Bett. Als Todesursache wird Herzinfarkt angegeben.

Frank Vásquez, der ehemalige Lehrer, der für und gegen Castro gekämpft hat, wird im August 1966 vor El Mundo Bestway, einem Supermarkt in der West Flagler Street in Miami, mit drei Kopfschüssen tot aufgefunden. Berichte von Streitigkeiten innerhalb der Anti-Castro-Gruppen in der Gegend. Berichte von einer Auseinandersetzung früher an diesem Abend in einem Club. Keine Festnahmen in dem Fall.

Zehn Jahre danach – auf den Tag genau und ebenfalls in Miami – findet die Polizei den verwesenden Leichnam von John Roselli, mit richtigem Namen Filippo Sacco; dieser Mann der Unterwelt hatte noch kurz zuvor vor einem Untersuchungsausschuß des Senats ausgesagt, der sich mit CIA- und Mafia-Plänen zur Ermordung Castros befaßte. Die Leiche schwimmt in einem Ölfaß in der Dumbfoundling Bay, die Beine sind abgesägt. Keine Festnahmen in dem Fall.

Branch sitzt mit starrem Blick da.

Die CIA bezahlt ihn auf der Gehaltsstufe weiter, die er bei seinem Ausscheiden erreicht hatte; dazu kommt regelmäßig eine Teuerungszulage. Sie zahlten für den Raum, den er an sein Haus anbaute, diesen Raum, den Raum der Dokumente, der verblaßten Fotografien. Sie zahlten dafür, daß er den Raum feuerfest machen ließ. Sie zahlten für den Desktop-Computer, den er zum Abfragen biographischer Daten benutzt. Es bereitet Branch Unbehagen, ihnen Büromaterial in Rechnung zu stellen, und er gibt oft einen Betrag an, der unter dem liegt, was er tatsächlich ausgegeben hat.

Er nimmt die meisten seiner Mahlzeiten in dem Raum ein. Er macht dazu Platz auf dem Schreibtisch und liest beim Essen weiter. Er schläft auf dem Stuhl ein, wacht erschrocken auf und traut sich im ersten Moment nicht, eine Bewegung zu machen. Überall Papier.

Sie saßen am frühen Abend auf hölzernen Tribünen und sahen den alten Männern beim Softball zu. Die Spieler trugen kurzärmelige weiße Hemden, lange weiße Hosen und dunkle Fliegen, dazu Baseballmützen und weiße Turnschuhe. Speziell die Fliegen machten Raymo glücklich. Er fand die Fliegen fantastisch, sie gaben dem Ganzen die besondere Yanqui-Note.

Frank saß mit einer Orangeade ein paar Plätze weiter in der Reihe über ihm. »Ich muß immer noch an die Berge denken.«

»Du mußt immer noch an die Berge denken. Sieh dir lieber den Mann am ersten Base an. Ich wette, der ist schon fünfundsiebzig. Und tänzelt um das Base herum wie ein Junger.«

Aber Raymo dachte auch an die Berge. Er war in der Bewegung des 26. Juli auf der Seite Castros, in der hungernden Armee der Bärte. Fidel war damals so etwas wie eine magische Figur. In ihm steckte zweifellos eine besondere Kraft, ein Mythos. Er war groß, stark, langhaarig, völlig verdreckt, vermischte Theorie und derbe Sprüche, tauchte überall auf, erklärte alles, richtete Fragen an Soldaten, kleine Bauern, sogar Kinder. Er machte aus der Revolution etwas, das die Leute körperlich spürten. Die Ideen, die schneidenden Worte, sie pochten in allen Sinnen. Er war wie Jesus in Stiefeln, predigte überall, wo er hinkam, verschwieg den Campesinos seine Identität bis zum dramaturgisch richtigen Zeitpunkt.

Frank sagte: »Jämmerlich war es wegen Krankheit und Hunger, wegen des Regens. Aber auch, weil ich mir meiner eigenen Motive nie sicher war. Wenn ich an die Berge zurückdenke, erinnere ich mich vor allem an meine eigene Verwirrung. Mich zog es in zwei Richtungen. Das hat es mir schwer gemacht.«

Es war wirklich so. Frank hatte schon immer etwas von einem *gusano*, mit einer heimlichen Bewunderung für Batista. Nun waren sie alle *gusanos*, Anti-Castro-Würmer, in der Sprache der Linken. Doch Frank war schon immer halb Wurm, halb *batistiano* gewesen, selbst als er für Fidel kämpfte.

Castro erinnerte sich gerne an die ersten Tage des Aufstandes, bevor Frank und Raymo in die Sierra Maestra gingen. Zwölf Männer mit elf Gewehren. Heute weiß Raymo, daß es nicht nur der 26. Juli war, der das Regime stürzte. Von der ersten Minute an erfand Castro eine geeignete Geschichte der

Revolution, um die Macht schneller an sich reißen zu können, um der »Maximum Leader« zu werden.

Der Spieler am dritten Base duckte sich und breitete die Arme aus, um gleich losrennen zu können. Der alte Herr in der Schlägerbox jagte den Ball unter den Augen seiner Mannschaftskameraden, die sich halb von der Bank erhoben, ins linke Außenfeld. Die Sonne schien durch die hinter dem Zaun am rechten Außenfeld stehenden Palmen.

Frank sagte: »Ich denke heute mehr denn je an die Berge.«

»Weil du ein Idiot bist, Mann.«

»Aber an die Invasion denke ich überhaupt nicht.«

»Das wäre genau so idiotisch. Außerdem habt ihr Schiffbruch erlitten.«

»Wir sind auf Grund gelaufen. Aber das hat unsere Zuversicht nicht erschüttert.«

»Idioten bis zuletzt. Vom Ufer aus hab ich das Heck absaufen sehen.«

»Wir hatten trotzdem noch Hoffnung«, sagte Frank ernst.

»Kein Wunder, daß du an die Berge denkst. In den Bergen haben wir gesiegt.«

Frank gab ihm den Rest der Orangeade. Sie sahen, wie die alten Herren einen Doppellauf zuwege brachten, konzentrierter und flinker als junge Burschen, mit siebzig exakt in den Bewegungen, und mit Fliege. Sie mußten daran denken, daß Fidel immer Baseballbegriffe gebrauchte, wenn er vom nächsten Einsatz sprach. Wir werden sie auf dem falschen Fuß erwischen. Wir lassen die Hunde ins Leere laufen. Sie gingen die Stufen hinunter und zum Auto. Capitán lag wie ein gestohlener Mantel ausgestreckt auf dem Rücksitz.

Raymo brachte seinen Kumpel nach Hause. Klar, Frank denkt ständig an die Berge. Dreiundzwanzig Tage verbrachte er in den Bergen. Er stöhnte jeden Tag, dreiundzwanzig Tage lang, und als er mit seinem Gejammer fertig war, ging er in seinen Beruf als Lehrer zurück, unterrichtete wieder die Kinder von Männern, die Zuckerrohr für die Zuckerbosse schnitten,

Kinder, die das Zuckerrohr säuberten und verpackten, ohne Lohn dafür zu bekommen.

Das Haus, in dem Raymo wohnte, lag zwischen dem Miami River und dem Orange-Bowl-Stadion. Er parkte, brachte den Hund zum Hydranten und ging dann hinein. Eine widerliche Hitze. Als erstes hörte er sofort wieder das Stöhnen des Verkehrs von der Hängebrücke der Northwest Twelfth Avenue herüber. Es war ein Ton, der geringfügig über dem natürlichen Summen der Welt lag, ein Ton wie von einem Menschen, der allein in einem Zimmer sitzt und nachdenkt.

Die Regierungstruppen hatten Angst vor der Cordillera. Die Berge bedeuteten für sie den Tod. Raymo hielt es für nahezu ausgeschlossen, daß er sterben könnte. In der Sierra war er unantastbar, dick und fett, selbst während der letzten Generaloffensive, als eine Napalmwelle nach der anderen Land und Luft versengten. Im Geiste waren sie alle unantastbar. Deshalb waren sie schließlich Rebellen.

Er lag auf dem Bett und hing seinen Gedanken nach.

Der Marsch nach Havanna dauerte etwa fünf Tage. Sie wurden mit einer Ehrfurcht begrüßt, wie sie Helden in Büchern entgegengebracht wird. Säubert das Land, hieß die Parole. Raymo sah eine Reihe von Hinrichtungen. Dies waren die Vergewaltiger und Foltermeister des Regimes, Leute, die anderen Nägel in den Schädel getrieben hatten. Sie wurden höflich aufgefordert, sich an den Rand eines knietiefen Grabens zu stellen. Sie starben alle auf unterschiedliche Weise, fielen seitlich, fielen nach hinten, Arme in die Luft gerissen, Arme angelegt, aber für alle kam der Tod unverhofft, sie starben zutiefst überrascht.

Dann traten die Kommunisten auf den Plan, gingen in die Gewerkschaften und die Komitees auf dem Land. Castro gab ihnen die Rechtsfähigkeit. In Kisten verpackte MiGs warteten darauf, daß kubanische Piloten lernten, sie zu fliegen. Denkt in kollektiven Kategorien, hieß die Parole. Das Individuum muß zurücktreten und verschwinden.

Es war nicht mehr die Revolution, von der er geredet hatte.

Der Zutritt zu bestimmten Bezirken blieb Kubanern verwehrt. Russische und tschechische Techniker waren im Land, russische Bautrupps, wohin man nur schaute. Studenten, die gegen das neue Regime arbeiteten, entdeckten nachts auf Landstraßen schwere Tieflader, die langgestreckte, mit Zeltplanen verhüllte Objekte transportierten. Der Scherz machte die Runde, es seien für den Schwarzen Markt bestimmte Palmen. Die Fracht war die SA-2, die erste der sowjetischen Raketen, die nach Kuba kamen. Sie waren hier, um den Himmel gegen in großer Höhe fliegende Aufklärungsflugzeuge zu verteidigen.

Zu dem Zeitpunkt saß Raymo schon im Gefängnis La Cabaña, ein Veteran der Schweinebucht. Im Handumdrehen war aus dem bärtigen Helden ein Wurm geworden. Um den Hof herum lagen uralte Speicherräume und Magazine, unterirdische Gänge mit Tonnengewölbe wurden als Zellen genutzt, und eine davon teilte er mit ehemaligen Castro-Guerillas und Batista-Offizieren, mit Arbeitern, Radikalen, Gewerkschaftsfunktionären, Studentenführern, mit Männern, die vom alten und vom neuen Regime gefoltert worden waren – ein perfekter kubanischer Eintopf. Die Außenwand seiner Zelle lag zum Burggraben hin, wo Exekutionen stattfanden. Er wartete darauf, daß John F. Kennedy ihn herausholte.

In manchen Nächten hörten sie zehn Exekutionen. Einmal sah Raymo einen schlanken Mann im Scheinwerferkegel vor den Sandsäcken stehen. Der Mann trug weiße Schuhe, ein dunkles Hemd mit einer Lassokrawatte und einen schönen Panamahut. Sie hatten es so eilig ihn hinzurichten, daß sie ihm nicht einmal die graue Gefängniskleidung gaben, ganz zu schweigen von einer Anhörung oder einem Prozeß. Raymo sah den Hut in die Luft fliegen, als sie ihn erschossen. Der Hut flog senkrecht nach oben, wie in einem Comic-strip. Das Individuum muß verschwinden.

Wieder fuhr ein Auto über das Eisengitter in der Mitte der Brücke und löste dieses tiefe Stöhnen aus.

Er wollte glauben, daß er das Gefängnis hinter sich hatte. Als ehemaliger Kämpfer in der Sierra und an der Playa Girón war er gezwungen, sich endlose Debatten zwischen Castro und Kennedy anzuhören, Debatten, die darüber entscheiden, wo er lebt, was er ißt, mit wem er redet. In Oriente war er noch Facharbeiter gewesen, Mechaniker in einem Nickelbergwerk, das in amerikanischem Besitz war, und da erfuhr er zum erstenmal von der Bewegung des 26. Juli, als Studenten überzeugend von weitverbreiteten Ungerechtigkeiten erzählten. Jetzt steht er auf Leitern, pflückt Obst und wartet darauf, daß ihm die »Maximum Leaders« sagen, wo er als nächstes hingehen soll. Sie tragen ihre Größe wie ein Mal mit sich herum, diese beiden Männer mit ihren Visionen und ihrem heroischen Anspruch. Jeder versucht sich als Schatten des anderen, spukt in dessen Träumen herum. Jeder kauft, was der andere anbietet. Elfhundert Veteranen der Angriffsbrigade wurden aus dem Gefängnis entlassen, nachdem die Vereinigten Staaten dreiundfünfzig Millionen Dollar an Castros Regierung gezahlt hatten. Raymo stand an der Seitenlinie im Orange-Bowl-Stadion, drei Straßen von seinem stinkenden Bett entfernt, und hörte die erneuerten Gelöbnisse, die zweite Welle der Leere. Sechs Monate waren seither vergangen. Er glaubte nicht, daß er von irgend etwas befreit worden war. Gefechtsausbildung im wilden Gras der Everglades. Nur dann fühlte er sich frei.

Er konnte einfach nicht vergessen, wie der Hut vom Kopf des schlanken Mannes geflogen war. Die Überraschung des schweren, dumpfen Aufschlags, die plötzliche Verletzung. Auch wenn du glaubst, alles gesehen zu haben, womit Gewalt überraschen kann, passiert plötzlich etwas, das du dir nie hättest vorstellen können. Wieviel Wucht steckt hinter einer Gewehrkugel, wenn sie einen Mann so in der Brust treffen kann, daß sein Hut einen Meter hoch in die Luft fliegt? Es war eine kinetische Demonstration und eine Mahnung an alle Menschen, daß es keine gesicherte Erkenntnis gibt.

IN MINSK

Zur Fabrik waren es von seiner Wohnung acht Minuten zu Fuß. Er war ein »Regulator der ersten Kategorie«, was so viel hieß wie ungelernter Metallarbeiter. Die Fabrik war zehn Hektar groß, beschäftigte fünftausend Menschen und stellte Rundfunk- und Fernsehgeräte her.

An seinem ersten Tag überreichte er dem Fabrikdirektor einen handgeschriebenen Lebenslauf. »Meine Eltern sind tot«, schrieb er. »Ich habe keine Brüder oder Schwestern.«

Der Direktor hieß den Bürger Oswald willkommen.

Punkt acht läutete der Diensthabende eine Glocke. Metallisches Kreischen. Sägen schnitten durch Stahlblöcke. Oswald war nicht klar gewesen, daß es bei der Herstellung eines Radios so viel schrille Wildheit gab.

Die ganze Zeit Versammlungen. Ein großes Bild von Lenin schaute auf die Arbeiter herunter. Fünfzehn Versammlungen im Monat, alle nach der Arbeit, dazu täglich Pflichtgymnastik.

Er ging mit Mädchen in die Oper und besichtigte Sehenswürdigkeiten. Es gab in dieser Industriestadt eine Reihe imposanter Bauten, manche ein wenig komisch, fand er. Das Gewerkschaftshaus hatte die Fassade eines griechischen Tempels, aber die in den Fries gemeißelten Figuren waren ein Maurer, ein Geometer, eine Kugelstoßerin und ein Mann in einem zweireihigen Anzug mit einer Aktentasche.

Er aß gebratenen Kohl in Stehkneipen.

Jede der autonomen Republiken ist mit elf Abgeordneten im

Nationalitätensowjet des Obersten Sowjets vertreten. Sowjet heißt Rat.

Mein Russisch macht gute Fortschritte

In seiner Wohnung im dritten Obergeschoß hatte er eine Küche und ein Bad für sich allein. Er schlief auf einer Bettcouch. Er hatte seinen eigenen Balkon mit Blick auf eine breite Biegung des Stromes, der durch Minsk fließt. Am fünften Tag jedes Monats bekam er seinen Scheck vom Roten Kreuz.

Er las auf dem Balkon, schrieb russische Wörter und Sätze in sein Notizbuch. Danke schön, schrieb er. Sächliche Hauptwörter mit *o*-Endung erfordern ein *a*. Er schrieb den Text eines beliebten Liedes auf.

Kirchtürme in der Ferne.

Er hatte Geld zur Verfügung. Er war eine interessante Persönlichkeit, ein Amerikaner, ein Fremder mit einer Geschichte. Amerika war kaum mehr als ein Gerücht, ein glitzernder Ort, an den die Leute nicht recht glaubten, und sie wollten hören, was er zu sagen hatte.

Dann kam es am 1. Mai, am Tag der Arbeit, im Himmel über Swerdlowsk im Ural zu dem aufwühlenden Ereignis.

Der Gefangene stand in einem Metallkäfig im Fahrstuhl. Lichtdicht, schalldicht. Diese Form nackten Bewußtseins hatte er im Augenblick nicht nötig. Unregelmäßiger Herzschlag. Schmerzen im rechten Bein. Eine Erschöpfung legte sich über die heftigen Kopfschmerzen, über das Pfeifen in den Ohren.

Sie gingen mit ihm einen Gang entlang. Vier Männer, zwei in Uniform. Er spürte ihre grimmige Genugtuung, etwas Rühmenswertes in der Luft, ein alter Mißstand endlich in Ordnung gebracht. Er sollte gerade in diesen Minuten an einem Fjord in Norwegen landen.

Sie brachten ihn in einen kleinen Raum. Zeit, sich wieder einmal auszuziehen. Während des Nachmittags hatten sie ihn immer wieder aufgefordert, seinen Druckanzug, seine Fliegermontur und seine langen Unterhosen auszuziehen, stillzustehen, sich vorzubeugen, schauen Sie hierher, ziehen Sie diese Hosen an, nehmen Sie dieses Hemd. Dann brachten sie ihn an einen anderen Ort und fingen wieder von vorne an.

Er wußte, daß er jetzt im Lubjanka war, mitten in Moskau, im politischen Gefängnis des KGB. Vielleicht war das jetzt die letzte Leibesvisitation.

Sie gaben ihm wieder andere Kleider, diesmal auch einen zweireihigen Anzug, der drei Nummern zu groß war, und brachten ihn in den Verhörraum, wo schon ein Dutzend Männer saßen, drei in Uniform, zwei Majore und ein Oberst. Kein Tonbandgerät zu sehen. Ein Dolmetscher setzte sich neben den Gefangenen. Ein Stenograf, der zu alt aussah, als daß man ihm noch zugetraut hätte, mehr als den Namen und die Nationalität des Gefangenen aufzuschreiben, saß mit einer Rosette am Rockaufschlag am Ende des langen Tisches.

Der Gefangene nahm die Phalanx der finsteren Gesichter mit einem leichten Kopfnicken zur Kenntnis. Männer mit einem festen Platz im Staatssicherheitsdienst. Sie schienen ihn skeptisch zu betrachten, obwohl er noch kein Wort gesagt hatte. Vielleicht fanden sie es zu schön, um wahr zu sein: Endlich war ihnen ein amerikanischer Luftpirat in die Hände gefallen, nachdem diese nicht gekennzeichneten Flugzeuge vier Jahre lang ihr Land überflogen hatten. Der Gefangene dachte an die Zukunft, an ein Leben bei Kartoffeln und Kohlsuppe. Möglicherweise ein kurzes Leben. Vielleicht erschossen sie ihn unten im Hof, wie im Film, zu gedämpften Trommelwirbeln.

Heller Blitz am Himmel, das Flugzeug schoß mit einem heftigen Ruck nach vorn, wie ein im dichten Verkehr von hinten gerammtes Auto.

Die lange Nacht der Fragen begann. Name, Nationalität, Art des Flugzeugs, Art der Mission, Flughöhe, Flughöhe, Flughöhe. Das Problem beim Lügen ist, daß man sich alles einprägen muß, was man sagt, für den Fall, daß die Frage wiederkommt. Im wesentlichen sagte er die Wahrheit. Er wollte die Wahrheit sagen. Er wollte, daß diese Leute ihn mochten. Ein paar kluge Lügen in entscheidenden Punkten – nur daß er nicht genau wußte, welches die entscheidenden Punkte waren, die er schützen mußte. Auf das hier war er nicht vorbereitet worden. Niemand hatte ihm erklärt, was er sagen sollte. Er war nur Pilot. Das versuchte er deutlich zu machen. Er flog eine bestimmte Route, betätigte die Schalter für die jeweilige Mission. Er war Zivilangestellter. Er las Instrumente ab, schrieb Zahlen auf, wich vom Kurs ab, korrigierte. Ein Junge aus den Hügeln Virginias. Hielt nichts vom Rauchen, Trinken, Tabakkauen. Hatte in der fünften Klasse für seine Lehrerin ein Flugzeug aus einer Zigarrenkiste gebastelt.

Er sagte ihnen, seine Flughöhe sei achtundsechzigtausend Fuß gewesen.

Wenn sie das Wrack untersuchten, würden sie ihn nach der Sprengkapsel fragen, die er nicht scharf gemacht hatte, weil er dachte, sie könne detonieren, bevor er Zeit hatte, das Flugzeug zu verlassen. Peinlich. Sie würden ihn auch nach der Giftnadel fragen, die sie ihm schon vor Stunden in Swerdlowsk abgenommen hatten. Ja, der Gefangene kam sich etwas blöd vor. Er sollte eigentlich tot sein. Bei einigen sehr wichtigen Leuten würde die Überraschung groß sein, wenn sie erfuhren, daß er noch lebte. Sie hatten Millionen dafür ausgegeben, ihm einen bequemen Tod zu ermöglichen.

Als sie mit den Fragen fertig waren, gaben sie ihm wieder andere Kleider, brachten ihn in einen anderen Raum, forderten ihn durch Gesten auf: runter mit den Hosen, gaben ihm eine Spritze, die ihm, so glaubte er, entweder beim Einschlafen helfen würde oder die Wahrheit entlocken sollte.

Am Schalter des Traktaufsehers vorbei führten sie ihn in einen zweigeschossigen Zellenblock. Seine Zelle war zweieinhalb mal viereinhalb Meter groß und lag hinter einer massiven Eichentür, die an Stahlbändern aufgehängt war. Es gab eine eiserne Bettstelle, einen kleinen Tisch, einen Stuhl und ein Fenster, dessen Doppelscheibe mit einem Drahtgeflecht verstärkt war. Er war allein und konnte die Uhr vom Kreml schlagen hören. Die Nachricht von der vermißten U-2 verbreitete sich bereits. Bodø, Incirlik, Peshawar, Wiesbaden, Langley, Washington, Camp David. Das war irgendwie aufregend. Als er sich zum fünften oder sechsten Mal an diesem endlosen, beschwerlichen und wirren Tag auszog, bemerkte er das Guckloch in der Tür.

Beim Trudeln legte sich das Flugzeug auf den Rücken, die Nase in den Himmel gereckt, und es war ein wenig wie im Traum, wenn du völlig machtlos bist und dich nicht bewegen kannst.

Statt ihn zu foltern, um ihm ein paar Antworten zu entlokken, die ihnen gefielen, schickten sie ihn am nächsten Tag auf eine Tour durch Moskau.

Aleksei Kirilenko war bei der zweiten Vernehmungsrunde anwesend. Ein Päckchen Laika mit Filter lag vor ihm auf dem Tisch. Zehn Männer waren im Raum. Die Fragen kamen Schlag auf Schlag. Der Gefangene namens Francis Gary Powers sagte auf die Hälfte der Fragen aufrichtig die Wahrheit und log ebenso aufrichtig bei der anderen Hälfte. Das schätzte jedenfalls Alek.

Nein, er sei noch nie über sowjetisches Hoheitsgebiet geflogen.

Nein, die CIA habe ihm keine Liste mit Agenten gegeben, die er hier kontaktieren könne.

Nein, er sei nie in Atsugi in Japan stationiert gewesen.

Und das Flugzeug?

Ja, das Flugzeug sei einmal in Atsugi stationiert gewesen.

Sie hatten dem Gefangenen den Haarschnitt eines Bauern verpaßt. Stand ihm gut, dachte Alek. Powers hatte einen großen quadratischen Schädel, markante Gesichtszüge, die besorgte

Miene eines einfachen Bauern, der Straßen in der Hauptstadt überquert.

Nein, dem Gefangenen war nicht der Gedanke gekommen, daß er mit einer Verletzung der sowjetischen Grenzen die bevorstehende Gipfelkonferenz gefährdete.

Die Überlegung in der Zentrale war, Chruschtschow würde mit der Nachricht, daß Francis Gary Powers lebte und in Gefangenschaft war, erst dann an die Öffentlichkeit gehen, wenn die amerikanische Verschleierungsgeschichte mit all ihren optimistischen und erbärmlichen Varianten publik gemacht war. (Ein unbewaffnetes Wetterflugzeug ist irgendwo über dem Vansee in der Türkei verschwollen, nachdem der Pilot, ein Zivilist, noch melden konnte, er habe Schwierigkeiten mit dem Sauerstoffsystem). Je nach Bedarf würden sie Einzelheiten hinzufügen oder zurücknehmen. Aber sie gingen in jedem Fall von einem toten Piloten aus.

Dann würde der Ministerpräsident – an der Brusttasche seines Straßenanzugs eine bescheidene Ordenssammlung – in der Großen Halle aufs Podium steigen und in Gegenwart von Fotografen und mit angemessenen Gesten die interessante Neuigkeit verkünden, und in explosiven Ausbrüchen würde seine Stimme alle im Raum erreichen, die Abgeordneten, die Präsidiumsmitglieder, das diplomatische Korps und die internationale Presse.

Genossen, würde er beginnen, ich muß euch in ein Geheimnis einweihen. Das breite Grinsen, die abgehackten Bewegungen der fuchtelnden Hand. Wir haben den Piloten aus dem harmlosen Wetterflugzeug, von dem ihr alle gehört habt. Wir haben das Wrack des Flugzeugs. Von unseren Raketen über unserem Hoheitsgebiet abgeschossen, zweitausend Kilometer von der Grenze entfernt. Der Schatten im Himmel. Losgeschickt, um militärische Einrichtungen und Industrieanlagen zu fotografieren. Wir haben die Kamera und die Filme. Dann würde er die Spionagefotos hochhalten und sich über die Luftproben lustig machen, die das Flugzeug angeblich einsammeln sollte.

O ja, Francis Gary Powers lebt, ist gesund und munter, trotz der Sprengkapsel im Flugzeug, trotz des Giftes, das seinem Leben ein Ende hätte machen sollen, trotz des langen Messers und der Pistole mit Schalldämpfer. Der Ministerpräsident würde eine Pause einlegen, um einen Schluck Wasser zu trinken. Siebentausend Rubel in sowjetischer Währung. Vielleicht hat er die weite Reise ja nur gemacht, um alte Rubel gegen neue einzutauschen?

Gelächter, Beifall.

Alek freute sich auf das Theater, das Chruschtschow um die U-2-Affäre veranstalten würde. Das Gipfeltreffen sollte in zwei Wochen in Paris stattfinden. Eisenhowers moralischer Führungsanspruch ist im Eimer.

Doch als sich die Fragen über Stunden hinzogen, dann über Tage, wuchs sein Unbehagen. Die Uniformierten vom militärischen Nachrichtendienst GRU kamen immer wieder auf die Frage der Flughöhe zu sprechen. Wußten die nicht, wie hoch das Flugzeug flog, als sie es abschossen? Hatten sie einen Zufallstreffer mit einer Rakete erzielt, die außer Kontrolle geraten war? War er auf eine niedrigere Flughöhe gegangen, um nach einem Triebwerksaussetzer eine neue Zündung zu versuchen? Hatte das den Abschuß möglich gemacht? Gerüchte besagten, es sei gar kein Abschuß gewesen. Hatte die CIA mit einem Sabotageakt das Flugzeug zum Absturz gebracht, um den Gipfel scheitern zu lassen?

Francis Gary Powers behauptete immer wieder, er sei, als er den Aufprall gespürt und den Blitz gesehen habe, auf maximaler Flughöhe gewesen. Achtundsechzigtausend Fuß. Die von der GRU hielten das offenbar für eine Lüge. Ihrer Meinung nach konnten die U-2s viel höher aufsteigen, und sie wußten, daß diese Höhen für die sowjetischen Raketen unerreichbar waren.

Warum glaubten sie, das Flugzeug sei höher geflogen, als der Pilot behauptete?

Weil es ihnen Oswald sagte? Bestimmt war ihnen das auch

von anderen Quellen nachdrücklich bestätigt worden. In jedem Fall tat diese Affäre einiges für die Glaubwürdigkeit des Jungen. Mit dem, was er über die extreme Steigfähigkeit des Flugzeugs gesagt hatte, hatte er offensichtlich recht. Er war außerdem der einzige Mensch in der UdSSR, der aus eigener Anschauung brauchbare Angaben über die U-2 machen konnte, der wie Powers Amerikaner war und in den Reaktionen und im Tonfall seines Landsmannes verräterische Anzeichen erkennen konnte, der in der Lage war, dessen Aussagen über Bodenpersonal, Sicherheitsvorkehrungen und ähnliches zu beurteilen.

Lee H. Oswald wurde für Kirilenko langsam zu einer chaplinesken Figur, die am Rande unüberschaubarer und gefährlicher Ereignisse entlangschlitterte.

Ahnungslos oder teilweise wissentlich – jedenfalls schweigend – hatte der Junge immer wieder das Chaos im Schlepp, löste Katastrophen aus, ohne sie selbst zu erleben, machte sein Leben zu einem Rätsel und hielt uns vielleicht alle zum Narren.

Alek war nie in den Vereinigten Staaten gewesen. Nach allem, was er von dem Land gehört hatte, hütete er sich vor dessen Impulsivität, dessen seichter Selbstsicherheit. Es ist eine Kindergarten-Zivilisation, schreckhaft, sabbernd, nachlässig – verglichen mit dem, was wir hier haben, dem gewaltigen Schatz einer Geschichte, die in den Seelen der Menschen fortdauert.

Zigaretten machten ihn patriotisch. Er rauchte wieder, nachdem er sechs Jahre lang auf winzigen Sachen herumgekaut hatte.

Wenigstens sah Oswald amerikanisch aus. Francis Gary Powers dagegen würde schließlich als Angeklagter im Gerichtssaal der Säulenhalle unter den Kronleuchtern stehen und mit seinem tölpelhaften Haarschnitt und seinen lächerlich übergroßen – oder zu engen – Kleidern wie ein Holzfäller vom Balkan aussehen.

Der Bürger Oswald kam in die Stadt; er trug seine dunkle Krawatte, den Kaschmirpullover und den grauen Flanellanzug. Es war schön, wieder in Moskau zu sein.

Sie brachten ihn ein paar Minuten nach Beginn des Verhörs in den Raum. Neben einem Sicherheitsbeamten in Zivil saß er mit Bleistift und Notizblock fünf Meter hinter dem Gefangenen an der Wand.

Die Nachricht war natürlich überall, beherrschte die Presse und den Äther. Die U-2 war das größte Ereignis seit Jahren. Ein lärmendes Durcheinander von selbstgerechten sowjetischen Stimmen, historischen amerikanischen Lügen, gestörten Beziehungen. Er hörte zu, wie Francis Gary Powers versuchte, mit den Fragen Roman Rudenkos fertigzuwerden, der einer der Hauptankläger in den Nürnberger Kriegsverbrecherprozessen gewesen war. Ein Nazi-Ankläger für einen Mann wie Francis Gary Powers, das fand er eine Spur zu theatralisch. Der Gefangene klang ganz normal. Der Sohn eines Bergarbeiters aus irgendeinem Kaff hinter dem Mond. Sie bezahlten ihn dafür, daß er ein Flugzeug flog.

Während all der Fragen und Antworten starrte Oswald volle drei Stunden lang auf Francis Gary Powers' Hinterkopf.

Danach ging er in den Gorki-Park, wo im Schachpavillon zerbeulte Rumpf- und Heckteile des Flugzeugs ausgestellt waren. Die Tragflächen waren in der Mitte des Raumes aufgebaut. Die Überlebensausrüstung des Piloten, seine persönliche Habe und das unterschriebene Geständnis lagen in Glasvitrinen. Fotos des Piloten hingen unter einem Schild mit der Aufschrift: POWERS FRANCIS GARY DER PILOT DES ABGESCHOSSENEN AMERIKANISCHEN FLUGZEUGS. Die Besucher waren in Festtagsstimmung. Oswald fragte sich, ob Powers Schach spielte. Es wäre eine nette Geste, wenn Alek ihn zu einer Partie Schach mit Francis Gary Powers in die Zelle ließe.

Sein Begleiter, der Zivil trug, brachte ihn zurück zum Lubjanka-Gefängnis. Alek und ein uniformierter Wärter gingen mit ihm in den Zellenblock. Der Fußboden war mit einem Teppich ausgelegt. Powers' Zelle befand sich in der unteren Ebene. Der Wärter öffnete den Schieber am Guckloch in der Tür. Oswald warf einen Blick in die Zelle. Der Gefangene saß an einem kleinen Tisch und zeichnete Linien auf ein Blatt Papier. Oswald dachte, er mache sich vielleicht einen Kalender. Männer in kleinen Räumen, isoliert. Eine Zelle ist die Grundform des Daseins. Sie stecken dich in einen Raum und verschließen die Tür. So einfach, daß es etwas Geniales hat. Das also ist die endgültige Größe all der Kräfte um dich. Zweieinhalb mal viereinhalb.

Powers hatte etwas Sanftes an sich. Er war der Typ, mit dem Oswald in der Kaserne auskommen würde. Powers hob einen Augenblick den Kopf und blickte direkt zum Guckloch herüber, als spüre er, daß ihn jemand beobachtete. Sie bezahlten ihn dafür, daß er ein Flugzeug flog und nebenbei auch dafür, daß er sich umbrachte, falls die Mission schiefging. Na ja, wir halten uns nicht immer an Befehle, oder? Über manche Befehle muß man erst nachdenken, ha ha. Er wollte dem Gefangenen durch die Tür zurufen: *Das war ganz richtig. Gut gemacht. Verweigere den Gehorsam.* Der Gefangene trug ein kariertes Hemd, das bis oben hin zugeknöpft war. Er scheuchte eine Fliege weg und wandte sich wieder seinem Blatt Papier zu. Er schien sich mit diesen Linien herumzuplagen. Was heißt Erschießungskommando auf russisch?

Alek ging mit Oswald in den leeren Verhörraum, wo es ein wenig nach ausgedrückten Zigaretten roch. Sie setzten sich.

»Jetzt haben Sie ihn aus der Nähe gesehen, näher geht nicht. Und? Kommt er Ihnen bekannt vor?«

»Nein.«

»Kennen Sie ihn aus Atsugi?«

»Die tragen Helm und Visier. Und sie haben ständig bewaffnete Wachen um sich herum. Ich habe nie einen Piloten aus der Nähe gesehen.«

»In Bars vielleicht. Nachtklubs.«

»Ich kann mich nicht an ihn erinnern.«

»Wußten Sie, daß sie auch von Peshawar aus starten?«

»Wo ist das denn?«

»Pakistan. Er ist von dort gestartet.«

»Nein, davon wußte ich nichts.«

»Powers erzählt uns viele Lügen. Wie sehen Sie das?«

»Er ist durcheinander. Ich glaube, im großen und ganzen hält er sich an die Wahrheit. Er will überleben.«

»Er redet von achtundsechzigtausend Fuß, maximale Flughöhe. Sie reden von achtzigtausend, neunzigtausend.«

»Ich könnte mich irren.«

»Ich glaube nicht, daß Sie sich irren.«

»Absolut möglich, daß ich mich täusche.«

»Sie schienen sich Ihrer Sache ganz sicher. Sie haben die Stimme des Piloten beschrieben. Wir haben Grund zur Annahme, daß Sie recht hatten.«

»Achtzig ist verdammt hoch. Vielleicht hab ich mir eingebildet, ich hätte achtzig gehört, aber tatsächlich waren es achtundsechzig. Ich glaube, Powers sagt die Wahrheit, einfach vom Typ her, so wie er wirkt.«

»Was für ein Typ ist das?«

»Von Grund auf ehrlich und aufrichtig. Einer, der behilflich ist, so weit es irgendwie geht. Was wird jetzt aus ihm?«

»Das kann man noch nicht sagen.«

»Werden sie ihm den Prozeß machen?«

»Das ist fast sicher.«

»Werden sie ihn hinrichten?«

»Ich weiß nicht.«

»Auf ihn wartet das Erschießungskommando, nicht wahr?«

»Der Schluß ist nicht zwingend.«

»Das ist doch üblich hier, oder? Die Leute werden erschossen.«

Ein Lächeln. »Es kommt kaum noch vor.«

»Lassen Sie mich mit ihm reden.«

»Keine gute Idee.«

»Ich könnte ihn über die Vorzüge des Lebens in der Sowjetunion aufklären. Über die Herstellung von Radios für die breite Masse.«

»Die breite Masse braucht Radios, damit sie nicht ewig die breite Masse bleibt.«

»Ich habe eine Idee, die mich schon eine Weile beschäftigt.« Er machte eine Pause, um sich auf die dramatischen Worte zu konzentrieren. »Ich möchte an die Patrice-Lumumba-Universität der Völkerfreundschaft.«

»Ein sehr schöner Ort, keine Frage, nur eben in Moskau, und ich glaube kaum, daß es gut für Sie wäre, jetzt hier zu leben.«

»Alek, wie komme ich voran? Ich will studieren. Die Fabrik ist langweilig, alles ist reglementiert. Immer muß man zu Versammlungen gehen, immer die Propaganda lesen. Es ist alles dasselbe. Alles schmeckt gleich. In den Zeitungen stehen dieselben Dinge.«

»Also gut, soviel kann ich versprechen: Wir werden uns über das schulische Weiterkommen Lee H. Oswalds Gedanken machen.«

»Ich höre dann von Ihnen, ja? Ich verlasse mich darauf.«

»Sagen Sie mal, unter uns, rein privat sozusagen: Ist Francis Gary Powers ein typischer Amerikaner?«

Oswald fiel auf, daß jeder den Gefangenen bei seinem vollen Namen nannte. Die sowjetische Presse, die Sprecher im Fernsehen, BBC, die Stimme Amerikas, die Fragesteller beim Verhör usw. Wenn man mit irgendeiner Tat Aufsehen erregte, hängten sie einem einen zusätzlichen Namen an, einen zweiten Vornamen, der normalerweise nie benutzt wurde. Man war amtlich abgestempelt, ein Kapitel in der Vorstellungswelt des Staates. Francis Gary Powers. Schon in diesen wenigen Tagen war das ein klangvoller, von einer Aura des Schicksalhaften umgebener Name geworden. Er klang jetzt schon historisch.

»Ich würde sagen, ein fleißiger, aufrichtiger, ehrlicher Mann ist in eine Lage geraten, wo er von dem Druck zermalmt wird, der aus entgegengesetzten Richtungen auf ihn ausgeübt wird. Insofern ist er wohl typisch.«

Er sagte das auf russisch und sah, daß Alek beeindruckt war.

Aus dem Historischen Tagebuch.

Der beginnende Herbst und meine Angst vor einem neuen russischen Winter werden gemildert durch die brächtigen goldenen und roten Farben des bjelorussischen Herbstes Pflaumen, Pfirsische, Apprikosen und Kirschen gibt es in diesen letzten Herbstwochen im Überfluß ich habe eine gesunde braune Farbe und esse mich satt an frischem Obst.

zu meinem 21. Geburtstag hatte ich Rosa, Pavil und Ella zu einer kleinen Party eingeladen Ella eine sehr atraktive russische Jüdin mit der ich in letzter Zeit öfter spazierengehe, arbeitet auch in der Radiofabrik.

Der Winter ist jetzt nicht mehr weit. Fühle mich immer einsamer obwohl ich eine Eroberung gemacht habe, Ennatachina, ein Mädchen aus Riga

Neujahr habe ich bei Ella Germain zu hause verbracht. Ich glaube ich bin in sie verliebt. Sie hat meine nicht so ehrenhaften Anehrungsversuche zurückgewiesen

Nach einem schönen Heimweg vom Kino Arminarm stehen wir auf der Türschwälle, und ich mache ihr einen Antrag Sie zöhgert und lehnt dann ab, meine Liebe ist echt, aber sie hat keine für mich. (Ich bin so fertig, daß ich nicht mehr denken kann!) Ich bin völlig debrimiert!

Er unterhielt sich mit seinen Freunden über Kuba und war überrascht, daß sie das Thema nicht mitriß. Er selbst geriet bei dem Thema leicht in Rage, und Kuba war auch ständig in den Nachrichten, ob im englischsprachigen *Worker* oder im lokalen Rundfunksender und in der BBC. Mikojan unterzeichnet ein

Handelsabkommen mit Che Guevara. Rußland schickt schwere Waffen. Ike bricht die diplomatischen Beziehungen ab.

Schokolade war teuer. Diese Leute waren ganz wild auf Lekkereien. In der Konditorei herrschte immer ein Andrang. Kleine Dinge machten das Leben aus. Schokolade, ein Plattenspieler, ein Essen im Automatenrestaurant.

Seine Freunde hatten Schwierigkeiten mit seinem Namen. Es bereitete ihnen Unbehagen, »Lee« zu sagen. Es klang chinesisch oder ging irgendwie nicht richtig von der Zunge.

Er sagte, sie sollten ihn Alek nennen.

Postkarte Nr. 4. Washington (D.C.). Es ist der 21. Januar 1961, der Tag nach der Amtseinführung John F. Kennedys, und Marguerite Oswald sucht im Union-Bahnhof nach einem Telefon. Sie ist gerade mit der Bahn aus Fort Worth angekommen, war drei Tage und zwei Nächte unterwegs, hat eine Versicherungspolice beliehen, um die Fahrkarte kaufen zu können, hat auf der Bank ihr ganzes Geld abgehoben, um sich ein Paar Schuhe zu kaufen, hat die ganze Strecke *im Sitzen* zurückgelegt – für ein Einbettabteil im Schlafwagen reichte das Geld nicht. Diese Frau ist zornig, müde und verzweifelt. Briefe an ihren Kongreßabgeordneten brachten keine Antwort. Anrufe bei der örtlichen Dienststelle des FBI blieben ohne Rückruf. Telegramme ans Außenministerium. Briefliche und telefonische Kontakte mit dem »International Rescue Committee«. Das Außenministerium redete mit dem »Rescue Committee«, aber niemand will mit ihr reden. Ist es wirklich so weit hergeholt, wenn sie von einer Verschwörung spricht? Sie versucht ja nur, eine umfassende, zusammenhängende Abfolge von Dingen zu analysieren, die nicht korrekt sind.

Die Telefonzentrale im Weißen Haus sagt ihr, der Präsident sei in einer Besprechung.

Sie wirft noch eine Münze in den Schlitz.

Die Telefonzentrale im Außenministerium sagt ihr, Minister

Rusk sei im Augenblick nicht zu sprechen, aber wenn sie irgend etwas für sie tun könnten usw. usw. Die Telefonistin ist eine Negerin, und Marguerite hat als kleines Mädchen in der Philip Street in New Orleans in einem gemischten Viertel gewohnt, wo es Neger und Weiße gab, und mit Negerkindern gespielt und direkt neben einer reizenden Negerfamilie gewohnt, und so schafft sie es schließlich nach viel Hin und Her mit einem Mann verbunden zu werden, der wenigstens nicht in der Telefonzentrale sondern offenbar in einem Büro sitzt. Um ihn herum ist Stille, und er sagt, er sei ein Berater des Ministers und fragt sie höflich nach ihrem Anliegen.

»Ich bin nach Washington gekommen, weil einer meiner Söhne in Rußland verschollen ist.«

Sie ist nicht der Typ der ewig jammernden Mutter, erklärt sie dem Mann, aber Tatsache ist, daß sie dabei ist, sich von einer Krankheit zu erholen, und daß sie nicht weiß, ob ihr Sohn noch am Leben ist oder nicht. Er ist als Agent für unsere amerikanische Regierung irgendwo in Übersee. Er hat ein Recht darauf, seine eigenen Entscheidungen zu treffen, sagt sie, aber einiges deutet darauf hin, daß er von seiner Regierung im Stich gelassen worden ist und nicht mehr raus kann.

Der Mann sagt, die vom Wetter hätten einen schlimmen Schneesturm vorausgesagt, und sie hätten Anweisung, heute früher nach Hause zu gehen.

Marguerite denkt argwöhnisch an eine Verschwörung.

Sie sagt ins Telefon: »Ich kann in dieser Welt nur überleben, wenn ich weiß, daß ich meine amerikanische Lebensart habe und daß ich ganz von vorn anfangen kann. Ich muß mich da langsam vortasten und mit der Zeit anfangen, als er mit sechzehn wild entschlossen war, zu den Marines zu gehen; wir zankten uns endlos deswegen, wir wohnten damals noch im französischen Teil der Stadt.«

Sie sagt: »Er hat Tag und Nacht in Roberts Dienstvorschriften gelesen. Er kannte das Ding auswendig. Und jetzt gibt's seit über einem Jahr keine Nachricht mehr von ihm, und ich bin überzeugt, daß ist nicht völlig seine Schuld, egal, wie sich Agenten im Ausland verhalten. Ich bin hergekommen, weil ich wissen will, wo er ist.«

Der Mann im Außenministerium sagt, alle müssen ihre Büros verlassen, weil doch dieser Sturm erwartet wird. Er nähert sich offenbar schnell. Die vom Wetterdienst sagen, es könne jeden Augenblick losgehen.

Marina hörte für ihr Leben gern Englisch. Es war aufregend, fast eine Art Abenteuer. Sie hatte gar nicht gewußt, daß es in Minsk einen Amerikaner gab. Das war schon etwas Besonderes. Die Gefühle, die Amerika bei den Leuten auslöste, blieben sich immer gleich.

Sie tanzte mit Alek im riesigen Saal des Palastes der Kultur. Er war höflich, er war adrett angezogen, und er sagte ihr, wie hübsch sie in ihrem Brokatkleid und der hochgekämmten Frisur aussehe. Mit einigen der anderen Jungs redete er englisch, aber mit ihr natürlich nur russisch. Sie hatte kaum Englisch gehört, kannte kein Wort, außer einigen Liedtexten, Tarzan, Spam.

Auch Marina war zufällig in Minsk gelandet, wie Schnee, der vom Dach geweht wird, sagte ihr Onkel Ilja. Sie war ein uneheliches Kind, sie war eine Waise, sie fühlte sich zu Leuten hingezogen, die anders waren. Ilja erzählte dem Amerikaner, sie habe Flausen im Kopf.

Sie traf sich oft mit Alek. Offenbar waren es dieselben Dinge, die ihnen beiden wichtig waren. Sie betrachteten Dinge, als gehörten sie nur ihnen. Eine bestimmte Bank im Park in der Nähe der Schachspieler, gewöhnliche Dinge, nichts Besonderes. Sie verliebten sich, wie sich alle verlieben. Sie kamen aus verschiedenen Welten, völlig verschiedenen Kulturen, aber sie wurden vom Schicksal zusammengeworfen, glaubte Marina. Ihr Herz begann auf eine neue Art zu schlagen.

Sie schmeichelten einander, taten so, als sei der andere etwas

Einzigartiges und Wunderbares. Es ist die von allen akzeptierte Lüge der Neunzehnjährigen, und Marina war neunzehn, als sie unverhofft diesen Mann kennenlernte.

Sie hatte Anatoli fallenlassen, der wie ein Filmschauspieler aussah, und sie hatte Sascha fallenlassen, der in jeder Hinsicht wunderbar war – und deshalb nichts für sie.

Alek hatte eine hübsche kleine Wohnung und hörte Schallplatten mit Musik von Tschaikowsky. Er ging mit Marina zum Bootfahren auf den Jugendsee. Sie waren nicht anders als die anderen, ganz und gar durchschnittlich, redeten wie andere auch. Jede Tatsache aus ihrer beider Leben war kostbar. Marina wog bei der Geburt kaum mehr als zwei Pfund. Alek hörte es voller Ehrfurcht. Es war wie eine kleine Zauberformel, etwas Kostbares, das mit ihr zu tun hatte. Er versuchte es mit den Händen auszudrücken, mit Gesten zwei Pfund kostbares Leben darzustellen. Sie hatte blaue Augen. Als Kind hatte sie den Spitznamen »Spischka« oder »Streichholz«, weil sie so mager war und so leicht aufbrauste, erregte kurze Sätze ausstieß. Diese Dinge, die sie einander erzählten, waren wie Geschichten in einem Buch, das jeden Tag umgeblättert wird, und ließen ihre Liebe wie etwas aussehen, das nie enden wird.

Er erzählte ihr, seine Mutter sei tot.

Sie redeten über alles, die Sonne und den Mond, eine Fliege an einer Fensterscheibe. Er drückte sich in Türeingänge, um dem kalten Wind zu entgehen, diesem mörderischen Wind, der am Fluß entlangwehte.

Das Schicksal hatte sie füreinander bestimmt, und als es Frühling wurde, gingen sie zum Standesamt, nur sechs Wochen, nachdem sie sich kennengelernt hatten. Alek brachte ihr einen großen Strauß früher Narzissen mit, und sie trug ein kurzes weißes Kleid mit einem Muster, das Grashalmen nachempfunden war. In dieser Nacht dankte er ihr liebevoll dafür, daß sie noch Jungfrau war.

Wenn sie von der Arbeit in der Krankenhausapotheke nach Hause kam, war er beim Wäschewaschen oder wischte gerade den Fußboden auf. Er erlaubte nicht, daß sie seine Arbeitskleidung wusch, die so schmutzig und verschwitzt war, daß er sich schämte, und zudem sah er sich nicht gern in der Rolle des Fabrikarbeiters, der für alle Zeiten an einen festen Platz und eine bestimmte Aufgabe gebunden war.

Jeden Abend um zehn hörte er im Radio die Stimme Amerikas.

Sie hatten beide eine Narbe an der gleichen Stelle, er am linken, sie am rechten Arm; beide Narben lagen dicht am Ellbogen und stimmten in Form und Größe überein. Es hatte etwas Schicksalhaftes, sich so gespiegelt zu sehen. Er sagte ihr, er sei in Indonesien bei einer Operation gegen die Kommunisten verwundet worden. Die andere Narbe, die an seinem Handgelenk, erwähnte er ihr gegenüber nicht.

Er war ein Waisenkind wie sie, ein Außenseiter, und das war gut so, aber im übrigen wußte sie nicht so recht, wer Alek wirklich war. Es kam ihr so vor, als sehe sie ihn aus einer kleinen Distanz. Er war nie ganz da. Er war der andere, der Mann, mit dem sie lebte, der Amerikaner, der ihr sagte, er sei vierundzwanzig Jahre alt, und der in Wirklichkeit, wie sich an ihrem Hochzeitstag herausstellte, als sie den Stempel in seiner Aufenthaltserlaubnis sah, erst einundzwanzig war.

Einige Wochen später erfuhr sie dann, daß seine Mutter nicht tot war.

Einige der Jungs aus der Fabrik erzählten Marina, er sei ja ein ganz netter Kerl, aber er bleibe immer für sich, sei immer der Einzelgänger, nehme an nichts richtig teil, sei vom Temperament und den Gefühlen her ganz und gar nicht wie ein Russe – mit anderen Worten, es fehlte die spontane Herzlichkeit.

Am Tag ihrer Hochzeit bekam Castro den Lenin-Friedenspreis. Das war zwei Wochen nach der Schweinebucht.

Oswald schrieb auf spanisch die Zahlen eins bis siebzehn in sein Notizbuch, ließ jedoch die Fünf und die Sechs aus.

»Die anderen Mädchen, die ich hier gekannt habe, warum wollten die mit mir ausgehen, genau wie du?«

»Ich weiß nicht«, sagte sie.

»Weil ich Amerikaner bin. Das ist das Komische daran. Ich habe mein Land aus Protest gegen die Bedingungen dort verlassen, und jetzt bin ich für alle der typische amerikanische Junge. Nur, das eine muß ich dir sagen. Als ich dieses Mädchen aus der Fabrik, Ella, heiraten wollte, lehnte sie das kategorisch ab, und zwar genau aus dem Grund, weshalb sie überhaupt erst mit mir ausgegangen ist. Weil ich Amerikaner bin. Früher oder später würden sie mich als Spion verhaften, sagte sie. Ihre Familie hält mich für einen Spion. Sie hält mich wahrscheinlich auch für einen Spion. Es ist die alltägliche Angst in Rußland. Neulich ist sie mir mal begegnet, inzwischen dick wie ein Faß.«

Interessant, dachte Marina, wieviel er in diese neuen großen Notizblöcke schreibt. Was sind das für Fotos, die er im obersten Schrankfach aufbewahrt, hinter den Koffern? Was ist das für eine Bleistiftskizze, die wie der Grundriß der Radiofabrik aussieht?

Er sagte ihr, er schreibe seine Eindrücke von Rußland auf.

Und was ist das für ein Ding an der Wand neben der Bettcouch, diese kleine Vorrichtung, die völlig unnütz scheint? Hört da jemand mit, wenn wir reden?

Auch jetzt nach Stalin war sie nicht sicher, wem sie trauen konnte. Ihr eigener Onkel Ilja war im MWD. In seiner Uniform wirkte er wie ein gemalter Held aus dem Großen Vaterländischen Krieg. Alek wollte, daß sie alles über Ilja herausfand, was sie nur konnte, seinen Rang, seine Besoldung, seine Pflichten. Sie wußte, seine Stellung hatte etwas mit der Holzindustrie zu tun – gewiß heikel, aber ohne jede Beziehung zu Spionen oder Gegenspionen. Soviel sie wußte war er Direktor der Holzverarbeitung oder so was ähnliches.

Alek sagte, sie solle mehr in Erfahrung bringen. Es sei für seine Skizzen von Rußland.

Manchmal mietete Alek allein ein Boot und ließ sich an ihrem Haus vorbei den Fluß hinuntertreiben. Dann rief er immer wieder ihren Namen in den Wind, bis sie auf dem Balkon erschien und winkte. Und er winkte wie ein Kind zurück, begeistert und aufgeregt. Er schien in seinem kleinen Boot zu sagen: »Sieh uns an, ein Wunder, so wirklich und so wahr.«

Zwei Jahre vorher hatte Marina auf einer Ferienreise nach Minsk – sie lebte damals noch in Leningrad – ein hübsches Mietshaus gesehen, dessen Balkone zum Fluß hin lagen. Auf einer Terrasse leuchteten viele Blumen, und sie hatte sich vorgestellt, wie schön es wäre, dort zu wohnen. Sie war sicher, daß es der Balkon war, der zu ihrer und Aleks Wohnung gehörte, der Balkon, auf dem sie jetzt stand und winkte, während unten langsam das Boot vorbeitrieb.

Das Schicksal ist größer als Tatsachen oder Ereignisse. Während Gott unserem Leben so fern ist, ist das Schicksal etwas, an das man jenseits unserer gewöhnlichen Sinneswahrnehmungen glauben kann.

Manche Leute glauben nicht an Gott und färben dennoch Ostereier, nur um Abwechslung in ihren Alltag zu bringen.

Postkarte Nr. 5. Eine Doppelkarte. »Minsker Szenen.« Oswald läßt sich vor dem Siegesmonument, vor dem Palast der Kultur, auf dem Stalinplatz fotografieren. Er wirkt ganz munter und lächelt direkt in die Kamera, doch in Wirklichkeit hat er im Moment kaum Anlaß, glücklich zu sein.

Sein Antrag auf einen Studienplatz an der Patrice-Lumumba-Universität der Völkerfreundschaft ist abgelehnt worden. Der Bescheid trifft ihn hart. Der Leiter der Zulassungsstelle schreibt, die Universität sei ausschließlich für Jugendliche aus den unterprivilegierten Ländern Asiens, Afrikas und Lateinamerikas geschaffen worden. Lee fragt sich, wie die auf die Idee kommen, er sei privilegiert. Es ist Teil der allgemeinen Dummheit – die Leute haben keinen Schimmer vom Leben in den USA.

Was noch? Nun, er hat an die amerikanische Botschaft in Moskau geschrieben, mit der Bitte, ihm seinen Paß zurückzugeben. Er wird ein bißchen nervös, wenn er bedenkt, wie er ihnen den Paß hingeknallt und praktisch aufgedrängt hat, und er würde gern zurücknehmen, was er ihnen über militärische Geheimnisse gesagt hat. Ob sie ihn wohl strafrechtlich verfolgten, wenn er zurückkehrte?

Was noch? Da ist diese komische kleine Vorrichtung an der Wand, und es ist keine Steckdose, kein Lichtschalter und kein Haken für ein Bild. Nicht nur das. Er sieht dauernd ein Auto mit der Aufschrift »Fahrschule« durch seine Straße fahren. Vielleicht nehmen sie in seiner Straße die Prüfung ab, denkt er, nur sitzt in dem Auto nie ein Fahrschüler.

Er glaubt, daß sie ihn beobachten, weil sie ihn für einen falschen Überläufer halten, den das ONI, der Nachrichtendienst der Marine, geschickt hat. Er hält es ohne weiteres für möglich, daß das ONI nur darauf wartet, ihn hier rauszuholen, um sich dann von ihm berichten zu lassen, was er in Erfahrung gebracht hat.

Er *weiß*, daß seine Post abgefangen wird, denn nach seinem Brief an die amerikanische Botschaft blieben plötzlich die monatlichen Zahlungen vom sogenannten Roten Kreuz aus, immerhin die Hälfte seines Einkommens. Er hatte das Geld überhaupt nur angenommen, weil er Hunger hatte und pleite war und weil in Moskau überall Schnee lag. Er wollte nicht darüber nachdenken, wo das Geld wirklich herkam. Sie zahlten ihn fürs Überlaufen, für Auskünfte über seine Militärzeit. Jetzt, da er nach Hause will, bleibt das Geld aus.

Kein Lebenszeichen von Alek. Kein Wort. Absolute Stille.

Vielleicht steckt Alek hinter allem. Alek ist überall. Vielleicht heißt es: sammelt Material gegen ihn, nagelt ihn fest – wo ich doch nur studieren will.

Meine Frau weiß immer noch nicht, daß ich in die Staaten zurück will.

Sein Freund Erich macht ihn mit einigen kubanischen Studenten bekannt, und er unterhält sich gern mit ihnen, jammert gern mit ihnen über das langweilige Minsk. Die Kubaner haben Begabung und Gespür. Die Sache Kubas ist aller Ehren wert, findet er. Die Schwachen wehren sich gegen die Starken. Hier nutzen Leute die Partei dazu, voranzukommen. Die Partei ist ein Instrument zum Erlangen materieller Vorteile.

Er läßt sich noch ein letztes Mal fotografieren, mit Sonnenbrille.

In der Nähe seiner Wohnung stand ein hundertfünfzig Meter hoher Funkturm, der mit Stacheldraht eingezäunt war und von bewaffneten Streifen mit den üblichen knurrenden Hunden bewacht wurde. Nicht weit davon standen zwei niedrigere, ebenso gut bewachte Bauten. Es waren Sender, die Rundfunkprogramme aus München und anderen westlichen Städten stören sollten.

Er sah sich diese Geschichte für *Life* oder *Look* schreiben, die Geschichte eines ehemaligen Marineinfanteristen, der ins Herz der Sowjetunion vorgestoßen ist, dort das Alltagsleben beobachtet und dabei sieht, wie Angst das Land regiert. Schokolade ist viermal so teuer wie in den USA. Keine noch so kleine Entscheidung bleibt dem einzelnen Bürger überlassen.

Er hat vom Flughafen, vom polytechnischen Institut und von einem Verwaltungsgebäude der Armee Fotos gemacht, nur um sie zu haben und für später aufzubewahren.

»Es ist schon ein seltsamer Anblick«, schrieb er, »wenn der örtliche Parteivertreter vor einer Gruppe robuster, einfacher Arbeiter eine politische Ansprache hält, die durch irgendeinen seltsamen Prozeß zu Stein geworden sind. Alle sind sie versteinert, bis auf die hartgesottenen Kommunisten, die die Blicke schweifen lassen, um vielleicht einen der Arbeiter bei einer Unaufmerksamkeit zu ertappen und sich damit eine Prämie zu verdienen.«

Er sah sich im Empfangszimmer bei *Life* oder *Look*, auf dem Schoß sein Manuskript in einer Ledermappe. Wie heißt das noch mal, Saffianleder?

Er brachte seinen Freund Erich dazu, ihm Deutschstunden zu geben.

Als ihm Marina sagte, sie sei schwanger, dachte er, sein Leben habe endlich einen Sinn. Als Vater nahm man teil. Man hatte seinen Platz, seine Verpflichtungen. Diese Frau brachte ihm das Glück, mit dem er nie gerechnet hatte. Marina Prusakowa, selber zwei Monate zu früh geboren, ganze zwei Pfund schwer, aus Archangelsk am Weißen Meer, eine halbe Weltreise von New Orleans entfernt. Er nahm ihren Kopf zwischen die Hände. Blondes schmächtiges Mädchen. Voller Mund, langer Hals, blauäugiges Blumenmädchen, seine schlanke blasse Narzisse. Das Kind müßte aussieben wie sie, bis hin zu den immer etwas schmollenden Lippen und dem Feuer in den Augen, wenn sie wütend war. Er tanzte mit ihr durchs Zimmer, versprach ihr, er werde besser auf sie aufpassen, als sie das je erlebt habe. Sie sollte sein Baby sein, bis das richtige Baby ankam.

Er erzählte ihr von den Läden in Amerika mit ihrem unglaublichen Angebot, der erstaunlichen Auswahl. Ganz gleich, was du für das Baby brauchst, du mußt nur in das nächste Kaufhaus gehen. Ganze Abteilungen nur mit Baby-Artikeln. Ganze Läden nur für Babies. Spielzeug, wie du's noch nie gesehen hast.

Er kam als erster nach Hause und spülte das Frühstücksgeschirr. Er hörte sie die letzte Treppe heraufkommen, mit jedem Tag langsamer. Sie hatte Eiskrem und Halwa in der Einkaufstasche.

»Sie bereiten sich darauf vor, Stalin verschwinden zu lassen«, sagte sie. »Ich bin am Stalinplatz vorbeigekommen, er ist mit einem Seil abgesperrt.«

»Die werden Dynamit brauchen.«

»Sie werden ihn mit Ketten runterziehen.«

Sie verstaute den Einkauf, setzte sich hinter ihn an den Küchentisch und zündete sich eine Zigarette an.

»Das Ding ist viel zu groß«, sagte er ihr. »Sie werden es in die Luft jagen müssen.«

»Es gibt immer noch zu viele Stalinisten. Ich glaube, sie werden ihn mit Ketten umreißen und im Schutz der Dunkelheit wegschaffen. Wenn's dann jemand merkt, ist es schon zu spät.«

»Sie haben es schon gemerkt. Der Platz ist mit einem Seil abgesperrt. Mach bitte die Zigarette aus.«

»Ich rauche schon viel, viel weniger.«

»Nicht gut für das Baby. Nein, nein, nein«, sagte er.

»Ich rauche wirklich nicht viel, Alek.«

»Du versteckst sie überall. In jeder Ecke finde ich Zigaretten. Ganz schlecht für das Baby.«

»Ich rauche jetzt immer weniger. Zwei Zigaretten heute. Was ist mit den Visa?«

»Ich bin überall gewesen. In Ministerien, auf Ämtern, dauernd im Kreis herum. Diese Leute sind ein hoffnungsloser Fall, Marina. Sie lesen meine Post, also beschwere ich mich in Briefen an meinen Bruder über die hoffnungslose Bürokratie.«

»Du schreibst an ihn und an sie. Zwei Briefe mit einer Briefmarke.«

»Wir sparen ein Vermögen«, sagte er.

»Wo ist eigentlich Texas?«

Er spülte die Kaffeekanne mit lauwarmem Wasser.

»Es ist da, wo General Walker ist. Der Anführer aller rechtsradikalen Hetzer in Amerika. Der *Worker* hatte heute eine Schlagzeile: GENERAL WALKER BEWIRBT SICH UM FÜHRERROLLE. Er ist von seinem Kommando zurückgetreten, damit er aufs Militär keine Rücksicht nehmen muß, wenn er versucht, an der Spitze der Rechtsextremen die Macht zu übernehmen.«

»Sollte ich anfangen, Englisch zu lernen?«

»Später, wenn wir dort sind.«

Diese Tage und Nächte waren eine Offenbarung für ihn. Er war ein häuslicher Typ, war zu Hause am glücklichsten, ein Haushaltsvorstand, der das Geschirr abwusch und sich mit seiner Frau über die Tapeten unterhielt. Es war eine wunderbare Entdeckung. Er hatte eine Chance, dem sicheren Ruin zu entgehen. In diesen kleinen Räumen und in Gegenwart von Marina, mit der er reden und die er anfassen konnte, fühlte er sich irgendwie geborgen, und dieses Rußland kam ihm dann nicht mehr so unermeßlich und geheimnisvoll vor. All der Ärger verflog, wenn er sich zum Lesen unter eine Lampe setzte und sich mit Politik und Volkswirtschaft beschäftigte, seine Frau immer in der Nähe, in einem weiten Kleid, schwanger, während sich die Straßenlaternen im Fluß spiegelten.

In dieser Nacht wachten sie von einem lauten Rumpeln auf. Zwei, drei, vier dumpfe Schläge, wie eine Entladung im Himmel, gefolgt von einem tiefen Grollen, das sich in der Nacht verlor. Er lag still da, die Augen offen, und wartete darauf, daß sie etwas sagte. Er wußte, was kommen würde, Wort für Wort.

»Was ist das, Alek, Donner?«

Er hörte das letzte, gemächlich ausklingende Grollen.

»Sie sprengen die Statue eures Führers.«

Tischkewitsch, der Personalchef, teilte dem Bürger Oswald mit, seine Leistung als Regulator sei unbefriedigend. Er zeige keine Initiative. Auf hilfreiche Bemerkungen des Vorarbeiters reagiere er überempfindlich. Bei der Arbeit sei er nachlässig.

Er sagte, er werde einen Bericht schreiben. Er werde all diese Dinge aufführen und hinzufügen, daß sich der Bürger

Oswald am gesellschaftlichen Leben des Betriebes nicht beteilige.

Keine Spur von Alek. Kein Wort. Kein einziger Hinweis darauf, daß er überhaupt wußte, wo Oswald lebte.

Seine Mutter fand ihn. In einem Brief schrieb sie ihm von seiner unehrenhaften Entlassung aus dem Marinekorps.

Er schrieb an seinen Bruder und fragte ihn, ob die Regierung wohl die Absicht habe, gegen ihn vorzugehen.

Er schrieb an die amerikanische Botschaft und beantragte ein Regierungsdarlehen, damit er und seine Familie nach Amerika reisen könnten.

Er schrieb an seine Mutter und bat sie, für Marina eine Bürgschaftserklärung einzureichen.

Er schrieb an Senator John Tower in Texas und an das »International Rescue Committee«.

Der ganze Papierkrieg, endlose verschlungene Instanzenwege, Dokumente in dreifacher Ausfertigung – es war für ihn eine aufreibende Arbeit, diese Formulare zu entziffern und auszufüllen.

Er schrieb an John B. Connally Jr., weil er glaubte, Connally sei Marineminister. In Wirklichkeit war er der Gouverneur von Texas.

Marina kam herein; in der Hand hatte sie eine Taschenbuchausgabe von Dr. Spock, die ihr eine Freundin aus England geschickt hatte. Sie setzte sich neben Oswald, und er übersetzte einige Abschnitte ins Russische. Sie sagte ihm, Gebären sei ein weibliches Geheimnis, wie etwas, das sich am Meeresboden abspielte, im Halbdunkel und in der stummen Tiefe, und zwar ein Geheimnis, das niemand aufdecken könne, auch wenn ihm die biologischen Zusammenhänge bekannt sein sollten.

Dr. Spock schrieb: »Haben Sie keine Angst vor Ihrem Baby. Ihr Baby kommt zur Welt, um zu einem vernünftigen, freundlichen Menschen zu werden.«

Marina sah ihn an, als er diese Zeilen übersetzte. Zum erstenmal schien sie ihn zu fragen: Was ist das für ein Land, dieses Amerika?

Er konzentrierte sich wieder auf seinen Brief. Konnte er dem Minister sagen, daß er ein falscher Überläufer war? Er wollte den Schaden wiedergutmachen, der ihm und seiner Familie zugefügt worden war. Er kannte seine Rechte. Er bestand auf seiner ehrenhaften Entlassung. Er fragte sich nur, ob er, da doch ständig seine Post abgefangen wurde, dem Minister überhaupt sagen konnte, daß er im Auftrag des Marine-Nachrichtendienstes hierhergekommen war, um als gewöhnlicher Arbeiter in der UdSSR zu leben, das System zu beobachten, Gebiete von strategischem Wert zu fotografieren und Details aus dem täglichen Leben zu notieren.

Er sah sich neben einer mit Quasten geschmückten Flagge im Büro des Ministers sitzen und mit dem Minister persönlich reden, einem Texaner der freundlichen Sorte – mit kantigem Gesicht und ehrlichen Augen.

Morgengrauen. Marina weckt mich. Es ist so weit.

Die Erfahrung hatte eine feste Form, vermittelte ein Gefühl von Tradition, von Generationen – wie sein eigener Vater in einem schwach erleuchteten Flug auf die Nachricht zu warten, daß er einen Sohn hatte. Einen Robert Oswald. Als der zweite Sohn geboren wurde, war der Vater schon zwei Monate tot.

Lee schrieb sofort an Robert.

Stell dir vor, ich habe eine Tochter, June Marina Oswald, 2800 Gramm, geboren am 15. Februar 1962, morgens um 10.
Was sagst du jetzt?
Als der ältere bist du mir natürlich voraus, aber paß auf, ich hol dich schon noch ein, ha ha.
Wie ist bei euch so die Lage? Über die Stimme Amerikas

habe ich gehört, daß sie Powers freigelassen haben, den Mann aus der U-2, dem Spionageflugzeug. Bei euch muß das eine sensazionelle Nachricht sein. Ein netter, aufgeweckter Kerl, fand ich, als ich ihn in Moskau sah, ein echter Amerikaner.

Er verpaßte dem gebraucht erstandenen Kinderbettchen einen neuen Anstrich, solange Marina noch im Krankenhaus war. Er schrubbte die ganze Wohnung, wischte Staub, wusch die Wäsche, bügelte ihre Blusen und Röcke. Am Ende bestanden die Bürokraten darauf, daß der zweite Vornahme des Kindes mit dem ersten Vornamen des Vaters übereinstimmen müsse. Er stellte das Kinderbettchen auf seine Seite des Bettes und schlief Nacht für Nacht nur wenige Zentimeter von June Lee entfernt.

Staatenlos, wortblind, immer noch ein wenig verzweifelt, stand er mitten in einer Frühlingsnacht auf und schrieb das Historische Tagebuch.

Er schrieb es in zwei Sitzungen, machte um 4 Uhr früh einen Kaffee. Er wollte sich der Nachwelt erklären. Die Leute würden eines Tages diese Worte lesen und die Ängste und Ambitionen eines Mannes verstehen, der nur mit eigenen Augen sehen wollte, wie der Sozialismus war.

Es war sein Abschied von Rußland. Es markierte das offizielle Ende eines wichtigen Abschnitts in seinem Leben. Es gab seinen Erfahrungen Gültigkeit, denn erst wenn man Geschichte aufschreibt, erhalten Ereignisse Überzeugungskraft und nehmen Form an.

Noch während er die Worte in Druckschrift aufschrieb, stellte er sich vor, wie Leute sie lasen, Leute, die von seiner Einsamkeit und Enttäuschung gerührt sein würden, ja, sogar von seiner miserablen Rechtschreibung und dem kindlich ungeschickten Aufbau. Sie sollten ruhig den Kampf und die Demütigung sehen, die Anstrengung, die es ihn kostete, einen einfachen Satz zu Papier zu bringen. Die Seiten waren eng beschrieben, voller Kleckse, hatten etwas Dringliches – ein wahres Abbild seines Gemütszustandes, seiner Wut und Enttäuschung darüber, daß er zwar allerlei wußte, aber nicht imstande war, es in angemessener Form aufzuzeichnen.

Er ging zurück zum ersten Tag, Herbst 1959, sprang mitten hinein und schrieb wie ein krankes Kind, dessen Fieberträume – Träume mit ineinanderfließenden Farben – als ein Zustand reineren Wissens erscheinen können. Er spürte kleine Wellen der Erregung, als er daran ging, seinen Selbstmordversuch in Hidells Stimme zu schildern, theatralisch, sich selbst verspottend. Es war die wahre Stimme dieser Episode. Er hatte sie damals gehört, als er zuschaute, wie sich sein eigenes kaltes Blut mit dem Badewasser vermischte *(irgendwo eine Wioline)*, und er zögerte nicht, jetzt diese Stimme zu verwenden, während er schwitzend im Pyjama am Küchentisch saß.

Dauernd der Schmerz, das Chaos des Aufbaus. Er konnte in dem Feld kleiner Symbole keine Ordnung finden. Sie lagen in dunstiger Ferne. Er konnte das Bild nicht klar sehen, das man ein Wort nennt. Ein Wort ist auch das Bild eines Wortes. Er sah Räume, unvollständige Konturen, und versuchte den Rest zu erraten.

Er machte kühne Versuche, phonetisch zu schreiben. Aber die Sprache überlistete ihn mit ihren Widersprüchlichkeiten. Er mußte machtlos zusehen, wie Sätze schlechter wurden. Es lag in der Natur der Dinge, daß sie ihm auswichen. Immer wieder entzogen sich die Dinge seiner Wahrnehmung. Er konnte die flüchtige Welt einfach nicht festhalten.

Allenthalben Grenzen. In jeder Richtung rannte er gegen seine eigene Unvollkommenheit an. Verkrampft, ungeschickt, unzulänglich. Dabei wußte er allerlei. Es war nicht so, daß er nichts gewußt hätte.

Er ging mit seinem Kaffee auf den Balkon. Die Brise wehte ihm den feuchten Pyjama gegen den Leib. Ein umgekipptes *N* wird zu einem Z.

Bei aller Hast, mit der er diese Seiten füllte, achtete er doch sorgfältig darauf, bestimmte Dinge wegzulassen, die in einem Rechtsstreit gegen ihn und seine Rückkehr in die Vereinigten Staaten verwendet werden konnten. Gewiß, das Tagebuch war nicht ganz zweckfrei, aber er war überzeugt, daß es trotzdem die elementare Wahrheit enthielt. Die Panik war echt, die Stimme der Enttäuschung und des Verlustes.

Er wußte, das Tagebuch enthielt Widersprüche und nicht alle Daten stimmten. Niemand konnte erwarten, daß er nach all der Zeit die Daten richtig zusammenbrachte, niemand achtete auf die Daten, niemand las das wegen der Namen und Daten und der Rechtschreibung.

Sie sollten ruhig den Kampf sehen.

Nach seiner tiefen Überzeugung würde sich sein Leben so verändern, daß die Leute eines Tages das Historische Tagebuch studieren würden, um einen Schlüssel zum Herzen und zur Seele des Mannes zu finden, der es geschrieben hatte.

»Es wird schrecklich sein, Alek, zum letztenmal russische Luft zu atmen.«

»Deine Freunde beneiden dich schon heute.«

»Ich werde am Bahnhof unsäglich traurig sein, wenn unsere Freunde auf dem Bahnsteig stehen. Niemand wird glauben, daß ich wirklich gehe. Mein Onkel und meine Tante werden so unglücklich sein. ›Marinoschka, es ist wie ein Fahrt in den Weltraum.‹ Ich ertrage es nicht, auch nur daran zu denken.«

»Die werden vor Neid weinen, glaub mir.«

»Ich möchte, daß sie Blumen werfen, wenn unser Zug aus dem Bahnhof fährt. Blütenblätter von weißen Narzissen sollen herabschweben. Die Luft muß voller Blumen sein.«

Sie malte sich die nahe Zukunft aus. Den Bahnhof, die Grenze, das Schiff. Aber weiter reichte ihre Vorstellungskraft nicht. In ihren Gedanken wollte sich kein Bild formen, das einem Zuhause glich.

Ihr Mann saß schreibend am Küchentisch.

Er schrieb »Das Collektiv«, einen gewissenhaften Aufsatz von über vierzig handgeschriebenen Seiten über das Leben in Rußland, das Leben in Minsk, die strenge Disziplin in der Radiofabrik. Er trug Statistiken zusammen und stellte Marina hundert Fragen über Lebensmittelpreise, Bräuche und Sitten usw. Er wollte das Thema der Kontrolle untersuchen, die Art und Weise, wie die kommunistische Partei jeden Bereich des sowjetischen Lebens beherrschte.

Er schrieb »Die neue Ära«, eine kurze Darstellung der Zerstörung des Stalindenkmals in Minsk.

Er machte sich Notizen für einen Aufsatz über »die Ermordung der Geschichte« – den furchtbaren Vormarsch des sowjetischen Kommunismus. Deportationen, Massenvernichtung, die Prostitution von Kunst und Kultur, »die gezielte, gegen den Verbraucher gerichtete Verknappung von Nahrungsmitteln für die Bevölkerung in Rußland«.

Marina weinte beim Abschied von Minsk. Am Bahnhof stand ein Mann, halb in der Menge verborgen, und beobachtete alles. Sie sah ihn kurz von ihrem Fensterplatz aus. War es ihr früherer Freund Anatoli mit den widerspenstigen blonden Haaren, der ihr einmal einen Antrag gemacht hatte und bei dessen Küssen ihr schwindlig wurde, oder war es der KGB?

Als sich ihr Zug der polnischen Grenze näherte, holte Lee seine Tagebuch- und Aufsatzblätter und all seine anderen Notizen heraus und stopfte sie in sein Hemd und seine Hosen; einige versteckte er auf lächerliche Art zwischen den Beinen. Zwei Männer vom sowjetischen Zoll kamen ins Abteil, und Marina lenkte ihre Aufmerksamkeit auf das Baby. Die beiden warfen einen kurzen Blick auf ihr Gepäck und wünschten ihnen alles Gute.

An Bord der SS *Maasdam* schrieb er weiter. Von Rotterdam nach New York. Er verfaßte Reden, die er vielleicht irgendwann einmal als ein Mann halten würde, der längere Zeit sowohl unter dem kapitalistischen als auch dem kommunistischen System gelebt hatte.

Er schrieb ein Vorwort für »Das Collektiv«.

Er schrieb eine Skizze mit dem Titel »Über den Autor«. Der Autor ist der Sohn eines Versicherungsmannes, dessen früher Tod »wegen der damit verbundenen Vernachlessigung bei dem Sohn einen starken, nicht zu unterschätzenden Hang zur Selbständichkeit auslöste«.

Die Frauen auf dem Dampfer waren Amerikanerinnen und Europäerinnen, modisch gut gekleidet. Marina wirkte neben ihnen wie ein kleines, schäbig aussehendes Mädchen, und ständig schleppte sie ein Baby mit sich herum, das auf russische Art in breite Bänder aus Leinen gewickelt war. Sie saß in ihrer Kabine in der dritten Klasse. Von den Mahlzeiten abgesehen, war sie fast immer dort.

»Sollte ich anfangen, Englisch zu lernen?« fragte sie.

In den frühen Morgenstunden des 13. Juni – June, wie der Name seiner Tochter – stand er an Deck und verfolgte, wie die Südspitze Manhattans am Horizont auftauchte, ein Bogen mächtiger Bauten, im Nebel zusammengedrängt. Er sah, was auch Leon Trotzki gegen Ende seines zweiten Auslandsexils im Jahr 1917 gesehen hatte, die Silhouette der Neuen Welt. Die ganze Zeit in Rußland hatte er kaum einmal an Trotzki gedacht. Aber jetzt ahnte er etwas vom Geist dieses Mannes. Trotzki war auf der Suche nach Asyl. Aus Europa vertrieben. Gehetzt von der Geheimpolizei. Auf einem verrosteten spanischen Dampfer überquerte er den Ozean zur Wall Street.

Lee dachte besorgt, an den Hafenanlagen von Hoboken könnte schon die Polizei auf ihn warten. Hier kommt der Überläufer mit seiner Bettelfrau und seinem Bettelkind. Er hatte sich Antworten bereitgelegt, zweierlei Antworten, in der Schiffsbücherei entworfen und auswendig gelernt. Wenn er spürte, daß sie ihn als harmlosen Reisenden durchgehen ließen, würden seine Antworten freundlich und unpolitisch sein. Wenn die Beamten aber feindselig waren, wenn sie ihn in die Defensive drängen wollten, wenn sie über seine Aktivitäten in Moskau informiert waren, dann war er darauf eingestellt, trotzig und höhnisch zu reagieren. Er würde sie nachdrücklich darauf hinweisen, daß er ein Recht auf bestimmte Überzeugungen hatte. Biete ihnen die Stirn, verspotte sie, schau ihnen in die zusammengekniffenen Polizistenaugen und sage ihnen, wer du bist.

Ein Schleppdampfer schob sich durch die Hafendämmerung, Brücken und Piere tauchten auf, Lichter auf den Straßen am Hudson.

Wenn sie es nur bis Texas schafften, dann war alles in Ordnung.

TEIL ZWEI

Irgend jemand wird mich
zusammenflicken müssen.

JACK RUBY
Zeugenaussage

15. JULI

Die Frau verstand es, einfach zu verschwinden. Man konnte mit ihr allein in einem Zimmer sein und vergessen, daß sie da war. Sie wurde still, ging völlig in ihrer Umgebung auf. T-Jay stellte sich gerne vor, das sei eine Fertigkeit, die sie im Lauf der Jahre kultiviert habe.

Er stand am Fenster und aß Weintrauben aus einer seitlich aufgerissenen Papiertüte. Norfolk war eine Stadt im Ausland. Die Rekruten kamen von der Grundausbildung auf der Farm hierher, um sich in den dunklen Künsten zu üben. Einbrüche, tote Briefkästen, Überwachungen, Lauschangriffe. Newport News und Richmond galten ebenfalls als Ausland, von Fall zu Fall auch Baltimore. T-Jay war jedoch nicht hier, um einen Einbruch zu beaufsichtigen und die Technik der Burschen zu bewerten.

Sie saß auf dem Bett, gab zweimal fünf Karten zum Draw Poker und spielte gegen sich selbst. Sie kam nach eigenen Angaben aus Formosa und sah so jung aus wie die Kriegswaisen in der Anzeigenserie der Regierung. Es war sein dritter Besuch in dem schmalen Zimmer. Sie hatte ein T-Shirt mit der Aufschrift »USS Dickson« angezogen, ohne daß er das bemerkt hatte. Ihre Nacktheit hatte nichts Spektakuläres, war vielmehr so natürlich, daß sie nie beabsichtigt wirkte. Er konnte sich leicht vorstellen, daß sie so lebte.

Er sah zu, wie sie mit einer Zeitschrift nach einer Pferdebremse an der Wand schlug. Sekunden danach vergaß er die Frau wieder.

Über jedem Geheimnis schwebt Verrat. Früher oder später kommt jemand an den Punkt, wo er mitteilen will, was er weiß. Mackey traute Parmenter nicht. Es gab tausend Berufsbeamte wie Parmenter. In ihrem Weltbild ist das Mittagessen das wichtigste. Er traute Frank Vásquez nicht. In den Monaten vor der Invasion hatte Frank auf Mackeys Anweisung im Exil lebende Landsleute ausspioniert. Frank war schwer auszurechnen. Er hatte das Herz eines *chivato,* eines meckernden kleinen ziegengesichtigen Spions, aber er war auch von einer ruhigen Entschiedenheit, wenn er erstmal ein Ziel vor Augen hatte. Mackey traute David Ferrie nicht. Ferrie wußte, daß Guy Banister Waffen für die Operation lieferte. Er wußte wahrscheinlich auch von Banisters Angebot, zur Finanzierung der Scharfschützen Geld aus Kreisen des organisierten Verbrechens in New Orleans zu besorgen. Je größer das Geheimnis, desto weniger durfte man es jemandem wie Ferrie anvertrauen. Es mußten noch weitere Leute angeheuert werden. Und irgendwann würde einer von ihnen an den Punkt kommen. Mackey wußte, wie diese Männer dachten, Mitwirkende in Komplotten, die von anderen erdacht worden sind. Sie wollen sich zu erkennen geben, sich flüsternd jemandem mitteilen, der im Schatten steht.

Er zog einen Stuhl ans Bett, um eine Runde mit ihr zu pokern. Weshalb hatte er das Gefühl, daß er ihr den Spaß verdarb? Sie hatte einen kurzen Bürstenschnitt und schmale Hüften, und ihr Auftreten hatte etwas Saloppes, fast Geringschätziges, eine Art Körperslang, den T-Jay für ihre freie Interpretation des ortsüblichen Stils hielt. Beim Gehen bewegte sie sich wie ein Mädchen, das einen Einkaufswagen durch einen Supermarkt schiebt.

»Ich sollte dir Rommé beibringen. Das kann man zu zweit besser spielen.«

»Wieso, kommst du wieder?«

»Vielleicht.«

»Vielleicht auch nicht.«

»Vielleicht auch nicht.«

»Wieso soll ich's dann lernen?« sagte sie.

Die Vorstellung, daß Huren scharfsinnig waren, gefiel ihm. Er hatte Respekt vor Huren. Sie waren fix im Begreifen – in ihrem Gewerbe ging es fix zu –, und er hatte manchmal das Gefühl, sie könnten ihm zu seiner Person einiges sagen, wovon er keine Ahnung hatte. Sie hatten Zugang zu den nackteren Tatsachen. Deshalb begegnete er ihnen mit Vorsicht und Respekt.

Sie nahm seine rechte Hand und hielt sie gegen ihre, Handfläche an Handfläche. Er verstand nicht gleich, was das sollte. Dann wurde ihm klar, daß sie die Größe ihrer Hände verglich. Der Unterschied brachte sie zum Lachen.

»Was ist daran so komisch?«

Sie sagte ihm, seine Hand sei komisch.

»Warum denn meine? Warum nicht deine?« fragte er. »Daß der Unterschied groß ist, könnte auch daran liegen, daß du komisch bist.«

»Der Komische bist du«, sagte Lu Wan.

Sie verglich nun die linken Hände und konnte sich vor Lachen nicht mehr halten. Vielleicht dachte sie, sie gehörten nicht derselben Spezies an. Einer von ihnen war exotisch, und sie war's nicht.

Das Bier war mittlerweile warm geworden. Er schüttelte die Flasche und sah sie an.

»Die Geschäfte schließen«, sagte sie.

Es war Everett gewesen, der den Schritt nach vorn gemacht hatte. Everett ließ sich den einst kühnen Plan, Castro zu ermorden, gründlich durch den Kopf gehen und fand, er sei undurchführbar und primitiv. Er entwarf einen Gegenplan, der in jeder Hinsicht sinnvoller war – originell, nicht so aufwendig, sauber. Der Mann, den wir wirklich wollen, ist JFK. Mackey zollte ihm höchste Anerkennung. Everett war ein komplizierter und leidenschaftlicher Mann, der ökonomisch denken konnte. In Langley und Miami wurden von allen möglichen Leuten immer noch Pläne entworfen, wie Fidel zu vernichten sei. Es war eine Industrie, nicht anders als Zellstoff- oder Schuhfabrikation.

Everett hatte erkannt, daß es folgerichtig war, im Land zu bleiben. Es war eine durchschlagende, genau durchdachte Idee. Natürlich hatte Everett nicht die Absicht, Kennedy tatsächlich zu erschießen. Er wollte nur in die Straße ballern. Er wollte einen Fehlschuß mit Folgen.

Den zweiten Schritt machte dann Mackey. Das war, nachdem er Everetts Plan gehört hatte und allein auf die Grenze Louisianas zufuhr, seine Sonnenbrille auf der Ablage vorne im weicher werdenden Abendlicht, auf den Tag genau zwei Jahre nach der Schweinebucht. Sie mußten noch einen Schritt weitergehen. Bei aller Besessenheit verzettelte sich Everett in technischen Details. Der Plan wurde zu hintergründig und vertrackt. Everett wollte Labyrinthe, die sich ins Endlose erstreckten. Der Plan war nicht großzügig genug, zu selbstbezogen, er ließ es an der richtigen Leidenschaftlichkeit fehlen. Sie mußten aufs Ganze gehen. Für Mackey war es eine Offenbarung, daß er, während der Luftstrom gegen den Kühler seines Wagens prallte, in dem Moment, als er sah, was zu tun war, die seltsamste Sympathie für den verfluchten Präsidenten Jack empfand.

Im Kühlschrank war Obstsaft. Er trank davon und gab ihr die Flasche. Sie wischte sich mit der Hand den Mund ab, dann trank sie und wischte sich erneut über den Mund. Eine Schiffshupe ertönte auf dem Fluß. Er nahm die Flasche und stellte sie hin, und sie schlüpfte aus dem T-Shirt. Er lehnte sich mit dem einen Knie gegen die Bettkante und beobachtete, wie sie unmerklich in eine zweite Haut schlüpfte. Jede Spur von Persönlichkeit war verschwunden. Er hatte noch nie eine Frau gekannt, die sich so total in ihren Körper zurückzog. Sie hatte einen Körper, der sich neu gestalten konnte, der sich zu einem Strohballen zusammenrollen und Sex zu einem kleinen Geheimnis aus Sonnenglanz und Schatten machen konnte. Er hatte eine Hand am Bettpfosten; sie vögelten auf einer Zeitschrift, deren Seiten an ihr festklebten und heftig raschelten.

Schritt für Schritt – erst war er verheiratet gewesen, dann hatte er als paramilitärischer Vagabund eine gewisse Karriere gemacht, schließlich war er dienstlich in Ungnade gefallen – war er ein Mann ohne festen Wohnsitz geworden. Nach gängiger Meinung waren das die Voraussetzungen für höchste Verzweiflung. Er ging auf die Vierzig zu, war ohne Bindung in der Welt, hatte für all die Jahre und die Risiken nichts vorzuweisen. Doch da war er nun, startete seinen Wagen für die lange Fahrt nach Süden und spürte eine merkwürdige Zufriedenheit, eine Überlegenheit, die ihn beflügelte. Er hatte Jack Kennedys Bild vor Augen, und kein Mensch wußte auch nur, daß er hier draußen war, ein Mann, den sie einmal dafür bezahlt hatten, anderen Männern die Grundbegriffe tödlicher Gewalt beizubringen.

Win Everett war im Zimmer seiner Tochter und hörte zu, wie sie aus einem Buch mit herausklappbaren Figuren Geschichten vorlas. Mary Frances überließ ihm diese Lesestunden. Sie hatte für Suzannes Schauspielerallüren keine Geduld und war der Meinung, das Kind sollte Lesen üben, nicht Deklamieren. Win folgte jedem Wort. Sein Gesicht veränderte sich mit dem des Mädchens, paßte sich den verschiedenen Gefühlen und Rollen an.

Es war unheimlich, wie ihn diese Geschichten berührten und ihn ahnen ließen, was es hieß, wieder ein Kind zu sein. Er stellte fest, daß er sich im Klang ihrer Stimme verlieren konnte. Er forschte in ihrem Gesicht und glaubte, er könne sehen, was sie, Zeile um Zeile, in dem schicksalsschweren Verlauf einer Geschichte sah. Seine Augen glänzten. Seine Freude war so intensiv, daß sie nur in der Sprache von Engeln hätte beschrieben werden können. Sie waren allein in einem Raum, der selbst auch allein war, ein Raum, der über der Welt schwebte.

Später saß er im Erdgeschoß und blätterte in einem Magazin. Er wußte, daß er von der eigentlichen Speerspitze des Unternehmens ein gutes Stück entfernt war. Er bediente sich Parmenters, um mit Mackey zu reden. Beide bedienten sich Mackeys, um herauszufinden, was in der Camp Street 544 vor sich ging.

Er traute Oswald nicht über den Weg. Er wollte nur ausgewählte Dinge wissen. Er ging zu den anderen zu sehr auf Distanz. Erwartete er, daß sich seine Themen in der Praxis durch jenseitige Mittel entwickelten? Er machte die gleichen Fehler, die im »Senior Study Effort« vor der kubanischen Invasion gemacht worden waren. Er wußte nicht, ob er noch aussteigen konnte. Fast wünschte er, er würde die Kontrolle verlieren. Er wollte weg von der Angst und den Vorahnungen.

Komplotte haben als festgelegte Handlungsabläufe ihre eigene Logik. Sie neigen dazu, sich auf den Tod zuzubewegen. Er war davon überzeugt, daß die Idee des Todes zum Wesen jedes Komplotts gehört, ob es nun um die Handlung in der erzählenden Literatur oder um eine Verschwörung bewaffneter Männer geht. Je dichter der Handlungsablauf einer Geschichte, desto höher ist die Wahrscheinlichkeit, daß sie auf einen Tod hinausläuft. So wie er es sah, gibt uns der Handlungsverlauf in einer fiktiven Geschichte die Möglichkeit, die außerhalb des Buches existierende Macht des Todes einzugrenzen und zu bändigen. In der Antike inszenierten die Menschen Scheinschlachten, um den Stürmen in der Natur etwas entgegenzusetzen und ihre Angst vor den Göttern zu verringern, die sich im Himmel bekriegten. Er machte sich Sorgen wegen der todbringenden Logik seines Komplotts. Er hatte den anderen schon klargemacht, was er wollte, daß die Schützen nämlich einen Geheimdienstmann treffen und oberflächlich verletzen sollten. Was ihm Angst machte, war aber nicht etwa ein tödlicher Fehlschuß; es war etwas Heimtückischeres. Er hatte eine böse Ahnung, daß sich das Komplott auf eine Grenze zubewegen und ein logisches Ende nehmen würde.

Lancer kommt nach Miami.

Mary Frances ging an der Tür vorbei. Dann drehte sie in der Küche den Wasserhahn auf. Er hörte, wie sie im hinteren Treppenhaus etwas suchte. Er hörte das Küchenradio. Er wartete darauf, daß sie mit der Gießkanne am Verandafenster vorbeikam. Es war eine alte Blechkanne, grau und verbeult, und er wartete darauf, ihre Schritte auf der Veranda zu hören. Er spitzte die Ohren. Sie war immer noch in der Küche. Das war in Ordnung. Solange er nur wußte, wo sie war. Sie mußte in der Nähe sein, und er mußte wissen, wo sie war. Das waren die zwei geheimen Regeln.

Er hörte eine altvertraute Stimme im Küchenradio, eine Stimme aus den alten Rundfunktagen, konnte sich im Moment nicht an den Namen des Mannes erinnern, jedenfalls berühmt und vertraut, mit Gelächter im Hintergrund, und Everett saß ganz still da, als wolle er den Augenblick in die Länge ziehen, mitgerissen von der vielschichtigen Gemütsbewegung im Gefolge einer Stimme aus einer anderen Zeit, zärtlich und umwerfend, ein kleiner Scherz, der alles zurückbringt.

Er blätterte wieder um.

Es gab noch kein Datum für die Reise des Präsidenten. Aber sie wird eindeutig stattfinden, sagte Parmenter. Kennedy will nach Florida, weil 1960 die Mehrheit dort republikanisch gewählt hat und weil der ganze Süden wegen seines Bürgerrechtsprogrammes Gift und Galle spuckt. Cape Canaveral, Tampa, Miami. In Miami wird es einen Autokorso geben.

Mary Frances stand in der Tür; sie trug Gummihandschuhe und hatte eine Scheuerbürste in der Hand.

»Etwas merkwürdig in letzter Zeit? Ich weiß nicht.«

»Was?« fragte er.

»Suzanne. Aber wahrscheinlich ist es nichts.«

»Das ist doch sonst nicht deine Art.«

»Du meinst, ich mache mir unnötige Sorgen.«

»Ihr fehlt nichts. Es geht ihr gut. Sie ist ein gesundes Kind.«

»Mit krankhaften Anwandlungen.«

»Was willst du damit sagen?«

»Ich weiß nicht. In letzter Zeit kommt sie mir manchmal so vor.«

»Was?«

»Sie steckt dauernd mit Missy Tyler zusammen. Es ist oft, als wollten sie sich vor mir verstecken. Ich weiß nicht, es ist nur, ich finde, sie ist in letzter Zeit oft so geistesabwesend, so *vergeistigt,* und ich frage mich, ob da nicht etwas Ungesundes dahintersteckt.«

»Missy ist doch der magere kleine Rotschopf.«

»Adoptiert. Sie verstecken sich in irgendwelchen Winkeln und flüstern mit ernsten Mienen. Es macht sich immer so eine Stimmung breit, wenn Missy im Haus ist. Eine ehrfürchtige Scheu, wie in einem Spukhaus. Irgendwas macht die Gänge unsicher, und ich hab den Eindruck, das bin ich. Offenbar bin ich eine höchst verdächtige Person in diesem Haus. Die Mädchen verstummen sofort, wenn sie mich kommen hören.«

»Sie leben in ihrer eigenen Welt. Sie ist ein bißchen verträumt«, sagte er.

»Im Radio hört sie immer einen Diskjockey aus Dallas, der sich Gruselbart nennt.«

»Was für eine Musik bringt er denn?«

»Darum geht es nicht. Die vierzig Tophits. Es geht um die Sprüche, die er macht.«

»Zum Beispiel.«

»Das kann man unmöglich nachmachen. Er sagt einfach, Hallo Leute, da bin ich wieder, und so weiter und so fort. Es ist eine völlig andere Sprache. Aber sie klebt am Radio.«

»Inki-dinki-dink.«

»Ich weiß. Es ist sonst nicht meine Art. Wenn ich mir Sorgen mache, gibt es meistens einen Grund.«

»Sie hat mir vierzig Minuten pausenlos vorgelesen, und es war bemerkenswert, einfach bemerkenswert.«

»Bitte, Daddy, ich will noch ein bißchen weiterlesen.«

»Faßt du Plutonium an, oder weshalb trägst du diese Handschuhe?«

»›Daddy, Daddy, bitte.‹«

Er ging nach oben, ohne Hast, in seiner leichten und stillen Art. Miami hat Gewicht, findet Widerhall. Die Stadt der Exilbewohner, der unverheilten Wunden. Der Präsident will einen Autokorso, weil die Umfragen zeigen, daß er Tag für Tag an

Popularität verliert. Inmitten der Menschenmassen in seinem langen blauen Lincoln, Männer auf Motorrädern halten die Menge auf Abstand, Männer mit Sonnenbrillen hängen seitlich vom Begleitwagen. Lancer steht auf, um zu winken. Es ist erforderlich, einen Zuschauer oder Geheimdienstmann anzuschießen, damit wir ernst genommen werden. Auf diese Weise zeigen wir ihnen, daß das Ganze Wirklichkeit ist. Handlungsabläufe. Die Menschen der Antike wurden Teile der Natur, indem sie die Gewalt eines Sturmes oder Gewitters nachahmten. Teil der Natur zu werden, ist der älteste Trick des Menschen. Ein Gedanke für die Zeit vor dem Einschlafen.

Die Gießkanne war aus unpoliertem Blech und hatte eine häßliche stumpfe Schnauze.

Suzanne war noch wach, als er einen Blick in ihr Zimmer warf. Am Fußende ihres Bettes lag eine angezogene Kunststoffpuppe zum Aufziehen, ein Footballspieler mit gepolsterten Schultern und glänzenden Hosen; sie hatten ihn Willie Wonder getauft. Win drehte den Schlüssel in Willies Rücken und schickte ihn auf einen Zickzacklauf über die Bettdecke. Er kommentierte den Lauf mit hektischer Reporterstimme, beschrieb vergebliche Attacken und Abblockversuche, fügte das Gebrüll der Zuschauer hinzu, wurde zum Schiedsrichter, der den erfolgreichen Versuch anzeigte, als die Puppe rückwärts in ein Kissen torkelte. Suzannes Vergnügen schien von den Füßen auszugehen und langsam den ganzen Körper zu erfassen, bis hin zu den Augen, die ihn groß anstrahlten.

Wenn er sie nur immer wieder überraschen konnte, würde sie einen Grund haben, ihn ewig zu lieben.

Mackey fuhr auf einer Zugbrücke über den Miami River. Die Reifen rollten heulend über den Eisenrost. Eine weiße Schaluppe fuhr im Dunkeln stromaufwärts, ein kleines Rätsel aus

Anmut und Heimlichkeit. An der zweiten Kreuzung nach der Brücke sah er den ersten *Volveremos*-Autoaufkleber. Leere Straßen. Seine Hände klebten am Lenkrad.

Er parkte in einer Nebenstraße, ging zu Fuß zurück und betrat das weitläufige Verkaufsgelände eines Autohändlers. Er brauchte zehn Minuten, um Wayne Elko zu finden, der benommen auf dem Rücksitz eines roten Impala lag. Das Verdeck war offen, und Wayne starrte in die Nacht.

»Warum bin ich hier so leicht reingekommen?«

»T-Jay.«

»Soviel ich weiß, bist du der Nachtwächter hier.«

»Wo kommst du denn her?«

»Ich bin fünfzehnhundert Kilometer gefahren, nur um dich zu treffen, Wayne.«

»Ich hab schon geglaubt, du kommst nicht mehr.«

Mackey lehnte sich an den Wagen und blickte hinüber zur Straße, als sei ihm der Anblick Wayne Elkos – ungepflegt, barfuß, inmitten eines Durcheinanders aus Kleidern und anderen Habseligkeiten – im Augenblick zu trostlos.

»Ich hab mich mit Raymo und Wie-heißt-er-doch-gleich getroffen. Ich hab in den Glades mit ihnen trainiert, Mann. In den Glades wimmelt es von Alpha-66-Leuten. Wir haben ein bißchen mit ihnen trainiert. Ich hab ihnen nie den Rücken zugekehrt, außer zum Pinkeln.«

»Alpha tut uns nichts. Ich habe seit Jahren Kontaktleute bei Alpha.«

»Gehörst du zur Agency, T-Jay, oder was?«

»Schon lang nicht mehr, Kumpel. Ich hab meinen kleinen Wohnwagen für ein Trinkgeld verkauft, und hier bin ich nun. Wie nennen sie uns, Ruheständler?«

»Verdammt miese Waffen, mit denen wir trainiert haben.

»Die Waffen kommen noch.«

»Die Sterne sind irre, Mann. Ich liebe die Glades, allein schon wegen der klaren Nächte. Es ist eine ganz andere Welt da draußen. Diese Raubvögel, wie die sich in die Höhe schrauben. Ich hätte gute Lust, wieder rauszufahren. Ich hab mir mit diesen Nächten im Auto den Rücken versaut.«

»Wir haben eine hübsche Geldquelle, die wird bald für dich sprudeln.«

»Als ich bei Interpen war, gab's Hotel- und Kasinogeld.«

»Wir haben einen Mann in New Orleans.«

Mackey traute Guy Banister nicht. Guy hatte seine beste Zeit hinter sich, ein früher mal fähiger Mann, der in seinem Haß böse und labil geworden war. Er lieferte Geld und Waffen, würde das Unternehmen aber nicht blind unterstützen. Mackey würde ihm sagen müssen, wer das Ziel des Anschlags war, oder er würde ein Ziel erfinden müssen. So oder so riskierte er einen Verrat. Guy war in alle möglichen Geschichten verstrickt und hatte viele Verbindungen. Sein Einfluß reichte in alle möglichen Richtungen. Es war nicht sinnvoll, von einem solchen Mann zu erwarten, daß er unbeteiligt zuschaute, wie sich die Dinge entwickelten. Er würde mitmischen wollen. Er würde Kräfte ins Spiel bringen, die für das in sich geschlossene System, das Mackey schaffen wollte, eine Gefahr darstellten.

Mackey traute Wayne Elko nicht. Nicht daß Wayne wissentlich umschwenken würde. Es war eher eine Frage des Temperaments, der Unberechenbarkeit. Wayne hatte ein besonderes Talent dafür, grandiosen Mist zu bauen. Außerdem gehörte er zu den Menschen, die blitzartig gewalttätig werden können. Er hatte etwas von einer Giftschlange an sich. Er konnte in seinem schleppenden Tonfall mit dir reden, dir mit schläfrigem Blick dieses und jenes erzählen und sich dabei über das hagere Kinn streichen, doch dann nahm er dir urplötzlich etwas übel, und das war bei ihm eine ernste Angelegenheit. Hager und mager, mit hervorquellenden Augen, nach eigener Einschätzung der geborene Krieger. Mackey war sich sicher, daß Wayne so ziemlich alles tun würde, was er von ihm verlangte – solange er sich nur herausgefordert fühlte, in Grenzbereiche vorzustoßen.

»Wir hatten in den Glades auch mit kleinen Waffen zu tun«, sagte er jetzt zu T-Jay. »Sie ließen mich mit einer Pistole auf ein festes Ziel schießen. Ich geh mal davon aus, daß du ihnen das gesagt hast.«

Wayne würde bei seinem Einsatz Präsident Jack nicht einmal von weitem zu sehen bekommen. Er würde als Spezialist für den Nahkampf eingesetzt werden. Es kam darauf an, den richtigen Mann für die richtige Aufgabe zu finden. Er war der Typ des leisen Killers.

IN FORT WORTH

Sie trug Shorts wie jede Hausfrau in Amerika. Anfangs kam ihr alles wie ein Traum vor, wenn sie mit nackten Beinen und kurz geschnittenen Haaren durch die Straßen ging und in die Schaufenster blickte. Sie sah Dinge, die man sich in Rußland nicht kaufen konnte, auch wenn man so reich war, daß das Geld aus allen Schubladen quoll. Sie wußte, sie lebte noch nicht lange genug in dieser Welt, um Vergleiche anzustellen, und sie wußte auch, daß Rußland im Krieg furchtbare Verluste erlitten hatte, aber es war unmöglich, all diese Möbel, diese endlosen Stangen voller Kleider zu sehen, ohne verblüfft und erstaunt zu sein.

Sie hatten sehr wenig Geld, praktisch gar kein Geld. Aber Marina war schon glücklich, wenn sie sich im Safeway-Supermarkt in der Nähe von Roberts Haus umsehen konnte. Tiefkühlkost aller Art. Und alles so bunt und üppig.

Lee wurde eines Abends böse, als er von der Arbeitssuche nach Hause kam. Er sagte ihr, das Tempo, mit dem sie sich in eine Amerikanerin verwandle, sei rekordverdächtig.

Sie waren wie alle Menschen, die irgendwo ein neues Leben beginnen.

Wenn sie sich zankten, dann nur, weil er in Amerika ein anderer Mensch war und weil er nur auf diese Weise lieben konnte.

Neon war eine Offenbarung, diese bunten Lichter in Fenstern und über Kinoeingängen.

Eines Abends kamen sie bei einem Bummel an einem Kaufhaus vorbei; Marina warf einen Blick auf ein Fernsehgerät im Schaufenster und machte eine außerordentliche Entdeckung; es war so merkwürdig, daß sie stehenbleiben und hinschauen und sich an Lee festhalten mußte. Es war, als sei die Welt von innen nach außen gekehrt. Sie blickten aus dem Fernseher heraus und sahen sich selber vor dem Schaufenster stehen. Sie war im Fernsehen. Lee war im Fernsehen. Er stand neben ihr und hatte Junie auf dem Arm. Marina blickte erst auf die beiden neben ihr und dann wieder auf den Bildschirm. Sie sah, wie Lee das Baby auf seine Schulter hievte, während im Hintergrund Leute vorbeigingen. Sie drehte sich um und musterte diese Leute, um festzustellen, ob es dieselben waren, die sie im Fenster gesehen hatte. Es waren natürlich dieselben, aber sie mußte sich einfach vergewissern. Sie hatte nicht gewußt, daß so etwas je passieren könnte. Sie ging aus dem Bild und kam wieder zurück. Sie betrachtete Lee und June im Schaufenster und drehte sich dann zu ihnen auf dem Gehweg um. Immer wieder blickte sie abwechselnd ins Schaufenster und zum Gehweg. Immer wieder ging sie aus dem Bild und kam zurück. Und jedesmal war sie verblüfft, wenn sie sich wieder ins Bild kommen sah.

Lee stand vor Roberts Haus und sah seine Mutter näherkommen. Sie sah kleiner, rundlicher aus; ihre Haare waren grau geworden, und sie trug jetzt einen Knoten. Sie arbeitete als Kinderschwester und erschien in ihrer Arbeitskleidung, ganz in Weiß, mit der typischen Schwesternhaube und einer Brille mit dunklem Rand. Es war die offizielle Uniform für Mütter, und sie sah aus wie der vom Himmel herabfegende Engel des Schreckens und der Erinnerung.

Sie schloß ihn weinend in die Arme. Sie nahm seinen Kopf zwischen die Hände und sah ihm in die Augen. In dem schmaler gewordenen Gesicht und dem sich lichtenden Haar suchte sie nach ihrem verlorenen Sohn. All diese Liebe und dieser

Schmerz verwirrten ihn. Diese im Blut gründende Tiefe des Gefühls. Er empfand Mitleid und Reue und sträubte sich dagegen.

Sie sagte, sie schreibe an einem Buch über seinen Wechsel auf die andere Seite.

Einen Tag wohnten sie bei Robert, am nächsten Tag bei seiner Mutter. Er wußte nicht, wie es dazu kam. Sie mietete eine Wohnung, die für sie alle groß genug war, auch wenn sie im Wohnzimmer schlafen mußte. Es war, als durchlebe er noch einmal seine Kindheit mit ihr, das Bett im Wohnzimmer, und eines Abends blieben sie, als Marina und das Baby schon schliefen, noch lange auf, Mutter und Sohn.

»Irgendwie sieht sie nicht wie eine Russin aus.«

»Sie ist Russin, Mutter.«

»Ich finde sie jedenfalls schön.«

»Sie bewundert dich. Sie sagt, die Wohnung ist so sauber und gepflegt. Sie mag dein weiches Haar, sagt sie. Aber kein Buch, Mutter.«

»Ich bin zu Präsident Kennedy gefahren. Ich habe meine Nachforschungen angestellt. Ich hatte viele mildernde Umstände, weil du übergelaufen bist.«

»Mutter, du wirst kein Buch schreiben.«

»Es ist mein Leben. Es ist das Leben, zu dem ich gezwungen war, weil ich nicht wußte, ob du noch am Leben warst oder nicht. Ich kann über eine Sache schreiben, die mir gehört, Lee.«

»Sie hat Verwandte dort, die würdest du in Gefahr bringen.«

»In Gefahr bringen. Aber du hast einer Stenotypistin zehn Dollar gegeben, damit sie Seiten für dein eigenes Buch tippt.«

»Das ist ein anderes Buch.«

»Es ist Rußland mit seinem schlimmen System.«

»Es ist ein anderes Buch. ›Das Collektiv.‹ Es handelt von Lebens- und Arbeitsbedingungen. Ich werde zum Schutz der Menschen ihre Namen ändern. Glaub nur nicht, wir wüßten nicht zu schätzen, daß du Kleider für das Baby gekauft hast und daß du für uns kochst und alles.«

»Die zehn Dollar, die du von mir hattest, hast du dieser Frau fürs Tippen gegeben.«

»Es ist ein Buch mit Beobachtungen, Mutter. Ich schulde dem Außenministerium Geld für die Rückreise. Robert hat den Flug von New York hierher bezahlt. Ich suche nur nach Möglichkeiten, meine Schulden zurückzuzahlen.«

»Ich habe ein Recht auf mein Buch«, sagte sie. »Der Präsident war damals nicht erreichbar, aber ich habe während eines Schneesturms mit Leuten aus der Regierung gesprochen, und die haben mir versprochen, sich um die Angelegenheit zu kümmern.«

»Es ist nur ein Artikel, kein Buch. Ich lasse Notizen für einen Artikel abtippen. Es sind so und so viele Seiten.«

»Wie viele Seiten hat sie getippt?«

»Zehn Seiten. Für mehr hat mein Geld nicht gereicht.«

»Ein Dollar die Seite, das ist doch Betrug.«

»Ich hab diese Notizen an meinem Körper aus Rußland rausgeschmuggelt.«

»Marina hat mit mir tagsüber im Fernsehen einen alten Film mit Gregory Peck angesehen, und sie kannte Gregory Peck.«

»Na und, den kennt man überall.«

»Wir brauchen ein Wörterbuch, um uns zu unterhalten.

»Sie wird Stückchen um Stückchen dazulernen.«

»Ich glaube, sie weiß mehr, als sie zu erkennen gibt«, sagte seine Mutter.

Er fand einen Job als Metallarbeiter, Plackerei und Schmutz und lange Arbeitszeit und schlechte Bezahlung. Sie zogen bei seiner Mutter aus und nahmen sich eine eigene Wohnung, die Hälfte eines eingeschossigen Holzhauses, möbliert, vis-à-vis von einem Speditionsgelände mit Laderampen für Versand und Wareneingang einer riesigen Montgomery-Ward-Niederlassung. Marina besuchte den dazugehörigen Laden. Sie ging zwischen den Waren auf und ab. Sie erzählte Lee von der kühlen, schicken, musikerfüllten Atmosphäre.

Es gab nur eingeschossige Häuser in ihrer Straße, die von allen Mercedes Street genannt wurde. Auf dem Mietvertrag für die Wohnung stand Mercedes Street. Auf Lees Stadtplan von Fort Worth stand Mercedes Street. Aber auf dem Straßenschild an der Ecke stand Mercedes Avenue.

Er saß auf den Betonstufen vor dem Haus neben einer kleinen Yucca-Palme und las russische Zeitschriften.

Seine Mutter kam mit einem Hochstuhl. Sie kam mit Geschirr.

Lee sagte ihr, er lege keinen Wert auf Almosen. Sie kam mit einem Wellensittich. Es war derselbe Vogel in demselben Käfig, den er ihr in New Orleans geschenkt hatte, als er als Laufbursche arbeitete.

Es ist der Schatten seines früheren Lebens, der immer wieder auftaucht.

»Schluß damit«, sagte er zu Marina. »Du machst ihr die Haustür nicht mehr auf.«

»Wie kann ich das deiner Mutter antun? Sie ist nett zu uns.«

»Die Tür bleibt zu. Sonst zieht sie hier noch ein. Du läßt sie auf keinen Fall rein. Sie kommt mit einem Fotoapparat und macht Bilder von unserem Baby.«

»Sie ist die Großmutter.«

»Es ist der erste Schritt zum Einzug.«

»Es ist doch nur ein Bild, Alek.«

»Solche Anspielungen kenne ich. Auf dem Weg will sie sich in unser Haus einschleichen.«

»Du willst zwar nicht, daß sie herkommt, versuchst aber bei jeder Gelegenheit, sie auszunutzen.«

»Wozu hat man schließlich eine Mutter?«

»Das ist grausam.«

»Ich mach ja nur Spaß, und nenn mich nicht mehr Alek. Wir sind nicht mehr im Alek-Land. June heißt nicht mehr

Junka. Die Leute müssen ja annehmen, du kennst dich nicht mal in der eigenen Familie mit den Namen aus.«

»Es hört sich nicht sehr spaßig an, wenn du ihr gegenüber laut wirst.«

»Du mußt die amerikanische Art, Spaß zu machen, erst noch lernen. So reden wir nun mal miteinander.«

»Dein ganzes Leben lang hat sie schwer gearbeitet.«

»Das hat sie dir mit dem Wörterbuch klargemacht. Du und Mamuschka.«

»Ich weiß es auch so. Es ist für mich ganz klar.«

»Ganz klar, sicher, aber das ist nur die halbe Wahrheit.«

»Und die andere Hälfte?« Er schlug sie ins Gesicht. Ein Schlag mit der flachen Hand, der sie rückwärts bis zum Herd gehen ließ. Dort blieb sie, den Kopf an die linke Schulter gedrückt, mit erhobener Hand stehen, sprachlos vor Überraschung.

Vor der Tür mit dem Fliegengitter stand ein Mann und sprach ihn an. Lee sah in das aufgedunsene Gesicht, das über den auf Kinnhöhe gehaltenen Ausweispapieren zu ihm hereinspähte. Freitag, Donald. *Federal Bureau of Investigation.* Dunkle Augen und die Schatten eines Nachmittagsbartes. Sie einigten sich auf ein Gespräch in seinem Wagen.

Im Wagen saß noch ein Mann, Agent Mooney. Agent Freitag setzte sich nach vorne zu Mooney. Lee stieg hinten ein und ließ die Tür offenstehen. Er dachte sich ein Wort für die FBI-Leute aus; er würde sie »Fiebs« oder »Fiebies« nennen. Es war Essenszeit und drückend heiß.

»Also, wir möchten etwas über die Zeit wissen, die Sie in der Sowjetunion verbracht haben«, sagte Agent Freitag. »Und wir wüßten gerne, wer alles Kontakt mit Ihnen aufgenommen hat, seit Sie wieder hier sind.«

»Leute also, die brisante Informationen von mir haben wollen.«

»Ganz richtig.«

»Ich baue Ventilatoren zusammen. Das ist kein brisanter Industriezweig.«

»Sie würden sich wundern, wie viele Leute beim Namen Oswald an Überläufer und Verräter denken.«

»Ich erkläre hiermit, daß ich über meine Erfahrungen als Angehöriger der Streitkräfte niemals – weder auf Ersuchen der sowjetischen Seite, noch unaufgefordert – irgendwelche Informationen preisgegeben habe.«

»Warum sind Sie in die Sowjetunion gereist?«

»Ich habe keine Lust, noch einmal meine Vergangenheit aufleben zu lassen. Ich bin einfach losgefahren.«

»Eine lange Reise. Da fährt man doch nicht einfach los.«

»Ich brauche das nicht zu erklären.«

»Sind Sie Mitglied der Kommunistischen Partei der Vereinigten Staaten?«

»Nein.«

Agent Mooney machte sich Notizen.

»Sind Sie bereit, sich einem Lügendetektortest zu unterziehen?«

»Nein. Wer hat Ihnen gesagt, wo ich zu finden bin?«

»Das war nicht schwer.«

»Aber wer hat es Ihnen gesagt?«

»Wir haben uns mit Ihrem Bruder unterhalten.«

»Er hat Ihnen gesagt, wo ich wohne.«

»Ganz richtig«, sagte Freitag mit einiger Genugtuung. Über der Lippe hatte er eine Reihe glitzernder Tröpfchen.

»Wird man mich jetzt überwachen?«

»Wenn es so wäre, würde ich es Ihnen wohl kaum sagen.«

»Weil, in Rußland bin ich nämlich überwacht worden.«

»In Rußland wird doch jeder überwacht.«

Agent Mooney lachte leise, und sein Kopf bewegte sich auf und ab.

»Meine Frau wartet mit dem Essen«, sagte Lee.

»Wie haben Sie es eigentlich geschafft, Ihre Frau aus Rußland rauszubringen? Die lassen ihre Leute doch nicht so leicht gehen.«

»Ich habe mit ihnen keinerlei Absprachen getroffen.«

Sie sprachen noch einige andere Dinge an. Dann gab Freitag seinem Partner ein kaum wahrnehmbares Zeichen, und der steckte Bleistift und Notizblock weg. Es gab eine kleine Pause, einen deutlichen Stimmungsumschwung.

»Es kommt uns hauptsächlich darauf an, wenn es irgend etwas Verdächtiges gibt, sofort von jeder Kontaktaufnahme informiert zu werden.«

»Ich soll Ihnen also Bescheid sagen.«

»Wir möchten, daß Sie uns behilflich sind, falls Sie mit Leuten, die irgendwie marxistisch oder kommunistisch ...«

»Ich will wissen, ob ich als Informant angeworben werde.«

»Wir möchten, daß Sie uns behilflich sind.«

»Das heißt, wenn jemand Kontakt mit mir aufnimmt.«

»Genau.«

»Sage ich dem FBI Bescheid.«

»Ganz richtig.«

Lee sagte, er werde sich die Sache durch den Kopf gehen lassen. Er stieg aus dem Wagen und machte die Tür zu. Als er hinter dem Auto war, warf er einen Blick auf das Nummernschild, ehe er die Straße überquerte und ins Haus ging. Er schrieb die Autonummer zusammen mit dem Namen des Agenten Freitag in sein Notizbuch. Dann suchte er im Telefonbuch nach der Nummer der FBI-Dienststelle in Fort Worth und schrieb sie unter den Namen des Agenten und die Autonummer, einfach so, um die Akte weiter zu vervollständigen.

Marina rief ihn zum Essen.

Er saß in einer Ecke des großen Raumes und sah zu, wie sie redeten und aßen. Ihre Unterhaltung klang wie geräuschvolles Kauen. Sie liefen durcheinander und bildeten immer neue Grüppchen, Russen, Esten, Litauer, Georgier, Armenier. Es war ein Abend mit der Emigranten-Kolonie, mit einigen der zwanzig oder dreißig Familien in Dallas und Fort Worth, die englisch oder russisch oder französisch sprachen und ständig ihre Herkunft und Bildung verglichen. Die kleine June saß auf seinem Schoß.

Marina sah an diesen Abenden immer besonders hübsch aus. Die Leute scharten sich um sie und wollten Neuigkeiten hören. Sie war ja gerade erst angekommen, während einige von ihnen schon Jahrzehnte hier waren, zum Teil dreißig oder vierzig Jahre. Ihr makelloses Russisch beeindruckte die alte Garde. Sie war klein und zierlich. Sie stellten sich sowjetische Frauen als Hammerwerferinnen vor, als baumlange und muskelbepackte Bauarbeiterinnen. Mit einer Zigarette in der Hand stand sie da und nippte an ihrem Wein. Sie trug die Sachen, die sie ihr gaben. Sie gaben ihr Kleider und Strümpfe, bequeme Schuhe. Er hatte sein Buch, das er aus Geldmangel nicht tippen lassen konnte, in einem großen Umschlag in einem Schrank liegen, Notizen auf kleinen Zetteln, Zetteln aus braunem Packpapier – und die geben ihr Strümpfe und das Geld für den Zahnarzt. Alles wird in Geld gemessen. Sie verbringen ihr Leben damit, materielle Dinge zu erwerben, und nennen das dann Politik.

Er beobachtete, wie sie einander die Hand gaben und umarmten. Sie beschwerten sich bei Marina darüber, daß er sie nicht anständig begrüßte. Sie hielten ihn für einen sowjetischen Spion. Jeder, der aus Rußland zurückkam und an andere Dinge glaubte als sie, war ein Spion für die Sowjets. Sie glaubten an Cadillacs und Klimaanlagen.

Sie gaben ihm Hemden, die er zurückwies.

Ein paar von ihnen kamen gelegentlich in sein Haus, um Marina zum Zahnarzt oder zum Supermarkt mitzunehmen. Um ihr zu zeigen, wie man einkauft. Hier ist die Babynahrung. Hier ist der Schweizer Käse. Er ließ seine Bücher aus der Bibliothek gerne auf einem Tischchen bei der Tür liegen, wo sie jedem beim Kommen und Gehen auffallen mußten. Es waren Bücher über Lenin und Trotzki, dazu der *Militant* und der *Worker.* Er würde ihnen schon zeigen, wer er war. Was er über Rußland zu sagen hatte, wollten sie nur hören, wenn es negativ war. Sie machten sich immer über Negatives her.

George kam und setzte sich neben ihn. Der einzige, mit dem er reden konnte, war George de Mohrenschildt. Ein hochgewachsener Mann, warmherzig und selbstsicher, mit Sinn für ein gutes Gespräch und einer Stimme, die einen einhüllte wie ein ruhiger Tag.

»Sie haben mir praktisch nichts von Minsk erzählt, Lee.«

»Minsk ist nicht sehr interessant.«

»Für mich schon. Schließlich habe ich dort als Kind gelebt. Mein Vater war in der zaristischen Zeit ein Marschall der Provinz Minsk. Nicht daß ich an diesem Unsinn festhalten möchte, aber ich bin von baltischem Adel, was einige meiner Ehefrauen ins Schwärmen brachte.«

»Minsk, da mußten wir vor dem Gemüseladen manchmal Schlange stehen.«

»Sie sind lieber in Texas.«

»Ich bin nicht lieber in Texas. Marina ist lieber in Texas.«

»Soll ich Ihnen sagen, was Dallas ist? Es ist die Stadt, die beweist, daß Gott wirklich tot ist. Sehen Sie sich diese Menschen an, wirklich wunderbare Menschen, jedenfalls die meisten von ihnen, aber sie entscheiden sich für diese trostlose, nichtssagende, rechtsradikale Umgebung. Die Kommunalpolitik hat es ihnen angetan. Antikommunistisch in jeder Hinsicht. Gut, einige von ihnen hatten auf die eine oder andere Weise zu leiden, manche auch ziemlich schlimm. Sie wissen, was ich vom Marxismus halte. Ich sage Ihnen ganz ehrlich, den Begriff Marxismus finde ich ausgesprochen langweilig. Ich kann mir beim besten Willen kein Wort und kein Thema vorstellen, das noch langweiliger wäre. Aber wir beide wissen, die Sowjetunion ist ein gut funktionierendes Gemeinwesen. Wir akzeptieren das, wir akzeptieren die Wirklichkeit. Für die alte Garde gibt es dieses Land nicht. Es existiert nicht. Ein weißer Fleck auf der Landkarte.«

George war in den Fünfzigern, immer noch dunkelhaarig, mit breitem Brustkasten, Erdölgeologe oder Ingenieur, etwas in der Richtung. Lee machte es Spaß, mit George vom Englischen ins Russische und wieder zurück zu springen. Er ließ es sich gerne gefallen, wenn ihn der Ältere mal neckte und auf den Arm nahm oder ihm gar einen Rat gab. Wenn einem George einen Rat gab, hatte man nicht das Gefühl, daß er ewige Dankbarkeit erwartete.

»Marina sagt, Sie hätten sich über Minsk einiges aufgeschrieben, irgendwelche Notizen. Ich weiß nicht mehr, wie sie es nannte. Eindrücke von der Stadt.«

»Alles, was ich in der Radiofabrik erfahren habe, dazu die ganzen Hintergründe, die Art, wie sie arbeiten und leben.«

Eine Frau hob June hoch und machte die gleichen Geräusche, die Marinas Verwandte immer gemacht hatten; sie schüttelte die Kleine und brabbelte mit ihr.

George sagte: »Wissen Sie, was mir durch den Kopf geht, wenn ich dieses prachtvolle kleine Mädchen ansehe? Ich kann mir nicht helfen, aber sie sieht genau so aus wie Chruschtschow. Sie ist ein kleiner Chruschtschow mit einem großen runden Kopf, einer Glatze und kleinen schmalen Augen.«

»Kennedy wäre besser, vom Aussehen her.«

»Ich bewundere Kennedy. Ich finde, der Mann ist sehr gut für unser Land.«

»Oder Jacqueline, vom Aussehen her.«

»Und seine Frau. Und auch noch Jacqueline. Ich habe sie als Mädchen auf Long Island gekannt. Ein ganz reizendes Kind. Wie man so hört, ist er allerdings ein ziemlicher Frauenheld, dieser Präsident. Nicht daß ich das für einen Makel hielte. Da wäre ich der letzte. Aber ich kann Ihnen sagen, es gibt da so gewisse Frauen. Die lieben einen Mann wegen seiner Schwächen. Die lieben ihn gerade wegen seiner Mängel. Und das bedeutet Ärger, mein Freund.«

Lee hatte plötzlich wieder das Kind auf dem Arm. Er sagte: »Am wichtigsten ist, was Kennedy für die Bürgerrechte tut. Mit der Katastrophe in der Schweinebucht hatte er einen schlechten Start. Aber ich glaube, er hat dazugelernt.«

»Er hat sich geändert.«

»Ich habe amerikanische Neger im Sport höchsten Ruhm für ihr Land erringen sehen, und dann gingen sie wieder nach Hause.«

»Ich finde es demütigend«, sagte George, »in einem Raum zu sitzen, ohne daß auch nur ein einziger Neger hier ist.«

»Wo sie mit blindem Haß und Diskriminierungen fertigwerden mußten.«

»Kennedy will Veränderungen durchsetzen. Quälend langsam zwar, aber er bemüht sich. Für mich ist es demütigend, daß ich mich nicht mit einem Neger anfreunden kann, ohne daß das in meinem Freundeskreis oder in meinem Beruf Konsequenzen hat. Ich wohne in University Park. Wir sind eingemeindet, eine Stadtgemeinde. Wenn sich eine Negerfamilie für ein Haus interessiert, kauft es ihnen die Gemeinde zum doppelten oder dreifachen Preis vor der Nase weg. Die Familie verschwindet auf Nimmerwiedersehen, wie durch Zauberei.«

»Nehmen Sie nur die Anti-Kennedy-Stimmung hier.«

»Bösartig. Junge Hausfrauen in Dallas erzählen die gemeinsten Witze, und dabei bekommen sie seltsam glänzende Augen. Für mich ist klar, daß sie seinen Tod wollen.«

George ging quer durch den Raum, um einen älteren Mann und eine ältere Frau zu umarmen. Lee mußte über die Szene lächeln. Er beobachtete Menschen, die sich mit vollen Tellern einen Weg durchs Gedränge bahnten. Ein Mann bot Marina eine Zigarette an; das Etui war schwarz und weiß. Lee hatte seine eigene Sammlung. Er hatte an einen obskuren Verlag in New York geschrieben und eine 25-Cent-Broschüre mit dem Titel *Leon Trotzkis Lehren* angefordert. Zurück kommt ein Brief mit der Mitteilung, das Heft sei vergriffen. Wenigstens schickten sie ihm einen Brief. Er bewahrte ihre Briefe auf. Entscheidend ist: es gibt sie da draußen, und sie sind bereit, ihm zu antworten. Er fing an, Schriftstücke zu sammeln.

Sie schlug nie eine Zigarette aus.

Er nahm sich vor, an die Sozialistische Arbeiterpartei zu schreiben und sie nach ihren Zielen und politischen Absichten zu fragen. Trotzki ist die reine Form. Es hatte etwas Befriedigendes, einen Brief abzuschicken und dann diese obskuren Informationen in der Post vorzufinden. Es war eine Verbindung zu gleichgestimmten Seelen, ein Geheimnis und eine Kraft. Es gab ihm Bedeutung und erweiterte seinen Horizont über den Alltag zu Hause und in der Fabrik hinaus.

Sie ist der Typ, der nicht nein sagen kann. Sie findet es aufregend, Dinge geschenkt zu bekommen. Sie nimmt alles, was man ihr anbietet, Zigaretten, Geld, Büroklammern, Briefmarken. Es gibt Frauen, die schon beim kleinsten Geschenk strahlen.

Trotzki hieß eigentlich Bronstein.

Die Hälfte eines kleinen Hauses an einer ungepflasterten Straße. Er schlief neben seiner Junie und fächelte ihr mit einer Zeitschrift mitten in der Nacht Luft zu.

Als George zurückkam, tat er etwas Merkwürdiges. Er drehte seinen Stuhl herum und setzte sich – mit dem Rücken zum Raum – Lee gegenüber. Er hatte ein exakt gefaltetes Taschentuch in der Brusttasche. Seine Krawatte war braun.

»Also, worum es mir geht, ich möchte diese Aufzeichnungen von Ihnen sehen, ganz gleich, in welchem Zustand sie sind, weil es Minsk ist und das interessiert mich einfach.«

»Das ganze System. Der Sinn für historische Zusammenhänge, der vom System korrumpiert wird.«

»Gut, großartig, das müssen Sie mir zeigen.«

»Es ist noch nicht alles getippt«, sagte Lee.

»Na und. Ich lasse es tippen. Bitte, darüber brauchen Sie sich nun wirklich keine Gedanken zu machen.«

»Ich habe es ›Das Collektiv‹ genannt. Ich habe ernsthaft recherchiert. Ich habe Magazine gelesen und die ganze Wirtschaft analysiert.«

»Haben Sie sonst noch was? Weil ich nämlich alles sehen möchte, was Sie aus dieser Zeit haben. Irgendwelche Beobachtungen, auch von der harmlosesten Sorte. Was die Leute anhaben. Alles, zeigen Sie mir alles.«

»Warum?«

»Na schön, ich will Ihnen sagen, warum. Es ist im Grunde ganz einfach. In den letzten Jahren bin ich verschiedentlich auf meine Auslandsreisen angesprochen worden. Reine Routinefragen. Mit anderen Worten, Sie sind doch nach XY gefahren, Mr. de Mohrenschildt, und wir hätten gerne von Ihnen gewußt: Was haben Sie gesehen, mit wem haben Sie gesprochen, wie sieht der Grundriß dieser Fabrik aus, die Sie besichtigt haben, usw. Für die Leute von den Nachrichtendiensten sind es Routinefragen, die ihnen jedes Jahr Tausende von Reisenden beantworten. Zuständig ist die Abteilung für Inlandskontakte, und dort gibt es einen Mann, der mich gebeten hat, ganz locker und freundlich mit Ihnen über die CIA zu reden, und jetzt sind wir schon mitten drin. Er ist ein guter Kerl, ein vernünftiger Mensch und so fort. Ich bin andauernd auf Reisen, ich komme immer von irgendwoher zurück, und wenn ich zurückkomme, steht schon Mr. Collings vor meiner Tür, und wir plaudern ein wenig, locker, bei einem Drink. Ich habe mir unterwegs Notizen gemacht, und die gebe ich ihm bereitwillig, so wie ich auch dem Außenministerium Informationen geliefert habe, denn ich bin der Meinung, Lee, daß ich die, wie soll ich's nennen, die Färbung des Ortes annehmen muß, an dem ich gerade lebe und mein Geld verdiene. Ein Land ist für mich wie ein Geschäft. Ich lebe heute hier, morgen dort, je nachdem, wie sich die Gelegenheiten ergeben. In Jugoslawien lerne ich kroatisch. Ich lerne das französische Patois, wie es die Haitianer sprechen. So überlebe ich als jemand, der eine Revolution und einen Weltkrieg und so weiter mitgemacht hat. Ich bin immer zur Zusammenarbeit bereit. Ich nehme die Färbung an. So mache ich ihnen klar, daß ich nicht der Feind bin. Eine notwendige Geste. Ich lege keinen Wert darauf, verfolgt zu werden. Mit anderen Worten: hier ist mein Reisebericht, hier sind meine Notizen, hier sind meine Eindrücke. Laß uns einen trinken und auf die Freundschaft anstoßen.«

»Es ist noch nicht alles getippt.«

»Ich bitte Sie. In meiner Beraterfirma gibt es schließlich Papier und Bleistift und ein Mädchen, das tippen kann. Sie bekommen das Original zurück und natürlich eine Durchschrift.«

»Sie werden auch Mr. Collings eine Durchschrift geben.«

»So ist es vereinbart. Die sammeln und werten aus. Für jemanden in Ihrer Lage kann Kooperation nur hilfreich sein. Seien wir ehrlich, Sie stehen ganz schön unter Druck. Wenn ich Mr. Collings wäre und das Gefühl hätte, da ist ein möglicherweise kooperationsbereiter Mann, der einen besser bezahlten Job brauchen könnte und dafür dankbar wäre, dann würde ich wahrscheinlich zum Telefon greifen. So etwas kommt dauernd vor.«

Lee ließ die Kleine ein wenig auf seinem Knie hüpfen, um sie zu beruhigen.

»Außerdem, George, würde ich gerne ›Das Collektiv‹ veröffentlichen.«

»Ich würde Ihnen abraten. Ich würde sagen, nein, das wäre im Augenblick nicht gut für Sie. Schauen wir uns das Werk an. Dann reden wir über die Veröffentlichung. Man wird einen Weg finden, Sie zu entschädigen, das garantiere ich Ihnen. Diese Leute haben tausend Möglichkeiten. Ihr Einfluß reicht um die ganze Welt. Es ist erstaunlich. Wie, glauben Sie, ist Ihre Rückreise möglich geworden? Wenn jemand überläuft, kommt sein Name auf die Überwachungsliste des FBI. Es gibt eine Beobachtungskarte, die in solchen Fällen angelegt wird. Aber sie haben Ihnen Ihren Paß zurückgegeben. Sie haben Marina ins Land gelassen. Sie haben Ihnen ein Darlehen gegeben und erlaubt, daß Sie zurückkehren.«

»Die haben die ganze Zeit ein Auge auf mich gehabt.«

»Das haben sie auch jetzt noch. Sie sind ein interessantes Individuum. Ich bin sicher, die würden liebend gerne etwas über Ihre Kontakte in der Sowjetunion erfahren. Wir werden uns mal in aller Ruhe unterhalten, Sie und ich, irgendwo, wo wir ungestört sind und wo das Baby nicht mithören kann.«

George lachte. Sie lachten beide.

Zuerst Freitag und sein Partner, nun dieser Collings. Sie fielen aus allen Richtungen über ihn her, wie Ameisen über eine Melonenschale.

Er warf einen Blick auf Marina. In leicht gebückter Haltung hörte sie jemandem aufmerksam zu. Trotz der Hitze und des Rauchs sah sie so frisch aus, als stehe sie in einer kühlenden Brise. Liebe mich nie wegen meiner Schwächen, wollte er sagen. Nimm nie meine Schuld auf dich. Glaub nie, du seist schuld, wenn es in Wirklichkeit an mir liegt. Es liegt immer an mir.

Er gab ihr eine Ohrfeige, und sie deutete einen Schwinger an. Er setzte sich und schlug eine Zeitschrift auf. Sie wußte, daß er die Seiten umblätterte, ohne wirklich hinzuschauen. Sie wollte etwas nach ihm werfen. Sie griff nach einem Blatt Papier und knüllte es zusammen und warf damit. Es prallte von seinem Arm ab, aber er reagierte nicht. Sie ging zum Tisch und aß von ihrem Teller, ohne ihn aus den Augen zu lassen. Sie starrte ihn unverwandt an. Sie wollte, daß er sich unbehaglich fühlte und nicht mehr richtig lesen konnte. Es war dumm gewesen, mit Papier nach ihm zu werfen.

»Keine Zigaretten«, sagte er. »Ich will nicht, daß du rauchst. Schluß damit, ein für allemal.«

»Wenn ich hin und wieder mal eine rauchen will.«

»Nicht gut für das Baby. Sehr, sehr schlecht. Konntest du mir nicht das Badewasser einlaufen lassen? Den ganzen Tag nur Lärm und Schweiß, ist es da zuviel verlangt, daß ich ein warmes Bad erwarte, wenn ich nach Hause komme?«

»Ich rauche nicht zuviel. Ich bin vernünftig mit dem Rauchen.«

»Faules, faules Mädchen.«

»Ich mache das Essen. Ich schrubbe auf den Knien.«

»Ich schrubbe auf den Knien«, sagte er.

Mit einer Bewegung aus dem Handgelenk schleuderte er die Zeitschrift an die Wand, daß es klatschte. Das Baby fing an zu heulen. Er stand auf und ging zu Marina hinüber.

»Ich schrubbe auf den Knien«, sagte er.

Er schlug sie ins Gesicht. Sie saß am Tisch, vor sich den nicht leergegessenen Teller.

»Ich schrubbe auf den Knien.«

Sie ging in Deckung. Er schlug sie noch einmal. Dann ging er zu seinem Stuhl zurück und nahm ein Buch in die Hand. Sie trug ihren Teller zum Spültisch und stellte ihn dort ab, ohne vorher die Speisereste in den kleinen Eimer zu kratzen. Sie überließ ihm diese Arbeit, und er würde sie auch erledigen. Nach jedem Streit blieb etwas liegen, und er machte dann immer gründlich sauber.

»Du erzählst diesen Russen, wie wir leben, was wir im Bett tun, wie unser Privatleben aussieht.«

»Freunde unterhalten sich über solche Dinge«, sagte sie.

»Du trägst alles an die Öffentlichkeit.«

»Ich vertraue darauf, daß Freunde diese Dinge richtig verstehen. Mit wem rede ich denn sonst? Ich brauche diese Freunde.«

»Du brauchst ihnen nichts von unserem Privatleben zu erzählen. Ich will nicht, daß sie herkommen. Du läßt sie nicht mehr in die Wohnung.«

»Ich darf deine Mutter nicht reinlassen. Ich darf meine Freunde nicht reinlassen.«

»Mein eigener Bruder hat das FBI informiert.«

»Es ist kein Geheimnis, wo wir wohnen. Was hat er ihnen schon gesagt? Die Leute wissen, wo wir wohnen. Wir können daraus doch kein Geheimnis machen.«

Er las in dem Buch. Sie drehte den Hahn auf und schaute zu, wie das Wasser in einem Strudel in den Ausguß floß. Das Baby heulte.

»Du trinkst gern Wein«, sagte er, ohne sie direkt anzusprechen.

»Bring mir Englisch bei.«

»Du läßt dir von ihnen Wein nachschenken.«

»Ich habe dich nie geliebt. Du warst fremd dort, und ich hatte Mitleid.«

»Und dann die Zigaretten.«

»Ich erzähle meinen Freunden, wie du mich schlägst. Er schlägt nicht sehr fest zu. Ich habe nur eine empfindliche Haut. Deshalb sehen sie die Striemen.«

Sie stand, mit dem Rücken zum Zimmer, am Spülbecken. Sie hörte, daß er aufstand und auf sie zukam. Sie griff nach einem Schwamm und säuberte die Ränder des Spülbeckens. Er schlug sie seitlich ins Gesicht. Er blieb kurz stehen und überlegte, ob ein Schlag genügte. Dann ging er zurück zu seinem Stuhl, und sie machte den Schwamm naß, um einen Fleck von der Arbeitsfläche zu entfernen.

Auf der anderen Seite der Straße wurde etwas ausgeladen. Sie hörte Lastwagenmotoren, Männerstimmen. Sie aß noch einen Bissen von den Resten und wischte über den Fenstersims hinter dem Spülbecken.

»Ich sage ihnen, er denkt an mein Wohlergehen. Er schlägt nur leicht zu. Es liegt an meiner hellen Haut, daß es so schlimm aussieht.«

Er kam herüber und trommelte auf ihre Arme ein. Sie drehte den Wasserhahn zu. Er schlug mit offenen Händen gegen ihre Oberarme.

»Ich sage ihnen, es ist nicht seine Schuld, daß ich so leicht blaue Flecken bekomme.«

Sie hielt die Hände schützend vor die Schläfen. Er schlug sie immer weiter auf die Oberarme, hartnäckig wie Kinder beim Schenkelpatschen. Es war ein rhythmisches Trommeln, erst mit der rechten, dann mit der linken Hand. Er arbeitete ruhig hinter ihr und atmete dabei durch die Nase, und-die-Eins-und-die-Zwei. Sie spürte, welche Mühe es ihm machte, sich zu konzentrieren.

Sie lag im Dunkeln und dachte an das Blatt Papier, das sie zusammengeknüllt und nach ihm geworfen hatte. Es war Lektion Nummer sieben. Ein älterer Mann aus der russischen Gemeinde schickte ihr mit der Post einzelne Blätter zu, die ihr beim Englischlernen helfen sollten. Ganz oben auf die erste Seite hatte er in großen, großen Buchstaben auf russisch geschrieben: *Ich heiße Marina.* Sie sollte den englischen Satz darunterschreiben. Lektion Nummer zwei: *Ich wohne in Fort Worth.* Lektion Nummer drei: *Am Dienstag kaufen wir Lebensmittel.* Jede Lektion hatte eine eigene Seite. Sie schickte ihm die fertigen Seiten, und er korrigierte sie und schickte sie zusammen mit neuen Lektionen zurück. Nun war Lektion sieben zerknittert, und er würde sich fragen, wie es dazu gekommen sein mochte.

Lee kam aus dem Bad und stieg ins Bett. Sie spürte, wie behutsam er das tat, um sie ja nicht zu stören, falls sie schon schlief. Sie lag wie immer mit dem Rücken zu ihm.

Sie dachte wieder an Holland. Es kam neuerdings öfter vor, daß ihr unverhofft Holland einfiel, daß sie wieder an ihre Bahnreise quer durch Europa dachte, an ihre Überraschung beim Anblick holländischer Dörfer und beim Klang von Kirchenglocken. Es ist das sauberste Land der Welt, unglaublich sauber, mit gemütlichen Häusern und blank gefegten Straßen und Zäunen in den Wiesen, die absolut gerade sind.

Ihr Baby sollte keine nervöse Milch zu trinken bekommen.

Sie dachte, sie würden ein Leben führen, an dem nichts ungewöhnlich war, einfache Augenblicke, die sich aneinanderreihten. Sie hatten die gleiche Narbe am Arm, und das hieß, sie waren vom Schicksal dafür ausersehen, einander zu begegnen und sich zu verlieben.

Sie dachte an Montgomery Ward, wo sie so gerne umherstreifte. Aus der Hitze heraus betrat sie das Kaufhaus, hörte leise Hintergrundmusik und das Läuten von Glöckchen. Die Böden waren gewienert. Die Gänge zwischen den Waren waren endlos lang, gesäumt von Kosmetikartikeln in Vitrinen und Ladentischen voll glänzender Handtaschen, von Kleidern, die bis in andere Räume hineinreichten. Und überall Düfte in der Luft.

Er wollte aufs Abendcollege gehen und Kurse in Politik und Volkswirtschaft belegen. Aber es war nicht möglich, da er Geld verdienen mußte.

Sie sah ihn aus einiger Entfernung, selbst wenn er sie schlug. Er war nie ganz da.

Mamuschka kaufte ihr sittsame Shorts, gebügelt, mit tiefen Taschen. In solchen Dingen gingen ihre Meinungen auseinander.

Sie wußte, daß er herauszufinden versuchte, ob sie noch wach war. Er war dicht davor, etwas zu sagen oder sich über sie zu beugen und sie zu berühren. Er würde sie wahrscheinlich berühren, er würde sich auf den Ellbogen stützen und ihr eine weiche Hand sanft auf die Hüfte legen. Sie spürte sein Verlangen wie einen Luftstrom in der Dunkelheit. Es war eindeutig da. Er wartete, überlegte, ob der Zeitpunkt richtig war. Seine eigene Frau, und er mußte überlegen.

Sie dachte wieder an Holland.

Sie dachte an die Landung in New York. Eine Nacht in einem Hotel inmitten von Neonkaskaden. Flüsse und Seen aus Neon.

Er ist jemand, den man aus einiger Entfernung sieht.

Düfte. Die Böden bemerkenswert sauber. Sie stand in einem Bereich, wo überall Fernsehgeräte übereinandergestapelt waren. Den halben Vormittag sah sie fern, fünf verschiedene Programme nebeneinander. Sie streifte durch die Gänge. Es war kühl und friedlich. Niemand sprach einen an, es sei denn man stellte eine Frage oder kaufte etwas, und beides konnte sie nicht.

Er zog los, um etwas zu essen zu besorgen, und sie war allein mit dem Baby in einem alten Hotel in New York, und sie nahm einen Waschlappen und putzte den Dreck von den Jalousien.

Sie ahnte, daß er sie berühren würde, daß er sich dazu entschließen würde, sie zu berühren, nach den Schlägen, nach allem, was sie zueinander gesagt hatten.

Sie waren vom Schicksal zusammengeführt worden, aber sie war sich nicht sicher, wer er wirklich war. Obwohl sie das Badezimmer miteinander teilten, war sie sich nicht sicher. Wenn sie sich liebten, wußte sie nicht, wer er war.

Wenn sie Englisch lernte, war er nicht so weit von ihr entfernt. Das war absolut die Wahrheit.

Am Dienstag kaufen wir Lebensmittel.

Sie liebten sich, als es schließlich dazu kam, mit einer Zärtlichkeit, die voll aufrichtiger Vergebung war.

Ein großes Flugblatt hängt schief an einer Mauer in der Nähe ihrer Wohnung.

DER VATIKAN IST DIE HURE DER OFFENBARUNG.

Lee übersetzt für Marina.

Marguerite war ruhig. Sie stand am Bügelbrett und fuhr mit dem Bügeleisen über die Bluse ihrer Schwesterntracht. Vor sich hatte sie das Wohnzimmer, in dem ein mit einem Haufen bunter Kissen bedecktes Sofa und zwei Sessel standen, dazu ein Schreibtisch und ein Fernsehgerät und eine dekorative Blumensäule mit einem hohen Topf, aus dem sich Efeu rankte. Sie bügelte ihre Tracht bei jeder Gelegenheit, so daß sie immer neu und frisch aussah. Sie arbeitete in den Häusern fremder Leute, die sie dann weiter empfahlen; es waren einige der besten Adressen in Fort Worth darunter, sie betreute die Kinder der Reichen.

Und ich habe der Frau gegenüber erwähnt, daß es bis zu Lees Geburtstag noch zwei Wochen sind und daß er keine Arbeitskleidung hat, und sie fragt mich: »Welche Größe braucht er denn, Mrs. Oswald?« Da hab ich es ihr gesagt. Und er hat etwa die gleiche Figur wie ihr Mann. Und sie holt die Sachen heraus, die ihr Mann nicht mehr will, zwei, drei abgetragene Hosen, und sie verlangt zehn Dollar von mir. Hier ist eine Frau, die weiß, wie mühsam ich mir den Lebensunterhalt verdiene, die weiß, daß die jungen Leute dabei sind, in einem neuen Land Fuß zu fassen. So sind sie, die Reichen in Fort Worth, die wollen von einer Kinderschwester Geld für gebrauchte Kleidung. Es bringt mich heute nicht mehr aus der Ruhe, Euer Ehren, aber diese neue unangenehme Geschichte, die regt mich mächtig auf. Ich hab ihm nämlich schon am ersten Tag in die Augen gesehen, und es war nicht mehr der gleiche Junge. Und ich hab mich gefragt, was haben die da drüben bloß aus meinem Jungen gemacht? Seine Haut war nämlich nicht mehr so hell und glatt wie früher. Er sah so abgespannt aus, grau im Gesicht, wie Sand oder Asche. Er hatte auf einmal krause Haare. Und die Haare fielen ihm aus, das sagt er auch selber, er hat immer volles Haar gehabt, und jetzt war es vorne ganz dünn, da konnte man praktisch seine Kopfhaut sehen. Er mußte den Kopf senken, damit wir, Robert und ich, uns seinen Kopf bei Licht mal von oben ansehen konnten. In unserer Familie, Herr Richter, haben die Männer immer volles Haar gehabt, und er ist ja noch ein Junge. Er sagt, es liegt an der Kälte in Rußland. Ich hab mir gedacht, es kommt von Elektroschocks. Zu der Überzeugung bin ich gekommen, wo er doch als Agent unserer Regierung ein Jahr verschollen war. Es gibt so manches, was dazu paßt. Wenn ich nur dran denke, wie wir in meiner Wohnung in der West Seventh Street vor dem Fernseher saßen, als sie mit einem Rüschenpetticoat und Strümpfen nach Hause kam, die Lee ihr mit ein paar Dollar von Robert und mir gekauft hatte, und wir sitzen vor dem Fernseher und sie sagt zu mir: »Mama, da ist Gregory Peck«, und ich sehe hin, und da sitzt Gregory Peck auf einem Pferd. Also, da werd ich mißtrauisch, denn woher kennt eine Ausländerin Filmstars? Ich finde, das muß unbedingt untersucht werden. Sicher, ich war nicht im Ausland, aber wenn ich mir Minsk und die Eiseskälte dort vorstelle, wo sind die Filmzeitschriften in dieser Stadt? Wo sind die Kinos, die unseren amerikanischen Westen zeigen? Ich bin jemand, der schnurstracks auf die Dinge losgeht, und diese Geschichte zeigt, worauf ich rauswill. Wer ist dieses Mädchen, und was macht sie hier? Hat dieses Mädchen eine besondere Ausbildung und weiß mehr, als sie zu erkennen gibt? Ich versuche mit Lee darüber zu reden, ob er glücklich ist, ob sie eine ordentliche Hausfrau ist, weil es da nämlich viele russische Freunde gibt, wohlhabende Leute mit Autos und Häusern, die sich öffentlich eingemischt haben. Sie konnten nicht einsehen, daß dieses russische Mädchen auf etwas verzichten sollte. Sie hat sich eine bestimmte Vorstellung von Amerika gemacht, und diese Leute glauben anscheinend, sie darf nicht enttäuscht werden. Ich rege mich heute nicht mehr darüber auf, aber ich war diejenige, die ihr etwas längere Shorts gekauft hat. Ich würde vor Gott als Lügner dastehen, wenn ich behaupten würde, ich hätte ihr keine Geschenke mehr mitgebracht, nachdem er sich das verbeten hatte, aber es waren nur die Shorts und der Wellensittich, und der Wellensittich sollte nur ein Farbtupfer sein, weil er so schön grün war, er sollte in ein Zuhause in einem neuen Land ein bißchen Farbe bringen.

Er hat den Wellensittich freigelassen. Er hat den Käfig aufgemacht und ihn fortfliegen lassen. Der Junge, der Tiere immer so mochte, Herr Richter.

Und bei den Shorts bekam ich zu hören: »Nein, Mama, mir nicht gefallen.« Und ich sage: »Marina, du bist eine verheiratete Frau, und da gehört es sich, daß deine Shorts etwas länger sind als bei jungen Mädchen.« Aber sie sagt nur: »Nein, Mama, ist nicht gut.« Und ich sage nachdrücklich, daß diese Frau nicht zu Hause war. Und dieser Mann war arbeiten. Und ich habe selber gesehen, daß dieser Mann nach Hause kam und daß kein Essen auf dem Tisch stand. Dieses Paar hat kein Dienstmädchen, das diesem arbeitenden Mann sein Essen hinstellt. Unsere Familie hat immer darum gekämpft, zusammenbleiben zu können. Sein Daddy hat bis zuletzt Versicherungsbeiträge kassiert, bis er eines Tages tot umgefallen ist, weil er bei brütender Hitze den Rasen mähte. Seither heißt es nur noch Marguerite und Lee.

Eine Familie erwartet, daß du anders bist, als du sein willst. Sie verbiegen und verformen dich. Du hast einen Bruder mit einem guten Job und einer netten Frau und netten Kindern, und sie wollen, daß du jemand bist, den sie anerkennen können. Und eine Mutter in weißer Arbeitskleidung, die dich an den Armen packt und weint. Du bist in ihren Köpfen gefangen. Sie formen und hämmern dich. Du gehst fort, um dich so zu sehen, wie du wirklich bist.

Es war Sonntag, und er stand in der Eingangshalle der Republic-National-Bank in Dallas. Überall brauner Marmor. Er wartete auf George de Mohrenschildt. Es war sein zweites Treffen mit George. Er hatte ein sauberes weißes Hemd an und die Hosen aus derbem Stoff, die er in dem staatlichen Laden in Minsk von der Stange gekauft hatte.

George hatte eine Handvoll Schlüssel. Zur Begrüßung klimperte er damit und ging mit ihm zu den Aufzügen. Sie fuhren in den fünfzehnten Stock. Die Luft auf den menschenleeren Gängen war schwer und drückend, mit einem stickigen Geruch nach Teppich. George trug Tennisshorts und ein Hemd mit einem aufgenähten Alligator. Er hatte ein geräumiges Büro mit Diplomen an der Wand.

»Sie haben von diesem Spinner gelesen, diesem General.«

»Ich habe schon in Rußland von ihm gewußt«, sagte Lee.

»Er interessiert sich neuerdings für Kuba. Nehmen Sie Platz. Ich habe Ihre Manuskripte.«

»Er gibt nur wieder, was die meisten Leute denken. Was Walker sagt und tut, das ist das weiße Amerika.«

»Raketen werden installiert, die uns alle vernichten können, und wir müssen diesen Mann sehen, sobald wir die Zeitung aufschlagen.«

»Gestern Mississippi, heute Kuba, er mischt überall mit, wo sich die Gelegenheit ergibt.«

»Er setzt ganz auf Kuba. Er wird groß in die Kubageschichte einsteigen, Sie werden sehen.«

»Man stellt mir Fragen wegen meiner Post«, sagte Lee.

»Wie das?«

»Ein Mann von der Post hat sich mit meinem Hauswirt über die Art von Post unterhalten, die ich bekomme.«

»Welche Art von Post?«

»Manche Leute würden sie wohl subversiv nennen.«

»Warum lesen Sie denn das Zeug? Total langweilig. Geradezu ein Musterbeispiel für langweilige Lektüre. Ich kenne dieses Zeug, ohne ein Wort davon gelesen zu haben.«

»Ich werde aus verschiedenen Richtungen angegangen«, sagte Lee mit einem halb unterdrückten Lachen.

George gab ihm eine Abschrift des Materials, das seit ihrer letzten Unterhaltung getippt worden war. Er gab ihm auch die handschriftlichen Blätter zurück, Teile von Blättern, allerlei Notizen, autobiographische Notizen, Notizen für Vorträge.

»Ich bin nicht enttäuscht, Lee. Das hier ist solide Arbeit, besonders der große Aufsatz. Ich glaube, es läuft eindeutig darauf hinaus, daß Sie mit einem neuen Job, der Ihnen angemessen ist, hierher nach Dallas ziehen. Sie werden oft zu mir nach Hause kommen. Sie selbst werden in der Nähe wohnen, das erleichtert die Besuche. Ich will Ihnen auch sagen, was das Interessanteste an meinem Haus ist: es liegt nur ganze drei Kilometer von General Walkers Haus entfernt.«

George streckte den Zeigefinger aus und nahm den Daumen nach oben.

Die Tür ging auf, und ein großer Mann mit kurzgeschnittenen grauen Haaren kam herein. Er war ungeheuer braun und trug einen hellbraunen Anzug mit einem blauen Hemd, und es konnte nur Marion Collings sein. George machte sie miteinander bekannt. Collings hatte die hagere Figur, die Schlankheit und Fitneß eines älteren Mannes, der augenscheinlich die Absicht hat, alle zu überleben.

George ging.

»Diese Abhandlung von Ihnen«, sagte Collings. »Sehr eindrucksvoll, sehr gründlich. Ich weiß zu schätzen, daß Sie uns erlaubt haben, sie zu lesen. Sie haben Dinge mitbekommen, die normalerweise nur ein geübter Beobachter erkennt. Viele interessante Fakten über die Radiofabrik und die Arbeiter. Solide Gliederung, die sozialen Hintergründe gut erfaßt. Ein guter Anfang, würde ich sagen. Darauf läßt sich aufbauen.«

»Ich habe George so ziemlich alles erzählt, was ich noch weiß und was nicht im ›Collektiv‹ steht.«

»Ja, George und ich haben uns gründlich ausgetauscht. Ich würde sagen, was Sie weggelassen haben, ist eklatant.«

»Und das wäre?«

»Erlauben Sie, Lee, aber es ist beim besten Willen nicht vorstellbar, daß Sie über zweieinhalb Jahre als Überläufer in der Sowjetunion verbracht haben, ohne daß es Kontakte zum KGB gegeben hat.«

»Ich hatte ein Gespräch mit dem MWD, Abteilung für Innere Angelegenheiten, als letzte Formalität vor meiner Ausreise.«

»Wer hat Ihre Einreise ermöglicht? Sie haben sich in Helsinki um ein Visum bemüht und hatten es innerhalb von zwei Tagen. Normalerweise dauert das eine Woche. Wir wissen zufällig, daß der damalige sowjetische Konsul in Helsinki ein KGB-Mann war.«

»Sie mögen das wissen, ich wußte es nicht. Die sind doch überall. Das heißt aber nicht, daß ich irgendwas mit ihnen zu tun hatte. Ich war auf der Suche nach einem besseren Leben, deshalb bin ich hingefahren.«

»Lee, wenn Sie gestatten, als wir sahen, daß Sie da rauswollten, haben wir einiges getan, Ihnen den Weg zu ebnen. Sie sind ein interessanter Bursche. Sie haben lange Zeit im Innern der

UdSSR gelebt. Wir sind an einem dauerhaften Kontakt zu Ihnen interessiert. Wir sind da sehr pragmatisch. Uns interessiert nicht, was für ein Verhältnis Sie zu dem Mann vom Zweiten Direktorium hatten. Sie hatten eine Affäre, Sie haben sich getrennt. In Ordnung. So was kommt alle Tage vor. Liefern Sie uns einige Details, das ist alles, was wir wollen. Wir sind nicht das FBI. Uns geht es nicht um Vergeltung, wir verhaften und verfolgen niemanden. Wir wollen einen guten Kontakt. Ein Geben und Nehmen, okay?«

»Werde ich vom FBI überwacht?»

»Keine Ahnung«, sagte Collings. »Wie soll ich so etwas wissen?«

Genausogut hätte er ihn nach dem Schmelzpunkt von Titan fragen können.

»Es ist wirklich einfach. Wir wollen wissen, wie man mit Ihnen umgegangen ist. Wen Sie getroffen haben, wo das war, worüber dabei gesprochen wurde. Wir brauchen nicht jetzt gleich ins Detail zu gehen. Wir haben mit Ihrer Befragung absichtlich ein paar Wochen gewartet. Wir geben uns alle Mühe, Sie nicht unter Druck zu setzen. Wir haben Verständnis für Überläufer, deren Ernüchterung und seelische Belastung. Was Sie da geschrieben haben, zeigt, daß Sie genau wissen, welche Informationen es wert sind, festgehalten zu werden. Sie müssen verstehen, daß es uns nicht um persönliche Beichten oder Entschuldigungen geht. Das steht bei uns nicht auf der Tagesordnung.«

Er setzte sich halb auf Georges Schreibtisch.

»Eine Tatsache ist so lange harmlos, bis sich jemand dafür interessiert. Dann wird sie zur nachrichtendienstlichen Information. Wir sitzen in einem vierziggeschossigen Bau mit einer Fassade aus borsiertem Aluminium. Na und, werden Sie sagen. Aber solche langweiligen Fakten können für bestimmte Leute zu bestimmten Zeiten eine Menge wert sein. Daß ein alter Mann einen Pfirsich ißt, ist eine nachrichtendienstliche Information, falls sich das im August und in der Ukraine abspielt und Sie ein Tourist mit Kamera sind. Ich kann Ihnen übrigens jederzeit eine Minox besorgen. Es gibt immer noch einen Bedarf an persönlichen Informationen. Nehmen Sie George. George liefert uns Material, das wir sofort auswerten und an andere Dienste weitergeben.«

Lee sagte nichts.

»Darf ich Sie Lee nennen?«

»Bitte.«

»Lee, Sie haben kein Abgangszeugnis von der High-School, nur eine sogenannte ›gleichwertige Bescheinigung‹. Sie haben keinen College-Abschluß. Beim Marine Korps wurden sie als ›unerwünscht‹ entlassen. Sie haben fast drei Jahre in der UdSSR hinter sich, und das ist entweder eine Lücke in Ihrem Lebenslauf, oder es sind drei Jahre in der UdSSR. Sie können es sich aussuchen. Jedenfalls kostet es mich nicht mehr als einen Anruf, und schon haben Sie einen Job bei einer Firma hier in Dallas mit einer sehr interessanten, vertraulichen Tätigkeit. Sie werden zwar unten anfangen, aber Sie haben die Chance, etwas Anständiges zu lernen.«

Marion Collings stand an dem Schreibtisch, gut gebräunt, ehrlich und korrekt gebräunt, so fit und durchtrainiert, daß er nur mit den Fingern schnalzen mußte, damit ein Bild von der Wand fiel.

»Dieser Job ist genau das Richtige für Sie, das garantiere ich Ihnen, und Sie können schon in ein paar Tagen dort anfangen. Also. Jetzt brauche ich nur noch Ihre Antwort.«

Minox ist die weltberühmte Kamera für Spione. Hidell hat den Namen in Büchern gelesen.

Er ging durch das leere Zentrum von Dallas, ein leerer Sonntag in gleißender Hitze. Er spürte die Einsamkeit, die er sich immer so ungern eingestand, fühlte sich noch stärker isoliert und hatte noch seltsamere Träume als in Rußland, während ein grelles Licht tödlich und weiß auf ihn herabbrannte. Er sehnte sich nach dem Gefühl, eine klare Rolle zu spielen; er wollte wenigstens einmal einen Schritt tun, der keine Enttäuschung brachte. Er bewegte sich im Schatten der Versicherungshochhäuser und Banken. Er hatte das Gefühl, daß er aus der Isolation nur herauskam, wenn er die Grenze überschritt, die ihn von den wahren Kämpfen in seiner Umgebung trennte. Was sich jenseits dieser Grenze abspielt, bezeichnen wir als Geschichte.

12. AUGUST

Brenda Jean Sensibaugh, mit Künstlernamen Baby LeGrand, saß in der Garderobe des Carousel Club am Toilettentisch und strich fleischfarbene Salbe auf einen Pickel am Mund. Der lange und schmale Tisch, auf dem vier ungerahmte Spiegel lehnten, war überladen mit Haarbürsten, Kaffeetassen, Thermosflaschen, Schminktäschchen, großformatigen Hochglanzfotos, Sprays und Cremes und Kosmetiktüchern. Brenda hatte einen Bademantel an, der ihrer Schwester gehörte.

Im Radio lief *Life Line*, eine patriotische Sendung mit Leuten, die über staatliche Subventionen herzogen.

Um die Salbe richtig auftragen zu können, mußte Brenda die Zunge von innen gegen die Wange drücken, was das Sprechen erschwerte. Sie redete mit dem Mädchen am nächsten Spiegel, Lynette Batistone, die fast noch wie ein Schulmädchen aussah.

»Vielleicht kommt er dir entgegen und gibt dir einen Vorschuß«, sagte Brenda. »Frag ihn aber nur, wenn er gute Laune hat.«

»Ich hab schon gehört, wie der einem entgegenkommt«, sagte Lynette.

»Es ist doch nur Jack. Er würde nie, ich meine, er ist nicht hartnäckig. Mit wem hast du denn alles geredet, Schätzchen?«

»Das hab ich von Molly Bright.«

»Molly kannst du vergessen. Sicher, Jack wird anzüglich, wenn er nur den Mund aufmacht, der größte Schwätzer weit und breit. Aber er ist kein Klammeraffe, den du nicht mehr los wirst.«

»Also, ich hab mir sagen lassen, aber du darfst es nicht weiter, okay?«

»Was denn?«

»Er beschimpft seine Mädchen, sagt Dinge wie ›dumme Fotze‹ oder ›dich werf ich die Scheißtreppe runter‹.«

»Nun gut, Schätzchen, das ist hier kein Kirchenchor. Was sind schon ein paar Kraftausdrücke?«

»Er brüllt dauernd nur rum«, sagte Lynette.

»Er wird nie handgreiflich werden.«

»Molly Bright hat nur angeboten, für Blaze einzuspringen, und schon ist die Hölle los.«

»Bleib mir weg mit Molly. Wenn Dummheit weh tun würde, müßte sie in einem fort schreien. Red mit Jack, wenn du das Geld dringend brauchst. Und vergiß nicht, Lebensmittel zu erwähnen. Er reagiert auf alles, was mit Essen zu tun hat.«

Lynette hatte sich für ihren Auftritt umgezogen, trug ihr Cowgirl-Kostüm, eine Reitpeitsche und eine langläufige Pistole. Brenda fand, das Mädchen hatte Talent, aber nicht die Spur von Geschmack. Was sie vorführte, war nicht mal Striptease. Im Grunde tanzte sie den »Dirty Dog«, erweitert durch ein paar eigene Schritte und Bewegungen.

»In New Orleans haben sie mir gesagt, dieser Jack sei auf dem Weg nach oben.«

»Er besitzt einen zweiten Klub.«

»Er besitzt einen zweiten Klub. Davon hab ich gehört.«

»Das Vegas«, sagte Brenda. »Aber auf dem Weg nach oben, ich weiß nicht. Darüber muß ich erst mal nachdenken.«

»Was sind das eigentlich für Hunde, die hier überall rumlaufen?«

»Er hat Hunde und nennt sie seine Familie. Sie leben im Klub, bis auf einen, den er mit nach Hause nimmt.«

»Für den Fall, daß jemand Schutzgeld kassieren will.«

»Ich wüßte nicht, was er hier zu schützen hätte, außer uns Strippern.«

»Ich muß Pipi machen«, sagte Lynette.

»Du mußt auch wissen, daß Jack dich fragen wird, ob er schwul ist. ›Glaubst du, daß ich schwul bin, Lynette?‹ ›Seh' ich in deinen Augen wie ein Schwuler aus?‹ ›Mal ganz im Ernst, mit deinen Erfahrungen, hältst du mich für schwul?‹ Glaub mir, diese Fragen kommen garantiert. ›Wärst du sehr überrascht, wenn dir jemand sagte, ich sei schwul?‹ ›Red ich vielleicht wie einer, der schwul ist und ein Geheimnis daraus machen will, oder was?‹«

»Und was soll ich ihm antworten?« fragte Lynette.

»Das ist piepegal. Es ist doch nur Jack.«

Jack Ruby – dickbäuchig, schütteres Haar, Brustkorb und Schultern wie ein Bär, zweiundfünfzig Jahre alt – kam von der Commerce Street herein; in der Tasche hatte er dreitausend Dollar in Bar, einen geladenen Revolver, ein Fläschchen Preludin und eine gerichtliche Vorladung, weil er in einem Warenhaus mit einem ungedeckten Scheck bezahlt hatte.

Er betrat die Garderobe.

»Ruhe«, herrschte er Brenda an. »Ich will das hören.«

Sie verfolgten *Life Line* im Radio. Es war ein Kommentar über Heldentum und wie es aus der Mode gekommen war.

Jack saß vor dem zweiten Spiegel, den Kopf gesenkt, ganz Ohr.

Der Sprecher sagte: »In Amerika wurden vor noch nicht sehr langer Zeit fünfunddreißig aufgeweckte Studenten in einem Geschichtsseminar gefragt, was ihnen zu Guadalcanal einfalle. Weniger als ein Drittel dieser Studenten hatte je davon gehört. Dreitausend Jahre Militärgeschichte haben nichts Großartigeres zu bieten als das flammende Heldentum von Guadalcanal, das in jeder Hinsicht amerikanisch ist, so durch und durch amerikanisch wie die Blockhäuser der Pioniere und die riesigen Viehweiden. Aber heute redet keiner mehr davon. Um den Tag der Vereinten Nationen wird hundertmal so viel Rummel gemacht.«

Jack trug zum dunklen Anzug ein weißes Hemd und eine weiße Seidenkrawatte, und er hatte den weichen Filzhut auf, der ihn ins Bild rückte und ihm erst die richtige Zielstrebigkeit gab, als sei er ein Detektiv bei der Arbeit.

»So was höre ich gerne«, sagte er. »Es wühlt mich gewaltig auf, wenn sie über unser Land reden. Du hättest mich sehen sollen, als FDR starb. Ich war gerade in Uniform, als sie seinen Tod im Radio bekanntgaben, und da hab ich geheult wie ein kleines Kind. Wo ist meine Randi Ryder?«

»Beim Pinkeln.«

»Ist sie läufig, oder was? Ich weiß nicht mehr, was ich tun soll. Ich fürchte, die nehmen mir die Konzession weg.«

»Es ist Striptease«, sagte Brenda.

»Sie war in der Bourbon Street eine große Zugnummer. Aber das hier ist, ich weiß nicht, irgendwann wird es heißen, sie geht zu weit. So wie sie ihren G-String schnippt.«

»Sie will Aufsehen erregen, Jack.«

»Ich könnte verlangen, daß sie da was anderes trägt.«

»Sie würde es genau so schnalzen und schnippen.«

»In Dallas darf eine Frau ihren Muff nicht zeigen. Die schafft's noch, daß sie mir den Laden dicht machen.«

»Ich finde sie furchtbar jung.«

»Das zieht die Leute an. Wo mir doch die Konkurrenz im Nacken sitzt.«

»Ist das der Grund, weshalb du ihr mehr zahlst als uns?«

Jack lehnte sich zurück und sah sie ungläubig an.

»Weiß ich davon?« sagte er. »Wann ist das rausgekommen?«

»Du zahlst Lynette glatt doppelt so viel.«

»Brenda, ich schwöre dir, das klingt nach einer Geschichte, von der ich noch nie gehört habe. Ich behaupte, ich habe nichts damit zu tun.«

»Du zahlst ihr die Extras und jammerst dann, daß sie dir ihretwegen noch den Laden dicht machen.«

»Ich zahl ihr ein bißen extra, damit sie für die Leute was tut. Ohne Zugnummer geht nichts.«

»Du hast dich da in was reingesteigert und glaubst, die Konkurrenz will dich aus dem Geschäft drängen. Aber die wollen sich auch nur über Wasser halten, wie wir alle.«

»Fick dich ins Knie, Brenda.«

»Nach Ihnen, Mr. Ruby!«

»Ich bin nur der Eigentümer dieses Unternehmens und muß hier rumsitzen.«

»Das ist absolut richtig.«

»Ich muß mir alles anhören.«

»Die haben nichts Besseres zu tun, als Jack fertigzumachen. Dabei ist Jack der größte Gauner und Falschspieler von allen.«

»Gib mir ein Kleenex«, sagte er.

»Und noch was. Wo ich schon mal dabei bin. Du bist mit deinen Gedanken nie bei der Sache. Führst praktisch Selbstgespräche. Du hörst den Leuten nicht zu.«

»Du hast ja keine Ahnung, wie sehr die mir zusetzen.«

»Ach, und deshalb wird hier die ganze Nacht so rumgebrüllt.«

»Ich hab meine Hunde und mich.«

»Und die kannst du gerne behalten.«

»Du müßtest mehr von meinem früheren Leben wissen, Brenda, das geht mir nämlich immer noch nach. Meine Mutter, und das ist bei Gott die Wahrheit, ich schwör es, sie hat dreißig Jahre lang behauptet, sie hätte eine Fischgräte im Hals stecken. Wir haben uns das dauernd angehört. Ärzte, Krankenhäuser, die haben jahrelang mit ihren Instrumenten danach gesucht. Schließlich wurde sie operiert. Sie hatte nichts im Hals stecken, absolut nichts, unter Garantie. Sie kommt aus der Klinik heim. Die Gräte ist wieder da.«

»Na und, du sprichst nur von einer Frau und einer Mutter.«

»Bei Gott, dreißig Jahre, meine Brüder und Schwestern –

vergiß es. Und das ist noch gar nichts. Du sollst nur eine Vorstellung davon bekommen. Mein Vater war der größte Säufer aller Zeiten. Aber es interessiert mich nicht mehr, wie sie miteinander oder mit mir umgegangen sind. Ich bin kein nachtragender Mensch. Ich empfinde nur Liebe und Achtung für diese Menschen, denn sie haben in dieser Welt gelitten. Du kannst es also vergessen, es ist mir egal, geh weg.«

»Du hast nie geheiratet, Jack, aber wieso eigentlich.«

»Innerlich bin ich ein Schlamper.«

»Aber deine äußere Erscheinung; du bist immer gut angezogen und gepflegt.«

»Innerlich, Brenda, da herrscht ein fürchterliches Chaos.«

Sie hörten den Conférencier, der auf der Bühne Witze erzählte. Jack beugte sich noch weiter zum Radio vor und lauschte.

»Wenn ich so was höre, wird mir immer patriotisch zu mute und das mag ich. Ich bin ein Hundertprozentiger, wenn's um die Gefühle für dieses Land geht. Wem sollte ich denn sonst trauen? Meine eigene Stimme kommt mir manchmal unheimlich vor. Ich habe keine Kontrolle über die innere Stimme. Da ist dauernd ein Druck, unglaublich.«

»Jeder hat Druck auszuhalten. Wir auch. Du läßt uns sieben Tage in der Woche für dich arbeiten.«

»Nach normalen Maßstäben bin ich schon halb hinüber.«

»Heirate doch deine Randi Ryder. Mit ihr käme Ordnung in dein Leben.«

»Ihre Qualitäten im Bett sind stadtbekannt, aber für Perverses ist sie nicht zu haben.«

Draußen rief jemand. Besuch für Jack. Er legte Brenda eine Hand auf die Schulter und ging hinaus. Sechs Schritte waren es bis zu seinem Büro, wo Jack Karlinsky mit einem der Hunde auf dem Sofa saß.

»Das ist mein Dackel Sheba«, sagte Jack Ruby. »Geh da runter, Baby.«

Jack Karlinsky war ein Mann in den Sechzigern, ein Anlageberater ohne Büro, ohne Firmentelefon, ohne Angestellte und ohne Kunden. Sein Anwesen mit einem 20-Zimmer-Haus außerhalb von Dallas wurde die ganze Nacht von einem Nebelscheinwerfer der Küstenwache bestrichen.

»Ich will wissen, haben Sie den Bescheid für mich.«

»Immer mit der Ruhe, Jack. Deshalb bin ich ja hier. Um die Bedingungen mit Ihnen zu besprechen.«

»Es gibt Leute, die sich aus alter Freundschaft für mich einsetzen. Ich telefoniere manchmal mit Tony Astorina.«

»Ich weiß, Sie haben Ihre Beziehungen«, sagte Karlinsky, »aber es ist anders, wenn ich sagen kann, Soundso hat was damit zu *tun.*«

»Und Kuba, zählt das nicht?«

»Ich weiß sehr wohl, daß Sie für andere hingefahren sind.«

»Zu einer Zeit, als Kuba in der Presse noch ein Thema war.«

»Sie haben auch fürs FBI einiges getan«, sagte Karlinsky.

»Was soll das denn? Ich hör wohl nicht richtig.«

»Ich bitte Sie. Im März 1959 haben Sie dem FBI Ihre Dienste angeboten. Die haben eine Akte angelegt.«

»Jack, Sie wissen so gut wie ich.«

»Potentieller krimineller Informant. Sie haben ihnen hier mal einen Tip gegeben, da mal einen Hinweis.«

»Zu meinem eigenen Schutz, falls mal was gegen mich anliegt, dann kann ich sagen, Moment mal.«

»Jack, das ist nichts Persönliches. Ich weiß, man kennt Sie in New Orleans, man kennt Sie in Dallas. Sie sind ein bekanntes Gesicht in Dallas.«

»Ich habe Beziehungen, die bis in die alten Chicagoer Tage zurückgehen, und darauf bin ich so stolz wie auf sonst nichts in meinem Leben, Newberry Street, Morgan Street, die Handkarren, die Gangs.«

»Wir alle lieben die alten Chicagoer-Geschichten. Glauben Sie, ich bin hier geboren? Niemand wird in Dallas geboren. Wir haben doch alle noch das alte Chicago in uns, das Leben auf den Straßen und die rauflustigen Tage. Aber hier geht es um ein ganz beträchtliches Darlehen, und die Jungs sind natürlich heikel, wenn's darum geht, wer Nutznießer ihres Kapitals wird.«

Jack stöberte in seinen Schreibtischschubladen.

»Hier, ich kann Ihnen die verschiedensten Schreiben zeigen, Ankündigungen von Steuerpfändungen, Ablehnungen von Kompromißangeboten. Sie setzen mich wegen der Gewerbesteuer unter Druck. Die machen mich fertig, Jack. Sie haben Unterlagen über mich, stapelweise. Ich renn dauernd hin, um kleine Barbeträge abzuliefern. Zweihundert Dollar, zweihundertfünfzig Dollar. Die sollen ja wissen, daß ich mich drum kümmre. Aber es bringt mich natürlich nicht weiter. Über vierundvierzigtausend brauch ich allein für die Einkommensteuer, und dann hab ich auch noch Ärger mit der Gewerkschaft, die verlangt, daß meine Mädchen weniger arbeiten, und Ärger mit der Konkurrenz von nebenan, die mich mit Amateurstripperinnen fertigmachen wollen, und Ärger mit diesem Mädchen aus New Orleans: wenn die weiter mit ihrem G-String schnippt, machen sie mir noch den Laden dicht.«

Jack Karlinsky hatte ein unsichtbares Lachen. Man hörte es tief in seiner Kehle, aber in seinem Gesicht war nichts von Fröhlichkeit zu sehen. Er trug ein Sportjackett über einem Rollkragenpullover und rauchte eine lange, dünne Zigarre. Jack inspizierte die Schuhe und die Frisur. Er mußte sich eingestehen, daß er immer noch nicht gelernt hatte, zu leben.

»Ich sage meinem Anwalt, er soll bei acht Cents pro Dollar abschließen.«

»Jack, die werden Ihnen sonst was erzählen.«

»Ich weiß.«

»Das ist kein Angebot, nach dem sie sich die Finger lekken.«

»Ich muß mich also irgendwie entscheiden.«

»Sie müssen sich entscheiden, wem Sie dieses Geld schulden wollen. Es ist kein geschenktes Geld. Ich hab einen Vertrag für Sie aufgesetzt, und ich hab nicht vor, jede Woche fünf Prozent rauszuschlagen, wie der erstbeste Kredithai um die Ecke. Hier geht's um ein Vierzigtausenddollar-Darlehen, und in der Größenordnung macht das tausend Dollar Zinsen die Woche.«

»Unterm Strich also zweiundneunzigtausend nach einem Jahr.«

»Oder Sie zahlen die Zinsen weiter.«

»Bis mir die Eier abfallen.«

»So ist es, Jack.«

»Nur mal so aus Neugier: was ist, wenn ich eine Woche nicht zahlen kann?«

»Eine Woche, das lassen sie Ihnen durchgehen. Sie wollen Ihnen nicht den Schädel einschlagen, Jack. Eine Woche lassen sie Ihnen durchgehen.«

»Und zwei, drei Wochen?«

»In dem Fall würden Sie einen zweiten Darlehensvertrag abschließen. Aber eine gute Idee ist das nicht; Sie würden nämlich die Zinsen für einen Betrag zahlen, den Sie in der Höhe gar nicht von ihnen bekommen. Darf ich Ihnen einen ehrlichen Rat geben?«

»Was?«

»Ganz ehrlich: lassen Sie die Finger von dem Darlehen. Sie schaffen die Zinszahlungen nicht, mit dem Betrieb, den Sie hier laufen haben. Sie kommen nie mehr aus dem Keller.«

»Es ist mein Keller, Jack.«

»Ihr Keller vielleicht, aber nicht Ihr Geld.«

»Was passiert, nur so aus Neugier, wenn ich fünf Wochen im Rückstand bin, sechs Wochen?«

»Wenn Sie dann völlig ausgepreßt sind, halten sie einfach die Uhr an, und das heißt: zahl den Kapitalbetrag, vergiß die Zinsen. Mit anderen Worten, wir kennen den Mann, wir geben uns mit einem Teil seines Geschäfts und dem ursprünglichen Betrag zufrieden. Sie wollen ja nicht das Gebäude in die Luft jagen.«

»Aber sie werden meinen Laden übernehmen.«

»Das sind die Regeln auf die Sie sich einlassen.«

»Und wenn ich den Kapitalbetrag nicht zahlen kann?«

»Das ist doch meine Rede, Jack. Suchen Sie nach einem anderen Ausweg.«

»Eine Bank würde meine Kreditwürdigkeit überprüfen. Keine zehn Cent würden die mir geben.«

»Denken Sie an Freunde, Verwandte. Nehmen Sie einen Teilhaber ins Geschäft.«

»Ich kann mit anderen nicht zusammenarbeiten. Ich habe bereits Unterstützung. Meine Schwester führt das ›Vegas‹ für mich. Wir krachen uns die ganze Zeit.«

»Ich finde, Sie sind ein bißchen unvernünftig. Sie müssen einen wichtigen Punkt begreifen. Sie gehören nicht dazu, Jack. Verstehen Sie, Sie haben nichts damit zu *tun.*«

Von vorne im Lokal kamen Trommelwirbel.

»Also gut. Sagen Sie ihnen, ich bin bereit, fünfhundert die Woche an Zinsen zu zahlen, ein Jahr lang, bis die Kongresse das Geschäft beleben.«

»Ich hab einen seriösen Vertrag aufgesetzt.«

»Jack, nehmen Sie ihn wieder mit und berichten Sie ihnen von meinem Vorschlag. Und sagen Sie auch, daß ich mich oft mit Tony Push unterhalte. Es ist bekannt, daß er Carmine Latta sehr nahe steht.«

»Carmine ist keiner der Großen im Kreditgeschäft.«

»Ich sage nur, machen Sie ihnen klar, daß ich mit Tony Astorina bekannt bin.«

Karlinsky sah ihn an. Ein stummer Countdown. Dann sagte er, er werde tun, was auch immer Jack verlange. Er hatte eine tiefe, weiche, verständnisvolle Stimme, die nun etwas hohl klang, und ein Haus mit einem riesigen Suchscheinwerfer und ein perfektes türkisfarbenes Schwimmbecken und vier Töchter und einen Sohn, und Jack Ruby fragte sich, ob man das brauchte, um unbesiegbar zu erscheinen.

An der Tür gaben sie einander die Hand, und dann machte

der ältere Mann noch einmal einen Schritt zurück ins Büro, als habe er ein glückbringendes Geheimnis zu enthüllen.

»Es ist eine Mohairjacke, sehen Sie mal.«

Dann gingen sie zu der schmalen Treppe, die zur Straße hinunterführte. Sie gaben sich noch einmal die Hand. Das Saxophon blökte. Um die Zukunftsaussichten freundlicher zu gestalten, nahm Jack an der Bar ein Preludin mit einem Glas Wasser. Dann ging er zwischen den Tischen hindurch, um sich unter die Gäste zu mischen. Was für einen Sinn hat es, einen Klub zu führen, wenn du das nicht mehr kannst?

Das Essen zu Hause war eine ruhige Angelegenheit mit Harfenkonzerten in Stereo und einer Unterhaltung, in der es immer wieder längere Pausen gab. Beryl beobachtete, wie ihr Mann das Weinglas an die Lippen führte. Larry trank den Wein nicht. Er kaute ihn. Um seinen – trockenen oder lieblichen – Charakter zu schmecken. So schaffen wir eine zivilisierte Welt, sagte er gern. Wir kauen unseren Wein.

»Du siehst nicht sehr glücklich aus«, sagte sie. »Du siehst schon eine ganze Weile nicht mehr glücklich aus. Ich möchte, daß du dich wieder wohl fühlst. Sag was Komisches.«

»Du bist von uns beiden die Komische.«

»Ich bin immer die Komische, die Seltsame, die Winzige. Ich möchte, daß du eine dieser undankbaren Rollen übernimmst.«

Sie aßen eine Zeitlang schweigend weiter.

»Erinnerst du dich an die Aufregung um diese Raketen?« fragte er. »Ungefähr zehn Monate ist es her, daß U-2-Flugzeuge Angriffsraketen auf Kuba fotografiert haben. Und weißt du, was? Sie haben was Neues entdeckt.«

»Will ich das überhaupt wissen?«

»Ein sowjetisches Vermessungsteam hat ein großes Ölfeld gefunden. Und es ist genau die Gegend, wo ich damals die Vergabe von Bohrrechten arrangiert habe. Ich habe die Fotos letzte Woche gesehen, und sie waren so scharf, daß ich das Gelände erkennen konnte. Ich war dort. Genau in dem Gelände, auf diesen Feldern. Wir haben damals geologische Untersuchungen gemacht. Und hinter uns standen potente Geldgeber.«

»Dein Öl. Dein Feld.«

»Unseres. Und das ist immer noch besser, als wenn's die verdammten Russen holen. Dir ist doch wohl klar, was die dort anstellen. Die werden die Insel ausquetschen bis zum letzten Blutstropfen.«

»Das bezweifle ich nicht. Aber es ist manchmal schwer, mit einem Mann zusammenzuleben, der nie aufgibt, nie lockerläßt.«

»Allerdings, da hast du verdammt recht, ich laß nicht lokker.«

Sie ließen es eine Weile auf sich beruhen. Sie stand auf und drehte die Schallplatte um. Es regnete stark, und sie sah jemanden auf der Straße vorbeirennen.

»Laß dir erklären, was es mit Zwangsvorstellungen auf sich hat«, sagte er.

»O ja, bitte.«

»Ich seh das alles von einer höheren Warte aus.«

»Gott, ja.«

»Es gehört zu den Aufgaben eines Nachrichtendienstes, die Zwangsvorstellungen einer ganzen Nation zu klären. Kuba ist eine fixe Idee. Es ist viel verzwickter als beispielsweise Rußland. Nicht so durchschaubar. Schädlicher für die Psyche. Und unsere Aufgabe ist es nun, die psychische Bedrohung auszuschalten, möglichst viel über Castro in Erfahrung zu bringen, seine Absichten zu entziffern, seine Institutionen so zu untergraben, daß er irgendwann nicht mehr die Macht hat, unser ganzes Denken zu beherrschen und uns bis in den Schlaf zu verfolgen.«

»Vielleicht verstehe ich einfach nicht, warum es Kuba sein muß. Weiß ich irgend etwas über diese Insel? Ist sie westindisch, ist sie spanisch, ist sie weiß, ist sie schwarz, ist sie beides, ist sie lateinamerikanisch, ist sie kreolisch, ist sie chinesisch? Wie kommen wir auf die Idee, daß sie uns gehört?«

»Es geht nicht darum, daß sie uns gehört. Es geht darum, daß dort alles wunderbar funktioniert hat, daß dort private Investoren die Gelegenheit hatten, einem Land zum Aufstieg in der Welt zu verhelfen, und Kuba wuchs in jeder Hinsicht, ob das der Handel war, die Produktion, das Bildungswesen oder die Sozialeinrichtungen, und jeder Schuljunge kann handfeste Beweise dafür liefern, daß man die Mängel und Auswüchse des Batista-Regimes auch ohne eine Revolution hätte eindämmen können, und ganz sicher ohne die Abwanderung ins kommunistische Lager.«

Sie schwiegen wieder. Seine Gefühle waren so heftig, daß sie nicht weiterreden wollte. Sie spürte, wie etwas in ihr zurückwich, spürte die alte erbärmliche Bereitschaft, schweigend nachzugeben. Aber wo hätte sie ihm auch widersprechen sollen? Sie kannte sich in der Sache nicht aus. Sie sah die Welt in Zeitungsausschnitten und Bildunterschriften, die Welt, die immer bizarrer wurde, die Welt, die man am besten in einspaltigen Artikeln sieht, die man ausschneidet und an Freunde verschickt. Zuflucht nur in der Ironie. Wenn ihr Ziel war, nicht aufzufallen, wozu dann streiten?

»In einigen Bereichen sieht es besser aus«, sagte er. »Es gibt Entwicklungen, über die ich gar nicht unglücklich bin. Ich erlebe so etwas wie ein Comeback in meinem Beruf. Sie reden davon, mich ins Finanzbüro zu versetzen. Wir haben eine Einsatzeinheit in Buenos Aires. Das soll natürlich nicht nach außen dringen. Ich werde in Geldmärkten arbeiten und sicherstellen, daß wir für bestimmte Operationen genügend Devisen zur Verfügung haben.«

»Ist das eine Rosine, Buenos Aires?«

»Ich weiß nicht, wo es im Obst- und Gemüsereich einzuordnen ist. Es ist einfach verdammt nett von ihnen, mir diese Chance zu geben. Die Agency hat Verständnis. Es ist wirklich erstaunlich, wie weit ihr Verständnis geht. Daher kommt es auch, daß einige von uns zur Agency eine Einstellung haben, die nichts mit Jobs oder Institutionen oder Regierungen zu tun hat. Wir sind ihnen für ihr Verständnis und ihr Vertrauen verdammt dankbar. Die Agency ist immer bereit, einen Mann in einem neuen Licht zu sehen. Das liegt in der Natur der Sache. Es gibt Schatten, es gibt neue Lichtquellen. Je zwiespältiger die Sache ist, desto größer unsere Überzeugung, desto größer unser Vertrauen, desto größer unser Zusammenhalt.«

Es war bemerkenswert, wie oft er mit ihr über diese Dinge sprach. Die Agency war das Thema in seinem Leben, das unerschöpflich war. Central Intelligence. Für Beryl war es die bestorganisierte Kirche der christlichen Welt, mit der Mission, alles zu sammeln und zu speichern, was irgend jemand irgendwann gesagt hat, es dann auf einen Mikropunkt zu reduzieren und als Gott zu verehren. Sie hatte das Bedürfnis, in kleinen, staubigen Räumen zu leben, geborgen und sicher, unerreichbar für all die verwirrenden Dinge, für Hitze und Licht und merkwürdige Zwischenräume, und Larry brauchte das große schützende Kirchenschiff der Agency. Er war überzeugt, daß im Zusammenhang mit menschlichen Beweggründen und Bedürfnissen keine endgültigen Erkenntnisse möglich sind. Es gibt immer noch eine Ebene, noch ein Geheimnis, eine Möglichkeit, wie das Herz eine listige Täuschung hervorbringt, die so geheimnisvoll und vielschichtig ist, daß sie nur für eine tiefere Art von Wahrheit gehalten werden kann.

Auf dem Tisch stand eine Vase mit Anemonen. Das Telefon läutete, und Beryl ging zu ihrem Schreibtisch im Wohnzimmer, um abzunehmen. Ein Mann namens Thomas Stainback meldete sich. So wie die Stimme klang, war das ein Anruf, den Larry oben entgegennehmen würde. Sie blieb einfach in der Tür stehen. Als er sie sah, stand er vom Tisch auf. Sie wartete, bis er die Treppe hinauf und ins Gästezimmer gegangen war und den Hörer abgenommen hatte, und dann legte sie behutsam auf und ging hinein, um ihren Kaffee zu trinken.

Parmenter sagte: »Ich bin's«, und wartete auf die erste Frage, die Everett auf seiner Liste hatte.

»Was wissen wir über den Zeitplan?«

»Sieht nach Mitte November aus.«

»Das läßt uns genügend Zeit. Ich hätte nur zu gern gehört, was Mackey tut.«

»Er weiß, daß es Miami wird. Ich hab ihm noch nicht gesagt, wann.«

»Sag ihm gleich Bescheid.«

»Ich kann ihn nicht finden«, sagte Parmenter.

Eine kurze Pause am anderen Ende.

»Haben Sie ihm was Neues gegeben?«

»Ich hab ein paar sehr heikle Nachforschungen angestellt. Er ist nicht auf der Farm oder irgendwo sonst, wo man ihn logischerweise suchen würde. Keine Spur von ihm. Sieht langsam so aus, als sei er für eine Weile untergetaucht.«

»Sie haben ihm was Neues gegeben«, sagte Everett.

»Ich hab das überprüft, Win. Und ich war verdammt gründlich. Er ist an keiner verdeckten Aktion beteiligt. Eigentlich sollte er bei der Rekrutenausbildung sein, aber da ist er nicht.«

»Heißt das, er ist ausgestiegen? Ohne Mackey können wir die Geschichte nicht durchziehen.«

»Er trifft seine Vorbereitungen. Das ist alles. Er wird sich melden.«

»Er kann nicht einfach ausscheren.«

»Er wird sich melden. Du weißt, der Mann ist zuverlässig.«

»Ich habe schon länger ein ungutes Gefühl«, sagte Everett.

»Er trifft seine Vorbereitungen. Eines Morgens werde ich aus dem Haus gehen und ihn in meinem Auto sitzen sehen. Er will genau so wie wir, daß die Sache über die Bühne geht.«

»Seit Wochen habe ich das Gefühl, daß irgend etwas nicht stimmt.«

»Alles stimmt. Die Stadt, der Zeitpunkt, die Vorbereitungen. Der Mann ist absolut zuverlässig.«

»Ich halte sehr viel von Vorahnungen.«

Larry legte den Hörer auf. Er ging hinunter und sah Beryl mit der Zeitung, ihrem Kaffee und einer Schere am Tisch sitzen. Weingläser und Teller waren unter Zeitungsseiten begraben.

Er sagte schon länger nichts mehr zu dieser wunderlichen Gewohnheit von ihr. Sie fand, es sei eine absolut vernünftige Form des Gedankenaustauschs, Zeitungsausschnitte im Freundeskreis zu verschicken. Es gab tausend Dinge auszuschneiden, und sie verrieten alle etwas von ihren Gefühlen und Gedanken. Er sah ihr beim Lesen und Ausschneiden zu. Sie trug eine Lesebrille und ging verbissen zu Werke. Sie war überzeugt, daß das persönliche Ausdrucksformen waren. Sie war überzeugt, daß es unter Freunden keine vertraulichere und aufschlußreichere Mitteilung gab als einen Zeitungsbericht über einen Gewaltakt, einen Amokläufer, über ein Bombenattentat auf ein von Negern bewohntes Haus, einen buddhistischen Mönch, der sich selbst verbrennt. Denn das sind die Dinge, die uns klarmachen, wie wir leben.

Baby LeGrand stand am Ende des Laufstegs, die Knie gebeugt, die Hände im Nacken, und während dumpfe Trommelschläge ihre Beckenstöße begleiteten, ließ sie den Blick durch den Klub schweifen, machte im Licht der getönten Scheinwerfer Gestalten aus, ganze Biographien, die sie in Sekunden nachzeichnen konnte, Matrosen und Studenten, das Übliche eben, dazu eine Bedienung, die den starken Trinkern Eiswürfel und Sodawasser zu ihrer Whiskyflasche brachte, ein junges Ding in einem knappen Kostüm, das die Titten nach oben drückte. Baby zog eine Stola zwischen den Beinen hindurch und schwenkte sie langsam durch den auf sie gerichteten Scheinwerferstrahl. Sie sah hinüber zu dem Tisch mit den Bullen, die dort außerhalb der Dienststunden ihr verbilligtes Bier tranken. Sie sah den jungen Mann, der im Klub aushalf und Polaroid-Aufnahmen von den Gästen machte, die Jack ihnen dann als Geschenk überreichte. Männer in Anzug und Krawatte, geschäftlich in der Stadt, und Männer, die mit einer Begleiterin herkommen, um zwischen den Auftritten Twist zu tanzen. Brenda kennt die Twisttypen. Sie mag die jüngeren Bullen, sofern sie blaue Augen haben. Sie kennt den kleinsten Tomatenfleck auf der schmalsten Krawatte, denn zu essen gibt es nur aufgewärmte Pizza aus dem Geschäft an der Ecke. Der Schlagzeuger forciert jetzt das Tempo, und ein Matrose sagt Go-go-go. Sie zieht die Stola durch den Rauch und den Staub und sucht dabei die Bar nach den zwielichtigen Gestalten ab, die Jack draußen aufliest und ins Lokal schleppt, hilf- und haltlose Typen, die ihm leidtun. Und dann sind da noch die Typen aus dem Glücksspiel- und Automatengeschäft oder was sie sonst sein mögen, Sizilianer, gerissene Männer, die teilnahmslos hinten im Klub stehen. Es ist das ganze Carousel in einem Fünfsekundenblick, und dazu kommen noch die Touristen aus Topeka. Sie sagen Go-go-go. Sie rufen nach einem Kleidungsstück. Sie wollen die seidene Stola, das sie zwischen den Beinen durchgezogen hat. Sie sind hier, um im Fleisch des schlafwandelnden Mädchens zu schwelgen, die nackt inmitten einer bebenden Menschenmenge aufwacht. So kommt es jedenfalls Baby L. immer vor. Sie hat mitten in der Nacht plötzlich einen Anfall, als wäre sie vom Teufel besessen, und wacht nackt in einem anderen Traum wieder auf, in dem fremde Männer gierig nach ihr greifen. Kennt irgend jemand hier die lächerliche Wahrheit? Sie wäre gerne eine Grundstücksmaklerin, die ihre Kunden in einem Kombi mit einer Pseudo-Holzlackierung herumfährt. Die Maklerin des Jahres in einem farngrünen Kostüm. Statt dessen steht sie auf der Bühne und bumst einen Scheinwerfer, schleudert Schweißtropfen vom Bauch und von den Schenkeln, und dabei wirbeln die Quasten an den Warzenhütchen rhythmisch durch die Luft.

Und dann kam ihr Markenzeichen: sie ließ die Brüste kreisen, die eine im Uhrzeigersinn, die andere in Gegenrichtung; danach trat sie rasch ab.

Sie duschte und wickelte sich in ein Badetuch und setzte sich rauchend in die Garderobe. In diesen Minuten war eine Zigarette der reinste und höchste Genuß.

Lynette saß angezogen am Spiegel daneben. Sie war in eine Ausgabe der Zeitschrift *Look* vertieft.

»Wenn ich nur einen Funken Verstand hätte«, sagte Brenda zu ihr, »würde ich holen, was man mir schuldet, und einfach abhauen. Meine Kinder sind sieben und vier Jahre alt, und die meiste Zeit bin ich zu müde, um ihnen Guten Tag zu sagen.«

Lynette blätterte um. »Ich muß schon sagen, dieser Bobby Kennedy, der ist genau meine Kragenweite. Bobby ist so ein Typ, der mich glatt um den Verstand bringen könnte. Er hat dieses harte Funkeln in den Augen. Zehn Minuten mit Bobby, und ich flippe aus.«

»Also mich reizt er überhaupt nicht.«

»Er hat so was Gemeines in den Augen und weiß es gar nicht, ja?«

»Ich glaube, er weiß es«, sagte Brenda. »Sein Bruder wär mir allemal lieber. Jack ist sicher besser im Bett. Ich mag einen Liebhaber mit breiten Schultern. Von den Kaninchentypen laß ich die Finger.«

»Bobby ist doch sportlich.«

»Der Präsident hat die Reife, Frauen wie uns richtig anzufassen. Nicht daß ich bereit wäre, mich mit dem Mann häuslich niederzulassen.«

»Du brauchst toupierte Haare, wie Jackie.«

»Ich brauche mehr als das.«

»Du hast die Titten, Brenda.«

»Genau das ist meine Achillesferse. Zu viel Talent unter der Bluse. So was bringt nur Ärger.«

»Was tut eigentlich der Justizminister?«

»Machst du Witze? Er ist der höchste Bulle im Land.«

»Bulle oder Hengst?«

»Läuft auf dasselbe hinaus«, sagte Brenda.

Vorne im Lokal gab es offenbar Ärger. Sie hörten erregte Stimmen, dann das Splittern von Glas. Lynette blätterte die Seite um.

»Glaubst du, daß es wirklich Leute gibt, die dir alles über dich erzählen können, wenn du ihnen nur sagst, wann du – auf die Stunde und die Minute genau – geboren bist?«

»Alles fauler Zauber, um eine Lebensregel zu zitieren«, sagte Brenda.

Der Tumult – oder was es sonst sein mochte – wurde lauter. Du spürst diese Dinge in den Wänden. Brenda schlüpfte in ihren Bademantel und ging ans Ende des Ganges, um hinauszuschauen. Zwischen der Bar und dem Eingang war ein Knäuel aus Leibern und Armen; vier Männer mochten es sein, darunter Jack, die mit physischer Gewalt einen fünften Mann vor sich hertrieben, der so aussah, als kämme er sich die Haare mit Knallfröschen. Es stellte sich nun heraus, daß Jack den Mann die Treppe hinunterwerfen wollte. Den anderen ging das wohl zu weit, und sie wollten es verhindern. Brenda wartete, bis sich der junge Mann, der im Klub aushalf, in dem bewegten Menschenknäuel nicht mehr halten konnte und seitlich abgedrängt wurde; so wie er die eine Hand schüttelte, hatte er wohl einen Biß abbekommen.

»Was ist denn los?« fragte Brenda.

»Dieser Typ hat einer der Kellnerinnen unter den Rock gefaßt.«

»Seit wann bringen wir Leute dafür um?«

»Sie wissen doch, wie Jack reagiert, wenn einer den Mädchen zu nahe tritt. Er ist hochgegangen wie eine Rakete.«

Jack riß sich mit dem Mann von den anderen los, und die beiden stolperten fast im freien Fall die schmale Treppe hinunter, knallten gegen den Handlauf und stürzten mit einem halben Hechtsprung auf die Straße hinaus.

Die Leute aus der Bar trampelten im Gänsemarsch die Stufen

hinunter und liefen hinterher. Brenda machte einen langen Zug an ihrer Zigarette und ging wieder hinein, um ihr Gespräch zu Ende zu bringen.

Draußen auf der Straße schlug Jack den Mann nieder. Er ging mit den Füßen auf ihn los und trat angeekelt nach ihm, so als wolle er Hundedreck von den Schuhsohlen abschütteln. Der andere rappelte sich auf und rannte die Straße entlang, mitten durch die Schlange von Menschen vor dem Klub nebenan, wo an diesem Abend Amateurstripperinnen auftraten. Jack lief hinterher, gefolgt von fünf oder sechs anderen aus dem Carousel. Der Mann war viel schneller, blieb dann aber plötzlich kampfbereit stehen. Es kam allen unsinnig vor und machte Jack nur noch wütender. Jack stürmte fäusteschwingend auf ihn los. Die schiere Masse und Wucht der Attacke warf den anderen zu Boden. Jack trat zweimal nach ihm, und der Mann packte Jack am Knöchel und brachte ihn in Zeitlupe zu Fall. Dann kroch er auf ein Parkschild zu. Jack war auf den Knien und griff nach dem Bein des Mannes, um ihn am Weiterkriechen zu hindern. Jemand aus der Bar redete beschwichtigend auf Jack ein und versuchte, seinen Griff zu lockern. Der andere Mann kämpfte sich weiter auf das Schild zu. Das war der eindeutige Sinn des Ganzen. Wenn er nur das Schild erreichen konnte. Zwei Männer aus der Bar trennten die Streithähne, aber Jack gelang es, den Mann noch zweimal in die Rippen zu treten. Der stand auf, den Blick abgewendet. Irgendwie war die Schnalle an seinem Hosengürtel aufgegangen. Über die Schultern der zwei Barbesucher hinweg verpaßte Jack ihm einen heftigen Schlag gegen den Kopf, und der Mann ging daraufhin ein paar Schritte weiter und blieb mitten auf der Straße stehen, so daß die Autos um ihn herumfahren mußten. Er brachte seine Kleider in Ordnung. Er stand mitten im Verkehr. Er blickte nicht zu den Männern auf dem Gehweg zurück, die vom Laufen und der Rauferei noch außer Atem waren.

Jack machte kehrt und ging zurück. Als er zu den Leuten kam, die vor dem anderen Klub Schlange standen, begrüßte er einen nach dem anderen mit Handschlag und verteilte Kärtchen mit der Anschrift und den Öffnungszeiten des Carousel. Dann stieg er in seinen weißen Olds und fuhr davon, um wieder einen klaren Kopf zu bekommen.

Jacks Wagen war eine Müllkippe auf Rädern. Seine Hunde hatten die Bezüge der Sitze und die Bodenmatten zernagt. Aus dem Rücksitz hatten sie das Polstermaterial herausgefressen und so die Sprungfedern bloßgelegt. Die Fenster waren voller Pfotenabdrücke. Acht leere Whiskykartons waren kreuz und quer auf dem Rücksitz gestapelt. Gläser mit Diätnahrung rollten jedesmal über den Boden, wenn er bremste oder in die Kurve ging. Auf dem Armaturenbrett hatte er, eingewickelt in Papier aus dem Metzgerladen, ein paar hundert Dollar liegen; das Papier war mit dem Blut von Lammkoteletts verschmiert. Ein Vorrat an Preludin lag im Handschuhfach, dazu eine Bademütze, eine Anzahl unbezahlter Strafzettel, etliche Adreßbücher, einzelne Kondome, ein Schlagring und ein Fernsehmagazin.

Er schaltete den Sender KLIF ein, wo sie einen Diskjockey namens Gruselbart hatten. Er brauchte eine vertraute Stimme, das würde ihn beruhigen.

Er fuhr im Stadtzentrum von Dallas herum. Von Zeit zu Zeit muß ich einen dieser Typen vermöbeln, der im Klub Ärger macht. Wenn sie dich erst so weit haben, daß du dich vor Angst verkriechst, bist du erledigt. Er tastete seine Jacke nach der 38er ab, die in einer Geldtasche der Merchants State Bank steckte, zusammen mit Einnahmen in Höhe von dreitausend Dollar in festen Rollen, die von rosaroten Gummibändern zusammengehalten wurden.

Wahrscheinlich war die Unterhaltung mit Jack Karlinsky schuld daran, daß er gleich in Rage geraten war, als sich der Typ an Wie-heißt-sie-doch-gleich vergriff. Er mußte das Geld bekommen. Er hatte keine andere Quelle. Nur Schulden und Schikanen, wohin er auch blickte. Selbst wenn er morgen zu vierzigtausend Dollar kam, waren die Probleme noch nicht gelöst. Er mußte das Geschäft in Schwung bringen. Wegen der Mädchen hatte er die Gewerkschaft am Hals. Er kannte einen altgedienten Wucherer an der Westküste, der seine Bitte um ein Darlehen bereits abgelehnt hatte, und bei Karlinsky sah es jetzt nicht viel anders aus.

Es ist also eine Mohairjacke. Du hättest dir zwei davon kaufen sollen. Eine zum Draufscheißen und eine, um die Scheiße zuzudecken.

Er hatte ein Geschäft in Aussicht, wo man eine Metallmarke in einen Automaten steckte, der einem das Auto wusch. Sein Bruder Sam verkaufte einen seiner zwei Waschsalons und zeigte Interesse an diesem Autowaschautomaten. Es würde nie dazu kommen, aber es war immerhin möglich. Er hatte verschiedene Dinge zusammen mit verschiedenen Brüdern probiert, hatte von Salz- und Pfefferstreuern bis zu hübschen Büsten von FDR alles mögliche verkauft, von Chicago bis San Francisco, Modeschmuck und Nähmaschinenzubehör und Mittel zur Gichtbehandlung.

Dreißig Jahre mit einer Fischgräte im Hals.

Gruselbart sagte: »Ich weiß, was ihr denkt. Ihr denkt, ich erfinde das alles. Es ist aber nicht erfunden. Wenn es bei euch ankommt, ist es wahr. Wir sind echt, Leute. Und hier ist die Frage, die ich euch heute abend mitgeben will: Wer ist echt, und wen haben sie geschickt, damit er sich Notizen macht? Ihr seid da draußen in den Tiefen der Nacht und hört mir heimlich zu, und daß ihr mir heimlich zuhört, liegt daran, daß ihr nicht wißt, wem ihr außer mir trauen könnt. Wir sind die einzigen, die nicht zu ihnen gehören. Dieses schmale Frequenzband ist ein Pfad zur Wahrheit. Ich erfinde nichts. Es gibt nur zwei Dinge in der Welt. Dinge, die wahr sind. Und Dinge, die noch wahrer sind als wahr. Wir brauchen diesen kleinen Privatweg, auf dem wir uns treffen können. Denn das hier ist Dallas, Big D, und das steht für Demut und Disziplin. Seid ihr auf Empfang? Drücke ich mich deutlich genug aus? Wir sind das verstohlene kleine Geheimnis, dem sie auf die Spur kommen wollen. Glaubt ihr, ich erfinde das? Ich erfinde nichts. Gruselbart sagt euch: Eßt eure Cornflakes mit der Gabel. Macht eure Hausaufgaben am Abend. Und traut eurem Radio, bevor ihr eurer Mutter traut.«

Jack hatte keine Ahnung, wovon der Typ redete. Er würgte ein Preludin hinunter. Es nimmt dir die Unschlüssigkeit, wenn du nicht weißt, was du als nächstes tun willst.

Er fuhr zum Ritz Delicatessen und parkte vor der Tür. Er machte den Kofferraum auf und warf die Geldtasche mit der Pistole und dem schweren Bargeld hinein, für alle Fälle, denn später würde er es vielleicht vergessen. In dem übervollen Kofferraum lagen Hanteln, Gewichte, ein Sommeranzug, eine Dose Lack, eine Rolle Toilettenpapier, Hundespielzeug und Hundekuchen, ein Halfter für seine Pistole, ein Golfschuh, in dem eine Dollarnote steckte, und an die hundert großformatige Fotos von Randi Ryder, die er aus New Orleans mitgebracht hatte. Nennt es mein Leben, wenn ihr wollt, denn zu Hause sieht es auch nicht ordentlicher aus.

Er betrat das Ritz und bestellte zwölf Sandwiches, alle mit besonders viel Senf und besonders viel Mayonnaise. Rinderbraten, Corned Beef, Puter, Zunge, Gewürzgurken, Krautsalat, Kartoffelsalat, Kirschenlimonade, Ginger Ale usw. Er sagte dem Mann, er solle sich mit den Sandwiches besonders viel Mühe geben, sie seien fürs Polizeipräsidium bestimmt.

Er ging zurück zu seinem Wagen. Für unsere Polizisten ist das Beste gerade gut genug, riskieren sie doch jedesmal ihr Leben, wenn sie nur einen Fuß vor die Tür setzen. Das hier ist eine mörderische Stadt. Bäng. Er durfte nicht vergessen, später noch einmal in den Klub zu gehen, um seinen Dackel Sheba zu holen, die Kasse zu leeren und seinen Hut mitzunehmen. Er war nicht gern ohne seinen Hut, denn nicht jeder brauchte seinen kahl werdenden Kopf zu sehen. Er machte zwar eine Kur für seine Kopfhaut, und es schien auch zu helfen, aber andererseits hatte er auch seine Zweifel.

Während der Fahrt zum Polizei- und Gerichtsgebäude spürte

er einen brennenden Schmerz im linken Knie und schob im Fahren das Hosenbein hoch. Eine hübsche klaffende Wunde. Eine Schlägerei auf der Straße erfordert deine ganze Konzentration, und du merkst erst eine Stunde später, daß du blutest. Das Hosenbein übers Knie hochgezogen, fuhr er weiter. Kein verantwortungsbewußtes Individuum wollte ihm finanziell unter die Arme greifen, weil er irgendwelchen Namenlosen Drinks spendierte und Menschen und Hunde auf der Straße auflas und ins Lokal holte. Er stieg aus, ließ das Hosenbein runter und ging zwischen den hohen Säulen hindurch in den alten Teil des Gebäudes.

Im Aufzug drückte er auf die Drei, hatte den Karton mit dem Essen und den Getränken unterm Arm und dachte, wenn er nicht bald etwas unternähme, würde er ewig einen Zuschußbetrieb haben, falls sie ihn überhaupt weiterarbeiten ließen, falls sie ihn nicht vollends zu einem Niemand machten. Er trat aus dem Aufzug und ging den Gang hinunter zur Abteilung für Jugendkriminalität. Blut sickerte ihm in den Schuh. Aber allein schon beim Anblick dieser sauber rasierten Männer in Uniform wollte er sagen, daß es ihn mit dem größten Stolz erfüllte, ein Freund der Polizei zu sein, und das in einer Stadt, die so proamerikanisch war wie keine andere auf der Welt.

Sein Rabbi sagte ihm oft: »Sei nicht so emotional.«

IN DALLAS

Lee Oswald saß um Mitternacht in Sleight's Waschsalon; er wartete darauf, daß seine Wäsche trocknete und las H. G. Wells. Es war noch ein Kunde im Raum, ein fettleibiger und schaurig aussehender Mann in Pantoffeln, die wegen seiner geschwollenen Füße vorne aufgeschnitten waren. Ein säuerlicher Gestank hing in der Luft. Lee saß zusammengesunken über dem ersten Band der *Grundlinien der Weltgeschichte;* er hatte das Buch aufgeschlagen auf dem Schoß liegen und kaute auf dem Daumen herum.

Er lebte gerade wieder getrennt von Marina und Baby June.

Der Nachtwächter kam herein, ein schlaksiger Neger, und sagte in einer Art Singsang: »Schluß für heute, wir schließen, Leute.« Er hatte die Bettwäsche von irgend jemand in einem roten Drahtkorb.

Der andere Kunde ging zu einem Trockner, um seine Sachen herauszuholen. Lee las weiter; tief über das Buch gebeugt, kaute er jetzt auf einem Knöchel herum. Der Kunde humpelte hinaus.

Etwa drei Minuten vergingen. Der Trockner mit Lees Wäsche hörte auf zu laufen. Er blieb sitzen, tief über das Buch gebeugt. Er wußte, daß ihn der Nachtwächter aus fünf Metern Entfernung sehr gelassen anschaute. Er blätterte um und las den Rest des Kapitels, das auf der nächsten Seite unten zu Ende war. Er las langsam und konzentrierte sich ganz darauf, den Sinn zu begreifen, die kleine unverfälschte Wahrheit im Innern dieser Silben.

»He Kumpel, jetzt reißt mir aber bald die Geduld.«

Die Griechen und die Perser. Er blickte auf. Der Nachtwächter hatte eine schlaff herabhängende Unterlippe, einen leicht rostig getönten Teint, die Backenknochen mit Sommersprossen übersät, und dann diese locker baumelnden Hände – Lee dachte *Japan*, bevor er auf den Namen oder den konkreten Zusammenhang kam. Doch im nächsten Moment wußte er: das war Bobby Dupard, mit dem er im Bunker von Atsugi die Zelle geteilt hatte.

Es dauerte eine ganze Weile, bis Dupard sich an ihn erinnerte. Bobby sah genau hin, ließ Oswalds Haare auf sich wirken, die links, wo er den Scheitel hatte, dünn geworden waren; er ließ das abgehärmte Aussehen auf sich wirken, den Dreitagebart, das Hemd, an dessen Kragen eine Naht aufgeplatzt war; er ließ wirklich eine ganze Menge auf sich wirken, mehr als vier Jahre Erwachsenenleben und Exil und schwere Zeiten. Ozzie das Kaninchen. Die Erinnerung kehrte auf komplizierten Wegen in Dupards Gesicht zurück.

»Es liegt daran, daß ich mir Weiße nicht mehr so genau ansehe. Drum dauert's ein bißchen, bis ich den einzelnen, mit dem ich grad rede, richtig einordnen kann.«

Sie redeten nicht von Japan. Sie redeten von West Dallas, wo Bobby bei seiner Schwester und ihren drei kleinen Kindern in einer Siedlung wohnte, die aus Hunderten von militärisch streng ausgerichteten Gebäuden bestand und sich zwischen dem Trinity River und dem Singleton Boulevard erstreckte. Sie nannten es einen Wohnpark. Das Ganze war eingezäunt, von der eigentlichen Stadt getrennt, und auf den morastigen Rasenflächen lagen herausgerissene Leitungsrohre. Bobby arbeitete an sechs Tagen in der Woche abends von sieben bis zwölf im Waschsalon. Zweimal in der Woche war er in der Crozier-Berufsschule in der Stadt, wo er an einem Kurs im Technischen Zeichnen teilnahm. Manchmal arbeitete er von zwölf bis vier in der Mittagsschicht als Mischer in einer Bäckerei: Aushilfe für Leute, die krank waren oder aus anderen Gründen nicht zur

Arbeit kamen. Er kam dann in weiß bestäubten Kleidern nach Hause. Seine Mutter war inzwischen gestorben. Sein Vater wohnte in einem anderen Teil der Siedlung. Bobby wußte nicht genau, wo. Vom 52er-Bus aus sah er seinen alten Herrn immer vor einem Auto-Abschleppdienst sitzen und Big-Cat-Malzbier aus der Dose trinken. Bobby wußte, sein Vater würde ihn nicht erkennen, wenn er zu ihm hinginge, um ihm Guten Tag zu sagen. Sein Vater würde so mit ihm reden, wie er mit allen Leuten redete: er würde ihm von seinen Zwiegesprächen mit dem Herrn erzählen.

Das war West Dallas. Rauch aus der Bleischmelzhütte. Leben im Stakkatostil.

Bobby hatte jetzt ein feines Haarbüschel am Kinn. Seine Augen hatten ihre quecksilbrige Angst verloren. Er blickte Lee schräg von der Seite an, kühl und unbewegt, und nur gelegentlich nickte er bedächtig mit dem Kopf.

Lee erklärte, er lebe im Untergrund. Er habe seine letzte Arbeitsstelle ohne ein Wort aufgegeben. Er sei aus seiner letzten Wohnung verschwunden. Er habe ein Postfach. Sein Bruder wisse nicht, in welchem Teil von Dallas er wohne. Für seine Mutter wohne er noch in Fort Worth. Seine Frau sei, nachdem es Differenzen gegeben habe, bei Freunden untergekommen. Er arbeite in einer Firma, die Werbegrafiken herstelle. Er sagte nichts darüber, daß es gelegentlich geheime Aufträge waren. Er ließ Marion Collings unerwähnt. Collings drängte – über George de Mohrenschildt – auf Einzelheiten seiner Kontakte mit dem Sicherheitsapparat in der UdSSR. Er mied Collings. Er mied die Leute von der Post. Er versteckte sich vor den Fiebies. Er gab auf jedem Formular, das er ausfüllte, falsche Adressen an. Nach Feierabend stellte er im Büro Plakate her und schickte sie an die Sozialistische Arbeiterpartei. Er hatte eine Spionagekamera in einem Seesack verstaut, den er unten in seinem Schrank aufbewahrte.

Er sagte nichts von Marina, sagte nicht, wie sehr sie ihm fehlte, wie er sie brauchte und wie ihn das ärgerte, wie er diese

Einsicht abzuwehren versuchte – eine weitere Erkenntnis, die sich ihm aufdrängte und die er nicht loswurde.

Vergessen wir Japan. Bobby redete über den Süden, über die Polizeihunde und Brandbomben, die Aufhebung der Rassentrennung an der Ole Miss, der Universität von Mississippi. Fast jeden Tag brachten sie im Fernsehen, wie die Rassisten wüteten, wie sich Massen demonstrierender Neger dem Druck der angreifenden Bereitschaftspolizei beugten, so daß aus dem friedlichen Marsch plötzlich ein wildes Durcheinander wurde. Demonstranten wurden ins Gesicht geschlagen, mit Steinen beworfen. Einer stürzt, und sofort sind diese weißen Jungs zur Stelle und treten mit den Füßen nach ihm. Bullen packen ihre Knüppel noch fester, mit einer Hand an jedem Ende, als wollten sie sie auswringen. Sieh dir mal ihre Augen an. Sieh dir mal die Feuerwehrleute an, wie sie von ihren Fahrzeugen springen. Sie drehen das Wasser auf, und es ist wie ein zorniger Fluch aus der Hölle, der alle zu Boden schleudert.

Überall in der Siedlung gab es selbstgebaute Gartengrills, 200-Liter-Ölfässer, in der Mitte halbiert und auf Metallbeine gestellt – Rauch stieg auf, und im Fernsehen schoß das Wasser aus Feuerwehrschläuchen.

Die Wäsche wirbelte in einem Dutzend Trockner der Marke Loadstar.

Bobby sagte: »Ich glaube, das ganze System zielt darauf ab, die Schwarzen bescheiden und demütig zu machen. Schuftet für einen Hungerlohn, trinkt den billigen Wein. Das haben sie sich für uns ausgedacht. Ich will dir sagen, wie weit ich inzwischen bin, Ozzie. Wenn ich in der Zeitung von Verbrechen lese, seh ich mir die Namen immer genau an, weil ich wissen will, ob der Täter schwarz war oder weiß. Manche Namen sind ausgesprochen schwarz. Ich seh sie mir genau an, und ich sage: gut gemacht, Bruder. Ich sage: gib's ihnen. Denn was haben wir ihnen sonst schon voraus, außer dem Haß?«

Er sagte: »Ich habe nicht vor, den weißen Mann mit meiner Leidensfähigkeit fertigzumachen.«

Er sagte: »Ich mache eine Berufsausbildung, um nicht den Verstand zu verlieren.«

Sie blieben im Waschsalon und unterhielten sich bis zwei Uhr früh. Zwei Abende danach redeten sie wieder, während Bobby die Maschinen lud und die Wäsche der Kunden zusammenlegte, die ihre Sachen nur brachten und wieder abholten. Am nächsten Tag stempelte Lee etwas früher und holte Bobby von seinem Zeichenkurs in der Stadt ab, und sie fuhren mit dem Bus nach Cliff Oak, wo der Waschsalon lag und wo Lee in einer Gegend mit Mietshäusern wohnte, wo rostige Autowracks in hohem Unkraut standen. Sie teilten sich einen Karton Krapfen und redeten weiter. Später an diesem Abend ging Lee von seiner Wohnung in der Elsbeth Street zu dem sechs Straßen entfernten Waschsalon, und sie redeten, bis es Zeit war zu schließen, redeten über Politik und Rassentrennung und Kuba, während sich die Trommeln in den Maschinen drehten und die Nachtbummler ihre Wäsche in die schäumende Seife warfen.

Am folgenden Tag kam ihnen eine Idee. Schießen wir General Walker eine Kugel in den Kopf.

Marina stand da und wiegte die kleine June auf dem Arm. Er hatte vor ihrer Rückkehr die Wohnung geputzt. Es machte ihn glücklich, sie zu sehen. Er nahm das Baby, redete in seinem nachgemachten Japanisch und wackelte dazu mit dem Kopf. Es brachte sie alle zum Lachen.

Er fing an Busfahrpläne zu studieren. Der 36er nach Preston Hollow hatte eine Haltestelle, die nur eineinhalb Blöcke vom Haus des Generals entfernt war. Er ging zu Fuß am Haus des Generals vorbei, das etwas abseits von der Straße dicht am Turtle Creek lag, inmitten herrlicher Pappeln und Ulmen, eine Oase der Ruhe. Allein schon diese Straße gab ihm das Gefühl, unberührbar zu sein. Er merkte sich die Zulassungsnummer eines Wagens, der vorne an der Einfahrt stand, und schrieb sie in sein Notizbuch. Er führte Buch über Fahrtzeiten, Entfernungen und andere Beobachtungen.

Sie fragte ihn, ob er ihr nun Englisch beibringen wolle.

Er schickte $ 29,95 an die Firma Seaport Traders und bestellte einen 38er-Revolver mit verkürztem Lauf, von Smith & Wesson hergestellt und als der Zweizoll-Commando bekannt. Auf dem Bestellzettel benutzte er den Namen A. J. Hidell und nannte als Adresse das Postfach 2 915 in Dallas, Texas.

Am nächsten Tag besuchte er einen Schreibmaschinenkurs. Es war sein erster Tag dort, und er setzte sich in die letzte Reihe; er redete mit niemandem, studierte die Tastatur seiner Maschine. Sie kam ihm chinesisch vor. Er zog ein Blatt Papier ein, legte seine Finger auf die Tasten, versuchte zu verstehen, warum die Buchstaben so und nicht anders angeordnet waren. Es war ein Bild seiner Erniedrigung. Neun Dollar Teilnahmegebühr. George hatte ihm gesagt, wenn er tippen könne, werde er eines Tages einen besseren Job bekommen.

Es waren die letzten Tage im Januar 1963.

Zusammen mit einem anderen Anlernling, dem gehbehinderten Dale Fitzke, stand er in der Dunkelkammer. Dale hatte an dem einen Schuh eine besonders dicke Sohle. Beim Gehen tickte er hin und her wie ein Pendel, und er hatte eine weiche, reine, unglaublich glatte Gesichtshaut, die ihn wie einen Zwölfjährigen aussehen ließ.

Sie standen Schulter an Schulter vor den Entwicklerschalen. Leute gingen ein und aus, quetschten sich hinter ihnen vorbei. Düstere rote Lampen ließen den Raum radioaktiv aussehen.

»Was bist du eigentlich für ein Mensch?« fragte Dale. »Ich bin so was wie ein Außenseiter in meiner Familie. Sie haben endlich aufgehört, Großes von mir zu erwarten.«

»Was erwarten sie denn?«

»Sie halten die Luft an, was das Sexuelle betrifft. Was gefällt dir an der Dunkelkammer am besten? So hat mein Zimmer immer ausgesehen, wenn ich Fieber hatte. Das waren für mich als Kind immer die schönsten Zeiten. Ich hatte oft unheimlich hohes Fieber. Was hältst du eigentlich von dieser Firma?«

»Mir gefällt's hier. Die Arbeit ist interessant, verglichen mit anderen Jobs.«

»Ich habe nämlich den Eindruck, daß diese verschiedenen kleinen Arbeiten nicht alles sind, was hier läuft. Zum Beispiel. Willst du ein Beispiel hören?«

»Und das wäre?«

»Sie haben mir gesagt, ich soll von den Arbeitstischen der Schriftsetzer wegbleiben. Nicht erlaubt. Gucken verboten.«

»Natürlich kannst du hingucken. Keiner hindert dich daran. Ich tu's die ganze Zeit.«

»Ich auch«, sagte Dale mit einem kleinen Zittern in der Stimme. »Ich sage dir, was ich sehe, wenn du mir sagst, was du siehst.«

»Sie haben Listen mit Namen für den kartographischen Dienst der Armee.«

»Was für Namen?«

»Ortsnamen.«

»Das sehe ich auch. Sie setzen die Namen auf Papierstreifen ab, drei Zoll.«

»Manche Namen sind in kyrillischen Buchstaben geschrieben, und ich kann die auf Russisch lesen. Für Landkarten mit Zielen in der Sowjetunion.«

Sie flüsterten jetzt beide.

»Wenn du's für dich behältst, verrat ich dir, was ich zufällig mit angehört habe«, sagte Dale. »Die Landkarten werden nach Photographien hergestellt. Und diese Fotos sind das eigentlich Geheime daran. Sie kommen von der U-2.«

Das Licht war ein unheimliches Neon-Rot.

»Ist das nicht ein irres Gefühl, so was zu wissen? Ich finde es herrlich, mich mit jemandem über so faszinierende Dinge austauschen zu können. Du erzählst mir etwas, ich erzähl dir etwas. Die U-2. Als ich zum erstenmal davon gehört habe, damals unter Eisenhower, da dachte ich, die reden von irgendeiner Umgehungsstraße.«

Es war Samstag, und sie bekamen Wochenendzuschlag. Lee bemühte sich um möglichst viel Samstagsarbeit, denn er wußte – ein Wort von Marion Collings und sein Job war verloren.

»Magst du eigentlich die Leute hier?« fragte Dale. »Ich hab gesehen, daß du diese russische Zeitschrift gelesen hast. Es hat da ein bißchen Gerede gegeben. Die Leute hier sind nur bedingt freundlich. Meinetwegen kann natürlich jeder lesen, was er will. Weißt du noch, wie das war, als Kind unter der Bettdecke zu liegen und zu schwitzen? So ein Fieber ist etwas Geheimnisvolles. Als ob du in ein tiefes Loch fällst, und keiner kann dir folgen, aber da ist keine Angst und keine Panik, weil du gar nicht mehr du selber bist. Ich finde es herrlich, sich schweißgebadet in die Decken zu kuscheln.«

»Ich hatte als kleiner Junge eine Operation am Ohr. Ich erinnere mich heute noch an die Träume in der Narkose.«

»Ich hatte *vier* Operationen! Ich fand das Wegtauchen immer *herrlich!*«

Dale gestikulierte in dem rötlichen Schimmer, und dabei tropfte Flüssigkeit von seinen Händen in die Entwicklerschale.

»Wie funktioniert eigentlich dein Verstand, Lee? Eines Tages hörte ich, wie meine Mutter zu meinem Bruder Tom sagte: ›Er wird nie eine große Leuchte werden, Tom.‹ Ich habe diesen Satz bei Tisch hunderttausendmal zitiert.«

Die geheimnisvolle U-2. Sie folgte ihm von Japan nach Rußland und war jetzt auch hier in Dallas. Er erinnerte sich, wie sie zur Erde herabschwebte, glatt und ruhig, fast federleicht, von Winden abhängig, auf Winden gleitend. So sah es jedenfalls aus. Und die Stimme des Piloten, die bruchstückhaft zu ihnen herunterkam, mit dem verzerrenden Brummen eines kaputten Lautsprechers. Manchmal hörte er diese Stimme im unruhigen Halbschlaf.

Dale Fitzke sagte: »Ich hör mich um, du hörst dich um. Dann treffen wir uns hier und reden weiter.«

Sein Schreibmaschinenkurs war in der Crozier-Berufsschule, wo auch Dupard einen Kurs hatte, und immer wenn es sich zeitlich machen ließ, trafen sie sich in einem leeren Klassenzimmer. Sie redeten über Taktik und politische Hintergründe und warteten auf die bestellte Waffe.

Bobby sagte: »Glaubst du vielleicht, es ist ein Zufall, daß dieser Walker nach Dallas gezogen ist? Vergiß es, Mann. Er ist hier, weil die Wut hier ist, der Haß. Das ist die Stadt, die er sich ausgedacht hat.«

»Hast du heute schon Zeitung gelesen? Er geht auf eine lange Vortragsreise. Neunundzwanzig Städte. Er kommt erst im April wieder.«

»Zum Thema ›Macht die Nigger fertig‹ oder was?«

»Operation Midnight Ride. Die Gefahren des Kommunismus hier und im Ausland. Es wird um Kuba gehen, nur um Kuba. Am meisten genießt er es, auf Kuba einzudreschen. Wenn wir schon bis April warten müssen, dann laß es uns auch richtig machen. Wir erwischen ihn am Siebzehnten. Am zweiten Jahrestag der Schweinebucht.«

»Wer von uns beiden schießt?«

»Ich«, sagte Oswald.

»Bist du dir sicher?«

»Ich werde schießen.«

»Wenn es am Siebzehnten sein soll, muß ich nachsehen, ob ich da Kurs habe.«

»Was soll denn das heißen?«

»Die Frage ist, ob ich schwänzen will.«

»Ich brauche einen, der mitmacht, Bobby. Das wird kein Spaziergang. Das Haus liegt ungünstig, an einer schmalen Gasse. Wir brauchen vielleicht ein Auto.«

»Ein Auto kann ich besorgen. Ich kann mir jederzeit ein Auto leihen. Ich weiß nur nicht, ob's dann auch zuverlässig läuft. Hauptsache, wir legen ihn um. Der Mann muß bluten.«

»Im Russischen gibt es einen Ausdruck für Attentate, bei denen Blut fließt. *Mokrie dela*, das heißt nasse Angelegenheiten. Zum Beispiel die Ermordung Trotzkis mit einem Eispikkel.«

»Hauptsache, wir erwischen ihn«, sagte Bobby.

Sie zogen in die nahegelegene Neely Street, wieder in eine möblierte Wohnung, zwei Zimmer in einem Holzhaus mit betonierter Veranda und einem Balkon mit wackligen Stützen. Sie konnten Blumentöpfe rausstellen und so tun, als seien sie in Minsk. Es gab noch einen weiteren kleinen Raum, nicht größer als eine Besenkammer, wo Lee an seinem Notizbuch arbeiten und seine Korrespondenz und andere Schriftstücke aufbewahren konnte.

Sie transportierten ihre Habseligkeiten in Junes Kinderwagen. Es waren sechs oder sieben Fahrten, Geschirr, Babysachen, Briefe aus Rußland. Die letzte Fahrt machte Lee allein; er schob den Kinderwagen über die Neely Street, und um sich eine weitere Fahrt zu ersparen, hatte er fast alles an, was er an Kleidung besaß.

Der kleine Raum hatte einen Zugang vom Wohnzimmer und einen von der Treppe außerhalb der Wohnung. Beide Türen ließen sich von innen absperren. Es war wie eine hermetisch abgeschlossene Kammer, Teil des Gebäudes, aber auch davon getrennt. Diesen kleinen Raum nannte er sein Arbeitszimmer. Er zwängte einen Lampentisch und einen Stuhl hinein und arbeitete dort an seinen Notizen zum Tod des Generals.

Er machte Fotos von Walkers Haus. Er hatte eine Box, die er bei der Hin- und Rückfahrt im Bus in einer Papiertüte transportierte. Er fotografierte den Gitterzaun hinter dem Haus, die Gasse, die sich vom Parkplatz der Mormonenkirche bis zur Avondale Street erstreckte. Er machte ein paar Bilder von den Eisenbahnschienen, wo er nötigenfalls die Waffe verstecken konnte.

Es gibt eine Welt innerhalb der Welt.

Er machte sich ausführliche Notizen über die Anordnung der

Fenster auf der Rückseite des Hauses. Er studierte Stadtpläne von Dallas. Er legte letzte Hand an die gefälschten Dokumente, die er in der Firma nach Feierabend angefertigt hatte. Wenn die Hidell-Waffe im Postamt ankam, hatte er Hidell-Papiere, um das Paket abzuholen. Was es auf den Dokumenten zu tippen gab, erledigte er auf seiner Schreibmaschine in der Schule.

Es war ein gutes Gefühl, Dupard auf seiner Seite zu wissen. Dupard, mit Füßen getreten, war die Kraft der Geschichte, die Demonstration einer geschlossenen Front gegen die rechtsextremen Strömungen.

Er benutzte den Namen Hidell noch einmal, als er am 12. März mit einer Postanweisung über $ 21,45 bei Klein's Sporting Goods in Chicago ein italienisches 6,5-mm-Militärgewehr bestellte – die Mannlicher-Carcano, ausgerüstet mit einem 4x-Zielfernrohr.

Der Regen fiel auf leere Straßen.

Wie stark war doch sein Gefühl für das Schicksalhafte, wenn er sich in dem winzigen Raum einschloß, um einen Plan zu entwerfen, ein Netzwerk von Verbindungen. Es war eine zweite Existenz, die private Welt weitete sich in drei Dimensionen.

Er ging in ein Waffengeschäft und kaufte einen Ladestreifen für die Mannlicher, so daß er bis zu sieben Schüsse abgeben konnte, ehe er neu laden mußte.

Regennasse Straßen. Er ging zu Dupard in den Waschsalon und unterhielt sich mit ihm aufgeregt darüber, ob in Anbetracht der Lage des Hauses ein Distanzschuß notwendig sei. Dann kehrte er in sein Arbeitszimmer zurück, und niemand ahnte auch nur, daß er weg gewesen war.

Im Pyjama stand er barfuß im Wohnzimmer und hantierte mit dem Verschluß des Gewehrs. Er riß den Griff nach oben, schob den Bolzen zurück, schob ihn wieder vor und riß den Griff nach unten. Er stieß den Griff nach oben, schob den Bolzen zurück, schob ihn vor und riß den Griff nach unten. Er drehte sich zu dem Spiegel überm Sofa. Er riß den Griff nach oben, schob den Bolzen zurück, schob ihn wieder vor und riß den Griff nach unten.

Marina war beim Einkaufen. Junie saß im Hochstuhl in der Nähe des Fensters und rollte auf ihrem Tischchen eine Murmel hin und her.

Hinter dem Haus gab es einen Hof, ein eingezäuntes Stück nackte Erde mit ein paar Forsythienbüschen. Parallel zum Zaun war eine Wäscheleine gespannt; Marina stand dort und hängte Windeln auf. Die Mieter aus dem Erdgeschoß waren nicht da.

Zehn Minuten verstrichen. Lee kam die hölzerne Außentreppe herunter. Er hatte den Karabiner in einer Hand, ein paar Zeitschriften in der anderen. Er trug ein kurzärmeliges schwarzes Hemd und eine dunkle Khakihose. Den Revolver hatte er seitlich an der Hüfte.

Marina sah, daß er das Gewehr an die Treppe lehnte und wieder hinaufging. Sekunden später kam er mit seiner Kamera wieder, einer Imperial Reflex, die er für wenig Geld in Japan gekauft hatte.

»Warum willst du das machen?« fragte sie. »Wenn uns einer der Nachbarn sieht.«

»Es ist für Junie, eine Erinnerung an mich.«

»Will sie ihren Vater auf einem Bild mit Schußwaffen? Ich weiß nicht, wie man fotografiert.«

»Du hältst die Kamera in Hüfthöhe.«

»Ich habe noch nie in meinem Leben fotografiert.«

»Ganz gleich, was kommt. Ich möchte, daß du einen Abzug für mein kleines Mädchen aufbewahrst.«

»Ganz in Schwarz. Es ist albern, Lee. Wen jagst du mit diesem Gewehr? Die Mächte der Finsternis? Ich könnte lachen. Es ist dumm. Es beeindruckt keinen. Es ist schlicht und einfach Angeberei.«

Er stellte sich in einer Ecke des Hofes auf, das Gewehr in der rechten Hand, den Lauf nach oben, den Kolben auf der Hüfte abgestützt, unmittelbar neben der in einem Halfter steckenden 38er. Die Zeitschriften, den *Militant* und den *Worker*, hatte er in der linken Hand, wie Spielkarten fächerförmig ausgebreitet.

Sie drückte auf den Auslöser.

Er stellte sich noch einmal in Positur, das Gewehr jetzt in der linken Hand, die Zeitschriften vor der Brust, so gefaltet, daß das Wort *Militant* sichtbar war; sein Schatten reichte bis zum Lattenzaun, und sein dünnes Lächeln wurde von Licht und Zeit in den Rahmen der offiziellen Erinnerung gebannt.

Punkt halb neun stand Lee in einer Ecke der Gulf-Tankstelle an der North Beckley Street im schwer herabdrückenden nächtlichen Benzingestank. Siebenunddreißig Grad. Ein Hitzerekord für dieses Datum. Er hatte einen Militärregenmantel über der linken Schulter hängen und hielt eine noch halb volle Colaflasche in der rechten Hand; er hatte sie aus dem Automaten geholt, einfach um seine Anwesenheit zu rechtfertigen.

Seine Aufmerksamkeit galt einem braunen Ford – Baujahr 1950 vielleicht –, der langsam in die Tankstelle einbog und unweit der Zapfsäulen anhielt. Er beobachtete, wie Dupard ausstieg und mit suchendem Blick an der offenen Tür stehen blieb. Bobby trug einen hellblauen Overall und ein rundes Käppchen, und auf seine Hemdbrust waren die Worte American Bakery gestickt. Er hatte Mehl im Gesicht und auf den Kleidern, und Augenbrauen und Handrücken waren mit einer weißen Schicht überzogen.

Lee ging zu dem Wagen hinüber, den linken Arm steif unter dem Regenmantel, das Gewehr – mit dem Kolben in der Achselhöhle – dicht an den Körper gedrückt. Sie redeten erst, als sie mit dem Wagen in nördlicher Richtung unterwegs waren, das Gewehr hinter dem Sitz auf dem Boden.

»Aber was soll das, Bobby?«

»Was?«

»Du hast Arbeitskleidung an.«

»Ich hatte die Chance, Überstunden zu machen, und die brauche ich unbedingt, wenn ich heut abend nicht im Waschsalon arbeite.«

»Halte ich dich vom Waschsalon fern? Geht es dir darum?«

»Ich mein ja nur. Die Chance hat sich ergeben. Ich hab vier Überstunden einschieben können.«

»Du kannst identifiziert werden. Gerade heute solltest du nicht auffallen.«

»Kein Schwein kriegt uns zu sehen. Wir machen schnell, und es ist dunkel. Wo hast du den Revolver?«

Lee zog die 38er aus seinem Gürtel und legte sie neben sich auf den Sitz.

»Hast du die Munition besorgt?« fragte er.

»Aber sicher«, sagte Dupard. »Ich hab fünfzehn Kugeln, hab sie auf der Straße von einem Schuljungen gekauft. Es sind zwar zwei verschiedene Fabrikate, aber alles 38er-Spezial, ich rechne nicht mit Problemen.«

»Ich rechne nicht damit, daß wir sie brauchen. Der Revolver ist nur für alle Fälle.«

Bei der ersten roten Ampel nahm Bobby den Revolver und schwenkte die Trommel aus. Dann holte er sechs Patronen aus der Brusttasche seines Overalls und schob sie in die Kammern.

»Es gibt ein gutes Omen«, sagte Lee. »Ich bestelle den Revolver im Januar, das Gewehr im März. Die zwei Waffen kommen am selben Tag an. Meine Frau würde sagen, das ist Schicksal.«

»Was hast du ihr wegen heute abend gesagt?«

»Sie glaubt, ich bin in meinem Schreibmaschinenkurs. Ich bin vor zwei Wochen aus dem Kurs ausgestiegen. Im Betrieb haben sie mir gekündigt, Samstag war mein letzter Tag.«

»Mann, hab ich Angst, rauszufliegen.«

»Sie sagten, ich hätte nicht sorgfältig genug gearbeitet. Es mußte wohl passieren. So wie das heute abend passieren muß.

Man wird in Havanna davon hören. Noch vor Mitternacht ist die Nachricht bei Fidel.«

Auf dem Viadukt der Commerce Street fuhren sie über den Trinity River.

»So wie das Gewehr aussieht, stammt es aus alten Armeebeständen. Woher willst du wissen, daß es funktioniert?«

»Ich hab es in meinen Regenmantel gewickelt und bin mit dem Love-Field-Bus rausgefahren. Dort draußen, westlich von der Schnellstraße, bin ich dann zum Flußbett runtergegangen, es gibt da ein Gelände, wo Leute ihre Feuerwaffen ausprobieren. Das ist wie Krieg am hellichten Tag.«

»Dieser Tragriemen, der sieht aus wie von einem Saxophon.«

»Der paßt doch. Alles paßt zusammen, alles funktioniert. Ich hab dieses Ding sorgfältig geplant. Ich war in sechs Waffenläden, bis ich schließlich die Munition für diesen Karabinertyp gefunden hab.«

»Es liegt mir schwer im Magen, daß der General sterben muß.«

»Ich treff ihn mit dem ersten Schuß«, sagte Lee leise.

»Ich muß es schaffen, mich nicht die ganze Zeit mies zu fühlen.«

»Die Fenster bieten alle eine freie Schußbahn.«

»Ich will ihn am Boden sehen.«

»Keine vierzig Meter«, sagte Lee.

»Für Mississippi, für John Birch, für den KKK, für die ganze Scheiße.«

Bobbys Blick verschleierte sich ein wenig. Eine Zeitlang schwiegen sie beide. Die Hitze drückte durch die Scheiben. Sie fuhren auf der Stemmons zur Oak Lawn Avenue.

Lee sagte: »Wir biegen von der Avondale links ab in eine schmale Gasse, die vielleicht achtzig Meter lang ist und zu einem Parkplatz an der Kirche führt. Wir fahren langsam. Ich steige kurz vor dem Parkplatz aus. Du fährst weiter und biegst nach rechts in die Zufahrt zur Kirche ein. Dort ist gerade Gottesdienst. Du bist ein Mormone, der zu spät dran ist. Du hältst an und wartest. Machst die Scheinwerfer aus. Ich ziele mit dem Gewehr durch den Gitterzaun hinter Walkers Haus. Ich habe freie Schußbahn. Du wartest im Auto. Ich seh ihn direkt vor mir. Er mag ein hell erleuchtetes Haus. Er sitzt abends in seinem Arbeitszimmer.«

Er hatte ein 39-Wochen-Abonnement von *Time.* Er stellte sich sein Hinterhofbild in der *Time* vor. Der Castro-Partisan mit seinen Schußwaffen und subversiven Zeitschriften. Er stellte sich die Titelseite von *Time* vor, ein Bild, das durch die ganze sozialistische Welt gehen würde. Der Mann, der den faschistischen General erschoß. Ein Freund der Revolution.

»In Havanna wird man zu schätzen wissen, daß wir's am siebzehnten April getan haben«, sagte Lee. »Auf den Tag genau zwei Jahre. In erster Linie war es die Invasion, die einen General Walker hervorgebracht hat.«

Sie bogen auf die Avondale Street ein. Plötzlich wurde ihm bewußt, daß ihn Bobby anstarrte, die Augenbrauen weiß vom Mehl.

»Wie kommst du denn auf den Siebzehnten?« fragte Dupard.

»Heute ist doch Mittwoch, oder?«

»Wir haben heute den *zehnten* April.«

Ted Walker saß in seinem Arbeitszimmer am Schreibtisch, ein dreiundfünfzigjähriger Junggeselle, der wie der gute Nachbar von nebenan aussieht, ziemlich groß, markante Augenbrauen, die Haut an Kiefer und Hals schon etwas schlaff. Oberkörper leicht vorgebeugt, der Nachbar, der zu Kindern streng ist – im Moment mit seiner Steuererklärung beschäftigt.

Es ist der größte Witz in Amerika. General Walker macht seine Steuererklärung.

Er ist es gewohnt, von sich selbst in der dritten Person zu reden. Er redet mit der Presse über den Fall Walker, über die Versuche, Walker zum Schweigen zu bringen. Es ist nur natürlich, daß er sich als öffentliche Person versteht, wenn man bedenkt, welche Aufmerksamkeit und welches Interesse ihm die Lokalpresse entgegenbringt, in der er sich im letzten Oktober mit der kubanischen Raketenkrise ein Kopf-an-Kopf-Rennen lieferte. Von Präsident Jack stammt die Bemerkung über die *Morning News:* »Die Leute in Dallas sind bestimmt froh, wenn es Nachmittag wird.«

Die alten Damen lieben ihren Ted. Sie sind die letzten Rechtgläubigen. Er murmelt das Gedicht ihres verpaßten Lebens.

Eine brennende Zigarette lag im Aschenbecher. Er saß mit dem Rücken zum Fenster und rechnete auf einem Notizblock Zahlen zusammen, Steuern, er arbeitete an seiner Steuererklärung wie irgendein Trottel aus dem Wahren Kontrollapparat. Briefe der Rechtgläubigen lagen in einem Körbchen rechts von ihm. Die Frauen der Christian Crusade, die John-Birch-Männer, die Vorruheständler, die Zornigen, die Verratenen, die Leute, die immer leer ausgehen. Sie kannten den Kontrollapparat bestens. Es war nicht nur Politik aus der Ferne. Es waren nicht nur die Geschäfte der Ausverkaufsspezialisten und Kompromißler, der schlappen Schwestern, der Verzichtspolitiker. Der Apparat lähmte nicht nur unser Militär, sondern jeden einzelnen von uns, machte jeden normalen amerikanischen Ehrgeiz zunichte, vergiftete Leib und Seele mit Fluor, mit der schleichenden Krankheit der Gewerkschaften und der linken Presse und der Einkommensteuer, mit jeder neumodischen Krankheit, die den Willen der Nation, sich dem feindlichen Vormarsch zu widersetzen, entscheidend schwächt.

Südlich der kalifornischen Grenze ziehen sich rotchinesische Truppen zusammen. Es gibt bestätigte Berichte.

Das, meine Damen und Herren, ist der Mann, der in Oxford, Mississippi, den Sockel des Konförderiertendenkmals erklommen hat, um Tausende gegen die Integration der Universität aufzurütteln. Der Mann, der einen Aufruhr angezettelt hat, wie sie's nennen, auf dem Kopf den stolzen grauen Stetson. Ja, das war was. Vierhundert Mann Bundespolizei, fünfhundert Polizisten aus dem Ort und aus ganz Mississippi, Hubschrauber,

Jeeps, Feuerwehrautos, dreitausend Mann Nationalgarde, Tränengas zog durch die Straßen, Autos brannten, Steine flogen in alle Richtungen, und Schrot und Schüsse von Heckenschützen, zwei Tote, zahllose Verwundete, zweihundert Festnahmen, reguläre Truppen auf Militärlastwagen, sechzehntausend Mann, aufgeboten gegen ein paar tausend Studenten und Bauernjungen und Patrioten aus dem Süden, und hier ist das Ziel und die Quelle und der Anlaß des Ganzen, ein trübsinniger Nigger, der sich zum Schutz vor dem Tränengas ein Taschentuch gegen das Gesicht drückt.

Bringt euren Wimpel mit, euer Zelt und eure Bratpfanne.

Das ist tatsächlich der Kern dessen, was Ted ihnen sagte. Wie eine Pfadfindergeschichte, ein paar gesunde Tage in der freien Natur.

Links von ihm stand ein zweites Körbchen mit einer Sammlung von Zeitungsartikeln, die einer seiner Helfer ausgeschnitten hatte. Hier haben wir Ted, wie er sich darum bewirbt, als Kandidat der Demokratischen Partei für den Gouverneursposten nominiert zu werden, in einer Vorwahl, die vom Kontrollapparat so gesteuert wird, daß er unter sechs Bewerbern auf dem sechsten und letzten Platz einkommt. Hier sehen wir General Walker mit seiner lieben Mutter Charlotte vor einem Vernehmungsraum in Oxford, während ringsum raschelnd die Blätter von den Amber- und Ahornbäumen fallen. Damals versuchten sie ihre Absicht zu rechtfertigen, ihn zusammen mit einem Haufen sabbernder Idioten in einer psychiatrischen Abteilung einzusperren. Der Apparat in seiner brutalsten Form, direkt aus dem kommunistischen Handbuch, versuchen die doch, einen hochdekorierten alten Soldaten in die Gummizelle zu sperren. Gegen solche Widerstände hat der General anzukämpfen, meine Damen und Herren, Landsleute und Patrioten, loyale Bircher, Mitglieder des *White Citizens Council*, Pfadfinder, Christen, meine liebe Mutter.

Im Versammlungsraum des Alten Senats forderten sie ihn auf, die Mitglieder des Wahren Kontrollapparates zu benennen.

Ebensogut könnte man versuchen, Teilchen in der Luft zu benennen und Molekülen oder Zellen einen Namen zu geben. Der Apparat ist genau das, was wir nicht sehen oder benennen können. Wir können ihn nicht messen, meine Herren, und ihn nicht fotografieren. Er ist das Geheimnis, das wir nicht zu fassen bekommen, die Intrige, die wir nicht aufdecken können. Das heißt aber nicht, daß es keine Intriganten gibt. Es sind gewählte Amtsträger unserer Regierung, Kabinettmitglieder, Philanthropen, Männer, die sich mit geheimen Zeichen verständigen, die im Schatten arbeiten, um unser Leben zu kontrollieren.

Aber er sagte diese Dinge nicht. Er ächzte und brummte in dem überfüllten Raum und schlug dann einen Reporter ins Gesicht.

Manchmal bin ich verwirrt. Wir befassen uns mit Tragödien der Sprache, Tragödien des menschlichen Körpers. Es gibt Kräfte, die wir nicht begreifen können.

Er drückte eine Zigarette aus, zündete eine andere an. Er wurde jetzt immer früh müde. Das war ein Andenken an die Operation Midnight Ride, jeden Abend an einem anderen Ort, Louisville, Nashville, Amarillo, seine Rundreise durch das Herzland, um die Leute wachzurütteln, zum Zuhören zu bringen, St. Louis, Indianapolis usw., und er hatte sich noch immer nicht ganz erholt. Beatniks kamen und hielten ihre Transparente hoch, ein ganzer Haufen der scheußlichsten Castro-Typen, die man sich nur vorstellen konnte.

Höchste Zeit, da runterzugehen und die Plage auszurotten, die über die Insel Kuba gekommen ist.

Es erschöpfte ihn und ging ihm an die Nieren, machte ihn einfach fertig. Diese tödlichen Hotelzimmer, wo er sich so total allein und trostlos fühlte wie sonst nie. Manchmal bin ich verwirrt und weiß nicht weiter, will mich der einsamen Verzweiflung hingeben, habe es satt, ständig dem auszuweichen, was ich weiß und empfinde. Denke an diese ungekämmten Burschen in ihren ausgebeulten Jeans, die Transparente vor sich hertragen und unflätige Worte in die Nacht brüllen. Sie sind weich unter den wehenden kubanischen Haaren. Hotels. Da kommt bei ihm immer die Veränderung, da ist er ein Fremder, dessen Gedanken hinüberwandern auf die andere Seite, nur dem folgend, was er schon immer empfunden hat.

Manche glauben, ein Nigger sei ein Weißer, der zu lange in der Sonne war.

Mehr Spaß hatte er, als er bei der Vorwahl in Texas kandidierte. Die Menschenmassen waren ausgelassen. Sie skandierten und sangen, Menschen voller Hoffnung, nicht die erschöpften Seelen vom Midnight Ride. Er strich Zahlen aus, addierte Steuerdollars, aber seine Gedanken waren bei den Fahnen, die überall in dem verdammten Staat in Versammlungshallen geschwenkt wurden, mit dem Fahnenschmuck, den klaren amerikanischen Stimmen, die ein Lied anstimmten.

Put on your Pro Blue bonnet
With the Lone Star upon it
And we'll put Ted Walker on the way.

War das ein Knallfrosch? Er wandte den Kopf zum Fenster und stand ganz langsam, ohne ruckartige Bewegung auf. Er überlegte. Kinder, die mit Knallfröschen warfen? Haben wir das Fliegengitter wieder eingehängt? Es hing vor dem Fenster, wie er sah, und das Fenster war geschlossen. Alle Fenster waren geschlossen, weil die Klimaanlage lief. Er ging aus dem Licht, und da fiel ihm etwas auf. In der Wand war ein Loch, etwa so groß wie ein halber Dollar. Er versuchte es richtig zu verstehen. Sein Blick ging wieder zum Fenster, und in der Glasscheibe war dicht am oberen Rand des Holzrahmens eine Art Strahlenkranz. Walker entfernte sich noch weiter aus dem Licht. Seine Zigarette lag brennend im Aschenbecher. Er ging nach oben und holte seinen Revolver. Er kam rasch wieder herunter. Er ging durch die Hintertür ins Freie und stand mit dem Revolver in der Dunkelheit, stand da und starrte hinaus, regungslos, spürte die Hitze wie eine Mauer aus Luft. Dann ging er ins Haus zurück und rief die Polizei an. Dabei bemerkte er Glas- und Holzsplitter in den Haaren seines rechten Unterarms, direkt unter dem hochgekrempelten Ärmel, und darunter waren auch körnige Fragmente, hell wie Sand, Splitter, die seiner Meinung nach aus dem Kupfermantel einer Hochgeschwindigkeitskugel stammten.

Er war ganz und gar nicht überrascht. Sie intrigierten schon lange gegen ihn, jedermann im Kontrollapparat, sie planten und arbeiteten sorgfältig darauf hin, Walker zum Schweigen zu bringen. Das erreicht man, wenn man auf Leute schießt.

Er holte eine Pinzette, setzte sich in seinen Sessel und zog sich Metallsplitter aus dem Arm, während er auf die Polizei wartete.

Marina machte sich Sorgen um Lee. Am Vormittag hatte er ihr gesagt, er habe seinen Job verloren. Die Schuld gab er dem FBI. Er sagte, sie seien wahrscheinlich in der Firma gewesen und hätten Fragen zu seiner Person gestellt. Und jetzt wurde es immer später, und er kam nicht nach Hause. Wo mochte er sein? Er sagte, er habe Schreibmaschinenkurs, aber der Kurs war um Viertel nach sieben zu Ende, vor drei Stunden also, und außerdem war heute Mittwoch, und mittwochs waren keine Kurse.

Er wollte, daß sie in die UdSSR zurückging. Er war nicht in der Lage, in Amerika eine Frau und ein Kind zu ernähren. Er brachte sie dazu, an die sowjetische Botschaft in Washington zu schreiben. Würden sie die Rückreise einer russischen Bürgerin und ihres kleinen Mädchens bezahlen?

Sie war wieder schwanger. Auf diese Weise greift das Schicksal manchmal ein.

Wenigstens hatten sie einen Balkon, wo June in der frischen Luft herumkrabbeln konnte. Als sie sich nach Fort Worth trennten, wohnte sie abwechselnd bei einem halben Dutzend Familien; nach ein paar Nächten bei der einen zog sie weiter zur anderen. Es ging ihr auf die Nerven, dieses ewige Umherziehen. Eine Nacht verbrachte Lee mit ihr in einem dieser russischen Heime. Es gab dort einen vollen Kühlschrank und einen elektrischen Dosenöffner. Zwei Telefone. Sie liebten sich vor dem laufenden Fernseher.

Der Hausbesitzerin in der Elsbeth Street sagte er, sie sei Tschechin.

Er schlug sie einmal in Gegenwart von anderen, weil der Reißverschluß seitlich an ihrem Rock nicht ganz geschlossen war. In Gegenwart von anderen.

Holland war unglaublich sauber. Es war ihr Traumland, mit schmucken Häusern und absolut sauberen Kindern.

In Oak Cliff gab es Kaufhäuser. Sie ließ die Hitze hinter sich und ging hinein und bummelte durch die Gänge zwischen den Waren. Sie ging in Schuhgeschäfte und sogenannte Army-Navy-Stores. In Gedanken kaufte sie dies und verwarf jenes, während sie durch die engen Gänge bummelte.

Vielleicht würden sie alle nach Rußland zurückgehen, obwohl sie das nicht wollte. Vielleicht würden sie nach New Orleans ziehen. Er redete von New Orleans, seinem Geburtsort, einer Hafenstadt wie Archangelsk, wo sie aufgewachsen war.

Er erledigte den größten Teil der Hausarbeit und brachte ihr am Sonntag das Frühstück ans Bett. Sie konnte morgens unverschämt lange im Bett bleiben. Die Leute schenkten ihm verschiedene Dinge, und dann wurden sie von ihm beleidigt.

Er fuhr mit dem Bus zu einem Ort, den sie das Feld der Liebe nannten, und übte sich dort im Schießen. Sie stritten sich deswegen. Er schlug sie, und sie warf etwas nach ihm, und er schlug sie noch einmal mit der Faust so ins Gesicht, daß ihre Nase blutete.

Am Dienstag kaufen wir Lebensmittel.

Es war ein weiteres Unglück in ihrem Leben, daß er diesen Job verloren hatte. Aber das Gesamtbild eines Lebens ist nicht aus ein paar rasch vergehenden Tagen oder Wochen abzulesen. Vielleicht war es ihr Schicksal, in einer Hafenstadt zu leben, die

Seeluft zu atmen und den Hoffnungsschimmer in der Ferne zu sehen.

So spät war er noch nie nach Hause gekommen. Irgend etwas ließ sie in sein Arbeitszimmer gehen. Auf dem kleinen Tisch, den er als Schreibtisch benutzte, fand sie eine russisch geschriebene Nachricht. Es waren elf Punkte, die er durchnumeriert hatte, und bestimmte Worte waren unterstrichen.

Sie las rasch, wie durch einen Schleier.

Er sagte ihr, sie solle sich wegen der Miete keine Sorgen machen. Er habe die Miete am Zweiten bezahlt. Er habe Wasser und Gas bezahlt. Er sagte ihr, sie solle Zeitungsausschnitte (falls etwas über ihn in den Zeitungen stünde) an die sowjetische Botschaft schicken. Er sagte, die Leute von der Botschaft würden ihr zur Seite stehen, wenn sie erst Bescheid wüßten. Er sagte, das Rote Kreuz werde ihr helfen. Er sagte ihr, von seiner Firma werde noch Geld kommen. Geh zur Bank und löse den Scheck ein. Er bat sie, seine persönlichen Papiere zu behalten, seine Kleider dagegen wegzuwerfen oder zu verschenken.

Der elfte Punkt lautete: Wenn ich am Leben bleibe und gefangengenommen werde, das Stadtgefängnis liegt am Ende der Brücke, über die wir immer gehen, wenn wir in die Stadt wollen.

Sie blieb einen Augenblick in der kleinen Kammer stehen, ehe sie leise in die Küche ging. Dort faltete sie den Zettel zusammen und versteckte ihn in einem russischen Buch mit dem Titel *Das Buch der guten Ratschläge*.

Lee war wieder an der Gulf-Tankstelle und trank ein Cola; das Hemd klebte ihm am Leib. Er stahl sich näher an das Büro heran, wo ein Radio lief. Er nahm an, daß sie schon bald die Meldung bringen würden. Immer wenn ein Song zu Ende war und im Radio jemand zu reden begann, schob er sich noch näher an die Bürotür heran und wartete auf eindringliche Worte, auf *Schuß*, *tot*, *sterbend*, auf jene Erregung, die sich oben in der

Brust bemerkbar macht, wenn von einer bedeutsamen Gewalttat berichtet wird. Die Waffen waren beide im Wagen, zusammen mit dem grünen Regenmantel, inzwischen vielleicht fünf Kilometer entfernt, irgendwo im Ghetto von West Dallas. Er würde sie in ein paar Tagen holen, wenn die Gefahr vorbei war.

Er nahm einen großen Schluck und ließ dann die Flasche zwischen Zeige- und Mittelfinger baumeln. Es war nicht viel los. Zwei Männer in Overalls unterhielten sich im Büro. Der Raum war hell erleuchtet, stapelweise Dosen mit Motoröl, ein Wandkalender mit Pin-up-Girls. Lee ging näher heran. Er versuchte wie ein Müßiggänger in einem der grünen Randbezirke der Stadt auszusehen.

Spät. Die Autos blieben aus. Im Radio kam nichts als Rock and Roll. Er trank sein Cola aus, stellte die Flasche in den leeren Kasten und ging in der höllischen Hitze nach Hause.

George de Mohrenschildt hörte Autoradio und wechselte dabei immer wieder den Sender. Er hätte gern weitere Neuigkeiten zum Fall Walker erfahren. Der Anschlag faszinierte ihn. Er war offensichtlich nur ganz knapp gescheitert. Die Kugel hatte den Fensterrahmen gestreift und dabei die Richtung geändert. Viel mehr sagte die Polizei nicht. Es war ein Jammer. Er war scharf auf neue Entwicklungen. Er wollte nicht, daß die Episode in Vergessenheit geriet.

Er fuhr mit dem Galaxie-Kabrio nach Oak Cliff. Neben ihm auf dem Sitz lag ein großes rosarotes Kaninchen für Baby June.

Er hatte Lee lange nicht gesehen. Lee fühlte sich zweifellos ausgenützt und schlecht behandelt und im Stich gelassen. All die traurigen Vokabeln im Wörterbuch des Verlierers. Aber es war seine eigene Schuld. Er brauchte nur mit Collings zu reden, von Mann zu Mann. Daß Lee das ablehnte, fand George fast bewundernswert. Es hatte irgendwie etwas Reines. Aber es war auch langweilig.

Nun würde sich Lee noch mehr im Stich gelassen fühlen.

George ging nach Haiti, und er wußte, aus Lees Sicht machte sich damit der einzige Mann aus dem Staub, der sich für ihn interessierte. George wollte Haiti erschließen. Er kannte den wichtigsten Bankier dort, und damit war vieles möglich. Probebohrungen, Feriensiedlungen, Holdinggesellschaften. Auch Waffengeschäfte bahnten sich an, tief im Verborgenen. Scheinfirmen tauchten aus Schreibtischschubladen auf. Es gab Nummernkonten, nicht nachweisbare Charterverträge. Ein Typ aus dem Pentagon wollte Georges Hilfe bei der Tarnung einer Anti-Castro-Operation, die von Haiti ausging.

Er fand die Neely Street. Er stellte sich vor, daß Leute ihr ganzes Leben in einer solchen Umgebung verbrachten. Lee saß in diesem Loch und las obskure Bücher über Volkswirtschaft und den faulen Hokuspokus linker Theorien. Es war traurig, interessant, langweilig, idiotisch. Und es war äußerst ärgerlich. Es war George nie in den Sinn gekommen, daß es ihn wütend machen könnte, zu sehen, wo Lee und Marina wohnten. Diese Art der Verwahrlosung hatte etwas Bedenkliches und Beunruhigendes. Alles war wacklig, behelfsmäßig, schief. Nichts war im Lot. Es war widerlich, nicht viel besser als die Slums in Port-au-Prince, und George wurde klar, daß er sich nie wieder über Lee würde amüsieren können, über den Jungen mit der seltsamen Vergangenheit und dem unangemessenen Benehmen.

Marina und Lee kamen an die Tür. George sagte in seinem jovialsten Tonfall zu Lee: »Na, mein Freund, wieso haben Sie denn bei diesem Dreckskerl danebengeschossen?«

Er wartete auf den sicheren Lacher. Aber sie wichen ins Wohnzimmer zurück. Es war wie ein Zurückschaudern. Die beiden fanden den Witz offenbar nicht sehr komisch.

Er überreichte den Osterhasen und sagte ihnen, daß er nach Haiti gehe, langfristige Geschäfte, wir bleiben in Verbindung.

Er sah die Veränderung in Lees Gesicht. Es tat ihm sehr leid. Wenn er weg war, hatte der Junge niemanden mehr, mit dem er über seine Gedanken und Probleme reden konnte. Marina ging in die Küche, um Tee zu machen, und George drehte sich ein wenig in ihre Richtung und redete von seinem Wunschbild von Haiti. Hotels, Kasinos, Wasserkraftwerke, Nahrungsmittelindustrie. Lee setzte sich auf das Sofa. Auf einmal war sein eigentümliches Lächeln wieder da, das etwas affektiert wirkte und George an einen Stummfilmkomiker denken ließ, um dessen Kopf herum die Leinwand dunkel wird.

»Na also, endlich ein Lächeln, wenn auch stark verspätet. Ich komme hier mit einem Witz durch die Tür, und niemand reagiert. Ich denke schon, ich bin im Tal der verlorenen Seelen. Doch dann kommt ein zaghaftes Lächeln. Was amüsiert Sie denn? Bitte, weihen Sie mich ein.«

»Ich habe Ihnen ein Bild geschickt«, sagte Lee.

»Was für ein Bild?«

»Es ist eins von den Bildern, die dem Betrachter vielleicht etwas verständlich machen, was er vorher nicht verstanden hat.«

»Hört sich geheimnisvoll an«, sagte George.

»Vielleicht sieht er, wie jemand in Wahrheit ist.«

Auf der Heimfahrt dachte George an die vielen Termine, die er in New York und Washington hatte und die ihm unter verschiedenen Aspekten den Weg für das Unternehmen Haiti ebnen sollten. Die für den Bergbau zuständige Abteilung des Innenministeriums, Banken wie die Lehman Trading, Chase Manhattan und Manufacturers Hanover Trust, das Pentagon, das ICA, die CIA. Der letztgenannte Termin war allerdings rein privat: er traf sich zum Mittagessen mit einem alten Freund aus dem Geheimdienst; Larry Parmenter hatte zwar in der Schweinebucht mitgemischt, war aber sonst ganz annehmbar und amüsant, ein großer Weinkenner.

George setzte sich an seinen Schreibtisch, um die Post der vergangenen drei Tage zu öffnen und zu lesen. Er kam zu dem von Lee Oswald adressierten Umschlag. Nur ein Schnappschuß war darin. Ein Bild von Lee, schwarz gekleidet, ein Gewehr in der einen Hand, ein paar Zeitungen in der anderen. Finde ich das interessant oder langweilig, fragte sich George. Er warf einen Blick auf die Rückseite und fand die Widmung: *Meinem Freund George von Lee Oswald.*

George sah nach dem Poststempel auf dem Umschlag. 9. April. Der Tag vor dem Anschlag auf General Walker.

Er sah sich die zweite Widmung an. Sie war russisch, eindeutig Marinas Handschrift und offensichtlich ohne Lees Wissen hingeschrieben, hineingeschmuggelt, bevor er den Umschlag zugeklebt und weggeschickt hatte – eine persönliche Botschaft von der Frau des Poseurs an den weltklugen älteren Freund.

Faschistenjäger – ha ha ha!!!

6. SEPTEMBER

Wayne Elko saß am Fenster einer Jagdhütte im Sumpfland westlich von New Orleans. In den Fensteröffnungen war kein Glas, nur verstaubte Plastikscheiben, und er blickte auf die verschwommenen Umrisse von drei Männern, die sich in einem Mischbestand aus Zypressen und Weiden im Schießen übten.

Es gab noch andere Hütten in der Gegend, weit verstreut, benutzt von Leuten, die am Wochenende herauskamen, um Frösche und Flußkrebse zu fangen.

Früher Nebel. Die Gewehrschüsse klangen schwach und fern, kleine Verpuffungen in der schwülen Luft.

David Ferrie, eine faszinierende Erscheinung, ein humoriger Zeremonienmeister, schoß mit einer 22er auf Blechbüchsen.

Der dickbäuchige Kubaner, Raymo, hatte eine Winchester, eine Spezialanfertigung, die er gerne auseinandernahm und wieder zusammenbaute, und immer wieder zog er einen Lappen durch den Lauf und schmirgelte den Schaft.

Der dritte Mann, der sich Leon nannte, arbeitete mit einem altertümlichen Karabiner; zielte, feuerte, lud durch.

Das hier war ein neues und in aller Eile eingerichtetes Camp, erklärte Ferrie, deshalb der Mangel an Komfort. Das reguläre Gelände war in Lacombe, näher bei New Orleans, wo etliche gegen Castro kämpfende Splittergruppen Guerillakämpfer ausgebildet hatten, bis FBI-Agenten eine Razzia machten und riesige Mengen an Dynamit und Bombenhülsen beschlagnahmten. Das jetzige Projekt würde klein und begrenzt bleiben. Mit keinem drüber reden. Auf die Umgebung Rücksicht nehmen. Den Augenblick abwarten.

Für Wayne waren das Regeln, die ans Mystische grenzten.

Er wußte, sie waren nicht einfach hier, um Schießübungen zu machen. T-Jay wollte sie erst mal aus dem Verkehr haben. Raymo und Wayne vor allem. Die Geschichte wurde allmählich konkreter, und er wollte seine Schützen an einem sicheren Ort haben, wo er sie finden konnte.

Wayne stand vor der Hütte. Er hatte nur Levis an, und seine nackte Brust war blaß und geädert. Er ließ sich die Haare lang wachsen, hatte sie im Nacken zu einem Rattenschwanz zusammengefaßt, den er immer sorgfältig flocht. Barfuß ging er über die feuchte Erde. Ein Unwetter lag in der Luft, Stille und metallisches Licht, drückende Schwere. Die Vogelstimmen klangen gereizt und schreckhaft.

Frank Vásquez war wieder in den Everglades, um Alpha 66 nachzuspionieren.

Die anderen standen an einem umgestürzten Baum und unterhielten sich. Wayne trug am Gürtel ein Jagdmesser in einer Lederscheide, nur so, des allgemeinen Eindrucks wegen. Ferrie lächelte beim Anblick von Waynes bloßen Füßen.

»Das nenne ich einen furchtlosen Mann.«

»Ich weiß nicht, was Menschen gegen Schlangen haben«, sagte Wayne. »Warum sollten sie uns angreifen? Von mir wollen die jedenfalls nichts. Ich hab schon öfter mit Schlangen zu tun gehabt, aber von mir hat noch keine was gewollt.«

»Darum geht's ja auch nicht«, sagte Raymo. »Aber vielleicht trittst du mal auf eine Schlange, rein aus Versehen.«

»Mokassinschlangen«, sagte Leon.

»Bei mir ist es eine Urangst«, sagte Ferrie. »Alle meine Ängste sind Urängste. Es liegt am limbischen System im Gehirn. Ich habe da oben alle Ängste der Menschheitsgeschichte gespeichert.«

Er hatte einen zerbeulten Sonnenhut auf dem Kopf, und die ausdrucksvollen Augenbrauen wirkten gemalt wie bei einem

Clown. Er gab Wayne das Gewehr. Sie sahen ihn zu dem schiefen Bootssteg gehen und in das Skiff steigen. Sein Wagen stand an einer unbefestigten Straße, vielleicht einen Kilometer flußabwärts, und das Skiff war die einzige Verbindung dorthin.

Sie schossen abwechselnd auf eine Kopfscheibe, die einmal dem FBI gehört hatte. Dann gingen sie hinauf zu der langgestreckten Hütte, um etwas zu essen.

Die ersten Regentropfen trafen auf die Plastikscheiben, einzeln und schwer. Sie saßen um den Tisch und redeten über Jobs, Gelegenheitsjobs, Saisonjobs. Wayne erzählte ihnen von seinen Tagen als Schwimmbeckenreiniger in Kalifornien. Leon schilderte eine Radiofabrik irgendwo, Drehbänke und Schleifmaschinen, Öllachen auf dem Fußboden, die Hände der Arbeiter völlig schwarz. Raymo redete über die Hände von Zukkerrohrschneidern, mit Schnittwunden überzogen, klebrig und schwarz vom auslaufenden Saft.

Für Wayne war es das erstemal, daß er Leon mehr als zwei Worte sagen hörte. Er wußte nicht, wie er Leon einzuordnen hatte; klar war nur, daß er ein besonderer Bestandteil des Ganzen war, mit seinem eigenen kleinen Dreh oder Drall. Er kam und er ging, den italienischen Karabiner unterm Arm. Die anderen schienen einen gewissen Abstand zu ihm zu halten, wie zu einem Heiligen oder Kranken.

Sie redeten von Gefängnissen, in denen sie gewesen waren.

»Ich habe immer geglaubt, das Große an Castro sei die Zeit gewesen, die er im Gefängnis verbracht hat«, sagte Raymo. »Er saß in Kuba und in Mexiko im Gefängnis. Ich habe immer gesagt, da hat der Mann seine Ehre und Stärke her. Er kommt mit Autorität aus dem Gefängnis, wenn sie ihn wegen seiner Überzeugungen eingesperrt haben. In Castros eigenen Gefängnissen ist das ganz anders. Wir sind wütend und angewidert aus La Cabaña gekommen. Wir waren die elenden CIA-Kreaturen.«

»Mich haben sie beim Militär eingesperrt«, sagte Leon.

»Weshalb?«

»Politische Gründe. Wie bei Fidel. Vor vier Wochen war ich in New Orleans eine Nacht im Gefängnis. Politische Gründe.«

»Ich hab mal drei Tage in einer Arrestzelle gesessen«, sagte Wayne. »Vor den Keys wurde unsere Barkasse abgefangen, nur zehn Minuten vom Ufer entfernt. Verletzung der Neutralität. Es war T-Jay, der uns da rausgeholt hat. Er hat das irgendwie gedeichselt. Jedenfalls haben sie die Anklage brav fallenlassen.«

Raymo sagte: »Castro hat vierzehn Monate in Einzelhaft verbracht. Er hat Karl Marx gelesen. Er hat die ganzen Russen gelesen. Er hat uns gesagt, er habe zwölf Stunden am Tag gelesen. Sogar im Dunkeln hat er gelesen. Hat immer studiert, immer analysiert. Jahre danach hab ich die Hinrichtung von Männern erlebt, die an seiner Seite in den Bergen gekämpft hatten.«

»Es ist eine historische Tatsache«, sagte Leon, »daß ein Mann für seine Überzeugungen ins Gefängnis gehen muß. Es ist eine notwendige Stufe in der Entwicklung jeder Bewegung, die das System in Frage stellt. Am Ende sind dann seine Überzeugungen nicht mehr vom eigentlichen Kampf zu trennen.«

»Ich habe viel darüber nachgedacht«, sagte Raymo, »und ich will euch sagen, wie meine Überzeugungen aussehen. Ich habe an die Vereinigten Staaten von Amerika geglaubt. Das Land, das nichts Unrechtes tun konnte. Es war größer als alles andere, größer als Gott. Mit dem großen Land im Rücken konnten wir ja gar nicht verlieren. Das haben sie uns gesagt, das haben sie uns gesagt, haben es versprochen, immer und immer wieder. Wir hatten die volle Unterstützung des Militärs. Wir sind mit der Überzeugung an Land gegangen, daß wir Unterstützung aus der Luft bekommen, von der Navy. Wir konnten ja gar nicht verlieren, mit den großen USA im Rücken. Und was passiert? Wir sitzen in den Sümpfen fest, verirrt und hungrig, wir sind schon so weit, daß wir Baumrinde essen, und im Radio sagen sie: ›Achtung, Brigade, die Eule schreit in der Scheune.‹«

Er blickt von einem Gesicht zum anderen und lacht.

»›Morgen, meine Brüder, steigt das gelähmte Kind auf den Berg.‹«

Sie lachten jetzt alle.

»Sie haben uns entwaffnet und mit den Händen an einer einzigen langen Kette festgebunden und mit Mannschaftswagen ins nächste Camp der Miliz gebracht, und da fliegt ein Flugzeug über uns weg, und ich rufe, ich sage unseren Männern: ›Nicht schießen, Jungs, es ist einer von uns.‹«

Seine Augen glänzten wild und glücklich. Er blickte von Leon zu Wayne und zurück, verdrehte lachend die Augen, schlug mächtig auf den Tisch. Die Blechteller hüpften. Als sie sich beruhigt hatten, starrte er volle zwei Minuten auf seine Bratkartoffeln und Eier. Er fuhr sich mit dem Zeigefinger über den Schnurrbart und fing dann an zu essen.

»Wir haben tatsächlich Baumrinde gegessen«, sagte er noch einmal, langsam kauend und diesmal ohne die wilde Ausgelassenheit in den Augen.

Später sahen sie T-Jay durch den wogenden, windgepeitschten Platzregen näherkommen. Die Bäume hinter ihm bogen sich. Er hatte einen Seesack auf der rechten Schulter und einen zweiten unter dem linken Arm. In der Hütte machte er die Säcke auf. Der eine Sack enthielt zwei, der andere einen Lederkasten. Jeder Kasten war mit feinem grünem Filztuch ausgeschlagen und enthielt zwei Hochleistungsgewehre. Die Männer nahmen die Gewehre murmelnd in die Hand und reichten sie herum. Die Plastikscheiben wölbten sich nach innen und schnellten wieder zurück.

»Zielfernrohre liegen im Auto«, sagte T-Jay.

Sie saßen da und redeten über die Gewehre. Wayne war der Überzeugung, daß Gewehre Freundschaft bedeuteten. Das mochte paradox sein oder nicht. Seine Lebenserfahrung und seine Filmkenntnisse sagten ihm, daß Friede die Bande der Freundschaft verschleißen kann. Das war die Lektion der Samurai. Im Handeln ist Wahrheit, und die Wahrheit bleibt auf der Strecke, wenn der Kampf zu Ende ist und die Dorfbewohner auf die Felder zurückkehren können. Wieder überleben wir, wieder verlieren wir, sagt jemand in den *Sieben Samurai*.

T-Jay lief immer noch Wasser übers Gesicht. Er saß in einer Pfütze. Er hatte den rechten Ellbogen auf dem Tisch, die Hand in der Luft, und ballte und öffnete abwechselnd die Faust. Er war gesprächiger, als Wayne ihn je erlebt hatte. Raymo war gesprächig. Die Gewehre waren eine Sprache und eine Erinnerung. Wayne bekam zufällig ein paar Worte mit, die T-Jay und Leon nebenher wechselten. Es ging darum, daß Leon keine der neuen Waffen benützen würde. Daß er die Mannlicher benützen würde, mit der er ins Camp gekommen war. Es war deutlich, daß sie das beide so wollten.

Der Wind peitschte gegen die Hütte. Sie redeten stundenlang, erzählten komische und blutige Geschichten. Wayne fühlte sich so beschwingt und leicht wie Jesus auf einem Mondstrahl.

Franz Vásquez fuhr mit Raymos Bel Air *decrépito* durch Mississippi. Das Autofahren hatte für ihn nichts Selbstverständliches. Er nahm es mit Tempolimits sehr genau und wurde nervös, wenn Verkehrszeichen auftauchten, denn er verstand die Symbole nicht immer und fürchtete, es könnte ihm ein Mißgeschick zustoßen. Seit Miami hatte er zweimal eine Panne gehabt. Zweimal hatte er eine falsche Abzweigung genommen. Er übernachtete in einem Hotel, auf dessen Parkplatz vier oder fünf Männer eine Schlägerei anzettelten; unter ihren Füßen knirschte der Kies, ihr Atem kam schwer, eine Frau saß weinend in einem weißen Kabrio, irgendwo bei Pensacola.

Er war es nicht gewohnt, allein – ohne Raymo an seiner Seite – hier draußen in den Staaten zu sein, weit weg von spanisch sprechenden Menschen.

Er hatte Neuigkeiten für T-Jay. Alpha plante eine größere Operation. Miami, November. Zuerst konnte er sich von der Art der Mission keine rechten Vorstellungen machen, aber es mußte etwas Außergewöhnliches sein, wenn es um eine amerikanische Stadt und nicht um eine kubanische Hafenanlage oder Raffinerie ging.

Frank hatte zusammen mit Männern aus anderen Gruppen und Grüppchen zweieinhalb Wochen in Alphas Camp abseits vom Highway 41 verbracht und dort zwischen den Sumpfkiefern Hindernisläufe absolviert. Eines Tages hatte ihn Alphas Generalsekretär angesprochen. Dieser Mann wollte, daß Mackey an einer Operation teilnahm, die das Scheitern von Playa Girón gründlich vergessen machen würde. Mackey war ein hochgeschätzter Mann. Die Anführer der Mission meinten, er müsse bei dieser Aktion dabei sein.

Ort und Zeitpunkt wurden nicht ausdrücklich genannt, aber Frank reimte sich diese Informationen aus all dem Gesagten zusammen. Die Kameradschaftlichkeit bedrückte ihn. Er haßte den Drill und die Schießübungen. Die Anführer von Alpha trugen Sonnenbrillen, Kampfstiefel, Baskenmützen, halb ernstgemeinte Bärte. Wenn diese Männer so leidenschaftlich gegen Castro waren, warum wollten sie dann wie Che Guevara aussehen?

Er erinnerte sich an eine Geschichte, die ihm Raymo erzählt hatte: Nach einem Gefecht in der Sierra kommt Che auf einem dreckverspritzten Maulesel angeritten, um mit den Gefangenen zu reden. Und was ist denen am wichtigsten? Sie bitten ihn um ein Autogramm. Da wußte dann jeder, daß Batista erledigt war.

Frank dachte an die Berge, das dichte grüne Dickicht, den Nebel, der sich von den höchsten Regionen herunterwälzte, sich in einer bestimmten Höhe verlor, sich herunterwälzte. Es regnete ununterbrochen. Sie wohnten in getarnten Hütten und manchmal im Dreck, und er dachte an die Ideale, für die er kämpfte. Würde für das kubanische Volk. Gerechtigkeit für die Hungernden und Vergessenen. Er wußte vom ersten Tag an, daß er nicht bleiben würde. Er war kein Rebell mit Leib und Seele. Er war normal veranlagt.

Als er heimkam, begrüßte ihn seine Mutter, die Begründerin seiner Tage, mit einem traurigen Lachen.

Frank unterrichtete die ersten sechs Klassen, oft gleichzeitig, in einer Schule am Rande der Firmensiedlung. Die Firma war *United Fruit*, und er hatte zwei Brüder, die Vorarbeiter in den Zuckerrohrfeldern waren; sie lebten mit ihren Frauen und Kindern zusammen, jede Familie in einem drei mal drei Meter großen Raum in einer Reihe von zehn Räumen, deren Rückwand an die Rückwand einer weiteren Reihe von zehn Räumen stieß, und alles zusammen befand sich in einem einzigen langen Gebäude, das auf eineinhalb Meter hohen Stelzen stand. Die Zukkerrohrschneider und ihre Familien lebten unter diesem Gebäude in niedrigen Verschlägen aus Pappe und Säcken.

Es war nicht zu übersehen, daß die amerikanischen Angestellten von La United in eleganten Häusern mit viel Personal, in von Kokospalmen gesäumten Straßen wohnten. Frank gab der Regierung die Schuld, nicht der Firma. Er rechnete damit, daß seine Brüder die Felder bald verlassen und zu Facharbeitern in der riesigen Zuckerfabrik aufsteigen würden. La United nahm Ehrgeiz sehr wohl zur Kenntnis. Vom Fabrikarbeiter konnten sie zum Büroangestellten oder Techniker aufsteigen. Sie konnten jeweils zwei Räume in einem Haus an einer Straße bekommen, die nachts beleuchtet war. Amerikaner respektierten Leute, die tüchtig waren und ihre Arbeit bewältigten. Es war denkbar, daß ein Mann aufstieg.

Dann kamen die Rebellen, seine früheren Kameraden, um die Zuckerrohrfelder abzubrennen. Das geschah in Einklang mit der kubanischen Geschichte. Wer auch immer rebelliert, als erstes brennen sie das Zuckerrohr nieder. Es ist eine Aussage über die wirtschaftliche Abhängigkeit und Überfremdung. Frank sah die Felder brennen und wußte, daß Kommunisten dahinterstanden. Er hatte das schon lange befürchtet. Da steckt noch mehr dahinter, da gibt es Dinge, von denen wir nichts wissen.

Die Flammen rasten durch das Rohrdickicht. Die Privatpolizei von La United war längst verschwunden.

In Havanna stand er mit Hunderten vor der Botschaft der USA auf dem Gehweg Schlange und wartete darauf, ein Visum zu beantragen. Und nun fuhr er mit dem Auto auf Louisiana zu, direkt hinein in Gewitterwolken.

Am vierten Tag bei Castro erschoß er einen Späher der Regierungstruppen, den er mit einem Zielfernrohr anvisiert hatte. Es war unheimlich. Du drückst auf einen Knopf, und hundert Meter weiter fällt ein Mann tot um. Es schien leer und vage, es verfälschte alles. Es war ein Trick der Linsen. Der Mann ist ein genaues Bild. Dann steht er auf dem Kopf. Dann steht er auf den Füßen. Du schießt auf eine Reihe von Bildern, die dir durch eine Metallröhre übermittelt werden. Ein Tod sollte eine gewaltige Wirkung haben, aber wie willst du wissen, wen du da getötet hast oder wer nun der mutigere und stärkere Mann war, wenn du durch Schichten aus Glas blicken mußt, die dir zwar das Bild liefern, die Bedeutung des Aktes aber verschleiern? Der Krieg hat ein Gewissen, oder er ist gewöhnlicher Mord.

Frank wußte, was Alpha vorhatte. Er dachte nach, und er dachte nach, und das mußte es sein. Als er hörte, daß der Präsident nach Miami kam, konnte er sich nichts anderes mehr vorstellen.

Franks Brüder flohen ebenfalls vor Castro, später, kamen in einem gefährlichen Unternehmen auf einem Floß aus Ölfässern nach Key West. Sie kehrten auch auf Schiffen zurück, einer wurde bei den Kämpfen an den Stränden getötet, einer gefangen genommen und in das Festungsgefängnis gebracht, wo man ihm erlaubte, einen stillen Hungertod zu sterben, seine Form eines öffentlichen Gebets, eine Demonstration gegen die Mißhandlungen und Hinrichtungen.

Leidenschaftliche Männer, Exilierte, Kämpfer gegen den Kommunismus starteten in Cessnas und Piper Comanches von den Keys, um auf Kubas Zuckerrohr Brandbomben abzuwerfen. Die Felder brannten wieder.

Hier auf der Straße im tiefen Süden sah er etwas, das deutlich machte, wie merkwürdig und tief der Haß auf diesen Präsidenten in bestimmte Bereiche des kulturellen Lebens und den Alltag der Menschen reichte. Am ersten Tag seiner langen Fahrt war er versehentlich nach Georgia hineingeraten und an einem Autokino vorbeigekommen, wo ein Film über den jungen Kennedy, den Kriegshelden, gezeigt wurde. Der Film hieß *PT* 109, und unter dem Titel stand auf der Anzeigetafel als besonderer Anreiz: *Erleben Sie mit, wie die Japse Kennedy beinahe erwischt hätten.*

Es machte ihm wirklich Angst, die Schilder an den Straßen der USA zu sehen. Hier nun war Louisiana im dichten Regen. Er würde T-Jay alles berichten, was er bei Alpha in den Everglades gesehen und gehört hatte. Es war nicht schwer zu folgern, daß Kennedy das Ziel der Mission sein würde.

Irgend etwas in seinem Herzen sehnte sich nach diesem Mord, auch wenn er wußte, daß es eine Sünde war.

Der Kurator schickt Fotos von der Obduktion Oswalds. Nicholas Branch fühlt sich verpflichtet, sie genau anzusehen, obwohl er nicht weiß, was er hier noch Neues erfahren kann. Da sind die offenen Augen, die große Wunde in der linken Seite, die zwei Wülste der breiten Nähte, die unterhalb des Schlüsselbeins aufeinandertreffen und dann in einer Linie zum Genitalbereich hinunterführen und so ein großes Y bilden. Das linke Auge ist der Kamera zugewendet, guckt.

Der Kurator schickt die Ergebnisse von Ballistiktests, die mit menschlichen Schädeln und Ziegenkadavern und Mischungen aus Gelatine und Pferdefleisch gemacht worden sind. Da gibt es Fotos von Schädeln, bei denen rechts ein Teil der Hirnschale weggeschossen worden ist. Es gibt von Kugeln zerfetzte Ziegenköpfe in Nahaufnahme. Branch betrachtet das Bild eines aus Gelatine hergestellten Modells in der »Aufmachung« des Präsidenten. Es ist pure Kunst, eine modernistische Skulptur, ein

Gelatineblock unter Schichten aus Anzug- und Hemdenstoffen, die ein von Schüssen versengtes Stück Unterhemd unbedeckt lassen. Es gibt Angaben über Austrittsgeschwindigkeiten. Es gibt das Bild eines menschlichen Schädels, der mit Gelatine gefüllt und – zur Nachahmung der Kopfhaut – mit einem Ziegenfell überzogen ist.

Der Kurator schickt FBI-Aktennotizen über das Gehirn des Präsidenten, das seit über zwanzig Jahren im Nationalarchiv vermißt wird.

Er schickt eine echte verformte Gewehrkugel, die zu Versuchszwecken einem sitzenden Leichnam durchs Handgelenk geschossen worden ist. Wir haben hier eine neue Ebene erreicht, denkt Branch. Jetzt geht's nicht mehr nur um Schriftstücke. Sie wollen, daß ich Dinge *anfasse* und *rieche*.

Er weiß nicht, warum sie ihm jetzt, nach all den Jahren, dieses gräßliche Zeug schicken. Zerfetzte Knochen und Schauerlichkeiten. Mehr bedeutet es nicht für ihn. Es gibt da nichts zu verstehen, und aus diesen Bildern und Zahlenreihen sind ebensowenig Einsichten zu gewinnen wie aus dieser melancholischen Kugel, plattgedrückt wie ein Penny, über den die Straßenbahn gefahren ist. (Wie alt ist er doch.) Die blutigen Ziegenköpfe scheinen ihn zu verhöhnen. Er denkt allmählich, das sei beabsichtigt. Sie stoßen ihn mit der Nase in das klebrige Blut. Sie verhöhnen ihn. Sie wollen ihm sagen: »Hier, schau her, das sind die wahren Bilder. Das ist deine Geschichte. Hier ist ein durchlöcherter Schädel, viel Stoff zum Grübeln. Hier ist eine Kugel, die durch Knochen dringt.«

Sie sagen: »Schau hin, faß an, das ist die ganze Wahrheit der Geschichte. Nicht deine schönen Vieldeutigkeiten, deine Lebensbilder der wichtigsten Mitspieler, dein Mitgefühl und deine Traurigkeiten. Nicht dein Raum der Theorien, dein Museum der widersprüchlichen Fakten. Es gibt hier keine Widersprüche. Deine Geschichte ist einfach. Sieh ihn dir an, den Mann im Leichenschauhaus. Das offene Auge, das dich anschaut. Den von Elementarstoffen triefenden Ziegenkopf.«

Sie sagen: »So sieht es aus, wenn jemand erschossen wird.«

Wie kann Branch die Widersprüche und Diskrepanzen vergessen? Sie sind die Seele einer eigenwilligen Geschichte. Eines der ersten von ihm untersuchten Dokumente war der ärztliche Bericht über die Schußwunde, die sich der Soldat Oswald selbst zugefügt hatte. In einem Satz hat die Waffe das Kaliber 45. Im nächsten Satz ist es eine 22er. Fakten sind einsame Dinge. Branch hat erlebt, wie mit der Zeit selbst an der sichersten Tatsache Pathos klebt.

Oswalds Augen sind grau, sie sind blau, sie sind braun. Er ist einssechsundsiebzig, einsachtundsiebzig, einsachtzig. Er ist Rechtshänder, er ist Linkshänder. Er hat den Führerschein, er hat keinen Führerschein. Er ist ein Meisterschütze und eine Niete. Branch hat für jede dieser Behauptungen Beweise; sie finden sich in den Aussagen von Augenzeugen und unter den Beweisstücken der Kommission.

Oswald sieht sogar von einem Foto zum nächsten wie ein anderer Mensch aus. Er ist kräftig, zierlich, schmallippig, grobgesichtig, extrovertiert, ein schüchterner Buchhaltertyp, all das, und er hat den Stiernacken eines Footballspielers. Er sieht aus wie jedermann. Auf zwei Fotos aus seiner Militärzeit ist er ein grimmiger Killer und ein Held mit einem Kindergesicht. Auf einem anderen Foto ist er im Profil zu sehen, wie er mit einigen Kameraden aus dem Marinekorps unter Palmen auf einer Rotangmatte sitzt. Vier oder fünf Männer blicken in die Kamera. Sie sehen alle aus wie Oswald. Branch findet, sie haben mehr Ähnlichkeit mit ihm als der im Profil zu sehende Mann, der offiziell als Oswald identifiziert worden ist.

Die Oswald-Nuancen, die mannigfaltigen Bilder, die gespaltenen Wahrnehmungen – Augenfarbe, Waffenkaliber – sie scheinen anzukündigen, was kommen wird. Das endlose Faktengeröll der Untersuchungen. Wie viele Schüsse, wie viele Schützen, wie viele Richtungen? Gewaltige Ereignisse erzeugen ein eigenes Netz an Widersprüchen. Die einfachen Tatsachen lassen sich nicht verifizieren. Wie viele Wunden weist der Körper des Präsidenten auf? Welche Form haben die Wunden und wie groß sind sie? Der mannigfaltige Oswald taucht wieder auf. Ist das nicht *er* auf diesem im Augenblick des ersten Schusses aufgenommenen Bild, das viele Leute am Eingang des Schulbuchdepots zeigt? Eine verblüffende Ähnlichkeit, räumt Branch ein. Er räumt alles ein. Er stellt alles in Frage, auch die Grundhypothesen über unsere Welt aus Licht und Schatten, aus festen Gegenständen und gewöhnlichen Lauten und über unsere Fähigkeit, solche Dinge zu messen, Gewicht, Masse und Richtung zu ermitteln, die Dinge so zu sehen, wie sie sind, sie deutlich in Erinnerung zu rufen und zu sagen, was passiert ist.

Er sucht Zuflucht bei seinen Notizen. Die Notizen werden zum Selbstzweck. Branch ist zu dem Schluß gekommen, daß es noch zu früh für einen ernsthaften Versuch ist, aus diesen Notizen zusammenhängende Geschichten zu machen. Vielleicht wird es dafür immer zu früh sein. Weil immer neues Material dazu kommt. Weil laufend neue Menschenleben in den Akten auftauchen. Die Vergangenheit verändert sich, während er schreibt.

Mit jedem Namen beginnt für ihn eine neue Irrfahrt durch das Labyrinth Dallas.

Jack Ruby wurde als Jacob Rubenstein geboren. Den zweiten Vornamen Leon legte er sich zu, um das Andenken eines Freundes namens Leon Cooke zu ehren, der während eines Arbeitskampfes erschossen worden war.

Von George de Mohrenschildts Namen gibt es mehrere Varianten. Manchmal nannte er sich Philip Harbin.

Carmine Latta wurde als Carmelo Rosario Lattanzi geboren.

Walter Everett benutzte während seiner Geheimdienstjahre den Decknamen Thomas R. Stainback.

Lee Oswald benutzte etwa ein Dutzend Namen, von O. H. Lee, wo lediglich Vor- und Nachnamen vertauscht sind, bis zu dem eigenartigen D. F. Drictal. Letzteren nannte er als »Gewährsmann« auf dem Formular, mit dem er bei einem Versandhaus einen Revolver bestellte. Branch hat schon so manche

Stunde über der inneren Struktur des Namens D. F. Drictal gegrübelt. Er kommt sich vor wie ein Kind, das mit Buchstabenblöcken ein hübsches Wort zu bilden versucht, und es ist ihm gelungen, Bruchstücke der Namen Fidel, Castro, Oswald und Dupard zu finden. Möglicherweise ist D. F. Drictal eine forcierte Verschmelzung von historischen und lebenden Personen, von Worten und politischen Machenschaften, ein Zeuge der Entscheidung, General Walker zu töten. Branch fragt sich, ob Oswald wohl aufgefallen war, daß der General die gleichen Vornamen hat wie Edwin A. Ekdahl, eine Zeitlang der Stiefvater des jungen Lee und der Mann, dem Marguerite Oswald immer die Schuld gab.

Der Diskjockey in Dallas, der als Gruselbart auftrat, hieß mit seinem richtigen Namen Russell Lee Moore und benutzte auch den Namen Russ Knight.

Der Mann, der sich Aleksei Kirilenko nannte, ein Deckname des KGB, hieß in Wirklichkeit Sergei Broda – nach Unterlagen, die vom Kurator geliefert wurden.

Nach wiederholten Anfragen hat Branch vom Kurator erfahren, daß Theodore J. Mackey, genannt T-Jay, mit richtigem Namen Joseph Michael Horniak heißt und das letzte Mal in Begleitung einer mutmaßlichen Prostituierten – möglicherweise asiatischer Herkunft, Name unbekannt – im Januar 1964 in Norfolk (Virginia) gesehen worden ist.

Mackey saß im Wagen und hörte Frank Vásquez zu. Frank war erregt und erschöpft. Er sagte alles dreimal und zitierte umfassend, präzise und gestenreich, was die Anführer von Alpha gesagt hatten. Die beiden Männer waren von der Sumpfnacht umgeben, der Wagen stand mit abgeschalteten Scheinwerfern flußabwärts von der Hütte, mitten im Lärm der Banjo-Frösche.

Frank war der Meinung, daß Alpha vorhatte, den Präsidenten zu töten. Offenbar dachte er, Mackey werde das nicht so ohne weiteres glauben. Aber es war leicht zu glauben. Mackey glaubte in letzter Zeit alles, auch, wie leicht es für Frank gewesen war, Alphas Camp zu betreten und mit allen möglichen Gerüchten und Neuigkeiten wieder zu verlassen.

Große Zurückhaltung oder scharfe Sicherheitsmaßnahmen waren nicht Alphas Sache. Sie hielten Pressekonferenzen ab, um ihre Überfälle auf kubanische Einrichtungen und sowjetische Frachter bekanntzumachen. Einmal nahmen sie einen Fotografen der Zeitschrift *Life* zu einem Überfall mit, zehn Männer in zwei Booten. Ein Sturm ließ die Mission scheitern und ruinierte die Fotos, aber *Life* brachte trotzdem einen Artikel. Die tapferen Jungs von Alpha. Südflorida wimmelte von Alpha-Leuten, Menschen voller Hingabe und Zorn.

»Und genau das planst du auch schon die ganze Zeit, T-Jay, Kennedy zu erledigen?«

»Seine Zeit ist einfach abgelaufen.«

»Ich glaube nicht, daß es so leicht ist, einen amerikanischen Präsidenten umzulegen. Miami, da werden sie ihn doppelt und dreifach abschirmen. Es ist nicht wie in diesen kleinen Hauptstädten, wo man einfach in den Palast spaziert und die Leibwächter mit ein paar Dollar schmiert.«

»Die Jagd ist freigegeben, Frank. Mit dem Aufruf, Castro fertigzumachen, betrat Jack eine Welt aus Blut und Schmerzen. Niemand zwang ihn, dort zu leben. Er hat sich zusammen mit seinem Bruder Bobby dafür entschieden. Es ist also Jacks eigene Idee, von der wir uns leiten lassen. Und wenn sich eine Idee erst mal durchsetzt.«

»Nicht daß ich es nicht gern erleben würde.«

»Du wirst es erleben.«

»Irgend jemand muß für Kuba zahlen.«

»Wir beide fordern das, Frank.«

»Und die Spur wird zu Castro führen. Sie werden sagen, es geht von ihm aus. Er hat die Männer geschickt.«

»Das ist unsere Absicht. Aber selbst wenn nicht alle Räder ineinandergreifen, haben wir wenigstens unseren Mann. Jemand muß sterben. Und wir sind sehr stark daran interessiert, daß es Jack ist.«

»Genau wie Alpha. Jemand muß sterben, sagen sie.«

»Sie können damit nicht mehr hinterm Berg halten.«

»Schließen wir uns ihnen an?«

»Ich würde sagen, warum nicht, Frank.«

»Traust du ihnen zu, daß sie's über die Bühne bringen?«

»Die gehen sogar aufs Meer raus und jagen russische Frachter in die Luft. Menschenskind, hier geht's um einen Mann im offenen Wagen.«

Frank brauchte dringend Schlaf.

»Wer ist im Camp?« fragte er.

»Raymo und Wayne und ein Besucher. Dem sagst du nicht viel. Sei freundlich, gib ihm die Hand.«

Oswald wollte, daß sie ihm auf die Spur kamen und daß sein Name bekannt wurde. Er hatte seine eigenen Pläne, wollte als Held einen sicheren Hafen in Kuba. Er wollte das Gewehr benutzen, das wegen des leicht zu durchschauenden Hidell zu ihm zurückverfolgt werden konnte. Mackey war vorsichtig. Der Junge hatte eine verwirrende Vergangenheit, und mit Ferrie in New Orleans spielte er eine Art von Spiegelspiel. Links ist rechts, und rechts ist links. Aber er paßte nach wie vor in das Bild, das Everett vor sechs Monaten entworfen hatte. Da waren die von ihm selbst hergestellten Dokumente, die sozialistische Literatur, die Waffen und falschen Namen. Er war ein Element des ursprünglichen Plans, das immer noch einen Sinn ergab.

Mackey richtete die Scheinwerfer auf das Skiff. Frank stieg ein und schaltete die Jagdlampe ein, und das Boot glitt ruhig durch die Wasserlinsen, vorbei an den überfluteten Bäumen.

Mackey saß wieder im Dunkeln.

Einige der kühnsten Unternehmungen Alphas wurden im Verborgenen von CIA-Leuten gesteuert. Alpha hatte dort Berater. Mackey hatte nicht die leiseste Ahnung, wer diese Männer waren. Sie mußten auch den Anführern von Alpha nicht unbedingt bekannt sein. In der Regel erschien ein Falloffizier, um Geld zur Verfügung zu stellen und Sabotageakte zu empfehlen. Seine Kontakte zu Alpha beschränkten sich auf ein, zwei Männer. Sie erfuhren weder seinen richtigen Namen noch seine Stellung innerhalb der CIA. Es gibt immer etwas, was sie einen nicht wissen lassen. Alpha funktionierte wie eine Traumklinik. Die Agency entwickelte eine Vision und sorgte dann dafür, daß Alpha sie wirklich werden ließ.

Zu viele Leute, die auf zu vielen Ebenen intrigierten. Mackey mußte den Anschlag nicht nur gegen Alpha, sondern auch gegen Everett und Parmenter sichern. Sie könnten nun, da er sich zurückgezogen und sie ihren Hieroglyphen überlassen hatte, auf die Idee kommen, den Plan aufzudecken. Dann Banister und Ferrie und die Männer, die das Geld aufbrachten. Er mußte den Anschlag schützen, gegen Verrat absichern.

Mit einer Handbewegung versuchte er das hartnäckige Summen zu verjagen, das um sein Ohr tanzte. Eine Stechmücke ist ein Überträger von Krankheiten. Er stieg aus dem Wagen und horchte. Irgend etwas kam ihm merkwürdig vor. Dann hörte er ein mächtiges Rauschen in den Bäumen, das der Wind noch verstärkte. Es dauerte eine Weile, bis er begriff, daß es nur Wassertropfen waren, die auf die Blätter trommelten, Regenwasser, das rings um ihn her vom Wind losgeschüttelt wurde und von Blatt zu Blatt fiel.

Sein eigener Wagen stand neben dem von Raymo. Es war eine dreistündige Fahrt nach New Orleans, wo er mit Banister über Alpha 66 reden würde. Alle sollten es wissen. Alle sollten es allen weitersagen.

Mackey würde sich mit Miami die größte Mühe geben. Er würde Männer und Waffen nach Miami schicken. Einer gemeinsamen Operation mit Alpha zustimmen. Die Voraussetzungen schaffen. Menschen und Geld in Bewegung setzen. Am achtzehnten November in Miami. Er würde eine Miami-Fassade aufbauen.

IN NEW ORLEANS

Als erstes fuhr er mit dem Lakeview-Bus zur Endstation, um das Grab seines Vaters aufzusuchen. Mit Hilfe des Friedhofwärters fand er den Grabstein. In Hitze und Licht stand er da und suchte nach dem richtigen Gefühl. Er stellte sich einen Mann im grauen Anzug vor, einen Kassierer der Metropolitan Lebensversicherung. Dann wanderten seine Gedanken durch die Stadt, von einem Schauplatz zum anderen. Fahrradfahren im Stadtpark. Jeden Freitag Fisch bei Tante Lillian, als er elf war und allein mit der Bahn von Texas hergefahren war. Er versteckte sich im hinteren Zimmer und las Comics, während seine Cousins spielten und miteinander rauften.

Ein Mann im grauen Anzug, der vor Frauen den Hut zieht.

An der Exchange Alley hockte ein Neger am Randstein und rasierte sich im Außenspiegel eines geparkten Autos; seinen Becher und seinen Pinsel hatte er neben sich auf dem Gehweg.

Lee schlug im Telefonbuch den Namen Oswald auf, um verlorengegangene Verwandte aufzuspüren.

Lee suchte Arbeit. Er log bei allen seinen Bewerbungen. Er log ohne Notwendigkeit, und er log zielstrebig. Er dachte sich frühere Anschriften aus, er dachte sich Referenzen und frühere Beschäftigungen aus, erfand besondere Qualifikationen, nannte Namen von Firmen, die es gar nicht gab, und andere, die tatsächlich existierten, für die er aber nie gearbeitet hatte.

Bei einem Einstellungsgespräch notierte sich der Firmenvertreter auf eine Karte: *Anzug. Krawatte. Höflich.*

Marina saß auf der ringsum mit Fliegengittern versehenen seitlichen Veranda. In der Hand hatte sie Lees halb leer getrunkenes Glas Dr. Pepper. Es war fast Mitternacht und immer noch schwül und heiß und fürchterlich. Das war jetzt ihr Zuhause, drei Zimmer in einem Holzhaus mit ein paar Verzierungen oben am Giebel und ein bißchen Unkraut vor und neben dem Haus.

Lee war irgendwo da draußen mit dem Müll. Da sie sich keinen Mülleimer leisten konnten, schlüpfte er an drei Abenden in der Woche aus dem Haus, um ihren Müll in die Tonnen anderer Leute zu stopfen. Dazu trug er kurze Basketballhosen aus seiner Schulzeit (oder aus der Schulzeit von einem seiner Brüder), kein Hemd, und er schlich auf der Suche nach einer Mülltonne durch den 4900er Block der Magazine Street.

Sie sah ihn jetzt zurückkommen, sah ihn die Zufahrt zum Nachbarhaus heraufkommen, an der auch der Eingang zu ihrem Teil des Hauses lag. Er betrat die Veranda und nahm ihr das Glas aus der Hand. Fernsehstimmen wanderten über die Hinterhöfe und Garageneinfahrten.

»Ich sitze hier und denke, er liebt mich nicht mehr.«

»Papa liebt seine Frau und sein Kind.«

»Er denkt, ich binde ihn an, wie ein Seil oder eine Kette. Er findet, daß ich ihn anbinde. Er hat die hochfliegende Welt seiner Ideen. Wie perfekt wäre alles, wenn er keine Frau hätte, die ihn festhält.«

»Wir sind hier, um einen neuen Anfang zu machen«, sagte er.

»Ich denke mir, er möchte, daß ich nach Rußland zurückgehe. Das meint er mit einem neuen Anfang.«

»Rußland ist nur eine Überlegung. Ich habe mir auch überlegt, daß ich ein Flugzeug entführen und nach Kuba gehen könnte, und dann kommst du mit June nach, und wir leben dort.«

»Erst schießt du auf einen Mann.«

»Mit dem sind wir vielleicht noch nicht fertig.«

»Ich bin fertig mit ihm.«

»Es gibt eine Ausreisesperre nach Kuba.«

»Und du bist fertig mit ihm. Läßt eine Nachricht für mich zurück.«

»Das kleine Kuba braucht erfahrene Soldaten und Berater.«

»Ängstigst mich zu Tode. Und jetzt willst du ein Flugzeug stehlen. Wer soll es fliegen?«

»Dummkopf, der Pilot natürlich. Ich kidnappe es, ich entführe es. Es ist ein Flug nach Miami, und ich nehme meinen Revolver und gehe nach vorn in die Kanzel. Sie nennen es Kanzel.«

»Wer ist der Dummkopf? Wer von uns beiden?«

»Meinen kurzläufigen Revolver. Meinen Zweizoll-Commando.«

Darüber mußte sie lachen.

»Ich bringe das Flugzeug in meine Gewalt und lasse mich in Havanna absetzen.«

Sie lachten beide. Sie tranken abwechselnd von der warmen Limonade. Dann ging er mit der Spraydose durch die Wohnung und besprühte Kakerlaken. Marina stand in der Tür und sah ihm zu. Sie hatten jede Menge Kakerlaken, außergewöhnlich große Mengen. Sie sagte ihm, mit dem billigen Spray, das er kaufe, werde er nie einen Kakerlak töten. Sie folgte ihm in die Küche und erzählte ihm, die Kakerlaken lebten von diesen billigeren Sprays und bekämen Babies. Sie beobachtete ihn, wie er die Fußleisten besprühte und sorgfältig darauf achtete, daß er keinen Tropfen vergeudete.

Am nächsten Abend ging er mit ihr ins French Quarter, und sie fuhren mit der Straßenbahn nach Hause. Touristen musterten das russisch sprechende Paar. Exotisches New Orleans.

Sie liebten sich auf dem kleinen Bett in dem geschlossenen Raum. Er hatte das Gefühl, daß sie mehr wollte, mehr von irgendwas, mehr Körper, Geld, Dinge, Aufregung, und er spürte das auf geheimnisvolle Weise in den technischen Einzelheiten des Aktes, in den Minuten des schweren Atmens.

Er bekam einen Dollar fünfzig die Stunde für das Schmieren

von Maschinen in der Kaffeerösterei. Der Wartungsmonteur beanstandete, daß er Lees Eintragungen auf der Schmierkarte nicht lesen konnte. Er beanstandete, daß er Lee nicht finden konnte, daß er im ganzen Gebäude nach ihm suchen mußte. Lee richtete den gestreckten Zeigefinger auf ihn und hielt den Daumen senkrecht nach oben. Er wartete einen Moment, kippte dann den Daumen nach vorn und sagte: »Päng.«

Die Hauptbücherei am Lee Circle gab es nicht mehr. Er mußte nachfragen, wo sie sich jetzt befand. Er ging in nördlicher, dann in östlicher Richtung, und als er den Bau gefunden hatte, nahm er ein Plakat aus einem braunen Umschlag und faltete es auseinander. Durch zwei Löcher in den oberen Ecken war eine Schnur gezogen. Er hängte sich das Plakat um den Hals, stellte sich vor die Bücherei und fing an, Flugblätter zu verteilen, die er sich vom Fair Play for Cuba Committee hatte schicken lassen.

Er hatte ein kurzärmeliges weißes Hemd und eine dunkle Krawatte an. Auf das Plakat hatte er mit farbiger Kreide *Viva Fidel* geschrieben.

Nach etwa eineinhalb Minuten schlugen die Fiebies zu. Ein Mann kam auf ihn zugeschlendert und grinste, als habe er einen alten Kumpel wiederentdeckt. Er nannte sich Agent Bateman.

»Ehrlich. Ich bin nicht hier, um Sie zu verhaften oder zu schikanieren. Gehn wir irgendwo hin, wo wir uns unterhalten können.«

Sie gingen in einen schäbigen Schnellimbiß beim Trailway-Busbahnhof. Es war an einem späten Samstagnachmittag, und kein Mensch war in dem Lokal. Sie setzten sich an die Theke und waren einige Zeit damit beschäftigt, die Speisekarte an der Wand zu studieren. Agent Bateman war wahrscheinlich jünger, als er auf den ersten Blick aussah, ein Mann mit länglichem Kopf und schütterem Haar, wie ein Trainer und Physiklehrer in einer Fernsehserie.

Das einzige, was an ihm glänzte, waren seine Schuhe, in denen man sich spiegeln konnte.

»Wir haben Sie hier in der Außenstelle in unseren Akten. Mein Job ist es, Sie im Auge zu behalten.«

»Sie führen meine Akte.«

»Schon seit damals, als Sie übergelaufen sind. Es kommen immer wieder Anfragen, weil das hier Ihr Geburtsort ist.«

»Ich mag die hohen alten Decken und die Immergrünen Eichen.«

»Sind Sie deshalb zurückgekommen?«

»Man hat schon einmal mit mir gesprochen. Ein Agent Freitag.«

»Das war Forth Worth. Ich bin New Orleans.«

»Meine russische Phase ist vorbei. Das liegt weit zurück. Warum kann ich nicht einfach mein Leben führen, ohne daß mich dauernd jemand belästigt?«

»Ich vertrete die These, he, daß es auf der Welt nichts Schwierigeres gibt, als ein einfaches Leben zu führen. Ich behaupte sogar, das gibt es überhaupt nicht.«

»Was wollen Sie?« fragte Lee.

»Sie meinen, jetzt? Ein Sandwich mit gegrilltem Käse und knusprigem Speck, aber das werde ich nicht bekommen, weil sie alles zusammen grillen, so daß der Käse vor dem Speck fertig ist. Das ist ein physikalisches Gesetz. Also bekommt man blassen, blasigen Speck. Ich weiß von Ihrem Briefwechsel mit dem Fair Play for Cuba Committee und der Sozialistischen Arbeiterpartei und so weiter. Das Abfangen von Briefen gehört zur Routine. Ich könnte Ihnen jeden Tag etwa vier Stunden lang das Leben vermiesen. An Ihrem Arbeitsplatz aufkreuzen. Veranlassen, daß Sie und Ihre Frau und Ihre Verwandten bis ans Ende Ihrer Tage befragt und nochmals befragt werden.«

Lee hatte immer noch das Plakat um den Hals.

»Oder ich könnte mit Ihnen ein Gespräch über unsere gegenseitigen Interessen führen. Sie wollen doch bestimmt Ihre politischen Aktivitäten fortsetzen, ohne daß Ihnen ständig jemand auf die Zehen tritt.«

»Und Sie wollen.«

»Demnächst wird hart durchgegriffen. Diese Anti-Castro-Geschichten sind außer Kontrolle geraten. Es gibt da eine Gruppe namens Alpha 66, die Stippangriffe auf sowjetische Schiffe in kubanischen Häfen macht. In Washington ist man darüber nicht sehr glücklich. Es bringt die Regierung in Verlegenheit, und man ist entschlossen, dem ein Ende zu machen. Das FBI ist angewiesen, Material gegen diese Gruppen zu sammeln, die Waffen verschieben und Überfälle machen.«

Lee kam der Gedanke, daß dieser Mann dachte, er habe für Agent Freitag in Fort Worth irgendwelche Aufgaben übernommen. In seiner Akte stand wohl, er sei ein hilfsbereiter Marxist, ha ha, oder politischer Spitzel im Nebenberuf.

»Es gibt hier in der Stadt ein Detektivbüro«, sagte Bateman, »in dem die Fäden der regionalen Anti-Castro-Bewegung zusammenlaufen. Ein Mann namens Guy Banister leitet das Büro. Ein Ex-FBI-Mann. Normalerweise stehen wir auf derselben Seite. Wir tauschen mit Banister ständig Informationen aus. Aber manchmal ist es notwendig, kehrtzumachen, umzuschwenken. Ich möchte gern bei Guy Banister und Co reinkommen. Ich brauche eine kleine Bresche, einen Riß in der Mauer. Was ich übrigens noch fragen wollte: Waren Sie damals, als Sie nach Rußland gingen, beim ONI, dem Marine-Nachrichtendienst? Mir ist nämlich bekannt, daß von unserer Außenstelle in Fort Worth eine Mitteilung an das ONI ging.«

»Die haben mit falschen Überläufern operiert.«

»Um Leute einzuschleusen. Das ist mir bekannt.«

»Es gibt Grauzonen im ONI. Ich bin eine dieser Grauzonen.«

Bateman schien diese Bemerkung zu gefallen. Er sagte: »Das paßt gut ins Bild, denn in diesen Tagen heißt es in dieser Stadt: schwarz ist weiß ist schwarz. Mit anderen Worten, die Leute schmeißen sämtliche Kategorien durcheinander.«

In seiner Stimme lag eine Spur von Begeisterung.

»Banister wirbt Studenten an, die dann den Auftrag bekommen, linke Aktivitäten auf dem Campus zu überwachen. Sie sind im Studentenalter, Sie sind mit der Sprache der Linken und der Rechten vertraut, Sie kennen sich mit Kuba aus.«

»Ich laß mir von Banister einen Auftrag geben, bin aber in Wirklichkeit ein Spitzel für das FBI.«

»Wir gebrauchen das Wort Informant. Das hat nichts Gemeines und Schäbiges. Könnten Sie sich vorstellen, in dieser Richtung für uns tätig zu werden? Sie wären über den gesellschaftlichen Rang einiger unserer Informanten überrascht. Ohne groß nachzudenken würde ich sagen, wir könnten mit dem Ehemaligenverein einer mittelgroßen Universität konkurrieren.«

Einen Moment lang saßen sie vor ihren Tellern und überließen sich ihren Gedanken. Ein grau werdender Weihnachtsgruß hing an der Wand.

»Was ist, soll ich weiterreden? Zu diesem Geschäft gehört nämlich Vertrauen. Es ist eine heikle Tätigkeit, die ganz bestimmte Eigenschaften verlangt. Diese Dinge sind voller Risiken und Chancen. Aber es gibt auch absolutes Vertrauen. Und totale Unterstützung. Die bekommt ein Informant von mir.«

Lee aß weiter; er ließ nichts erkennen.

»Es könnte folgendermaßen funktionieren. Sie machen einen Besuch in Banisters Büro. Es ist von Ihrer Arbeitsstelle bequem zu erreichen, gleich um die Ecke. Sie stellen sich als Marinekorps-Veteran vor und erwähnen Kontakte mit dem FBI in Texas. Und machen Sie klar, daß Sie ein Castro-Hasser sind. Sagen Sie, Sie wollten als Linker auftreten und sich in örtliche Organisationen einschleichen.«

»Ich könnte sagen, ich sei dabei, eine Organisation zu gründen.«

»Das wäre eine Möglichkeit.«

»Etwa eine Ortsgruppe von Fair Play for Cuba.«

»So ließe sich was machen.«

»Ich könnte aus New York Flugblätter in großen Mengen kommen lassen, außerdem Aufnahmeformulare.«

»Das ist vielversprechend«, sagte Bateman. »Sie sagen Banister, Sie wollten hier in der Stadt eine Ortsgruppe bilden. Damit locken sie Pro-Castro-Leute an. Sie sammeln Namen und Adressen. Banister ist scharf auf Listen.«

»Und es zieht immer weitere Kreise.«

»Ich habe das Gefühl, Sie verstellen sich.«

»Aber ich verstelle mich nicht.«

»Doch, Sie verstellen sich.«

Sie aßen weiter. Bateman erklärte, wenn Banister Erkundigungen über Oswald einholen wolle, werde er natürlich mit der Außenstelle des FBI – also mit Bateman – Verbindung aufnehmen, und er, Bateman, werde ihm nur ausgewählte Informationen zukommen lassen. Er erklärte auch, daß er keinen Kaffee trinken dürfe. Das Verbot kam vom Direktor, der das FBI von allen suchterzeugenden Aufputschmitteln frei halten wollte.

»Ich glaube, Banister wird anbeißen. Rechnen Sie aber nicht mit Bezahlung. Für ihn wird es nur ganz am Rand mitlaufen. Ich werde dafür sorgen, daß Sie eine Informantenvergütung von zweihundert Dollar im Monat bekommen. Damit finanzieren Sie Ihr Projekt. Und Sie berichten mir natürlich, was in der Camp Street 544 läuft. Denn dort läuft dauernd irgendwas.«

»Ich will Politik und Volkswirtschaft studieren.«

»Sie sind ein interessanter Mann. In den Akten sämtlicher Geheimdienste von hier bis zum Himalaja findet sich etwas über Oswald, Lee. In einem Punkt muß ich Gewißheit haben. Niemand außer uns bekommt von Ihnen Informationen. Das ist ein FBI-Grundsatz. Ich kann nicht mit einem Informanten zusammenarbeiten, der zu anderen Diensten Kontakt hat. Sind wir uns da einig?«

»Wir sind uns einig«, sagte Lee.

»Sie können Ihrer politischen Tätigkeit in aller Offenheit

nachgehen. Das ist der Reiz an der Geschichte. Und diese Leute haben ihr Büro gleich um die Ecke. Lagemäßig sind das ideale Voraussetzungen.«

Lee steckte das Plakat wieder in den Umschlag, fuhr mit dem Bus zur Camp Street und ging mehrmals um das Gebäude herum. Straßen in tiefem Schatten. Niemand unterwegs, außer ein paar Wermutbrüdern am Lafayette Square und einer Frau in einem langen Mantel und dicken weißen Socken, die es zu irritieren schien, daß er hinter ihr ging. Sie blieb leise schimpfend stehen, um ihn vorbeizulassen, und drängte ihn mit einer Handbewegung zur Eile.

Trotzki ist die reine Form.

Die Sitzbank eines Autos stand mitten auf dem Gehweg. Auf ihr lag ein Mann, der mit Schmutz und Erbrochenem bedeckt war; der eine Arm hing schlaff herunter. Der Mann sah so kaputt oder verletzt oder verrückt aus, daß man den Anblick eines Autositzes ohne Auto, mitten auf den Gehweg geknallt, gar nicht genießen konnte.

Trotzki wischt Kakerlaken von der Seite eines volkswirtschaftlichen Lehrbuchs; er sitzt in einer elenden Hütte in Ostsibirien, wo er mit seiner Frau und seiner kleinen Tochter in der Verbannung lebt.

Am Montag ging er während seiner zehnminütigen Arbeitspause zum Haus Nr. 544 und holte sich bei der Sekretärin ein Bewerbungsformular. Das Gebäude hatte zwei Eingänge, zwei Anschriften. Eine für das, was du bist, und eine für das, was du zu sein behauptest.

Er kaufte sich einen Gummistempel-Baukasten der Marke Warrior für achtundneunzig Cents. Er schrieb an das Fair Play for Cuba Committee und bat um die Genehmigung, eine Ortsgruppe gründen zu dürfen. Ohne die Antwort abzuwarten, ging er in eine Druckerei, sagte, er heiße Osborne, und ließ tausend Handzettel drucken. *Hände weg von Kuba!* Einen Teil stempelte er mit seinem eigenen Namen, eine Teil mit Hidell. Dann mietete er ein Postfach, ging in eine andere Druckerei, bestellte Aufnahmeformulare und Mitgliedskarten. Er brachte Marina dazu, als »A. J. Hidell« für den Ortsgruppenvorsitzenden zu unterschreiben und schickte zwei Ehrenmitgliedschaften an Funktionäre des Zentralkomitees der kommunistischen Partei der USA.

In seinen goldfarbenen Shorts und Ledersandalen ging er um Mitternacht hinaus, um Abfall in anderer Leute Tonnen unterzubringen; manchmal mußte er drei, vier Querstraßen weit laufen, ehe er einen Mülleimer fand, in den noch eine Tüte mit Knochen und Küchenabfällen paßte.

Als er das ausgefüllte Bewerbungsformular zu Guy Banister und Co zurückbrachte, sah er dort am Eingang einen Mann stehen, der ihm bekannt vorkam. Es war Captain Ferrie, Ausbilder bei der Civil Air Patrol, der Mann, der, wie Lee sich erinnerte, in seinem Hotelzimmer Mäuse in einem Käfig gehabt hatte, als er vor etwa sieben Jahren mit seinem Freund Robert dort gewesen war, um eine 22er zu kaufen. Lee ging näher heran und sah, daß sich der Mann in einer Hinsicht stark verändert hatte. Auf dem Kopf hatte er Pelzstücke, so als habe er sich Tierhaare büschelweise angeklebt. Seine Augenbrauen waren hoch und glänzend.

Ferrie schien ihn zu erwarten.

»Sie waren gestern oder vorgestern im Büro. Hab ich recht?«

»Ich habe mich um einen Teilzeitjob beworben.«

»Undercover-Tätigkeit. Ich habe zufällig mitgehört. Ich habe mir gesagt, diese Stimme kennst du doch. Noch ein verlorener Kadett, der zu Cap'n Dave heimkehrt.«

Sie lachten beide. Ein Wagen hielt plötzlich, und auf dem offenen Platz gegenüber stoben Tauben auseinander.

»Ist das Leben nicht phantastisch?« fragte Ferrie.

Das Fair Play Committee riet ihm davon ab, eine Ortsgruppe zu gründen. Aber sie waren freundlich und nett und machten Rechtschreibfehler, und ihm kam es sowieso in erster Linie auf die Korrespondenz an. Er würde alles aufbewahren. Das waren seine Papiere. Zur gegebenen Zeit würde er dann in der Lage sein, den kubanischen Behörden Beweise dafür zu liefern, daß er ein Freund der Revolution war.

Im übrigen brauchte er keine Unterstützung aus New York, um eine Ortsgruppe aufzumachen. Er hatte seinen Stempelkasten. Er brauchte nur die Initialen des Komitees und einige Zahlen und Buchstaben auf einen Handzettel oder eine Broschüre zu stempeln. Damit wurde alles echt.

David Ferrie nahm ihn mit in die Habana Bar, einen düsteren, prunkvollen Bau in Hafennähe. Tag und Nacht geöffnet, lateinamerikanische Rhythmen aus der Musikbox, Leute, die so aussahen, als seien sie stets am falschen Platz, als paßten sie nie in den Rahmen – im Exil Lebende, Hafenarbeiter, Seeleute ohne Papiere und eine Handvoll anderer undefinierbarer Gestalten, überwiegend einzelne Männer, die in gleichmäßigen Abständen an der langen Theke saßen.

Ferrie und Oswald setzten sich an einen Tisch.

»Der Mann, der diesen Laden hier betreibt, hat enge Beziehungen zum kubanischen Revolutionsrat.«

»Auf welcher Seite stehen die?«

»Wollen Sie nicht raten?«

»Also wie das hier aussieht.«

»Beschissen und trostlos.«

»Anti-Castro.«

»Die Fiebies kommen hier rein und reden mit ihm über das Wer-ist-Wer in der Bewegung. Sonst würden sie überhaupt nicht durchblicken. Wenn sie einen kleinen Mexikaner mit kurzem Bürstenschnitt sehen, halten sie ihn für einen kubanischen Kämpfer.«

»Wo haben Sie das Wort her?«

»Fiebies? Das ist mein Wort. Ich benütze das schon ewig.«

»Ich dachte, das stammt von mir.«

»Sie müssen es bei mir gehört haben«, sagte Ferrie. »Das passiert die ganze Zeit. Die Leute glauben, sie hätten was erfunden, und in Wirklichkeit haben sie's von mir. Ich hab so'ne Art, mich in die Köpfe anderer Leute zu schleichen. Ich kriech in ihre Gehirnwindungen.«

Eine nasale Stimme, die die vertrackte Frage nach sich zog, ob man ihr glauben sollte.

»Wir haben die Fähigkeit zur außersinnlichen Wahrnehmung, Sie und ich. Sie erstreckt sich wahrscheinlich auf Jahre und Kontinente. Haben Sie je im Ausland gelebt?«

Lee nickte.

»Wahrscheinlich waren wir die ganze Zeit in gedanklicher Verbindung. Ich möchte mit Fernhypnose experimentieren. Hypnose per Telefon oder Fernsehen. Eine phantastische politische Waffe. Eine Frau ist hinter mir her, weil ich angeblich ihren Sohn hypnotisiert habe, um mit dem Mund an seine Genitalien zu kommen. Ich geb in Lakefront Flugunterricht für Jungen.«

Ferrie besuchte mit ihm einen Mann, der in einem restaurierten Kutscherhaus in der Dauphine Street wohnte, hinter einer hohen weißen Mauer mit einer roten Tür in der Mitte. Er hieß Clay Shaw und war ein hochgewachsener Mann mittleren Alters mit einem monumentalen Kopf und bemerkenswert weißen Haaren. Er stand in der Mitte des großen Raumes, der das gesamte Erdgeschoß einnahm. Seidenvorhänge, Bronzefiguren, mit Perserteppichen belegte Korkböden. Zwei junge Männer saßen da, aufrecht und munter wie Wetterhähne.

»Wann haben Sie Geburtstag?« fragte Shaw als erstes.

»Am achtzehnten Oktober«, antwortete Lee.

»Eine Waage.«

»Ein Waagemann«, sagte Ferrie.

Es schien ihnen alles zu sagen, was sie wissen mußten.

Clay Shaw war salopp, aber nicht billig gekleidet, und er hatte die lockere Art eines Mannes, der offensichtlich für all die richtigen Dinge erzogen worden ist. Wenn er lächelte, schien eine vom rechten Augenwinkel zum Haaransatz verlaufende Ader hervorzutreten.

Er sagte: »Wir haben den positiven Waagemann, der es gelernt hat, sich jederzeit zu beherrschen. Er ist ausgeglichen, sachlich, ein vernünftiger Mann, den alle respektieren. Und wir haben den negativen Waagemann, der, sagen wir, ein wenig unstet und impulsiv ist. Leicht, leicht, leicht zu beeinflussen. Immer bereit, den gefährlichen Sprung zu machen. In beiden Fällen kommt es entscheidend auf das Gleichgewicht an.«

»Ich habe ihn hergebracht«, sagte Ferrie, »damit er sich deine Sammlung an Peitschen und Ketten ansehen kann.«

Alle lachten.

»Clay hat Peitschen und Ketten, schwarze Kapuzen, schwarze Umhänge.«

»Für Fastnacht«, sagte einer der jungen Männer, und wieder lachten alle.

Lee hatte das Gefühl, daß sein Lächeln eine Handbreit von seinem Gesicht entfernt in der Luft schwebte. Sie blieben eine Viertelstunde und gingen dann hinaus in die Dämmerung.

»Glauben Sie an Astrologie?« fragte Lee.

»Ich glaube an alles«, antwortete ihm Ferrie.

Er nahm Lee mit in seine Wohnung, dunkle Räume mit ramponierten Möbeln und religiösen Gegenständen. Die Bücherregale waren mit einer furnierähnlichen Plastikfolie überzogen und bogen sich unter der Last vieler Hunderter von medizinischen Büchern, juristischen Büchern, Lexika, Stapeln von Autopsieberichten, Büchern über Krebs, Gerichtsmedizin, Schußwaffen.

Hanteln auf dem Boden. Eine gerahmte Urkunde an der

Wand, ein Doktor der Psychologie von der Phoenix-Universität – aus Bari in Italien.

Lee benutzte die Toilette. Bernsteinfarbene Fläschchen voller Pillen und Kapseln standen dicht gedrängt auf den gläsernen Ablagen. Lose Kapseln lagen überall auf dem Boden und in der Badewanne. Das Waschbecken und die Wand dahinter waren von Schichten aus klebrigen Fasern bedeckt – oder was immer das für ein Klebstoff sein mochte, mit dem er seine Mohairperücke befestigte.

Im Wohnzimmer fing Ferrie an über sein Leiden zu reden, noch bevor Oswald aus der Toilette kam.

»Es handelt sich um die sogenannte Alopecia universalis. Ihre Ursachen liegen im Dunkeln, eine Heilung gibt es bisher nicht. Statt sie zu verstecken, schmücke ich sie, putze sie heraus. Gott hat mich zum Clown gemacht, also spiele ich den Clown. Als mir die ersten Haare ausfielen, dachte ich, die Apokalypse steht unmittelbar bevor, die Bombe fällt demnächst auf Louisiana. Die Bombe bestätigte meine Echtheit, machte mich zum Heiligen. Strahlensichere Bunker wurden die Familienzentren von morgen genannt. Ich war bereit, im übelsten Loch zu wohnen. Die Raketenkrise kam. Es war der reinste existentielle Augenblick in der Geschichte der Menschheit. Zu dem Zeitpunkt war ich schon völlig unbehaart. Glauben Sie mir, ich war bereit. Drück auf den Knopf, Jack. Es war für mich die einzige Möglichkeit, Kennedy zu verzeihen, daß er Kennedy ist: er mußte Kuba mit vernichtenden Bomben belegen. Ich kaufte mir zehn Kartons Konservendosen und ließ meine Mäuse frei.«

Ferrie blickte aus dem Fenster. An der Wand neben ihm hing ein Jesusbild mit Augen, die einem überallhin folgten. Ferries Stimme war jetzt nur noch ein Flüstern.

»Dann gibt es noch die Theorie mit den großen Höhen. Ein plötzlicher und totaler Haarausfall. Wenn jemand großen Höhen ausgesetzt ist. Piloten sind davon betroffen worden, Männer, die zuviel Zeit in extremen Höhen verbracht haben, zum Beispiel U-2-Piloten.

»Haben Sie je eine U-2 geflogen?«

»Das kann ich Ihnen nicht sagen. Es ist das größte Geheimnis der Regierung, die Namen der Männer, die diese Flugzeuge fliegen. Aber lassen Sie *mich* mal etwas fragen, wenn wir schon bei Geheimnissen sind. Warum wollen Sie eigentlich einen Job in der Anti-Castro-Bewegung, wenn doch klar ist, daß Sie ein Castro-Partisan sind, ein Kämpfer für Fidel?«

Er wandte sich vom Fenster ab und sah Lee direkt in die Augen, der keine andere Antwort wußte, als sein komisches kleines Lächeln aufzusetzen.

So fing es an. Lee saß oft noch nach Mitternacht auf der mit Fliegengittern geschützten Veranda, reinigte die Mannlicher, betätigte das Schloß der Mannlicher, schmiedete Pläne.

Im *Militant* hatte er gelesen, daß er in Mexico City ein Visum nach Kuba bekommen und so die Ausreisesperre umgehen konnte. Er konnte als militärischer Berater für die Revolution arbeiten. Ein alter und tiefgehender Wunsch. Sie würden sich glücklich schätzen, einen Marinekorps-Veteranen mit fortschrittlichen Ideen auf ihrer Seite zu haben.

Er sammelte die ganze Korrespondenz und verwahrte sie in dem kleinen Raum mit all seinen anderen Papieren, mit Castros Reden und Broschüren über das sozialistische Gedankengut.

Am Kai an der Dumaine Street verteilte er Flugblätter und unterhielt sich mit einem Dutzend Matrosen über Fair Play for Cuba. Ein Beamter von der Hafenpolizei kam und schickte ihn weg.

Ferrie ließ ihn in beide Richtungen agieren. Banister gab ihm ein kleines Büro in Nr. 544, wo er Material lagern konnte. Er redete kaum einmal mit Banister. Banister machte den Eindruck, als könne man sich nur schwer mit ihm unterhalten. Lee stempelte die Camp-Street-Adresse auf einen Teil des Materials. Sie ließen ihn nach Belieben ein- und ausgehen.

Ein verrückter Sommer. Gewitterstürme fegten fast jeden

Nachmittag durch die Stadt. Nachts gab es Wetterleuchten. Wolken von Stechmücken würden von den Salzsümpfen herübergeweht. Wochen verstrichen, und er spürte, daß sich in seiner Umgebung etwas veränderte. Die Leute in Nr. 544 fingen an, ihn mit anderen Augen zu sehen – die Kubaner, die hier ein- und ausgingen, die jungen Männer, die sich als Tulane-Studenten ausgaben, um an Informationen über Linksradikale und Gegner der Rassentrennung heranzukommen. Lee erschien ihnen immer weniger wie ein komischer Kauz oder ein Rätsel. Er hatte das Gefühl, in einem besonderen Licht dazustehen. Sie sahen ihn jetzt sorgfältig an.

Banisters Sekretärin glaubte, sein Vorname sei Leon. Ferrie fing an, ihn Leon zu nennen, nach Trotzki. So bekommen Fehler oft eine reizvolle Bedeutung.

Die First Lady war schwanger, genau wie Marina. Er las irgendwo, daß der Präsident James-Bond-Romane mochte. Er ging in die Nebenstelle der Bücherei in der Napoleon Avenue, einen kleinen eingeschossigen Backsteinbau, und holte sich einige Bond-Romane. Er las, daß sich der Präsident mit Werken von Mao Tse-tung und Che Guevara beschäftigt hatte. Er ging in die Bücherei und holte sich eine Biographie von Mao. Er holte sich eine Biographie des Präsidenten, in der stand, daß Kennedy *The White Nile* gelesen hatte. Er ging in die Bibliothek, um sich das Buch zu holen, aber es war ausgeliehen, und er nahm dafür *The Blue Nile*.

John F. Kennedy hatte früher Probleme mit der Rechtschreibung und eine erbärmliche Handschrift.

Lee saß in seinen Basketballshorts auf der Veranda und las Science Fiction, die Ferrie ihm empfohlen hatte. Er machte Ziel- und Anschlagübungen mit der Mannlicher. Er hatte immer noch das Lehrbuch von seinem Schreibmaschinenkurs in Dallas, und an manchen Abenden schlug er es auf der Seite auf, wo eine Schreibmaschinentastatur abgebildet war, und übte das Tippen der Buchstaben in alphabetischer Reihenfolge – *a* mit dem kleinen Finger der linken Hand, *b* mit dem linken Zeigefinger – und klopfte mit den Fingerspitzen wiederholt auf das Papier, ohne hinzusehen, so wie er es in dem Kurs gelernt hatte.

Marina sagte: »Papa, es gibt Abfall.«

Er hing oft in der Crescent-City-Tankstelle herum, direkt neben der Kaffeerösterei, in der er arbeitete. Er trug immer seinen Elektrikergurt mit Schmierspritze, Schraubenzieher, Zange, Isolierband usw. Aus seiner zehnminütigen Pause wurde oft eine halbe Stunde, wenn er in dem Büro saß und Waffenzeitschriften las und sich mit dem Chef dort unterhielt. Bierkrüge standen auf dem Fenstersims, Landkarten hingen an der Wand. Er konnte zehn Minuten damit verbringen, eine Landkarte anzuschauen.

Die Crescent-City-Tankstelle hatte einen Vertrag mit der Regierung, für die örtlichen Dienststellen eine bestimmte Anzahl an Fahrzeugen bereitzuhalten und zu warten.

Sonntags war die Straße leer, und die Tankstelle war geschlossen und wirkte dann hinter dem herabgelassenen Türgitter wie eine verlassene spanische Kirche, wenn das Licht durch die hohen staubigen Fenster fiel. Lee traf sich dort mit dem Agenten Bateman, der einen Schlüssel zum Büro hatte. Sie gingen durch das Büro und setzten sich in einen der Wagen, die für den Geheimdienst und das FBI bereitgehalten wurden. Er erzählte Bateman, was er in der Camp Street 544 erfahren hatte, auch wenn es nicht gerade viel war. Er hätte gern die Minox benützt, aber Bateman sagte nein, nein, nein, nein. Er gab Lee einen weißen Umschlag mit einigen stark zerknitterten Scheinen, die wie von Kindern gespartes Geld aussahen.

Lee bestand darauf, die Informantennummer zu erfahren, die ihm zugeteilt worden war, und Bateman sagte ihm, es sei die S-172. Dann sagte Lee, er wolle einen Paß beantragen und frage sich, ob es da wohl wegen seiner Vergangenheit als Überläufer Probleme geben könne. Bateman sagte, er werde sich darum kümmern.

Schwärme von Stechmücken. Er sah sich eine politikwissenschaftliche Arbeit tippen, gestützt auf Erfahrungen, mit denen keiner seiner Mitstudenten konkurrieren konnte; ein halb gegessener Apfel lag neben seinem Ellbogen.

Wenn Lee einen bestimmten Gesichtsausdruck hat – die Augen ein wenig amüsiert, die Lippen schmal und aufeinandergepreßt –, muß er an seinen Vater denken. Er bringt diesen Gesichtsausdruck mit seinem Vater in Verbindung. Er glaubt, diese Miene könnte auch sein Vater aufgesetzt haben. Er *fühlt* sich dann wie sein Vater. Ein merkwürdiges Gefühl, wenn dieser Gesichtsausdruck über ihn kommt, sich auf unmißverständliche Weise durchsetzt, und dann ist sein alter Herr da, unheimlich und zwingend und total, eine Begegnung über Welten hinweg.

»Ich weiß was über Sie, Leon, und das fasziniert mich. Von dieser Sache weiß sonst fast niemand. Nur sehr wenige wissen Bescheid. Sie sind der nächtliche Räuber, der vor zweieinhalb Monaten in Dallas auf General Ted Walker geschossen hat.«

Lee war wie vor den Kopf geschlagen.

»Ich kann Ihnen nicht sagen, woher ich das weiß«, sagte Ferrie. »Aber es gibt Leute, die sich für Sie interessieren. Am Anfang hatte ich nur so ein Gefühl. Ich dachte mir, zwischen Leon und mir gibt's eine Seelenverwandtschaft. Ich bin mit Ihrer Bewerbung zu Banister gegangen. Ich hatte mir schon die Argumente zurechtgelegt. Ich wollte zu Guy sagen: ›Hier ist ein Mann, der unsere Unternehmungen ausspionieren will. Er will uns benutzen, aber am Ende benutzen wir ihn. Ohne daß wir ihn manipulieren oder politisch umdrehen müßten. Er glaubt ganz fest, ein überzeugter Linker zu sein. Aber er ist auch eine Waage. Er hat die Fähigkeit, auch die andere Seite zu sehen. Er ist ein Mann der Widersprüche.‹ Ich wollte zu Guy sagen: ›Hier ist ein Rekrut des Marinekorps, der Karl Marx liest.‹ Ich wollte sagen: ›Dieser Junge sitzt auf der Waage und ist bereit, hierhin oder dorthin gekippt zu werden.‹«

Lee trank sein Bier aus.

»Aber ich brauchte überhaupt keine Argumente. Ich brauchte nur Ihren Namen zu nennen. Banister war scharf darauf, zuzugreifen und Sie festzuhalten. Wie sich herausstellte, hatte er bereits Erkundigungen über Sie eingeholt, für einen alten Kumpel von ihm, einen gewissen Mackey. Man hatte Sie aus den Augen verloren. Niemand wußte, wo Sie von Dallas aus hingegangen waren. Guy grinste mich fies an, als ich ihm erzählte, daß Sie in der Kaffeerösterei um die Ecke Maschinen schmieren und bei uns mitmachen wollen. Er griff zum Telefon. *›Rat mal, wen ich gefunden hab.‹*«

Ferrie bestellte noch zwei Bier und sagte: »Sie sind das Ziel sorgfältigster Überprüfung. Banister hat keine genaue Vorstellung von der Rolle, die für Sie vorgesehen ist. Aber er wird es bald wissen, es ist nur eine Frage der Zeit.«

Drei, vier Kubaner, vielleicht auch ein halbes Dutzend, saßen heute abend im Habana herum; sie hatten verwaschene T-Shirts und Hosen an, und an den Stiefeln klebten helle Schlammkrusten.

»Haben Sie Angst, Sie könnten wegen Walker noch erwischt werden? Von Dallas haben Sie mir nie was gesagt.«

»Ich sag keinem was davon.«

»Weil Sie glauben, jeder weiß dann Bescheid. Sie brauchen nur das Wort Dallas zu sagen, und alle wissen Bescheid. Im Gefängnis geht's schlimm zu. Wenn sie einen Mann festnehmen, gucken sie ihm als erstes in den Arsch.«

»Das war bei den Marines auch so.«

»Sie gucken dir in den Arsch, noch bevor sie wissen, wie du heißt. Es ist wie ein Ritual bei den Pygmäen im Kongo.«

Wenn Lee mehr als ein Bier trank, wurde ihm immer komisch.

»Sind Sie ein praktizierender Christ? Gehen Sie in die Kirche?«

»Ich bin Atheist.«

»Das ist Blödsinn«, erklärte ihm Ferrie. »Wie kann man nur so dumm sein?«

»Religion hält uns nur auf. Sie ist ein Arm des Staates.«

»Dumm. Kurzsichtig. Sie müssen begreifen, daß es Dinge gibt, die tiefer gehen als Politik. Unsere politische Haut ist nur eine ganz dünne äußere Kruste. Ich bin in Cleveland als Katholik aufgewachsen.« Ferrie bekam komisch große Augen, als habe ihn die Bemerkung selbst überrascht. »Die Buße war das wichtigste Sakrament meiner Jugend. Ich ging von einem Beichtstuhl zum anderen und kam mir dabei eher wie ein Sünder vor als wie jemand, der von seinen Sünden freigesprochen wird. Es bereitete mir nämlich ein richtig hinterhältiges Vergnügen. Ich erzählte von meinen Sünden, ich erfand Sünden, ich bekannte meine Reue, ich ging ans Altargitter und sagte meine Bußgebete und stellte mich dann wieder in die Schlange. Samstag nachmittags liefen vier Beichtstühle auf vollen Touren. Ich machte die Runde. Kniete im Dunkeln vor einem Mann in Röcken und beichtete flüsternd meine Sünden. Ich ging zweimal in Priesterseminare, um das Handwerk zu erlernen. Ich gründete sogar meine eigene Kirche. Nur ein Narr verkennt die Notwendigkeit, zu sehen, was auf der anderen Seite ist.«

Lee ging auf die Toilette und stand da, umhüllt von statischer Elektrizität, als liefen graue Linien kreuz und quer durch den Raum. Zwei Minuten blieb er mitten im Raum stehen. Als er an den Tisch zurückkehrte, legte Ferrie sofort los.

»Wußte Kennedy denn nicht, wie *groß* Kuba ist? Sagte ihm denn keiner, daß man eine Insel dieser Größe nicht mit fünfzehnhundert Mann einnehmen kann?«

»Kuba ist klein.«

»Kuba ist *groß*. Warum stimmte er einer Invasion zu, wenn er nicht die Absicht hatte, die Sache durchzuziehen? Warum hat er uns einen militärischen Sieg versprochen und dann den Schwanz eingezogen? Weil er die Nerven verloren hat. Er dämpfte alles, spielte alles runter. Er wollte eine *subtile* Invasion. Ein Wunder, daß Castro überhaupt was davon mitbekommen hat.«

»Kuba ist klein.«

»Ich will Ihnen sagen, was im Verborgenen läuft«, fuhr Ferrie fort, »und ich bekomme das jeden Tag von Guy zu hören. Guy regt sich mächtig darüber auf. Er glaubt, daß Kennedy und Castro miteinander reden. Sie schreiben sich heimlich, schicken Boten hin und her. Freundliche Annäherungsversuche. Es gibt da was, was sie uns nicht sagen. Etwas, wovon wir nichts wissen. Da steckt mehr dahinter. Es steckt immer mehr dahinter. Es ist das, was Geschichte ausmacht. Geschichte ist die Gesamtsumme all der Dinge, die sie uns nicht sagen.«

Draußen auf der Straße geriet Lee in ein kleines Gerangel mit einem pockennarbigen Latino, der ein silbernes Kreuz um den Hals baumeln hatte. Er wußte nicht, wie es angefangen hatte. Selbst als er den Mann am Bizeps festhielt und auf ihn einredete, konnte er sich nicht erinnern, wie alles angefangen hatte. Ein paar Leute standen herum, hauptsächlich aus Mangel an anderen Zerstreuungen. Dann war er zu Hause im Bett.

Im Büro der Tankstelle las er Waffenzeitschriften. Es kam vor, daß einer der Kaffeechefs auftauchte und ihn drängte, wieder an die Arbeit zu gehen. Zurück zu den Motoren und Gebläsen, den Trichtern, Mahlwerken, Förderbändern.

Seinen Paß bekam er einen Tag, nachdem er ihn beantragt hatte.

Er betrat die kleine Kammer zu Hause und hatte das Gefühl, daß einige Dinge verrückt worden waren. Marina konnte es nicht gewesen sein, denn sie hatte Order, draußen zu bleiben. Er überprüfte seine Papiere, sah im Schrank nach, wo er seine Waffen aufbewahrte. Irgend etwas war anders, ein unsichtbarer Hauch von einem Unterschied, wie wenn du in den Tiefen eines Traums etwas weißt, ohne zu wissen, wie oder warum.

Eine Frau, die etwas von einer Seminolin hat – mit einem

Quadratschädel oder wie immer diese Florida-Indianer aussehen, er weiß es eigentlich nicht –, löst sich aus einer Menschenmenge im Französischen Markt und erschrickt ihn fast mit den eigenartigen glanzlosen Augen einer sich verzehrenden Heiligen.

Er blieb das einzige Mitglied der Fair-Play-for-Cuba-Ortsgruppe in New Orleans. Machte überhaupt nichts. Der Sommer reifte zu einer Vision heran, zu einem historischen Ereignis. Er spürte, daß es ihn packen und mitreißen würde, daß er kein erbärmliches, isoliertes Individuum mehr sein würde.

Marina schob den Sportwagen durch ihre Straße. Sie versuchte die Straßennamen auf den hellblauen Fliesen zu lesen, die in den Gehweg eingelassen waren.

Würde er versuchen, seine Frau und sein kleines Kind nach Rußland zu schicken, oder würden sie alle in das kleine Kuba ziehen, wo es einen reineren Sozialismus gab und wo unter den Menschen echte Freude herrschte?

In der letzten Nacht war sie um zwei Uhr aufgestanden, um ein Glas Wasser zu trinken, und da hatte er, das Gewehr auf den Knien, in der Unterwäsche auf der Veranda gesessen.

Er hatte nachts oft Nasenbluten. Einmal bekam sie mit, wie er eine halbe Stunde lang am ganzen Körper zitterte.

Sie ließ sich von ihm Zeitschriftenartikel über die Kennedys übersetzen. Er tat es bereitwillig und fügte manchmal von sich aus weitere Einzelheiten hinzu.

Auf Bildern, wo ihm in Meeresnähe der Wind das Haar zerzauste, sah der Präsident aus wie ihr früherer Freund Anatoli, der widerspenstige blonde Haare hatte und sie so küßte, daß ihr schwindlig wurde.

Lee wusch sich oft tagelang nicht. Er trug dieselben Kleider und wollte nicht, daß sie seine Socken oder die durchgewetzten Ellbogen seiner Pullover flickte. Es war eine totale Kehrtwendung. Hier bin ich, schien er zu sagen. Seht nur, was das System hervorbringt.

Sie wußte, sie war absolut sicher, daß Mrs. Kennedy einen Jungen zur Welt bringen würde. Es würde bestimmt ein Junge werden, sagte sie zu Lee, und dann – schon bald danach – würden auch sie einen Jungen haben.

Sie schämte sich, zugeben zu müssen, daß sie eine launenhafte Frau war.

Sie war schwanger wie Mrs. Kennedy, war aber noch nicht von einem Arzt untersucht worden. Lee brachte sie ins Charity Hospital, ein gewaltiges graues Gebäude, das wie ein Ort aussah, den man nur einmal betrat und dann nie wieder verließ. In der Marmoreingangshalle hingen riesige Porträts, Ärzte im weißen Kittel, Ärzte mit dem Himmel hinter ihnen, Männer, die Bedeutenderes im Kopf hatten als Gallenblasen und Nieren. Der Ärger begann am Informationsschalter. Eine Frau erklärte Lee, dies sei eine staatliche Klinik, in der nur solche Leute kostenlos behandelt werden könnten, die schon eine bestimmte Zeit in Louisiana wohnten. Marina wohnte noch nicht lange genug hier.

Dieser ganze Marmor. Sie kam sich vor wie ein Flüchtling. Lee ging fast bettelnd hinter einem Arzt her. Er wandte sich an einen anderen Arzt, der ihnen entgegenkam, bettelte und schimpfte zugleich, das Gesicht verzerrt und blaß.

Sie wurden abgewiesen.

Lee tigerte durch die Eingangshalle, redete auf Leute ein, die ahnungslos hereinkamen, erzählte ihnen die Geschichte. Für die ist es ein Geschäft wie jedes andere. Die machen mit Schmerzen und Leiden ihre Geschäfte. Da die Leute nicht wußten, was sie ihm sagen sollten, verstummte er schließlich und ging schweigend auf und ab, bis sein Zorn verraucht war.

Marina versuchte nicht, ihn in seinem Zorn zu beschwichtigen, denn in der Tiefe ihres Herzens gab sie ihm recht.

Sie schob den Kinderwagen an einigen Geschäften vorbei, die mit großen Schildern warben. In Gedanken sprach sie die

Worte aus. *Washeteria. One-hour Martinizing.* Sie sah nun weniger Leute, nachdem sie etwas weiter nach Norden, etwas weiter nach Osten geraten war.

Sie fragte sich, wie viele Frauen wohl Visionen und Träume vom Präsidenten hatten. Was mochte es für ein Gefühl sein, zu wissen, daß man das Ziel tausendfachen Verlangens war? Es ist, als schwebe er nachts über dem Land, dringe in Träume und Phantasien ein, in den Liebesakt zwischen Männern und Frauen. Er schwebt nachts aus Fernsehgeräten in Schlafzimmer. Er schwebt aus dem Radio in Marinas Bett. Manchmal wartete sie auf ihn, wartete auf ein paar Worte aus einer früher am Tag aufgezeichneten Rede oder Pressekonferenz, wartete auf die Stimme des Präsidenten, das Radio auf einem Tisch am Bett.

Sie hatten übereinstimmende Narben am Arm, Marina und Lee.

Dies war die Grundfrage, die ihr Tag und Nacht zu schaffen machte: würde er sie zwingen, nach Rußland zurückzugehen?

Sie sagte zu ihm: »Eine düstere Stimmung herrscht im Haus.« »Ich werde nicht glücklich gemacht«, sagte sie.

Er redete mit June über das kleine Kuba. Liebst du das kleine Kuba? Hast du für Onkel Fidel etwas übrig? An der Wand hing ein Foto von Castro, das er aus einem sowjetischen Magazin ausgeschnitten hatte. Was hältst du von Onkel Fidel? Magst du das kleine Kuba und willst du es unterstützen?

Wenn Lee sie liebte, dachte sie manchmal an den Präsidenten, wie er auf Fotos aussah, die in der Nähe des Meeres gemacht worden waren.

Lee drängte sie dauernd, Briefe an die sowjetische Botschaft in Washington zu schreiben, tränenreiche Briefe, mit der Bitte um Visa, mit der Bitte um Erstattung der Reisekosten. Sie wußte, die Zukunft verwirrte ihn.

Sie war ein blindes Kätzchen und kehrte immer wieder zu der Person zurück, die sie streichelte – ungeachtet der Tatsache, daß er auch grausam zu ihr war.

Sie hob Junie nun aus dem Sportwagen und ließ sie nebenher

laufen. Junie mochte es nicht, wenn man sie an der Hand nahm. Sie ging lieber ohne Hilfe, endlose Freude und endlose Mühe.

Sitzt nachts um zwei Uhr auf der Veranda, das Gewehr auf den Knien.

Sie gingen durch viele ruhige Straßen. Die Häuser waren alt und stumm, und manche hatten gußeiserne Galerien und weiße Säulen. Es war sonst niemand unterwegs. Der Nachmittag war schwer und still. Sie stand an einer Ecke und sah, wie vielleicht sieben Querstraßen entfernt Autos über eine Kreuzung fuhren, aber in ihrer unmittelbaren Umgebung rührte sich nichts, und sie fragte sich, ob das ein Bezirk sein könnte, der zu bestimmten Tageszeiten für normale Aktivitäten gesperrt war. *One-hour Martinizing.* Sie kamen an Häusern vorbei, die kunstvoll verzierte Eingänge hatten und vor denen Magnolien und gerade gewachsene Palmen standen. Sie versuchte Junie an die Hand zu nehmen. Die Hitze wurde drückend. Sie kamen an einem Haus mit doppelten Galerien vorbei, und durch das Wohnzimmerfenster konnte sie Fresken erkennen. Sie setzte June wieder in den Sportwagen, zwang sie hinein, stopfte sie hinein. Dann schlug sie die Richtung ein, die vermutlich nach Hause führte; sie ging jetzt schnell und schenkte den anmutigen, alten und schweigenden Häusern keine Beachtung mehr.

Sie dachte sorgfältig auf englisch: Wo sind all die Menschen?

Bateman erzählte ihm von einer Gruppe, die sich Kubanischer Studentenausschuß nannte und in einem Bekleidungsgeschäft, nur ein paar Häuser von der Habana Bar entfernt, ihre Zentrale hatte. Informant S-172 ging eines Tages in dieses Geschäft und redete mit einem gewissen Carlos, etwa dreißig Jahre alt, glänzende Haare, Sonnenbrille.

Er brachte sein altes Marinekorps-Handbuch mit, um anzudeuten, wer er war und wo er stand. Nach kaum einer Minute redeten sie von Brücken und wie man sie in die Luft jagt, wie man Sprengladungen anlegt, Bomben und Gewehre bastelt.

Carlos schien jedoch nicht darauf erpicht, ihm zu sagen, wie er in den Kampf gegen Castro eingreifen könne. Er wollte von Lees Angebot, der Organisation beizutreten, nichts wissen und wollte nicht einmal eine Geldspende annehmen. Er müsse achtgeben, daß sie nicht unterwandert wurden. Das sagte er ganz offen. Es waren heikle Zeiten.

Sie unterhielten sich trotzdem. Zum Zeichen seines guten Willens ließ Lee sein Marinekorps-Handbuch zurück und sagte, er werde bald wiederkommen. An der Tür gaben sie sich die Hand.

Was geschieht? Vier Tage später steht Lee mit seinem Viva-Fidel-Schild in der Canal Street und verteilt Pro-Castro-Flugblätter. Carlos kommt mit zwei Freunden daher. Lee sieht, wie bei Carlos, der aus dem Archivgebäude kommt, plötzlich der Groschen fällt.

In drohender Haltung kam er näher und nahm die Brille ab. Lee verschränkte die Arme vor der Brust und lächelte. Er wollte mit Carlos keinen Streit anfangen. Er mochte ihn. Carlos war da wie viele Latinos: er hatte etwas Liebenswertes.

»Okay, Carlos, schlag zu, wenn du willst.«

Freundlich lächelnd stand Lee mit verschränkten Armen da. Eine kleine Menge sammelte sich an und drängte ihn gegen den Eingang einer Walgreen-Filiale. Einer von Carlos' Begleitern riß Lee die Handzettel aus der Faust und warf sie in die Luft. Das löste am Rand der Menschenmenge eine kleine Rauferei aus. Dann kam ein Polizeiwagen angerollt, und dann noch einer, und bald gingen sie alle über den sandigen Parkplatz der Polizeiwache an der North Rampart Street.

Lee bestand darauf, Agent Bateman vom FBI zu sehen.

Eine halbe Stunde später betrat Bateman den Verhörraum, die Hände ausgestreckt, Handflächen nach oben, eine gewisse Strenge im Gesicht.

Lee sagte: »Die wollen wissen, wie viele Mitglieder meiner Fair-Play-Ortsgruppe angehören.«

»Was haben Sie ihnen gesagt?«

»Fünfunddreißig.«

»Schön. Aber warum mich da hineinziehen?«

»Was meinen Sie denn, was die mit mir anstellen, wenn ich nicht klarmache, daß ich auf der Seite des Gesetzes stehe?«

»Es ist doch harmlos. So was nennt man Störung der öffentlichen Sicherheit und Ordnung.«

»Holen Sie mich raus.«

»Ich kann Sie nicht rausholen.«

»Das war nicht abgemacht. Daß ich verhaftet werde.«

»Das haben Sie selber zu verantworten. Und wenn ich Sie raushole, kommt alles an die Öffentlichkeit. Schlimm genug, daß Sie meinen Namen genannt haben. Sind Sie gefragt worden, warum Sie mich sehen wollten?«

»Ich bin nach Karl Marx gefragt worden. Ich habe denen gesagt, der wahre Karl Marx sei ein Sozialist gewesen, kein Kommunist.«

»Ich bin zutiefst enttäuscht, Lee.«

»Ich kann mich doch nicht einfach einbuchten lassen. Ich habe eine Frau und ein kleines Kind zu Hause.«

»Sie verlieren eine Nacht, mehr nicht.«

»Ich mußte klarmachen, daß es jemanden gibt, der weiß, wer ich bin. Eine Autoritätsperson.«

»Es geht nur um Störung der öffentlichen Sicherheit und Ordnung. Sagen Sie ihnen möglichst wenig. Die sollen ruhig glauben, Sie seien ein dummer Junge mit politischen Idealen.«

»Ich habe gesagt, ich sei Lutheraner.«

»Großartig«, sagte Bateman, freundlich und gehässig.

Sie fotografierten ihn von vorn, im Profil und in voller Größe und machten Abdrücke von seinen Fingern und Handflächen. Sie forderten ihn auf, die Hosen runterzulassen und sich vorzubeugen. Später saß er in der Arrestzelle und stellte sich vor, wie er wohl auf den Polizeifotos wirkte, würdevoll und mit schütterem Haar. Er hörte den Betrunkenen und Hysterikern zu. Im Laufe der Nacht brachten sie weitere Männer herein. Einen miesen Sänger und einen Tänzer. Sie brachten einen Neger mit einer Kopfbedeckung aus Aluminiumfolie, einer Art Ordensmütze, an der seitlich irgendwelches Glitzerzeug baumelte.

Trotzki nahm den Namen eines Gefängniswärters in Odessa an und brachte ihn in Tausende von Büchern.

Es war Lee, der Marina erzählte, daß Mrs. Kennedys Baby in der Nacht gestorben war. Ein Junge, zu früh geboren, mit Atmungsproblemen. Marina stand weinend am Fenster. Es traf sie mit der Wucht eines Ereignisses, das sie die ganze Zeit befürchtet hatte, ohne es sich richtig bewußt zu machen. Neununddreißig Stunden Leben für den Sohn des Präsidenten. Sie weinte für die Kennedys und auch für sich selbst und für Lee. Wie konnte sie um Mrs. Kennedys Baby trauern, ohne an das Kind zu denken, das sie selbst im Leib trug? Das war die Zukunft, und sie war gezeichnet.

Lee mußte vor Gericht. Als erstes fiel ihm auf, daß der Raum in einen weißen und einen farbigen Teil getrennt war. Er setzte sich mitten in den für Farbige vorgesehenen Teil und wartete darauf, daß sein Fall aufgerufen wurde. Dann bekannte er sich schuldig und zahlte zehn Dollar Strafe. Er gab Carlos die Hand und verließ den Gerichtssaal.

Man sieht, das alles war im Grunde nicht wichtig. Wichtig war, Erfahrungen zu sammeln, diese Erfahrungen zu dokumentieren, das alles für die Augen kubanischer Regierungsvertreter festzuhalten. Wie nennt man das doch gleich, ein Dossier?

Vor dem Gerichtssaal wartete ein Kamerateam des Senders WDSU, und sie machten einen Bericht mit Lee H. Oswald für die Abendnachrichten.

Vier Tage danach stand er wieder auf der Straße und verteilte vor dem International Trade Mart Handzettel.

Tags darauf redete er im Rundfunk über Kuba und die Welt.

Bill Stuckey, Gastgeber der Sendung *Latin Listening Post*, erwartete einen Folksängertyp mit Bart und schmutzigen Fingernägeln. Oswald war sauber und gepflegt, weißes Hemd und Krawatte, und unterm Arm hatte er ein Ringbuch mit Notizen.

Als sie zusammen mit einem Toningenieur, der das Interview aufzeichnen sollte, im Studio saßen, fing Stuckey sofort an und stellte Oswald als Sekretär der Ortsgruppe New Orleans des Fair Play for Cuby Committee vor.

Lee sagte: »Ja, als Sekretär bin ich dafür verantwortlich, daß Protokolle geschrieben und die Namen der Mitglieder geschützt werden, damit ihnen keine unangemessene Aufmerksamkeit zuteil wird, denn das wünschen die Mitglieder nicht.«

Er sagte: »Es ist für mich, der ich in New Orleans mit den Idealen der Demokratie und Objektivität groß geworden bin, natürlich keine Frage, daß Kuba und das Recht der Kubaner auf Selbstbestimmung mehr oder weniger selbstverständlich ist.«

Er sagte: »Wie Sie wissen, waren unsere Vorväter beim Ausarbeiten der Verfassung der Meinung, die Demokratie schaffe erst die richtige Atmosphäre für die Freiheit der Diskussion, der Auseinandersetzung und der Wahrheitsfindung. Das Recht, das klassische Recht auf Leben, Freiheit und das Streben nach Glück. Und das ist meine Definition von Demokratie: das Recht, einer Minderheit anzugehören und nicht unterdrückt zu werden.«

Stuckey hörte ihm zu, wie er über die United Fruit Company, die CIA, Kollektivierung, die feudalistische Diktatur in Nicaragua und über nationale Befreiungsbewegungen redete. Siebenunddreißig Minuten, alles in allem, die Stuckey auf viereinhalb Minuten kürzen mußte, damit sie in seine fünfminütige Sendung paßten, und das war ein Jammer, denn Oswalds Ausführungen waren intelligent und klar, und er hatte eine überaus geschickte Art, mit einem Schlag aus schwierigen Ecken herauszukommen.

Stuckey lud nach dem Interview Sekretär Oswald zu einem Bier ein. Dann schickte er eine Kopie des Bandes an das FBI.

Das war der Gang der Dinge, so sah dieser Sommer aus. Einen Tag jagte er Kakerlaken und zerquetschte sie zu Brei – mit einem dieser Pfannkuchenwender aus Plastik, die es überall zu kaufen gibt. Er hatte seinen Job verloren. Weil er seine Arbeit nicht gemacht hatte, hatten sie ihn rausgeworfen, was nicht unbillig schien. Gewitterstürme fegten durch die Stadt. In Jackson in Mississippi erschossen sie Medgar Evers, einen Mitarbeiter der Schwarzenorganisation NAACP. Später sprengten sie die Baptistenkirche in der Sixteenth Street in Birmingham in die Luft; vier schwarze Mädchen wurden getötet, dreiundzwanzig verletzt. Einen Tag jagte er Kakerlaken in seiner Küche, unrasiert, in Kleidern, die er schon eine Woche anhatte. Den nächsten Tag nahm er in einem derben russischen Anzug und mit schmaler Krawatte, neben sich das Ringbuch mit den Notizen, an einer Gesprächsrunde im Radio teil; er war als Diskussionsteilnehmer zu der WDSU-Sendung *Conversation Carte Blanche* eingeladen worden. Diesmal hatten sie sich vorher informiert und überraschten ihn mit Fragen nach Rußland und seiner Vergangenheit als Überläufer. Er hantierte mit dem Schloß der Mannlicher. Reinigte die Mannlicher. Sie hatten Pläne für ihn, wer immer sie waren. Wetterleuchten bei Nacht. Es war leicht zu glauben, daß sie ihn seit Jahren beobachteten, daß sie Pläne für ihn hatten, daß sie wußten, der Zeitpunkt würde kommen.

Ein Mann, ein Verrückter oder was er sonst sein mochte, schattenboxend vor den Toiletten im Habana.

Ferrie schien manchmal nicht zu wissen, ob eine Geschichte lustig oder traurig war. Er erzählte Lee von seinen Bemühungen, winzige, mit einem Zeitzünder versehene Fackeln zu konstruieren. Er wollte Tausende davon herstellen und sie an lebenden Mäusen befestigen. Er wollte die Mäuse per Fallschirm in kubanischen Zuckerrohrfeldern absetzen. Ihn beflügelte die Vorstellung von fünfzigtausend Mäusen, die im Moment der

Zündung durch das Zuckerrohr stoben. Er wollte der Hannibal der Mäusewelt sein, sagte er, und schien deprimiert, weil der Plan gescheitert war.

»Während der Revolution«, sagte Lee, »bestand Castro darauf, die Zuckerrohrfelder seiner eigenen Familie abzubrennen.«

»Jetzt passen Sie mal auf. Diese Sache mit Walker ist Schnee von gestern. Sie sollten ihn vergessen. General Walkers Tod bedeutet Fidel nichts. Walker ist ein alter Hut, kalter Kaffee. Kein Mensch hört mehr auf ihn. Mit einem tödlichen Schuß hätten Sie ihn nicht so gründlich erledigen können wie mit diesem Fehlschuß. Jetzt hängt er irgendwo im Zwielicht. Er ist eine Peinlichkeit. Er trägt das Stigma mit sich herum, aufs Korn genommen und verfehlt worden zu sein.«

»Woher wissen Sie, daß ich es noch einmal versuchen will?«

»Leon, müssen wir alles in Worte fassen? Wir wissen doch, wenn uns der Hauch des Todes streift. Die rücken ihnen langsam auf die Pelle. Banister sagt, es sind ernstzunehmende Männer. Übrigens waren sie in Ihrer Wohnung.«

»Ich weiß. Ich hatte so ein Gefühl.«

»Sie haben es *gespürt.* Sehen Sie? Niemand braucht ein Wort zu sagen. Die Waagschale senkt sich, und schon wissen wir Bescheid.«

»Wonach haben die denn gesucht?«

»Nach Zeichen dafür, daß Sie existieren. Nach Hinweisen darauf, daß Lee Oswald dem Pappkameraden entspricht, an dem sie schon die ganze Zeit arbeiten. Sie sind eine Schrulle der Geschichte. Sie sind ein Zufall. Diese Leute entwerfen einen Plan. Sie passen perfekt hinein. Man verliert Sie aus den Augen, Sie tauchen wieder auf. Es gibt Gesetzmäßigkeiten. Irgend etwas in uns beeinflußt unabhängige Abläufe. Wir sorgen dafür, daß Dinge geschehen. Das bewußte Denken ist nur ein Teil davon. Es geht tiefer. Wir erstrecken uns in die Zeit. Manche von uns können Zeit und Ort und Art des eigenen Todes fast genau voraussagen. Wir wissen das auf einer tieferen Ebene. Es ist fast eine Romanze, ein Flirt. Ich suche danach, Leon. Ich jage dem unauffällig nach.«

Der Schattenboxer war mittlerweile auf einer anderen Ebene; er machte extrem langsame Bewegungen, war um höchste Präzision bemüht. Mit gesenktem Kopf stand er da und zog die Arme quer über den Oberkörper, gegen einen Widerstand, eine hemmende Kraft. Bewegungen wie im Weltraum.

»Ihr Freund Kennedy hat auch eine kleine Romanze mit der Idee des Todes. Männer, die immer mutig sein wollen, haben ihre düsteren Träume. Jack beschäftigt sich viel mit dem Tod, keine Frage, aber es ist bei ihm nicht pathologisch, nicht so gruselig wie bei mir. Bei Ihrem Jack ist das eher poetisch.«

»Er ist nicht mein Jack«, sagte Lee.

»Er kennt die Richtung. Er war dem Sterben schon ein paarmal sehr nahe. Ein Bruder gefallen. Eine Schwester bei einem Flugzeugabsturz ums Leben gekommen. Ein Baby tot. Ein Katholik. Ein Katholik lernt es früh kennen. Weihrauch, Orgelmusik, Asche auf die Stirn. Oblate auf die Zunge. Angst schimmert auf den besten Dingen. Skelly Bone Pete. Wir mieden immer bestimmte enge Gäßchen, bestimmte dunkle Straßen. Dort lauerte er nämlich mit seiner Wermutfahne und seiner stinkenden Unterwäsche. Spezialisiert auf kleine Kinder.«

Eine der Animierdamen, eine Frau aus Westtexas, stand an der Musikbox und wiegte sich in den Hüften; sie wirkte wie mit dem Sandstrahlgerät bearbeitet. Haut und Haare gebleicht, kleine goldene Wimpern. Ferrie winkte sie heran. Er zog eine schwarze Frackschleife aus der Tasche und gab sie ihr. Sie machte sie an Lees Hemdkragen fest. Sie fanden das einfach köstlich. Ihr Name war Linda Frenchette, und sie hielt die Hände vors Gesicht und beugte die Daumen, um von Lee einen Schnappschuß zu machen.

»Er raucht nicht und er trinkt nicht«, sagte Ferrie. »Er verwendet nie ein schmutziges Wort. Wir wollen nett zu ihm sein.«

»Die Nettigkeit hat ihren Preis.«

»Du bekommst die Vorderseite, ich die Rückseite. Wie Boxautos«, sagte Ferrie.

Auch das fanden sie köstlich.

Sie stiegen alle in Ferries Rambler und fuhren die Magazine Street entlang. Das Motto der Fahrt lautete: Wir bringen Lee nach Hause. Linda Frenchette saß auf dem Rücksitz. Sie hatte ein Weinglas voll Tequila, und immer wenn das Auto bremste, stülpte sie eine Hand über das Glas. Auf dem Sitz neben sich fand sie eine Frühstücksdose mit aufgemalten Comicfiguren und ein paar selbstgedrehten Zigaretten darin. Ferrie nahm eine heraus und zündete sie an, während Lee vom Beifahrersitz aus das Auto lenkte. Haschisch, sagte Cap'n Dave. Sie kurbelten die Fenster hoch, und der schwere Duft breitete sich im Wageninneren aus, stark und erdig. Ferrie reichte den Joint herum. Ein dickes kleines Ding, das sich zu beiden Enden hin verjüngte. Sie brachten Lee nach Hause.

Sie parkten vor einem hübsch aussehenden Haus mit zweigeschossiger Veranda, in Lees unmittelbarer Nachbarschaft. Er hatte hier die Mülltonne schon ein paarmal benützt. Linda zündete den nächsten Joint an. Sie ließen ihn kreisen und kreisen. Es war drei Uhr früh, und angesichts der geschlossenen Fenster und des immer dichter werdenden Rauchs existierte die Welt da draußen kaum noch. Sie unterrichteten Lee im Dope-Rauchen. Sie gerieten darüber in einen heftigen Streit. Er rauchte nur, um zu rauchen. Dann dozierte Ferrie über die Geschichte des Haschisch und zündete dabei einen weiteren Joint an, was eine Ewigkeit dauerte. Alles bewegte sich durch die Zeit. Die Hitze in dem Wagen war nur noch schwer zu ertragen, und der Rauch brannte Lee in der Kehle. Linda tauchte die Zungenspitze in den Tequila und leckte ihm sanft das Ohr. Sie befanden sich an einem Ort, wo ein Herzschlag seine Zeit brauchte.

»Jetzt ist es wieder so weit, daß ich nicht weiß, ob ich es tue oder mich daran erinnere«, sagte sie.

»Ob du was tust?« fragte Ferrie.

»Mit anderen Worten: Liege ich zu Hause im Bett und male mir das aus, oder geschieht das alles jetzt in diesem Augenblick?«

»Was meinst du mit ›das alles‹?« fragte Ferrie.

Seine Stimme war weit weg. Er kurbelte das Fenster herunter, um den Rauch rauszulassen. Lee blickte geradeaus. Helle Asche kullerte über sein Hemd. Er stellte fest, daß Lindas Hand über die Rückenlehne kam. Linda grabschte – das einzig richtige Wort – nach seiner Gürtelschnalle und seinem Hosenschlitz.

»Du lieber Gott, ich hoffe nur, ich bin zu Hause. Denn wenn ich mir vorstelle, ich müßte da jetzt noch hin, also das macht mich fertig.«

Lee ließ zu, daß Ferrie ihm die Hose aufmachte. Und dann hatte Linda, die mit offenem Mund weit über der Rückenlehne hing, seinen zuckenden Schwanz in der Faust, und sie gab ein komisches Knurren von sich.

Lee sah geradeaus. Er hörte Linda durch die Nase atmen. Sie änderte ihr Stellung und schlug mit dem Kopf gegen den hervorstehenden Aschenbecher. Er versuchte sich an den Namen des Mädchens mit dem karierten Rock zu erinnern, mit der er gern einmal ausgegangen wäre, als er in dem Alter war, in dem man mit Mädchen ausgeht.

Dann drang Ferries Stimme in gemessener Zeit an sein Ohr, langsam, ein Wort, dann noch eins, sorgfältig geformt, wie Titel von Monumentalfilmen, dreidimensionale Buchstaben über biblischen Wüsten.

»Die beobachten Sie schon seit langem, Leon. Denken Sie nach. Wer sind sie? Was wollen sie? Ich gehöre zu denen, aber ich gehöre auch zu Ihnen. Es gibt Dinge, die sie uns nicht sagen. So ist das immer. Es steckt immer mehr dahinter. Dinge, von denen wir nichts wissen. Die Wahrheit ist nicht das, was wir wissen oder fühlen. Sie ist das, was dahinter lauert. Wir teilen ein Bewußtsein, wie heute nacht. Das Hasch macht uns zu Türken. Wir teilen ein Vaterland und eine Gesinnung. Was Linda sagt, stimmt. Sie sind jetzt zu Hause, Sie liegen im Bett und erinnern sich.«

Dann griff er über den Rücken der Frau hinweg, um Lee die Frackschleife zurechtzurücken.

Marina hatte von ihrer Freundin Ruth Paine die Einladung, jederzeit bei ihr in Dallas zu wohnen. Ruth Paine würde eine große Hilfe sein, wenn das neue Baby kam. Sie kannte einige der Emigranten in Dallas und wollte ihr Russisch verbessern, und damit gab sie Marina Gelegenheit, sich erkenntlich zu zeigen.

Es sah aus, als sei die Zeit in New Orleans vorbei. Eigentlich hatte sie nie angefangen. Lee wollte sie nach Rußland zurückschicken, um die Verantwortung los zu sein. Sie nahm an, daß er – jedenfalls fürs erste – auch Dallas akzeptieren würde.

Wenn Ruth Paine aus dem Osten oder dem mittleren Westen zurückkehrte, kam sie über New Orleans, und dann konnte sie Marina gleich nach Dallas mitnehmen. Darüber sprach Marina mit Lee. Er würde nach Mexico City fahren und dort ein Visum für Kuba beantragen, und Marina und June würden nach Dallas zu Ruth Paine ziehen, einer Quäkerin und guten Freundin.

Dann würden sie sehen, wie es weiterging.

Sie feuerten im dunstigen Licht ihre Waffen ab. Er stand außerhalb des Geschehens, war innerlich leer, drückte ein ums andere Mal ab, eine Runde, dann noch eine und noch eine. Er ließ ausschließlich das Blei reden. Die anderen Männer hatten ihm wenig zu sagen und blieben bewußt auf Distanz. Das störte ihn nicht. In diesem Sommer gewannen Dinge an den Rändern immer klarere Konturen.

David Ferrie trug Ohrenschützer; er schoß auf volle Tomatenmarkdosen. Supermarktblut spritzte durch die Morgenluft. Er trug nicht den auf Schießständen üblichen Gehörschutz. Billige Ohrenschützer aus dem Kaufhaus, aber schießen konnte er. Und der Kubaner konnte schießen. Der schlaksige Typ, Wayne, mit dem langen unruhigen Gesicht und dem krummen Rücken, schoß nur ein paar Runden und verzog sich dann.

Ferrie mußte nach New Orleans zurück, um vor der Jugendorganisation der Handelskammer eine Ansprache zu halten. Er sagte, er werde am nächsten Tag wiederkommen, um Lee abzuholen.

Der Anführer, T-Jay, schien über Lee fast belustigt. Er wirkte kräftig, mit einem kleinen Bauch und einem tätowierten Vogel, der aus seiner Faust flog. Marlboro-Mann, dachte Lee.

T-Jay wußte von Lees Wunsch, nach Kuba zu gehen. Hatte er das von Ferrie? Hatte Lee es überhaupt Ferrie gesagt? Wußte Agent Bateman davon? Hatte er Bateman gesagt, weshalb er einen Paß wollte? Diese Fragen gingen Lee in rascher Folge durch den Kopf. Machte überhaupt nichts. Der Sommer reifte zu einer Vision heran.

T-Jay sagte ihm, er solle mit der Mannlicher schießen, nicht mit einem der neuen Gewehre. Das war ohnehin seine Absicht gewesen. Lee selbst hatte darum gebeten, ins Camp hinauszukommen. Er hatte bei Ferrie darauf bestanden. Er brauchte Übung, er mußte sich mit seiner Waffe gründlich vertraut machen.

Nur daß er keine Munition mehr hatte. Sie war für diesen Karabinertyp schwer aufzutreiben. Er war in jedem Waffengeschäft in New Orleans gewesen. T-Jay schien belustigt, allwissend. Er sagte, er habe auf der Grundlage früherer Geschäfte direkt bei der Western Cartridge Company genügend Nachschub besorgt. Sehen Sie? Es ist für alles gesorgt. Ein Stückchen fügt sich zum anderen.

Lee schlüpfte in einen Schlafsack am Boden der langgezogenen Hütte und rollte sich ein.

Er hat den Kubanern eine Menge vorzuweisen. Da ist der

Briefwechsel mit dem Fair Play Committee und dem *Worker.* Er hat Handzettel und Mitgliedskarten.

Eins steht für ihn fest. Er wird Politik und Volkswirtschaft studieren.

Schaff sie nach Missouri, Matt.

Und noch immer dieses Durcheinander um seine Entlassung aus dem Wehrdienst, die sie einfach nicht als »ehrenhaft« einstufen wollen.

Marina glaubt, er suche in einem anderen Landkreis Arbeit in der Raumfahrtindustrie.

Der Präsident liest James-Bond-Romane.

Lee hat Belege für seine Abonnements linker Zeitschriften. Er hat die Vorladung des Gerichts mit der Schilderung des Vorfalls, der zu seiner Verhaftung geführt hat.

Die Revolution muß eine Schule ungehinderten Denkens sein.

Regennasse Straßen.

Der Raumfahrt gehört die Zukunft, und abends Kurse in Volkswirtschaftslehre.

In seinem Notizbuch arbeitet er an einem neuen Projekt. Unter Überschriften wie Marxist, Organisator, Straßenagitation und Rundfunkredner schreibt er präzise Schilderungen seiner Aktivitäten und fügt Belege bei. Von seinem Erscheinen vor Gericht hat er den Zeitungsbericht, in dem sein Name richtig geschrieben ist. Er hat Durchschriften von Steuererklärungen, die er in dem grafischen Betrieb in Dallas – seinem zeitweiligen Arbeitsplatz – aus dem Büro geholt hat, einfach um sie aufzubewahren, um sie für einen Fall wie den jetzigen zu haben, um sie einfach an sich zu nehmen und aufzubewahren. Das würde als Zeichen von Intelligenz gewertet werden.

Ich habe Erfahrung in Straßenagitation.

Ich habe einen starken, schlimmen Hang zur Unabhängigkeit, da man mich völlig vernachlässigt hat.

Raumfahrt.

Erst als sie den funkelnden Verkehr erreichten, die Explosionen von Licht am Rande New Orleans', schnitt Ferrie das Thema an.

»Präsident Jack hat Überstunden gemacht. Wußten Sie das? Um Castro unter den Boden zu bringen. Die geheimste der geheimen Operationen. Fragen Sie mich, woher ich das weiß. Ich stelle juristische Nachforschungen für Carmine Latta an. Carmine weiß von dieser Geschichte. Die CIA hat mit Typen aus dem organisierten Verbrechen zusammengearbeitet, um Fidel zu erledigen.«

Das strahlend helle Gewühl um sie her. Gesichter in Seitenfenstern.

»Glauben Sie mir, die können das nicht ohne Kennedys Wissen machen. An wen wendet er sich denn, wenn's um schmutzige Geschäfte geht? Die CIA ist das Klo des Präsidenten.«

Kinder, die draußen vorbeigetragen wurden, blinzelten in das grelle Licht.

»Carmine hat mit Leuten aus Chicago, aus Florida gesprochen. Das sind erstaunliche Dinge, Leon, denken Sie mal darüber nach. Auf einer Ebene sucht die Regierung die Aussöhnung mit Kuba. Auf einer anderen Ebene schickt sie Attentäter los.«

Am nächsten Tag – es war der 9. September – las Lee in der *Times-Picayune*, Castro werfe den USA Attentatspläne vor.

»Wenn die Regierung der Vereinigten Staaten terroristische Pläne zum Ausschalten kubanischer Führer unterstützt«, sagte er, »dann sollten diese Leute bedenken, daß sie damit sich selbst in Gefahr bringen.«

Lee las den Artikel mehrmals. Es war, als hätten sie die Kontrolle über die Nachrichten, Ferrie, Banister, alle miteinander, als wären sie allwissend. Natürlich war es Zufall, daß Ferrie die Sache gestern erwähnt hatte und daß sie heute in der Zeitung stand. Aber vielleicht war das noch merkwürdiger als eine totale Kontrolle.

Zufall. Draußen in den Sümpfen erfuhr er von Raymo, daß

Castro den Guerillanamen Alex hatte, abgeleitet von seinem zweiten Vornamen Alejandro. Lee war einmal als Alek bekannt gewesen.

Zufall. Banister versuchte ihn zu finden und wußte nicht, in welcher Stadt, in welchem Staat oder Land er sich aufhielt, und Lee kam in die Camp Street 544 und fragte nach einem Undercover-Job.

Zufall. Er bestellte den Revolver und den Karabiner in einem Abstand von sechs Wochen. Sie kamen am selben Tag an.

Zufall. Lee las immer zwei oder drei Bücher, genau wie Kennedy. Leistete seinen Wehrdienst im Pazifik ab, wie Kennedy. Schlechte Handschrift, Rechtschreibprobleme, wie Kennedy. Ehefrauen zur selben Zeit schwanger. Brüder, die Robert hießen.

In der zweiten Nacht, die er zu Hause verbrachte, begann wieder sein Nasenbluten. Auf dem Kopfkissen waren Blutflecken. Marina sagte ihm, er habe im Schlaf am ganzen Leib gezittert.

Sie wußten alles über ihn, sogar, wo Munition für sein Gewehr zu bekommen war. Außerdem lasen die Fiebies seine Post. Außerdem war Marina fast acht Monate schwanger und beschwerte sich über die Umstände, in denen sie lebten, machte sarkastische Bemerkungen über seine Prinzipien als Kämpfer für den Fortschritt. Er verpaßte zwei Treffen mit Bateman. Das Geld interessierte ihn nicht. Sie konnten ihr Geld behalten. Er war nicht ihr Eigentum und ließ sich nicht von ihnen kontrollieren. Er nahm ab. Er merkte das an seiner Kleidung und sah es an seinem Gesicht im Spiegel. Er suchte sich in der Veranda hinter dem Fliegengitter einen guten Stand und richtete das Gewehr auf einen Mann, der die Straße überquerte; er zielte genau auf die Stelle, wo Kopf und Hals ineinander übergehen, und dachte dabei an die windbedingte Abweichung. Er entschloß sich, wieder spanisch zu lernen.

Er bekam seine Touristenkarte vom mexikanischen Konsulat. Er brachte seine Dokumente und Zeitungsausschnitte in Ordnung. Es war alles für das kleine Kuba, damit die Kubaner sehen konnten, wer er war.

Er konnte sich das Visum auf ein späteres Datum ausstellen lassen. Er konnte nach Dallas zurückkehren und den Faschisten Walker erschießen. Dann in der Gewißheit nach Mexico City zurückfahren, daß er ein Visum für Kuba hatte, eine handfeste Tatsache, eine Garantie für die Reise nach Havanna. Sie würden ihn dort als Helden empfangen.

Er hatte schon ein- oder zweimal spanisch gelernt. Diesmal würde es ihm leicht fallen.

Ferrie nannte sein Gewehr einen »Man-Licker«, einen Menschen-Besieger.

Er packte das Laufgitter und den Sportwagen auf Ruth Paines Kombi, einen grünen Chevy, Baujahr 55, mit Rostflecken und weichen Reifen. Er zwängte Koffer und Kisten ins Wageninnere, alles, was sie besaßen. Es gehörte jetzt Ruth Paine. Er schmuggelte auch das Gewehr hinein, zerlegt in eine alte Decke gewickelt, die er fest verschnürt und mit einem Altweiberknoten versehen hatte.

Er sagte Ruth Paine, er wolle nach Houston oder vielleicht auch Philadelphia fahren und Arbeit suchen.

Marinas Augen waren feucht vor Kummer und Liebe. Er fuhr ihr mit den Fingerspitzen über den hohen weißen Hals. Er kämpfte gegen die Tränen an. Er fürchtete, sein Gesicht könne zusammenschrumpeln wie das tränenüberströmte Gesicht eines Kindes.

In dieser Nacht flitzte er durch einen starken Regen, schleppte Tüte um Tüte mit übriggebliebenem Plunder aus dem Haus, stopfte alte Zeitungen in die Mülltonne eines Nachbarn, zerschlug Limonadeflaschen. Wurde er beobachtet? Von einer alten Dame vielleicht, die nicht schlafen konnte und seine mitternächtlichen Sprints verfolgte? Er trabte schlurfend zum

Haus zurück und war einen Moment später wieder draußen, kam, eine Menge Plunder an die Brust gedrückt, mit schnellen Schritten die Einfahrt herunter, der junge Mann, der mit keinem in der Straße redete.

Am nächsten Abend stand er auf der Veranda und wartete auf den Bus; die Haltestelle lag direkt gegenüber an der Magazine Street. Als der Bus kam, rannte er über die Straße, zwei Segeltuchtaschen über der Schulter und fünfzehn Tage im Rückstand mit der Miete.

Im Trailway-Busbahnhof ging er zum Schalter, um eine Fahrkarte nach Houston zu lösen, denn das war die erste Teilstrecke auf dem Weg nach Mexico City. David Ferrie stand neben dem Schalter. Er hatte ein zerknittertes kariertes Sportjakkett an, aus dessen einer Tasche eine Zeitung ragte. Er sah aus wie ein Wetter auf der Rennbahn, der noch zwei Tage zu leben hat.

»Wohin, nach Mexiko? Um ein Visum für das kleine Kuba zu besorgen?«

»Richtig«, sagte Lee.

»Ohne Cap'n Dave ein Wort zu sagen? Das gefällt mir nicht, Leon.«

»Sie sagen mir ja nicht, wofür die mich vorgesehen haben. Ich muß schauen, daß ich meine eigenen Pläne mache.«

»Die wußten, daß Sie abreisen wollten. Man hat Sie besonders genau überwacht. Ich bin persönlich verärgert. Jetzt nach Kuba, Leon? Wir haben unsere Arbeit noch nicht getan.«

»Ich habe vor, vielleicht wiederzukommen.«

»Sie kommen wieder, das steht fest. Und wissen Sie, warum? So leicht bekommen Amerikaner kein Visum. Außerdem wollen Sie ja wiederkommen. Sie wollen unsere Arbeit hier zu Ende bringen.«

»Wofür haben die mich vorgesehen?«

»Das wissen wir doch beide inzwischen.«

»Sie wissen es. Ich nicht.«

»Sie wissen es fast schon von Anfang an. Ich glaube, Sie wußten es noch vor mir. Sie sind zum Schießen mit Ihrem Man-Licker in die Sümpfe gekommen. Sie wissen, auf welcher Seite wir stehen. Sie wissen, daß wir keine Zielscheibe aussuchen, die nach Ihrem Geschmack ist. Aber Sie wollten mitmachen. Ich glaube, Sie hatten einfach den richtigen Riecher. Ich bin fest überzeugt, daß Sie's vor mir wußten.«

Ein Neger in hüfthohen Stiefeln schlenderte durch den Busbahnhof und verkaufte Jo-Jos, die im Dunkeln leuchteten.

Ferrie überredete Lee, mit ihm essen zu gehen. Raymo würde ihn morgen nach Houston fahren, wenn er das wolle. Das Geld für den Bus könne er sich sparen und zudem in einer bequemen Limousine fahren.

In Ferries Wohnung aßen sie Rührei. Unter dem Küchentisch lagerte Sprengstoff. Ferrie behielt das Jackett an und fuchtelte beim Sprechen mit der Gabel.

»Ich habe das Fair-Play-Material gesehen, das Sie in Nr. 544 aufbewahren«, sagte er. »Mir ist da etwas aufgefallen, was Ihnen nicht aufgefallen ist. Waagemännern fallen nie Dinge auf, die mit ihnen selbst zu tun haben. Das offizielle Symbol des Fair Play for Cuba Committee ist die Hand eines Mannes, die ein Paar Waagschalen in die Höhe hält. Zwei Waagschalen, die an einem starren Balken hängen. Wohin Sie auch gehen, es ist überall. Auf welche Seite wird sich Leon neigen?«

»Ich weiß nicht, wofür die mich vorgesehen haben.«

»Natürlich wissen Sie das.«

»Sagen Sie mir, wo es passiert.«

»Miami.«

»Das sagt mir gar nichts.«

»Sie wissen es bereits seit Wochen.«

»Was passiert in Miami?«

Ferrie kaute eine ganze Weile.

»Stellen Sie sich zwei Parallelen vor«, sagte er dann. »Die eine ist das Leben von Lee H. Oswald. Die andere ist die Verschwörung gegen das Leben des Präsidenten. Was überbrückt den Raum zwischen den Linien? Was macht eine Verbindung unvermeidlich? Es gibt eine dritte Linie. Sie kommt aus Träumen, Visionen, Intuitionen, Gebeten, aus den tiefsten Schichten des Selbst. Sie wird – im Gegensatz zu den zwei anderen Linien – nicht durch Ursache und Wirkung erzeugt. Diese Linie durchschneidet die Ursächlichkeit, durchschneidet die Zeit. Sie hat keine Geschichte, die wir erkennen oder verstehen könnten. Aber sie erzwingt eine Verbindung. Sie bringt einen Mann auf seinen Schicksalsweg.

25. SEPTEMBER

Lee wachte irgendwann nach Mitternacht auf dem Sofa auf. Er war fast augenblicklich hellwach. Der Fernseher stand auf einem Bücherbrett, das Bild fiel durch, kein Ton. Er hörte Ferrie im Bad gurgeln. Der Haschischgeruch war überall, in Lees Haaren und Kleidern, im Sofabezug.

Er sah Ferrie nackt ins Zimmer kommen. Seine Augenbrauen und sein Toupet waren verschwunden. Traurig und teigig, bläßlich trat er aus dem erleuchteten Hintergrund in das stotternde Licht des Fernsehers. Er sah aus wie eine Figur im Land des *nudo,* ein rasierter Nackter in einer Kabine in Tokio, ein nackter Mönch, den man gegen eine Gebühr fotografieren kann, irgendeine unendliche Variation über die Nacktheit an sich, eine Satire für Touristen. Er wirkte verschwommen, halb gelöscht. Konnte er erkennen, daß Lee die Augen offen hatte?

Ferrie zögerte einen Moment zwischen den Büchern und Stehlampen, als habe er etwas vergessen. Was konnte er vergessen, nackt? Lee drehte sich um und kehrte dem Zimmer den Rücken zu. Er tat das wie im Schlaf, drehte sich einfach auf die Seite. Er machte die Augen zu. Er stöhnte wie jemand im tiefem Schlaf.

Ferrie setzte sich auf die Sofakante und streckte die Hand aus, um sie Lee auf den Bauch zu legen, über dem Hemd, eine Hand auf Hidell, und dann rückte er näher, sein Atem herb vom Mundwasser.

»Die Menschen sollten nett sein zueinander«, flüsterte Cap'n Dave.

Dave ließ seine Hand wandern. Wanderpfoten, dachte Lee. Ein Ausdruck von früher, aus seiner Schulzeit, etwas, was ein Mädchen von einem Jungen sagte. Er hat Wanderpfoten.

»Nett sein zueinander«, flüsterte Cap'n Dave.

Er legte sich offenbar der Länge nach auf das Sofa und drängte sich von hinten an Lee; seine Hand kreiste über der Mitte, bewegte sich langsam über Lees Hose. Lee wehrte sich dagegen, daß er ihm den Gürtel aufmachte. Einen Moment lang rangen sie miteinander. Sie kämpften um die Gürtelschnalle, ohne ihre Lage auf dem Sofa zu verändern. Lee hielt die Augen geschlossen. Sie kämpften mit den Händen, schlugen einander auf die Finger. Ferrie war stark. Er griff mit einer Hand zu, packte Lee hart am Handgelenk. Man nennt das eine Brennessel, wenn man jemandem die Hände ums Handgelenk legt und in die entgegengesetzte Richtung dreht. Noch ein Ausdruck von früher, vielleicht aus den ersten Schuljahren.

»Nett sein zueinander, nett sein, nett sein.«

Er schien jetzt mit dem ganzen Körper zu drücken. Die Hand wurde irgendwie ruhiger. Lee preßte die Beine fest zusammen. Er hatte die Augen immer noch geschlossen. Er spürte den rauhen Sofabezug im Gesicht. Ferrie deckte ihn mit seinem Atem zu, atmete schwer gegen seinen Kopf und Hals.

Versteck das *L* in Lee.

Das sieht man nie.

Dann spürte er es auf seiner Hose, spürte, wie es durchsikkerte. Er versuchte, es nicht persönlich zu nehmen. Sie trennten sich, und Ferrie holte ihm ein Handtuch und zog dann einen Bademantel an. Das spielte sich mehr oder weniger im Dunkeln ab.

»Wenn Sie nach Dallas zurückgehen, gibt es da ein paar Lokale, die Sie kennen sollten.«

»Ich fahre nach Mexico City.«

»Aber wenn Sie wiederkommen. Eines dieser Lokale heißt

Gene's Music Bar. Da sollten Sie abends mal reinschauen. Oder ins Century Room, das gerade aufgemacht hat, wie ich höre.«

»Was soll ich da?«

»Leute kennenlernen.«

»Was für Leute?«

»Leute, die Sie kennenlernen sollten. Ich selber kenne keine Bars in Dallas, aber ich hab davon gehört. Meiden Sie das Holiday. Zu viele gewalttätige Typen. Nichts für Sie, Leon.«

»Ich weiß nicht, wovon Sie reden.«

»Natürlich wissen Sie das. Gene's Music Bar ist die Nummer Eins für Sie. Sie müssen sich unbedingt ansehen, was dort läuft. Und mir dann erzählen, wie es ist.«

Haschisch wurde herausgeholt.

David Ferrie sagte: »Haschisch. Ein interessantes, ein hochinteressantes Wort. Arabisch. Ein Haschischesser war im Arabischen ein ›Assassine‹, und im Englischen wurde dann daraus *assassin*, der politische Mörder.«

Jack Ruby trank seinen Obstsaft am Morgen gern frisch gepreßt. Im Eiltempo kaufte er acht Grapefruits und nahm sie mit entschlossener Miene aus dem Korb, als wolle er sagen: Das ist das einzige, was mich noch retten kann. Grapefruits waren in jeden Teil des Kühlschranks gezwängt. Er schlug gern mit der flachen Hand auf eine gute Grapefruit. Darauf war Verlaß. Er wog das Ding gern in der Hand. Die ganze Sache mit dem Saft war für ihn so ähnlich wie regelmäßiges Schwimmen oder Hanteltraining. Er war ein begeisterter Anhänger der Körperkultur, wenn er Zeit hatte.

Sobald er aus der Küche trat, holte ihn das Junggesellenchaos ein. Seine Wohnung glich einem Fundbüro. Jack störte das nicht. Was er haßte und fürchtete, war Ordnung wie in einem Hotelzimmer. Er brauchte sich nur an die Zeit vor zehn Jahren zu erinnern, als ihn geschäftliche Mißerfolge deprimierten, als Geldprobleme auf ihn einstürmten und ihm fast den Schädel eindrückten. Es wurde so schlimm, daß er sich in einem billigen Hotel ohne Fahrstuhl ein Zimmer nahm und dort acht Wochen hinter heruntergezogenen Rollos in völliger Abgeschiedenheit verbrachte und nur noch so viel aß, wie zum Überleben notwendig war. Er war ein Nichts, eine Null. Er wollte nicht mehr leben. Es war das einzige Mal in seinem Leben, daß er sich der Verzweiflung schuldig gemacht hatte, die der tiefste und am schwersten zu überwindende seelische Schmerz ist.

Vielleicht war das der Grund, weshalb Jack einen Mitbewohner hatte. Um dem unheimlichen Alleinsein zu entgehen. Oder war es einfach seine Gewohnheit, Heimatlose aufzunehmen, Menschen ohne nennenswertes Vermögen? George Senator war fünfzig, ein Postkartenvertreter, auf dem Postweg geschieden, mit der Schulbildung eines Achtkläßlers. Er hatte jahrelang mal einen Job gehabt, mal einen Job verloren, als Koch in einem Schnellimbiß, als Verkäufer von billigem Krimskrams, als Vertreter für Damenoberbekleidung, zunächst für den ganzen Staat Texas und zuletzt nur noch für die menschenleeren Wüsten. Er half in Jacks Nachtklub aus und kochte ihm hin und wieder eine Mahlzeit, obwohl er die Dinge nicht richtig briet und nie die organischen Eigenheiten eines anderen Menschen – die feinen Unterschiede in der Ernährung, die so viel bedeuten – begreifen konnte.

Mit dem Glas Saft in der Hand kam Jack aus der Küche und warf nur einen flüchtigen Blick auf George, der aufgedunsen in einem abgewetzten Bademantel auf dem Sofa saß und in die hohlen Hände hustete.

»Ich erwarte einen dicken Anruf. Bleib vom Telefon weg. Und zwar bis nächste Woche.«

»Wen ruf ich denn jemals an?« sagte George.

»Was weiß ich. Den Wetterdienst.«

»Das Wetter interessiert mich nicht. Ich geh nirgends hin, wo es Wetter gibt.«

Jack hörte kaum hin. Er besaß die Fähigkeit, die Wohnung mit jemandem zu teilen und dann in seiner hektischen Art ein und auszugehen, als sei der andere nicht da. Die Gedanken rasten ihm durch den Kopf, und da hatte jemand wie der unförmige George keine Chance, mitzukommen. Er wußte nicht einmal, wie das kleine Zimmer aussah, seit George eingezogen war. Vielleicht hatte er es orange angestrichen. Nicht daß er George ungern in der Wohnung gehabt hätte. Es ist einfach so, daß man sich daran gewöhnt hat, Menschen um sich zu haben, wenn man so aufgewachsen ist wie ich, mit sieben Brüdern und Schwestern und zweien, die schon als kleine Kinder gestorben sind, da hat man sonst das Gefühl, es fehlt was im Haushalt.

Allein zu leben, setzt einen unter Druck. Da waren sie beide einer Meinung.

Jack nahm mit seinem Grapefruitsaft ein Preludin. Er ging im Wohnzimmer umher und versuchte, seine Gedanken für sich zu formulieren. Sechs Wochen und kein Wort. Sie ließen ihn in der Luft hängen und zappeln. Er ging in die Küche, um noch mehr Saft zu machen. Er brauchte eine Kopfhautbehandlung. Was die Körperpflege betraf, so hatte er in allen Bereichen Nachholbedarf.

»Wer ist der Anrufer?« fragte George.

»Ein Typ aus New Orleans, ich kenn ihn noch von früher.«

»Es ist also das Geld.«

»Er hat mir gesagt, er sei heute in Dallas. Okay. Ich warte.«

»Was ist mit dem anderen Typ?« fragte George.

»Karlinsky? Der war von Anfang an stur. Ich hab nichts von ihm erwartet und auch nichts gekriegt.«

»Also hast du dir gesagt, was soll's, ich mach das über New Orleans.«

»Ich hab Karlinsky glatt übergangen. Bin ganz nach oben gegangen.«

»Und bei dem anderen Typ hast du Aussichten?«

»Das wird sich zeigen.«

»Was, du hast ihm glatt gesagt, daß du ein Darlehen brauchst?«

»Er wußte schon Bescheid. Wir sind uns letzten Juni zufällig auf der Straße begegnet. Da war ich in New Orleans, um mir Randi Ryder anzusehen, für den Klub.«

»Ich war noch nie dort«, sagte George.

»Es ist eine Stadt, wo sie mit Geld nicht so kleinlich sind.«

Er schlüpfte in sein Jackett und setzte den Hut auf, holte Geldtasche und Revolver, nahm Sheba von ihrem Sessel und ging hinunter zum Wagen. Er setzte den Hund auf den Vordersitz, öffnete den Kofferraum und warf die Geldtasche hinein. Er fuhr zur Commerce Street und kaufte sich an einem Kiosk ein paar Zeitungen. Als er zum Auto zurückkam, entdeckte er seine schmutzige Wäsche auf dem Rücksitz, wo er sie vor sechs, sieben, acht Tagen – mit dem Bein einer Pyjamahose zusammengebunden – hingelegt hatte. Er sah sich nach einem Glas Wasser um. Nervös. Dann fuhr er im Rückwärtsgang den halben Block bis zum Carousel und sah nach, ob die Namen der Mädchen über dem Eingang richtig geschrieben waren. Ein paar Touristen aus Topeka sahen sich die draußen hängenden Hochglanzfotos an. Jack stellte sich vor, schüttelte Hände, gab ihnen seine Karte, holte den Hund vom Vordersitz und ging die schmale Treppe hinauf.

Beim Betreten des leeren Klubs wurde ihm bewußt, wie sehr es ihn aufmunterte, in Chicago aufgewachsen und frühzeitig mit dem Spitzenamen Sparky von der Schule gegangen zu sein, auf dem Schwarzen Markt Eintrittskarten für Boxkämpfe verschachert und in Tanzhallen Nelken verkauft zu haben – und heute Klubbesitzer zu sein, ein bekanntes Gesicht, mit Annoncen in der Zeitung: So etwas gab es nur in Amerika.

Er ging in sein Büro und rief die Leute vom Finanzamt an und sagte ihnen, er müsse die von ihnen anberaumte Besprechung verschieben, da er nicht in der Lage sei, bis dahin seine Unterlagen ordentlich zusammenzustellen. Eine Formulierung, zu der ihm sein Anwalt geraten hatte. Sie machten einen neuen Termin aus, und er versprach, dreizehnhundert Dollar in bar mitzubringen, um in der strittigen Angelegenheit seinen guten Willen zu zeigen. Noch so eine Formulierung.

Er ging in die Bar, goß sich ein Glas Wasser ein und nahm ein weiteres Preludin. Es würde dem Tag das richtige Tempo geben und ihm helfen, positiv zu denken. In seinem Büro klingelte das Telefon. Er beeilte sich, hinzukommen und den Hörer abzunehmen. Es war George in der Wohnung. Der Anruf war gekommen. Der Mann war in der Stadt. Tony Astorina. Zwölf Uhr im Carousel.

Die Hunde im hinteren Raum bellten, wollten rausgelassen werden. Jack ging hinunter zum Auto und fuhr die eineinhalb Blocks zum Ritz Delicatessen. Er kaufte ein halbes Dutzend Sandwiches und etwas zu trinken und fuhr sofort zurück.

Sein Bruder Sam rief an. Er hatte neue Ideen für die Herstellung dieser Plastikscheiben, dieser bunten Rädchen, die sich vor Tankstellen und Parkplätzen von Gebrauchtwagenhändlern an hohen Drähten im Wind drehen, um dem Ganzen ein fröhliches Aussehen zu verleihen.

Der *Times Herald* rief an.

Eine Stripperin namens Double DeLite rief an.

Der Sender KLIF rief an.

Der Kriminalbeamte Russell Shively rief an.

Sein Bruder Earl rief an. Er versuchte ihm die Sache mit den Twistbrettern auszureden. Aus zwei Faserplatten, die mit einer Art Kugellagerscheiben verbunden waren, wollte Jack ein Übungsgerät herstellen; man stellte sich auf die Bretter und tanzte Twist und Shimmy, zum Spaß wie auch für die Kondition.

Tony Astorina kam herein und ahmte den lockeren tänzelnden Gang eines Boxers nach. Es sah aus, als sei er nicht fähig, sich anders zu bewegen. Seine Miene sagte: Wo ist der Kaffee. Jack hatte Kaffee bereitstehen. Sie machten ein paar einleitende Bemerkungen. Tony war etwa vierzig, aber jünger gekleidet. Seine Augen wurden zwischen den Fleischwülsten immer mehr zu Schlitzen. Er sagte, in einer Dreiviertelstunde müsse er an einem bestimmten Treffpunkt sein, und es hörte sich wichtig an. Jack legte auf Bemerkungen dieser Art keinen Wert. Er wollte glauben, für Tony sei dieses Gespräch wichtig, mehr als nur ein Plausch zum Zeitvertreib.

Das Bellen im hinteren Raum klang schwach und heiser, wie von Hunden in einem chinesischen Dorf.

Dann sagte Tony: »Kreditgeschäfte sind nicht unsere Sache, Jack. Es gibt ein paar Leute, an die ich dich verweisen kann. Aber ich kann nicht versprechen, daß es klappt, da müßte ich lügen. Diese Klubs, ich weiß nicht, das sind unsichere Geschäfte.«

»Die Jungs kennen mich in vier Städten, in fünf.«

»Das ist dein Ruf, Jack Ruby ist ein knallharter Jude. Um es ganz direkt zu sagen. Geht auf seine Gewerkschaftstage zurück.«

»Die Gewerkschaft der Alteisen- und Schrotthändler.«

»Er hat viel getan, das kann man ohne weiteres anerkennen.«

»Ich raufe zuviel. Das ist mein Temperament, ich schlage schnell mal zu. Ich bin der Meinung, auf die Weise nimmst du ihnen den Wind aus den Segeln. Du schlägst hart und schnell zu, bevor sie überhaupt merken, daß es Streit gibt. Zehn Sekunden später bin ich wieder wie ein Baby.«

»Aber es geht um was anderes. Es geht nicht ums Temperament. Die Frage ist, wo kommt das Geld her, wenn's ans Zurückzahlen geht.«

»Aus dem Geschäft. Aus den Klubs. Und aus einigen Unternehmungen, die ich in anderen Bereichen plane. Hör mal, du hast doch einen Draht zu Carmine.«

»Carmine. Mit so was kann ich Carmine nicht kommen. Carmine hat gewaltige, ich will gar nicht erst anfangen – Dinge am Laufen, das kannst du dir nicht vorstellen. Meinst du, er kümmert sich den ganzen Tag um Geschäfte? Er hat eine Organisation, die das Geschäftliche erledigt. Der Mann ist in einer Sitzung. Er hat laufend Besprechungen. Er ist Herr über ein ganzes Land, Jack.«

»Du steckst es ihm einfach zu. Du gibst ihm das Stichwort.«

»Sie legen ihm so viele Dinge vor. Zeug von überall her, Sachen, von denen ich nie gehört habe. Gerade erst hab ich die Geschichte mit Kennedy und dieser Frau erfahren. Zwei Jahre ist das gegangen. Mo hat Carmine ständig auf dem laufenden gehalten.«

»Was für eine Frau denn?«

»Du kennst doch Mo?«

»Giancana.«

»Sam.«

»Giancana.«

»Zwei Jahre rammelt Kennedy die Frau, die Sams Geliebte ist. Ich hab davon nicht die geringste Ahnung. Sie treiben's in New York. Sie treiben's in L. A. Sie finden zwanzig Minuten in Chicago, bing bäng, wo er wegen einer Wohltätigkeitsveranstaltung ist.«

Jack versuchte sich ein Bild zu machen.

»Und Carmine bekommt Meldungen. Sie traf sich hier mit ihm, sie traf sich dort mit ihm. Er sagte dies, er sagte das. Zwei Jahre, Jack. Sie haben's im Weißen Haus getrieben.«

Jack konnte sich keine Situation vorstellen, die dazu führte, daß der Präsident der Vereinigten Staaten Momo Giacanas Freundin fickte. Da mußte irgendwo ein Fehler vorliegen. Dieser Kerl kam aus dem Patch in Chicago, wo die ganzen Itaker wohnten, nur vier, fünf Straßen von dem Haus, in dem Jack aufgewachsen war. Jack war eine Zeitlang mit zwei von Mos Muskelmännern befreundet. Seit Jahrzehnten hörte er immer wieder Giancanas Namen. Seit den Tagen, als sie ihn noch Mooney nannten. Fahrer für die 42er Bande. Fünfzig oder sechzig Festnahmen. Im Knast in Joliet, in Leavenworth. Heute ein mächtiger Mann. Chicago, Las Vegas usw. Aber eine Frau mit dem Präsidenten teilen? Jack wußte, daß es schwer sein würde, die Rede wieder auf ein Darlehen für ein schlecht gehendes Geschäft zu bringen.

Tony saß noch in seinem Sessel, aber nur mit dem Körper. Da war schon ein Hauch von Abschied, eine Spur von Rastlosigkeit, die Jack bis in die Fingerspitzen spürte, wie jemand, der sich gerade das Rauchen abgewöhnt.

»Jack, ich bin wegen der alten Zeiten hergekommen.«

»Wir sind auf der Dachterrasse des Capri geschwommen.«

»Also, ich bin nicht zum Kaffeetrinken hergekommen.«

»Tony. Ich weiß es zu schätzen.«

»Ich bin hier, weil wir uns schon lange kennen.«

»Wir haben in benachbarten Zimmern gebumst.«

»Havanna, Madonn'.«

»Tony, ich hab allerhand vor, ich will den Klub neu streichen. Eine ganz andere Farbe. Ich denke an ein seidiges Rot, so ein altmodisches Rot. Das Geschäft mit den Kongressen läuft bald an. Wenn Carmine ein paar Minuten Zeit finden und darüber nachdenken könnte, vielleicht wenn er im Auto unterwegs ist.«

»Ich wollte, ich könnte dir auch nur ein klein wenig Hoffnung machen.«

»Ich weiß es zu schätzen.«

»Ich fahre den Mann nur durch die Gegend. Ich will dir auch sagen, was meine wichtigste Aufgabe ist. Jeden Morgen stecke ich Carmine in seine Weste. Ich packe ihn sorgfältig ein.«

»Was für eine Weste?«

»Seine Weste. Gepanzert. Er ist Herr über ein verdammt großes Land.«

Sie gaben sich oben an der Treppe die Hand. Dann legte Tony den Arm um Jack, der die Rührung des Augenblicks spürte.

»Etwas möchte ich gern tun. Ich möchte dir ein Twistbrett schicken. Ich möchte, daß du eins dieser Twistbretter ausprobierst. Ein Versuchsmodell. Tony, wir sind früher zusammen *geschwommen.*«

Jack rief George Senator in der Wohnung an.

Er rief seine Schwester Eva an.

Er rief Rabbi Hillel Silverman an.

Er rief Lynette Batistone alias Randi Ryder an, um ihr zu

sagen, daß sie nun doch keinen freien Abend haben könne, Double DeLite hatte sich in Grand Prairie den Magen verdorben.

Jack machte die Tür zum hinteren Raum auf, und die Hunde kamen in wildem Durcheinander herausgestürmt. Das Vertrauen eines Hundes ist etwas ganz Besonderes, ein Ausgleich für so manchen Kummer, den wir in diesem Leben hinnehmen müssen. Er zog Sheba aus dem wild wogenden Fellhaufen und ging hinunter zu seinem Wagen. Er fuhr einen Block weit zur Bank. Er fuhr zum Sheraton und ging in die Imbißstube, um dem Mädchen an der Kasse einen Witz zu erzählen, der sie mit Sicherheit umwerfen würde. Er fuhr zu einigen Geschäften und suchte nach einer bestimmtgen Diätkost. Er hörte Polizeisirenen und wollte ihnen erst nachfahren, um sich einen kleinen Adrenalinstoß zu gönnen, verlor dann aber urplötzlich das Interesse und fühlte sich niedergeschlagen.

Düstere Stimmungen dieser Art gaben ihm das Gefühl, anonym zu sein. Wer war er? Warum sollte sich irgend jemand für ihn interessieren?

Er fuhr eine Weile herum und hielt dann vor einer Bäckerei und kaufte einen Käsekuchen. Er fuhr damit zum Polizei- und Gerichtsgebäude und nahm den Fahrstuhl ins zweite Obergeschoß. Er steckte den Kopf in ein paar Büros und brachte den Kuchen in den Presseraum. Vier, fünf Angestellte und Kriminalbeamte kamen herein. Jack nahm ein Preludin und spülte es mit einem Schluck kalten Kaffees aus einem Pappbecher hinunter. Jemand bemerkte den Stummel, wo einmal Jacks Zeigefinger gewesen war. Ein kleines Mißgeschick bei einem Streit, wie in den alten Tagen. Er erzählte zwei Witze, die gut ankamen. Dann ging er den Gang hinunter zum Morddezernat und schaute bei Russell Shively rein, der mit einer Anglerzeitschrift an seinem Schreibtisch saß, ein hochaufgeschossener Typ mit sonnengebräuntem Gesicht, bei dem Jack immer dachte: Er ist mein kitschiges Idealbild von einem texanischen Sheriff.

»Russell, wie lange kennen wir uns nun schon?«

»Weiß ich doch nicht.«

»Hab ich zu dir schon mal was von Selbstmord gesagt?«

»Ich glaube nicht, Jack.«

»Russell, wenn ich jemals von Selbstmord rede oder davon, daß ich mich umbringen oder Schluß machen will, dann sag ich dir heute: Das ist keine leere Drohung, mit der ich Aufmerksamkeit erregen will. Wenn du einmal den Hörer abnimmst und eine Stimme hörst, die sagt, ich bring mich um, und glaubst, das ist meine Stimme, die Stimme von Jack Ruby, dann sag ich dir heute: Das ist kein Bluff.«

Diese Äußerungen kamen natürlich völlig überraschend, und Russell Shively, der nicht wußte, was er sagen sollte, blickte Jack nur prüfend in die Augen und nickte.

Jack setzte seinen weichen Filzhut wieder auf und ging aus dem Raum. Unten setzte er sich in seinen Wagen und fuhr zum Carousel. Er dachte über einige Telefonate nach, die er führen mußte. Flaschen und Gläser rollten über den Boden des Autos. Er dachte an den Streit, der ihm den Stummel an der Hand eingebracht hatte. Vor einem Dutzend Jahren hatte er sich auf wirklich animalische Weise mit einem Gitarristen im Silver Spur gestritten, das damals unter Jacks Leitung stand. Der Gitarrist biß ihm einen Teil des linken Zeigefingers ab. Es war ein einziger, nachhaltiger, entschlossener, von einem Kopfschütteln unterstützter Biß im Verlauf eines längeren Ringkampfes, und die Folge war, daß der obere Teil des Fingers herabhing, für immer verloren. Das schadete Jacks öffentlichem Ansehen, denn er hatte die Absicht, wegen der geschäftlichen Kontakte und der Geselligkeit den Maurern oder Freimaurern – oder wie immer sie hießen – beizutreten. Aber die Freimaurer nahmen keinen Mann auf, dem ein Teil seiner Anatomie fehlte. Das stand in den alten Statuten in ihren Büchern.

Er rief seinen Anwalt an.

Er rief die *Morning News* wegen einer Anzeige für den Klub an.

Er rief eine Stripperin namens Janet Alvord an.

»Seh ich in deinen Augen wie eine Tunte aus, Janet? Und meine Stimme? Manche sagen, ich lisple. Findest du als neutrale Person, daß sich so ein Schwuler anhört? Meinst du, ich bin latent oder was? Könnte ich in beide Richtungen gehen? Piß mir nicht in die Tasche, Janet. Ich will die absolute Wahrheit hören.«

Der Barkeeper war inzwischen da. Jack beanstandete die Gläser hinter der Bar, die ihm nicht sauber genug waren. Er entdeckte die neue Bedienung, die in einer tief ausgeschnittenen Rüschenbluse durch die Tür kam. Er ging mit ihr in eine Ecke und erzählte ihr einen Witz. Sie hatte ein dröhnendes Lachen. Er erzählte ihr noch einen kurzen Witz und ging rasch weg; als er sich umdrehte, sah er sie in der Ecke stehen und lachen.

Er mochte Frauen mit sommersprossigem Busen.

Er ging zum Auto hinunter und fuhr zu einem frühen Abendessen nach Hause. Denn wie lebt es sich als Jude an einem Ort wie diesem, in einem Staat wie Texas? Du hast das Gefühl, mach besser nie den Mund auf, fall nie auf. Aber er liebte diese Stadt. Hier konnte er seinen Lebensunterhalt nach eigenen Vorstellungen verdienen. Er brauchte nicht zu verheimlichen, wer er war. Er brauchte sich vom Conférencier im Klub keine jüdischen Witze anzuhören. Der Conférencier wußte, schon ein einziger jüdischer Witz konnte ihn in die Unfallklinik bringen. Keine Klagen. Nur manchmal hast du das komische Gefühl, sie verheimlichen dir irgendwas. Er war in den berüchtigten Vierteln großgeworden, mit den Kriegen zwischen den Straßenbanden. Was hatte Dallas dagegen zu bieten? Er hatte sich oft für die jüdische Rasse eingesetzt und war dann mit blutigen Kleidern nach Hause gekommen. Er hatte seine Schwestern an der Straßenbahnhaltestelle im Itakerviertel abgeholt, um dafür zu sorgen, daß sie niemand als Judenmädchen verhöhnte oder dicht hinter ihnen ging und sich die Lippen leckte oder handgreiflich wurde. Keine Klagen. Nur manchmal hast du den Eindruck, im Abseits zu stehen. Aber er hatte Freunde bei der Polizei. Einem jungen Polizisten, der gerade

Vater geworden war, half er gern mit einem Darlehen aus. Polizeibeamte in Zivil kamen in den Klub. Er kannte keine andere Stadt, wo sie einen Juden ins Polizeipräsidium spazieren ließen und mit »Tag«, »Hallo« oder »Da kommt Jack« begrüßten. Dieser Stadt verdanke ich mein Leben.

George sagte, es werde Spaghetti geben.

»Ich dachte, heut käme ein Schellfisch in die Pfanne.«

»Wo?«

»Hab ich nicht neulich einen Schellfisch mitgebracht – wann war das noch mal?«

»Ich weiß nicht«, sagte George.

Mit einem Rest Saft nahm Jack ein Preludin.

»Frag mich, ob ich niedergeschlagen bin.«

»Worauf willst du hinaus?«

»Auf das, was er gesagt hat.«

»Kein Darlehen.«

»Bald werden sie mir die Klubs schließen.«

»Du nimmst zu viele von diesen Dingern, Jack.«

»Rein medizinisch gesehen sind es Schlankheitspillen.«

»So fett ist kein Mensch.«

»Sie regen an, das brauche ich«, sagte Jack.

Er nahm die Zeitungen, die er am Morgen gekauft hatte, und ging aufs Klo. Wenn Jack las, dann auf dem Klo. Es war für ihn die schönste Zeit des Tages. Er las Artikel über das Nachtleben, die Anzeigen für die Klubs, die kurzen Lokalmeldungen, die Unterhaltungsspalte. Da waren die anderen Bühnenshows in der Stadt. Er sah nach, was die Konkurrenz machte. Beim Kakken fand er seinen Seelenfrieden. Hier war es erholsam und ruhig.

Später stand er in der Küche und unterhielt sich mit George.

Er wollte es nicht wieder dazu kommen lassen, daß er im Klub schlafen mußte. Es war noch nicht sehr lange her. Er hatte damals keine Wohnung und praktisch kein Bargeld. Er schlief im Klub. Er wohnte dort, aß dort, schlief in einem Klappbett in einem Hinterzimmer neben dem Raum mit den Hunden. Sein ganzes Leben spielte sich unter einem Dach ab. Es stank nach Bier und Zigaretten und Hunden und wer weiß was. Nach dem Cotton Bowl Hotel, wo er acht Wochen im Dunkeln gesessen hatte, war es seine zweitschlimmste Zeit. Er weigerte sich, noch einmal so tief zu sinken. Keine Wohnung zu haben. Völlig außerhalb der Norm zu leben.

George sagte, wenn man feststellen will, ob die Spaghetti fertig sind, braucht man nur eine Nudel aus dem kochenden Wasser zu fischen und gegen die Wand zu werfen. Wenn sie hängen bleibt, sind sie gar.

Jack aß schnell und machte sich in seinem schaukelnden Oldsmobile auf den Weg in den Klub.

Guy Banister saß nach Einbruch der Dunkelheit in seinem Büro, den alten Löwenkopf gedankenvoll gesenkt. Draußen pißte irgendein Penner gegen die Hauswand. Die Schreibtischlampe war an. Guy nahm seine Akte über die Rotchinesen zur Hand. Er hob sie sich für ruhige Stunden auf, diese Akte über den letzten Alptraum, um bedächtig darüber grübeln zu können.

Rotchinesische Truppen werden zu Zehntausenden in der Baja abgesetzt. Es sind verflucht viel, und es werden immer mehr, sie ziehen sich zusammen, machen mobil. Mit kleinen roten Sternen an den Mützen.

Tatsächlich fand sich in der Akte nichts Neues. Dieselben alten Gerüchte und Vermutungen. In ihren wattierten Jacken liegen sie da unten im hellen Sand, zu einem mächtigen lautlosen Strom versammelt, und warten auf die Parole. Das brauchte nicht näher ausgeführt oder auf den neuesten Stand gebracht zu werden. Diese Massierung der Chinesen hatte etwas Klassisches.

Er wollte glauben, daß es stimmte, und er glaubte es auch. Zugleich wußte er aber, daß es nicht stimmte. Doch Ferrie sagte, das sei nicht entscheidend. Entscheidend sei vielmehr die panische Angst davor, daß es so sein könnte. Sie bestätige alles. Sie rechtfertige alles. Jede Gewalttat und jede Lüge, jeden Seitensprung, den er sich geleistet habe. Die Angst lasse ihn innerlich zusammenbrechen und in Furcht und Grauen zergehen. Das war es, was Ferrie gesagt hatte. Es erklärte seine Träume. Die Chinesen lösten seine Träume aus. Jedes Schreckgespenst und jede Seltsamkeit im Schlaf, jede Unsäglichkeit – alles chinesisch eingefärbt, weiß wie ihr Prozellan.

Männer, die in weißer Seide herabschweben. Er stellte sich gern eine nicht motorisierte Masse vor, schweigende Männer, die, im hellen Sand versteckt, ihren Fallschirm zusammenlegen. Hier ging es nicht um die Raketen oder die Satelliten, diese exakte moderne Technik. Die chinesische Akte enthielt massenhaft Menschen in wattierten Jacken, Schwärme, die sich dicht hinter der Grenze zusammenzogen. Eine Angst, die es langsam auszukosten galt.

Die Tür ging auf und Ferrie kam herein und machte der Träumerei ein Ende. Er lehnte sich an die Wand und aß Pommes frites aus einer Pappschachtel.

»Ich bin hier, um Bericht zu erstatten. Auch wenn du gern darauf verzichten würdest.«

»Wo ist Oswald?«

»Mittlerweile in Houston. Ich hab dafür gesorgt, daß Frank und Raymo ihn hinbringen. Dort steigt er in einen Bus nach Mexico City.«

»Mackey sagt, er kann erreichen, daß ihn die Kubaner nicht nehmen. Über die Agency hat er Verbindungen nach Mexico City. Die haben bestimmt jemand in der kubanischen Botschaft. Wir rechnen fest damit, daß Leon nach Texas zurückkommt. Wir wissen, daß der Kombi, der vor seinem Haus stand, in Texas zugelassen ist. Seine Frau und sein Kind sind in diesem Auto weggefahren.«

»Ich bin ziemlich sicher, daß sein Gewehr in dem Auto war.«

»Tendiert er in unsere Richtung?« fragte Banister.

»Das ist der Teil, auf den du gern verzichten würdest.«

»Er sagt also nein.«

»Stimmt. Aber wir haben noch Zeit.«

»Weiß er, wen wir wollen?«

»Er weiß es.«

»Und es interessiert ihn nicht.«

»Das braucht Zeit. Er kämpft schon eine ganze Weile mit sich.«

»Er ist dein Projekt, Dave.«

»Wir haben uns noch heute morgen unterhalten. Er ist jetzt so weit, daß er redet. Nur den Schritt hat er noch nicht getan.«

»Du hast gesagt, du schleichst dich in seine Gedanken.«

»Ich bin in seinen Gedanken. Ich bin drin. So groß wie eine verdammte Waschanlage.«

»Er hat auf Walker geschossen.«

»Das ist der springende Punkt. Bei Walker ging es um Politik. Aber Leon kann sich über Kennedy nicht aufregen. Er glaubt, der Mann hat seine alten Fehler wiedergutgemacht. Er läßt sich ein bißchen vom Kennedy-Zauber blenden.«

Banister hätte am liebsten etwas zerschmettert.

»Leon ist so ein Typ, der ist von irgendeinem Punkt an bereit, andern die Kontrolle zu überlassen«, sagte Ferrie. »Er ist nur noch nicht so weit. Wo ist Mackey?«

»Miami. Er hat zwei Häuser besorgt, eins für die Alpha-Leute. Eins für sein eigenes Team.«

»Wenn mit Leon alles klar ist?«

»Wenn mit Leon alles klar ist«, sagte Banister, »fliegst du ihn am Abend vorher nach Miami.«

»Und dann?«

»Wir müssen noch daran arbeiten.«

»Wenn alles vorbei ist, will ich ihn da raus haben«, sagte Ferrie. »Ich will nicht, daß er im Stich gelassen oder getötet wird. Er läßt seine Waffe zurück und entkommt wie die anderen auch.«

»Das ist immer eine Möglichkeit«, sagte Banister.

Ferrie warf die leere Pappschachtel Richtung Papierkorb.

»Traust du Alpha 66?« fragte er.

»Also wirklich. Die haben doch schon seit der Schweinebucht hohes Fieber. Das sind zweieinhalb Jahre mit dem Thermometer im Arsch. Die sind bereit. Da gibt es nicht die geringsten Zweifel.«

»Traust du Mackey?«

»Aber hundertprozentig«, sagte Banister. »Er will eine Mauer aus Schützen haben. Acht Mann vielleicht, die etwas erhöht auf beiden Straßenseiten stehen. Es können auch bis zu zehn sein. Ein Spalier aus Schützen.«

»Ich dachte immer, Mackey mag handgestrickte Operationen.«

»Das stimmt schon. Aber das hier wird ein bißchen anders. Alpha ist dabei, ob uns das paßt oder nicht. Also tun wir uns lieber zusammen. Er wird das Beste draus machen. Sobald die Route der Wagenkolonne bekannt ist, wird er die Gegend auskundschaften und geeignete Stellen festlegen. Der Held kommt in die Stadt gefahren. Tra-ra, tra-ra. Wir erwischen ihn, noch bevor er richtig den Mund aufmacht.«

Sie gingen die Treppe hinunter und blieben vor dem Eingang stehen.

Banister sagte: »Wir haben noch eine andere Sache laufen. Wir wollen Spuren von Oswalds Aktivitäten hinterlassen. Das fängt heute an und hört auf, wenn die Operation abgeschlossen ist. Eine Reihe von Vorfällen. Wir wollen Oswald zu einem Mann machen, an den sich die Leute später erinnern, zu einem Mann, der in verdächtige Angelegenheiten verwickelt ist.«

»Und wenn Oswald nicht mitspielt?«

»Wir schaffen uns unseren eigenen Oswald. Einen zweiten, einen dritten, einen vierten. Dieser Plan wird ausgeführt, ganz gleich, was er nach Mexico City macht. Mackey will überall in Texas Oswalds haben. Er will, daß Alpha die Leute liefert. Wegen der Finanzierung dieser Sache hab ich mit Carmine Latta geredet.«

»Ich bin derjenige, der mit Carmine redet.«

»Nicht in diesem Fall.«

»Ich bin der Verbindungsmann.«

»Halt's Maul, damit ich dich informieren kann.«

»Carmine und ich, wir können's miteinander.«

»Alpha hat eine Ortsgruppe in Dallas, ihr Hauptquartier ist in irgendeinem heruntergekommenen Haus. Carmine hat heute seinen Leibwächter nach Dallas geschickt. Die Taschen voller Geld.«

IN MEXICO CITY

Postkarte Nr. 6. Mexico City. Uralt und modern. Weit auseinandergezogen und doch eng. Eine Stadt der Gegensätze. Leon steht in seinem Zimmer im Hotel del Comercio und zählt seine Pesos. Er hat einen Stadtplan, auf dem die Ziele dieses Tages deutlich markiert sind. Er hat seine Papiere und Zeitungsausschnitte. Er hat sein für fünfunddreißig Cent erstandenes spanisch-englisches Wörterbuch mit dem Känguruh-Emblem. (*New, concise. Nuevo, conciso.*) Auslandsreisen machen ihm Spaß, genau wie dem Präsidenten.

Er geht die drei Kilometer von seinem Hotel zur kubanischen Botschaft zu Fuß. Er sagt zu der Frau, er reise nach Rußland und wolle in Kuba Zwischenstation machen. Wegen des Argwohns, den man in Kuba gegen die Amerikaner hat, ist ein Transitvisum leichter zu bekommen. Und wenn jemand auf dem Weg nach Rußland ist, wird im Zweifelsfall zu seinen Gunsten entschieden.

Die Frau prüft seine alte sowjetische Arbeitserlaubnis, den Nachweis seiner Ehe mit einer Sowjetbürgerin, den Nachweis seiner führenden Rolle im Fair Play for Cuba Committee, den Zeitungsbericht über seine Festnahme und eine Anzahl weiterer Dokumente.

Sie sagt nicht *sí.* Sie sagt nicht *no.*

Sie schickt ihn mit dem Hinweis weg, er brauche noch Fotos für den Visumsantrag. Er geht zur sowjetischen Botschaft, die nur ein paar Blocks entfernt ist. Die Nähe hat etwas Beruhigendes. Die Botschaft ist eine große graue Villa mit Säulen am Eingang und kunstvollen Dachgaupen. Bewaffnete Posten stehen Wache, und der hohe Zaun ist mit Eisenspitzen bewehrt. Beim Eintreten geht es Leon durch den Kopf, daß er wahrscheinlich von einer versteckten Kamera aufgenommen wird.

Ein Beamter sieht sich seine Papiere an. Es wäre vielleicht gut, sagt er, wenn Leon mit dem kubanischen Transitvisum in Händen wiederkommen könnte.

In Ordnung. Er läßt Fotos machen und geht zurück zur kubanischen Botschaft. Die Frau dort sagt, er müsse sein sowjetisches Einreisevisum haben, bevor er ein kubanisches Transitvisum bekommen könne.

In Ordnung. Er geht zurück zur Villa. Der Mann sagt ihm, die Ausstellung eines sowjetischen Visums dauere vier Monate, falls er es überhaupt bekommen könne. Leon sagt, als er in Finnland gewesen sei, habe er in zwei Tagen ein Visum bekommen. Der Mann sagt: »Aber das hier ist Mexico City«, und Leon wartet nur, daß er hinzufügt: »Brutstätte von Intrigen.«

Er ißt die Tagessuppe, Reis und Fleisch. Es kostet ihn zweiundvierzig Cent. Er sieht im Wörterbuch nach, was auf der Speisekarte steht, ißt einen Bissen, sieht wieder im Wörterbuch nach.

Tags darauf verlangt er in der kubanischen Botschaft nach dem Konsul. Er steht da und schreit den Mann an. Es kommt zu einem lauten und erbitterten Wortwechsel. Er kennt seine Rechte. Er ist ein Freund der Revolution.

Dann geht er zu den Sowjets und sagt dem Mann, er solle sich mit der Botschaft in Washington in Verbindung setzen. Dort lägen Briefe von ihm. Seine Frau sei Russin. Sie hätten an dem Tag geheiratet, an dem Castro den Lenin-Friedenspreis bekommen habe.

Leon kommt der Gedanke, daß dieser Mann vom KGB ist. Also erwähnt er Kirilenko. Ist das eine gute Idee oder nicht? Zumindest ist es ein Name, eine Verbindung. Außerdem kommt Leon der Gedanke, daß er nicht nur von den versteckten sowjetischen Kameras fotografiert wird, sondern wahrscheinlich auch von CIA-Kameras, die in dem Gebäude über der Straße oder in einem geparkten Wagen versteckt sind oder, wer will das wissen, an einem Satelliten im Himmel baumeln.

Er hat Zimmer Nummer achtzehn. Es ist fast Oktober, und er wurde am Achtzehnten geboren. David Ferrie wurde am 18. März geboren. Sie haben sich darüber unterhalten. Ferries Geburtsjahr ist 1918.

Am Sonntag geht er nachmittags ins Kino, und am Abend wieder.

Tags darauf sucht er die kubanische Botschaft auf, redet mit der sowjetischen Botschaft am Telefon und sucht dann auch die sowjetische Botschaft auf. Es geht ihm durch den Kopf, daß die CIA wahrscheinlich die sowjetischen Telefone anzapft.

Kuba und Rußland. Rußland ist nicht ganz auszuschließen. Er könnte nach Rußland zurückgehen, sobald Marina ihr Visum hat. Er könnte einen Besuch machen oder ganz bleiben. Sie könnten wieder eine Familie sein.

Leon fragt den sowjetischen Beamten, ob es auf das Telegramm nach Washington schon eine Antwort gibt. Er sagt dem Mann, gegen Erstattung der Reisekosten in die UdSSR habe er Informationen anzubieten. Er erwähnt wieder Kirilenko.

Am Nachmittag studiert er seine Ausgabe von *Esta Semana*, die er aus der Hotellobby mitgenommen hat. Veranstaltungen und Veranstaltungsorte auf englisch und spanisch. Alles geschieht hier zweifach, und seine Augen huschen ständig von einer Sprache zur anderen.

Tags darauf sagen sie ihm in beiden Botschaften, es gebe nichts Neues. Wieder zeigt er seine Dokumente, seine Korrespondenz. Dokumente sollen einem Anspruch oder einem Wunsch Gewicht verleihen. Ein Mann mit Papieren ist ein Mann mit Gewicht.

Aber das hier ist die bürokratische Falle, in zwei Sprachen, drei Sprachen, und nichts zeigt Wirkung. Er wird abgewiesen, kaltgestellt. Es ist schwer zu glauben, daß ihn die Vertreter des neuen Kuba derart behandeln. Es ist eine tiefe Enttäuschung. Er hat das Gefühl, mitten in einer Leere zu leben. Er möchte eine Struktur spüren, die ihm einen Platz zuweist, eine Definition, die ihm deutlich macht, wo er hingehört. Aber das System fließt geradewegs durch ihn hindurch, durch alles, sogar durch die Revolution. Er ist in dem System eine Null.

Zum dritten oder vierten Mal ißt er in dem kleinen Restaurant neben seinem Hotel. Der Gedanke kommt ihm, daß zwischen den verschiedenen Diensten in den Staaten Mitteilungen hin und her gehen, gestützt auf diese Abhöraktionen und die Bilder, die mit diesen versteckten Kameras aufgenommen werden.

Bis jetzt ist er der einzige Nordamerikaner im Hotel und im Restaurant gewesen. Aber jetzt wird ihm bewußt, daß ihn jemand ansieht, ein Mann an einem Tisch in der Nähe der Küche, und Leon ist sich ziemlich sicher, daß es kein Mexikaner ist. Er glaubt, gesehen zu haben, wie der Mann hereinkam. Aber er will nicht in seine Richtung blicken und feststellen, wer es ist. Er spürt, der Mann hat etwas, was er nicht wissen will. Aus einem Radio, das auf einem Wandbrett steht, kommt Musik, vielleicht ein Fandango. Er dreht sich ein wenig auf seinem Stuhl und sitzt nun genau mit dem Rücken zu dem Mann in der Ecke. So kurios es auch sein mag, so seltsam und merkwürdig und eigentümlich, Leon glaubt, daß der Mann T. J. Mackey ist. Leon nippt behutsam an seinem Wasser. Er spürt, wie ihm das Blut im Rücken irgendwie nach oben schießt. Von seinem flüchtigen Eindruck weiß er, daß der Mann kein Latino ist. Er weiß, daß er breitschultrig ist und einen kurzen Haarschnitt hat. Er zieht das Wörterbuch aus der Tasche, nur um etwas zu tun zu haben, und blättert geschäftig darin. Es war nur ein flüchtiger Blick, ein undeutlicher Eindruck. Er trinkt sein Wasser langsam, fast steif, gehemmt, um eine korrekte und seriöse Haltung bemüht, wie jeder, der weiß, daß er beobachtet wird.

Als er draußen über den offenen Platz geht, hört er jemanden »Leon« rufen, aber es klingt spanisch und nicht englisch, und er kommt zu dem Schluß, daß es nicht ihm gegolten hat.

Tags darauf steigt er morgens um halb acht in einen Bus und setzt sich auf den Platz Nummer Zwölf, den er auf den Namen H. O. Lee hat reservieren lassen. Erst als sie sich siebzehn Stunden später der International Bridge nähern, fällt Leon ein, daß er vergessen hat, Trotzkis Haus zu besuchen, jenes befestigte Haus in Mexico City, in dem Trotzki seine letzten Jahre im Exil verbrachte. Das Bedauern darüber verschlägt ihm irgendwie den Atem, und er fühlt sich körperlich schwach, aber er schüttelt es rasch ab und sagt sich, was soll's.

Er hat zwei Bananen in einer Tüte bei sich, und er holt sie heraus und schlingt sie hastig hinunter, bevor der Bus die Zollschranke erreicht. Er glaubt zu wissen, daß kein Obst über die Grenze gebracht werden darf, und ein weiterer Streit mit irgendwelchen Beamten ist das letzte, was er sich im Augenblick wünscht.

4. OKTOBER

Mary Frances schob den Staubsauger über den Wohnzimmerboden. Sie fühlte sich aufgedunsen, irgendwas stimmte nicht mit dem Hormonhaushalt. Es war schon eine Anstrengung, nur zu existieren, einen schweren Fuß vor den anderen zu setzen. Es war Freitag nach Schulschluß, und sie mußte um Suzanne herum saugen, die vor dem Fernseher kniete und sich einen Zeichentrickfilm mit Kaninchen ansah. Sie saugte den Wulst zwischen Wohn- und Eßzimmer. Sie saugte um den Tisch herum und unter der Eichenanrichte. So vieles zerrte heute an ihrem Körper, so viele widerstrebende Kräfte.

Win ging mit einem Messer in der Hand an der Tür vorbei.

Sie schob den Staubsauger zurück ins Wohnzimmer. Es war ein fünf Jahre alter Hoover, dessen Staubbehälter wie ein Weltraumsatellit aussah. Komisch, dachte sie, wie sie um Suzanne herum staubsaugen konnte, ohne daß sich das Mädchen je beklagte. Das Mädchen sah einfach durch sie hindurch. Das Mädchen hörte die Stimmen der Zeichentrickfiguren durch den Lärm des Staubsaugers hindurch.

Nach dem Essen ging Win ins Untergeschoß, um einem Geräusch nachzuspüren. Er beobachtete sich selbst, wie er die Holztreppe herunterkam, den Kopf etwas zur Seite geneigt, die Finger der rechten Hand ausgestreckt. Häuser machen Geräusche, sagte Mary Frances. Er roch Terpentin und verstand, wie man nach dem Geruch von Terpentin süchtig werden und sich ihm so restlos ausliefern konnte, daß sich das Leben nur noch um diesen flüchtigen, klebrigen, harzigen Stoff drehte. Mary Frances sagte ihm, daß sich Grundmauern unentwegt setzten und verlagerten.

Vielen Dank. Aber manchmal steckt mehr dahinter.

Er ging wieder nach oben und kam zu ihr ins Wohnzimmer und hörte Radio. Sie mochte die Erweckungsprediger mit ihren oft grusligen rhetorischen Fähigkeiten.

»Fühlst du dich nicht gut?« fragte er.

»Es ist alles in Ordnung.«

»Ich möchte, daß es dir gut geht.«

»Es ist alles in Ordnung.«

»Weil es verheerend wäre, wenn es dir nicht gut ginge. Dazu darf es nicht kommen, ja? Ich könnte das nämlich nicht ertragen.«

Sie hatte einen Sears-Katalog auf dem Schoß. Sie hatte früher immer nach Katalogen gekauft, wenn sie in abgelegene Gegenden abkommandiert waren. ISOLATION TROPIC. Er fragte sich, was zum Teufel aus Mackey geworden war.

»Sei doch nicht so ernst«, sagte sie.

»Magst du's nicht, wenn man Theater um dich macht?«

»Nicht deine Art von Theater.«

»Die Hausfrau, die nie Zeit für sich selber hat. Tut ihr ein bißchen Aufmerksamkeit nicht gut?«

»Nicht deine Art von Aufmerksamkeit. Du siehst so leidend aus. Das macht mich frösteln.«

Er lachte. Sie hörten Suzanne durch die Küche gehen und ein Liedchen singen, das bei den Schulkindern gerade beliebt war. Mackey war trotz aller Bemühungen Parmenters nicht wieder aufgetaucht. Was hatte das zu bedeuten? Larry sagte, er ist wahrscheinlich einfach weggegangen. Will es nicht machen. Will den Beruf wechseln. Es ist vorbei. Wir haben's versucht.

»Jedes Böhnchen hat sein Tönchen,
Jedes Erbschen hat sein Förzchen.«

Parmenter selbst war in Buenos Aires und bekam einen Vorgeschmack von seinem neuen Job. So sieht die Zukunft der Agency aus, sagte er zu Everett. Sie muß sich über die Weltwährungen auf dem laufenden halten. Geld verschieben und verstecken. Geldreserven anlegen. Umfassende Operationen mit kompliziert vernetzten Geldquellen finanzieren.

Lancer kommt nach Texas.

»Ist dir der beiläufige Ton aufgefallen?« fragte Mary Frances.

»Es ist ein Kindervers. Was für einen Ton erwartest du da?«

»Nein, aber die Art, wie sie sich bewußt um Beiläufigkeit bemüht hat. Weil wir nicht merken sollten, daß es für unsere Ohren bestimmt war.«

»Es war beiläufig, weil es beiläufig war.«

»Wo ist das Steakmesser, mit dem du Farbe abgekratzt hast? Bei uns verschwindet ein Messer nach dem anderen.«

Vorahnung. Die Meldung über die Reise des Präsidenten stand vor einer Woche im *Record-Chronicle*. Eine kurze Fahrt durch Texas im November, im Anschluß an seine Tour durch Florida, mit Aufenthalten in Houston, San Antonio, Fort Worth und Dallas. Im Innern der Zeitung versteckt. Drei, vier Zeilen, von denen wahrscheinlich nur Notiz nahm, wer zwingende Gründe hatte, sich für den Aufenthaltsort des Präsidenten zu interessieren. Win fand es unheimlich, daß Präsident Jack diese Richtung einschlug. Das Ziel der Verschwörung kommt den Verschwörern entgegen. Vorausgesetzt, er überstand Miami. Denn Parmenter könnte sich irren. Irgend etwas mochte noch in Kraft sein, irgendeine Bewegung, eine zwingende Logik.

»Ich kann den Farbschaber nicht finden«, sagte er.

»Trotzdem. Laß die Finger von den Messern.«

»So ein Farbschaber hat's in sich. Du weißt, er ist da. Er liegt direkt vor dir. Aber du siehst ihn nicht, weil er sich nicht vom Hintergrund abhebt. Seien wir ehrlich, der Hintergrund ist weit und verwirrend.«

Er suchte einen Weg aus Schuld und Angst. Er war nicht

stark genug, den Schaden zu überleben, den diese Operation verursachen konnte, wenn sie sich verselbständigte. Halb sehnte er sich danach, erwischt zu werden. In gewisser Hinsicht würde es eine Erlösung sein, wenn sie ihn stellten, ihn einem Test mit dem Lügendetektor unterzogen, ihn zwangen, die Wahrheit zu sagen. Er glaubte an die Wahrheit. Er fürchtete und begrüßte die Gelegenheit, sich einem Test mit dem Lügendetektor zu unterziehen. Das Sicherheitsbüro hatte Modelle, die so konstruiert waren, daß sie in Koffer paßten. Damit konnten sie dich bei dir zu Hause nervös machen. Sie würden mit einem mittelgroßen Samsonite-Koffer ankommen, das Gerät auspacken und ein paar Kontrollfragen unter das ernstzunehmende Material mischen. Sein Körper würde für alles andere sorgen und seine ungeschützten Daten preisgeben. Die Maschine tritt zwischen einen Mann und seine Geheimnisse. So ein Lügendetektor hat etwas Intimes. Er mißt das Leitvermögen der Haut und hört dich schwitzen. Er läßt zu, daß du dich verrätst. Lügen beschleunigen den Atem, bringen das Blut zum Pochen. Es war eine so altmodische Idee, überholt und wunderlich, aber er hatte selbst gesehen, wie gut es funktionierte. War bei einem Test durchgefallen. War bei einem zweiten schon nach wenigen Fragen zusammengebrochen. Für die Spezialisten war es ein Polygraph. Klang so schön technisch und doch traditionell, entzifferbar, aus dem Griechischen.

»Wo ist sie?« Er rief laut: »Wo ist mein kleines Mädchen?«

»Auf ihrem Zimmer«, sagte Mary Frances.

Er rief: »Aber wir wollen sie hier unten haben. Wir brauchen dringend ein bißchen Aufmunterung.«

»Wenn sie erst mal auf ihrem Zimmer ist, ist alles besprochen. Ihr Tag ist dann eindeutig vorbei.«

»Ich mußte mein Zimmer teilen«, sagte er.

»Ich hatte mein eigenes, Gott sei Dank.«

»Ich glaube, es ließe sich feststellen, daß kaum eine große historische Persönlichkeit ein eigenes Zimmer hatte.«

»Ich habe mein Zimmer geliebt«, sagte sie.

»Heißt das, daß du nie wieder etwas gehabt hast, was ähnlich schön war?« Er rief laut: »Komm runter und red mit uns, sonst sind wir ganz uuunglücklich.«

Er ging auf die Veranda, um einem Geräusch nachzuspüren. Rauchend stand er da. Er konnte eben noch das Radio hören. Eine alte Stimme, eine Radiostimme aus einer anderen Ära kann alles wiederbringen. Dies war ein Haus, das Erinnerungen förderte. Die geschwungene Veranda. Die Eichenpfeiler, von Klettertrompete umrankt.

Er kannte sämtliche jemals entwickelten Techniken, mit denen die Maschine zu überlisten war, aber er wußte auch, er würde sie nicht ins Spiel bringen können. Er glaubte an den Lügendetektor. Er wollte kooperieren, jedermann zeigen, daß die Maschine gut arbeitete. Maschinen machen uns gefügig. Wir wollen sie zufriedenstellen. Die Maschine war seine einzige Hoffnung auf Erlösung, nach dem, was er getan hatte, was er auf die Menge losgelassen hatte. Ein Weg aus dem Tod. Denn nach und nach würde auf ihren Gesichtern Mitleid erscheinen. Sie würden alle sehen, daß er für sein Land nur das Richtige wollte. Er liebte sein Land. Er liebte Kuba, kannte die Sprache und die Literatur. Er würde über Ja und Nein hinausgehen. Ihnen erzählen, wie die Logik eines Komplotts den Tod begünstigt. T-Jay ist irgendwo da draußen und blinzelt kaugummikauend in die Sonne. Sie würden nicken und verstehen. Ein Verzeihen würde in ihre Augen kommen. Denn sie sind schließlich keine mitleidlosen Menschen. Man kann viel über die Agency sagen. Aber die Agency verzeiht.

Gott ist in Texas gesund und munter.

Er ging hinein und machte das Radio aus. Der Tag war noch nicht halb vorbei, und schon war es wieder Zeit, schlafen zu gehen. Er kontrollierte die Haustür und machte das Verandalicht aus. Zum millionstenmal ging er über den Flur nach hinten, kontrollierte die Hintertür, sah nach, ob der Backofen ausgeschaltet war. Das letzte im Erdgeschoß war der Backofen, abgesehen vom Küchenlicht. Er machte das Küchenlicht aus und stieg die Treppe hinauf.

Er glitt aus, als er fast oben war, ein gewöhnlicher Fehltritt, ohne Folgen, ohne tiefere Bedeutung, aber Mary Frances kam blitzschnell aus dem Schlafzimmer gestürmt, um ihn am Ellbogen zu nehmen und hineinzuführen.

Er setzte sich auf die Bettkante und zog die Schuhe aus. Sie beobachtete ihn, suchte nach Zeichen in seinem Gesicht.

»Nur ein kleiner Ausrutscher«, sagte er.

»Es hat sich angehört ...«

»Nur ein alter Narr, der eine Stufe übersehen hat.«

»Du hast morgen ein Seminar. Im Haus der Geistes- und Naturwissenschaften. Zehn Uhr.«

»Ich möchte, daß es dir gut geht«, sagte er. »Es muß dir unbedingt gut gehen. Wir können keine Situation dulden, in der du nicht vollkommen du selber bist. Ich könnte nicht im entferntesten ans Weitermachen denken, wenn es dir irgendwie nicht gut ginge. Ich verlasse mich bei allem, was wichtig ist, ganz auf dich.«

Die Agency verzeiht. Es gab unter den höheren Chargen in den vier Direktorien niemanden, der die Gefahren konspirativer Tätigkeit nicht verstanden hätte. Sie würden über seine Bereitschaft zur Kooperation erfreut sein. Mehr noch, sie würden die Komplexität seines Planes bewundern, auch wenn dieser unvollständig war. Er war kunstvoll und erinnerte an Vergangenes. Er zeugte von Verantwortungsbewußtsein und moralischer Stärke. Und er war eine Illustration aus der Welt ihrer eigenen schuldigen Wünsche. In den ersten atemlosen Tagen, in denen sich Win Everett dieses Komplott ausgedacht hatte, war er mehr denn je ein Mann der CIA.

Im Pyjama stand er neben dem Bett. Er hatte vergessen, die Tatsache zu registrieren, daß der Backofen ausgeschaltet war. Er würde noch einmal hinuntergehen müssen, um nach dem Backofen zu sehen. Mary Frances lag im Dunkeln und atmete bereits im Schlaf, tief und gleichmäßig. Er muß sich vergewissern, daß der Backofen ausgeschaltet ist, und er muß die Tatsache registrieren. Das bedeutet, daß sie für eine weitere Nacht in Sicherheit sind.

Mackey stand am Kühlschrank und trank Wasser aus einem Krug. Er hatte einen Trainingsanzug an und eine Baseballmütze auf dem Kopf. Er machte jetzt abends immer einen Dauerlauf, um sein Gewicht zu halten.

Er nahm die Mütze ab und blies hinein. Dann setzte er sich an den Küchentisch und schälte eine Orange. Das Haus stand am Ende einer nicht fertig gebauten Straße, einen knappen Kilometer vom Herzen Little Havanas entfernt.

Raymo kam herein. Er sagte: »Wann bist du zurückgekommen?«

»Heute nachmittag.«

»Hast du schon gehört, was man sich erzählt? In Chicago hat jemand die gleichen Pläne.«

»Banister hat mich angerufen. Er hat ein Fernschreiben vom FBI zu sehen bekommen. Ein Attentat.«

»Ein vierköpfiges Team. Zumindest einer von ihnen könnte Kubaner sein. JFK soll nach Chicago kommen, am 2. November vermutlich.«

»Wir müssen warten, bis wir dran sind.«

»Wenn dort was durchgesickert ist, könnte es auch bei uns passieren.«

»Damit rechne ich fest«, sagte T-Jay. »Ich werde es sogar selber veranlassen. Es ist die einzige Möglichkeit, wie wir's schaffen können. Wenn wir zuschlagen, dann schnell und präzise. Du behältst es für dich. Du redest nicht mit Frank oder Wayne darüber.«

»Wir vergessen also Miami.«

»Richtig.«

»Dann bringen wir also Leon nicht hierher.«

»Richtig.«

»Wo ist er?«

»Er ist mit einem Bus der Transportes del Norte nach Laredo gefahren. Von dort ist er bestimmt mit dem Greyhound nach Dallas. Das Wichtigste ist, daß ihn die Kubaner nicht genommen haben. Kein Visum für Leon. Es nimmt langsam Gestalt an. Klein, spontan, genau so wollen wir's. Ein ganz gewöhnlicher texanischer Mord.«

»JFK.«

»Kommt nächsten Monat nach Dallas. Dieser Mann ist viel unterwegs. Und wo er hinkommt, will ihm jemand an den Kragen. Eine unerklärliche Gier. Ich weiß nicht, was es ist. Vielleicht sieht er einfach zu gut aus, als daß er lange leben könnte.«

Er löste ein paar Schnitze von der Orange und gab sie Raymo.

»Jemand behält Leon im Auge.«

»Ich glaube, Leon wird sich vor uns verstecken«, sagte T-Jay. »Er weiß, was wir vorhaben, und ist nicht unbedingt damit einverstanden. Vorläufig haben wir unseren eigenen Oswald, unser eigenes Modell. Die Leute von Alpha reisen kreuz und quer durch den Staat. Irgendwann müssen wir dann das Original auftreten lassen.«

»Als wir ihn nach Houston gefahren haben, hatte er kaum zehn Worte für mich übrig. Er hat nur mit Frank geredet.«

»Was hat er zu Frank gesagt?«

»Er ist sofort auf Frank zugegangen. Er wollte, daß ihm Frank Spanischstunden gibt.«

Suzanne saß in der Dunkelheit aufrecht im Bett. Sie wußte, daß sie jetzt schliefen. Wenn sich das Radiogebrumm von der Wand neben ihrem Ohr entfernte, brauchte sie nur noch bis hundert zu zählen. Beide schliefen fest. Wenn sie die KLEINEN FIGUREN in Sicherheit bringen wollte, dann mußte sie es jetzt tun. Sie brauchte ein besseres Versteck. Der Schrank enthielt so viel Gerümpel, daß sie ihn jeden Tag ausräumen konnten, und die

Kleinen Figuren waren in einer der Schuhtaschen an der Innenseite der Schranktür versteckt. Wenn sie die Kleinen Figuren erst fanden, war das für Suzanne das Ende. Sie hatte dann auf der Welt nichts mehr, was sie schützte.

Zum Glück wußte sie ein gutes neues Plätzchen, wo sie sicher waren.

Sie stieg aus dem Bett und zog das Rollo halb hoch, um Licht von der Straßenlaterne hereinzulassen. Dann ging sie im Nachthemd, das bis zum Boden reichte, leise zum Schrank. Sie nahm die Kleinen Figuren aus der Schuhtasche und setzte sie auf die schmale Leiste auf der Rückseite der alten Kommode, die einmal ihrer Großmutter gehört hatte. Die unten an der Kommode verlaufende Leiste war gut zwei Zentimeter breit. Allein Suzannes Hand paßte zwischen die Kommode und die Wand. Es war das perfekte Versteck, denn es waren sitzende Figuren, die dort einen guten Halt fanden. Es waren ein Tonmann und eine Tonfrau, die sie von ihrer besten Freundin Missy zum Geburtstag bekommen hatte. Es waren Indianer, die in Pueblos wohnten, und ihre Haare und ihre Kleidung waren schwarz angemalt, und Augen und Mund waren kleine schwarze Punkte.

Sie ging zurück ins Bett und zog die Decke hoch.

Die Kleinen Figuren waren kein Spielzeug. Sie spielte nie mit ihnen. Die Figuren waren nur dazu da, versteckt zu werden, bis der Tag kam, an dem sie sie vielleicht brauchen würde. Sie mußte sie in der Nähe und in einem sicheren Versteck haben, für den Fall, daß die Leute, die sich als ihre Mutter und ihr Vater bezeichneten, in Wirklichkeit jemand anders waren.

IN DALLAS

Vier Frauen saßen in Mrs. Ed Roberts' Küche um den Tisch und tranken Kaffee. Auf der Durchreiche stand ein Korb mit Bügelwäsche. Ruth Paine hob wieder die Hand und bat um eine Pause. Alle warteten. Dann redete sie in ihrem stockenden Russisch leise auf Marina Oswald ein, die, einen Finger im Henkel ihrer Tasse, lächelnd zuhörte. Es ging um Kinder, Ehemänner, Ärzte, das übliche Gequassel, aber Ruth fand es interessant. Eine Gelegenheit, russisch zu reden. Mrs. Bill Randle, die neben ihr saß, nickte von Zeit zu Zeit, während sie übersetzte. Und Dorothy Roberts versuchte in Marinas Gesicht abzulesen, ob sie alles verstand. Sie wollten ihr das Gefühl vermitteln, daß sie dazugehörte.

Die Kinder lärmten nebenan. Ruth Paine erzählte ihren beiden Nachbarinnen, Marinas Mann habe kein Glück bei der Arbeitssuche. Er wohne in einer Pension in Oak Cliff, bis er einen Job und eine Wohnung für seine Familie gefunden habe. Bei Marina könne es natürlich jeden Tag so weit sein.

Dorothy Roberts erwähnte Manor Bakeries. Die lieferten ihre Waren direkt ins Haus. Jemand sagte, Texas Gypsum stelle gerade Leute ein.

Ruth Paine sagte, daß Marinas Mann keinen Führerschein habe, was die Möglichkeiten einengte.

Mrs. Bill Randle, Linnie Mae, meinte, vielleicht werde sie nun doch ein Stück von diesem Napfkuchen essen, er sehe wirklich gut aus.

Dorothy Roberts sagte: »Es ist warm für Oktober, oder liegt es nur an mir?«

Auf der anderen Straßenseite wurde die Tür eines Lieferwagens zugeschlagen.

Dann erwähnte Linnie Mae Randle ihren Bruder. Erst kürzlich habe er gesagt, er glaube, sie brauchten noch jemanden in dem Bücherlager, in dem er arbeitete, am Rande der Innenstadt von Dallas.

Ruth übersetzte für Marina.

Eins der kleinen Mädchen kam herein und befeuchtete den Finger, um Krümel von der Tischplatte auflesen zu können.

Dorothy öffnete die Tür zu dem überdachten Parkplatz.

»An der Elm Street draußen«, sagte Linnie Mae. »Gleich beim Stemmons Freeway.«

Fünf Minuten später gingen Ruth und Marina und June Lee und Ruths kleine Kinder Sylvia und Chris quer über den Rasen zum benachbarten Haus der Paines, einem bescheidenen Landhaus mit angebauter Garage. Ruth drehte sich in der Tür um und beobachtete Marina, die langsam auf sie zukam, stark und breit, beförderte sie doch eine weitere Seele durch die Finsternis in die Welt – oder in einen Außenbezirk von Dallas. Die Oswalds zogen mit den Paines gleich. Nicht daß es Ruth gestört hätte. Es störte sie nicht einmal, daß Oswald einmal in der Woche zu Besuch kam. Sie lebte getrennt von ihrem Mann, und es war angenehm, hin und wieder einen Mann im Haus zu haben, der bestimmte Arbeiten erledigte.

Als sie im Haus waren, fragte Marina, ob Ruth nicht gleich telefonieren könne. Ruth suchte im Telefonbuch die Nummer des texanischen Schulbuchdepots. Sie sprach mit einem Mann namens Roy Truly über einen Job für einen jungen Mann und ehemaligen Soldaten, dessen Frau ein Kind erwartet, und sie haben schon ein kleines Mädchen, und er ist schon eine Zeitlang ohne Beschäftigung und möchte wirklich gern arbeiten, halbtags oder ganztags, und gibt es nicht vielleicht eine freie Stelle?

Marina stand in der Nähe und wartete auf Ruths Übersetzung.

Es war ein siebenstöckiger Backsteinbau mit einer Hertz-Reklame auf dem Dach. Lee arbeitete als Auftragsbearbeiter. Er holte sich die Aufträge aus dem Sammelkasten im ersten Stock und befestigte sie an seinem Klemmbrett. Dann ging er hinauf, gewöhnlich in den sechsten Stock, um die Bücher zu suchen. Die meisten Auftragsbearbeiter waren Neger. Nachmittags veranstalteten sie oft Fahrstuhlrennen. Türen wurden zugeschlagen, Stimmen hallten durch den Aufzugsschacht, Gelächter, Schimpfen. Er brachte die Bücher zu den Mädchen im ersten Stock, zum Packtisch, wo die Ware überprüft und versandfertig gemacht wurde.

All diese Bücher. Immer zehn Bücherkartons übereinander. Kartons mit dem Stempel BÜCHER, mit dem Stempel ZEHN ROLLING-LESEBÜCHER. Stapel, die höher sind als die hohen Fenster. Die Kartons sind so groß, daß du ganz schön zu kämpfen hast. Wenn du einen neuen Karton aufmachst, entströmt ihm der Geruch nach Papier, nach Buchseiten und Buchbinderei. Er überschwemmt dich mit Erinnerungen an die Schule.

Es gefiel ihm, mit einem Klemmbrett zu arbeiten. Das Klemmbrett gab ihm das Gefühl, mit einer halbwegs anständigen Tätigkeit sein Geld zu verdienen. Er mußte sich nicht den Krach von verrückten Maschinen anhören. Es gab keinen Dreck und kein Schmierfett bei der Arbeit. Nur Staubwolken, wenn die Männer nachmittags zu den Fahrstühlen rannten, wenn sie zu dritt oder viert über die alten Holzböden stampften und das Wettrennen nach unten eröffneten – dann stieg sonniger Staub zwischen den Büchern auf.

Lee saß im Hause Paine im Eßzimmer und fragte sich, wohin die Frauen sich verkrümelt hatten. Dann kamen Marina und

Ruth mit einer Torte herein und sangen »Happy Birthday«. Er war vollkommen überrascht. Es war ein Schock. Er lachte und weinte. Vierundzwanzig.

An diesem Tag, einem Freitag, blieb er über Nacht, und am nächsten Abend saß er auf dem Fußboden und sah sich im Fernsehen zwei Spielfilme an; Marina lag zusammengerollt neben ihm und hatte den Kopf auf seinem Schoß liegen.

Der erste Film hieß *Suddenly.* Frank Sinatra ist ein ehemaliger Frontkämpfer, der in eine Kleinstadt kommt und in ein Haus zieht, von dem aus der Bahnhof zu überblicken ist. Er ist hier, um den Präsidenten zu ermorden. Lee spürte eine Stille um sich her. Er hatte das unheimliche Gefühl, beobachtet zu werden. Der Präsident soll später an diesem Tag mit der Bahn ankommen. Er will zum Angeln an einen Fluß in den Bergen. An den Autos und Frisuren sah Lee, daß der Film in den fünfziger Jahren gedreht worden war, und das hieß, daß es um Präsident Eisenhower ging, auch wenn sein Name nicht ausgesprochen wurde. Er hatte eine Beziehung zu den Ereignissen auf dem Bildschirm, so als liefen geheime Instruktionen durch das Netzwerk aus Signalen und Frequenzbändern, durch den ganzen geschäftigen Sendebetrieb. Marina schlief. Sie sandten eine Botschaft durch die Nacht und direkt unter seine Haut. Frank Sinatra baut ein Hochleistungsgewehr am Fenster auf und wartet auf die Ankunft des Zuges. Lee wußte, daß er scheitern würde. Es war schließlich ein Film. Sie mußten es so einrichten, daß er scheiterte und starb.

Dann sah er *Wir waren Fremde.* John Garfield ist ein amerikanischer Revolutionär in den 1930er Jahren in Kuba. Er plant, den Diktator und sein ganzes Kabinett in die Luft zu jagen. Lee wußte, es war die Zeit der eisernen Herrschaft Machados, den sie den Präsidenten der tausend Morde nannten. Die Straßen waren dunkel. Das Haus war dunkel, nur der Bildschirm flakkerte. Ein alter verkratzter Film, der seine Träume zum Inhalt hatte. Vollkommene Wut, vollkommene Beherrschung, nächtliche Phantasien. John Garfield und seine Rekruten graben einen Tunnel unter einem Friedhof durch. Lee fühlte sich mitten in seinem eigenen Film. Sie zeigten das eigens für ihn. Er brauchte nichts dazu beizutragen, daß die Bilder kamen und gingen. Es geschah von allein im flackernden Licht des Bildschirms, in dessen einer Ecke eine Haarsträhne zitterte. John Garfield stirbt als Held. Er muß sterben. Denn das hält eine Revolution in Gang.

Lee blieb sitzen, als der Film zu Ende war; es folgten laute nächtliche Werbespots, einer nach dem anderen, schnell redende Männer, die Mixgeräte und Wundershampoos vorführten, und neben ihm Marina, schlafend, leise atmend.

Es waren nicht nur die Filme, die ihm das Gefühl gaben, daß etwas Merkwürdiges in der Luft lag. Es war die Jahreszeit. Im Oktober hatte er Geburtstag. Es war der Monat, in dem er sich zu den Marines gemeldet hatte. Im Oktober hatte er sich in Japan in den Arm geschossen. Oktober und November waren Monate der Entscheidung und der schwerwiegenden Ereignisse. Im Oktober war er in Rußland angekommen. Es war der Monat, in dem er versucht hatte, sich umzubringen. Vor einem Jahr im Oktober hatte er zum letztenmal seine Mutter gesehen. Im Oktober war die Raketenkrise gewesen. Marina war im letzten November weggegangen und wiedergekommen. Im November hatte er zusammen mit Dupard beschlossen, auf General Walker zu schießen. Im November hatte er zum letztenmal seinen Bruder Robert gesehen.

Brüder namens Robert.

Er brachte Marina ins Bett und setzte sich dann zu ihr und redete leise mit ihr wie mit einem Baby, bis sie wieder einschlief. Er spürte die Kraft, die von ihrer Stille ausging, von der Leidenschaft und dem Zutrauen einer Frau, und von dem Kind in ihrem Leib. Er würde sofort anfangen, für eine Waschmaschine und ein Auto zu sparen. Sie würden sich eine Wohnung nehmen, mit Balkon und zur Abwechslung mit ihren eigenen Möbeln, modernen Möbeln, gepflegt und sauber. Das sind gängige Mittel gegen die Einsamkeit.

Die Wirtin überließ ihm eine Ecke des Kühlschranks für ein Glas Marmelade und etwas Milch. Er saß wöchentlich vielleicht eine halbe Stunde mit den anderen Zimmermietern zusammen, aber nur zum Fernsehen. Er redete nie mit ihnen und hob nicht mal den Blick, um sie richtig anzusehen. Es waren graue Gestalten auf alten Stühlen, totale Niemande. Er hatte sich als O. H. Lee eingetragen.

Die Pension lag in einer Gegend von Oak Cliff, die er gut kannte. Die Gulf-Tankstelle, an der er sich mit Dupard getroffen hatte, lag gleich über der Straße, der Waschsalon, der sich jetzt »Reno's« nannte, nur einen halben Block weiter. Er ging in den Waschsalon, aber Bobby arbeitete dort nicht mehr. Tagsüber machten sich dort ein halbes Dutzend Frauen und ihre schmuddligen Kinder breit. Die Kinder aßen und spielten. Die Cola-Automaten warfen klappernd ihre Flaschen aus.

Sein Zimmer hatte neun Quadratmeter; Bett, Kommode, Kleiderschrank. Stundenlang las er dort im *Militant* und im *Worker.* Eines Abends fuhr er mit dem 22er Bus zurück in die Stadt. Er ging durch die Straßen, warf Blicke in Bars und Kneipen. Er ging die lange South Akard Street hinunter, bis er vor Gene's Music Bar stand. Zwei Männer streiften ihn, als sie hineingingen, und er folgte ihnen. Er blieb an der Tür stehen. Das Lokal war voll. An den Wänden standen harte, grob gezimmerte Bänke. Mit der Vollautomatik einer AR-15 – der Waffe, mit der sie den Präsidenten schützen – könnte er hier alles außer Gefecht setzen. Er hatte die Absicht, hier möglichst lange stehen zu bleiben und nicht aufzufallen, wollte einfach beobachten, sehen, wie Schwule ihre Verabredungen trafen.

Jemand sagte: »Es geht mich ja nichts an, *aber.*«

Er versuchte sich eine Person auszusuchen, mit der er vielleicht gerne reden würde, einen verständnisvollen Typ. Er zog zunächst flüchtige, dann ganz offene Blicke auf sich. Entweder mußte er nun an die Bar gehen und etwas bestellen oder das Lokal verlassen. Er ließ es bei dem kurzen Besuch bewenden. Schließlich konnte er jederzeit wiederkommen, wenn er für das alles ein besseres Gespür hatte und sich nicht mehr so angespannt und sonderbar fühlte. Hidell bedeutet: nicht weitersagen. Er ging an die frische Luft und merkte, daß er schwitzte. Als er wieder in der Pension war, las er den eine Woche alten *Militant* vom ersten bis zum letzten Wort. Er las auch zwischen den Zeilen. Du merkst es, wenn sie wollen, daß du etwas für den Kampf tust. Sie verstecken eine Botschaft im Text.

Drei Tage nach Rachels Geburt ging er zu einer Kundgebung im Memorial Auditorium. Hauptredner war Edwin A. Walker. Lee stellte sich ganz hinten in die Halle und beobachtete die Leute beim Hereinkommen. Das Geheimnis, das er mit sich herumtrug, gab ihm das Gefühl, unantastbar zu sein. Er war der Mann, er hatte den Schuß abgegeben, der knapp danebengegangen war. Es war ein Geheimnis und eine Macht. Und er war hier, stand mitten unter ihnen, den John-Birch-Leuten und fanatischen Föderalisten, und hatte seine 38er unter einer Reißverschlußjacke.

Tausend Leute mochten es sein. Walker stand da oben mit seinem großen Cowboyhut und wetterte und zeterte über die Vereinten Nationen. Applaus Applaus. Die UNO ist ein aktives Element in der weltweiten kommunistischen Verschwörung. Applaus Applaus. Lee ging den Gang hinunter und setzte sich auf einen Platz, etwa in der Mitte. Er spürte die Engstirnigkeit und Erbitterung dieser Menschen. Sie mußten jemanden niederstrecken und fünfzehn Minuten auf ihm herumtrampeln. Fühlt ihr euch jetzt besser? Walker wetterte nun gegen etwas, das er den Wahren Kontrollapparat nannte. Er redete auf eine unbeholfene Art, die nichts Mitreißendes, nichts Zwingendes hatte. Auf der einen Seite hatte er die Flagge mit dem Texasstern neben sich, auf der anderen die Konföderiertenflagge. Lee ging noch weiter nach vorn, gebückt, um niemandem die Sicht zu versperren, und fand einen Platz in der Nähe der Bühne. Walker war ein müder Mann. Sein Gesicht war wie das eines

Schauspielers, das so zurechtgemacht worden ist, daß der Mann erschöpft und alt wirkt. Lee sah, daß Walker die Abbildung eines knallroten Flecks auf dem Hemd hatte, direkt unter dem Herzen.

Draußen vor der Halle drängten sich die Leute um den General, versuchten ihn anzufassen, ihm ihr Gesicht zu zeigen. Er ging langsam auf einen wartenden Wagen zu. Lee schob sich durch die Menge. Die Leute bemühten sich, ihr Gesicht in Walkers Blickfeld zu bringen. Sie riefen seinen Namen, streckten die Hände nach ihm aus. Lee hatte einen kurzen Blickkontakt mit dem General und lächelte, als wolle er sagen: Wetten, daß du nicht weißt, wer ich bin. Unantastbar. Er hatte die Hand unter der Jacke um den Griff der 38er gelegt, einfach so, um so dicht heranzukommen und zu zeigen, wie einfach, wie seltsam leicht es ist, auf die eigene Existenz aufmerksam zu machen. Er sah das Bild vor sich, wie die Menge auseinanderstob, wie sie im Weglaufen schrien: *Nein, nein, nein,* und Walker am Boden, ohne Hut, ein Titelfoto in der *Morning News.*

Er fuhr mit dem Bus zu seiner Pension. Mit dem Revolver in der Hand setzte er sich aufs Bett. Auf Walker zu schießen, führte jetzt in eine Sackgasse. Er hatte keine Möglichkeit nach Kuba zu kommen. Die würden ihn wahrscheinlich auch nicht aufnehmen, selbst wenn er den Mann erschoß und anschließend entkam. Für Edwin Walker war kein Platz mehr in der Geschichte. Lee legte den Revolver in eine Schublade der Kommode. Er ging in die Küche und trank im Dunkeln stehend etwas Milch.

Was mußte er Fidel bieten, bevor sie ihn im kleinen Kuba glücklich werden ließen?

Er saß in Ruth Paines Kombi auf dem Fahrersitz. Staub wurde über die Kiesfläche des riesigen Parkplatzes geweht. Es war Sonntag, und der Parkplatz war leer.

Ruth Paine war groß und schlank, eine schmalgesichtige Frau

in den Dreißigern, mit welligem Puppenhaar und einer Bibliothekarinnenbrille. Sie drehte sich auf dem Sitz um und blickte direkt nach hinten.

»Langsam, langsam, langsam«, sagte sie. »Fahren Sie ganz langsam.«

Er fuhr dreißig Meter im Rückwärtsgang und trat dann zu heftig auf die Bremse, so daß sie beide durchgeschüttelt wurden. Sie saßen da und sahen auf den windigen Parkplatz hinaus.

»Haben Sie ihm gesagt, wo ich wohne?«

»Ich weiß nicht, wo Sie wohnen«, sagte sie. »Das wurde mir erst klar, als er danach fragte. Nicht einmal Marina weiß es. Legen Sie jetzt den Vorwärtsgang ein, dann fahren wir ein paar Kurven.«

»Hat er gesagt, wie er Sie gefunden hat? Woher er weiß, daß Marina bei Ihnen wohnt?«

»Er kam mir sehr vernünftig vor. Ich glaube nicht, daß er Ihnen am Arbeitsplatz Ärger machen wird. Er hat gesagt, das tut er nicht, und ich glaube ihm.«

»Er weiß, wo ich arbeite?«

»Ich habe es ihm gesagt. Was hätte ich sonst tun sollen. Die kommen vom Staat, Lee.«

Er blickte durch die Windschutzscheibe.

»Jetzt den Vorwärtsgang. Fahren Sie auf den Abfallkorb zu. Dann in einem Bogen links um ihn herum.«

Es fiel ihm jetzt wieder ein. Vor seiner Abreise nach Mexico City hatte er im Postamt in New Orleans eine Nachsendeadresse hinterlassen. Ruth Paines Adresse. Aber warum suchen sie ihn? Weil sie wissen, daß er in der sowjetischen und der kubanischen Botschaft gewesen ist. Sie haben Filmmaterial von ihm. Sie haben seine Stimme auf Band. Wie nennt man das doch gleich, einen Lauschangriff?

»Weniger Gas«, sagte Ruth.

Eine Art Spruchband war um den Abfallkorb gewickelt. DER VATIKAN IST DIE HURE DER OFFENBARUNG. Der Bogen gelang ihm gut, und er fuhr wieder geradeaus.

»Er wollte alles über irgendwelche Besuche oder Anrufe wissen. Ich sagte ihm, Ihre gesellschaftlichen Kontakte im Hause Paine beschränkten sich im wesentlichen darauf, daß Sie die Nummer der telefonischen Zeitansage wählten. Er fand das ziemlich komisch.«

Wenn ihn die Fiebies fanden, dann konnte ihn auch Guy Banister finden. Alles was die Fiebies wußten, konnte Banister herausbringen. Eine ganze Sonntagszeitung vom Wind zerfleddert, einzelne Seiten, die vorbeiflogen. Er hielt den Wagen an und blickte nach vorn durch die Windschutzscheibe.

Ruth Paine sagte leise: »Versuchen wir's noch mal mit dem Rückwärtsfahren.«

Er sah eine kleine Meldung in der *Morning News*, daß JFK nach Dallas kommen werde. Zu einem Bankett um die Mittagszeit. Am 21. oder 22. November. Er überflog den Artikel nur kurz. Sein Blick streifte nur die Oberfläche der Worte. Es war ein strahlender kühler Tag. Er sah einen Einkaufswagen langsam aus einem Hinterhof rollen.

Marina stahl sich beim zweiten Besuch des FBI-Mannes aus dem Haus. Immer wieder ging sie um seinen Wagen und versuchte herauszubekommen, was für eine Marke es war. Die erhabenen Metallbuchstaben konnte sie nicht lesen, aber sie lernte die Zulassungsnummer auswendig, wie Lee angeordnet hatte, und schrieb sie anschließend im Haus auf einen Zettel, wobei sie sich in einer Ziffer irrte.

Lee schrieb einen Brief an die sowjetische Botschaft in Washington und benutzte dazu Ruth Paines Schreibmaschine. Er mußte den Brief mehrmals tippen und hatte auch mit dem Umschlag Schwierigkeiten; er verwechselte Anschrift und Absender und ließ Zahlen und ganze Wörter aus. Aber es lohnte sich, die Sätze so klar und gewichtig herauskommen zu sehen, mit einer Autorität, die seine Handschrift nicht vermitteln konnte. Er beschwerte sich über das sattsam bekannte FBI. Er versuchte der Botschaft zwischen den Zeilen zu sagen, daß man ihn beim KGB kannte. Er fragte nach sowjetischen Einreisevisen und gab die Geburt seiner Tochter bekannt. Die Schuld für Mexico City gab er den Kubanern.

Dann schrieb er an den FBI-Mann und brachte die Mitteilung in der Mittagspause zum örtlichen Büro des FBI; er gab sie nur am Empfang ab und ging sofort wieder. Wenn er es richtig verstanden hatte, hieß der Agent Hardy, und das war das einzige Wort, das er auf den Umschlag schrieb. Er unterschrieb seine Mitteilung nicht und ließ auch das Datum weg. In der Mitteilung hieß es, er habe es satt, seine Frau vom FBI belästigen zu lassen, und wenn sie damit nicht aufhörten, werde er Maßnahmen ergreifen. Er schrieb auch, er habe Verbindungen zur FBI-Außenstelle New Orleans, wo man ihm sogar eine offizielle Code-Nummer zugeteilt hätte, und das könne überprüft werden.

Am Wochenende übte er mit Ruth das Einparken.

Das Nasenbluten fing wieder an.

Er spielte mit der kleinen Rachel, die Grübchen hatte wie der Papa. Vor Monaten hatte ihm David Ferrie gesagt, Grübchen seien ein Kennzeichen der Waagemenschen.

Nicholas Branch hat ein Tonband, das in Miami aufgenommen wurde, neun Tage, bevor der Präsident dort eintreffen sollte. Das Gespräch auf dem Band wurde von einem gewissen William Somersett, einem Informanten der Polizei, heimlich aufgezeichnet. Der Mann, der sich mit Somersett unterhält, ist Joseph A. Milteer, Mitglied des Congress of Freedom und des White Citizens Council of Atlanta.

SOMERSETT: Ich glaube, Kennedy kommt am Achtzehnten oder so, um hier ’ne Rede zu halten.

MILTEER: Du kannst deinen letzten Dollar drauf setzen, daß er eine Menge über die Kubaner zu sagen hat. Von denen gibt's hier so viele.

SOMERSETT: Ja, sicher, aber er wird tausend Leibwächter mitbringen. Da läuft nichts.

MILTEER: Je mehr Leibwächter er hat, desto leichter ist er zu erwischen.

SOMERSETT: Aber wie zum Henker soll das gehen? Wie ist er deiner Meinung nach am besten zu erwischen?

MILTEER: Von einem Bürogebäude aus mit einem Hochleistungsgewehr. Er weiß, daß er dran ist.

SOMERSETT: Heißt das, sie wollen ihn wirklich umbringen?

MILTEER: Aber sicher, die Sache läuft. Und sie läuft ohne Countdown. Wir müssen blitzschnell zuschlagen können. Bei einem Countdown können sie gegen dich vorgehen – wenn du blitzschnell und unverhofft zuschlägst, können sie das nicht. Ein Countdown ist was für lange und gründlich vorbereitete Operationen. Aber bei einer dringlichen Sache mußt du blitzschnell zuschlagen können.

SOMERSETT: Mann, wenn sie diesen Kennedy umlegen, müssen wir genau wissen, wo wir uns am besten aufhalten. Dann gibt's nämlich einen Riesenwirbel, wenn sie das tun.

MILTEER: Sie würden alles auf den Kopf stellen. Ganz klar. Sie werden schon in den ersten Stunden jemand festnehmen, falls so was passiert. Nur um die Öffentlichkeit abzulenken.

Als die Leute vom Geheimdienst das Band hörten, brachten sie den Kreis um den Präsidenten dazu, den für Miami vorgesehenen Wagenkorso abzusagen. Kennedy flog mit dem Hubschrauber vom Flughafen zu einem Hotel im Zentrum, wo er vor einer Gruppe von Journalisten redete.

Branch hat zu diesem Vorfall zwei Theorien.

Erstens: T. J. Mackey ließ Informationen über das Komplott

durchsickern, so daß Milteer oder die Leute in seiner Umgebung davon erfuhren. Tatsache ist, daß Mackey zum Nachrichtendienst innerhalb der Polizei von Miami Verbindungen hatte, und möglicherweise wußte er, daß Milteer abgehört wurde. Von Milteer, der zweiundsechzig Jahre alt war und aus Georgia stammte, war bekannt, daß er am gewalttätigen Widerstand gegen die Rassenintegration beteiligt war.

Zweitens: Guy Banister selbst erzählte Milteer von den Miami-Plänen und machte das Unternehmen unwissentlich zunichte.

(Vom Geheimdienst wurden keine Einzelheiten der Bandaufnahme an Agenten weitergegeben, die für die Sicherheit des Präsidenten in Dallas verantwortlich waren. Das FBI unterzog Milteer nach dem Attentat einem oberflächlichen Verhör.)

Branch hat auch eine Theorie über die Doppelgänger Oswalds, die fast zwei Monate lang vor allem in und um Dallas, aber auch in anderen texanischen Städten tätig waren. Er glaubt, daß sich Mackey den Plan in erster Linie ausgedacht hat, um Alpha 66 zu beschäftigen, sie so tief in starre Absprachen und Vereinbarungen zu verwickeln, daß sie nicht in der Lage sein würden, sich umzustellen, wenn das Kartenhaus Miami beim ersten Windstoß in sich zusammenfiel. Joseph Milteer hatte vom Unterschied zwischen Countdown und blitzschnellem Zuschlagen gesprochen. Mackey wollte sichergehen, daß Alpha im Countdown steckenblieb. Er selbst wollte blitzschnell zuschlagen können.

Es war ein plumpes Unternehmen. Jemand, der wie Oswald aussieht, kommt in den Ausstellungsraum eines Autohändlers, sagt, er werde demnächst zu Geld kommen, macht eine rasante Probefahrt mit einem Comet und bemerkt beiläufig, er wolle nach Rußland zurückgehen. Jemand, der sich als Oswald ausgibt, geht zu einem Büchsenmacher und läßt sich ein Zielfernrohr auf sein Gewehr montieren. Jemand, der wie Oswald aussieht, kommt innerhalb von dreizehn Tagen ein halbes Dutzend Mal auf einen Schießstand und schießt auffallend oft auf die Zielscheiben anderer.

Das alles spielte sich an Tagen ab, an denen sich der echte Oswald nachweislich anderswo aufhielt.

Nicholas Branch hat in letzter Zeit häufiger den Eindruck, daß »Lee H. Oswald« ein technisches Diagramm ist, Teil irgendeiner Übung im geheimen Manipulieren der Geschichte. Das von einer versteckten CIA-Kamera aufgenommene Bild eines Mannes, der in Mexico City an der sowjetischen Botschaft vorbeigeht, ist mit dem Etikett »Lee H. Oswald« gekennzeichnet. Oswald war zwar zu der Zeit in Mexico City, aber der Mann auf dem Bild ist jemand anders – breite Brust, volles Gesicht und kurz geschorene Haare, Ende Dreißig oder Anfang Vierzig. Eine andere Art von Doppelgänger. Es verwundert nicht, daß Tag und Monat des Attentats für Branch nur noch Zahlen sind – 11/22.

Aber es gibt noch etwas Merkwürdigeres als die falsche Identifizierung: der Mann auf dem Foto entspricht in seinem Aussehen den Beschreibungen, die Branch von T. J. Mackey gelesen hat.

(Der Kurator hat ihm nie ein authentisches Foto von Mackey liefern können.)

Branch sitzt in seinem mit feinem Leder bezogenen Sessel und betrachtet die Papierberge um sich her. Papier beginnt aus dem Zimmer zu quellen und sich auf dem Gang auszubreiten und das Haus zu füllen. Der Boden ist mit Büchern und Papieren bedeckt. Der Schrank ist mit Material vollgestopft, das er noch lesen muß. Er muß neue Bücher in die Regale zwängen, sie seitlich hineinschieben, alles zusammendrängen, alles aufbewahren. Es gibt im ganzen Zimmer nichts, was er als belanglos oder überholt aussortieren könnte. Alles spielt auf irgendeiner Ebene seine Rolle. Dies ist der Raum der einsamen Fakten. Es kommt immer noch neues Material.

Der Kurator schickt weitere dreißig Bände der einhundertundvierundvierzigbändigen CIA-Akte über Oswald. Er schickt

Kartons voller Untersuchungsberichte und Prozeßniederschriften, bei denen es um Leute geht, die nur entfernt mit den Ereignissen des 22. November zu tun haben. Er schickt Berichte über die Todesursachen.

Salvatore (Sam) Giancana, Boß des Syndikats und in Jack Rubys Nachbarschaft in Chicago aufgewachsen, wird im Juni 1975 im ausgebauten Kellergeschoß seines Hauses tot aufgefunden; ein Schuß im Hinterkopf, sechs Schüsse in einer Art Zickzacknaht um den Mund. Er hätte fünf Tage später vor einem Senatsausschuß aussagen sollen, der Verschwörungen gegen Castro untersuchte. Die Mordwaffe wird gefunden und führt nach Miami. Keine Festnahmen in dem Fall.

Walter Everett jun., der Mann, der das Komplott ausheckte, wird im Mai 1965 außerhalb von Alpine in Texas, wo er Mitarbeiter des Präsidenten des Sul Ross State College gewesen war, in einem Motelzimmer tot aufgefunden. Als Todesursache wird Herzinfarkt angegeben. Er war als Thomas Stainback eingetragen.

Wayne Wesley Elko, der ehemalige Fallschirmjäger und Exsöldner, wird im Januar 1966 in einem Motelzimmer außerhalb von Hibbing, in Minnesota, tot aufgefunden. Als Todesursache wird eine akute Morphiumvergiftung angegeben. In seinem Lieferwagen findet die Polizei Werkzeug und Kupferdraht, die in einer Erzgrube in der Nähe gestohlen worden sind, und einen schlafenden zweijährigen Jungen in einem Kindersitz.

Francis Gary Powers, der U-2-Pilot, bekommt einen Job beim Sender KNBC in Los Angeles, wo er einen Hubschrauber fliegt und aus der Luft über Verkehrsstaus und Waldbrände berichtet. An einem Tag im August 1977 geht dem Bell Jet Ranger offensichtlich der Treibstoff aus, so daß er ins Trudeln kommt und mitten unter Softball spielende Jungen auf eine Wiese stürzt. Powers ist auf der Stelle tot.

Der Absturz erfolgt nur fünf Kilometer von den Skunk Works entfernt, einem zu Lockheed Aircraft gehörenden Gebäude mit abgedunkelten Fenstern, wo zweiundzwanzig Jahre vorher die erste U-2 entwickelt worden war.

Branch ist bei solch billigen Zufällen vorsichtig geworden. Er hat langsam den Eindruck, daß da jemand versucht, ihn abergläubisch zu machen. Er möchte, daß die Dinge das sind, was sie sind, und sonst nichts. Kann ein Mann denn nicht ohne dieses quälende Ritual des Suchens nach Gesetzmäßigkeiten und Querverbindungen sterben?

Der Kurator schickt eine vierhundert Seiten lange Untersuchung der Ähnlichkeiten zwischen Kennedys und Lincolns Tod.

Wayne teilte den Rücksitz mit Raymos altem Schäferhund. Die Absicht war gewesen, mit leichtem Gepäck zu reisen. Sie hatten Miami sehr schnell verlassen und nur das Wichtigste mitgenommen, und da war es schwer einzusehen, weshalb ein Tier mitkommen mußte, das dazu groß und krank war und bald den letzten Schnaufer tun würde.

Sie fuhren durch die Nacht.

Raymo fuhr und Frank saß neben ihm. Sie unterhielten sich die meiste Zeit auf spanisch, und Wayne gab sich keine Mühe, ihnen zu folgen. Seine Gedanken waren in Aufruhr, seit er wußte, was sie tun würden. Sie waren im Begriff, die Linie zu überschreiten. Es war wie Science Fiction. Es stieß neue Türen für dich auf.

Frank fuhr eine Weile, und Wayne setzte sich nach vorn. Wenigstens fuhren sie nicht mit dem Bel Air. Das hier war ein Merc, Baujahr 58, mit einer mehrfach ausgebesserten Karosserie und einem frisierten Motor, leise brummend, mit einem Biß wie ein Dragster. Wayne drehte das Radio auf volle Lautstärke. Der Wind pfiff durch. Bis auf ein Gewehr, das Mackey transportierte, hatten sie die ganzen neuen Waffen bei Alpha zurückgelassen. Rock and Roll kreischte Wayne ins Gesicht. Mitten in der Nacht bei Tallahassee.

Waynes alter Herr sagte immer: »Gott hat große Menschen geschaffen. Und Gott hat kleine Menschen geschaffen. Doch Colt hat die 48er geschaffen, um alles auszugleichen.«

Aber bei dieser Mission ging es nicht darum, einen gerechten Mittelwert zu finden. Sie rasten auf einen Abgrund zu. Wayne schüttelte immer wieder den Kopf, damit sich all die Stücke setzen konnten. Schüttelte sich so sehr, daß ihm der Fahrer Frank einen Blick zuwarf. Wayne staunte darüber, daß eine solche Idee in Amerika überhaupt existieren konnte. Und er selbst war mittendrin, in diesem Wagen, durch den der Wind pfiff.

Im leichten Regen standen sie auf einer Wiese und pißten. Wayne übernahm das Steuer, als es hinter ihnen rötlich zu dämmern anfing. Das Radio war jetzt aus, die Fenster geschlossen. Frank schlief auf dem Rücksitz und stöhnte mit zusammengebissenen Zähnen.

»Ich bin immer noch dabei, diese Geschichte zu verdauen«, sagte Wayne und blickte zu Raymo hinüber. »Liest du Science Fiction?«

»Scheiße, Wayne, spinnst du jetzt?«

»Da ist irgendwas, das ich früher immer vor einem nächtlichen Absprung gespürt habe. So eine Unsicherheit, ob das tatsächlich geschieht.«

»Wir reden davon, es ist wirklich.«

»Ich weiß, daß es wirklich ist.«

»Zuerst streichen sie Chicago total. Dann streichen sie den Autokorso in Miami. *Die* wissen, daß es wirklich ist.«

Wayne sah Raymo weiterhin prüfend an und warf nur gelegentlich einen Blick auf die Straße. Der Wagen war kompakt und ruhig, lag wunderbar auf der Straße.

»Als segelten wir geradewegs in die Nacht«, sagte er gespielt hysterisch.

»Sie bezahlen uns recht gut. Stell dir einfach vor, du bist auf dem Weg zur Arbeit.«

»Wir sind handverlesene Spezialisten im wichtigsten Einsatz unseres Lebens.«

Sie überholten einen Militärkonvoi. Eine Weile danach deutete Raymo auf den Rücksitz und sagte: »Es läßt mir einfach keine Ruhe.«

»Was denn?«

»Ich glaube, ich sollte ihn einschläfern.«

»Was? Deinen Hund?«

»Er hat überhaupt keine Koordination mehr. Wenn er aufstehen will, rutschen ihm einfach die Pfoten weg.«

»Wenn mal das Nervensystem nicht mehr mitspielt.«

»Ich will nicht, daß er in die Kammer kommt. Da vergasen sie ihn.«

»Du willst kein Gas.«

»Mir ist die Vorstellung zuwider, daß sie's mit Gas machen.«

»Bei manchen Dingen weißt du, was zu tun ist.«

»Ich hatte diesen Hund schon vor Girón.«

»Aber du bringst es nicht übers Herz.«

»So was tut keiner gern.«

»Bei der nächstbesten Gelegenheit halt ich an«, sagte Wayne. Er warf einen prüfenden Blick auf Raymos Gesicht, in dem nichts zu erkennen war, und nahm fünf Minuten später eine Ausfahrt, die zu einem Regionalflughafen führte.

Er hatte sein Jagdmesser, in zwei Pullover gewickelt, in seinem Khakirucksack.

Er hielt auf dem grasbewachsenen Randstreifen einer langen geraden Straße an, die neben einem oben abgeschrägten und mit Stacheldraht versehenen Maschendrahtzaun verlief. Er stieg aus und wartete, bis Raymo den großen Hund aus dem Wagen gehoben und behutsam aufs Gras gesetzt hatte. Umrisse von Hangars und kleinen Flugzeugen. Raymo stieg ein, fuhr fünfzig Meter weiter und hielt an. Der Hund stand am Straßenrand. Wayne kam von hinten und nahm das Tier zwischen die Beine. Immer noch Sterne am Himmel. Er packte den Hund im Genick und hob ihn mit einem Ruck an. Die Vorderpfoten ruderten in der Luft, und Wayne schob seine Messerhand unter die Kinnladen des Hundes. Er knurrte und schnitt dem Hund die

Kehle durch. Dann ließ er mit der linken Hand los. Der Hund fiel schwer und leblos zu Boden und blieb heftig blutend zwischen Waynes Füßen liegen. Wayne knurrte ihn noch einmal an und hielt dann, während er zum Wagen ging, das blutige Messer in die Höhe. Er wollte, daß Raymo es sah, einfach als Zeichen, eine Geste, deren Bedeutung nicht in Worten auszudrükken war.

Er konnte jetzt schlafen. Am späten Vormittag schliefen sie alle eine Weile. Stunden später schnappten sie im Radio den ersten Pulsschlag von Dallas auf, ein Kratzen und Rauschen am Rande des Frequenzbandes, und sie hörten einer schaurigen Stimme zu, die durch die lange Nacht getragen wurde.

»Ich will euch was sagen, liebe Leute, Big D ist heut nacht unheimlich ner-vöös. Der Zeitpunkt rückt näher und näher. Gruuuslige Dinge sind zu hören. Man spürt, wie die Nacht herabgestürzt kommt. Ahnt ihr's nicht rings um euch her? Gefahr liegt in der Luft. Ihr seht sie in den Straßen. Reklametafeln. Autoaufkleber. Handzettel. Schlimme Dinge werden über unsere Oberen gesagt. Wie ich heute morgen durch die Straßen gehe, seh ich Zickzacklinien auf ein Schaufenster gemalt, und plötzlich begreif ich, das ist ja ein *Hakenkreuz*. Glaubt ihr, ich erfinde das? Ich erfinde nichts. Ich schick jetzt einen Gedanken in den Ozon, damit eure Uhr stehen bleibt. Woher wissen wir eigentlich, daß wirklich *er selbst* in unsere Stadt kommt? Habt ihr denn nichts von den Gerüchten gehört, daß er bei Reisen durchs Niemandsland ein Dutzend Doppelgänger dabei hat? Nur um den Feind in die Irre zu führen. Kann also sein, wir bekommen Jack Sieben oder Jack Zehn. Oder sie treten alle gleichzeitig an verschiedenen Orten auf. Was mich angeht, so kann ich die Notwendigkeit verstehen. Oder ich bin vielleicht nur besonders empfänglich für die Phantasien anderer. Manche Dinge sind wahr. Manche sind wahrer als wahr. O ja, die Luft ist dick. Habt ihr je eine solche Spannung gespürt? Ihr wißt doch, wie Dallas ist, nicht wahr, aufs Große und Ganze bezogen. Wir sind wie jeder andere Ort. Oder wir sind, wie jeder andere Ort sein will. Kleiden uns gleich, reden gleich, denken gleich. Wir sind ein *Vorbild* für das ganze Land. Und das ist nicht erfunden. Aber dieses kleine nervöse Etwas sickert durch. Spürt ihr nicht, wie es an die Oberfläche drängt? Die Leute sagen, er kommt auf Carolines Dreirad in die Stadt gefahren. Nicht hart genug, uns nach Harmagedon zu führen. All die uralten Schrecken der Nacht. Wir haben es direkt im Visier. Wir wissen, daß es hier ist. Wir spüren, daß es hier ist. Es muß geschehen. Etwas Fremdes und Düsteres und Verschwommenes. Gruselbart sagt euch: die Nacht kommt auf Big D herabgestürzt.«

Raymo, Wayne und Frank waren noch nie in Dallas gewesen, und sie fragten sich, was dieser blöde Typ wohl meinte.

Mittwoch. Lee verließ die Pension und ging zu einem kleinen Lokal, wo er fast jeden Tag frühstückte. Er las die Nummernschilder der an der North Beckley Street geparkten Autos, um zu sehen, ob Agent Hardys Nummer darunter war.

Sie würden sich eigene Möbel kaufen, moderne Möbel, und eine Waschmaschine für Marina.

Er bestellte Spiegeleier, von beiden Seiten leicht angebraten. Beim Essen hatte er eine zusammengefaltete Zeitung unter dem linken Ellbogen liegen. Der Lärm und die Gespräche um ihn her berührten ihn nicht. Er hatte den Kopf dicht über die Zeitung gebeugt und las schon zum vierten oder fünften Mal in dieser Woche einen Artikel über einen Yale-Professor für Politikwissenschaft, der in der Sowjetunion als Spion verhaftet worden war. Verhaftet vor dem Hotel Metropol, einem der Hotels, in denen Lee gewohnt hatte. Verhaftet und freigelassen. Der Artikel galt in Wirklichkeit ihm. Alles, was er in diesen Tagen hörte und sah und las, galt in Wirklichkeit ihm. Sie sandten Botschaften, die ihm direkt unter die Haut gehen sollten.

Er ging zur Bushaltestelle und las unterwegs die Nummernschilder. Ein kupferroter Mercury schob sich neben ihn und paßte sich seinem Tempo an. Der Wagen hatte diese getönten Scheiben. Lee nahm sich vor, seinen Namen mit O. H. Lee anzugeben und sonst nichts zu sagen. Er kannte seine Rechte. Er hatte seine verbürgten Rechte. Er würde sich nicht schikanieren lassen.

Das Fenster wurde heruntergekurbelt, und David Ferrie stützte den Ellbogen auf den Türrahmen und drehte sich zu ihm um.

Lee sagte: »Ich darf nicht zu spät zur Arbeit kommen.«

Sie fuhren zum Schulbuchdepot. Lee unterbrach das Gespräch mehrmals, um die Fahrtrichtung anzugeben, besorgt, daß sie an einer Abzweigung vorbeifahren könnten.

»In letzter Zeit Zeitung gelesen?« fragte Ferrie. »Wie ich höre, bringen sie alle paar Tage was Neues. Zuerst heißt es nur, er kommt. Dann reden sie von einem Bankett im Trade Mart. Dann gibt es einen Autokorso durch die Innenstadt. Und dann die Zeitungen von gestern, es war in beiden Zeitungen, ich hab's selber gesehen. Eine ausführliche Beschreibung der Route, Straße um Straße. Von der Harwood zur Main. Von der Main zur Houston. Von der Houston zur Elm. Die Elm hinunter zum Stemmons Freeway. Ich dachte mir, der gute Leon *sieht* das. Was ihm jetzt wohl durch den Kopf geht. Was *ist* Ihnen durch den Kopf gegangen, Leon? Es muß ein unglaublicher Augenblick gewesen sein. Wie eine Vision am Himmel. Das Blut muß Ihnen in den Adern gefroren sein.«

»Ich weiß nur, fünf Städte in zwei Tagen. Er wird ein paar Stunden hier sein, das ist alles.«

»Die wissen, wo Sie wohnen, und die wissen, wo Sie arbeiten.«

»Die Zeitung von gestern hab ich gar nicht gesehen, um ehrlich zu sein.«

»*Natürlich* haben Sie sie gesehen. Da stand drin, daß der Präsident direkt unter Ihrem Scheißfenster vorbeifährt. Das Scheißdepot steht doch an der Elm Street, stimmt's? Und Sie verbringen die meiste Zeit im sechsten Stock, stimmt's? Sein

Wagen kommt auf der Houston Street direkt auf Sie zu. Dann geht's auf der Elm in die kleine Senke. Langsam und würdevoll wird er daherkommen. Genau auf das Haus zu, in dem Lee Oswald arbeitet. Genau zu der Tageszeit, wo er allein an einem Fenster sitzt und sein Mittagbrot ißt. Es gibt keinen Zufall. Wir wissen nicht, wie wir's nennen sollen, also nennen wir's Zufall. Es geschieht, weil du *willst*, daß es geschieht.«

Ferries Gesicht war rosarot angelaufen, und er schrie fast. Lee gab die Anweisung zum Linksabbiegen. Ferrie umklammerte das Lenkrad mit aller Kraft.

»Sie sehen bestimmt, was das bedeutet. Wie damit deutlich wird, was Sie zu tun haben. Wir haben Ihnen weder den Job in diesem Gebäude besorgt noch die Route für den Autokorso festgelegt. Soviel Einfluß oder Macht haben wir nicht. Etwas anderes bestimmt den Gang der Dinge. Gesetzmäßigkeiten, die außerhalb unserer Erfahrung liegen. Etwas, das Sie aus dem Kreislauf der Geschichte *herausreißt*. Ich glaube, Sie haben das die ganze Zeit verkehrt rum gesehen. Sie wollten in die Geschichte eingehen, Leon, aber das ist der falsche Weg. In Wirklichkeit wollen Sie nämlich raus. Also, gehen Sie raus. Springen Sie ab. Finden Sie ihren Platz und Ihren Namen auf einer anderen Ebene.«

Lee wies ihm den Weg zur Houston Street, wo sie vor dem Alten Gerichtsgebäude parkten, Richtung Süden, mit dem Rücken zum Schulbuchdepot, das eineinhalb Blocks entfernt war. Ferrie wischte sich Speichel aus den Mundwinkeln. Er schien außer Atem. Lee saß gelassen da und blickte aus dem Fenster.

»Es hat nur darauf gewartet, zu geschehen.«

»Ich muß um acht am Arbeitsplatz sein.«

»Das Gebäude steht schon länger da und wartet darauf, daß Kennedys und Oswalds Wege dort zusammenlaufen.«

»Nur so, aus Neugier: Wie haben Sie herausgefunden, wo ich wohne? Die Fiebies wissen es nicht. Die wissen nur, wo ich arbeite.«

»Die wissen, wo Sie arbeiten. Das hat uns weitergeholfen. Wir sind Ihnen gestern abend nach der Arbeit gefolgt. Wir sind stärker an Ihnen interessiert als das FBI. Hören Sie, ich habe die halbe Nacht im Wagen vor Ihrer Pension verbracht. Ich hatte *Angst*, zu Ihnen zu kommen. Und jetzt, wo es tatsächlich geschehen wird, habe ich geradezu panische Angst. Die Angst zerfrißt mich. Überlegen Sie mal, was wir anrichten. Das Chaos. Die verdammten Qualen, die wir auslösen. Wir werden alle mit Krebs vergiften. Ich saß im Auto. Ich hatte Angst, Ihnen gegenüberzutreten. Ich dachte, was tun wir dem armen Leon an? Ich dachte, der arme Leon hat den Artikel in der Zeitung gesehen. Von der Harwood zur Main. Von der Main zur Houston. Von der Houston zur Elm. Wie ein unheimlicher Abzählvers. Er wird in diesem Fenster knien, und dann wird er's *tun*. Und ich bin einer von denen, welche. Ich bin der Aufwiegler. Ich bin der Narr, der verantwortlich ist.«

Lee zog ein Stück Kaugummi aus der Tasche und brach es in der Mitte durch. Er bot Ferrie das eine Stück an, doch der schlug es ihm aus der Hand.

»Wo ist das Gewehr?«

»In einer Garage in einem Vorort, wo Marina wohnt.«

»Ein Wagen bringt Sie nach Galveston, wenn es vorbei ist. Ich treffe Sie dort. Auf die Weise sind wir ein ganzes Stück von der Szene entfernt. In Galveston wartet bereits ein Flugzeug. Wir fliegen nach Yucatán. An einen Ort namens Mérida. Von dort werden Sie mit dem Auto über die Halbinsel gefahren. Man bringt sie zu einem Schiff, das nach Havanna fährt. Man will Sie in Havanna haben. Das paßt denen genau so ins Konzept wie Ihnen. Das Schiff liegt bereit. Sie bekommen einen Namen und die dazugehörigen Papiere.« Ferrie sah ihn traurig an. »Oder es steckt mehr dahinter. Etwas, von dem wir nichts wissen. Vielleicht haben die vor, uns beide in Yucatán umzubringen.«

Lee lachte kurz auf und stieß die Luft durch die Nase aus. Dann wandte er sich ab und blickte auf die Uhr, die an der

Hertz-Reklame auf dem Dach des Schulbuchdepots befestigt war. Er stieg aus und ging die Straße hinunter.

Gleich nach der Mittagspause ging er im ersten Stock an Roy Trulys Büro vorbei. Mr. Truly, der Mann, der ihn eingestellt hatte, unterhielt sich mit einem der Schulbuchvertreter. Lee sah, daß der Vertreter Mr. Truly ein Gewehr reichte. Zwei, drei andere Männer standen in der Tür und machten ihre Bemerkungen. Lee ging hinüber. Es waren zwei Gewehre, die der Vertreter gerade gekauft hatte, wie er sagte. Eine 22er für seinen Sohn zu Weihnachten und ein Jagdgewehr, das Mr. Truly gerade inspizierte. Die anderen machten von der Tür her ihre Bemerkungen. Lee sah zu, wie der Vertreter die 22er wieder in das Futteral packte, und ging dann zum Fahrstuhl hinüber und drückte die Sechs. Es überraschte ihn nicht, daß Gewehre im Haus waren. Warum sollte es ihn überraschen? Alles drehte sich um ihn. Alles, was geschah, hatte mit ihm zu tun.

Donnerstag. T. J. Mackey stand vor dem Gebäude des Bezirksarchivs. Er ging über die Straße zu dem Rasendreieck zwischen Main und Elm Street. Er sah hinüber zu den Bahngeleisen über der dreifachen Unterführung. Dann überquerte er die Elm Street im Laufschritt und stand an der grasbewachsenen Böschung vor der Kolonnade. Er stieg hinauf zu dem Lattenzaun, der den Parkplatz eingrenzte. Er blickte auf die Elm Street hinunter. Er ging zurück zu dem Schild für den Stemmons Freeway. Vorbeirasende Autos, überall. Er blickte zum Himmel und fuhr sich mit der Hand über den Mund.

Später saß er am Rand der Innenstadt in einem dunklen Ford und wickelte ein Sandwich aus. Es gab hier viele alte Lagerhäuser mit Eisenbahnschienen, die teilweise zugepflastert waren, und mit Wänden aus Backsteinen und Mörtel, erst durch den Abbruch des angrenzenden Gebäudes freigelegt. Jedes verwendbare Plätzchen wurde als Parkplatz genutzt – schmale Durchgänge zwischen Gebäuden, staubige Grundstücke, ehemalige Ladezonen. Die klebrige Mittagsstille gab dem ganzen eine Abgeschiedenheit, die Mackey seltsam fand, nur eineinhalb Blocks von den Massen und dem Verkehr.

Er sah Oswald unsicher näherkommen.

Er war sicher, daß Oswald allein schießen wollte. So ist das mit Einzelgängern, mit Männern, die alle ihre Pläne total auf einen einzigen Augenblick ausrichten. Es würde leicht sein, ihm das glaubhaft zu versichern. Aber er würde auch dafür sorgen müssen, daß Oswald erst schoß, wenn sich die Limousine bereits von ihm weg bewegte und auf die dreifache Unterführung zufuhr. T-Jay wollte ein Kreuzfeuer. Wenn Oswald daneben schießt, ist sein zweiter Schütze in einer idealen Position; er hat dann den Wagen fast frontal vor sich. T-Jay traute Oswald nicht zu, daß er gut zielte. Dieser Junge hatte General Walker aus vierzig Metern Entfernung verfehlt – ein unbewegliches Ziel in einem hell erleuchteten Raum. Und die Mannlicher ist eine alte, grobe und unzuverlässige Waffe. Wenn er daneben schießt, solange der Wagen noch auf der Houston Street ist und auf ihn zukommt, so daß der zweite Schütze keine freie Schußbahn hat, dann stehen wir alle mit leeren Händen da. Als Schütze war Oswald überflüssig, er war nur Ersatzmann. Seine Rolle bestand darin, Anhaltspunkte von historischem Interesse zu liefern, eine auffindbare Waffe, die ganzen Papiere und Schätze seiner kubanischen Karriere.

T-Jay sah, wie Oswald mit leicht vorgerecktem Kinn den Wagen entdeckte. Er kam herüber und stieg ein, in der Hand ein Sandwich und eine kleine Milchtüte.

»Wie geht's dem neuen Baby?«

»Gut. Wirklich gut.«

»Wenn er von der Main auf die Houston eingebogen ist, wird er einen Straßenblock lang direkt auf Sie zufahren«, sagte T-Jay. »Sie schießen aber noch nicht. Das ist nicht der richtige Augenblick. Es ist ein leichter Schuß, leichter könnten wir's gar nicht haben, aber Sie wären für die genau im Blickfeld. Es gibt einen Führungswagen, dazu kommen etwa fünfzehn Polizisten auf Motorrädern und ein Wagen des Geheimdienstes, der mit acht Mann besetzt ist, von denen vier auf den Trittbrettern mitfahren. Sie drängen sich alle um die Limousine des Präsidenten, und sie sehen alle in Ihre Richtung. Wenn der Schuß gefallen ist, wissen sie also ganz genau, wo er hergekommen ist. Das Gebäude wird im Nu voller Polizisten sein. Deshalb mein dringender Rat. Ich kann es nicht eindringlich genug sagen. Warten Sie. Warten Sie, bis die Kolonne in die Elm Street einbiegt und auf die Unterführung und den Freeway zufährt. Es ist kein schwieriger Schuß. Sie visieren die Körpermasse an, den Mittelteil oder eben den Teil des Körpers, der im Fernrohr zu sehen ist. Warten Sie. Warten Sie, bis er an Ihnen vorbei ist und die Elm Street hinunterfährt. Dann warten Sie noch, bis er hinter der Eiche vorkommt. Er muß an diesem Baum vorbei sein. Ich schätze, beim ersten Schuß beträgt die Distanz keine sechzig Meter. Was dann kommt, hängt davon ab, wie schnell der Fahrer reagiert. Der Knall wird vermutlich von der Unterführung zurückgeworfen, so daß niemand genau weiß, wo der Schuß herkommt. Da Sie jetzt hinter ihnen sind, kann man Sie nicht so leicht ausmachen. Das verschafft Ihnen zusätzliche Sekunden. Sie haben vielleicht zehn Sekunden mehr, um die Treppen runterzukommen. Das könnte entscheidend sein. Warten Sie. Warten Sie auf jeden Fall. Lassen Sie sich auch nicht im Fenster sehen, bevor der Wagen die Eiche erreicht hat. Warten Sie dann, bis er hinter dem Baum vorkommt.«

Dem Plan kam etwas zugute, was Win Everetts Abstufungen und Verfeinerungen nicht hätten liefern können: Glück. T-Jay sah, wie Oswald das Salatblatt aus dem Sandwich nahm und extra aß.

»Wenn Sie auf der Straße sind, verlassen Sie die Gegend so schnell wie möglich. Jefferson Boulevard, nicht weit von Ihrer Pension. Gehen Sie Richtung Westen, zu Nummer 231. Es ist ein Kino mit einer spanisch wirkenden Fassade. Es ist geöffnet. Die öffnen die Türen um zwölf Uhr fünfundvierzig. Sie gehen rein, setzen sich auf einen Platz, sehen sich den Film an. Wenn es dunkel wird, haben wir Sie nach Galveston gebracht, und wenn es wieder hell wird, sind Sie bereits im Ausland.«

Mackey zerknüllte das Sandwichpapier und warf es aus dem Fenster. Er holte vier Patronen aus der Tasche. Er schüttelte sie in der Faust und ließ sie dann in Oswalds Lunchtüte fallen.

»Ich kann mir nicht vorstellen, daß Sie mehr als vier Schüsse abgeben.«

»Die Zeit wird nicht reichen.«

»Vertrauen Sie Ihren Händen.«

»Ich hab die Handgriffe tausendmal geübt.«

»Wie heißt denn das Baby?«

»Meine Frau hat sie Audrey genannt, nach Audrey Hepburn in *Krieg und Frieden*, Tolstoi. Aber ihr zweiter Vorname ist Rachel. Wir nennen sie Rachel.«

»Dieses Unternehmen wird Ihnen gefallen«, sagte T-Jay.

Er sah Oswald nach, der durch den schmalen Durchgang zur Griffin Street ging und sich dann nach Südwesten wandte, zurück zur Arbeit.

Das Wichtigste ist, daß Kennedy stirbt.

Und dann, daß Oswald stirbt.

Wenn Oswalds linksradikale Neigungen aufgedeckt sind, wird die Regierung folgern – wird die Regierung folgern *wollen* –, daß ihn Castro-Agenten angeheuert, benutzt, getötet haben.

Guy Banister würde das FBI auf den Decknamen Hidell aufmerksam machen.

David Ferrie würde in Galveston eine einsame Nacht verbringen.

Marina und Lee waren hinter dem Haus der Paines und stießen die Schaukeln für die Kinder an, für Sylvia und Chris und Junie und ein Mädchen und einen Jungen aus der Nachbarschaft. Es war schon dunkel, aber die Kinder wollten nicht ins Haus. Zwei Schaukeln, Eltern, die sie anstießen.

»Aber du hast immer noch nicht gesagt, wieso du an einem Donnerstag hier bist.«

»Meine Mädchen fehlen mir«, sagte er.

»Ohne auch nur anzurufen.«

»Wenn du zu mir nach Dallas kommst.«

»Nein.«

»Brauche ich nicht anzurufen. Alles wird dann anders. Ich kann nicht mehr allzu lang in diesem Zimmer wohnen.«

»Die Kinder haben es hier besser.«

»Weißt du, wie klein das Zimmer ist?«

»Ruth läßt uns gerne auch weiterhin hier wohnen.«

»Papa glaubt, du liebst ihn nicht mehr.«

Sie hoben zwei Kinder von den Schaukeln, setzten zwei andere drauf. Marina war Lee immer noch böse, weil er ihr nicht gesagt hatte, daß er einen falschen Namen benützte. Sie war dahinter gekommen, als Ruth in der Pension anrief und nach Lee Oswald fragte. Sie wollte, daß diese dummen Geschichten aufhörten. Dieses ganze Theater. Heute dies, morgen das.

Die Kinder schrien: »Höher!«

»Ich kauf dir eine Waschmaschine«, sagte er.

»Ein Auto wäre vielleicht besser für uns.«

»Ich spare, was ich kann. Zuerst müssen wir uns eine Wohnung besorgen.«

»Nein.«

»Wenn du zu mir nach Dallas kommst.«

»Nein.«

»Die Mädchen wollen bei ihrem Daddy sein.«

»Mit wem rede ich dann den ganzen Tag? Hier kann ich mit Ruth reden. Ruth ist eine große Hilfe für mich.«

»Ein Balkon wie in Minsk«, sagte er.

Beim Essen wollte Ruth, daß sie sich alle drei um den Tisch herum die Hände reichten. Sie erklärte, bei den Quäkern werde so bei Tisch gebetet. Jeder soll für sich ein stilles Gebet sprechen, aber Marina war klar, daß Lees Schweigen nichts mit Andacht zu tun hatte.

Als Marina in der Küche aufräumte, kam Ruth herein und sagte ein wenig verwundert, in der Garage habe jemand das Licht angelassen. Wahrscheinlich, so sagten sie, war es Lee, der dort unter seinen Sachen nach einem Pullover suchte. Fast alles, was sie besaßen, hatten sie in Schachteln in Ruths Garage.

Im Schlafzimmer zog sich Marina aus. Lee saß ohne Schuhe und Socken, aber sonst ganz angezogen, in einem Sessel. Sie machten sich für die Nacht fertig, wie jedermann, hier an diesem Ort in Amerika.

»Es wird alles anders werden.«

»Nein.«

»Aber erst müssen wir zusammenleben.«

»Ich sehe keinen Grund zur Eile.«

»Wenn du zu mir nach Dallas kommst.«

»Die Kinder können hier im Freien spielen. Ruth ist hier.«

»Ich habe ein bißchen Geld gespart.«

»Ich will mein Baby nicht mit nervöser Milch stillen.«

»Zur Abwechslung mal eigene Möbel.«

Sie stand nackt auf der anderen Seite des Bettes. Sie griff hinter sich und nahm das Nachthemd vom Sessel. Er beobachtete sie. Sie dachte, er wolle etwas sagen. Sie zog das Nachthemd über den Kopf und schlug die Bettdecke zurück. Alltagsmomente, in jeder Hinsicht. Einfache Momente, die sich aneinanderreihen, während Regen auf den Rasen fällt.

Am frühen Morgen war er weg. Sie fand Geld in kleinen Häufchen auf der Kommode, und sie zählte es staunend zusammen. Einhundertundsiebzig Dollar. Das war mit Sicherheit alles, was er besaß.

Dreimal hatte er sie gebeten, zu ihm nach Dallas zu kommen. Dreimal hatte sie nein gesagt. Nachdenklich stand sie an der Kommode. Es war ein bekanntes Muster, Dinge, die dreifach passieren. Irgendeine dunkle Macht ging von der Zahl drei aus. Sie hatte in ihrem Leben immer wieder festgestellt, die Drei brachte Unglück.

22. NOVEMBER

Im Flughafen standen sie auf Gepäckkarren und hielten sich an Laternenpfählen fest. Sie hingen über den Absperrungen aus schwerem Maschendraht, Menschen in Regenmänteln schwenkten Fähnchen, klammerten sich an die Hinweistafel für den Flugsteig 28. Der Himmel war jetzt wolkenlos, und die 707 kam mit wuchtigem Schwung auf dem Rollfeld zum Stehen. Sie kamen aus ihren Autos gerannt. Sie stellten sich an den Rand der Menge, sprangen auf und ab. Kinder saßen auf den Schultern hochgewachsener Männer. In der dicht zusammengedrängten Menge kam Stimmung auf, eifrig zustimmende Begeisterung. Mitglieder des Begrüßungskomitees schoben sich auf ihre Plätze am Fuß der Gangway, zupften Frisuren und Kleidung zurecht. Die Hecktür ging auf, und die First Lady erschien, leuchtend wie eine Rosenknospe in rosa Kostüm und Hut, gefolgt vom Präsidenten. Ein Raunen der Ehrfurcht ging durch die Menge, eine anerkennende Bewunderung, die die Luft vibrieren ließ. Die Leute riefen laut, die Gesichter in einer Phase von Überraschung erstarrt, die verwirrtem Schmerz glich. »Hier« oder »Jack« oder »Hierher«. Der Präsident faßte sich ans Revers, rückte mit einem kleinen Achselzucken sein Jackett zurecht und kam die Gangway herunter. Das Raunen war jetzt fast ein Brüllen, Staunen. Sie rüttelten an der Absperrung. Sie kamen aus dem Flughafengebäude gelaufen, schwenkten Handtaschen und Kameras. Überall waren Kameras, in die Höhe gehalten, pausenloses Klicken von Lamettenverschlüssen, und aus der Menge ragten selbstgebastelte Transparente.

Willkommen in Big D, Jack und Jackie.

Nach dem Händeschütteln und den Begrüßungsworten entfernte sich Jack Kennedy von den Sicherheitsbeamten und ging, den vereinzelten Pfützen ausweichend, auf die Absperrung zu. Er streckte eine Hand in die Menge, und sie drängten ihm entgegen und blickten sich an, um ihre Reaktionen aufeinander abzustimmen. Er ging am Zaun entlang, gutaussehend und gebräunt, lächelte strahlend in die Mauer aus offenen Mündern. Er glich sich selbst, sah aus wie auf den Fotos, ein Steuermann, ins Flimmern des Meeres blinzelnd, mit blitzenden weißen Zähnen. Nur zu ahnen waren die Spuren des Kortisons, das manchmal sein Gesicht anschwellen ließ – Kortison gegen seine Addison-Krankheit, ein Stützkorsett für seine degenerierenden Bandscheiben. Sie kamen über die Absperrung, umringten ihn, so viele Menschen und Hände. Das weiße Lächeln wurde breiter. Alle Welt sollte wissen, daß er keine Angst hatte.

Der Lincoln war tiefblau, von einem schillernden, glänzenden Pfauenblau, mit einer amerikanischen Flagge und dem Stander des Präsidenten an den vorderen Kotflügeln. Zwei Geheimdienstleute vorne, Gouverneur Connally und seine Frau auf den Klappsitzen, die Kennedys im Fond. Hinter einem neutralen Führungswagen und fünf Motorrädern, gelenkt von weißbehelmten Stadtpolizisten mit traditionell ausdruckslosen Gesichtern, setzte sich der Lincoln in Bewegung. Einen Kilometer lang mochte die bunte Kolonne sein, die folgte: gemietete Kabrios, Kombis, Limousinen, Begleitfahrzeuge des Geheimdienstes, fahrende Funkzentralen, Busse, Motorräder, Reserve-Chevys, Lyndon, Lady Bird, Kongreßabgeordnete, Berater, Ehefrauen, Männer mit Nikons, Rolleiflexes, Wochenschaukameras, Funktelefonen, Selbstladegewehren, Schrotflinten, Dienstrevolvern und den Codes für die Auslösung eines Atomschlages.

Der Lincoln schien zu glühen. Sonnenlicht blitzte auf den

Kotflügeln und der Motorhaube und ließ die Polster aufleuchten. Der Gouverneur schwenkte seinen braunen Stetson, und die Wimpel knatterten, und die First Lady hielt einen Strauß Rosen im Arm. Die polierte Oberfläche des Wagens spiegelte Szenen entlang der Straße. Nicht daß die Szenerie viel hergegeben hätte. Die Abgeschiedenheit eines Flughafens. Langgestreckte Gebäude mit kiesbedeckten Flachdächern. Reklametafeln mit Bildern brutzelnder Steaks. Vereinzelte winkende Zuschauer, die in dieser düsteren Umgebung mutig wirkten. Und ein Mann, der allein an der Straße stand und eine Ausgabe der *Morning News* hochhielt, auf der Seite aufgeschlagen, die das Tagesgespräch war. *Willkommen in Dallas, Mr. Kennedy.* Eine Anzeige, aufgegeben von einer Gruppe, die sich »Amerikanischer Untersuchungsausschuß« nannte. Beschwerden, Beschuldigungen, ein chauvinistisches Potpourri – eigentlich auch in einer größeren Zeitung nichts Besonderes, außer daß der Text schwarz umrandet war. Hübsch ominös. Jack Kennedy hatte die Anzeige schon vorher gesehen, und nun, da die Hochhäuser im Zentrum von Dallas bereits in Sichtweite waren, wandte er sich an Jacqueline und sagte leise: »Jetzt kommen wir zu den Spinnern.«

Aber es war dennoch wichtig, in einem offenen Wagen gesehen zu werden, ohne kugelsichere Kuppel, ohne Sicherheitsbeamte auf den Trittbrettern. Hier war er nun mitten unter ihnen, in einer Zeit tiefer Spaltung, das Land in zwei Lager gerissen, die beide geiferten und auf Jack fixiert waren. Gab es düstere Ahnungen? Wochenlang hatte er einen Fetzen Papier mit sich herumgetragen, auf dem ein paar Zeilen aus einem blutigen shakespearischen Untergang gekritzelt waren. *Und ihre Wut reißt auseinander und zerstückelt mich.* Aber es war dennoch wichtig, daß der Wagen sehr langsam fuhr und die Menge Gelegenheit hatte, ihn zu sehen. Ein Maximum an Präsenz, wie die Werbestrategen sagen, und wer will schon einen Hasenfuß als Präsidenten?

Und dann kamen auch freundliche Menschenmengen. Die Einzelgänger in den Außenbezirken, Strichmännchen, wurden von größeren Gruppen und Ansammlungen abgelöst. Sie tauchten an Kreuzungen auf. Sie standen in Verkehrsstaus auf Stoßstangen und riefen: »Jack-i.« Transparente, Fähnchen, anschwellende Menschenmassen, fünfzehn Reihen hintereinander, sie drängten schon auf die Fahrbahn, reckten die Hälse, um einen Blick auf die glänzende Limousine zu erhaschen. Die Polizisten auf ihren Harleys begradigten die Ausbuchtungen in der lebenden Mauer. Wer nach hinten an eine Hauswand abgedrängt war, konnte die Limousine nicht sehen, nur vorbeihuschende Figuren, Lichtgestalten, traumhaft und heiter. Heftig war das Gewühl unten an der Harwood-Street. Es war eine riesige Menschenmenge, eine Sturmgewalt. Im beständigen Dröhnen der Motorräder lag etwas Erregendes, eine Kraft, und der Präsident winkte und lächelte und flüsterte: »Danke.«

Achtung haltet die Leute hinter der Absperrung. Die drängen hier auf die Straße.

Straße um Straße wurde den Menschen klarer, warum sie hier waren. Die Botschaft übersprang die Lücken zwischen den einzelnen Menschenknäueln. Eine ansteckende Krankheit hatte sie hergeführt, eine geheimnisvolle gemeinsame Regung, Hunderttausende mit den verschiedensten Lebensläufen und Daseinsformen waren hierhergekommen, waren nach irgendeinem Erlebnis in der zurückliegenden Nacht, einem Zusammenlaufen von Träumen, hierhergekommen, um zusammen an der Straße zu stehen und dem vorbeifahrenden Lincoln zuzurufen. Sie waren hier, um zu einem Ereignis zu werden, zu einem Bewußtsein, um die in alten Überzeugungen verwurzelten Ängste zu überraschen, den starren und argwöhnischen Glauben in der Stadt des schnellen Reichtums. Big D ließ Vorsicht und Argwohn hinter sich und erzeugte den brüllenden Lärm eines wirbelnden Sandsturms. Sie waren hier, um den zerbrechlichen Körper eines Mannes zu umringen und sein Lächeln zu fordern, um ein Zeichen der Freigebigkeit seiner Seele entgegenzunehmen.

Achtung wir kommen zur Main fahrt so langsam wie möglich.

Hinein in die Mittagsflammen. Zwölf Blocks im Zentrum die

Main Street hinunter, hier und da letzte Funken des Melodrams kleiner Städte, Hallmark und Walgreen und Thom McAn, verstreut zwischen den Hochhäusern der Banken. Die Motorräder kamen, ein gleichmäßiges gedrosseltes Grollen, eine Spannung, die sich bei jedem in die Ränder des Bewußtseins biß. Der Anblick des Lincoln elektrisierte die Leute entlang der Straße. Ein Aufschrei übertönte den anderen. Körper beugten sich weit aus Fenstern, tollkühne Jugendliche stürmten auf die Straße. *Sie sind da. Sie sind's. Sie sind's wirklich.* Es waren nicht nur Jack und Jackie, die durch Flammen der Begeisterung fuhren. Die Menge selbst umgab sich mit Hitze und Licht. Ein Wissen erfüllte die Luft, ein Selbstbewußtsein. Hier war eine neue Stadt, ein Gedanke pflanzte sich mit Schallgeschwindigkeit fort, stampfte über das alte verstummte Herz hinweg, eine Stadt der brüllenden Stimmen. Laut und heiß und pochend. Die Menge drängte immer wieder über die Seile und Barrieren hinweg. Die Motorräder fuhren in Keilformation voran, und Sicherheitsbeamte sprangen von den Trittbrettern des Geleitwagens, um neben dem Lincoln herzulaufen. Machte es Angst, inmitten all dessen zu sitzen? Fürchtete Jack, die glühende Begeisterung könnte in Gewalt umschlagen? Sie waren so verdammt nahe, fast auf ihm. Er sah sie an und flüsterte: »Danke.«

Die Männer mit den Sonnenbrillen waren wieder auf ihren Trittbrettern, als die Spitze der Kolonne in die Houston Street einbog und sich der kleinen Senke vor der Schnellstraße näherte.

Sie rannten auf die Gitterkäfige der Fahrstühle zu, vier junge Männer in der Hetze der Mittagspause, wieherndes Gelächter, Rempeleien beim Einsteigen. Lee hörte ihr lautes Reden, bis sie unten waren. Staub. Ausgebleichte weiße Farbe an den alten Backsteinmauern. Überall Stapel von Pappkartons. Alte Wasserleitungen an der Decke und verschrammte Stützpfeiler. Einen Meter über dem Boden hing eine Staubschicht in der Luft. Einzelne Bücher auf dem Fußboden. Sein Klemmbrett war bereits versteckt, in der Nähe der westlichen Wand zwischen Kartons geklemmt. Stille im sechsten Stock.

Er stand am südöstlichen Fenster, hinter Kartons verschanzt. Die größeren bildeten einen Wall, der vielleicht eineinhalb Meter hoch war und Kindheitserinnerungen weckte, das Gefühl, in einem behaglichen Versteck zu sitzen, und so fühlte er sich von allem losgelöst und sicher. Innerhalb des Verstecks hatte er vier weitere Kartons – einer stand in Längsrichtung auf dem Boden, zwei andere waren übereinandergestapelt, ein kleiner Karton lag auf dem gemauerten Fenstersims. Eine Sitzbank, eine Stütze, eine Gewehrauflage. Das Packpapier, in dem er die Waffe heimlich transportiert hatte, lag neben seinen Füßen am Boden. Staub. Zerrissene Spinnweben hingen von der Decke. Er sah eine Zehncentmünze am Boden liegen. Er las sie auf und steckte sie ein.

Er blickte die Houston Street hinab und sah die Autokolonne näherkommen, langsam und leuchtend bunt in der Sonne. Menschen bevölkerten die Rasenflächen der Dealey Plaza, hundertfünfzig vielleicht, viele mit Kameras. Er hielt das Gewehr schräg vor dem Körper, mit dem Lauf nach links, und stand gut sichtbar an dem hohen Fenster. Alles wirkte so schmerzhaft klar.

Der Präsident hatte kastanienbraunes Haar, und die First Lady, die ein rosa Kostüm und einen kleinen runden Hut trug, war strahlend schön. Lee war froh, daß sie so gut aussah. Um ihrer selbst willen. Wegen der Kameras. Wegen der Bilder, die in die Geschichte eingehen würden.

Er erspähte Gouverneur John Connally auf einem der Klappsitze, im Schoß einen Stetson. Er mochte Connallys Gesicht, ein zerfurchtes Texanergesicht. Ein Mann seines Schlages würde an Lee Gefallen finden, wenn er ihn je kennenlernte. Kartons mit dem Stempel BÜCHER. Zehn Rolling-Lesebücher. Alle waren dankbar für das Wetter.

Der weiße Führungswagen bog ab, die Motorräder bogen ab. Der Lincoln fuhr jetzt unter ihm vorbei, fuhr leicht nach links, ging in die starke Linkskurve, schien fast um eine Achse zu rotieren. Alles war langsam und klar. Lee ging auf ein Knie, stützte den linken Ellbogen auf die gestapelten Kartons und legte den Gewehrlauf auf die Kante des Kartons auf dem Fenstersims. Er visierte den Hinterkopf des Präsidenten an. Der Lincoln verschwand hinter der Immergrünen Eiche, fuhr keine zwanzig Kilometer in der Stunde. Links alles klar, rechts alles klar. Im Zielfernrohr sah er den metallischen Glanz des Wagens.

Er schoß durch eine Lücke im Laubwerk.

Als der Wagen wieder auftauchte, setzte beim Präsidenten die Reaktion ein.

Lee stieß den Griff nach oben, schob das Schloß zurück.

Der Präsident reagierte, die Arme gingen nach oben, die Ellbogen hoch und weit auseinander.

Plötzlich waren Tauben da, überall; sie stoben von den Dachrinnen und flatterten nach Westen.

Der Knall hallte über der Plaza, dumpf und deutlich.

Der Präsident hatte die Fäuste am Hals geballt, die Arme waren abgewinkelt.

Lee schob das Schloß vor, riß den Griff nach unten.

Der Lincoln fuhr jetzt langsamer. Er kam praktisch zum Stehen, stand schutzlos auf der Straße, keine achtzig Meter von der Unterführung entfernt.

Genau in der Schußlinie.

Auf dem Parkplatz über der grasbewachsenen Böschung, gut auf halbem Weg die Elm Street hinunter, stieg Raymo aus dem Merc mit Kompressormotor. Der Parkplatz war von einem Lattenzaun umgeben, an dem Bäume und Sträucher wuchsen. Die hintere Stoßstange des Wagens berührte den Zaun. Zehn, zwölf Wagen standen ganz in der Nähe, eine weit größere Zahl im nördlichen und westlichen Bereich des Parkplatzes.

Raymo blieb einen Moment stehen und lockerte die Schultern. Mit drei ruckartigen Bewegungen der linken Hand zog er sich energisch die Eier zurecht. Der Zaun war vielleicht einsfünfzig hoch – zu hoch, als daß er sich mit dem linken Arm bequem hätte abstützen können. Er ging zum Heck des Wagens und stellte sich auf die Stoßstange. Er blickte über den Zaun hinweg auf eine Rasenfläche. Der Führungswagen näherte sich der Abzweigung in die Elm Street.

Frank Vásquez stieg auf der Fahrerseite aus dem Wagen. Er hatte eine Weatherby Mark V mit Zielfernrohr, geladen mit Dumdumgeschossen, die beim Aufprall explodieren. Er wartete beim hinteren Kotflügel, bis Raymo eine Hand ausstreckte. Frank gab ihm die Waffe.

Er kehrte auf den Fahrersitz zurück. Der Wagen schaukelte, als er einstieg, und Raymo warf ihm einen bösen Blick zu.

Der Lärm der Menge aus der Main Street hing immer noch in der Luft, sanft, ein Rauschen in der Ferne, und Frank, mit dem Rücken zum Geschehen, saß lauschend am Lenkrad. Er sah am Bahngelände vorbei nach Nordwesten. Weiß gestrichene Wassertürme. Hochspannungsmasten, die sich in der flachen grimmigen Ferne verloren. Licht und Himmel, sonst nichts. Er hatte das Gefühl, bis ans Ende von Texas sehen zu können.

Raymo stand direkt westlich von der Stelle, wo die zwei Abschnitte des Zaunes nahezu einen rechten Winkel bilden. Aus dem tiefen Schatten der Bäume blickte er hinaus auf eine sonnenüberflutete Szene. Kleine Gruppen versammelten sich auf dem Gras zu beiden Seiten der Elm Street, Familien, Kameras, wie der Auftakt zu einem Picknick. Die Limousine bog in die Straße ein. Die Leute auf der Nordseite der Elm Street, mit dem Rücken zu Raymo, schirmten die Augen gegen die Sonne ab. Andere Leute winkten, Kennedy winkte, Beifall, Sonnenschein, funkelndes Licht auf der Kühlerhaube der Limousine. Ein Mädchen lief über das Gras. Die hängenden Männer. Vier Männer hingen an der Seite des Geleitwagens, nur ein paar Meter hinter dem blauen Lincoln.

Dallas Eins. Bitte wiederholen. Ich habe nicht ganz verstanden.

Leon schoß zu früh, als der Wagen gerade an dem Baum vorbeifuhr. Der Knall klang eher nach einer Verpuffung, ein wenig schwach, ein Defekt, nicht genug Pulver.

Kennedy reagierte spät, zunächst ohne Überraschung; seine Arme gingen langsam nach oben, wie bei einem Mann an einem Ruderapparat.

Der Fahrer halbierte das Tempo. Der Fahrer saß einfach da. Der andere Sicherheitsbeamte saß einfach da. Sie warteten auf eine Stimme, auf eine Erklärung.

Tauben flatterten vorbei.

Raymo schob den Lauf des Gewehrs vorsichtig über den Zaun. Er stellte die Füße fest auf die Stoßstange. Sein linker Unterarm, der die Waffe stützte, war zwischen den Spitzen von zwei Zaunlatten verkeilt. Raymo neigte den Kopf zum Gewehrschaft. Er spähte durchs Zielfernrohr und wartete.

Auf dem Gras sah eine Frau, wie die Limousine hinter einem Schnellstraßenschild hervorkam und der Präsident sich an den Hals griff. Sie hörte ein knallendes Geräusch, wie bei der Fehlzündung eines Autos, und begriff plötzlich, daß es schon der zweite Knall war, den sie hörte. Sie glaubte zu sehen, wie ein Mann einen Jungen ins Gras stieß und sich über ihn warf. Den ersten Knall nahm sie eigentlich erst wahr, als sie den zweiten hörte. Ein Mädchen lief winkend auf die Limousine zu. Es krachte, und der Knall verebbte dann allmählich über der Plaza. Das ergab überhaupt keinen Sinn.

Die Klarheit war so groß, daß Lee sich in dem riesigen Raum mit den übereinandergestapelten Kartons, umherliegenden Büchern, alten Ziegelmauern, nackten Glühbirnen selbst sehen konnte, eine halb verborgene kleine Gestalt in einer Ecke. Er schoß ein zweites Mal.

Er sah, wie der Gouverneur, der sich nach rechts gewandt hatte, in die andere Richtung sehen wollte und sich plötzlich zusammenkrümmte. Eine Schreckreaktion. Er wußte aus Waffenmagazinen, daß man das eine Schreckreaktion nannte.

Er stieß den Griff nach oben, schob das Schloß zurück, schob es wieder nach vorn.

Einen Augenblick bitte, auf Empfang bleiben.

Okay, den ersten Schuß hatte er zu früh abgegeben und den Präsidenten unterhalb des Kopfes getroffen, irgendwo in der Nackengegend. Es war eine Dummheit, die er auf einer bestimmten Ebene wegschieben konnte. Okay, er hatte mit dem zweiten Schuß den Präsidenten verfehlt und statt dessen Connally getroffen. Aber der Wagen stand immer noch da und bewegte sich kaum. Er sah, wie sich die First Lady zum Präsidenten hinüberbeugte, der jetzt in sich zusammengesackt war. Am Rande des Leuchtrahmens stand ein Mann und applaudierte.

Lee riß den Griff nach unten und zielte. Er hörte, wie die zweite ausgeworfene Patronenhülse über den Boden rollte.

Auf dem Sitz zwischen Jack und Jackie lagen Rosen. Das Wageninnere war in einem hübschen Hellblau gehalten. Der Mann war so nahe, daß er mit ihnen hätte sprechen können. Er stand applaudierend am Straßenrand. Eine Frau rief zum Wagen hin: »He, wir wollen ein Foto von Euch machen.« Der Präsident, der den Kopf nach links geneigt hatte, sah äußerst verwirrt aus. Der Mann stand applaudierend da, bereits tief im Chaos, sah auf zusammengesackte Körper. Bald würden Waffen auftauchen.

Gib mir eine Leitung, Bill, eine Leitung.

Bobby W. Hargis, in der Motorradeskorte links hinten, wußte, daß er Gewehrschüsse hörte. Eine Frau machte ein Foto und fünf, sechs Meter hinter ihr machte eine zweite Frau das gleiche Bild, nur mit der ersten Frau darauf. Er konnte nicht sagen, wo die Schüsse herkamen, zwei Schüsse, wußte aber, daß im Wagen jemand getroffen war. Ein Mann stieß seinen kleinen Jungen zu Boden und warf sich über ihn. Der war im Krieg, konnte Hargis noch denken, während der Gouverneur, Connally, auf dem Klappsitz irgendwie nach unten rutschte und von seiner Frau aufgefangen und festgehalten wurde. Hargis wandte sich nach rechts, nachdem er gerade noch gesehen hatte, wie ein Mädchen in einem hübschen Mantel über den Rasen auf den Präsidentenwagen zulief. Er drehte den Oberkörper nach rechts, behielt dabei aber die Fahrtrichtung bei und dann flog ihm die blutige Masse, das unvergeßliche Zeug, ins Gesicht, ein Graupelschauer aus Knochen und Blut und Gewebe. Er glaubte, man habe auf ihn geschossen. Das Zeug traf ihn wie eine Ladung Schrot, und er hörte es gegen seinen Helm prasseln und klatschen. Menschen lagen im Gras. Er kniff die Lippen zusammen, um das Zeug nicht in den Mund zu bekommen.

Auf dem Klappsitz war John in sich zusammengesunken. Nellie Connally zog ihn herüber und hielt ihn in den Armen. Sie ließ ihren Kopf auf seinen Kopf sinken. Sie tat so, als wäre sie an seiner Stelle. Sie waren beide am Leben oder beide tot. Einer so und einer so ging nicht. Dann verspritzte der dritte Schuß das blutige Zeug in alle Richtungen. Gewebe, Knochensplitter, Fetzen bleicher Haut, wässriger Schleim, Gewebe, Blut, Hirnmasse überall auf ihnen.

Sie hörte Jackie sagen: »Sie haben meinen Mann umgebracht.«

Es hätte Nellies eigene Stimme sein können, jemand, der für sie sprach. Sie dachte, John sei tot. Dann rührte er sich ein klein wenig, und im selben Moment dachte sie, Jackie sei nicht mehr im Auto, sei hinten rausgeklettert, aber irgendwie war sie wieder da. John bewegte sich in ihren Armen. Sie waren ein Herz, es pumpte für beide.

Wir sind getroffen. Lancer ist getroffen. Fahr uns zum Parkland, schnell.

Der Wagen beschleunigte, und alles flog an ihr vorbei. Nellie dachte, wie schrecklich das alles sein mußte, was für ein schrecklicher Anblick für die Leute an der Straße, dieses Auto mit den zusammengeschossenen Männern vorbeirasen zu sehen; was für ein Greuel, was für ein Anblick.

Sie hörte Jackie sagen: »Ich habe sein Gehirn in der Hand.«

Alles flog vorbei.

Der Mann im weißen Pullover, der applaudierend dastand, sah, wie das Zeug plötzlich aus dem Kopf des Präsidenten geschleudert wurde. Die Motorräder fuhren vorbei. Die ersten Waffen tauchten auf, ein Mann in dem zweiten Wagen mit einem Selbstladegewehr. Der zweite Wagen fuhr vorbei. Ein Motorrad fuhr in der Nähe des Betonbaues – der Kolonnade – schlingernd die Grasböschung hinauf. Jemand stand dort drüben mit einer Filmkamera auf einer Brüstung und zielte in diese Richtung, und der Mann im weißen Pullover, der die Hände nun in Gürtelhöhe angehoben hatte, dachte, er sollte eigentlich zu Boden gehen, er sollte sich auf der Stelle fallen lassen. Ein heller Nebel um den Kopf des Präsidenten. Zwei rosa-weiße Gewebefetzen schossen aus dem Nebel heraus. Die Filmkamera lief.

Lee wollte gerade den dritten Schuß abgeben, er war dabei, er hatte bereits den Finger am Abzug.

Das Licht war von herzzerreißender Klarheit.

Ein weißes Bersten mitten im Leuchtrahmen. Ein fürchterliches Spritzen, ein Bersten. Irgend etwas flog lodernd vom Kopf des Präsidenten weg. Er wurde zurückgeworfen, völlig in Staub und Dunst eingehüllt. Dann war er plötzlich wieder zu sehen, reglos und tief in seinem Sitz. Oh, er ist tot, er ist tot.

Lee hob den Kopf vom Zielfernrohr und sah nach rechts hinüber. An das Bauwerk mit den Säulen schloß sich eine weiße Betonmauer an, hinter der ein Lattenzaun war. Auf der Brüstung ein Mann mit einer Kamera. Der Zaun tief im Schatten. Güterwagen auf den Gleisen über der Unterführung.

Er stand auf, ging vom Fenster weg. Er wußte, daß er mit dem dritten Schuß das Ziel verfehlt hatte. Weit verfehlt. Er hatte völlig danebengeschossen. Eine Fahrkarte. Er schob den Griff am Gewehrschloß nach oben.

Gebt mir eine Leitung. Gebt mir eine Leitung. Eine Leitung.

Er redete schon mit jemandem darüber. Er hatte ein Bild, sah sich im Gespräch mit einem Mann, dem er die ganze Geschichte erzählte, einem Mann mit einem zerfurchten Texanergesicht, aber freundlich, verständnisvoll. Wies auf die Widersprüche hin. Erzählte, wie er mit dem Komplott hereingelegt worden war. Sie hatten einen Dummen gebraucht, einen gutgläubigen Trottel. Er sah schon das Bild eines Amtszimmers vor sich, eine mit Quasten geschmückte Flagge, an der Wand Fotos von Würdenträgern.

Er zog das Schloß nach hinten, schob es nach vorn, riß den Griff nach unten. Er ging diagonal durch den Raum, hinüber zur Nordwestseite, wo das Treppenhaus lag. Bücherkartons, immer zehn übereinandergestapelt. Ein Geruch nach Papier und Buchbinderei.

Die Sirenen auf den Kotflügeln heulten auf, immer mehr Waffen tauchten auf.

Das Mädchen lief nicht mehr weiter auf den Wagen zu. Mit ausdruckslosem Gesicht blieb es stehen.

Eine Frau mit einer Kamera drehte sich um und sah, daß sie gerade fotografiert wurde. Eine Frau in einem dunklen Mantel hatte ihre Polaroid direkt auf sie gerichtet. Erst jetzt wurde ihr klar, daß sie gerade in ihrem eigenen Sucher gesehen hatte, wie jemand erschossen wurde. Sie hatte Blutspritzer im Gesicht und an den Armen. Sie dachte, wie seltsam, daß die Frau in dem Mantel sie selbst war und daß sie diejenige war, auf die jemand geschossen hatte. Sie fühlte sich so benommen und seltsam, vollgespritzt mit hellem Zeug. Sie setzte sich behutsam ins Gras. Ging einfach in die Knie und setzte sich. Die Frau mit der Polaroid rührte sich nicht. Die erste Frau saß im Gras, legte ihre eigene Kamera weg, betrachtete das farblose Zeug an ihren Armen. Tauben flatterten um die Baumwipfel. Sie fand, wenn auf sie geschossen worden war, sollte sie besser sitzenbleiben.

Der Sicherheitsbeamte Hill sprang vom linken Trittbrett und bewegte sich schnell. Noch ein Schuß. Er stieg von der Stoßstange auf den Lincoln und streckte die linke Hand nach dem Metallgriff aus. Es war ein doppeltes Geräusch. Entweder zwei Schüsse oder ein Schuß und der harte Aufprall der Kugel. Er wollte zum Präsidenten, wollte dicht heran, um den Körper abzuschirmen. Er sah, wie Mrs. Kennedy auf ihn zukam. Sie kletterte aus dem Wagen. Sie kroch auf den Kofferraum, die Hände flach aufgestützt, das rechte Knie oben auf dem Rücksitz. Er dachte, sie jage hinter etwas her, und er begriff, daß er etwas hatte vorbeifliegen sehen, blitzschnell, etwas, das vom Heck der Limousine weggeflogen war. Er stieß sie auf den Sitz zurück. Der Wagen schoß ruckartig nach vorn und warf ihn fast ab. Sie waren in der Unterführung, im Schatten, und als es wieder hell wurde, sah er, daß Connally schwer blutete. Zuschauer, Kinder, winkende Hände. Er umklammerte den Haltegriff. Sie fuhren verdammt schnell. Alle vier Autoinsassen waren blutüberströmt unten im Wagen zusammengedrängt. Er lag über dem Kofferraumdeckel. Dieser Gedanke ließ ihn nicht los, diese Erkenntnis. Sie wollte einen Teil vom Schädel ihres Mannes zurückholen.

Er hielt den Griff umklammert. Er konnte direkt in den Kopf des Präsidenten sehen. Sie fuhren jetzt mit hundertdreißig.

BLITZMELDUNG

SSSSSSSS
BLUT FLECKEN AAC
KENNEDY SCHER VLETZT
SSSSSSS
NEIN BERICHTIGE BERICHTIGE
SCHWER VERLETZT

Raymo war kurz die Sicht versperrt. Er mußte warten, bis die rechte Seite der Limousine hinter der Betonbrüstung auftauchte. Er wußte, Connally war getroffen. Er hatte noch Zeit, zu denken, Leon putzt sie einzeln weg, einen nach dem andern. Irgendwie spürte er, daß Leute sich duckten und auseinanderliefen, obwohl er nichts davon in seinem Leuchtrahmen hatte. Jetzt kam der Wagen hinter der Mauer hervor, schob sich langsam ins Blickfeld. Er zielte auf Kennedys Kopf. Der Mann war halb nach links gelehnt und kniff vor Schmerz die Augen zu. Vierzig Meter. Fünfunddreißig Meter. Er drückte ab. Die Haare des Mannes richteten sich auf. Sie kräuselten sich einfach und flogen davon. Raymo sprang von der Stoßstange und setzte sich auf den Rücksitz. Frank war schon gestartet. Er fuhr durch Reihen geparkter Autos hinter dem Schulbuchdepot. Er steuerte direkt auf drei Güterwagen zu, auf denen »Hutchinson Northern« stand. Raymo beugte sich vor. Vorsicht, Mann. Aber er sagte kein Wort.

Vielleicht ist es ja möglich, daß der Präsident sich zeigt. Hier draußen warten eine Menge Leute. Ich muß wissen, ob ich sie informieren kann oder was ich hier draußen bekanntgeben soll.

Frank fand eine Zufahrt zur Straße. Auf der Pacific Avenue fuhr er in östlicher Richtung. Er bog an der nächsten Kreuzung links ab in die Record Street. Lagerhäuser und Parkplätze. Ihm war, als stecke ein anderer in seinem Körper und mache all diese Bewegungen für ihn. Er versuchte nicht über den Augenblick hinauszudenken. Immer weiter auf der Hochstraße. Ihn quälte die Angst vor dem Augenblick, wo Kurven und Verkehrsschilder hinter ihnen lagen. Er wußte nicht, wie ihm zumute sein würde, wenn er wieder in seinem Körper war.

Die Waffen tauchten auf.

Polizisten stiegen von ihren Harleys und liefen mit gezogenen Pistolen die Böschung hinauf. In der Wagenkolonne hatten die Geheimdienstleute ihre automatischen Waffen entsichert, Seitenwaffen tauchten auf.

Die Tauben machten kehrt und flogen jetzt mit heftigen Flügelschlägen nach Osten.

Mackey verfolgte alles von der Südkolonnade aus, über die Elm Street, die Main Street, die Commerce Street hinweg. Hier war niemand auf dem Rasen oder unter den Bäumen. Es war die andere Hälfte der Plaza, keine hundert Meter vom Geschehen entfernt, aber völlig abseits, heiß und menschenleer im grellen Sonnenlicht. Er stand an einen Pfeiler gelehnt, die Arme verschränkt. An der rechten Hand baumelte seine Sonnenbrille.

Die Sirenen heulten auf. Vor dem Schulbuchdepot standen Polizisten mit Gewehren und Schrotflinten, die nach oben zeigten. Männer zeigten. Menschen blickten nach oben.

NXR FREIMACHEN
BULLETIN
SSSSSS ZIN DALLAS HAT HEUTE
EIN HECK
RAUS ALLE RAUS
AUS DER LEITUNG
BLEIBT DRAUSSEN GEHT RAUS

Ein kleines Mädchen stand da und hielt sich beide Ohren zu. Die Wagenkolonne löste sich auf, Fahrzeuge hielten an, andere rasten an ihnen vorbei. Der reguläre Verkehr floß wieder durch die Elm Street. Viele Leute rannten die Stufen zwischen dem Lattenzaun und der Kolonnade hinauf. Dieser verdammte Mob. Menschen lagen flach im Gras. Ein Mann schlug mit der Faust auf die Kühlerhaube eines Autos. Mackey sah, wie ein Mann aus einem anderen Auto ausstieg und stürzte. Zusammenhanglose Rufe und Schreie. Menschen auf den Knien. Andere saßen nur da, Kameras in den Händen, atemlos und ungläubig.

Er sah ein Feuerwehrauto die Main Street herunterkommen. Etwas Dümmeres hatte er in zwanzig Jahren nicht gesehen.

MELDUNG AUS DEM TT
BITTE ALLE AUS DIESER AUS DIESER
LEITUNG
SSSSSSS
AUS DER LEITUNG AUS DER LEITUNG

SSSSSSS
ZIN DALLAS HAT HEUTE EIN HECKENSCHÜTZE
PRAESIDENT KENNEDY
SCHWER VERLETZT
VIELLEICHT TOEDLICH

Aus dieser Entfernung war für Mackey nicht eindeutig zu erkennen, ob die Leute, die die Stufen der Böschung hinaufrannten, wie ein Lynchmob aussahen oder wie Männer und Frauen im Zustand schweren Schocks, auf der Flucht, mitgerissen von anderen. Er war durstig und deprimiert. Merkwürdige grelle Schreie kamen immer wieder von den Rasenflächen, hallten aus der Unterführung, undeutlich und verzerrt, verzweifelte Anstrengungen, wie Sprechversuche von Taubstummen.

Lee versteckte das Gewehr am Boden zwischen Kartonreihen, nicht weit vom Ausgang zum Treppenhaus. Hier würden sie es leicht finden. Aber er mußte es trotzdem verstecken, einfach um die Erwartungen zu erfüllen, um sie im Glauben zu belassen, er wolle nicht identifiziert werden. Deshalb hatte er auch das Klemmbrett mit den daran befestigten unerledigten Bestellungen versteckt. Er wollte ihnen etwas geben, das sie aufdekken konnten, eine Schicht, die sie abtragen konnten.

Es gefiel ihm, eine Arbeit zu haben, die ein Klemmbrett erforderlich machte.

Er lief rasch die Treppen hinunter; er wollte zu dem Cola-Automaten im ersten Stock. Mit einer Colaflasche in der Hand würde er sich sicherer fühlen. Es war eine Art Halt, etwas, das er mit sich herumtrug, um zu zeigen, daß mit ihm alles o. k. war. Er dachte, er würde vielleicht einen solchen Halt brauchen, um aus dem Haus zu kommen.

Er hörte eine Stimme in seinem Rücken sagen: »Hier rüber.«

Es war ein Polizist, der mit gezogener Dienstwaffe in den Pausenraum gestürmt kam. Er hatte einen dieser Plastiküberzüge für Regentage auf der Mütze. Lee machte kehrt und ging langsam auf ihn zu. Er hatte ein Gesicht aufgesetzt, das man von öffentlichen Verkehrsmitteln her kennt: anonym und in Gedanken verloren. Er gab sich alle Mühe, die auf seine Brust gerichtete Pistole zu ignorieren.

Roy Truly kam herein, und der Polizist fragte ihn: »Arbeitet dieser Mann hier im Haus?« Und Mr. Truly sagte ja, und sie gingen beide hinaus ins Treppenhaus. Lee holte sich sein Cola, stieg die letzte Treppe hinunter und verließ das Haus durch den Vordereingang. Sein Hemd hatte am Ellbogen ein Loch.

Der Sicherheitsbeamte Grant stand unter dem Vordach am Eingang des Trade Mart, in unmittelbarer Nähe des Stemmons-Freeway. Er erklärte gerade zwei Geschäftsleuten von dort, wie sie sich den Kennedys vorstellen sollten. Er hörte die Sirenen lauter werden. Er sah den Vorauswagen, die Motorräder, den Lincoln; sie fuhren vielleicht hundertdreißig, und hinten auf dem Lincoln lag jemand mit ausgebreiteten Beinen. Andere Fahrzeuge folgten mit hoher Geschwindigkeit, eine verdammt verrückte Geschichte, und jetzt raste ein Pressebus vorbei. Er fragte einen der Ladenbesitzer, wieviel Uhr er habe. Dann verglichen sie alle die Uhrzeit und gaben den Ereignissen einen zeitlichen Rahmen, dem sie alle zustimmen konnten.

ER LAAAAAAA

Ein Mann hielt Mary am Arm fest, und sie weinte. Er hatte eine Hand an ihrer Kamera und wollte sie ihr wegnehmen. Er sagte, er sei Featherstone vom Times Herald. Marys Freundin Jean sagte: »Ich dachte, das sei ein Hund auf dem Sitz zwischen ihnen. Ich sagte noch, ich kann mir vorstellen, daß Liz Taylor oder die Gabors mit einem Hund auf Reisen gehen, aber doch nicht die Kennedys.« Mary hörte nicht zu. Sie weinte und kämpfte um ihre Kamera. Dieser Zeitungsmann wollte einfach ihren Arm nicht loslassen. Er zerrte sie Richtung Houston Street. Jean schaffte es nicht, aufzustehen. Sie saß im Gras und versuchte, die Sache mit dem Hund zu Ende zu denken. Sie wollte zu Mary sagen, sie sagte es tatsächlich: »Schließlich hab ich es dann begriffen. Dieses kleine Büschel, das waren Rosen auf dem Sitz zwischen ihnen.«

Wir rasen über die Schnellstraße, die sterbenden Männer in unseren Armen, und haben keine Ahnung, wo die Fahrt hingeht. Alles fliegt vorbei. Auf einer Reklametafel steht: Rollschuhlaufen macht Spaß.

Lee stieg im Verkehrsstau aus dem Bus und ging zur Greyhound-Station, um sich ein Taxi zu nehmen. Der Verkehr stockte aus naheliegenden Gründen, so daß der Bus vielleicht nicht das Richtige war. Er ging auf der Lamar Street nach Süden, während um ihn herum die Sirenen heulten, und entdeckte ein leeres Taxi. Sie waren hier etwas abseits von den größeren Staus.

Er setzte sich vorne neben den Fahrer, und im Fenster erschien das Gesicht einer netten alten Dame, die ein Taxi suchte. Lee wollte schon aussteigen. Er bot der Dame das Taxi an. Doch der Fahrer fuhr los, und Lee nannte ihm eine Adresse ein paar Blocks von seiner Pension entfernt. Es war eine Fahrt von fünf, sechs Minuten, die über das alte Viadukt führte. Der Fahrer sagte etwas von einem Code Drei für alle Streifenwagen, deshalb die kreiselnden Lichter und heulenden Sirenen. Er fragte sich, was eigentlich los war.

Lee stieg aus und ging auf der Beckley Street nach Norden. Er hörte schrille Mißtöne in der Luft und war zum erstenmal nervös.

Wie sehe ich aus?

Wenn mich jetzt jemand sieht, woher komme ich wohl für den?

Er überprüfte die Nummern auf den Kennzeichen geparkter Autos.

Sehe ich aus wie jemand, der vom Tatort wegläuft?

Sein Magen war leer, und er hatte dieses Gefühl im Mund, diesen rostigen Geschmack, als ob etwas aus dem Zahnfleisch sickert.

Diese alte fleckige Trübsal in diesem Teil von Oak Cliff, die Schilder »Zimmer zu vermieten« und die Bäume, die ihr Laub verloren, die Wäscheleinen, die kahl wirkenden Hauswände.

Er wollte, er hätte dieses Cola mitgenommen.

Die Hausmeisterin saß vor dem Fernseher, und es lief über alle Kanäle. Sie sagte etwas, aber er ließ sie stehen. Auf der Toilette pißte und pißte er. Es wollte nicht mehr aufhören.

Schrille Mißtöne in der Luft.

Er ging auf sein Zimmer und holte die 38er aus der Kommodenschublade. Es war das einzig Vernünftige. Er konnte doch nicht ohne Waffe aus dem Haus gehen. Wenn er je Schutz gebraucht hatte, dann heute.

Sie würden das Hidell-Gewehr finden. Er hatte Hidell-Papiere in Ruth Paines Garage. Seine Brieftasche war voll von Hidell. Da war es doch nur vernünftig, die Hidell-Waffe zu nehmen. Ein Dutzend Schichten, die sie abtragen konnten. Es war alles, gehörte zusammen, Hidell.

Er sammelte die Patronen ein, die lose in der Schublade lagen. Von Dupard auf der Straße gekauft. Würden sie überhaupt losgehen?

Er hatte seine blaue Jacke am Arbeitsplatz gelassen. Er zog seine graue an. Eine Jacke würde er vielleicht gut gebrauchen können, ganz gleich, wo er die Nacht und den Rest seines Lebens verbrachte. Außerdem verdeckte sie den Revolver.

Das Zimmer. Das eiserne Bettgestell.

Wenn mich jemand beobachtet, wie wirkt auf den wohl die Ausbuchtung meiner Jacke über der Hüfte?

Unbekannte männliche Person, weiß. Schlank.

Er ging aus dem Haus und den Gehweg entlang. Er wußte nicht so recht, was tun. Die ganze Klarheit war verflogen. Die Luft war mit einer nervösen Spannung aufgeladen.

Wie sehe ich aus?

Falle ich auf, wenn ich durch die Straßen gehe?

Er ging die Beckley Street entlang, denn er sah keine andere Möglichkeit, als in das Kino zu gehen, wo sie ihn abholen sollten. Er wußte, er konnte ihnen nicht trauen, aber er konnte nirgendwo sonst hingehen. Er hatte vierzehn Dollar und eine Umsteigekarte für den Bus. Er war ihnen ausgeliefert. Er tappte vielleicht direkt in eine Falle. Im Hinterkopf der Gedanke, die Vorstellung, daß jetzt andere die Entscheidungen trafen. Er wollte glauben, daß es nicht mehr in seiner Hand lag.

Er sah ein Polizeiauto auf sich zukommen und bog nach links in die Davis Street ab und wußte gleich, daß er sich zu schnell bewegt hatte. Die Straßen waren fast menschenleer. Obwohl er das Auto nicht mehr im Blickfeld hatte, sah er genau, wie ihn der Polizist mit zusammengekniffenen Augen beobachtete.

Okay, er hatte ihn einmal getroffen. Aber er hatte ihn nicht getötet. Soweit er das beurteilen konnte, hatte er ihn oben am Rücken oder irgendwo am Nacken getroffen, nicht tödlich. Dann schoß er daneben und traf den Gouverneur. Der dritte Schuß ging völlig daneben. Es gibt Umstände, von denen die nichts wissen. Sind sie überhaupt sicher, daß er der Mann am Fenster war? Es könnte ganz anders sein, als sie denken. Ein abgekartetes Spiel.

Schlanke männliche Person, weiß. Knapp eins achtzig.

Das Auto kam wieder ins Blickfeld, ein Stück weiter unten auf der Patton Street, und er ging noch bis zur Mitte des nächsten Blocks. Dann machte er kehrt und ging zurück zur Patton Street und weiter in südlicher Richtung. Um das Auto zu überlisten. Er sagte sich, wenn er dorthin ging, wo er das Auto gesehen hatte, würde es schon anderswo sein.

Sehe ich aus wie ein Verdächtiger auf der Flucht?

Haben sie schon herausgefunden, wer im Buchdepot fehlt?

Wie heiße ich, wenn ich gefragt werde?

Er ging die Patton Street hinunter bis zur Ninth Street. Niemand unterwegs um diese Tageszeit. Es ging ihm darum, rasch zur Beckley Street zurückzukommen, sie zu überqueren und weiter zur Jefferson Street zu gehen. Ein Dutzend alter Haartrockner am Straßenrand, eine Matratze auf einem Rasen.

Er wollte Kurzgeschichten über das amerikanische Leben von heute schreiben.

Er rechnete damit, das Auto – wenn überhaupt – an der Ecke Tenth und Patton Street zu sehen, wie es sich von ihm entfernte. Aber es fuhr langsam in östlicher Richtung, kam von rechts auf ihn zu. Er überquerte die Straße, um in östlicher Richtung weiterzugehen, und nun war der Wagen direkt hinter ihm, folgte ihm mit fünfzehn bis zwanzig Stundenkilometer, im Kolonnentempo, aufreizend langsam.

Aus dem Augenwinkel sah er die Nummer an der Wagentür. Eine Zehn. Der Wagen hatte die Nummer Zehn, und sie waren auf der Tenth Street.

Er war nicht sicher, ob er zuerst stehen blieb oder der Wagen. Sie hatten wohl beide die gleiche Idee. Er ging zu dem Fenster auf der Beifahrerseite.

Sie redeten gleichzeitig. Lee sagte: »Ist irgendwas?« Und der Polizist, mit markanten Gesichtszügen, vielleicht zu einem Achtel indianischer Abstammung, sagte etwas wie: »Wohnen Sie hier in der Gegend, junger Mann?«

Lee beugte sich durch das offene Fenster in den Wagen, bekam kalten Zigarettenrauch in die Nase und sagte: »Irgendein Grund, warum Sie mit mir reden wollen?«

»Ich hab den Eindruck, daß Sie mir dauernd ausweichen.«

»Ich geh am hellichten Tag spazieren.«

»Ich hab den Eindruck, Sie wollen auf keinen Fall entdeckt werden.«

Eine Stimme krächzte im Funkgerät.

»Ich bin nur ein Bürger, der spazierengeht.«

»Dann werden Sie mir ja sagen können, wo Sie hin wollen.«

»Ich glaube nicht, daß ich Ihnen das sagen muß. Ich wohne in dieser Gegend, und damit hab ich Ihnen schon mehr gesagt, als ich muß.«

Er nahm die Haltung eines Mannes ein, der aus reiner Schikane aufs Korn genommen wird. Selbst wenn sie eine Beschreibung hatten, von Zeugen, die zu dem Fenster hinaufgesehen hatten – wie detailliert konnte die sein?

»Ich sag das in Ihrem eigenen Interesse.«

»Ich gehe hier nur spazieren.«

Nur eine andere Person war zu sehen, eine Frau, die sich der Kreuzung Tenth und Patton Street näherte.

»Haben Sie einen Ausweis dabei oder nicht?«

»Ich wohne hier.«

»Ich sag es jetzt zum letztenmal.«

Er konnte die Art nicht ausstehen, wie Polizisten, hatte es noch nie ausstehen können, wenn Polizisten in ihrem Auto saßen und sich Papiere zeigen ließen, während man die ganze Zeit vor ihrem Fenster stand und sich zu ihnen herabbeugen mußte.

»Ich frage nur warum.«

»Sie zeigen mir jetzt sofort Ihren Ausweis.«

»Ich höre Sie.«

»Dann tun Sie, was ich sage.«

»Ich bin nur ein Bürger, der hier spazierengeht.«

»Ich fordere Sie zum letztenmal auf.«

Sie redeten wieder gleichzeitig. Der Polizist, der immer noch in seinem Ford saß, klang etwas gereizt. Eine Stimme in dem Funkgerät sagte: *Zerzaustes Haar.*

Wir sind in der Tenth Street, und der Wagen hat die Nummer Zehn. Alle Faktoren laufen zusammen.

»Hören Sie. Wenn Sie mich zum Aussteigen zwingen.«

»Schikane.«

»Ich will Ihre Hände sehen.«

»So entstehen immer die Mißverständnisse.«

»Die Hände auf den Kühler, verdammt noch mal.«

»Ich höre Sie.«

»Dann tu's doch, verdammt noch mal, du halbe Portion!«

Der Polizist tastete nach dem Türgriff auf seiner Seite, ohne Oswald aus den Augen zu lassen. Es war jetzt eine andere Ebene.

»Ich frage nur, wozu.«

»Die Hände, die *Hände* – so daß ich sie sehen kann.«

»Ich habe ein Recht darauf, unbelästigt spazierenzugehen.«

Er schob sich aus der Tür. Er sagte etwas anderes, wie: »Immer schön langsam«, und Lee sagte: »Beim Spazierengehen in der eigenen Stadt.«

Sie redeten gleichzeitig.

Der Polizist war auf der anderen Seite des Wagens. Weiter unten auf der Straße leichter Verkehr. Lee zog die 38er aus dem Gürtel und schoß, blinzelnd und murmelnd, viermal über den Kühler weg. Armer, dummer Polizist. Öffnete den Mund und rutschte am Kotflügel nach unten. Lee sah eine Frau, keine dreißig Meter entfernt, und einen Moment lang trafen sich ihre Blicke. Sie ließ ein paar Dinge, die sie getragen hatte, zu Boden fallen und schlug die Hände vors Gesicht. Er entfernte sich im Laufschritt Richtung Patton Street und dann nach Süden; im Laufen leerte er die Patronenhülsen aus der Trommel und lud neu.

Helen nahm die Hände von den Augen. Schreiend stand sie ganz allein auf der Straße. Die Mütze des Polizisten lag ein Stück weit vom Körper entfernt. Er lag auf der Seite und blutete heftig aus dem Mund. Sie hob ihre Handtasche und ihre Arbeitsschuhe auf und ging nach Hilfe rufend und schreiend zu ihm. Sie ging gebückt, und es sah aus, als schreie sie die Leiche an.

Dann waren ein paar Leute auf der Straße, und ein Mann stieg aus einem kleinen Lieferwagen. Helen näherte sich schreiend der Leiche. Der Mann war jetzt in dem Polizeiauto und sagte: »Hallo hallo hallo.« Helen sah, daß das Blut auf der Straße eine größer werdende ovale Lache bildete. Sie ging um die Leiche herum und stellte ihre Schuhe auf die Kühlerhaube des Wagens. Sie stand vornübergebeugt da, sah Wunden in der Brust und im Kopf. Sie konnte einfach nicht fassen, wieviel Blut da war.

Der Mexikaner sagte ins Armaturenbrett: »Hallo hallo hallo.«

Später kam eine Ambulanz, und viele Polizeiautos mit roten Lichtern und Sirenen standen herum, Autos auf Gehwegen und

Rasenflächen, und Männer, die die Flecken auf der Straße fotografierten. Helen stand einen halben Block entfernt vor einem Holzhaus, wo sie irgendwie gelandet war, und versuchte einem Kriminalbeamten zu beschreiben, was sie gesehen hatte. Sie sagte, sie arbeite als Bedienung im »Eat Well« im Stadtzentrum, und sei auf dem Weg zur Bushaltestelle gewesen, um zur Arbeit zu fahren. Drei oder vier Schüsse, ganz kurz hintereinander.

Am Tatort lagen auf dem Auto des Streifenpolizisten Tippit vorn auf dem Kühler zwei kleine weiße Segeltuchschuhe. Die Männer von der Mordkommission standen etwas verwirrt herum und diskutierten über die mögliche Bedeutung dieser Objekte.

Wayne Elko saß im »Texas Theatre« in der letzten Reihe im mittleren Block. Sie zeigten den Schwarzweißfilm *Cry of Battle* mit Van Heflin und einem Haufen von Leuten, die er noch nie gesehen hatte. Der Film lief seit etwa einer Stunde, und Van Heflin hatte gerade Atong, den philippinischen Banditen, erschossen. Das Ganze spielte kurz nach Pearl Harbour, und Wayne war sich ziemlich sicher, daß die Japaner einen nächtlichen Überfall auf die philippinischen Guerillas und ihre amerikanischen Freunde vorbereiteten. Unter der Jacke trug er eine Übungspistole, deren Lauf fast restlos abgesägt war und an der er einen zwanzig Zentimeter langen Schalldämpfer befestigt hatte. Sieben andere Männer saßen im Kino verstreut. Der Schuß wird sich anhören, wie wenn jemand hustet.

Eine Guerillakämpferin in hautengen Jeans tauchte auf. Hollywood, dachte Wayne, erfand solche Frauen wohl eigens für Nachmittage wie diesen hier, ungeschützt und weiß, Männer, die nichts Besseres zu tun hatten und sich im Dunkeln versteckten. In dem Augenblick erschien Leon oben am Gang. Er blieb einen Moment stehen, um sich an die Dunkelheit zu gewöhnen. Er war ungekämmt, das Hemd hing ihm aus der

Hose, und er sah verängstigt aus und durcheinander. Er setzte sich auf einen Platz in der drittletzten Reihe. Er saß zwei Reihen vor Wayne, vier Sitze weiter links.

Ruhig bleiben, Wayne. Nichts überstürzen.

Wayne beobachtete die silbrigen Gesichter, die Furcht und Verlangen zeigten. Er wartete darauf, daß der Lärm von der Leinwand lauter wurde, daß die Jungs mit Maschinengewehren und Handgranaten in das Guerillalager einfielen. Er hatte die Absicht, vorsichtig seinen Platz zu verlassen, hinter Leon zu treten, ihm ein kurzes *adiós* zuzuflüstern und auf den geriffelten Abzug zu drücken, während er schon rückwärts zum Foyer ging.

Aber er würde auf den Lärm und die Schreie warten.

Er würde die Spannung weiter steigen lassen.

Weil sie es auch in den Filmen so machen.

Es kam nicht dazu. Vier oder fünf Minuten, nachdem Leon hereingekommen war, wurde neben der Bühne eine Ausgangstür geöffnet. Umrisse von Menschen waren zu erkennen. Dann tauchten von hinten Männer auf, und im Foyer waren Stimmen zu hören. Die Lichter gingen an, und Wayne sah, wie die Polizei die Gänge absuchte. Zwei Polizisten standen auf der Bühne, eine Hand am Pistolengriff, den Blick aufs Publikum gerichtet.

Mit einem verhallenden Ton erlosch das Bild auf der Leinwand.

Sie durchsuchten zwei Männer in den vorderen Reihen. Sie kamen durch die Gänge nach hinten. Noch ein paar stürmten durch einen anderen Ausgang herein. Von der Straße her Sirenen. Einer der Polizisten sprang von der Bühne herunter. Ein anderer zog seine Waffe. Kühlen Kopf bewahren, Wayne. Ein Polizist mit einem Mondgesicht ging auf Leon zu. Leon stand auf und sagte etwas. Als der Polizist in die Reihe kam, versetzte ihm Leon einen Schwinger. Er traf ihn voll im Gesicht. Die Mütze des Polizisten drehte sich auf dessen Kopf. Er versetzte Leon einen Fausthieb, der sich, vor Schmerz die Zähne zusammenbeißend, krümmte und dann eine Pistole in der Hand hatte.

Sie fielen von allen Seiten über ihn her. Polizisten schnaubten, schlugen mit den Knien gegen die Sitze. Der erste Polizist und Leon rangen zwischen den Sitzen um die Pistole. Beamte fluchten. Wayne hörte ein Klicken und dachte, von irgendeiner Hand sei ein Hahn gespannt worden. Sie waren in der Reihe hinter Leon und packten ihn am Hals und an den Haaren. Er riß einem der Männer fast das Namensschild vom Hemd. Es war ein allgemeines Handgemenge, endlos, ungeschickt und heftig.

Sie entwanden ihm die Pistole und versuchten ihm Handschellen anzulegen. Polizisten drängten sich in den Sitzreihen. Sie verpaßten ihm eine kleine Abreibung.

Als sie ihn endlich in Handschellen hatten, schoben sie ihn auf den Gang. Immer noch stießen Polizisten mit den Knien gegen Sitzkanten, lasen ihre Mützen und Taschenlampen auf. Dicht um ihn gedrängt führten sie ihn im schnellen Marschtempo ins Foyer.

Wayne hörte Leons Stimme von der Tür her: »Polizei, Polizeibrutalität.«

Einen Moment lang wußten die Kinobesucher nicht, was tun. Dann kehrten diejenigen, die aufgestanden waren, auf ihre Plätze zurück. Vorne rief jemand: »Licht aus.« Ein anderer neigte den Kopf zur Seite und sagte mit einem Blick nach oben: »Licht aus, Licht aus.« Alle warteten auf ihren Plätzen, während sich der Lärm der Sirenen entfernte. Sie versuchten es mit Händeklatschen. Dann sagte Wayne laut: »Licht aus.« Und fünfzehn Sekunden später erloschen die Lichter, und der Film füllte die Leinwand.

Die Männer lehnten sich zufrieden zurück. Wayne spürte, wie sie die Stimmung überkam, diese Befriedigung darüber, daß weitergemacht wurde. Es ging nicht nur darum, diese Geschichte zu Ende zu sehen. Danach kam ein zweiter Film, und der hieß *War is Hell.*

Der Häftling stand im Fahrstuhl des Gefängnisses, der für den normalen Verkehr gesperrt war. Vier Kriminalbeamte zwängten sich hinein, schlanke Männer im dunklen Anzug und mit Krawatte, unter den hohen Cowboyhüten verschlossene Gesichter, aus denen nichts abzulesen war.

Die Vertreter der Medien drängelten sich in Massen auf den Gängen. Sie warteten darauf, daß der Häftling in das Vernehmungszimmer herunterkam, das sich hier im dritten Stock des Polizei- und Gerichtsgebäudes befand. Wagen mit Fernsehkameras, Fernsehkabel, die über Fenstersimse hingen und durch die Büros von stellvertretenden Polizeichefs führten. Niemand fragte nach Presseausweisen. Reporter besetzten die Telefone und verfolgten Polizeibeamte bis auf die Toiletten. Völlig Unbekannte gingen durch die Gänge, Angeklagte aus anderen Teilen des Gebäudes, Zeugen anderer Verbrechen, Touristen, schimpfende Männer, Betrunkene in zerrissenen Hemden. Es war ein wüstes Durcheinander, ein Tohuwabohu. Wilde Gerüchte gingen um. Diskjockeys kamen an, um Pausen zu überbrücken, waren erstaunt, zuckten zusammen, wurden mißtrauisch. Ein Reporter machte sich Notizen auf einem Block, den er auf dem Rücken des Polizeichefs balancierte.

Sie fingen an zu skandieren: »Her mit ihm, wir wolln ihn sehen. Her mit ihm, wir wolln ihn sehen.«

Stunden vergingen. Reihen ausdrucksloser Gesichter vor den Wänden im Flur. Männer hockten vor den Aufzügen und warteten. Sie spürten die Unvollständigkeit da draußen, Lücken, Zwischenräume, leere Sitze, geräumte Foyers, Unterbrechungen, dunkle Städte, ausgelöschte Menschenleben. Die Leute sehnten sich nach Nachrichten. Nur Nachrichten konnten ihnen ihre Vollständigkeit zurückgeben, ihr Empfindungsvermögen wiederbeleben. Dreihundert Reporter auf engstem Raum, alle darauf aus, jemandem ein Wort zu entlocken. Ein Wort ist ein magischer Wunsch. Ein Wort von irgend jemandem. Mit einem Wort konnten sie darangehen, die Welt in Planquadrate einzuteilen, eine Oberfläche der momentanen Ereignisse zu schaffen, die die Menschen sehen und zusammen berühren konnten. Klingelnde Telefone, Beinahe-Schlägereien, Rauch in den Augen, eine Todesahnung, drohendes Leid. Lebt Connally? Ist Johnson in Sicherheit? Ist das Strategische Luftwaffenkommando in voller Alarmbereitschaft? Sie fingen an, sich in dem alten Verwaltungskoloß aus texanischem grauen Granit isoliert zu fühlen. In den Radios und tragbaren Fernsehgeräten hörten sie ihre eigenen Berichte. Aber was wußten sie denn wirklich? Die Nachrichten waren anderswo zu finden, im Parkland Hospital oder an Bord der Air Force One, im Kopf des Häftlings im fünften Stock.

Jemand sagte, er kommt. In der Menge wurde es unruhig, wie in einem gereizten Bienenschwarm. Dann das Drängeln, der Kampf um Positionen. Als er in der Tür des Fahrstuhls erschien, ein schmächtiger Mann in Handschellen, mit einem geschwollenen Auge und Bartstoppeln, drehten sie fast durch. Gebeugt gehende Fotografen bewegten sich rückwärts, Mikrofone schossen aus der Menge, alle schrien durcheinander, streckten die Hände nach ihm aus. Ein Aufheulen brandete durch den Flur, ein einziger Gefühlsausbruch. Wochenschaukameras schwebten über den Köpfen der Männer, die ihn begleiteten. Sie mußten die Ellbogen gebrauchen, um mit ihm zur Tür des Vernehmungszimmers zu kommen. Ein Auge geschwollen, über dem anderen eine Platzwunde, das Hemd über der Hose. Er sah aus wie einer der Burschen, die aus dunklen Hauseingängen kommen und Leute um eine Zigarette angehen. Aber sein Gesicht hatte etwas Trotziges, etwas Unnachgiebiges. Die Fotografen schossen ihre Blitze ab. In der Nähe der TV-Scheinwerfer brieten die Köpfe. Die Reporter starrten und schrien ihn an. Sie bekamen in dem wilden Durcheinander um den Häftling kaum noch Luft. Sie sahen ihn an. Sie schrien alle:

»Warum haben Sie den Präsidenten ermordet?«

»Warum haben Sie den Präsidenten ermordet?«

Er sagte, sie verweigerten ihm das Recht zu duschen. Verweigerten ihm die Grundrechte der Hygiene. Seine Begleiter bugsierten ihn zur Tür des Büros.

Verhört, zur Anklage vernommen, in Gegenüberstellungen vorgeführt. Wenn er aus dem Fahrstuhl kam, spürte er die Erregtheit der Massen auf dem Gang, die nun aufgewühlte feuchte Luft. Mörder, Mörder.

In seiner Zelle überlegte er, wie er sich verhalten sollte. Er hatte verschiedene Möglichkeiten. Es hing alles davon ab, was sie wußten.

Er hatte die mittlere Zelle im Hochsicherheitstrakt des Gefängnisteils. Die beiden Zellen neben ihm ließen sie leer. In dem abgeschlossenen Gang hielten zwei Wärter ständig Wache.

Jedesmal wenn sie ihn zu der Zelle zurückbrachten, mußte er sich ausziehen. Er saß in Unterwäsche in der Zelle. Sie fürchteten, er könnte seine Kleider dazu benutzen, sich etwas anzutun.

Ein Etagenbett, ein angeschlagenes Waschbecken, ein abgeschrägtes Loch im Fußboden. Keine Wasserspülung. Er mußte ein Loch benutzen.

Sie guckten ihm in den Arsch. Zwei Männer vom FBI rasierten ihm Haare an den Genitalien ab und verstauten die Proben sorgfältig in kleinen Plastiktüten.

Die Revolution muß eine Schule ungehinderten Denkens sein.

Im Vernehmungszimmer waren Kriminalbeamte aus Dallas, Geheimdienstleute, das FBI, texanische Staatspolizei, Polizeichefs aus dem Umland, Postinspektoren, ein Vollzugsbeamter aus Washington. Kein Tonbandgerät und kein Stenograf.

Nein, er besitze kein Gewehr.

Nein, er habe auf niemanden geschossen.

Er sei nicht der Mann auf dem Foto, das sie in Ruth Paines Garage gefunden hatten – der Mann mit einem Gewehr, einer Pistole und linksextremen Magazinen. Das Foto sei offensichtlich gefälscht. Sie hätten seinen Kopf genommen und auf den Körper eines anderen kopiert. Er sagte ihnen, er habe in einem grafischen Betrieb gearbeitet und kenne diese Techniken aus eigener Erfahrung. Das einzige, was auf dem Bild von ihm stamme, sei das Gesicht, und das hätten sie sich anderswo besorgt.

Er bestritt, einen A. J. Hidell zu kennen.

Nein, er sei nie in Mexico City gewesen.

Nein, einem Test mit dem Lügendetektor stimme er nicht zu.

Sie fragten ihn, ob er an einen Gott glaube. Er sagte ihnen, er sei Marxist. Aber kein Marxist-Leninist.

Es war ziemlich klar, daß sie den Unterschied nicht begriffen.

Immer wenn sie ihn nach unten brachten, hörte er seinen Namen in den Radios und Fernsehgeräten. Lee Harvey Oswald. Es hörte sich äußerst merkwürdig an. Er erkannte sich im Tonfall des vollständigen Namens nicht wieder. Er benutzte seinen zweiten Vornamen nur, wenn er ein Formular auszufüllen hatte, auf dem ein Platz dafür vorgesehen war. Niemand nannte ihn bei diesem Namen. Und jetzt erschien er überall. Er hörte ihn von den Wänden widerhallen. Reporter riefen ihn. Lee Harvey Oswald. Lee Harvey Oswald. Er klang eigenartig und blöd und gekünstelt. Sie redeten über eine andere Person.

Die Männer mit den Stetson-Hüten brachten ihn durch die Menschenmenge zurück zum Gefängnisaufzug. Er hob die Hände mit den Handschellen hoch und machte eine Faust. Blitzlichter und heiseres Geschrei. Sie riefen ihm immer wieder Fragen zu und übertönten damit auch seine Antworten. Der Aufzug fuhr nach oben zum Zellenblock.

Im Kittchen. Wieder im Knast. Eingelocht. Im Bau. Die Lichter flackern, wenn sie den Schalter betätigen. Leb wohl, Ma.

Regennasse Straßen.

Volkswirtschaftslehre in Abendkursen.

Er saß in der Zelle und wartete auf das nächste Ereignis. Er wußte, daß es spät war. Er stellte sich Ruth Paines Straße vor, die Rasenflächen und Platanen. Lag Marina im Bett, verängstigt und bekümmert, dachte sie vielleicht, sie hätte ihm mehr Achtung entgegenbringen, die Ernsthaftigkeit seiner Ideen einsehen sollen? Er wollte sie anrufen. Er stellte sich vor, wie sie mit einem verschlafenen Arm, noch warm vom Bett, nach dem Telefonhörer griff und mit geschlossenen Augen ihr vertrauensvolles Hallo murmelte.

Glaub nie, du seist schuld, wenn es in Wirklichkeit an mir liegt. Es liegt immer an mir.

Jetzt kamen sie wieder, um ihn nach unten zu bringen. Er glaubte, sie würden ihn freilassen, wenn er sich entschieden hatte, welches die richtige Geschichte für ihre Ohren war. So wie die Russen Francis Gary Powers freigelassen hatten. So wie sie den wegen Spionage festgenommenen Yale-Professor freigelassen hatten. Frei erfundene Beschuldigungen.

Sie brachten ihn in den Aufenthaltsraum im Kellergeschoß. Es war heute das viertemal, daß sie mit dem Häftling hinunterfuhren. Dreimal zu Gegenüberstellungen. Nun war es Mitternacht, und sie wollten mit ihm eine offizielle und straff geleitete Pressekonferenz abhalten.

Das totale Chaos. Dichtes Gedränge bis auf den Gang. Immer noch mehr Reporter, gerade erst von der Ostküste und aus Europa eingetroffen, versuchten sich hineinzuquetschen, die Gesichter verschwitzt, Krawatten gelockert. Der Häftling stand auf der Bühne vor der großen Glasscheibe, die sonst für Gegenüberstellungen benutzt wurde. Die Hände hatten sie ihm mit Handschellen auf dem Rücken gefesselt. Fotografen rückten näher, schoben sich im Krebsgang unter ihn. Reporter riefen seinen Namen. Ein dumpfes Stöhnen aus unverständlichen Lauten, fast eine Art charismatische Sprache. Der Polizeichef kam nicht mehr in den Raum. Mit den Händen schob er die Leute auseinander und versuchte so, sich einen Weg zu bahnen. Er fürchtete um die Sicherheit seines Häftlings.

Ein stämmiger Mann schob sich durch die Menge und machte auswärtige Reporter mit Kriminalbeamten aus Dallas bekannt. Er verteilte eine brandneue Karte, die er für seinen Klub hatte drucken lassen. Wer konnte das sein, wenn nicht

Jack Ruby? Er war stolz auf diese Karte; eine Strichzeichnung von einem Champagnerglas und einem nackten Mädchen mit schwarzen Strümpfen. Für den normalen Barbesucher war das ein Schwindel, aber ein Schwindel mit Klasse. Niemand stieß sich an Jacks Anwesenheit im Aufenthaltsraum. Er besaß die Fähigkeit, beim Betreten eines Gebäudes ein gebieterisches Gesicht aufzusetzen. Er suchte einen Rundfunkreporter namens Joe Long, denn draußen in seinem Wagen hatte er ein Dutzend Corned-Beef-Sandwiches für die Leute vom Sender KLIF, die in die Nacht hinein arbeiteten, um die ungläubige Stadt über diese ungeheuerliche Geschichte auf dem laufenden zu halten. Statt dessen entdeckte er Russ Knight, den Gruselbart, und arrangierte sogar ein Interview, so daß Russ den Staatsanwalt für den Lokalsender aufs Band bekam. Jack spielte heute abend den Journalisten und Informanten. Er hatte seine Reaktionen gedanklich absolut im Griff. Er hatte Bleistift und Notizblock griffbereit, nur für den Fall, daß er eine Bemerkung aufschnappte, die er an NBC weitergeben konnte.

So ist's richtig, Jungs, macht Fotos von der kleinen Ratte.

Es ging ihm durch den Kopf, daß er später noch zum *Times Herald* rübergehen könnte, um zu sehen, wie es in der Setzerei lief. Er hatte eines seiner »Twistbretter« im Auto und dachte, er könnte den Leuten vielleicht eine Vorführung geben, einfach so, als Jux. Es kam immer gut an, wenn Jack eine wiegende Rumba hinlegte, um das Brett ins rechte Licht zu rücken.

Das Grauen des Tages überwältigte ihn. Mitten im Gespräch mit einem Journalisten fing er an zu schluchzen.

Fragt den Spitzel, warum er es getan hat, Jungs.

Die Reporter hörten nicht auf zu brüllen. Der Häftling versuchte, eine Frage zu beantworten oder eine Stellungnahme abzugeben, aber niemand konnte ihn hören. Es war ein Tumult im Polizeigebäude. Zu voll hier, eine Gefahr, und die Kriminalbeamten schritten ein und machten der Veranstaltung ein Ende, noch bevor sie begonnen hatte.

Sie brachten ihn in seine Zelle zurück. Er zog sich aus bis auf die Unterwäsche, setzte sich aufs Bett und dachte nach, spürte, wie der Lärm aus dem Aufenthaltsraum noch in seinem Körper nachhallte. Eine Zelle ist der Urzustand, die ungeschminkte Wahrheit der Welt.

Er hatte verschiedene Möglichkeiten, je nachdem, was sie beweisen oder nicht beweisen konnten. Er war überhaupt nicht im sechsten Stock. Er war im Pausenraum beim Mittagessen. Das Opfer eines abgekarteten Spiels. Sie hatten die Geschichte über Jahre hinweg eingefädelt, ihn beobachtet, ihn benutzt, mit den harmlosen Fakten seines Lebens eine Indizienkette aufgebaut. Oder er konnte sagen, er sei nur zum Teil schuldig, sei dazu ausersehen worden, für die tatsächlichen Verschwörer den Kopf hinzuhalten. Na schön, er habe ein paarmal aus dem Fenster geschossen. Aber er habe niemanden getötet. Er habe nie die Absicht gehabt, einen tödlichen Schuß abzugeben. Er habe damit nur eine politische Aussage machen wollen. Für den eigentlichen Mord seien andere verantwortlich. Sie hätten es so gedreht, daß er als einsamer Schütze dastand. Sie hätten seinen Kopf auf den Körper eines anderen kopiert. Seinen Namen auf Papieren gefälscht. Ihn zu einem leichtgläubigen Opfer der Geschichte gemacht.

Wenn es sein mußte, würde er ihnen jeden Namen nennen.

IN DALLAS

Dealy Plaza ist symmetrisch angelegt. Zwei aufeinander abgestimmte Kolonnaden, Lattenzäune, dreieckige Rasenflächen und spiegelnde Pfützen – in der Mitte durchschnitten von der Main Street, die aus der dreifachen Unterführung heraus pfeilgerade in das Zentrum von Dallas führt. Auf der einen Seite der Main Street kommt die Elm Street in einem Bogen aus der Unterführung und führt in einem allmählichen Anstieg am texanischen Schulbuchdepot vorbei, wo Lee Oswald im sechsten Stock mit einem Gewehr in den Händen am Fenster stand. Auf der anderen Seite der Main Street fließt der Verkehr in östlicher Richtung auf der Commerce Street stadteinwärts, vorbei an dem sechs Blocks innerhalb des eigentlichen Stadtkerns liegenden Carousel Club, wo Jack Ruby um vier Uhr früh in seinem Büro sitzt und über den blöd grinsenden Dreckskerl schimpft, der unseren Präsidenten umgebracht hat.

Er war allein und erbrach sich. Er erbrach die Mahlzeiten der letzten drei Wochen. Weinte fünf Minuten lang, erbrach sich fünf Minuten lang. Er konnte es nicht ertragen, noch ein einziges Mal den Namen Oswald zu hören. Selbst in seinem eigenen Kopf lauerte der Name am Ende jedes noch so mageren Gedankens.

Einige der Klubs blieben am Freitagabend geöffnet. Jack schloß das Carousel und das Vegas. Er hatte sich darauf festgelegt, zu Ehren des erschossenen Präsidenten für das ganze Wochenende zu schließen.

Er erbrach sich in einen der Plastikbeutel, die er für seine Twistbretter anfertigen ließ. Dann griff er zum Telefon und rief seinen Mitbewohner George Senator an.

»Was tust du?« fragte er.

»Was ich tue? Ich schlafe.«

»Trottel. Sie haben unseren Präsidenten umgebracht.«

»Jack, das war gestern.«

»Wir fahren los und machen Aufnahmen. Wo ist die Polaroid?«

»Im Klub.«

»Du kennst doch die Schilder, auf denen sie irgendeinen Typ aus dem Amt jagen wollen? *Impeach Earl Warren?* Eins davon steht hier irgendwo in der Nähe. Ich komm und hol dich ab.«

»Also hör mal. Dauernd kommen sich bei uns die Zeiten in die Quere, wenn ich aufwache und wenn du ins Bett gehst. Das paßt einfach nicht zusammen.«

»Zieh dich schnell an«, sagte ihm Jack.

Er fand die Kamera und fuhr hinaus zu seinem Mietshaus. Es lag über einer Schnellstraße und sah aus wie ein Motel, das es sich anders überlegt hatte. Die ganze Szenerie war austauschbar. George saß in ausgebeulter Kleidung und Hausschuhen auf der Eisentreppe. Sie fuhren zurück in die Stadt.

Jack erklärte, um was es ihm ging.

Zuerst war da die Anzeige in der *Morning News*, überschrieben *Willkommen in Dallas, Mr. Kennedy.* Eine Reihe von Lügen und Verleumdungen. Nicht, daß sich Jack mit den Argumenten der Anzeige gründlich beschäftigt hätte. Der gehässige Ton hatte ihn am meisten gestört. Und der schwarze Rand natürlich. Und die Tatsache natürlich, daß die Anzeige von einem gewissen Bernard Weissman unterzeichnet war. Von einem Juden oder von jemandem, der sich als Jude ausgab, um alle Juden zu verunglimpfen. Dann fuhr er zufällig an einer Reklametafel vorbei, auf der drei riesengroße Worte standen: *Impeach Earl Warren.* In der Zeitungsanzeige war die Nummer eines Postfachs angegeben. Auf der Reklametafel ebenfalls. Und nach einigem Nachdenken war Jack zu der Überzeugung gekommen, daß es beidesmal dieselbe Nummer war.

»Also versuche ich, die beiden zusammenzubringen.«

»Du meinst, ein und dieselbe Person.«

»Wobei hinter beidem dieselbe Person oder Gruppe steht. Und weil es gegen den Präsidenten geht, versuch ich wie ein Polizeireporter an die Sache ranzugehen.«

Sie fuhren kreuz und quer durch die Randgebiete der Innenstadt und suchten die Earl-Warren-Tafel mit der Postfachnummer. Jack war überzeugt, daß es sich um eine Verschwörung handelte. Die John Birch Society oder die Kommunistische Partei waren die Hauptverdächtigen. Er hatte Bleistift und Notizblock parat, um Einzelheiten festzuhalten.

Dieses saubere, aber einsame Gefühl, wenn keine anderen Autos unterwegs sind. Wenn die Verkehrsampeln nur deinetwegen in Betrieb sind.

Auf dem Central Expressway fing er wieder an sich zu erbrechen. Er machte einfach die Tür auf, hielt das Lenkrad mit der rechten Hand umklammert und ging mit dem Kopf nach unten, um direkt auf die Straße zu kotzen. Die Fahrtrichtung hielt er mit Hilfe der weißen Linie, die nur Zentimeter von ihm entfernt war. George schrie, er solle anhalten oder ihm das Lenkrad überlassen. Jack kam wieder hoch. Kein Grund zur Aufregung, sagte er, er habe das schon als Kind auf den verrufensten Straßen Chicagos gemacht. Es gehöre zu den Dingen, durch die man überlebt. Dann beugte er sich weit hinaus und erbrach sich noch einmal. Diese Angriffe auf seine Gefühle waren so heftig, daß er sein halbes Leben zur Autotür hinauskotzte.

Sie fanden die Tafel in der Hall Street. George stieg aus und machte drei Blitzaufnahmen. Für Jack Ruby war das die erfolgreiche Jagd nach einem entscheidenden Hinweis und die Sicherstellung eines wichtigen Beweisstückes. Jetzt mußten sie nur noch eine Kopie der Anzeige finden, damit sie die Postfachnummern vergleichen konnten. Jack wußte nicht, wo er seine Zeitung gelassen hatte. Sie fuhren zu einer Imbißstube am

Southland Hotel, um sich ein wenig von diesen Aufregungen zu erholen. Das Lokal wurde entweder gerade geschlossen oder geöffnet. Ein alter gebeugter Neger wischte den Fußboden mit einem Mop. Sie setzten sich an die Theke, und direkt vor ihnen lag die gesuchte Ausgabe der *Morning News*. Sie sahen einander an. Jack blätterte rasch die Seiten durch und fand die Anzeige. George zog die Polaroid-Fotos aus der Tasche.

Die Nummern stimmten nicht überein.

Jack sah sich nach jemandem um, der ihnen Kaffee bringen konnte. Zu den Nummern sagte er kein Wort. Sein Blick war völlig starr, die Augen stumpf und ausdruckslos. Daß ein solcher Niemand, eine absolute Null in einem T-Shirt, aus dem Nichts kommen und unseren Präsidenten erschießen konnte.

Sie fuhren am Carousel Club vorbei, um nach dem Schild zu sehen, das Jack hingehängt hatte und auf dem nur ein Wort stand: GESCHLOSSEN.

Danach fuhren sie nach Hause. Jack schlief ein paar Stunden, wachte auf, nahm mit seinem Grapefruitsaft ein Preludin und setzte sich vor den Fernseher, wo ein berühmter New Yorker Rabbi sprach.

Der Mann hatte einen prächtigen Bariton. Er sprach rühmend davon, daß dieser Amerikaner in jeder Schlacht gekämpft habe und in jedem Land gewesen sei, und er müsse erst in die Vereinigten Staaten zurückkommen, um in den Rücken geschossen zu werden.

Diese Worte in der wunderbaren Ausdrucksweise des Rabbis ließen Jacks Kopf vor Kummer dröhnen. Er machte den Fernseher aus und griff zum Telefon.

Er rief vier Leute an, um ihnen mitzuteilen, daß er seine Klubs für das Wochenende geschlossen habe.

Er rief seine Schwester Eileen in Chicago an und schluchzte.

Er rief KLIF an und verlangte den Gruselbart.

»Um ganz ehrlich zu sein«, sagte Jack, »ich weiß nie, was Sie da in Ihrer Sendung erzählen, aber ich hör sie mir an, wenn es irgend geht. Ihre Stimme hat so ein bißchen was Beruhigendes.«

»Die Sendung mit der persönlichen Note. Das ist schwer im Kommen, Jack.«

»Und außerdem, wann seh ich in Dallas schon mal einen Mann mit Bart?«

»Ich bin der einzige.«

»Russ, Sie sind ein guter Mann. Ich hab da eine Frage, deshalb hab ich angerufen.«

»Nur zu, Jack.«

»Wer ist dieser Earl Warren?«

»Earl Warren? Geht es um Blues oder Rock and Roll? Es hat mal eine Earlene (Big Sister) Warren gegeben, die hat eine Zeitlang an der Westküste gesungen.«

»Nein, Earl Warren, auf diesen Impeachment-Tafeln. Die rot-weiß-blauen Schilder.«

»Impeach Earl Warren.«

»Genau.«

»Er ist der Oberste Richter am Bundesgericht, Jack. Von den Vereinigten Staaten.«

»Was da passiert ist, hat mich ganz meschugge gemacht.«

»Wer könnte das nicht verstehen.«

»Es ist das Schlimmste, was in unserer Stadt je passiert ist.«

»Ein kleines Würstchen kommt daher und stellt alles auf den Kopf. Und wir werden's für ihn ausbaden müssen.«

»Sprechen Sie den Namen nicht aus«, sagte Jack. »Er macht in meinem Kopf alles gleich schlimmer. Als ob ich zugucke, wie ein Hund im Dreck mit meiner Leber spielt.«

Samstagnachmittag. Lee Oswald saß in einem kleinen Glasverschlag; auf einem Wandbrett rechts von ihm stand ein Telefon. Die Tür auf der anderen Seite des Raumes ging auf. Sie kam herein und ging auf ihn zu, O-beinig, trockenen Auges, mit leichten Hängebacken, die Haare inzwischen schneeweiß, lang und weiß und glänzend. Sie setzte sich auf ihrer Seite der Trennwand hin. Sie musterte ihn sorgfältig, ließ den Blick über ihn wandern, nahm alles in sich auf. Sie griffen nach den Telefonhörern.

»Haben Sie dir wehgetan, mein Junge?«

Sie erzählte ihm, sie habe die Nachricht im Autoradio gehört und sei umgedreht und nach Hause gefahren und habe gleich beim *Star-Telegram* angerufen und gebeten, in einem Pressefahrzeug nach Dallas mitgenommen zu werden. Dann sei sie von zwei FBI-Leuten befragt worden, die beide Brown hießen. Sie habe ihnen gesagt, wegen der Sicherheit des Landes müsse die Tatsache absolut vertraulich behandelt werden, daß die Rückreise ihres Sohnes Lee Harvey Oswald aus Rußland in die Vereinigten Staaten vom Außenministerium bezahlt worden sei. Für die Browns sei das neu gewesen, und sie hätten Maul und Augen aufgerissen.

»Die zeichnen das hier auf, Mutter.«

»Ich weiß. Wir müssen aufpassen, was wir sagen. Ich hab denen gesagt, ich hab meinen Sohn seit einem Jahr nicht mehr gesehen. ›Aber Sie sind die Mutter, Mrs. Oswald.‹ Da hab ich ihnen erzählt, daß ich als Kinderschwester bei verschiedenen Leuten gewohnt habe und daß niemand mir gesagt hat, wo mein Sohn mit seiner Familie hingezogen ist. ›Aber Sie sind die Mutter, Sie sind die Mutter.‹ Ich sagte ihnen, daß ich nicht mal was von meinem zweiten Enkelkind gewußt habe. Ein Jahr lang mußte ich mit dem Schweigen fertigwerden, und jetzt erfahre ich pausenlos Familienneuigkeiten aus dem Radio.«

Diese Männer namens Brown suchten überall nach Verdächtigen. Irgendwelche Zeitschriftenleute hielten die Familie in einem Zimmer im Adolphus Hotel versteckt. Alles wurde überaus geheim abgewickelt. Sie wurden unter Vorsichtsmaßnahmen von einem Ort zum anderen gebracht. Sie alle. Die beschuldigte Mutter, der Bruder, die russische Ehefrau, die zwei kleinen Kinder. Begleitet von vielleicht achtzehn bis zwanzig Männern, die ihnen – aber auch einander – voller Mißtrauen begegneten. Sie waren vom FBI, vom Sicherheitsdienst und vom Magazin *Life*. Ein Mann machte ständig Bilder. Und als

Marguerite ihre Strümpfe herunterkrempelte, machte er auch davon ein Bild, die Mutter, die am Ende eines historischen Tages ihre Strümpe herunterkrempelt.

»Dinge sind ohne meine Zustimmung geschehen«, erzählte sie Lee. »Aber ich lese jedes Wort nach, das ich zu ihnen gesagt habe, und wenn Fehler dabei rauskommen, weiß ich, daß die gegen uns arbeiten, und das immer noch wegen Rußland.«

Die Babies hatten im Hotel Durchfall, und quer durch den Raum hingen Windeln auf der Leine. Ein Präsident mußte sterben, ehe sie erfuhr, daß sie wieder Großmutter geworden war.

Als Marina in den Raum ging, um mit Lee zu reden, wußte sie nicht, daß die Polizei Abzüge der Fotos gefunden hatte, die sie in der Neely Street hinter dem Haus gemacht hatte. Sie waren unter Lees Sachen in Ruth Paines Garage. Zwei Fotos, die der Polizei entgangen waren, hatte Marina selbst gefunden, im Babybuch der kleinen June. Die Bilder mit dem verhängnisvollen Gewehr. Die Waffe erst in der einen Hand, dann in der anderen.

Sie hatte die zwei Bilder zusammengefaltet im Schuh.

»Du brauchst dir keine Sorgen zu machen«, sagte er ins Telefon. »Du hast Freunde, die dir helfen werden.«

Es tat weh, ihn in diesem Zustand zu sehen. Nicht nur die Beulen und Kratzer. Das hier war ein Mann, der einem im Traum erscheint, eine verzerrte Gestalt in einer Finsternis außerhalb der gewöhnlichen Nacht.

Sie dachte an das sanfte Gesicht des Jungen, den sie geheiratet hatte, des unverhofften Amerikaners, der sie zum Tanzen aufgefordert hatte. Das Gesicht war damals fast ein bißchen rundlich, rosig in der Kälte, und das Haar sauber gescheitelt, die Kleider gebügelt. Er war sogar noch sauberer als sie, sehr sauber, wenn er ins Bett kam, sauber in all seinen Gewohnheiten.

Dann der Arbeiter in Texas und Louisiana, der oft dreckverschmiert nach Hause kam, Gewicht verlor, Haare verlor, immer hundemüde war, im Schlaf Nasenbluten bekam, es ablehnte, sich umzuziehen.

Nun dieser Anblick, dieser Mann mit der kräftigen Nase und den dunklen Augen, die eine Braue geschwollen, in Kleidern, die ihm zu groß waren. Dieses grauhäutige Gespenst. Sie blickte auf den klumpigen Adamsapfel, die markante Nase. Seine Wangen waren eingesunken, traten hinter dieser Nase zurück, diesem Vogelschnabel.

Er mußte schuldig sein, dachte sie, so schlimm, wie er aussah.

Er sagte, sie solle nicht weinen. Seine Stimme klang sanft und traurig. Er sagte ihr, sie zeichneten jedes Wort auf.

Also konnte sie ihm nichts von den Bildern in ihrem Schuh sagen. Oder von der Entdeckung, die sie gestern abend gemacht hatte, nachdem die Polizisten gegangen waren. Sie hatte seinen Ehering in einer Mokkatasse auf der Kommode im Schlafzimmer gefunden. Er hatte ihn zusammen mit dem Geld am frühen Freitagmorgen zurückgelassen.

Das Geld, die Bilder, der Ehering.

Dreimal hatte er sie gebeten, zu ihm nach Dallas zu kommen. Sie hatte nein, nein, nein gesagt.

Er sagte ihr jetzt, sie solle Schuhe für June kaufen. Mach dir keine Sorgen, sagte er. Und gib den Babies einen Kuß von mir.

Die Wachen zogen ihn vom Stuhl hoch, und er ging rückwärts zur Tür und ließ den Blick nicht von ihr, bis er draußen war.

Zu Hause würde Tante Valja jetzt Sauerkraut einlegen, Kupfer polieren, den üblichen Beschäftigungen nachgehen, mit Onkel Ilja einen Besuch bei den Andrianows machen, ein Leben ohne plötzliche Wendungen und Störungen, und sie würden auf die ersten starken Schneefälle warten.

Sie wußte nicht einmal von dem Polizisten. Sie wußte auch nichts von Gouverneur Connally. Erst im weiteren Verlauf des Tages erfuhr sie, daß Lee beschuldigt wurde, den einen verletzt und den anderen kaltblütig getötet zu haben.

Sie brachten ihn in die Zelle zurück. Er zog sich aus und gab dem Wärter seine Kleider. Er aß zum Mittagessen Bohnen, gekochte Kartoffeln und irgendein Fleisch.

Nichts in dieser Umgebung verwirrte ihn, und nichts ließ ihn darüber nachdenken, wie es weitergehen würde. Die Reporter überraschten ihn nicht, Tumult auf den Gängen. Die Polizisten stellten die naheliegenden Fragen, und selbst wenn er einmal nicht im voraus wußte, was sie als nächstes fragen würden, waren es die alltäglichen, naheliegenden Dinge. Die Zelle war ein Raum, wie er ihn ähnlich schon sein ganzes Leben lang kannte. In der Unterwäsche saß er auf einem Holzbrett. Ein Ausguß mit einem tropfenden Wasserhahn. Nichts Neues hier. Er war bereit, von einem Tag zum nächsten zu leben, in die Rolle, so wie sie sich entwickelte, hineinzuwachsen. Er hatte nicht die geringste Angst. Hier wuchs ihm Kraft zu. Alles in dieser Umgebung und Situation war geeignet, ihn stärker zu machen.

Selbst sein Appetit war zurückgekehrt. Es war die erste Mahlzeit, bei der er richtig reinhauen konnte. Es gab Kaffee in einem großen Becher. Er trank ihn langsam. Er dachte nach. Er hörte den Wärtern zu, die sich auf dem schmalen Gang leise unterhielten.

Es gab für ihn noch eine dritte Möglichkeit. Er konnte ihnen sagen, er sei der einsame Heckenschütze. Er habe auf eigene Faust gehandelt, ganz allein. Es sei für ihn der Gipfel eines kampferfüllten Lebens. Er habe es getan, um gegen die Anti-Castro-Politik der Regierung zu protestieren, um die Sache des Marxismus fördern und ins Herz des amerikanischen Imperiums zu tragen. Er habe ohne Helfer gehandelt. Es sei sein Plan gewesen, seine Waffe. Drei Schüsse. Alle trafen. Er sei ein ausgewiesener Scharfschütze.

Samstagabend. David Ferrie fuhr ziellos in der Stadt Galveston in Texas umher. Sein Affenfell saß schief auf dem Kopf. Seine Gedanken hatten das Stadium hysteroider Extreme erreicht.

Als der Präsident erschossen wurde, befand er sich in einem Gerichtssaal der Bundesbehörden in New Orleans, wo in Carmine Lattas Verfahren wegen Steuerhinterziehung zugunsten des alten Herrn entschieden wurde.

Als Leon von der Polizei aufgegriffen wurde, war Ferrie in seiner Wohnung und packte ein paar Sachen für die Reise nach Galveston. Er hatte noch seine alte, mit Goldborten geschmückte Pilotenmütze der Eastern; er legte sie in eine Reisetasche. Er hörte von der Festnahme im Radio.

Es war ein Grund zur Panik. Er gab ihr augenblicklich nach. Ferrie sah in der Panik eine animalische Reaktion des Körpers, die das Überleben der Rasse sicherte. Sie war viel älter als das logische Denken. Er packte weiter, nur schneller, und rannte dann hinunter zu seinem Wagen.

Er fuhr stundenlang ziellos in New Orleans umher und hörte Nachrichten. Dann tankte er voll und fuhr nach Westen, geriet in ein schwarzes Unwetter, einen dieser von der Küste her schräg hereinpeitschenden Wolkenbrüche, und sieben Stunden später war er in Houston.

Er fuhr ziellos in Houston umher. Um halb fünf Uhr morgens ging er in ein Motel, das sich Alamotel nannte. Er war nicht in der Stimmung für patriotische Wortspiele. Mit dem Mann am Empfang redete er spanisch, ging zu seinem Zimmer und rief eine Reihe von Leuten in New Orleans an, Freunde, Liebhaber, Geistliche. Er suchte Trost in diesen Anrufen und redete selbst mit denen spanisch, die kein Wort verstanden.

Er hatte Angst, Leon könnte der Polizei seinen Namen nennen.

Er hatte Angst, Leon könnte umgebracht werden.

Er hatte Angst, Leon – lebend oder tot – könnte seinen Büchereiausweis in der Tasche haben. Er glaubte sich zu erinnern, ihn Leon einmal geliehen zu haben.

Am Morgen besorgte er sich Zeitungen und Kaffee und setzte sich ins Auto, um Radio zu hören. Ihm war, als zitterte sein Leben auf der Zungenspitze des Reporters. Er fuhr zu einer Rollschuhbahn und machte weitere Anrufe. Banister wollte nicht mit ihm reden. Latta war in einer Sitzung. Er rief die Jungs an, denen er das Fliegen beigebracht hatte. Die

Orgel in der Rollschuhbahn gab Töne von sich, die ihn an den totalen Tod denken ließen. Er ging zurück zum Auto.

Die Jahreszeit hatte für ihn etwas zutiefst Deprimierendes. Bedeckter Himmel und schneidender Wind, fallendes Laub, hereinbrechende Dämmerung, zu früh wird es dunkel, die Nacht sinkt herab, bevor du bereit bist. Es ist ein Grauen. Es ist eine seelische Kahlheit. Er hört das Rascheln von Nonnengewändern. Hier kommt der Winter höchstpersönlich. Wir haben ihn auf das Land losgelassen. Es muß irgendein Lied oder einen Vers geben, irgendeinen alten Zauber, mit dem wir gegen diese Angst angehen können. Skelly Bone Pete. Hier ist es, in der Landschaft und am Himmel. Wir haben es losgelassen. Wir haben die Erde geöffnet, und jetzt ist es hier. Er fuhr auf der Fernstraße 45 nach Süden. Er wollte nicht, daß sie Leon umbrachten. Er spürte eine durchdringende Todesahnung, eine grauenvolle Angst im Mark seiner Knochen, dem Teil, den man aussaugen konnte, und dann näherte er sich Galveston.

Er fuhr ziellos in Galveston umher. Das Flugzeug stand wahrscheinlich immer noch am Flughafen, eine Piper Aztec. Er überlegte sich, ob er damit wegfliegen und die Flucht nach Mexiko ohne den Attentäter antreten sollte. Der Gedanke kam ihm nicht im geringsten verrückt vor. Es schien ein Ritual, das dem Ereignis angemessen war.

Das Ereignis war der totale Tod. Nur ein Ritual konnte ihn davor retten.

Er nahm sich ein Zimmer im Driftwood Motel. Am Telefon sprach er spanisch.

Was machte er in Galveston? War er nicht hier, um das Flugzeug rauszufliegen? Der Gedanke ans Fliegen hatte ihn hergelockt. Er war Flieger, ein Meister im luftigen Element. Er war bereit, sich dem Tod zu unterwerfen, wenn er am Ende eines Fluges kam, der über den schimmernden Golf führte oder über irgendeine blank gefegte braune Ebene in Mexiko, abgelegen, in glühender Hitze, mit flimmernden Bergen im fernen Dunst. Das waren die Regeln, auf denen er bestand. In Mexiko verstanden sie, daß Würde zu den Regeln für das Sterben gehörte.

Er bekam Banister ans Telefon. Guy sagte ihm, es sei bereits was im Gang, ein gewagter Plan, eine riskante Geschichte. David Ferrie beschloß, erst mal richtig auszuschlafen und am Morgen dann nach New Orleans zurückzufahren.

Kränze und Berge von Blumen schmückten die Rasenflächen der Dealey Plaza, Zeichen der Trauer und des Abschieds, und Jack Ruby fuhr um Mitternacht durch die Straßen und nahm Atmosphäre und Gefühle in sich auf. Ein halbes Dutzend Mal fuhr er die Schleife über die Plaza. Er fuhr an sieben oder acht Klubs vorbei, um zu sehen, wer geöffnet hatte. Es machte ihn wütend, und er biß die Zähne zusammen, so wie das jeder Patriot tun würde, wenn er sieht, wie manche Mitbürger aus der Verzweiflung anderer Kapital schlagen und, ohne mit der Wimper zu zucken, an einem Wochenende der nationalen Trauer als einzige geöffnet haben. Den ganzen Tag hatte er an den verschiedenen Stationen seiner Tour durch Dallas ferngesehen. Dieser Tod war überall. Bilder der trauernden Familie. Rekonstruktionen am Schauplatz des Mordes. Dieses Ereignis würde in der Geschichte möglicherweise größer rauskommen als Jesus, dachte er. Ein solcher Schlag und seine Wirkung. Es war fast wie eine Neuauflage der Kreuzigung. Gott helfe den Juden. Leere Limonadeflaschen rollten um seine Füße.

Er fuhr nach Hause und fing an, Dinge aus dem Kühlschrank zu holen. Er spürte einen Zwang, den Körper gegen die Verzweiflung vollzustopfen. Er wollte Eßbares in die Hand nehmen, wollte es kochen und riechen, wollte tierisches Blut in der Pfanne sehen. Muskeln und Blut zurückgewinnen. Knorpel zurückgewinnen. Er brauchte Fleisch zwischen den Zähnen und zischendes Selterswasser im Mund. Es gibt meiner Willenskraft ein wenig Rückhalt.

Er verbrachte zehn Minuten damit, sich ein Sandwich zu machen, hatte aber nicht das Herz, es zu essen. Er ging ins Wohnzimmer und nahm eine Zeitung in die Hand, um sich zu vergewissern, daß seine Anzeigen richtig placiert waren – die Hinweise darauf, daß seine Klubs geschlossen waren. George saß in Jacks altem Bademantel schwerfällig auf dem Sofa, eine schwitzende Bierdose in der Hand.

Jack rief seinen Bruder Earl in Detroit an.

Er rief seine Schwester Eva hier in Dallas an, um zum dritten- oder viertenmal über das zu sprechen, was geschehen war. Eva fing an zu weinen. Sie war vollkommen aufgelöst. Er hielt George den Hörer hin, weil er wollte, daß sein Mitbewohner seine Schwester weinen hörte. Es war ein gebrochenes, stoßweises Schluchzen. Absolut echt. Jack und Eva weinten zusammen, und George stand da, den Telefonhörer ans linke Ohr gedrückt, und sah beeindruckt aus.

Jack ging ins Bett. Im Dunkeln starrte er an die Decke. Jedesmal, wenn auf dem Thornton Freeway ein Lastzug vorbeifuhr, hörte sich das an, als werde Papier zerrissen. Das Telefon klingelte, und er ging ins Wohnzimmer und nahm den Hörer ab. Er hörte etwa zwanzig Sekunden zu. Dann zog er sich an und fuhr zum Carousel.

Er ging die schmale Treppe hinauf und machte die Lichter an. Im hinteren Raum fingen die Hunde an zu bellen. Er saß in seinem Büro und fuhr sich mit den Händen durchs Haar. Er brauchte dringend eine Kopfhautbehandlung.

Er hörte die Schritte. Dann betrat Jack Karlinsky das Büro. Er sah ein wenig müde aus. Er trug ein Hemd mit offenem Kragen, und sein Hals war angespannt und zerfurcht. So spät am Tag sah er alt aus, nicht vorbereitet. Er wischte ein paar Hundehaare vom Sofa und setzte sich.

»Es ist schrecklich, was mit dieser Stadt geschieht, Jack. Stündlich kommen neue Meldungen aus Übersee, wo die Leute trauern und sich fragen, wie das geschehen konnte. Schon sagen die Europäer, das hier sei eine Verschwörung. Was können wir auch erwarten? Die haben ihre Jahrhunderte voller Dolchstöße,

Intrigen und Giftmorde. Solche feindseligen Gedanken lassen einen Druck entstehen, der schlecht ist für die Stadt, schlecht für uns alle.«

»Wenn ich nur daran denke, daß mein Vater aus einem polnischen Städtchen hierhergekommen ist.«

»Ein polnisches Städtchen, genau.«

»Direkt in die Tischlergewerkschaft in Chicago.«

»Und einen Jungen großgezogen hat, der heute seinen eigenen Betrieb besitzt, Jack. Genau das wollen wir doch verteidigen. Was sagen denn die Leute als erstes über diese Tragödie? Was sagt denn meine Mutter mit ihren achtundachtzig Jahren im Pflegeheim? Sie ruft mich an. Muß ich überhaupt erzählen, was sie sagt? ›Gottseidank ist dieser Oswald kein Jude.‹«

»Gott sei Dank.«

»Hab ich nicht recht? Wie viele Leute haben in den letzten zwei Tagen genau das gesagt? ›Gottseidank ist dieser Oswald kein Jude.‹«

»›Was er auch sein mag, wenigstens wissen wir, daß er kein Jude ist.‹«

»Hab ich nicht recht? Genau das sagen die Leute.«

»Wenn ich nur an meinen Vater denke«, sagte Jack Ruby.

»Natürlich. Das ist doch meine Rede.«

»Immer nur Saufen, nichts als Saufen. Jahrelang ohne Arbeit. Meine Mutter hat bis zu ihrem Tod nur jiddisch gesprochen. Sie konnte nicht mal ihren Namen auf englisch schreiben.«

»Das ist genau die Lage, in der wir uns heute befinden. Ich meine, bestimmte Dinge müssen geschützt werden.«

»Ich bin der felsenfesten Überzeugung, daß sich der Mensch für seine natürlichen Werte einsetzen muß.«

»Steh zu dem, was du bist.«

»Versteck dich nicht. Lauf nicht davon.«

»Erst heute hab ich mich mit Carmine darüber unterhalten. Ich red jetzt öfter mal direkt mit Carmine. Er hat anklingen lassen, daß er sich wegen Oswald Sorgen macht. Rückt das ganze Land in ein schlechtes Licht, dieses ständige Gerede von einer Verschwörung. Ich sag Ihnen, was die Leute wollen. Sie wollen, daß dieser Oswald verschwindet. Dann ist bald Schluß mit den losen Reden. Die Leute wollen, daß er ausradiert wird. Er ist ein einziges Ärgernis.«

»Die Wellen der Gefühle schlagen hoch, da kann alles passieren.«

»Es ist eine Flutwelle. Man spürt sie auf den Straßen. Sie reißt alle mit. Wir stecken mittendrin, ob es uns paßt oder nicht. Denken Sie nur an die Annonce, die in der Zeitung war, mit einem dicken schwarzen Rand. Mit einem jüdischen Namen unterschrieben. So etwas fällt den Leuten auf. Das merken sie sich. Es gibt eine Menge extremer Gefühle, die mit Juden zu tun haben.«

»Ich habe jedenfalls das Gefühl, ich bin in einer Jauchegrube gelandet.«

Jack Karlinsky nickte.

»Ich will Ihnen mal was sagen, ohne viel Drumherum. Der Mann, der Oswald erledigt, der ist für die Leute der mutigste Mann im Amerika. Und es ist nur eine Frage der Zeit, bis ihn einer zur Strecke bringt. Wie man hört, kann sich jederzeit ein Lynchmob zusammenrotten. Die Leute wollen ihn ausradiert haben. Wenn's einer schafft, dann werden sie dem ein Denkmal setzen, egal wer's ist. So wird man zum Helden, einen kürzeren Weg gibt's nicht.«

»Sie haben mit Carmine geredet.«

»Carmine hat Ihren Namen genannt. Von Tony Push. In New Orleans weiß man Bescheid über Sie, Jack.«

»Ich hab in der Kuba-Zeit ein paar Dinge gedreht.«

»Dieser Oswald ist jedenfalls ein Ärgernis. Er weiß ein paar unangenehme Kleinigkeiten. In seinem Kopf schwirren einige Namen rum. Carmine will Klarheit schaffen.«

»Ich war heute schon auf einen kurzen Besuch im Präsidium. Die reden davon, daß er ins Kreisgefängnis kommen soll.«

»Darauf wollte ich grade zu sprechen kommen. Es ist ein Verfahren, das sie in Verbrechensfällen einhalten müssen. Diese

Stadt, also es ist verrückt, wie sie gewisse gesetzliche Dinge hier handhaben. Wenn einer ein Gewaltverbrechen begeht, hat er gute Chancen rauszukommen. Eine Besonderheit des hiesigen Klimas. Sie wissen es so gut wie ich: für einen Mord ist leichter ein Freispruch zu bekommen als für einen Einbruch.«

»Man sagt, so benehmen sich Menschen nun mal.«

»Hab ich recht? So haben sie schon früher im wilden Westen die Streitfragen geregelt. Diese Einstellung sitzt tief. Wenn ein Schwarzer einen Schwarzen niederschießt, kommt's nicht mal zum Prozeß.«

»Niemand findet es wichtig genug, um so einen Fall vor Gericht zu bringen.«

»Sag ich ja. Und wenn ein Typ wie Oswald abgeknallt wird, wär das nicht anders. Wer's dem Burschen besorgt, muß der vielleicht mit einer schweren Strafe rechnen?«

»Die Leute wollen ihn loshaben.«

»Der Jubel wird groß sein. So wie's heute aussieht, Jack, was sind Sie denn der Stadt Dallas wert? Für die sind Sie einer aus Chicago, ein Geschäftemacher aus dem Norden. Schlimmer noch, ein Jude. Sie sind ein Jude im Zentrum des nichtjüdischen Apparates. Wem machen wir hier was vor? Sie sind der Besitzer eines Strip-Schuppens. Arsch und Titten. Mehr sind Sie nicht für Dallas.«

»Wem machen wir was vor?«

»Wem machen wir hier was vor?«

»Wenn ich nur an meine Mutter denke.«

»Sag ich doch.«

»Meine Mutter ist verrückt geworden, aber richtig. So schlimm, daß ich's nicht beschreiben kann. Ich hab ihr oft in die Augen gesehen, und da war nichts mehr, was man menschlich nennen könnte. Sie hat geschrieen und getobt. Das war ihr Leben. Mein Vater hat sie geschlagen. Er hat uns geschlagen. Sie hat uns geschlagen. Sie glaubte, wir fiddelten alle miteinander. Brüder und Schwestern beim Dauersex. Ich bin nie zur Schule gegangen. Ich hab mich geprügelt. Ich hab Kuverts für Al Capone ausgetragen.«

»Sag ich ja. Das ist genau mein Punkt. Das läßt einen Druck entstehen, der für uns alle schlecht ist.«

Es kam zu einem kurzen schwerwiegenden Schweigen.

»›Gottseidank ist er kein Jude.‹«

»›Was er auch sein mag, Gottseidank ist er wenigstens kein Jude.‹«

»Jack, ich bin sicher, Sie hören auf der Straße dasselbe, was ich seit fast zwei Tagen höre. Der Mann, der dieses Kommunistenschwein umbringt, befreit die Stadt Dallas von weltweiter Schande. Das sagen sie auf der Straße.«

»Und was sagt Carmine?«

»Ein guter Punkt. Denn hier haben Sie einen Verbündeten. Hier haben Sie Schutz und Unterstützung. Carmine hat von sich aus die Frage des Darlehens aufs Tapet gebracht. Ich glaube, Sie werden von den Bedingungen begeistert sein.«

»Und was tu ich dafür?«

»Dafür verpflichten Sie sich, die Stadt von dieser Schande zu befreien.«

»Mit anderen Worten.«

»Jack, Sie waren Ihr ganzes Leben lang ein Zugvogel. Jetzt haben Sie die Chance, etwas Solides in die Hand zu bekommen. Wollen Sie bis ans Ende Ihrer Tage mit Kartoffelschälern hausieren gehen? Bauen Sie etwas auf. Machen Sie sich einen Namen.«

»Sie sagen also, Jack, ich soll.«

»Ihn aus dem Kalender streichen.«

»Ihn umlegen.«

»Ihn einfach auslöschen«, sagte Karlinsky traurig.

Er wickelte eine Zigarre aus, zündete sie aber nicht an. Er sah alt und abgespannt aus. Er saß vornübergebeugt auf dem Sofa, wie ein Patient in einem Wartezimmer, mit seinen eigenen Gedanken beschäftigt, nervös.

»Carmine bietet an, das Darlehen komplett zu erlassen. Wir

geben das Darlehen, und dann streichen wir die Schulden für alle Zeiten. Vierzigtausend Dollar. So bald wie möglich auszuzahlen. Die Frage ist nur, wie bald. Wir nehmen an, sehr bald. Wir erwarten keine größere Verzögerung.«

»Was ist mit meinen Klubs?«

»Wir kümmern uns in der Zwischenzeit darum. Ich bin mir ganz sicher, daß Sie eine Wiedergeburt erleben werden. Denken Sie nur an all die Leute, die scharf drauf sind, anderen zu erzählen, daß sie im Carousel gewesen sind. Im Klub von Jack Ruby, dem Mann, der Oswald erledigt hat.«

»Um einfach mal die Atmosphäre zu schnuppern.«

»Scharenweise werden sie von auswärts kommen. Besitzen Sie eine Waffe, Jack?«

»Was denken Sie denn?«

»Carmine bekommt von den Jungs in Dallas alle Hilfe, die er braucht. Die haben Leute, die bei der Polizei aushelfen. Die Polizei wird Oswald durchs Kellergeschoß aus dem Gebäude bringen. Vormittags, irgendwann nach 10. Es gibt zwei Rampen zur Straße hin.«

»Main Street und Commerce.«

»Immer mit der Ruhe, Jack. Die Rampen werden schwer bewacht sein. Die Zugänge zum Gebäude abgesperrt. Die Falttür zwischen den zwei Teilen des Gebäudes ist abgeschlossen. Der Strom für die Fahrstühle wird abgeschaltet, bis auf den Gefängnisfahrstuhl, in dem sie Oswald runterbringen.«

»Ich kann wahrscheinlich eine Rampe runtergehen.«

»Moment mal. Immer mit der Ruhe.«

»Mein Gesicht kennt man in dem Gebäude.«

»Morgen können Sie nicht über die Rampe ins Haus. Die lassen Reporter mit Presseausweisen durch, und damit hat sich's. Eine begrenzte Zahl, vor allem Bildreporter. Diese Überführung ist sehr heikel. Sie erwarten dafür noch Verstärkung. Sie sind entschlossen, die Sache reibungslos über die Bühne zu bringen.«

»Und wie komm ich dann rein?«

»Immer mit der Ruhe, Jack. Auf der Ostseite des Gebäudes gibt es einen schmalen Durchgang. Dort fallen Sie nicht auf. Etwa in der Mitte finden Sie einen Zugang zum Neubau, dem Anbau der Stadtverwaltung. Diese Tür ist immer verschlossen, aber wir sorgen dafür, daß sie morgen offen ist. An der Tür steht keine Wache. Sie betreten das Gebäude. Drin sehen Sie Fahrstühle und Treppen. Sie nehmen die Treppe nach unten. Es ist eine Feuertreppe. So kommen Sie ins Kellergeschoß.«

»Wie bringen sie ihn raus?«

»Mit Handschellen an einen Kriminalbeamten gefesselt. Ein zweiter Kriminalbeamter auf der anderen Seite. Was für eine Waffe haben Sie?«

»Eine kurzläufige 38er. Paßt in die Hosentasche.«

»Sie werden den mächtigsten Ständer in ganz Amerika haben.«

Karlinsky lachte rauh, ein tief in der Kehle sitzendes Knurren. Jack saß mit ausdrucksloser Miene hinter dem Schreibtisch. Das Gespräch endete an dieser Stelle.

Jack war eine Stunde allein und überlegte sich, wie er ohne die Einnahmen des Wochenendes die aufgelaufenen Gehälter und Rechnungen zahlen sollte. Diese Art kleinlicher Rechnerei verstärkte den Druck in seinem Schädel.

Er suchte in seinem Adreßbuch nach einer Telefonnummer. Dann rief er den Kriminalbeamten Russell Shively, mit dem er ja befreundet war, zu Hause an. Es war nach drei Uhr nachts. Jack horchte auf das einsame Klingeln des Telefons.

»Ja. Wer ist da?«

»Tag, Russell.«

»Wer zum Henker ist da?«

Jack legte eine Pause ein.

»Morgen bringen sie im Keller der Polizei diesen Dreckskerl Oswald um, während er ins Kreisgefängnis überführt wird.«

Er machte wieder eine Pause. Dann legte er den Hörer auf.

Lee Harvey Oswald lag wach in seiner Zelle. Allmählich wurde ihm klar, daß er seine Lebensarbeit gefunden hatte. Nach dem Verbrechen kommt die Rekonstruktion. Er wird Beweggründe zu analysieren haben, die ergiebige Frage nach Wahrheit und Schuld. Zeit, über alles nachzudenken, Zeit, diese Geschichte in Gedanken zu drehen und zu wenden. Dieses Verbrechen liefert offensichtlich Material zu tiefer Deutung. Er wird in der Lage sein, das Licht dieses einen vergrößerten Augenblicks festzuhalten, die Schatten auf dem Rasen fixiert, die Limousine schimmernd und reglos. Zeit, in Selbsterkenntnis zu wachsen, die Bedeutung dessen zu ergründen, was er getan hat. Er wird die Tat hundertmal variieren, sie beschleunigen und verlangsamen, die Gewichte verschieben, Schattierungen finden, zuschauen, wie sich sein ganzes Leben verändert.

Dies war der wahre Anfang.

Sie werden ihm Schreibmaterial und Bücher geben. Er wird seine Zelle mit Büchern über den Fall füllen. Er wird Zeit haben, sich im Strafrecht weiterzubilden, in Ballistik, Akustik, Fotografie. Alles, was den Fall betrifft, wird er untersuchen und sich zu eigen machen. Leute werden zu ihm kommen, zuerst die Anwälte, dann Psychologen, Historiker, Biographen. Sein Leben hatte jetzt ein einziges, klar umrissenes Thema, und das hieß Lee Harvey Oswald.

Er und Kennedy waren Partner. Die Gestalt des Schützen im Fenster war unlöslich mit dem Opfer und seiner Geschichte verbunden. Das stärkte Oswald in seiner Zelle. Es gab ihm, was er zum Leben brauchte.

Je mehr Zeit er in einer Zelle verbrachte, desto stärker würde er werden. Jedermann wußte nun, wer er war. Das verlieh ihm Kraft. Für ihn begann eindeutig eine neue, bessere Zeit, eine Zeit der gründlichen Lektüre all dessen, was mit dem Fall zu tun hatte, eine Zeit der Selbstanalyse und Rekonstruktion. Er sah die Haft nicht mehr als lebenslangen Fluch an. Er hatte die Wahrheit über einen Raum herausgefunden. Er konnte leicht in einer halb so großen Zelle leben.

Sonntagmorgen. Mit den üblichen schwerfälligen Bewegungen begann Jack seinen Tag. Es kostete ihn eine gewisse Zeit, sich auf alles einzustellen. Er trank Grapefruitsaft und ging im Wohnzimmer auf und ab. George saß Zeitung lesend auf dem Sofa, und Jack ging mit diesem Blick an ihm vorbei, der nur ein paar Handbreit in die Welt hineinreichte.

»Jack, deinem Gesicht nach zu urteilen, also es ist schwer in Worte zu fassen, aber ich glaube, du siehst nicht besonders gut aus.«

Jack machte den Fernseher an. Er wusch und rasierte sich – mit einer Schwertklinge von Wilkinson wegen des reizvollen Namens – und klatschte sich Aftershave ins Gesicht, daß es wehtat. Er machte Rührei und Kaffee und überflog beim Essen, immer noch in Unterhosen, die Nachrichten im *Times Herald*. Er las einen gefühlvollen offenen Brief an Caroline Kennedy, der ihm so naheging, daß er nicht mehr richtig schlucken konnte. Seine Gedanken kreisten wieder um die Tragödie des Präsidenten und seiner reizenden Familie.

Das Telefon läutete. Es war Brenda Jean Sensibaugh, Baby LeGrand, die aus ihrer Wohnung in Fort Worth anrief.

»Jack, die Miete ist fällig. Ich hab für mich und die Kinder nichts zu essen im Haus.«

»Kaum daß ich den Hörer abnehme.«

»Ich bin nur so direkt, damit wir keine Zeit verschwenden. Gestern abend wäre Zahltag gewesen.«

»Du weißt ganz genau, warum wir geschlossen haben.«

»Ich sag ja nicht, es war falsch, zu schließen. Ich hätte nur gern von dir gewußt, wie ich ohne Zahltag über die Runden kommen soll.«

»Du hast bereits einen Vorschuß auf deinen Lohn bekommen.«

»Sei nicht abscheulich oder grob zu mir, Jack. Ich bitte dich nur um einen kleinen Vorschuß, damit meine Kinder was zu essen bekommen, bevor der Tag rum ist. Ich gehöre zu deinen zuverlässigsten Leuten, und das weißt du. Ich bitte dich nur um soviel, wie ich heute zum Essen brauche, und ich muß meinem Vermieter einen kleinen Betrag zukommen lassen, damit er Ruhe gibt.«

»Wieviel, du Miststück?«

»Fünfundzwanzig Dollar. Bis nach Dallas ist es mir zu weit, aber wenn du mir per Telegramm, oder wie die das machen, eine Zahlungsanweisung schickst, dann kann ich es hier in der Stadt abholen.«

Jack fiel ein, daß es nur ein paar Häuser vom Polizei- und Gerichtsgebäude entfernt ein Western-Union-Telegrafenbüro gab. Das Mädchen hatte Glück. Wenn er sich beeilte, konnte er dort Brenda die fünfundzwanzig Dollar anweisen und dann rübergehen und diesen Dreckskerl Oswald erschießen.

Mit dem letzten Rest seines Kaffees nahm er ein Preludin und zog sich an. Dunkler Anzug, grauer Filzhut, seine Seidenkrawatte mit einem Windsorknoten. Er nahm Sheba auf den Arm und sagte George, er gehe in den Klub. Im Auto setzte er den Hund auf den Vordersitz und fuhr los.

Er war spät dran. Wenn ich nicht rechtzeitig dort bin, dann hat das Schicksal nicht gewollt, daß ich es tue. Er fuhr den kleinen Umweg über die Dealey Plaza, um noch einmal die Kränze zu sehen. Er redete mit Sheba, fragte sie, ob sie Hunger habe, ob sie ihr Alpo wolle. Er fuhr auf einen Parkplatz gegenüber vom Western-Union-Telegrafenbüro. Er öffnete den Kofferraum, holte das Hundefutter und einen Dosenöffner heraus und stellte dem Hund sein Fressen auf den Vordersitz. Er nahm zweitausend Dollar aus der Geldtasche und stopfte sie sich in die Taschen, weil sich das für einen Klubbesitzer so gehört. Den Revolver steckte er in die rechte Gesäßtasche. Sein Name stand in Gold geprägt innen am Hutband.

Er ging über die Straße und füllte das Formular für die Geldanweisung aus. Der Angestellte stempelte die Quittung um 11:17 Uhr. Jack war noch später dran, als er gedacht hatte. Zum erstenmal brachte er etwas Tempo in seinen Tag, und keine vier Minuten später stand er in der dunklen Garage unter dem Polizeipräsidium.

Wenn ich hier so leicht reinkomme, heißt das, sie wollen, daß ich's tue.

Er ging durch die verlassene Tiefgarage auf den Platz zwischen den Rampen zu, wo zwei nicht als Polizeifahrzeuge gekennzeichnete Fords warteten. Er hörte Stimmen sagen: »Da kommt er, da kommt er«, und dachte zuerst, sie meinten ihn. Er ging eine leichte Schräge hinauf und stand dann am Rand einer Gruppe von Journalisten. Geräusche wie aus einer Gruft, Stimmen, hohle hallende Laute erfüllten den Lichthof, Automotoren, klirrende Gerätschaften. Überall Polizisten in Zivil und Offizielle in weißen Hüten. Kriminalbeamte säumten den Weg vom Gefängnisbüro zu den Rampen. Auch Russell stand dort, aber Jack hatte keine Zeit, ihn auf sich aufmerksam zu machen. Die Mehrzahl der Zeitungsleute und drei Fernsehkameras drängten sich rechts von Jack auf der Rampe, die zur Main Street führte. Ein gepanzerter Lastwagen für Geldtransporte wartete am oberen Ende der anderen Rampe.

»Da kommt er.«

»Da kommt er.«

»Da kommt er.«

Die Zeit stimmte auf die Sekunde genau, die örtlichen Gegebenheiten waren perfekt. Scheinwerfer gingen an. Alles war schwarz und weiß, grelles Licht und tiefe Schatten. Jack sah eine Traube von Polizisten aus dem Gefängnisbüro kommen, und in ihrer Mitte der Häftling, der einen dunklen Pullover anhatte und aussah wie niemand von nirgendwo.

In die Journalisten kam Bewegung. Dann Blitzlichter, Rufe, die von den Wänden zurückgeworfen wurden, und Jack kam das alles merkwürdig vor, wie schon einmal gesehen, und er stand im künstlichen Licht der Scheinwerfer in dem feuchten Keller mit den von Auspuffgasen verdreckten Rampen und einer Ladung Oktan in der Luft.

Da kommt er.

Jack löste sich aus der Menge, sah alles im voraus passieren. Er zog den Revolver aus der Tasche, schmuggelte ihn heraus, verbarg ihn unter der offenen Hand auf der Hüfte. Eine Gasse öffnete sich. Zwischen ihm und Oswald war niemand mehr. Jack zeigte jetzt die Waffe offen. Er machte einen letzten großen Schritt und gab einen einzigen Schuß ab, einen Unterleibsschuß aus nächster Nähe. Oswalds Arme legten sich vor den Körper, und er kniff die Augen zu. Er gab einen Laut von sich, ein tiefes Ächzen, dumpf und trostlos. Er begann seinen Sturz durch die Welt der Schmerzen.

Ein Wirrwarr von Leibern über dem Schützen, all diese Männer mit Cowboyhüten, heftig schnaufend, um die Waffe ringend, und einer drückte Jack das Knie in den Bauch. Er konnte sich ihr Verhalten nicht erklären. Nichts davon war nötig, das mußten sie doch wissen, wenn sie ihn kannten. Noch mehr deprimierte ihn, als er über all dem Lärm Russell Shivelys Stimme hörte: »Jack, *Jack,* du verdammter Schweinehund.«

Ein Schuß.
Das war ein Schuß.
Oswald ist getroffen.
Oswald ist getroffen.
Ein Schuß war zu hören.
Das totale Chaos hier.
Alle Ausgänge sind geschlossen.
Heiliger Strohsack.
Ein Schuß war zu hören, als sie ihn zum Auto brachten.
Ein Schuß.
Das totale Chaos hier.
Ein einziges Handgemenge.
Als sie ihn hinausbrachten.
Jetzt bringen sie ihn zurück.
Oswald ist getroffen.
Die Polizei hat den ganzen Bereich abgesperrt.
Alles zurückbleiben, schreien sie, schreien sie.

Ein untersetzter Mann mit Hut.
Oswald zusammengebrochen.
Eine absolut irre Szene.
Grelle rote Lichter.
Ein Mann mit einem grauen Hut.
Irgendwie ist er hier reingekommen.
Der Polizeischutz und die Absperrketten.
Menschen. Polizisten.
Da ist jetzt der junge Oswald.
Sie schaffen ihn in aller Eile weg.
Er liegt flach auf dem Rücken.
Er hat eine Schußwunde im Bauch.
Er ist weiß.
Oswald weiß.
Er liegt im Rettungswagen.
Sein Kopf ist nach hinten gekippt.
Er ist bewußtlos.
Schlaff.
Seine Hand hängt schlaff vom Rand der Tragbahre.
Und jetzt setzt sich der Rettungswagen in Bewegung.
Zuckende rote Lichter.
Sie rasen mit dem jungen Oswald davon.
Er ist weiß, weiß.

Erinnerst du dich an den Rettungswagen in Atsugi, mit grünem Tarnanstrich, flimmernd im Hitzeschleier auf der Rollbahn, und wie dann der Pilot ausstieg?

Lee fühlte sich nicht besonders gut. Erst schossen sie auf ihn, dann versuchten sie ihn künstlich zu beatmen. Er hatte während der Ausbildung im Marinekorps gelernt, daß es bei Unterleibsverletzungen das letzte ist, was man tut.

Er konnte sich selbst bei dem Schuß sehen, so wie die Kamera ihn eingefangen hatte. Durch den Schmerz hindurch verfolgte er das Fernsehbild. Die Sirene heulte wegen der hohen Fahrgeschwindigkeit furchterregend in den Straßen, obwohl er keine Bewegung spürte. Ein Mann redete dicht an seinem Gesicht und sagte ihm, wenn er etwas zu sagen wünsche, dann müsse er es jetzt sagen. Durch den Schmerz hindurch, durch die – von der schmerzenden Stelle abgesehen – immer schwächer werdenden Empfindungen, beobachtete sich Lee, wie er auf die bohrende Hitze der Kugel reagierte.

Weißt du noch, wie der Pilot aussah, ein Raumfahrer mit Helm und Gummianzug?

Alles verließ ihn, jede Empfindung bröckelte am Rand ab und verlor sich im Raum. Er wußte, er war noch im Rettungswagen, konnte aber die Sirene nicht mehr hören und auch nicht die Stimme des Mannes, der ihn zum Sprechen aufgefordert hatte, ein freundlicher Texaner, so wie er klang. Allein der ihn verhöhnende Schmerz war noch da, das Bild des verzerrten Gesichts im Fernsehen. Er lag in einem dämmerigen Raum, in irgend jemandes Fernsehzimmer.

Das Abbröckeln von Dingen, die wir mit uns herumtragen, Zwielicht und Kaminrauch. Was hat Metall in seinem Körper zu suchen?

Er hatte Schmerzen. Er wußte, was es hieß, Schmerzen zu haben. Man brauchte nur fernzusehen. Arm über der Brust, die Lippen zu einem wissenden O geformt. Der Schmerz löschte Worte aus, dann Gedanken. Ihm blieb nichts außer dem Weg, den die Kugel genommen hatte, durch Milz, Magen, Aorta, Niere, Leber und Zwerchfell. Nichts blieb außer dem bloßen Bewußtsein von der Kugel. Dann die Kugel selbst, Kupfer, Blei und Antimon. Sie hatten Metall in seinen Körper eingeführt. Und das verursachte die Schmerzen.

Aber weißt du noch, wie die Männer dem startenden Jet nachsahen? Konnten kaum glauben, wie schnell er sich in dem Dunst verlor.

Sie nahmen ihn um 11:42 Uhr im Parkland auf. Wichtigste Beschwerden: Schußwunde.

Das Herz erwies sich als schlaff und völlig leblos. Der Herzschlag war nicht mehr zu aktivieren. Die Pupillen waren starr und erweitert. Die Netzhaut wurde nicht mehr durchblutet. Es war keine Atmung mehr festzustellen. Der Pulsschlag war nicht aufrechtzuerhalten. Eintritt des Todes: 13:07 Uhr. Nach dem Vernähen der Wunde fehlen zwei Schwämme.

Weltraum.

Es ist der weiße Alptraum der Mittagsstunde, hoch im Himmel über Rußland. Irgendeine Umgehungsstraße. Er ist ein Fremder, mit einer Maske, in die Tiefe stürzend.

Als Außenstehende nehmen wir an, daß eine Verschwörung die perfekte Umsetzung eines Planes ist. Stumme namenlose Männer mit schlichtem Herz. Eine Verschwörung ist alles, was das gewöhnliche Leben nicht ist. Sie ist das Zusammenspiel von Insidern, kalt, unfehlbar, frei von Ablenkungen, uns für immer verschlossen. Wir sind die Fehlerhaften, die Arglosen, die versuchen, dem täglichen Gerangel einen groben Sinn abzugewinnen. Verschwörer haben eine Logik und eine Kühnheit, die unerreichbar für uns sind. Alle Verschwörungen erzählen die gleiche feststehende Geschichte von Männern, die in einem kriminellen Akt Zusammenhalt finden.

Aber vielleicht auch nicht. Nicholas Branch glaubt, er weiß es besser. Er hat genug über die Tage und Monate vor dem 22. November in Erfahrung gebracht, genug auch über den Zweiundzwanzigsten selbst, um zu dem Schluß zu kommen, daß die Verschwörung gegen den Präsidenten eine weitschweifige Angelegenheit war, die ihren Erfolg auf kurze Sicht vor allem dem Zufall verdankte. Geschickte Männer und Dummköpfe, Ambivalenz und feste Entschlossenheit und wie das Wetter war. Branch hat nicht nur Material aus den CIA-internen Ermittlungen – Everett und Parmenter waren in unterschiedlichem Maß kooperativ –, sondern er hat darüber hinaus Schlüsselinformationen über die letzten Phasen des Komplotts, die aus Quellen innerhalb von Alpha 66 stammen.

Das Zeug kommt weiterhin herein. Der Kurator schickt Überwachungsprotokolle des FBI. Er schickt eine fünfunddreißig Stunden umfassende Filmchronologie aus ungeschnittenem Fernsehmaterial, das während des Wochenendes vom 22. November aufgenommen worden war. Er schickt eine computerisierte Version des Zapruder-Filmes, jenes 8 mm-Amateurfilms, den der auf einer Betonbrüstung über der Elm Street stehende Textilfabrikant in dem Moment drehte, als die Schüsse fielen. Experten haben jede kleinste Nuance des Zapruder-Filmes unter die Lupe genommen. Er ist das entscheidende Hilfsmittel bei der zeitlichen Berechnung des Attentats und ein entscheidendes Symbol von Ungewißheit und Durcheinander. Da ist der machtvolle Augenblick des Todes, die ihn umgebenden Schleier, Flecken und Schatten.

(Branchs Analyse des Filmes und anderer Beweisstücke bringt ihn zu der Überzeugung, daß der erste Schuß viel früher fiel, als die meisten Theorien annehmen, wahrscheinlich auf Bild 186 des Zapruder-Filmes. Gouverneur Connally wurde 2,6 Sekunden später getroffen, auf Bild 234. Der Schuß mit der vernichtenden Wirkung, der den Präsidenten tötete, fiel 4,3 Sekunden danach. Obwohl sich Branch in diesen Punkten absolut sicher ist, wird er die computerisierte Version des Zapruder-Filmes untersuchen. Er steckt zu tief drin, als daß er jetzt aufhören könnte.)

Der Kurator schickt einen Sonderbericht des FBI mit ausführlichen Schilderungen der *Träume* von Augenzeugen im Anschluß an das Attentat auf Kennedy und die Ermordung Oswalds.

Der Kurator schickt Material über Bobby Dupard. Branch weiß nur durch den Kurator etwas über Dupard. Aber woher weiß es der Kurator? Hat Dupard mit irgend jemandem über die Rolle geredet, die er bei dem Anschlag auf Walker spielte? Hat Oswald versehentlich jemandem in New Orleans den Namen verraten?

Es gibt beunruhigende Auslassungen, gelegentliche Lücken in dem Bericht. Branch versteht natürlich, daß die Agency ein geschlossenes System darstellt. Er weiß, sie überlassen ihre Erkenntnisse keinem der anderen Dienste, und schon gar nicht der Öffentlichkeit. Das ist auch der Grund, weshalb die Geschichte, die zu schreiben er sich verpflichtet hat, geheim ist, in die geschlossene Sammlung der CIA kommen wird. Aber warum wird auch ihm Material vorenthalten? Irgend etwas verheimlichen sie ihm. Auf Anfragen nach bestimmten Informationen reagiert der Kurator in letzter Zeit mit Verzögerung, und andere Anfragen ignoriert er einfach. Was halten sie zurück? Wieviel Material ist noch da? Branch fragt sich, ob es für die Lieferung von Informationen aus geheimen Quellen nicht natürliche Grenzen gibt. Sie können nicht *alles* herausrücken, auch nicht einem der ihren, der zur Geheimhaltung verpflichtet ist. Vor seiner Pensionierung hatte Branch nachrichtendienstliche Informationen ausgewertet, in riesigen, zufällig zustandegekommenen Datensammlungen nach irgendwelchen Gesetzmäßigkeiten gesucht. Er hielt Geheimnisse für kindisches Zeug. Die Männer in den geheimen Diensten, die Führungsoffiziere, die Angehörigen des Stabs für verdeckte Aktionen, machten mit ihren Leistungen im allgemeinen keinen Eindruck auf ihn. Seiner Meinung nach hatten sie eine umfassende Theologie geschaffen, eine formale Sammlung verschlüsselter Informationen, die im Grunde genommen Spielmaterial darstellte, Geheimniskrämerei, die zu den größeren Vergnügungen und Konflikten der Kindheit gehört. Nun fragt er sich, ob die Agency nicht etwas schützt, das sehr viel mit ihrer eigenen Identität zu tun hat – ihrer eigenen Wahrheit, ihrer Theologie der Geheimnisse.

Der Kurator schickt neuerdings auch fiktive Geschichten über das Attentat, Romane und Theaterstücke aus fünfundzwanzig Jahren. Er schickt Spielfilme und Dokumentarfilme. Er schickt Abschriften von Podiumsdiskussionen und Rundfunkdebatten. Branch bleibt nichts anderes übrig, als dieses Material zu studieren. Noch immer fehlen ihm wichtige Erkenntnisse. Er muß Lebensgeschichten untersuchen. Es kommt entscheidend darauf an, die Daten zu beherrschen.

Ramón Benítez, der Mann auf der grasbedeckten Kuppe, ist

auf einem Foto zu sehen, das im April 1971 in Miami gemacht wurde, bei der feierlichen Übergabe der Ewigen Flamme in der »Cuban Memorial Plaza« an der Southwest Eighth Street. Eine Urne, die die Flamme enthält, steht auf einer dreieinhalb Meter hohen Säule. Auf fünf Gedenktafeln stehen die Namen der Gefallenen – *los mártires de la brigada de asalto.* Nach vagen Berichten, die der Kurator ihm schickt, war Benítez ein paar Jahre lang unter falschem Namen Taxifahrer in Union City, New Jersey. Sonst nichts.

Ebenfalls in der Menge an diesem Tag – und auf Fotos festgehalten – ist Antonio Veciana, der Gründer von Alpha 66. Achteinhalb Jahre später wird er in Miami angeschossen werden. Das geschieht nach Veröffentlichung des vom parlamentarischen Sonderausschuß erstellten Berichtes über Attentate – eines Berichtes, der Vecianas Behauptung enthält, Lee Oswald habe sich einige Zeit vor dem 22. November in Dallas mit dem Vertreter eines US-Nachrichtendienstes getroffen. Keine Festnahmen in dem Fall.

Die Stripperin Brenda Jean Sensibaugh, der Jack Ruby telegrafisch Geld angewiesen hat, wird im Juni 1965 – nach einer Verhaftung wegen des Verdachts der Prostitution – in einer Arrestzelle in Oklahoma City tot aufgefunden, aufgehängt an ihren Toreador-Hosen. Als Selbstmord eingestuft.

Zwei Tage danach wird Bobby Renaldo Dupard in dem Eisenwarenladen »Ray's Hardware« in West Dallas, wo er als stellvertretender Geschäftsführer angestellt war, bei einem bewaffneten Überfall erschossen. Branch bringt den Namen des Ladens sofort mit einer jener nutzlosen, hartnäckigen Tatsachen in Verbindung, die ihn nachts wach halten. In diesem Geschäft kaufte Jack Ruby 1960 die Waffe, mit der er Oswald tötete.

Jack Leon Ruby stirbt im Januar 1967 an Krebs, während er noch auf das Wiederaufnahmeverfahren wegen des Mordes an Oswald wartet. Im Gefängnis versucht er sich das Leben zu nehmen: er rennt mit dem Kopf gegen die Zellenwand und bemüht sich, den Finger in die Steckdose zu zwängen, während er in einer Wasserpfütze steht.

Bei den Anhörungen des Untersuchungsausschusses sagt er dem Vorsitzenden des Obersten Bundesgerichts, Earl Warren, er sei zu einem bestimmten Zweck benutzt worden; er wolle die Wahrheit sagen und dann diese Welt verlassen. Aber erst müßten sie ihn nach Washington bringen. Er werde Präsident Johnson die Wahrheit sagen.

Er lebt in einer Zelle in einem abgesperrten Teil des Bezirksgefängnisses, in einem kleinen quadratischen Raum mit einem Klosettbecken und einer Matratze am Boden. Ein Wärter liest ihm aus der Bibel vor. Jack ist überzeugt, daß in den Kleidern dieses Mannes ein Abhörgerät versteckt ist. Sie speichern alle seine belastenden Aussagen und löschen dann sämtliche Bemerkungen, die beweisen, daß er ohne Vorsatz gehandelt hat, in einem Anfall persönlicher Verantwortung.

Wenn seine Stimmung auf dem Tiefpunkt ist, wenn er sich als Null fühlt, liest er noch einmal die Telegramme, die er damals in den ersten Tagen nach der Erschießung Oswalds bekommen hat. GUT GEMACHT JACK. SIE SIND EIN HELD MR. RUBY. WIR BEWUNDERN IHREN MUMM. SIE HABEN DIE SCHLANGE ZERTRETEN. SIE HABEN KEINE GEFÄNGNISZELLE SONDERN EINEN ORDEN VERDIENT. ICH KÜSSE IHNEN DIE FÜSSE STAMME AUS UNGARN ALLES LIEBE. Dann denkt er wieder an den Schuldspruch, die Todesstrafe, die Aufhebung des Urteils wegen fadenscheiniger Formfehler. Er weiß, daß Dallas seinen Tod will, ihn loshaben will, so wie sie Oswald loshaben wollten. Er weiß, daß für die Leute all die Schießereien dieses Wochenendes nur Blitze eines einzigen blendenden Mordes sind, und dieses Verbrechen, sagen sie, hat Jack begangen. Es quält ihn, daß man ihm die falsche Rolle zugeteilt hat. Er läuft durch die Zelle und schlägt mit dem Kopf gegen die Wand.

Er hat einen weißen Gefängnis-Overall an und macht sich Notizen, wenn seine Anwälte in den Vernehmungsraum kommen, wo es in den Wänden Wanzen gibt. Er besteht auf einem Test mit dem Lügendetektor, denn die Aufrichtigkeit und Authentizität der Wahrheit sind für Amerikaner ein kostbares Gut. »Wenn du immer weiter in eine Sache hineingezogen wirst«, kritzelt er auf einen Notizblock, »arbeitet sie irgendwie gegen dich, obwohl du ja weißt, was du getan hast. Sie unterzieht dich einer Gehirnwäsche und schwächt dich in deinem Willen, die Wahrheit zu sagen.« Im Juli 1964 arrangieren die Behörden einen Test mit dem Polygraphen. Die Ergebnisse sind ohne Beweiskraft.

Er fängt an Stimmen zu hören. Er hört einen seiner Brüder schreien, der von einer Menschenmenge vor dem Gefängnis in Brand gesteckt wird.

Er glaubt, daß sie nach dem, was er getan hat, alle seine Brüder und Schwestern töten werden.

Er glaubt, daß die Leute schon in dem Moment, wo er etwas sagt, seine Worte verdrehen. Irgend etwas passiert zwischen dem Aussprechen eines Wortes und dem Augenblick, da sie so tun, als hörten sie es richtig, während sie es in Wirklichkeit so verändern, daß es bedeutet, was sie wollen.

Er glaubt, daß die Juden in Amerika in Tötungsmaschinen gesteckt und in gewaltiger Zahl abgeschlachtet werden.

Er spielt die falsche Rolle oder die Rolle eines anderen, die Rolle Oswalds. Sie sind jetzt Teil desselben Verbrechens. Sie stecken beide drin, für alle Zeiten und zusammen.

Die Anwälte gehen, die Ärzte wirbeln herein. Der Krebs breitet sich aus. Er kann es an ihren Händen riechen. Jack Ruby liest seine Telegramme.

Versteht irgend jemand das ganze Ausmaß seiner Verzweiflung, die lange, langsame Qual eines Lebens im Chaos, das zurückreicht bis zu Fanny Rubenstein zahnlos in der Roosevelt Road, schreiend in der Nacht, zurück zum frühesten Unverständnis, an das er sich erinnern kann, ein Schulschwänzer, unter Amtsvormundschaft, ein Leben in Pflegeheimen, zurück zu den ersten Prügeln, die Erschütterung darüber, was es bedeutet, nichts zu sein, zu wissen, daß du nichts bist, die Botschaft deines Nichtsseins täglich an jedem Tag deines Lebens eingeimpft zu bekommen, all die Jahre hindurch?

Ich kann Ihnen nicht folgen, Herr Bundesrichter Warren.

Er beginnt mit Oswald zu verschmelzen. Er weiß nicht mehr, worin sie sich unterscheiden. Mit Sicherheit weiß er nur, daß hier ein Element fehlt, ein Wort, das sie völlig gestrichen haben. Jack Ruby ist nicht mehr der Mann, der den Mörder des Präsidenten getötet hat. Er ist nun der Mann, der den Präsidenten getötet hat.

Deshalb werden auch Juden in Maschinen gestopft. Das ist alles seine Schuld. Es ist die Kraft und der Schwung von Massenstimmungen.

Oswald ist jetzt in ihm. Wie kann er gegen diese Erkenntnis ankommen? Die Wahrheit der Welt ist ermüdend. Er senkt den Kopf und rennt gegen die Betonwand.

Und Nicholas Branch studiert die psychiatrischen Berichte. Er liest bis in die Nacht hinein. Er schläft in seinem Sessel. Zuweilen denkt er, er kann nicht weitermachen. Er fühlt sich entmutigt, fast gelähmt, so stark spürt er die Toten. Die Toten sind in dem Raum. Und Fotografien der Toten üben eine düstere Macht auf seine Gedanken aus. Die Gedanken eines alten Mannes. Aber er fährt beharrlich fort, er arbeitet weiter, er bringt seine Notizen zu Papier. Er weiß, er kann nicht aussteigen. Der Fall wird ihn nie mehr loslassen. Natürlich wußten die das von Anfang an. Deshalb haben sie diesen Raum für ihn gebaut, den Raum des Alterns, den Raum der Geschichte und der Träume.

Sonntagabend. Beryl Parmenter saß in ihrem kleinen Haus in Georgetown vor dem Fernseher. Sie zeigten noch einmal Aufnahmen von der Erschießung Oswalds.

Immer und immer wieder. Der Bildschirm ist voll breitschultriger Männer mit Hüten, und in ihrer Mitte Oswald, der barhäuptig ist und dessen Gesicht im grellen Scheinwerferlicht nur eine weiße Fläche ist, bis auf das linke Auge, das sich dunkel abhebt. Jack Ruby kommt ins Bild, massig und geduckt. Seine Hand ist ein heller Lichtfleck um den Revolver. Das Bild wackelt. Die Überraschung und der Schmerz in Oswalds Gesicht entrücken ihn seiner Umgebung. Er ist allein, schon weit weg, der einzige, der sich nicht fragt, was geschehen ist. Ein kalter Moment der Stille nach dem Schuß. Dann geht es drunter und drüber.

Sie wollte diese Leute nicht in ihrem Haus haben.

Die Kamera fängt nicht alles ein. Einzelne Bilder scheinen zu fehlen, Informationsebenen verlorengegangen zu sein. So kurz und einfach die Schußszene ist, so ist sie dennoch zuviel, als daß man sie in sich aufnehmen könnte, zu sehr mit impulsiver Energie durchsetzt. Jede Wiederholung enthüllt ein neues Detail. Diesmal entdeckt sie, daß Ruby eine Brille mit dunkler Fassung zusammengelegt in der Brusttasche trägt. Oswalds Sterben ist unverändert.

Warum bringen sie die Szene immer und immer wieder? Wird sie Oswald für immer verschwinden lassen, wenn sie tausendmal gezeigt wird? Sie wußte genau, was Ruby dachte. Er wollte diesen kleinen Mann ausradieren. Er wollte ihn hier weghaben. Er wollte nichts mehr von ihm sehen oder hören, wollte nicht mehr über ihn nachdenken. So wie wir alle, Jack. Wir wollen ihn hier auch weghaben. Und jetzt ist er weg, aber es hilft überhaupt nicht.

Beryl hatte Präsident Kennedy bewundert. Sie hatte sogar das Gefühl, an seinem Aufstieg einen kleinen persönlichen Anteil gehabt zu haben, sozusagen als Grundbesitzer, denn als Jack Senator war, hatten die Kennedys eine Zeitlang in einem Backsteinhaus in der N Street gewohnt, praktisch um die Ecke. Sie wollte über Oswalds Tod Genugtuung empfinden, eine gewisse Entschädigung darin sehen. Doch die Fernsehbilder vertieften und verlängerten nur das Grauen. Grauen auf Grauen.

Sie wollte diese Leute nicht hier haben. Aber sie fühlte sich moralisch verpflichtet, hinzusehen. Sie zeigten es immer wieder, und sie sah es sich immer wieder an. Sie hatte den Ton abgeschaltet, denn die Reporterstimmen brachten sie zum Weinen.

Sie hatte das ganze Wochenende geweint, geweint und ferngesehen. Sie wurde das Gefühl nicht los, ertappt worden zu sein. Diese Männer mit ihren Hüten und Waffen waren in ihrem Haus. Bilder aus der anderen Welt. Sie hatten sie aufgestöbert und gezwungen, hinzusehen, und es hatte nicht die geringste Ähnlichkeit mit den Zeitungsartikeln, die sie ausschnitt und an Freunde verschickte. Sie spürte, wie diese Gewalttätigkeit um sich griff, überall, Männer mit dunklen Hüten, mit grauen Hüten und dunklem Hutband, mit braunen Cowboyhüten, mit weißen Schirmmützen, an denen Polizeimarken befestigt waren. Der kleine barhäuptige Mann sagte »O« oder »No«.

Nach einigen Stunden bekam das Grauen etwas Mechanisches. Sie hielten den Film immer wieder an, spulten Schatten durch den Apparat. Es war ein Prozeß, der den Männern im Bild jedes Leben entzog, sie im Einzelbild erstarren ließ. Sie kamen ihr allmählich zeitlos vor, alle gleich tot.

Larry war im Keller und katalogisierte seinen Wein.

Sie fing wieder an zu weinen. Sie wollte aus dem Zimmer kriechen. Aber etwas hielt sie zurück. Es war wahrscheinlich Oswald. Da war etwas in seinem Gesicht, unmittelbar vor dem Schuß, ein kurzer Blick in die Kamera, der ihn unter die Zuschauer brachte, unter uns alle, die wir schlaflos in unseren Häusern sitzen – ein Blick, mit dem er uns sagt, daß er weiß, wer wir sind und wie wir empfinden, mit dem er uns sagt, daß er unsere Wahrnehmungen und Deutungen in seine Vorstellung von dem Verbrechen mit einbezogen hat. Etwas in dem Blick, eine listige Intelligenz, äußerst kurz, aber weitreichend, eine vom grellen Scheinwerferlicht fast unsichtbar gemachte Verbindung sagt uns, daß er außerhalb des Augenblickes steht und mit uns allen die Bilder sieht. Das ist es, was Beryl im Zimmer hielt – das und das Gefühl, daß es feige wäre, sich zu verstecken.

Er kommentiert die dokumentarischen Bilder, noch während sie geschossen werden. Dann wird auf ihn selbst geschossen,

geschossen und geschossen, und aus dem Blick spricht eine andere Art von Erkenntnis. Aber er hat uns zu einem Teil seines Sterbens gemacht.

Sie wiederholten die Bilder bis in den frühen Morgen. Beryl blieb im Zimmer und sah sie sich an. Das Telefon klingelte zum zwanzigstenmal. Sie rührte sich nicht. Der Schmerz kam in Oswalds Gesicht. Sie war für niemanden zu sprechen an diesem trüben Wochenende.

25. NOVEMBER

Die Straße wand sich durch den Friedhof bergauf, vorbei an Schwarzeichen und Zwergulmen über schattigen Grasflächen mit vereinzelten Grabsteinen, und zwei staubgraue Polizeiautos fuhren langsam hinauf, allein, in einem nicht zu ihnen passenden würdevollen Tempo. Oben auf der Anhöhe hielten sie vor einer hübschen Sandsteinkapelle, um die Trauernden aussteigen zu lassen, damit sie sich ihrem organisierten Kummer hingeben konnten. Doch es war sofort zu merken, daß etwas nicht stimmte. Die Familienangehörigen stiegen aus den Autos und trafen in dem überwölbten Torweg auf eine Gruppe von Sicherheitsbeamten und Friedhofsangestellten, die den verbissenen Stolz an den Tag legten, der typisch ist für kleine Beamte bei einem wenig ehrenvollen Einsatz. Der Wind fing im Osten an zu singen, kam aus der Ebene mit den vielen Industriebetrieben zwischen Dallas und Fort Worth herübergefegt, und Marguerite Oswald stand in einem schwarzen Kleid und mit einer schwarz eingefaßten Brille vor der Kapelle, auf den Armen das neue Baby, die Enkeltochter, deren Geburt sie ihr vorenthalten hatten, und auf ihrem Gesicht lag ein Ausdruck hilflosen Schmerzes. Weil jemand die Trauerfeier abgesagt hatte. Weil jemand den Leichnam aus der Kapelle hatte entfernen lassen. Weil die Kapelle leer war. Der Leichnam war nicht da.

Sie riefen viele Geistliche an, lutherische Gottesmänner, aber keiner wollte für Lee Harvey Oswald beten. Das ist der Grund, Euer Ehren, weshalb sie es so furchtbar eilig hatten, meinen

Jungen unter die Erde zu bringen. Robert vergoß bittere Tränen, als er sie nicht dazu bewegen konnte, Lees Leichnam zu einer kurzen Andacht in die Kapelle zurückzubringen, damit er an einem geweihten Ort war. Da hab ich mich eingemischt und gesagt: »Also wenn Lee ein verlorenes Schaf ist und Sie wollen ihn deshalb nicht in der Kirche haben, dann geht das am Zweck einer Kirche vorbei. Die guten Menschen brauchen nicht in die Kirche zu gehen. Sicher, sie nennen ihn einen Mörder. Aber die Mörder brauchen doch die Kirche. Hat das Jesus nicht selbst gelehrt?« Die hatten es so eilig, Lee Harvey Oswald zu begraben, daß sie vergaßen, die Sargträger zu benachrichtigen; einige Zeitungsleute taten sich dann zusammen und trugen den Leichnam zum Grab. Ich kann viele Geschichten erzählen, Euer Ehren. Ich kann Ihnen Geschichten erzählen, die Sie bestimmt nicht kennen. Ich bin die Mutter in diesem Fall.

Die Wolken jagten jetzt über den Himmel. Der hölzerne Sarg ruhte auf einer Bahre über dem offenen Grab, das zu einer massiven Gruft ausbetoniert war, gegen Vandalismus geschützt, tausend Jahre des Friedens. Die Familie saß auf verbeulten Klappstühlen aus Blech unter einem verschlossenen Zeltdach. Robert Oswald saß zwischen der Witwe und der Mutter, die beiden Frauen hatten die zwei kleinen Mädchen auf dem Schoß. Reporter mußten sich mit dem äußersten Rand begnügen. Freunde oder anteilnehmende Bekannte waren nicht zugelassen, aber es war auch keiner da, der sich darüber erregt hätte. Sicherheitsbeamte und uniformierte Polizisten standen um das Zeltdach, die Hände vor dem Bauch gefaltet, mal das eine, mal das andere Knie vorschiebend, und an der Umzäunung des Friedhofs waren bewaffnete Wachen stationiert. Unter Reportern machte der Witz die Runde, Fort Worth passe auf den toten Oswald besser auf, als Dallas auf den lebenden. Robert gab sich Mühe, nicht wieder zusammenzubrechen. Er war ein ernster Mann, mit dunklen Augenbrauen, mit gepflegtem Haarschnitt, ein Verkaufskoordinator, ein sehr fleißiger Mann, der älter und solider aussah als jeder andere Neunundzwanzigjährige zwischen hier und Texarkana, als hätten die ewige Schulschwänzerei des jungen Lee, sein Überlaufen auf die andere Seite, die unehrenhafte Entlassung, die verlorenen Jobs, als hätte ihm all das einen steifen Kragen fürs Leben verpaßt.

Euer Ehren, ich kann die Wahrheit in diesem Fall nicht einfach mit Ja und Nein ausdrücken. Ich muß eine Geschichte erzählen. Dies ist ein Junge, den die anderen Kinder gehänselt haben. Immer wieder zerrissene Hemden und eine blutige Nase. Hören Sie mir gut zu. Ich werde über das Leben Lee Harvey Oswalds Bücher schreiben. Ich habe Informationen, die sich auf diesen Fall beziehen. Ich bin überall auf der Welt. Ich habe mich abgerackert, um meine Jungs mit erbärmlich wenig Geld großziehen zu können, und heute bin ich überall, Wochenschau und Auslandspresse, aber wo sind die Geldmittel für ein anständiges Begräbnis? Es gibt viele Geschichten innerhalb von Geschichten, Herr Richter. Lee hat in einem Buch Briefmarken gesammelt und am Küchentisch allein Schach gespielt, und sie haben ihn nach Rußland geschickt, damit er sich dort einschleust. Ich werde mir eine Kamera umhängen und von Lees Leben einen fotografischen Bericht machen, einen Bericht, zu dem Häuser und Räume gehören. Ich werde erzählen, wie ich, um meine Jungs großziehen zu können, viele Jobs gehabt hab, zuletzt als Krankenschwester. Ich weiß, wie Krankheit aussieht. Ich weiß, was schlechte Bezahlung ist. Ich habe für neun Dollar am Tag gearbeitet, bei den Leuten im Haus gewohnt, war rund um die Uhr im Einsatz. Ich hatte drei Tage lang meine Schwesterntracht an, hab mich mit Geheimpolizei verschiedener Richtungen aus Hotels gestohlen, während die Leute von *Life* nebenherliefen, dazu ein Dolmetscher und ein Fotograf und die russische Schwiegertochter und die zwei kranken Babies. Marina steht da und raucht in aller Öffentlichkeit eine Zigarette. Ich hab noch meine Dienstkleidung an, und sie bringen ihr Kleider. Überall hängen Windeln. Das Fernsehen brachte einen Hinweis, und Lee war erschossen. Sie wollten es uns nicht sagen, weil wir Frauen sind, und dann im Auto zum nächsten Hotel kam etwas über Funk, und der Beamte sagte: »Nicht wiederholen, nicht wiederholen.« Und ich sagte: »Ist das mein Sohn?« Und er gibt mir keine Antwort, also sag ich: »Mein Sohn ist erschossen worden, nicht wahr?« Und er sagt in sein Mikro: »Nicht wiederholen, nicht wiederholen.« Und ich: »Geben Sie mir eine Antwort, ich will es wissen.« »Nicht wiederholen, nicht wiederholen.« Dann kam es in dem Hotelzimmer im Fernsehen, aber Marina und mir haben sie den Ausschnitt nicht gezeigt. Wir mußten uns hinter den Fernseher setzen, und die Agenten drängten sich alle vorn um den Bildschirm. Und wir guckten auf die Rückseite des Fernsehers. Und fünfzehn bis achtzehn Männer drängten sich auf der anderen Seite, wo das Bild war. Uns gaben sie Kaffee, und sie sahen fern.

Ich erlebe einen Tod, und es ist schwer.

Ich habe vor, diesen Fall zu untersuchen und meine Erkenntnisse vorzulegen. Aber ich kann es nicht zu einer einzigen Aussage zusammenfassen. Ich bin mal heimgekommen, da war er zwei Jahre alt, und er hatte rote Striemen an den Beinen, weil ihn Mrs. Roach auf der Pauline Street geschlagen hatte, und dann hab ich ihn in einem Heim untergebracht, da hat er mit seinen Brüdern in einem großen langen Schlafsaal geschlafen, hundert kleine Jungen in unendlich vielen Reihen von Kinderbetten. Mit zehn Jahren hatte er schon sechs Schulen hinter sich. Man wird die Einflüsse der Umwelt untersuchen, daß wir dauernd umgezogen sind. Herr Richter, ich hab in vielen Wohnungen gelebt, aber nie in Schmutz und Dreck, nie unordentlich, nie ohne die liebevolle persönliche Note, nie ohne das schmückende Detail. Wir sind umgezogen, um eine Familie zu bleiben. Das ist das Thema meiner Untersuchungen.

Ich lächle, Herr Richter, als die angeklagte Mutter, die all die Unwahrheiten lesen muß, die sie über meinen Jungen schreiben. Lee war ein glückliches Kind. Lee hatte einen Hund. Wir reden von dem Jungen, der nur einen Monat lang die Arlington Heights High School besucht hat, ehe er zu den Marines ging, als wir in der Collinwood Avenue wohnten, und dieser Junge ist im Jahrbuch der Schule gleich dreimal abgebildet. Wie kommt es, daß sie unter all den Jungen und Mädchen, die viel länger an der Schule sind, ausgerechnet diesen Jungen auswählen und drei Bilder von ihm bringen? Die Leute sagen: »Mrs. Oswald, ich verstehe nicht, worauf Sie hinauswollen.« Sie verstehen nicht, worauf ich hinauswill? Ich will darauf hinaus, daß diese Geschichte immer und ewig weitergeht. Darauf will ich hinaus. Ich frage Sie, wie weit reicht diese Geschichte zurück, wie lange haben sie ihn eigentlich benutzt? Er ist oft mit dem Fernglas aufs Dach geklettert, um sich die Sterne anzusehen, und sie haben ihn mit einem Auftrag nach Rußland geschickt. Hinter Lee Harvey Oswald steckt mehr, als auf den ersten Blick zu sehen ist. Schon sind mir Papiere gestohlen worden. Von einer Abteilung der Geheimpolizei werden mir Zeitungsausschnitte aus dem Haus gestohlen. Ich bin überall auf der Welt, und mir durchwühlen sie die Schränke.

Ein Geistlicher erschien, bereit, ein paar Worte am Grab zu sprechen. Er gehörte als Verwaltungsmann dem Rat der Kirchen an und hatte acht Jahre lang keinen Gottesdienst mehr gehalten. Aber er wollte helfen, auch wenn er seine Bibel im Wagen gelassen hatte. Der Leichenbestatter öffnete den Sarg, und Marina Oswald kam näher und küßte ihren Mann und steckte ihm zwei Ringe an den Finger. Sie trug ein dunkles Kleid und einen hellen Leinenmantel, und jetzt schluchzte sie, und die Babies weinten, und die Sicherheitsbeamten schoben mal das eine, mal das andere Knie vor und starrten gedankenverloren in die Luft. Marina dachte, wie seltsam, daß es bei Chruschtschows Besuch in Minsk – zu der Zeit, als sie dort mit Lee lebte – hartnäckige Gerüchte über einen Attentatsversuch gab. Wenn das Lee gewesen wäre, wenn Lee dafür festgenommen worden wäre, dann hätte man dort besser auf ihn aufgepaßt. Das muß man den Russen lassen: sie können einen Verdächtigen abschirmen. Diese von Groll erfüllten Minuten am Grab machten ihre Verlassenheit vollkommen – von den Träumen einmal abgesehen. Ihre Träume sollten auf Jahre hinaus unvollkommen sein, ohne Alek mit seiner anfänglichen Liebenswürdigkeit, seiner Art, hingebungsvoll mit June Lee zu spielen oder stundenlang nur dazusitzen und sie anzusehen. Der Geistliche sagte: »O Gott des offenen Himmels und des unendlichen Weltalls.« Sie war allein mit zwei kleinen Kindern unter diesen dahinjagenden Wolken, eine Ausgestoßene, tief gebeugt vom Schmerz über den Verlust, und sie wohnte in einem Motel mit einem Dutzend bewaffneter Männer. Sie versuchte zu verstehen, wie das passieren konnte.

Nun zur Frage, ob Marina Russin oder Französin ist. Erstaunlich, wie gut nach Lees Tod ihr Englisch geworden ist. Erstaunlich, wie sie plötzlich eine Zigarette in der Hand hat; das hab ich nie gesehen, solange Lee noch am Leben war. Ich werde dem Bild von Marina nachgehen und herausfinden, ob es wahr ist. Ich habe den sechsten Sinn, Herr Richter, die Fähigkeit zu AUSSERSINNLICHER WAHRNEHMUNG, darauf bin ich schon öfters angesprochen worden. Wenn Lee Harvey Oswald den Präsidenten erschossen hat, hätte ich dann nicht davon wissen müssen? Es ist ein besonderes Gefühl, das jede Mutter hat, wenn das Telefon läutet und sie weiß, es ist ihr Sohn. Warum hab ich nicht gespürt, daß er mit einem Gewehr an einem Fenster stand, als die Schüsse fielen? Selbst wenn es sein Gewehr ist, heißt das noch nicht, daß er geschossen hat. Ich werde mir eine Kamera umhängen. Ich werde seine Schritte und den zeitlichen Ablauf an dem schicksalhaften Tag überprüfen. Ich werde in dem Punkt nicht lockerlassen, denn es gibt Geschichten innerhalb von Geschichten, von denen die Presse nichts ahnt. Marina kann Englisch, Marina kann Französisch. Diese Ausländerin ist geschult. Sie brachten Kleider für Marina. In einem Zeitungsartikel, den sie mir gezeigt haben, stand, daß ihr eine Frau ein Haus angeboten hat. Sie wollen, daß Marina Lees Schuld eingesteht, dann besorgen sie ihr ein Haus. Robert hat es dauernd mit der Geheimpolizei. Unsere Neigungen nehmen keine Gestalt an. Das ist der große Kummer unter Blutsverwandten. Ich vergesse so manches, Euer Ehren. Lee hatte ein

Fahrrad. Lee hatte einen Hund. Dieser Junge ist erschossen worden, während er mit Handschellen an einen Beamten gefesselt war. Jemand hat dafür gezahlt, daß Lee genau im richtigen Augenblick erschossen wurde. Die Anweisungen kamen vom Fernsehen, da ist er zu Boden gegangen. In dieser ganzen Geschichte gibt es auch einen moralischen Anspruch, für den ich kämpfe. Meine Post wird gelesen. Von meinem Schreibtisch sind drei Briefe verschwunden. Lee hat mir aus Rußland geschrieben. »Ich bin zu einsam zum Lesen.« In diesem Brief bedankt er sich für die Bücher, die ich ihm geschickt habe. Er sagt bitte. Er fragt nach Neuigkeiten aus seiner Heimat. Dieser Brief ist verschwunden. Unsere Regierung hat Lee jahrelang beobachtet. Wußte er überhaupt, daß er benutzt wurde? Dieser Frage werde ich nachgehen. Hören Sie mir gut zu. Ich muß eine Geschichte erzählen. Ich muß mich erst hineindenken, wir haben im französischen Viertel gewohnt. Er hat Roberts Marinekorps-Handbuch auswendig gelernt. Er mochte Geschichtsbücher und Landkarten. Der Werbeoffizier sagte: »Mrs. Oswald, in Japan und diesen Ländern gibt es weniger Kriminalität als bei uns hier.« Er hat uns eine Bescheinigung verkauft. Er war bereit, Lee mit sechzehn Jahren einzuschleusen, also unter dem gesetzlichen Mindestalter. Sie haben ihn präpariert. Sie haben ihn schon damals benutzt. Drei Fotos im Jahrbuch, und er war nur einen Monat dort. Die Leute sagen: »Mrs. Oswald, worauf wollen Sie hinaus?« Ich will darauf hinaus, daß das alles weit zurückreicht. Wann haben sie angefangen, ihn zu beobachten? Hat er ihnen fürs ganze Leben gehört? Die Frage ist, was ist das für ein Junge in dem Sarg? Im Anzug und mit einer hübschen Krawatte sieht Lee völlig anders aus als die Vogelscheuche von einem Sohn in den Zeitungen und im Fernsehen, ein kräftiger Junge mit einem breiten Gesicht wie ein Russe. Ist der, den sie begraben haben, auch der, den sie getötet haben? Haben sie ihn wirklich getötet? Ist der, der aus Rußland zurückkam, auch der, der dort hinging? Ich habe ein Recht darauf, diese Fragen zu stellen. Wie groß ist Lee? Welche Narben hat er? Ich werde diese Fragen in Büchern und öffentlichen Auftritten stellen.

Ich habe am 19. Juli 1960 an Mr. Chruschtschow geschrieben, als mein Junge in Rußland verschollen war. Ich hab keine Antwort bekommen. Ich bin am 21. Januar 1961 nach Washington gefahren, um Präsident Kennedy zu bitten, meinen Jungen zu finden und nach Hause zu bringen. Und nun – warten Sie, das ist wirklich gut –, nun wird geschrieben, ich hätte meine Kinder vernachlässigt. Ich hätte meine Jungs sich selbst überlassen. Ich sei in diesem schrottreifen alten Dodge bis nach New York raufgefahren. Ich hätte, wie sie hier im Westen sagen, die Zelte zu oft abgebrochen. Wo es doch in Wirklichkeit die Mutter ist, die vernachlässigt wird. Wenn Sie sich mit dem Leben Jesu beschäftigen, dann stellen Sie fest, daß seine Mutter Maria nirgends mehr erwähnt wird, nachdem er gekreuzigt worden und auferstanden ist. Wo bleibt die Mutter, die den Jungen großgezogen hat? Bauen sie eine Mauer um die Mutter, wenn der Junge tot ist? Ich hab nach dem Gehör Klavier gespielt. Als Kind mochten mich alle. Ich kann nicht bloß Tatsachen aufzählen. Es sind Geschichten, die ein Leben ausfüllen. Denken Sie nur an Mr. Ekdahl, der mich bei der Scheidung um eine anständige Abfindung betrogen hat, so daß ich ein Leben lang das Geld zusammenkratzen mußte. Mr. Ekdahl ist so eine Geschichte. Marina ist eine Geschichte, bei der die Einzelheiten unklar sind. Ich bin fest davon überzeugt, daß meine Vermutungen stimmen. Ihre Aussagen, ihre Art zu leben, sie raucht, sie stillt ihr Baby nicht. Marina hat einen Manager. Sie bekommt laufend Angebote, und wo bleibt die Mutter? Mich zeigen sie in der Zeitschrift *Life* in meiner Schwesterntracht und mit heruntergekrempelten Strümpfen. Ich habe gelitten wie mein Sohn. Wir sind gleich veranlagt.

Es war fast dämmrig, Wetterleuchten an den Rändern der in geringer Höhe dahinjagenden Wolken, die sich düster zusammenballten, und in der Luft lag etwas Drängendes, Wildes, alles war elektrisch aufgeladen. Der Geistliche beendete die Lesung eines Psalms, und der Mann vom Bestattungsunternehmen schickte sich an, den Sarg ins Grab zu senken. Polizisten rückten verlegen ihren Pistolengurt zurecht. Die Familie stand da und sah zu, Robert und Marina mit ähnlichen Blicken, weich, verloren, flehend. Macht, daß es anders wird, laßt es nicht geschehen, gebt ihm eine zweite Chance, ein zweites Leben. Marguerite, die die kleine Rachel fest in den Armen hielt, wirkte so trostlos, so absolut trostlos, daß man annehmen mußte, diese Trostlosigkeit war alles, was ihr geblieben war, alles, was sie hatte und war; alles, was sie gegeben hatte, wurde ihr nun in einem Anzug in einer Kiste zurückgegeben, tief gefallen und kaputtgegangen, eine zugrunde gerichtete Seele. Sie gab das Baby an den Pfarrer weiter und hob die Hände vors Gesicht, nicht um es zu berühren, sondern nur um es abzuschirmen, um jeden Kummer fernzuhalten, der nicht ihr eigener war.

Sie senkten ihren Sohn in die rote Erde von Texas, begruben ihn aus Sicherheitsgründen unter falschem Namen. Der letzte Deckname Lee Harvey Oswalds war William Bobo.

Nun trat Marina an das Grab und hob eine Handvoll Erde auf. Sie bekreuzigte sich, streckte dann den Arm aus und ließ die Erde ins Grab fallen. Marguerite und Robert hatten so etwas noch nie gesehen. Die Geste war von zwingender Schönheit. Sie war fremdartig und vielsagend und irgendwie richtig. Seit Robert ein Junge war, waren sie nie mehr einer Meinung gewesen, aber jetzt bückten sie sich beide und nahmen eine Handvoll von der aufgehäuften Erde und bekreuzigten sich, und dann hielten sie die Fäuste hoch über das Grab und ließen die Erde herausfallen, so daß sie wie Sand in einem Stundenglas durch ihre Hände rieselte und sanft auf das Kiefernholz des Sarges fiel.

Ich steh hier auf dieser untröstlichen Erde und blicke auf die Steine der Toten, eine hügelige Stätte der Toten, und auf die Kapelle oben und die im Wind sich biegenden Zedern, und ich weiß, ein Begräbnis soll mit der feierlichen Zeremonie und der ganzen Ausstattung die Familie trösten. Aber mich hat nichts getröstet.

Und das war schon in alten Zeiten so, daß die Männer einander umbringen und die Frauen an den Gräbern zurückbleiben. Aber ich gebe mich nicht damit zufrieden, am Grab zu stehen, Euer Ehren.

Ich werde seine Schritte und den zeitlichen Ablauf an dem schicksalhaften Tag überprüfen. Ich werde mich mit jedem Zeugen unterhalten. Ich rede nicht nur, damit etwas geredet wird. Ich weiß, daß ich als angeklagte Mutter Tatsachen präsentieren muß. Hören Sie mir gut zu. Wissen Sie überhaupt, daß ich in der Bücherei Russischunterricht gehabt habe? Einmal in der Woche, an meinem freien Tag, bin ich hingegangen, denn ich hab von ganzem Herzen gehofft, daß Lee eines Tages auf mich zukommen würde, daß ich mich mit Marina normal unterhalten könnte. Hören Sie mir gut zu. Hören Sie. Ich kann nicht von Almosen leben, die kleckerweise hereinkommen. Marina hat einen Vertrag und einen Ghostwriter. Sie wollte die Shorts nicht tragen, die ich ihr gekauft habe. Und obwohl der Junge am Sonntag in Fort Worth noch nicht einmal einen Koffer gepackt hatte, war er schon am Montag mit seiner Frau und dem Baby wegen eines neuen Jobs nach Dallas gezogen, über Nacht, ohne seinem früheren Arbeitgeber oder seiner Mutter Bescheid zu sagen. Und von diesem Job in der Fotobranche sind keine Einzelheiten bekannt. Man muß sich schon wundern. Wer hat Lee Harvey Oswalds Leben verplant? Es geht immer weiter und weiter. Lee hatte eine Briefmarkensammlung. Lee ging zum Schwimmtraining. Er ist mir öfter mit klatschnassen Haaren auf der Ewing Street begegnet. Lauf schnell heim, mein Schatz, sonst holst du dir noch den Tod. Ich bin nicht fehlerfrei, Herr Richter, aber ich bin immer zurechtgekommen. Ich hab in vielen Häusern für vornehme Familien gearbeitet. Ich hab gesehen, wie ein Gentleman vor mir seine Frau geschlagen hat. Gelegentlich kommt es in vornehmen Familien zum Mord. Dieser Junge und seine russische Frau hatten kein Telefon und keinen Fernseher in Amerika. Auch das ist also ein Märchen, das Sie vergessen können. Hören Sie mir zu.

Ich kann nicht einfach Tatsachen aufzählen. Ich muß eine Geschichte erzählen. Er ist mit einem Vogelkäfig nach Hause gekommen, zu dem ein Ständer mit eingebautem Blumentopf gehörte. Wilder Wein wuchs in dem Blumentopf, und es war alles für mich, der Käfig, der Wellensittich, ein ganzes Sortiment Vogelfutter. Dieser Junge kaufte seiner Mutter Geschenke. Er war so einsam, daß er viel las.

Meine einzige Bildung ist mein Herz. Ich muß mich da auf meine eigene Art einarbeiten, ich muß mit dem Tag anfangen, an dem ich ihn aus dem Old French Hospital in New Orleans mit nach Hause genommen habe. Ich erzähle ein ganzes Leben, und ich brauche Zeit.

Ihr Haar leuchtete seltsam in dem unnatürlich wirkenden Licht. Die ersten Tropfen fielen. In diesen letzten Augenblikken am Grab war sie noch Teil einer Familie. Aber sie wußte, die Sicherheitsbeamten würden sie von den anderen trennen, sobald sie den Weg zu den Autos einschlugen. Die Vorstellung von der Leere, die sie erwartete, wenn sie allein nach Hause ging. Die Vorstellung, daß sie nie wieder die Babies zu sehen bekam. Sie war sicher, daß es Bestrebungen gab, sie auf Dauer zu isolieren. Der Mann vom Bestattungsunternehmen nahm sie am Arm und murmelte etwas. Sie schüttelte ihn ab. Die Familie drängte sich unter die von ihren Beschützern gehaltenen Regenschirme, und dann setzte sich der Zug langsam in Bewegung, auf die Wagen zu. Marguerite blieb bei den Totengräbern. Sie wollten das Loch zugeschüttet haben, bevor der Regen stärker wurde, und sie arbeiteten konzentriert, drei Männer, die systematisch Erde ins Grab schaufelten. Zwei Polizisten aus dem Ort kamen näher. Die Sicherheitsbeamten kamen näher, mit Gesichtern wie aus Stein. Sie rührte sich trotzdem nicht von der Stelle. Ihr Fehler war gewesen, das Baby auszuhändigen. Solange sie das Baby auf dem Arm hatte, war sie immer noch Teil einer Familie. Sie hatten ihr den jüngsten Sohn genommen, und jetzt nahmen sie ihr die Schwiegertochter und die zwei kleinen Mädchen weg. Marguerite fühlte sich schwach in den Beinen.

Der Wind ließ das Zeltdach knattern. Sie fühlte sich innerlich leer, im Körper und im Herzen. Doch gerade als die Männer sie vom Grab wegführten, hörte sie, wie zwei Jungen, die in zehn, fünfzehn Meter Entfernung darauf warteten, ein paar Erdklumpen als Souvenir an sich zu bringen, den Namen Lee Harvey Oswald nannten. Lee Harvey Oswald. Sie sprachen es aus wie ein Geheimnis, das sie ewig für sich behalten wollten. Sie sah den ersten sandgrauen Wagen losfahren, nur Silhouetten von Köpfen in Fenstern. Sie ging mit den Polizisten auf den zweiten Wagen zu, wo der Mann vom Bestattungsunternehmen unter einem schwarzen Schirm stand und die Tür aufhielt. Lee Harvey Oswald. Was immer geschah, wie sehr man auch gegen sie intrigieren mochte, das konnte man ihr jedenfalls nicht nehmen – die wahre und bleibende Kraft seines Namens. Er gehörte jetzt ihr, ihr und der Geschichte.

Don DeLillo
Mao II

Roman

Titel der Originalausgabe: *Mao II*
Aus dem Amerikanischen von Werner Schmitz
Leinen

In seinem brillanten Roman schildert Don DeLillo in eindringlichen Bildern den Gegensatz von Individuum und Masse, von Gewalt und Kreativität. Im Mittelpunkt der spannenden Handlung steht ein berühmter Schriftsteller, der auf einer Reise von New York über London nach Beirut in ein irrwitziges Spiel auf Leben und Tod gerät.

Paul Auster

Paul Auster, geboren 1947 in Newark / New Jersey, gilt in Amerika als eine der großen literarischen Entdeckungen der letzten Jahre. Er studierte Anglistik und vergleichende Literaturwissenschaft an der Columbia University und verbrachte danach einige Jahre in Paris. Heute lebt er in New York.

Die New-York-Trilogie *Roman*
Deutsch von J. A. Frank
(rororo 12548)
Die «New-York-Trilogie» machte Paul Auster mit einem Schlage berühmt. Zunächst wirkt sie wie eine klassische, spannungsgeladene Kriminalgeschichte, die den Leser raffiniert in ihren Bann zieht. Aber bald scheinen die vordergründig logischen Zusammenhänge nicht mehr zu stimmen. Die Rollen der Täter und Opfer, der Verfolger und Verfolgten verschieben sich auf rätselhafte Weise ...
«Eine literarische Sensation!»
Sunday Times

Die Musik des Zufalls *Roman*
Deutsch von Werner Schmitz
256 Seiten. Gebunden
Jim Nashe, ein Feuerwehrmann aus Boston, kündigt Job und Wohnung und begibt sich auf eine ziellose Reise, nachdem er unerwartet zweihunderttausend Dollar geerbt hat. Eines Tages liest er einen Anhalter auf: Jack ("Jackpot") Pozzi, einen bankrotten Zocker. Die beiden haben nichts zu verlieren und riskieren alles ...

Im Land der letzten Dinge
Roman
Deutsch von Werner Schmitz
(rororo 13043 und als gebundene Ausgabe)
«Ein ausgezeichnetes, höchst lesbares Buch. Paul Auster hat sowohl der modernen Literatur als auch unserer Sicht der Welt eine Dimension hinzugefügt.»
The Boston Globe

Mond über Manhattan *Roman*
Deutsch von Werner Schmitz
(rororo 13154)
«Paul Auster ist der vielleicht bedeutendste amerikanische Autor der letzten Jahre; seine literarischen Qualitäten suchen auch hierzulande ihresgleichen.»
Deutschlandfunk

Literatur

Rowohlts Amerika

Paul Auster
Die New York-Trilogie *Stadt aus Glas / Schlagschatten / Hinter verschlossenen Türen*
(rororo 12548)
Jeder der drei Romane wirkt zunächst wie ein klassische Kriminalgeschichte, aber bald stimmen die vordergründig logischen Zusammenhänge nicht mehr. Schritt für Schritt wird der Leser in ein Spiel mit seinen eigenen Erwartungen verstrickt. «Eine literarische Sensation!» *Sunday Times*

Nicholson Baker
Vox *Roman*
Deutsch von Eike Schönfeld
192 Seiten. Gebunden
Zwei Menschen sprechen über Sex - am Telefon. «Vox» ist ein erotischer Roman im besten Sinne und eine kunstvoll, lebensfrohe, ebenso ungehemmte wie vorurteilsfreie Auseinandersetzung mit Sexualität heute.

William Boyd
Stars und Bars *Roman*
(rororo 12803)
Mit himmelschreiender Komik erzählt William Boyd die Geschichte von einem feinsinnigen Briten, der nach Amerika kommt und sein blaues Wunder erlebt. «Eine Farce – aber eine raffinierte!»
Nürnberger Nachrichten

Robert Olmstedt
Jagdsaison *Roman*
Deutsch von Klaus Modick
288 Seiten. Gebunden
«Ein bemerkenswerter Roman, der die prekäre Balance zwischen spannendem Thriller und lyrischer Fabel hält.»
The New York Times Book Review

3292/2

rororo Literatur

Luanne Rice
Ein Leben für Nick *Roman*
(rororo 12632)
Alles zu haben heißt auch, alles wieder verlieren zu können. Dieser Gedanke beschäftigt Georgina Swift, die in scheinbar behüteten Verhältnissen lebt und ihren Mann Nick, den scheinbar tadellosen, erfolgreichen Wall Street-Anwalt, abgöttisch liebt...

John Irving
Garp und wie er die Welt sah
Roman
(rororo 5042)
«Diese Geschichte ist so absurd, so komisch, so tränentreibend, so kühl und sachlich, so wirklich und genau, daß man das Buch nicht wieder los wird.»
Nürnberger Nachrichten

Tom Robbins
Salomons siebter Schleier
Roman
Deutsch von Pociao
540 Seiten. Gebunden
Der Altmeister des Underground-Romans, läßt die verrücktesten Typen, die schärfsten Sprüche und provokantesten Gedanken über die Seiten tanzen.